ステリ文庫
〈HM⑭-21〉

ミッドナイト・ララバイ

サラ・パレツキー
山本やよい訳

早川書房
6761

HARDBALL

by

Sara Paretsky

Translated by
Yayoi Yamamoto
First published 2010 in Japan by
HAYAKAWA PUBLISHING, INC.
This book is published in Japan by
arrangement with
SARA & TWO C-DOGS, INC.
c/o DOMINICK ABEL LITERARY AGENCY, INC.
through THE ENGLISH AGENCY (JAPAN) LTD.

ジュディ・ファイナーとケイト・ジョーンズへ

あなたたちが去ったために、この世界も、そこに存在するわたしの言葉も
以前より貧しくなりました。

謝辞

わたしが初めてシカゴにきたのは、一九六六年の夏、シカゴの長老派教会が主催する〝奉仕の夏〟でボランティアをするためだった。シカゴ南西部の白人が暮らす地区を担当することになった。そこからそう遠くないところに、一月からマーティン・ルーサー・キング牧師が滞在していた。

その夏、わたしに与えられた仕事は、六歳から十歳までの子供たちの世話だった。物騒だったあの時期に、ボランティア仲間とわたしは子供に勉強を教え、子供の支えになろうとした。

この街ですごした夏がわたしの一生を決定した。直接のボスだったトマス・フィリップス牧師は、地元の白人の会合や、カトリック教会の青年部会や、その他の近隣の集まりに始まって、もっと大規模な市の政治的・社会的催しに至るまで、地元と市の生活のあらゆる面をボランティア仲間とわたしに体験させようとして、心を砕いてくれた。

シカゴに本拠地を置くホワイトソックスは、わたしたちがいくら電話をしても返事をくれなかったが、カブスのほうは、毎週木曜日に子供たちに無料チケットを配ってくれた。おかげで、わたしはカブスのファンになり——〝奉仕の夏〟のせいで高い代価を支払うことになってしまった。また、バーナード・ショーの〈聖女ジョウン〉が月光の下で演じられるのも見た。場所はシカゴ大学。月の光を浴びて、大学は——わたしの現在の自宅がその近くにあるが——まるで魔法の国のようだった。

キング牧師はシカゴ出身の公民権運動指導者アル・レイビーと力を合わせて、市の悪質な不動産政策に抗議するため、さまざまなデモ行進をおこなった。住宅解放政策（住宅の売買・賃貸に関して、人種や宗教による差別を撤廃するという政策）の導入をめぐって、シカゴの街全体に暴動が広がった。わたしの住まいと仕事場があった場所の八ブロック西に、マルケット・パークという公園があり、ここが八時間にわたる暴動の舞台となった。キング牧師とデモ参加者を警備していた警察に対して、近隣に住む人々が攻撃を始めたからだった。公園や街のあちこちに、想像もできないほど下劣なスローガンを書いたプラカードが掲げられた。

わたしの近所の人々の多くは——とくに地元の教会に通う人々は——勇気と、寛大さと、慈悲心を発揮して、時代の試練に立ち向かっていたが、悲しいことに、そのなかには、マルケット・パークで瓶や石を投げ、憎悪の言葉を吐き散らした人々もいた。

あの夏、強烈な日々を体験し、子供たちとの活動に喜びを見いだし、数々の欠点にもかかわらずこの街に魅了されてしまったことで、シカゴがわたしの一部になり、もしくは、わたしがシカゴの一部になり、それ以来、ここがわたしの故郷となった。『ミッドナイト・ララバイ』は現在を舞台にしているが、物語の軸となる部分はあの夏にルーツを持っている。

本書を完成させるにあたって、いつものように、多くの方々の協力をいただいた。かつてのボランティア仲間だったバーバラ・パーキンズ・ライトは、彼女の視点からあの夏のことを語り、わたしの記憶をつなぎあわせる手助けをしてくれた。バーバラとわたしはソルジャー・フィールドでキング牧師の演説に耳を傾け、市庁舎まで共にデモ行進をしたのだ。市庁舎に着くと、キング牧師が市長の執務室のドアに要望事項のリストをテープで貼りつけた——なんとワクワクする時代だったことか。いい方向への変化が可能なだけでなく、すぐ目の前にきていると、わたしたちは思っていた。最近になって、わたしのなかで長いあいだ休眠していたそのころの期待感が復活しつつある。

一九六六年当時のシカゴに関してこまかい点を知るために、テイラー・ブランチの *At Canaan's Edge* を参考にさせてもらった。ジーン・マクリーン・スナイダーは、イリノイ州の刑務所制度とクック郡の刑事司法制度に関する情報を得るのに協力してくれた。ステートヴィル矯正施設で教師をしているジェイムズ・チャップマンは、刑務所生活における日常のこまかい事柄を数多く教えてくれた。リンダ・サザランドは『ブラッディ・カンザス』執筆の折に、米軍に関するわたしの過ちをいくつか訂正してくれた人で、今回は、ミスタ・コントレーラスが第二次大戦時に授与されたという設定の勲章に関して、親切なアドバイスをくれた。シカゴ警察の警官で、わたしと同じくミステリ作家であるディヴ・ケースは、事件フアイルの保管に関して、参考になる事柄をくわしく教えてくれた。シカゴの〈エイス・デイ・ジャスティス・センター〉のシスターたちは、わたしに大きな刺激を与えてくれた。ソニア・セトラーとジョー・フェイゼンはわたしが通常の執筆生活に戻れるように配慮してくれた。年配のCドッグはいつものように協力的だった。

本書はフィクションである。シカゴ警察のバッジに関しては勝手に創作させてもらった。シカゴの地理に関しては創作しないよう心がけたが、もちろん、ミスはしょっちゅうなので、鋭い読者のみなさんにご指摘をいただければありがたい。しかし、本書でくりひろげられる出来事のほとんどは想像の産物で、わたしの力の及ぶかぎり、束縛のない自由なものにしようと心がけた。

目次

ミッドナイト・ララバイ

登場人物

V・I・ウォーショースキー……私立探偵
ペトラ……………………………V・Iの従妹
ピーター…………………………ペトラの父
レイチェル………………………ペトラの母
ラモント・ガズデン……………40年前に失踪した男
エラ………………………………ラモントの母
クローディア……………………エラの妹。ラモントの叔母
カレン・レノン…………………病院付きの牧師
カーティス・リヴァーズ………ラモントの友人。商店主
スティーヴ・ソーヤー…………同。消息不明
ジョニー・マートン……………〈アナコンダ〉のリーダー
グレッグ・ヨーマン……………マートンの弁護士
エベール…………………………牧師
ローズ……………………………エベール牧師の娘
フランシス・ケリガン…………〈フリーダム・センター〉の修道女
ブライアン・クルーマス………上院議員選挙の立候補者
ハーヴィ…………………………ブライアンの父
ジョレンタ………………………ブライアンの母
レス・ストラングウェル………ブライアンの選挙スタッフ
ジョージ・ドーニック…………〈マウンテン・ホーク警備〉の経営者
ラリー・アリート………………ドーニックの元パートナー
アーノルド・コールマン………州上訴裁判所の判事
エルトン・グレインジャー……ホームレス
マリ・ライアスン………………新聞記者
ミスタ・コントレーラス………V・Iの隣人
ジェイク・ティボー……………同。音楽家
ボビー・マロリー………………警部
ロティ・ハーシェル……………医師

1　アナコンダの怒り

　ジョニー・マートンはわたしを弄んでいて、双方がそれを承知していた。彼にとっては、愉快なゲームだった。殺人、脅迫などの数々の犯罪や、多数の訴訟で有罪になり、延々と懲役刑に服している。暇な時間がたっぷりある。

　わたしたちがすわっているのは、ステートヴィル矯正施設にある弁護士と依頼人のための接見室だった。わたしを利用して早期釈放をかちとろうという魂胆から、ジョニーがこちらに調子を合わせていることが、わたしにはどうにも信じられなかった。わたしが刑事弁護士をやっていたのはずいぶん昔のことなので、いかなる受刑者から依頼されようとも、役には立てない。ましてや、嘆願書を出す前に、超一流弁護士のクラレンス・ダロウとジョニー・コクランに二交代制で働いてもらう必要のありそうな受刑者となれば、無理に決まっている。

「イノセント・プロジェクト（冤罪防止にとりくんでいるNGO）の助けがほしいんだが、ウォーショースキー」その日の午後、マートンはいった。

「どの事件が冤罪だというの？」わたしはリーガルパッドにメモをとるふりをした。

「おれが有罪判決を受けた事件のすべて」マートンはニッと笑って、おどけた一面をアピールしようとしたが、わたしは笑みを返さなかった。ジョニー・マートンがどういう男であれ、道化者になることはありえない。

マートンは六十歳を超えている。国選弁護士会に所属していたわたしが短期間だけ彼の弁護を担当した当時は、すぐにカッとなる男で、新米弁護士をあてがわれて激怒していたため、彼と拘置所で顔を合わせるのは、わたしにとって耐えがたい試練だった。彼に〝ハンマー〟というあだ名がついたのは、どんなものでも武器にして（彼の感情も含めて）、どんな相手でもぶちのめすことができるからだった。あれから二十五年が――その多くは塀のなかで――すぎたのに、彼という人間はすこしも丸くなっていなかった。だが、相手にうまく合わせる術《すべ》は学んだようだ。

「あなたに比べれば、わたしの願いはとても単純よ」わたしはいった。「ラモント・ガズデン」

「あのな、ウォーショースキー、ムショ暮らしってのは失うもんが多くてよ、おれが失ったもんのひとつが記憶だ。名前をきいても、なんにも思いだせん」マートンは椅子にもたれて腕を組んだ。二の腕でとぐろを巻き、腕を這いおりて手首のところで鎌首をもたげた刺青の蛇たちが、マートンの黒い肌で身をくねらせているかに見えた。

「世間の噂によると、あなた、〈アナコンダ〉のメンバー一人一人の過去から現在までの居所をすべて把握してるそうね。この世から消えたメンバーの場合は、その最後の休息場所までも」

「みんな、おおげさなんだ。そうだろ、ウォーショースキー。おまわりや州検事の前に出たときはとくに」

「わたし、自分の利益のためにラモント・ガズデンを捜してるわけじゃないのよ、ジョニー。母親と叔母さんから頼まれたの——自分たちが死ぬ前にラモントを見つけてほしいって。ラモントはあなたの仲間だったのに、叔母さんは彼のことを、善良なクリスチャンの若者だと思いつづけてるのよ」

「ふん、あんたの口からミス・クローディアの名前をきくたびに、思わずもらい泣きだ。もちろん、おれが一人になって、誰にも見られずにすむときにな。ムショんなかでヤワな男だなんて評判立てられちゃ、おしまいだ」

「そのやさしい心が身の破滅を招くとは思えないわ」わたしはいった。「シスター・フランシスのこと、覚えてる？」

「噂はきいたぜ、ウォーショースキー。あれこそまさに、立派なクリスチャンの女だった。イエスがシスターを天国に連れてったとき、あんた、そばにいたそうだな」

「地獄耳ね」わたしがその言葉に適度な賞賛をこめると、マートンは得意そうな顔になった。しかし、何もいわなかった。

「亡くなる前にシスターがわたしに何を話したか、気にならない？」わたしは水を向けてみた。

「死人の言葉なんて、好きなようにでっちあげられるさ。釣りの仕掛けとしちゃあ上等だが、おれは食いつかないぜ」

「じゃ、生きてる人間はどう？　わが子になんていわれてるか、気にならない？」

「うちの娘と話をしたのか」これはマートンには初耳で、激怒のあまり思わず立ちあがった。喉の血管が膨らんだ。「てめえがおれの家族に嫌がらせをしてて、おれはいま初めて、てめえの口からそれをきかされるってわけかよ？　うちの娘に近づくな。あいつはな、どんな父親だって自慢できる人生を送ってんだ。てめえみてえなクズにいちゃもんつけられてたまるか。わかったな？」

隅から看守がやってきて、マートンの腕を軽く叩いた。「マートン、落ち着いて、なっ」

「落ち着け？　落ち着けだと？　このアマが、この売女が、おれの家族につきまとってるときに、落ち着いてられるかよ……てめえなんか、おれんとこのお抱え娼婦にするのもいやだね、ウォーショースキー、臭くて鼻がひん曲がりそうだ」

看守が応援を呼んでいた。誰かが手錠を持って入ってきた。

「イノセント・プロジェクト？　へーえ」わたしは持参したリーガルパッドを手にとった。「あなたに足りない《イノセント》唯一のものは、刑務所なんかに入らないでまっとうに暮らしていくための才覚だわ」

ステートヴィルを出るさいに、身体検査をされた。弁護士でさえ、受けなくてはならない決まりになっている。持ちこんだ品はリーガルパッド以外に何もなかったし、出るときも何も持っていなかった。四十五分の面会中、ジョニーとわたしのあいだに品物の受け渡しはいっさいなかった。だが、念には念を入れて、看守たちがわたしの車のトランクを調べた。

矯正施設の敷地を出たわたしは、すぐさま道路脇に車を寄せて、腕のストレッチをした。刑務所に入って門が閉じると、ふだん使わない筋肉までが緊張でこわばってしまうものだ。刑務所《ビッグハウス》のなかにいたあいだ、心を落ち着かせてくれるものは何もなかった。

この矯正施設があるジョリエット市は、シカゴ郊外に広がる人口密集地域の端に位置していて、わたしが道路に出たのはちょうど、西の郊外の人々が帰宅するのと同じ時間帯だった。渋滞のなかを走ることを考えただけで、なおさら肩が凝ってきた。のろのろと車を走らせながら、タイムログをつけた。ラモント・ガズデンの調査に四十五分。この件に関してはとっくに赤字になっているが、いまさら調査をやめるわけにはいかない。泥沼にはまりこんでしまったのだから。

カントリー・クラブ・プラザでI-PASSレーンをゆっくり通り抜け、ようやく、見覚えのある通りの近くまできた。ここから先は高速道路を避けて、裏道を使うことができる。時刻はもうじき七時、八月の太陽は地平線近くまで沈んでいて、道路が西へカーブするたびに、まばゆい光で目がくらんだ。

新鮮な戸外に出て二匹の犬と一緒に走る必要があった。ステートヴィルの空気を肺と髪から追い払い、のんびりすわってお酒を飲みながら、カブスとカージナルスの試合を見たかった。しかし、生計を立てていくうえでもっとも大切な依頼人のために、報告書を二通仕上げなくてはならない。事務所に寄って、書いてしまうのがいちばんだ。そうすれば、試合をゆっくり楽しめる。

ジョリエットからの帰途よりもひどい災厄が待ちかまえていようとは、予想もしなかった。事務所の建物の入口で暗証番号を打ちこんだときは、どこも異常なしと思われた。死にかけたアヒルみたいに苦しげな音を立てて、ロックシステムが解除された。それも異常なことではない。肩を使って入口のドアを押しあけなくてはならなかった。これもまた普通のこと。

災厄に直面したのは、わたしの事務所のドアをあけたときだった。天井の照明のスイッチを入れた。すると、書類がひとつ残らず床に散乱しているのが見えた。ファイルキャビネットが横倒しになり、引出しが放りだされて好き勝手な角度で積み重なっていた。棚の端から地図が垂れ下がっていた。

「ひどい」自分のつぶやきがきこえた。こんな怒りをぶつけるほどわたしを憎むなんて、いったい誰なの？

わたしは震えながら両腕で自分の胸を包みこんだ。わたしの事務所はだだっ広いスペースを区切って、いくつもの小さな部屋にしてある。どの部屋も人形の家のように小さい。人が隠れる場所はたくさんある。廊下にひき返して、手荒に扱ってはならない卵のケースを置くような感じで、ブリーフケースをそっとおろした。ジャケットのポケットから携帯を出して九一一にかけた。携帯を手にしたまま、部屋の仕切りに沿って忍び足でまわってみた。

侵入者はすでに逃げたあとだったが、あらゆる場所で怒りをぶちまけていた。おそるおそる奥の部屋に入ると、簡易ベッドが横倒しになり、コピー機が分解されていた。ひっくり返った引出しの横を通って、パーティションの向こう側に置かれたデスクのところまで行った。デスクの引出しが床に叩きつけられて、木材がひび割れていた。同じ暴力的な何者かが、わたしの参考資料をズタズタにひきちぎっていた。『イリノイ州刑法』のページが優勝パレードのあとのゴミみたいに散らばっていた。母の形見であるウフィッツィ美術館の銅版画と、わたしが買ったネル・チョート・ジョーンズの複製画のフレームがはずれて粉々にされ、ガラスの破片の下に二枚の絵が落ちていた。

わたしはしゃがみこんで、ウフィッツィの銅版画を拾い、子供をあやすように抱きしめた。しばらくすると、凍りついていた脳が働きはじめた。手を触れちゃだめ。鑑識チームが問題にするかもしれない。

この建物を共同で借りているテッサのほうは大丈夫だろうか。テッサが金属の大きなかたまりを溶接して宇宙時代の彫刻を生みだすのに使っているスタジオへ行ってみたが、そっちはすべてが整然としていた。今日の午後、テッサはここにきていたにちがいない――ハンダのつんとくる臭いが空気のなかにかすかに残っている。わたしはテッサの製図台の前にすわり、汗ばんだ手や心臓の動悸など、恐怖と怒りから生じる諸々の現象のなかで、警察の到着を待った。

サイレンがきこえてきたので、出迎えるために入口まで行った。回転灯でほの暗い通りを亡霊のようなブルーに染めて、パトカーが横付けになった。警官が二人おりてきた。若い女性と、太鼓腹の中年男性。

二人を入口で止めて、キーパッドを見せた。ここに侵入したのは、暗証番号を知っている者か、もしくは、高性能の解除装置を持っている者だ。太鼓腹の警官がメモをとった。暗証番号を知っている者は何人いるのかと質問をよこした。

「ここを共同で借りてる友人。わたしの仕事を手伝ってくれてる二人。ミズ・レナルズが――あ、ここを借りてる友人だけど――暗証番号を教えている相手については、わたしではわからないわ」

「裏口のほうはどうなってます?」女性の警官がきいた。

わたしは二人を案内して廊下を通り、裏口まで行った。自動ロック式で、外側には鍵穴もキーパッドもない。女性の警官がドアの外のコンクリート部分を懐中電灯で照らした。コンクリートの上に白い輪っかが見えた。最近の若い子たちに人気のラバー・ブレスレット。乳癌の研究から大学のフィールドホッケー・チームまで、あらゆるものへの支持を表明するために、若い子たちがつけているやつだ。拾おうとして身をかがめたが、見る前からすでに、そこに書かれた文字が予測できた。〝ONE〟。これを見た者は、愛でひとつに結ばれた惑星のために働き、みんなとひとつになってエイズや貧困と戦いたくなる、というわけだ。わたしの従妹のペトラがこれと同じブレスレットをしていた。ペトラの手首には大きすぎたから、裏から出ていくときに落ちたのだろう。

ペトラ。地獄の竜巻が襲いかかってきたとき、ペトラがこの事務所にいたのだ。わたしの視界がぼやけ、気がついたら、コンクリートの上に倒れていた。

警官二人がわたしを助けおこし、なかに連れて入って、何を見つけたのかと尋ねた。

「わたしの従妹」口がカラカラで、かすれた声しか出なかった。「従妹のペトラ。これ、ペトラのだわ」

若さと自信にあふれた美人のペトラは、大学を出るとすぐ、ブライアン・クルーマスの選挙運動に実習生として参加するため、シカゴにやってきた。わたしの脳がふたたび瞬間的に凍りついた。やがて、監視カメラのことを思いだした。表のドアがわたしの事務所から離れていて、入口ホールまで見通せないため、監視カメラが設置してあるのだ。パソコンを起動させようとして、指が震えた。モデムのケーブルが消えていた。ケーブルを捜して、システムをつなぎなおすあいだ、中年の警官がわたしにのしかかるように立っていた。ONのスイッチを押した。起動時のいつものメロディーがアップルから流れてきたので、信じてもいない神に小声で短い祈りを捧げた。警察と私立探偵の守護神である聖ミカエルさま、ビデオファイルがちゃんと再生できますように。

警官たちが見守る前で、わたしは映像を再生した。ここを共同で借りている友人が十一時十三分にやってきて、四時七分に去っている。

四時十七分、わたしが刑務所でジョニー・マートンに別れを告げようとしていたのと同じころ、建物の前に三人の人間があらわれた。いずれも帽子を目深にかぶり、上着の襟を立てているので、顔も性別もわからない。三人ともほぼ同じ身長。分厚い上着のせいで、胴まわりが同じかどうかを見分けるのはむずかしい。左側の人間がいちばんがっしりしていて、真ん中の一人がいちばん細いような気もするが、定かではない。入口のドアのブザーを押すビーッという音がきこえ、つぎに、一人が暗証番号を打ちこんだ。

「ほかに番号を知ってる者は?」中年男性の警官がきいた。「さっきあんたが挙げた連中のほかに」

「あの——従妹が知ってたわ」辛くて言葉が出せなかった。「ある晩、ネットにアクセスできないっていうから、わたしのパソコンを貸してあげたの」

「この映像のなかにいます?」女性の警官がきいた。

わたしは画面の映像を停止させた。専門家なら、この粒子の粗い画像から人種と性別を判定できるかもしれないが、わたしには無理だった。答えられなくて肩をすくめた。

ペトラの携帯にかけてみたが、留守電になっていた。クルーマスの選挙事務所にもかけてみたが、今夜の活動はすでに終わっていた。

警官たちが行動に移り、無線でコード番号を連絡しはじめた——四四、二七三、六〇——誘拐の可能性、暴行の可能性、加重不法侵入の可能性。ぞっとする可能性がいくらでも挙げられる。パトカーや装甲車が続々と到着しはじめるあいだに、わたしはもっともかけにくい電話をかけた。ピーター叔父と奥さんのレイチェルに、長女が姿を消したことを伝える電話を。

2　荒れ狂う親

「あの子に何をした？」ピーター叔父がわたしの肩をつかんで揺すぶった。

「放して！」わたしはどなった。「そんなことしても――」

「答えろ、クソッ！」叔父の声はかすれ、顔は怒りに膨れあがっていた。

わたしは身をよじって叔父の手から逃れようとした――争いたくなかった――なのに、叔父はわたしの背中に両手を食いこませてくる。向こう脛を蹴ってやった。思いきり。叔父が叫び声をあげた。痛みよりも驚きのせいだった。叔父の手がゆるんだので、わたしはあとずさった。向こうが飛びかかってきたが、わたしは身をかがめ、肩をさすりながらさらにあとずさった。叔父はもうじき七十だが、その指にはいまなお、十代のころに食肉処理場でつけた力が宿っている。

二匹の犬が喉の奥で獰猛なうなり声をあげた。わたしは荒い呼吸が治まらないまま、犬の肩に手を置いた。いいのよ、ミッチ。いいのよ、ペピー。おすわり。二匹はわたしの懸念を感じとり、あくびをして、心配そうにクーンと鳴いた。

「そんな態度をとる必要はない」ピーターがわたしに襲いかかるのを見て、ミスタ・コントレーラスが立ちあがった。九十に近い老人だが、自分も格闘のなかに飛びこむべく身構えていた。「このヴィクがあんたの娘を危険な目にあわせるなんて、ありえんことだ。わしが保証する」

ペトラが姿を消したことを伝えたときに、ミスタ・コントレーラス自身もわたしを罵倒したことを考えれば、ペトラの両親の前で味方をしてくれたことが、わたしにはありがたかった。

「どこの誰か知らんが、よけいなお節介はやめてくれ」新たな攻撃目標ができて、叔父ははりきった。

「ピーター、わめいても、怒りをぶつけても、なんの役にも立たないわ」

ピアノの向こうの暗がりから、レイチェル叔母がいった。ピーターも、ミスタ・コントレーラスも、わたしも、ビクッとした。激怒のあまり、叔母がそこにいることを忘れていた。

ゆうべ、ようやくピーターと叔母の居所がわかったとき、この夫婦は娘四人を連れてカナダのローレンシア山脈のキャンプ場にいた。そこに連絡するための電話番号をわたしに教え、社のジェット機を手配し、ケベック・シティへ飛んで一家を拾うよう指示を出してくれたのは、カンザス・シティでピーターの秘書をしている女性だった。ピーターとレイチェルは夜通し車を走らせて空港に到着した。アシュランド・ミートの専用ジェットはピーターとレイチェルをオヘア空港でおろしてから、娘たちを乗せたままカンザス・シティへ向かった。娘たちは母方の祖母にあずかってもらうことになっていた。

「この二、三日、ペトラがひどく神経質になってたの」わたしはレイチェルにいった。「心配ごとは何もないって、本人はいってたけど、いま考えてみると、このことが心にのしかかってたのね。わたしの事務所に悪党どもを案内するって計画が」

「ふざけんな」ピーターがわめいた。「ペトラには悪党の知りあいなどおらん。おまえとはちがう。〈アナコンダ〉の連中とつきあってるのは、おまえじゃないか。服役中のジョニー・マートンに会いにステートヴィルまで出かけたりして」

「どうしてマートンのことを知ってるの？」わたしはびっくりした。

レイチェルが顔をこわばらせて、詫びるような笑みを浮かべた。「ペトラとわたしは電話で毎日話をしてるのよ。ときには、日に三回も。刑務所のその人にあなたが会いにいくことも、ペトラが話してくれたの。あの子にとって、興味深いニュースだったのね」

「ハーヴィからもきいたぞ」ピーターが嚙みつくようにいった。「昔のごろつきどもの件を調べるのはやめるようにという地元の判事の直接命令に、このヴィクは背いたそうだ」

わたし自身がこれほど狼狽していなければ、笑い飛ばしていたことだろう。「直接命令に背く？　わたし、軍隊にいるわけじゃないわ、ピーター。あの判事は国選弁護士会でわたしの上司だった男よ。ジョニー・マートンの手下の一人が関係してる古い事件のときに、自分が弁護でヘマをやったものだから、わたしに赤っ恥をかかされるんじゃないかって戦々恐々としてるの」

「ヘマをやったからどうだというんだ？　理由はどうあれ、チンピラが一人減れば、万々歳じゃないか」

「でも、ヴィク、ゆうべ事務所にきたのがペトラだって、どうしていえるの？」レイチェル叔母がきいた。

叔母はさっきも同じ質問をしたのに、心配で気もそぞろなため、答えをすぐに忘れてしまう。わたしはふたたび、裏口を出たところでペトラのブレスレットを見つけたことを説明した。

「ほかの誰かのものって可能性もあるけど、わたしにはそうは思えないの」

「たとえペトラのものだとしても、おまえは何を根拠に、あの子がドアをあけたと思うんだ？」ピーターが詰め寄った。「ビルを共同で借りてるあの彫刻家かもしれんぞ。あの女がマフィアの犯罪に関係してないって、なんでわかる？」

わたしは何回か口をあけたり閉じたりしたが、何もいわないことにした。テッサ・レナルズはアフリカ系アメリカ人。人種偏見から叔父がこういう非常識な意見を口にする姿など、わたしは見たくなかった。テッサはまた、アフリカ系アメリカ人の貴族でもある。母親は有名弁護士、父親は大成功したエンジニア。この二人はわたしが依頼される仕事や、事務所を訪ねてくる人々を見て、テッサまで泥沼にひきずりこまれるのではないかと心配している。すでに、ゆうべの侵入事件が深夜のニュースで流れたあと、テッサの母親から不安そうな電話があった。

わたしは疲れがひどく、混乱もひどかったため、まともにものが考えられなかった。代わりに、ノートパソコンのスイッチを入れた。きのうの夕方わたしの事務所に忍びこんだ三人組の映像を、自宅のこのパソコンにメールしておいた。いま、その映像をレイチェルとピーターに見せた。

「このなかの誰かがペトラに似てません？」

「ありえん！」ピーターが荒々しい足どりでパソコンから離れ、携帯電話をとりだした。「時間の無駄だ。なんでこんなとこにすわって、ヴィクにきりきり舞いさせられなきゃならんのだ？　こいつはな、ペトラを危ない目にあわせといて、責任逃れをしようとしてるだけなんだ」

レイチェルが首を横にふった。じわっと涙が盛りあがって、鼻の横を流れ落ちた。「真ん中にいるのがペトラだわ」

「なんでそう断言できる？　こんなもの――」

「ピーター、あの子がメルボルンで買ったクロコダイル・ダンディーの帽子とオイルクロスのコートよ。お気に入りの品なの。この映像でも、わたしにははっきりわかるわ」叔母は濡れた睫毛の奥からわたしを見た。「ヴィク、誰かが無理にこんなことをさせたにちがいないわ。あと一時間したら、FBIでハットフィールド特別捜査官と会うことになってるの。何人かの名前を教えてちょうだい。そしたら、FBIのほうでその人たちを尋問してくれるだろうから」

「そうとも、クッキーちゃん」ミスタ・コントレーラスが横からいった。「隠し立てしとる場合じゃないぞ。あんたはそのやり方が好きだけどな」

「大学時代のルームメイトとは話をした？　ケルシーだったっけ？」わたしはきいた。「名字は知らないけど、ペトラのいちばんの話し相手はその子よ」

「ケルシー・インガルスね。けさ、ネットでニュースを見て、電話をくれたわ。ペトラに何回も電話したんですって――わたしたちもかけつづけてるけど留守電なの」叔母の声が震えた。「ヴィク、あなたが話をした人のなかに、FBIや警察がペトラを見つけるのに役立ちそうな人がいるはずだわ。お願い、お願いだから、その人たちの名前を教えて」

わたしは力なく首をふった。「二、三日前の夜に、わたしのアパートメントが荒らされたの。アリートって警官が、いえ、元警官が関係してそうな気がするけど、その疑惑に具体的な根拠があるわけではないのよ。ほかには〈アナコンダ〉のリーダーのジョニー・マートンあたりかしら。カッとなったら何をしでかすかわからない男だけど、この事務所が荒らされた時間帯には、わたし、マートンと面会の最中だったの。面会が終わるまで、あの男は冷静だったわ」

ピーターがマートンと〈アナコンダ〉に怒りをぶつけた。おまえが凶悪な犯罪者どもの仲間だとわかってたら、ペトラをおまえの二十マイル以内に近づけるようなまねは、ぜったいしなかったのに。

「わかったわ」ピーターがどなり散らして声を嗄《か》らしたところで、わたしはいった。「でも、監視カメラの映像に記録されてる時刻を見てちょうだい。テッサが――ここを共同で借りてる彫刻家だけど――出ていくのを、ペトラが待ってたように見えるでしょ。十分しか間隔があいてないもの。テッサが出ていく。ペトラが暗証番号を打ちこんで、チンピラ二人と一緒に入りこむ」

「ヴィク、偶然というものがあるのよ」レイチェルがいった。冷静でいようと努めている。「ペトラがどうしてそんな連中を知ってるの？　五月に大学を卒業したばかりで、シカゴに住んだこともないんだし、こっちにきてからは、二十人ほどの人と一緒にダウンタウンの選挙事務所で働いてたのよ。中西部の郊外で育った女の子で、犯罪者なんてこれまで見たこともないし、たとえ見たとしても、気づきもしないでしょうね。あなたの責任だというつもりはないけど、ギャングとか、そういうたぐいの人たちを知ってるのは、あなたなのよ。ペトラじゃないわ。お願い、お願いだから、あなたのファイルをFBIかボビー・マロリーに渡してちょうだい。あの人たちに頼めば、あなたが話をした相手を一人残らず調べてくれるわ」

「ボビーなら、ゆうべ、この事務所にきたわ」わたしはいった。

ボビーはゆうべ、入口にたむろする警官を押しのけて入ってくると、従妹がブレスレット以外に何か落としていったものはないかと、デスクの下にもぐりこんで探しているわたしを見つけた。過去十五年間に優秀な女性の部下を数多く使ってきたにもかかわらず、犯罪現場でわたしに出会うと、ボビーはいまだに胸やけをおこしてしまう。

「そこにいたのか、ヴィッキー。うちの刑事の一人に、外見のわりには頭の切れる男がいてな、シートに記入されたきみの名字を見て、わしのとこに持ってきたんだ。ペトラって誰だ？ ピーターの子供？ どういう非常識なことにその子を巻きこんだんだ？ ピーターは知ってるのか？ その子を傷つけたりしたら、ピーターがきみの腸をソーセージの皮にしちまうぞ」

「濡れ衣だわ、ボビー」わたしはうんざりした声でいって、デスクの下から這いだした。「ペトラはクルーマスの選挙運動を手伝ってるの。なぜここにきたのか、誰をなかに入れたのか、わたしにはわからない」

ボビーにビデオ映像を見せて、ペトラがどうして入口の暗証番号を知っていたかを説明した。ボビーは映像に眉をひそめ、それから、パトロール班の連中に、この映像をビデオテクノロジー・チームに渡す手筈は整っているのかと尋ねた。

ボビーが姿を見せたとたん、捜査のテンポが加速した。攻撃的だった警官たちはシュンとして協力的になり、無気力だった警官たちは精力的になり、そして、鑑識チームが魔法のようにあらわれて、指紋だの、血痕だの、なんでもいいから検出しようとして、荒らされた事務所のあちこちに粉をはたきはじめた。誘拐の可能性もあるということで、ボビーがFBIに電話を入れた。十一時ごろ、FBIが特別捜査官を送りこんできたので、わたしはまたしても無益な質問に答えさせられることになった。

その途中で、新聞記者からわたしに電話が入りはじめ、事務所の外にテレビの取材班が押しかけてきた。わたしがFBIの特別捜査官と話をしているあいだに、ブライアン・クルーマス本人からも電話があった。この候補者はハリウッドでセレブな資金集めパーティの最中だったが、もちろん、選挙スタッフにペトラの失踪の知らせが届いていた。クルーマスはボビーと話をし、それからわたしと話をした。

「あなたはペトラの従姉、そうですね？　たしか、ネイヴィ・ピアのイベントでお目にかかりましたね。ぼくのプライベートな電話番号を教えておきましょう、ヴィク。ペトラのことで何かわかったら、すぐ連絡をください。いいですね？」

わたしはその番号をPDA（携帯情報端末）に打ちこんで、FBIとの話に戻った。いくらメディア受けする人物でも——ブライアン・クルーマスは魅力あふれる現代のボビー・ケネディとして騒がれている——二十代のブロンドの女の子が失踪すれば、全国ニュースになってしまう。ダメージ・コントロールの必要ありだ。

ようやく自宅に帰り着いたが、ほとんど眠れなかった。ビクッと目をさますたびに、ペトラの身に何がおきているかは考えないようにして、代わりに、どこを捜せばいいかを考え、ペトラはいったい誰をわたしの事務所に連れてきたのだろうと訝った。

「そもそも、ジョニー・マートンみたいなクズ野郎のとこへ、あんたが話をしにいったのがまちがいだったんだ」ミスタ・コントレーラスがいった。「あんたが最初に車であそこへ出かけたときから、わしゃ、そういいつづけただろうが。なのに、あんたときたら、善悪の判断ができるのは自分だけだと思っとる。ほかの者は無知で意見も持っとらんてわけだ。おかげで、ペトラを災難にひきずりこんじまったじゃないか」

「マートンが何回有罪判決を受けたか、おれは正確に知っている。やつがうちの娘の誘拐を命じて、おまえの事務所の錠をあけるよう強要したとわかっても、ちっとも意外だとは思わん」ピーター叔父が部屋のなかをうろつきまわり、わたしの鼻に自分の鼻をくっつけんばかりにして、わめきちらした。「おまえのせいでペトラに危害が及ぶようなことがあれば、十倍にして返してやる。わかったな？」

わたしはじっと立ったまま沈黙を通した。わたしのせいでペトラに危害が及んだら、わたし自身、もう生きていけないだろうが、怒り狂っている叔父に返事をするのは不可能だった。叔父の携帯が鳴りだし、叔父はようやく、電話に出るためにわたしから離れた。

わたしはレイチェルのほうを向いた。「デレク・ハットフィールドに会いにいってね。優秀な捜査官よ」

「あなたはどうするの？」叔母が尋ねた。

「うちで最高に優秀なエージェントを調査に当たらせてるとこよ」わたしは沈んだ声でいった。

うちで最高に優秀なエージェントは、いまだにラモント・ガズデンを見つけられずにいる。うちで最高に優秀なエージェントは〈マイティ・ウォーターズ・フリーダム・センター〉を廃墟にしてしまった。ペトラ捜しに関しては成果があげられるといいのだが。

3　恩を仇で返される

ラモント・ガズデンと、わたしの従妹ペトラ。これぐらい共通点のない二人というのも、ちょっと想像できない。一方はシカゴのサウス・サイド出身で、〈ハンマー〉ことジョニー・マートンの昔の仲間、もう一方はカンザス・シティ郊外の高級住宅地で育った、ミレニアムの携帯メール世代。わたしという存在がなかったら、そして、不幸な偶然がなかったら、二人の人生がぶつかることはけっしてなかっただろう。

ペトラはわたしの従妹なので、夏の初めにシカゴにやってきたときにわたしを訪ねてきたのは、さほど意外なことではなかった。大学を出たばかりで、父親の故郷であるシカゴで仕事の実習をすることになっていた。

わたしがラモント・ガズデン捜しをひきうけたのは、偶然の巡り合わせ、それも悪い巡り合わせによるものだった。ときどき、うちの一族以外の誰かを非難したくなると、わたしは不当にも、エルトン・グレインジャーという名のホームレス男に文句をぶつける。

当人に責任はないのだが、わたしをガズデンという泥沼にひきずりこんだのが、このエルトンだった。エルトンは数年前から、わたしの事務所の前の通りでときどき仕事をしている。

「元気?」と声をかける程度のつきあいだ。ときどき、彼から《ストリートワイズ》を買ったり、コーヒーやサンドイッチをおごったりしている。吹雪のときに一度、わたしの事務所に避難するよう勧めたが、エルトンはいやだといった。そして、金色に輝く六月のある日の午後、事務所の前で彼が倒れた。

わたしが知らん顔をしていれば、ペトラが姿を消すことはなかったかもしれない。シスター・フランシスはいまも生きていたかもしれない。善きサマリア人を待ち受ける運命についての教訓がそこにある。

それは、わたしが事務所に入ろうとして暗証番号を押していたときのことだった。

「ヴィク、どこ行ってたんだ? 何週間も顔見なかったな! 元気そうだね」エルトンは《ストリートワイズ》をふってみせた。「今日出たばっかのやつだよ」

「イタリアへ行ってたの」わたしは財布のなかを探って、まだしっくりこない感じのアメリカのお金を出そうとした。「十五年ぶりの本格的な休暇だったのよ。戻ってくるのが憂鬱だった」

「外国旅行か。おれなんか、十九のときにアンクル・サムがサイゴン行きの飛行機代を出してくれて、それ以来、すっぱり縁を切っちまった」

わたしが五ドル札をひっぱりだしたそのとき、エルトンが歩道に崩れ落ちた。わたしは鍵束と書類を放りだして、彼の横に膝をついた。倒れた拍子に頭を打ってひどい出血だったが、呼吸はしていて、脈を診てみると不規則に弱々しく打っていた。華奢なバレリーナが音楽に負けないよう踊りつづけるのに似ていた。

その後の二、三時間は、救急車、救急救命室、入院手続きなどで慌しくすぎていった。病院側がくわしいことをあれこれ知りたがったが、わたしにとって、エルトンは数年前からウェスト・タウンのこの界隈で働いているホームレスの男にすぎない。エルトンからきいた個人的な話は、深酒が災いして妻に家出されたということだけだ。子供の話は一度もきいていない。ベトナムの話が出たのも今日が初めてだった。もとは大工だったそうで、いまもときどき日雇いで仕事をしている。医療保険に関しては、わたしが病院の書類手続きに手を貸すことはできなかった。エルトンはホームレスだ。市の医療サービスを受ける資格があればいいのだが、わたしには調べようがない。

事務所に戻りたかった——二カ月半も留守にしていたため、ヒマラヤ山脈のごとき書類の山がわたしを待っている——しかし、エルトンの治療に関してなんらかの見通しがつくか、決定が下されるかしないかぎり、彼を残して帰る気になれなかった。結局、疲労困憊でいまにも倒れそうなインターンがやってきたのは二時間後、それも、わたしがトリアージ（治療の優先度を決定すること）担当の看護師のところへ何度も足を運んで、エルトンのためにゴリ押しをつづけたからだった。死にそうなのよ、酸素マスクをお願い、心臓モニター装置をお願い、などなど。エルトンはストレッチャーの上ですでに意識をとりもどしていたが、肌は冷たくて蠟のようだったし、脈は依然としてひどく弱かった。

わたしが三回目にカウンターまで行ったとき、初老の黒人男性のことを気にかけてくれそうなタイプの三十代前半と思われる白人の女性が、苦い笑みをよこした。「こっちも大変なのよ。人員削減がひどくって。膨大な数の患者さんに対応しきれないの」

わたしはうなずいた。「わたしのほうは、しばらくヨーロッパへ行ってて、きのう帰ってきたばかり。まだ適応できてないわ――こっちの時間帯にも、医療システムにも」

「あなたのお兄さん？」女性はエルトンのストレッチャーのほうを指さした。

「ホームレスなの。うちの建物の前で倒れたもので」

女性はバラの蕾に似た柔らかそうな唇をすぼめた。「容態が安定したら、様子を見にいってもいいかしら。この街のホームレス支援団体に友達が何人かいるから」

わたしは感謝をこめて同意した。ようやく、高校生にしても幼すぎる顔立ちの、ましてや、大都会の真ん中にある病院に勤務しているとはとうてい思えないようなインターンが、ストレッチャーのところにやってきた。飲酒と喫煙と睡眠に関してエルトンにいくつか質問をした。聴診器を当ててから、心電図と脳波の検査を指示した。そして、酸素マスクも。

「多少不整脈があります」インターンはわたしに説明した。「どれぐらい深刻な症状か調べてみましょう。ホームレスで酒好きとなると、弊害が出てきますね」

エルトンがわたしに笑顔を見せ、ニコチンに染まった指でわたしの指を弱々しくつかんだ。

「帰ってくれていいよ、ヴィク。おれは大丈夫だ。すまんな――ほんとに、いろいろと」

彼が内ポケットからよれよれの緑色のカードをとりだしたので、このまま通りに放りだされる心配だけはないことがわかった。タクシーをつかまえて事務所に戻り、エルトンのことは、頭から払いのけるとまではいかないが、頭の奥へ押しやった。旅行でくたくたに疲れていたが、ずいぶん長く留守にしていたため、仕事に戻る前にひと休みする余裕はなかった。イタリアへはモレルと一緒に出かけて、ウンブリア州の丘陵地帯にコテージを借りた。わたしの母が子供時代を送った家の近くだった。モレルは二年前にカイバル峠で銃撃されて、危うく命を落とすところだったが、その怪我からようやく回復した。脚力を試して、ジャーナリストの最前線に復帰する準備が整ったかどうかを確認したがっていた――アフガニスタンに戻りたくてうずうずしているのだ――わが国が終わりなき戦争を始めて以来、イラクとアフガニスタンでジャーナリストが三百名ほど死亡しているというのに。

わたしの目的はもっと個人的なものだった。母親のガブリエラとはイタリア語で会話をしながら大きくなったが、これまで一度も母の故郷を訪ねたことがなかった。親戚に会いたかった。母が声楽を習った土地で音楽に耳を傾け、ウンブリアとトスカーナの光のなかで絵画を鑑賞し、ブドウが育った丘陵地帯でトルジアーノのワインを飲みたかった。

モレルとわたしは、いまも存命中のガブリエラの親戚を訪ねてまわった。年老いたカトリック教徒の人々で、わたしがガブリエラに生き写しだと驚きの声をあげたが、ガブリエラがイタリア系ユダヤ人だった父親と隠れて暮らさなくてはならなかった時代については、ひと言も話してくれなかった。ガブリエラの父親、つまりわたしの祖父にあたる人は、誰かがガブリエラを海岸までこっそり送ってキューバ行きの貨物船に乗せた翌日、密告されてアウシュヴィッツへ送られたそうだが、親戚の人々は彼のことをあまり覚えていないといった。

ガブリエラの弟のモゼリーオがどうなったかは、誰一人知らなかった。彼が一九四三年にパルチザンに加わって以来、ガブリエラ自身、まったく消息をきいていなかったので、わたしも楽観的にはなれなかった。母が亡くなったのはずいぶん昔のことだが、わたしはいまも母が恋しくてならない。ピティリアーノに住む母の一族に多くを期待しすぎていた。

モレルと一緒にシエナの歌劇場へも行ってみた。そこはガブリエラがプロのオペラ歌手として一度だけ舞台に立った場所だった。演目はヨンメッリの〈タウリスのイフィゲネイア〉。このおかげで、わたしはシカゴでいちばん風変わりなミドルネームを持つことになったのだ。もうじき九十歳になる衰弱したディーヴァにも会った。音楽学校で一緒だったころのガブリエラを覚えていてくれた。〝金の鈴をふるような声でしたよ《ウナ・ヴォーチェ・コムーナ・カンパーナ・ドラータ》〟。やっぱりね。サウス・シカゴにあった五部屋のわが家は、ガブリエラの歌声に満たされるたびに、破裂するのではないかと思われたものだった。

ガブリエラは世間知らずの貧しい移民としてシカゴにやってきて、ミルウォーキー・アヴェニューのバーの歌手募集という広告に応募した。ところが、バーの支配人たちは、〈ドン・ジョヴァンニ〉の《おっしゃらないで、いとしい人よ《ノン・ミ・ディル・ベッリドール・ミオ》》を歌っている母の服を脱がせようとした。

それを父が救ったのだった。炎暑の七月の午後、ビールを飲もうとバーにぶらっと入ってきた父が、女の身体にさわろうとするバーの支配人の手から、母をひきはがした。わたしの父はシカゴの警官、親切でおだやかな男で、その日から母を熱愛するようになった。

石膏の旗を掲げたバロック様式のキューピッドをシエナの歌劇場で目にして、わたしはガブリエラが人生のスタートを切った舞台と音楽、そして、人生を終えた製鋼工場地帯の真ん中にあるバンガローとの大きな隔たりを実感した。イタリアの人種差別法ゆえに母が泣く泣く捨ててきたすべてのものに対して、父とわたしはどれだけその埋め合わせができただろう?

旅行のその部分はつらかったが、シエナとピティリアーノを去ったあとは、モレルと二人で楽しい二カ月をすごした。ただ、この旅行が二人の関係に終止符を打つ旅になることが、しだいにはっきりしてきた。今回の休暇を計画したときは、これが二人の関係をさらに深めてくれるものと思っていた。二人とも常識の枠からはみでた仕事をしていて、長期にわたって家をあけることが多いため、二人だけで密度の濃い時間をすごしたことが一度もなかった。モレルがローマ行きの列車に乗り、そこからイスラマバード行きの直行便に乗り換える日がきたときは、別れを告げる用意ができたことを、おたがいが悟っていた。

わたしはその二、三日後に、モレルとわたしが深く固い絆を持続できなかったのはなぜだろうと思いつつ、ミラノから悲しく帰国の途についた。わたしが散らかし屋だから? それとも、モレルが強迫観念にとらわれたみたいに几帳面だから? もしかしたら、何人かの友達にいわれたように、近づいてくる相手に対して、わたしがトゲトゲしすぎるのかもしれない。あるいは、もしかしたら、二人とも究極的には、自分の仕事にもっとも深い愛情を捧げているのかもしれない。国際的な人権問題を取材するジャーナリストというモレルのキャリアのほうが、わたしのキャリアよりはるかに魅力的だし、はるかに深い愛情を向けるに値する。結局のところ、わたしは横領事件やケチな詐欺師を追うことに時間を費やしているにすぎないのだから。

エルトンを病院に残してタクシーで事務所に戻るあいだ、その思いもわたしを憂鬱にしていた。彫刻家の友達と共同で借りている改造倉庫にタクシーが着いたとき、またしても、アメリカに戻ってきたことを痛感させられた――今回はチップの問題をめぐって。こちらではチップが必須とされているのに対して、ヨーロッパではさほど大きな問題ではない。わたしは大きく息を吸ってから、入口のキーパッドに暗証番号を打ちこんだ。エルトンの危機は去り、わたしの休暇も去ってしまった。

建物のなかにある事務所のドアの鍵をあけた。以前わたしのためにリサーチを担当していた若い女性で、歴史学の博士号を持つエイミー・ブラントが、書類をじつに几帳面に整理しておいてくれたので、ドアをあけたとたん、書類が敬礼とともに出迎えてくれたような気がした。困ったことに、その数が多すぎた。作業テーブルはきちんとラベルを貼った書類に覆われていて、一方、デスクには最優先で処理すべき書類が積み重ねてあった。

留守にしていたあいだ、わたしはメッセージをチェックするために、インターネット・カフェへ週に二回ずつ出かけていた。エイミーが留守番をひきうけて、小さな仕事を片づけたり、決まりきった問い合わせに答えたりしてくれていた。わたしに連絡をよこすのは、彼女の独断では処理しきれない問題が持ちあがったときだけだった。

帰国する直前に、突然、エイミーが大学で教えることになった。三年前からずっと希望していたことだった。夏の学期のスタートに合わせて、大急ぎでバッファローへ発たなくてはならなかった。エイミーはわたしの書類を整理して、真っ赤なガーベラの鉢植えを置いていってくれた。世話する者がしばらくいなかったため、すこし萎れていたが、だだっ広いスペースにその華やかな色彩が目立っていた。

今日の午後、わたしはガーベラに水をやり、大きな長い作業テーブルを覆った山のような書類に興味を覚えたふりをした。あいにく、いちばん高い山のてっぺんにクレジットカードの請求書がのっていた。信用格付けや、腎臓の片方や、車のガソリンをふたたび満タンにする希望を失いたくないなら、十日以内に支払うこと。

アメックスの請求書を片目の端で見た。そうすれば支払額が減るとでもいうように。USドルの価値が下がっていることを考えると、ミラノを発つ前日にラリオのブーツを自分へのご褒美にしたのはまちがいだったのだ。あるいは、トレヴィーゾへ寄り道したときにモレルと一緒に見つけたアントネッラ・メイソンのアクリル画も。

わたしはうんざりした顔になり、渋々、書類の山の掘削にとりかかった。支払期限がすぎてしまった請求書の迅速な処理を最優先にしなくては。人材派遣会社へ電話をして、手伝いの人間を誰か見つけてほしいと頼んでから、もっとも重要ないくつかの電話に返事をする作業にとりかかった。大金を支払ってくれる依頼人たちからの電話。

五時すこし前に、仕事を終えるしかなくなった。わたしの身体がもう真夜中だと思いこんでいたし、こみいった話の途中で、電話の相手が誰なのか、自分が何語をしゃべっているのか、わからなくなってきた。

ブリーフケースにファイルをいくつか押しこんでいたとき――悲観主義者はケースが半分埋まってしまったといい、楽観主義者は夕食のときに読めばいいという――外の呼鈴が鳴った。わたしはドアのところに監視カメラをつけている。そうしておけば、ユナイテッド・パーセル・サービスの男性がテッサのところへ鋼鉄一トンを配達にくるたびに、わたしが廊下を走らなくてもすむからだ。パソコン画面に映った顔を見た。

監視カメラは高性能のものではないが、今日エルトンを病院へ運んだときに顔を合わせた若い女性のような気がした。エルトン！　すっかり忘れていた。胃がこわばった。悪い知らせを直接伝えにきてくれたのだろうか。開錠ボタンを押してから、女性を出迎えるために廊下を走った。

エルトンのことを尋ねると、女性はわたしを安心させようとして、わたしの手を握った。

「いえ、いえ。大丈夫そうよ。今日の午後、しばらく話をしたの。ベトナム帰還兵なので、退役軍人省のほうへ移せると思うの。そっちへ行けば、もっといい治療が受けられるわ」

わたしはエルトンがこの事務所の住所を教えたのだと思い、わざわざ伝えに寄ってくれたことに礼をいった。

彼女は困ったような笑顔になった。「ここにお寄りしたのは彼のためじゃないのよ。ごめんなさい。でも、あなたが探偵さんだって彼に教えられて、まさにわたしが必要とするタイ

「わーい！　善行を積めば、依頼人がきてくれる。褒美は天国まで待つべきだなんて、誰がいったの？　彼女を事務所に通そうとすると、向こうは戸口でためらいがちに足を止め、あたりを見まわした。ハンフリー・ボガートやジェイムズ・エルロイの映画から私立探偵のイメージを作りあげた人々にありがちなことだ。

「何を調べてほしいとおっしゃるの、ミズ——？」

「レノンよ。カレン・レノン。わたしじゃなくて、知り合いの老婦人たちのために」彼女はカウチに腰をおろし、むっちりした膝の上で両手を握りしめた。「わたし、病院付きの牧師なの。ベス・イスラエル病院の系列で仕事をしていて、現在は〈ライオンズゲート・マナー〉という、ベス・イスラエルがやっている介護ホームを担当してます。入所者は大部分が老人で、そのほとんどが女性。そんな女性の一人に、息子さんが行方不明の人がいるの。その人と妹さんが二人で息子さんを育てあげたのよ。どうしても息子さんを見つけたいっていうの。自分たちが死ぬ前に心の安らぎを得るには、それしかないって。どうすれば二人の力になれるかと、わたし、前からずっと考えてたんです。でね、あのホームレス男性のために必死になってるあなたを見て、探偵さんだと知ったとき、あなただったらその二人に力を貸してくれるんじゃないかと思ったの」

「あのう、仕事をことわるわけじゃないけど、失踪者を捜すんだったら、警察に専門の部署があるわ」

「その二人はアフリカ系アメリカ人で、すごく年をとってるの」カレンはいった。「警察にはいやな思い出しかないみたい。でも、私立探偵にはそういう悪いイメージがないのね、二人から見ると」

「わたしに頼めばお金がかかるわよ。警察なら無料だけど」わたしはいった。「救世軍に頼んでみたら？——失踪人捜しもやってるでしょ」

「救世軍の人には、ミス・エラの息子さんが行方不明になったのはずいぶん昔のことだから、力になれないといわれたわ。捜索願いだけは受理してくれたけど」カレンはそこでためらった。「ミス・エラは雀の涙ほどの社会保障手当てで暮らしてるの。電話会社のために何年も製品の組立作業をしてきたのに、年金がもらえなかったから。わたし、ネットであなたのことを調べてみて、いろんなボランティア団体に協力してらっしゃることを知って——女性のための避難シェルター、レイプ被害者救済センター、性や生殖に関する権利の擁護団体——あなたならたぶん、すごく困ってる人のために奉仕活動をしてくれるだろうと思ったの」

わたしの唇がこわばった。「たまには奉仕活動をすることもあるけど、行方不明者捜しは含まれてないわ。ずいぶん昔に失踪した人となれば、なおさら無理よ。救世軍も捜索を渋るなんて、行方不明になったのはいつごろのこと？」

「わたしもくわしいことは知らないの」カレンは自分の手に目をやっていた。嘘をつくのに慣れていない。当人もそれは自覚していて、正直に答えたら、わたしに事件をひきうけてもらえないと思っているのだ。「とにかく、くわしいことはミス・エラにきいてもらったほうがいいわ。これまでの人生は苦労の連続だったから、誰か力になってくれる人がいることを知れば、人生という旅路の最後に安らぎが得られると思うの」

「わたしに払う料金を誰かが用意してくれなきゃ」わたしはきっぱりといった。「たとえ正規の料金は請求しないとしても、ちなみに、正規の料金は一時間百五十ドルなんだけど、この不景気な時代に時間とお金をドブに捨てるようなことはできないわ。〈ライオンズゲート・マナー〉には、あなたの裁量で使えるような資金はないの？」

わたしの旧友ロティはベス・イスラエル病院でもっとも優秀な周産期医である。この夜、彼女と食事をする約束になっていた。カレン・レノンと〈ライオンズゲート・マナー〉のことを、そして、正当な理由があればベス・イスラエルが金を吐きだしてくれるかどうかを、ロティに尋ねてみよう。もし、それが本当に正当な理由であるなら。

「ミス・エラと話をしてもらえば、あなたから直接、料金の交渉ができるんじゃないかしら」カレンはわたしの質問をはぐらかした。「会うだけ会ってみても、べつに損はないでしょ？」

4 厄介な依頼人

わたしはロティと夕食をとりながら、エルトンを助けたことと、カレン・レノンがわたしの人生に登場したことを話した。

「病院の付属施設とスタッフのことなら、わたしよりマックスのほうがくわしいわ」カレン・レノンと〈ライオンズゲート・マナー〉に関して何か知らないかと、わたしが尋ねると、ロティはそう答えた。

ロティの昔からの友達で、いまは恋人となっているマックス・ラーヴェンタールは、ベス・イスラエル病院の理事長で、その持株会社の取締役にもなっている。翌日、ロティが電話で彼の返事を伝えてきた。「レノンはベス・イスラエルの倫理委員会のメンバーだそうよ。マックスの話だと、とても若いけど、すぐれた判断力を備えた人ですって。それから、もうひとつの質問――自由裁量で使える資金はないのかという質問ね――うちにはさまざまな目的に合わせてあらゆる種類の資金が用意されてるけど、付属施設に入所してる人の行方不明の子供を見つけるために私立探偵を雇う、というのは想定外ね。この件をどうするかは、あなたが自分で決めるしかないわ」

カレン・レノンと老婦人たちを放っておくこともできた——そうすべきだった——が、考えてみれば、エルトンを助けるために彼女が手を貸してくれたのだ。その三日後、スケジュールに空きができたので、ローズヴェルト・ロードに車を走らせ、古ぼけたサウス・サイドの大型病院のために建設されている巨大なビル群の横を通りすぎて、〈ライオンズゲート・マナー〉に到着した。十五階建てで、最上階の二つのフロアはアルツハイマー患者と痴呆患者用の閉鎖病棟になっている。いずれエレベーターで上の階へ運ばれ、おりてくるときは柩のなか——そう覚悟しつつ生きていくのは、なんと悲惨なことだろう。

入口の警備員がカレン・レノンのオフィスへの道順を教えてくれた。建物のなかは迷路のようで、わたしは二回も迷ってしまい、足を止めて誰かに道をきかなくてはならなかった。すくなくとも、わたしが道をきいたすべての人が、誰がこの施設の牧師かを知っているようだった。つまり、レノンは自分の教区で熱心に仕事をしているのだろう。

〈ライオンズゲート・マナー〉のなかは清潔だったが、最後に修理点検がおこなわれたのはかなり前のようだった。壁のペンキははがれているし、ひび割れたリノリウムの床には、歩行者と杖によるへこみがついていた。廊下の電球は、切れたものも、なくなっているものもほとんどないが、思いきりワット数の低いのを使っているため、まばゆい夏の日なのに、空気が薄汚れた緑色を帯びていて、汚い海の底を歩いているような気がしてきた。

ようやくカレン・レノンのオフィスにたどり着くと、彼女はスタッフらしき年上の女性と話し中だったが、急いで話をすませて、わたしをエラ・ガズデンの部屋へ案内するために立ちあがった。

エレベーターで上へ行くあいだに、わたしがマックス・ラーヴェンタールの名前を出すと、彼女の顔が輝いた。「理事の多くが利益を第一に考えてるけど、マックスだけは、病院が存在するのは人間の苦しみを癒す使命があるからだってことを忘れない人だわ」

九階でエレベーターをおりた。カレン・レノンがきびきびした足どりで廊下の奥へ案内してくれた。歩きながら、ミス・エラの態度がつっけんどんに思えるかもしれないと警告した。

「でも、ムッとしないでね。あなたの事務所でもお話ししたように、さんざん苦労してきた人だから、自分を守るために硬い殻を着けてるの」

カレン・レノンは部屋のドアをノックした。数分後、杖をついて歩いてくる重い足音と、ガチャガチャと錠をはずす音がきこえ、それからドアがひらいた。

ミス・エラは背の高い女性で、杖をついているにもかかわらず、背筋がピンと伸びていた。午後の半ばに自分の部屋で一人きりだというのに、ストッキングをはき、堅苦しいデザインの濃紺のワンピースを着ていた。

「こちらはミズ・ウォーショースキーよ、ミス・エラ。息子さんのことで、あなたの話をききにいらしたの」

ミス・エラはほんのすこしだけ頭を下げたが、わたしがさしだした手は無視した。

「あとで電話して知らせてね。どんな具合だったか……」カレン・レノンはその言葉がミス・エラとわたしのあいだを漂うにまかせた。〝ミス・クローディア〟の容態について二、三質問してから、小走りで廊下を遠ざかっていった。

わたしは部屋に入ったとたん、ヘマをやってしまった。室内は狭くて、ミス・エラの人生を彩る思い出の品々が詰めこまれていた――テーブルも、棚も、小さな磁器のフンメル人形や、陶製の花瓶や、ガラスの動物や、キング牧師の頭部の大きなブロンズ像でぎっしりだった。わたしがぐらぐらしたテーブルにぶつかったため、陶製のガゼルとキリンがカタカタ揺れた。何も落ちはしなかったが、ミス・エラは「フンッ」とつぶやき、「瀬戸物屋に飛びこんだ牛みたいだね」と、きこえよがしにつけくわえた。割れやすい品がのっていないのは、キチネットのそばの小さな丸テーブルだけだったが、そこにはミス・エラの針仕事用のバスケットがのっていた。ヤナギ細工の大きなもので、編物の棒針がヤマアラシのトゲみたいにつっ立っていた。

壁にとりつけられたテレビの両側に、キング牧師とオバマ大統領の写真がかかっていて、小さな人形のあいだには、信仰の言葉が額に入れて飾ってあった。〝あなたが苦悩と試練のなかにあるとき、ひと組の足跡を目にするなら、それはわたしがあなたを運んでいる印です〟と書かれていた。そして、〝神がくださる一日一日を大切に生きましょう。慈悲深き神に仕えるために〟

それらの言葉は、ミス・エラの苦々しい発言や険悪な口調には不似合いに思われたが、一人で部屋にいるときの彼女は、もっと温厚で、もっと従順なのかもしれない。ミス・エラはヤマアラシの針の横に置かれた木の椅子をわたしに勧め、もうひとつの硬い椅子をひっぱってきて、わたしと向かいあった。わたしが彼女に手を貸そうとすると、椅子の布地を切り裂くこともできそうな視線をよこし、すわるようにとわたしにいった。

最初の数分間は、こちらの質問にごく短い返事をするだけだった。

息子さんをお捜しだそうですね。

ええ。

息子さんのお名前は？

ラモント・エマニュエル・ガズデン。

年齢は？

六十一。

「最後に息子さんに会われたのはいつですか、ミズ・ガズデン」

「一九六七年の一月二十五日」

わたしは驚きのあまり言葉を失った。カレン・レノンがわたしに話すのを渋ったのも無理はない。長い失踪期間という範疇を超えている。人生二回分ぐらいにも思える。

ようやく、彼が姿を消したときに捜索はしたのかと、ミス・エラに尋ねた。彼女は陰気な顔でうなずいたが、くわしいことは話してくれなかった。

わたしは大きなためいきをつかないように気をつけた。「どんなふうに捜したんですか」

「あの子の友達に話をきいてみた。急にいなくなったってことだった」ミス・エラは口をキッと閉ざしたが、しばらくすると、その口を無理にひらいてつけくわえた。「ろくでもない友達ばっかりでね、わたしは会いたくもなかった。礼儀知らずな連中さ。けど、あの子たちが嘘ついてたとは思えない」

「で、一九六七年に失踪届は出されました？」

「警察へ行った」ミス・エラは最初の音節を強調して〝けえさつ〟と発音した。「クリスチャン二人が一張羅を着て出かけてったのに、警察ときたら、わたしたちのことをミンストレル・ショーの寄席芸人扱いさ」

「わたしの父も警官でした」わたしは思わずいった。

「何がいいたいの？」ミス・エラの顎が入歯を中心にもごもご動いていた。食物を反芻しているかのようだった。「警察には正直で立派な人間がそろってて、黒人の女が助けを求めて署に入ってけば、『はい、奥さま』といってくれるとでも？」

「いえ、そういうことじゃないんです」わたしは冷静に答えた。「最初に申し上げておいたほうがいいだろうと思って。あとからわかって、隠しごとをしてたなんて思われては困りますから」

ミス・エラの唇がこわばり、苦々しげなラインを描いた。無理もないことだ。一九六七年当時のサウス・サイドの分署の光景は、わたしにも想像がつく。露骨な人種差別の発言が日常茶飯事で、警官の大部分が白人だった時代。しかし、わたしの父はそんな警官ではなかった。警官すべてをひっくるめて、ブタだの、ケダモノだのといわれると、わたしはいつもムッとする。とはいえ、依頼人と口論するのは得策ではない。

「〝わたしたち〟とおっしゃいましたね。ご主人と二人でいらしたんですか」

「妹と二人で。うちの亭主が死んだあと、妹が同居するようになったんだ。ラモントが十三のときだった。わたしがいつもいってることだけど、あのころからラモントがおかしくなっちまった。妹が甘やかすもんだから、すっかり天狗になってさ。けど、いまさら嘆いても始まらない。妹はいま、重い病気で、もう長くは生きられない。ラモントの身に何があったかを突き止めたいというのが、妹の心からの願いなんだ。仕方がないから、何十年もほったらかしだったあの箱をあけることにした。あんたに頼めばぜったい大丈夫だって、カレン牧師がいうもんだし」ミス・エラの声からすると、カレン・レノンの言葉を信じている様子はまったくなかった。

「褒めすぎかも。わたしの料金体系のこと、カレン牧師からきいておられます？」

ミス・エラは大儀そうに立ちあがった。家具の迷路のなかをゆっくり歩いてサイドボードまで行った。きこえよがしにうめき声をあげながら、身をかがめて扉をひらき、鍵のかかった小さな箱をとりだした。首にかけていたチェーンから鍵をはずして、箱をあけた。

「妹の生命保険。保険金額は一万ドル。妹が亡くなったときに、葬式代をさしひいた残りのなかから、あんたに払わせてもらう。もちろん、ラモントが見つからなかった場合の話だよ。見つかったら、金はあの子のものだから、使い道はあの子が決める」

彼女は保険証券をさしだして、契約内容がわたしに読めるようにした。保険会社はエイジャックス保険で、契約者はクローディア・マリー・アルデンヌ。受取人はラモント・エマニュエル・ガズデン、ラモントが死亡した場合は、受取人がエラ・アナスタシア・アルデンヌ・ガズデンになる。わたしは、自分が彼女の妹の亡骸をむさぼり食おうと待ちかまえている食屍鬼になったような気がして、一瞬、背筋が寒くなった。まわれ右をして出ていきかけたが、依頼人となるはずの人物の顔に浮かんだ何かを見て、そんなことをしたら相手の思う壺だ、もしかすると、わたしを落ち着かなくさせて料金はいらないといわせる魂胆かもしれない、という思いが浮かんだ。

ノートをひっぱりだして、ミス・エラが話してくれるごくわずかな事柄をメモした。ラモントの子供時代に一家が通っていた教会の牧師の名前。高校時代の物理の教師で、ラモントに将来性があると見て、大学進学を勧めてくれた人。

「友達のほうはどうでしょう?」わたしはきいた。「〝ろくでもない〟とあなたがおっしゃった友人たち」

「名前なんていちいち覚えてないよ。四十年も前のことだもの」

「ご承知のように、ミス・エラ、そういうことって、夜の夜中にフッと思いだしたりするものです」わたしは澄んだ微笑を浮かべて、〝あなたが嘘をついてるのはお見通しよ〟と伝えてやった。「思いだしたときには、メモしておいて、電話をください。それから、最後に姿を見た日、息子さんは何をしてました? どこかへ行くとか?」

「夕食のときだった。あの子、食事の時間に帰ってこないことがよくあったけど、あの日は家にいて、豆のスープを食べながら、新聞を読んでた。あのころは夕刊が出てたから、妹とわたしがしゃべってるそばで、あの子は新聞をじーっと読んでた。で、突然、新聞を放りだして、ものもいわずに玄関へ向かった。『それがおまえのやり方かい？ 食べるだけ食べて、ごちそうさまもいわないのかい？』ってわたしはいってやった。クローディアはいつも、わたしがラモントにきびしすぎるっていってたけど、なんであの子が世の中の礼儀ってもんを身につけられないのか、わたしには理解できなかった。あの子は無職、働いてるのはクローディアとわたしだけ。わたしは電話の工場で部品の組み立て、クローディアはわがままな白人の家で掃除。そして、ラモントはわたしたちがあの子にかしずくために生きてると思ってた！」

ミス・エラはそこで言葉を切り、荒い呼吸をしながら、四十年たってもまだ薄れていない怒りを新たにしていた。「でね、あの夜、わたしがそういうと、あの子は投げキスをよこして、『豪勢な食事だったぜ』とかなんとか皮肉をいって、玄関から出ていった。薄いジャケットをはおっただけで。あのころ、つっぱってる男の子はみんなああいうのを着てたもんだ。つぎの日は、知ってると思うけど、すごい吹雪だった。ラモントが帰ってこないんで、きっとどっかで吹雪をよけてんだろうと思った。あんなジャケットじゃ、ブリザードのなかにいられるわけがないもの」

ああ、あれね。六七年の猛吹雪。わたしはあのとき十歳で、冬のお伽の国へ行ったような気がしたものだった。雪が二フィートも積もった。吹きだまりのところは建物と同じ高さになっていた。ほんのいっとき、製鋼工場の煤煙で黄色く汚れているわたしたちの車と家を雪が覆って、すべてをまばゆい純白に変えた。大人たちにとっては悪夢だった。父はほぼ二日のあいだ署に釘付けだったし、母とわたしは歩道の雪かきをして食料品屋へ出かけるために奮闘した。もちろん、工場は操業を停止しなかったから、一日もしないうちに、雪の山は汚れ、古ぼけ、陰鬱になってしまった。

「ようやく心配になったのは、もっとあとのことだった」ミス・エラの耳ざわりな声で、わたしは不意に彼女の居間にひきもどされた。「やっと外に出られるようになってから。けど、そのときにはもう、ラモントを見かけた人間は誰一人見つからなかった」

ミス・エラがギクッとした顔になったのは、わたしが写真を見せてほしいと頼んだときだった。じつをいうと、キング牧師や、マルコムXや、その他の黒人運動指導者たちのスローガンと写真が額に入れてたくさん飾ってあるのに、家族の写真が一枚もないことを、わたしは不思議に思っていたのだ。

「なんで写真なんか必要なの？」

「息子さんを捜すとしたら、四十年前にどんな外見だったかを知っておく必要があります。それをスキャンしてから、年齢を加えていけば、六十歳の時点でのだいたいの外見が予測できると思います」

ミス・エラはサイドボードまで戻り、なかを探って写真のアルバムをとりだした。ゆっくりと目を通して、最後に、卒業式の黄色いガウンを着た黒人の若者のスナップをはがした。髪はアフロが流行る以前のスタイルで、地肌すれすれにカットされていた。生真面目な顔でカメラをみつめていて、その目は険悪で冷酷だった。

「高校の卒業式で撮ったやつ。途中からぐれはじめたけど、卒業まではちゃんと通えって、わたしがいいきかせたんだ。あとは赤んぼのときの写真とか、そんなのしかない。これ、返しておくれよ。今日とおんなじ状態で返してもらうからね」

わたしは写真をクリアファイルに入れて、ファイルホルダーにはさんだ。何枚かコピーして、予備的な調査をすませてから、週末に返却すると約束した。

「ただ、簡単に見つかるだろうって妹さんに期待されると困るんです。結果は保証できません。それに、こういうケースでは、せっかく調査を進めても行き止まりになることが多すぎるので、依頼人のほうから打ち切りを望まれる場合もあります」

「けど、ラモントが見つからなくても、金だけは払えっていうんだね」

わたしは明るい笑顔を見せた。「あなたの魂を救うことができなくても、牧師さまが献金を求めてくるのと同じことです」

ミス・エラは険悪な視線をよこした。「あんたが詐欺やってないって、どうしてわたしにわかるのよ？　うちの妹に対して。それから、わたしに対して」

わたしはうなずいた。きちんと説明しておかなくては。「報告書をお渡しします。わたしが報告書に記載したとおりの調査をしたかどうか、あなたのほうで、あるいは、カレン牧師のほうで、抜き打ち検査をしてくださってけっこうです。でも、息子さんの友達の名前を教えてもらわないことには、調査のしようがありません」

その一分後に部屋を出ると、ドアにとりつけられたすべての錠をさっきと反対の順序でガチャガチャかける音がきこえてきた。わたしは廊下に立ちつくした。調査のことで早くも気が滅入っていた。

探偵のいない場所で　その一

「いらっしゃい、ミス・エラ。今日は妹さん、一時間ほど椅子にすわってたんですよ。明日は自分の足で立てるかどうか、見てみましょうね」看護助手が明るく声をかけた。「夕食の介助にいらしたの？　今日はセラピーをがんばったから、お疲れみたい」

ミス・エラはうなずいただけで、返事はしなかった。家族のなかでいちばんの美人だったクローディア。いまみたいなクローディアを見るのはつらいことだ。これがわたしたちへの天罰？　クローディアが寝たきりになり、動くことも話すこともほとんどできず、大きな赤ん坊みたいにおむつをしているのが？　エベール牧師なら、そうだというだろう。しかし、カレン牧師はちがうといった。カレン牧師にいわせると、神というのは、奴隷監督や刑務所の看守みたいに処罰ばかりしたがる怒りっぽい老人ではないそうだ。

「けど、そうは思えないんです、主よ」ミス・エラはつぶやいた。看護助手に声をかけられるまで、自分が声を出していることに気づいていなかった。「どうしました、ミス・エラ？」

最近、自分では意識しないままつぶやくことが、だんだん多くなっているような気がする。

犯罪ではないし、罪ともいえない。厄介なだけだ。年をとるにつれて出てくる厄介ごとのひとつだ。

どろどろの食事がのったトレイを、看護助手がクローディアの病室に運んできた。テレビがつけてあった。年老いた女性たちには、一日二十四時間、くだらないおしゃべりを大声できかせる必要があるとでもいうように。同室の女性はうつろな目を前方に向けたまま、毛布の端を指にはさんでこすっていた。クローディア自身は眠っていて、息をするたびに、せわしない小さないびきをかいていた。シャンプーがされてない——ミス・エラはそれに気づいてムッとし、病棟責任者に渡す不満リストの用意にとりかかった。黒い髪、クローディアが若かったころは、この髪がどんなに元気よくはずんでいたことか。中年になるまでずっとそうだったが、やがて白髪が出はじめて、短くカットしてしまった。いまではアフロヘアになり、白髪まじりの柔らかなカールが頭を覆っているが、エラのほうは鉄の規律に縛られた生き方をつづけていて、毎月、薬品と熱いヘアアイロンでストレートな髪にしている。

エラは妹の左側にすわった。左側だけはまだ感覚があり、動かすこともできる。クローディアの右手は柔らかで、若々しくて、遠い昔にエラがひどく嫉妬していた美しい娘の手のままだが、左手はエラ自身の手と同じく、老齢のために節くれ立ってゴツゴツしている。

「今日、探偵がきたよ」エラはいった。「ラモントの写真を持ってった。いろんな人と話をして、質問するんだってさ。それで満足かい？」

クローディアがエラの手を握りしめた。ええ、ありがとう、満足よ。

「もしかしたら、うちの子が見つかるかもしれない。そしたら、どうする？」

「けおときょふ」クローディアがやっとのことで言葉を絞りだした。「けおときょふ、いつもちがてる、エリー。あただめに」

唇を動かしてなめらかな発音をするのがひと苦労だった。日中にスピーチ・セラピストが唇を動かす練習をさせているが、夜がきて姉と二人だけになると、クローディアは気がゆるんで、いちばん楽なしゃべり方になってしまう。

〝嫌悪と恐怖。いつもまちがってる。あなたをだめにしてしまう〟クローディアの言葉の意味がエラにわかるのは、二人で暮らした八十五年のあいだに、クローディアが何度となくそういっていたからだ。カレン牧師はエラとクローディアのあいだに何か特別なテレパシーのようなものがあって、エラが妹の言葉を理解できるのだと思っているが、じつは長年の習慣にすぎない。エラはクローディアのベッドをおこして、ミートローフを少々、マッシュポテトをスプーン二、三杯、そして、けばけばしい色のジェローをひと口食べさせた。

「あがと、エリー」クローディアは横になり、エラは妹が眠りのなかへ漂っていくまで、そばにすわっていた。

5

鳥だ……

　飛行機だ……

　　いや、スーパー従妹だ！

　道路状況はマーク・トウェインの古い名言のようだった。誰もが泣きごとをいうくせに、なんとかしようという者は一人もいない。このわたしでさえ。渋滞をぼやきつつ、どこへ行くにも車を使っている。困ったことに、シカゴの公共交通機関はきわめて不便なので、依頼された仕事をバスと高架鉄道だけでこなしていたら、睡眠時間がなくなってしまう。まこういう状況のため、家に帰るのに四十分以上かかってしまった。食料品店に立ち寄った時間は含めていないし、距離はたったの七マイルだというのに。

　ピカピカのニッサン・パスファインダーと角ばったトヨタ・シオンのあいだに、強引にわたしの車を押しこんだときには、車から出る元気もなかった。アパートメントに入れば、階下の隣人と二匹の犬が飛んでくるだろう。全員がわたしの相手をしたがっていて、そのうち二名はエクササイズの意欲に燃えていることだろう。

「走るのは健康にいい」わたしは呪文をくりかえしたが、どうしても動く気になれなかった。代わりに、ひらいたマスタングのサンルーフから木々をながめた。

六月になれば、大都会の心臓部にも夏が訪れる。わたしが育った製鋼工場地帯にも。初夏の光と暖かさに触れると、わたしはいつも郷愁で胸がいっぱいになる。母の子供時代の土地ですごしてきたばかりなので、今年はとくにそうかもしれない。

ウンブリア州の豊かな緑の丘を見たおかげで、母がなぜ工場から飛んでくる粉塵のなかで地中海風の庭を造ろうとがんばりつづけたかが、理解できるようになった。七月に入るころには、母の大好きだったカメリアも含めて、木々の葉が硫黄と煙にいぶされて死んだようになっていたが、春がくるたびに、木々は希望に満ちた新芽を出したものだった。〝今年はきっとちがうよ〟と期待しつつ。わたしも新しい依頼人に対して、木々と同じような期待を抱いているのかもしれない。今度こそ、わたしの悲観主義は誤りだったことが証明されるかもしれない。

ミス・エラの部屋を出たあと、カレン・レノンのオフィスに寄った。ミス・エラは千ドル分の調査を依頼するという契約書にサインしてくれた――半額料金で二日分にあたる――支払いは分割、依頼料として最初に現金で七十五ドル。

通りかかった看護助手が、カレンは〈ライオンズゲート・マナー〉新館の特別看護棟を牧師として訪ねているところだと教えてくれた。わたしは彼女のオフィスで傷だらけのプラスチックの椅子にすわって一時間近く待った。もうひとつの選択肢は、スプリングが床まで沈みそうなアームチェアだった。怠けるのはやめにして、カレン牧師の蔵書を見てみた。『アフリカ系アメリカ人を背景とする牧会学』、『フェミニスト&ウーマニストの牧会学』。二、三ページ読んだが、依然としてカレンが戻ってこないので、いくつかの電話に返事をし、べつの依頼人──高い料金を払ってくれる法律事務所──のためにネットで検索をした。携帯端末でネットサーフィンをするのは大嫌い。画面が小さすぎるし、ダウンロードに延々と時間がかかる。しかし、カレン・レノンのパソコンを使うにはパスワードが必要だ。

カレンがようやく戻ってきたが、ひどく急いでいる様子で、荷物をまとめて建物を出る支度にとりかかった。牧師として歓迎の笑みを浮かべようとしたが、時間と情報を要求されるのを喜んでいる様子ではなかったので、わたしも駐車場まで一緒に行くことにした。

「ここまできてほしいと、わたしに頼んだとき、ラモント・ガズデンが四十年前から行方不明だったことを、あなた、知ってたの？」オフィスのドアをロックする彼女に、わたしはきいた。「だから、こっちの質問をはぐらかしてたの？」

カレン・レノンはまだまだ若すぎた。柔らかな頬を赤くし、唇を噛んだ。「その場でことわられると思ったの。ずいぶん昔のことですもの。うちの母だって、当時はティーンエイジャーだったわ」

カレンの母親とわたしの年齢がそれほど変わらないと知って、わたしは愕然とした。「捜索を始めるまで、ミス・エラはどうしてこんなに長く待ったの？」

「それはちがうわ！」カレンはロビーの真ん中で足を止めた。ハシバミ色の目を大きくして、真剣な表情だった。「失踪当時、あの二人はラモントの友達に質問をしてまわったし、警察へも行った。でも、人種差別の屈辱を受けただけだった。それ以上のことはできそうもないとあきらめたの」

「あの二人？」わたしはいった。「ミス・エラと妹さんのクローディアのことね？　わたし、妹さんに会わせてほしいってミス・エラに頼んだけど、ことわられたわ。何をいうにも、渋々って感じだし。あの人、いったい何を隠そうとしているの？」

「まあ、ヴィク、ミス・エラがどうしてあなたに黙ってたのかわからないけど、ミス・クローディアはイースターのころに脳卒中で倒れたのよ。言語障害になってしまって、ようやく言葉を出すことができても、発音がすごく不明瞭なの。その言葉を完璧に理解できるのはミス・エラだけ。わたしも多少慣れてはきたけど。ミス・クローディアがこの捜索に執念を燃やすようになったのは、脳卒中をおこしてからなのよ。ミス・エラはなんとかしてあきらめさせようとしたわ。だって、ずいぶん昔のことで、いまさら何もわかりっこないんですもの。でも、ラモントを見つけるってお姉さんが約束するまで、ミス・クローディアの心は休まらなかった。というか、見つける努力をするって約束するまでね。ラモント捜しをやってくれる？」

わたしは唇をすぼめた。「やってはみるけど、手がかりがほとんどないの。しかも、ミス・エラが非協力的で、息子さんを知ってた人たちの名前を教えてくれないし」

「それなら、わたしが協力できるわ」カレンは熱心にいった。「ミス・エラは知らない相手を信用しない人なの。でも、わたしはここにきて一年と二カ月になるから、ミス・エラも、信用する気になってくれてるわ」

「だったら、あなたがラモント捜しをやればいいじゃない」わたしは意地悪をいった。

カレンはバラの蕾のような唇を困惑気味にひらいたが、冷静に答えた。「あなたのようなスキルを持ってれば、やりたいんだけど。前にもいったでしょ――病院で会ったあと、あなたのことをグーグルで調べたって。ネットの記事からすると、まあ、じっさいより強調されてはいるでしょうけど、すごく進歩的な人って感じだった。だから、わたし、お友達のエルトンのために力を貸すことにしたの。お返しを期待したわけじゃないのよ。ただ、あなただったらきっと、恩返しのつもりで、ミス・エラみたいな立場の人を助けてくれるだろうと思って」

「ミス・エラがどういう立場なのか、わからないんだけど」わたしはいった。「あなたはあの人のことをたぶん、あくせく働くだけの不当な人生に疲れはてた老女だと思ってるでしょうけど、わたしにいわせれば、ひがみっぽくて隠しごとばかりしてる女性だわ。あの人のいうことはひと言も信じられない。息子さんの姿を最後に見てから四十年もたつというのに、いまだに怒りがおさまらなくて、息子さんの話をするだけで窒息しそうになってる。遠い昔に、わが子を殺したんだとしたら？　あるいは、失踪なんかしてないのに、息子の生き方に屈辱と怒りを感じるあまり、息子は姿を消したって、世間の人にいってきたんだとしたら？」

カレンはショックで口をぽかんとあけた。「ヴィク！　まさか、そんなこと本気で……ミス・エラがやるわけないわ！　だって、教会の奉仕団のメンバーなのよ」

「ちょっと待って」わたしはいった。「横領や児童猥褻をやった牧師とか、司祭の事件が、ニュース番組をにぎわしてるでしょ。いえ、ミス・エラがそういうことをやったといってるわけじゃないのよ。息子を殺したとも思ってない。ただ、何か隠しごとをしているし、ひどく怒りっぽいし、こちらとしては無料奉仕はできないし――そういってるだけなの」

「力になってくれる気はあるの？」

「予備的な調査をしてみるってことで話がついたわ。しかも、割安料金で。でも、支払いが滞ったときは、調査を打ち切るつもりよ」

カレン牧師は笑った。たぶん、重荷の一部をわたしにあずけることができて、ホッとしたのだろう。「お金のことはきっちりしてる人だと思うわ」

「それから、ラモントの友達の名前をミス・エラにきくのを忘れないでね。そこから始めるしかないから」

明日の朝、ミス・エラと話をしてみる、とカレンが答えたので、わたしはつけくわえた。「ミス・クローディアに会えれば助かるんだけど。どこに住んでるかご存じ？」

「ここよ。〈ライオンズゲート・マナー〉のリハビリ棟。もっとも、望みはかけないほうがいいと思う。脳卒中で倒れるまでは、ミス・エラと一緒にあの小さな部屋で寝起きしてたの」カレンは悲しげに首をふった。「何年ものあいだ、身を粉にして働いてきたのよ。二人とも。なのに、〈ライオンズゲート・マナー〉に入居しても、お金がなくて、寝室二つのタイプには住めなかった。不公平な話よね」

ミス・エラの敵意の背後には、それがあるのかもしれない。人生から受けた酷い仕打ち。人生は不公平。たしかに不公平だ。雪が降れば、金持ちはスキーに出かけ、貧乏人は歩道の雪かきをする――母がよくそういっていた。しかし、ガブリエラは人生と、わたしと、音楽を愛していた――とりわけ、音楽を。歌っているときの母は（モーツァルトの曲だととくに）別世界へ移っていた。金持ちも貧乏人も、公平も不公平もない、音だけの世界へ。そんな世界へ誘《いざな》ってくれる何を、ミス・エラは持っているだろう？ ついでにいうなら、わたしは何を持っているだろう？

車の窓のところで、心臓が止まりそうなドサッという音がして、わたしの意識はラシーヌ・アヴェニューにひきもどされた。階下に住む隣人、ミスタ・コントレーラスだ。ラブとゴールデンの血が混じった巨大なミッチが車に飛びつき、前足をマスタングの屋根にかけて吠えはじめた。わたしは犬をどけて、車からおりた。

「あんたがそこで発作でもおこしたんじゃないかと心配になってな、嬢ちゃん。長いことすわったきりだったから。そうそう、お客さんだよ、キュートな若いギャル。あんたの従妹だそうだ。もっとも、ずいぶん若いんで、わしゃ、姪か何かかと思ったほどだ。だが、まあ、親戚ったって、年上から年下までいるからな。だろう？ たぶん、あんたの父方の従妹だね。ウォーショースキーって名字だと、本人がいっとるから。あんたに親戚がいたとは知らなかった……」

老人の言葉の洪水の合間に、ミッチのヒステリックな吠え声がはさまった。ミッチも、母犬のペピーも、わたしが帰ると、ぴったりくっついて離れない。わたしが留守のときは、ドッグシッターが日に二回ずつ散歩に連れていってくれるが、犬たちにとっては、わたしがもうけっして二匹を見捨てないという保証が必要なのだ。ミッチは「静かに。おすわり」というわたしの命令を無視した。この犬を通りからひっぱって歩道にすわらせるころには、わたしは息を切らしていた。ペピーはその騒ぎのあいだずっと、ゴールデン・レトリヴァーがほかの犬種から嫌われる原因となっている聖者のごとき表情を浮かべて、おとなしくおすわりしていたが、いまようやく、甘えた声で小さくキューンと鳴きながら、わたしの脚に身をすり寄せはじめた。

「最初から話してくれない？」わたしはミッチの首輪をつかんだまま、隣人に頼んだ。「たとえば、わたしの従妹。何者なのか。どこにいるのか。そういったことを」

ミスタ・コントレーラスはうれしそうな笑顔になった。家族を愛しているのだ——とにかく、わたしの家族を。結婚した実の娘のルーシーや二人の孫には、めったに会わないくせに。

「知らなかったのかね？　自分の従妹だってのに、あの子のおふくろさんから連絡がきてないかい？　仕事でシカゴにきて、バックタウンに部屋を借りたそうだ」

バックタウンというのは、シカゴでいちばん新しいヤッピーの町、ここから一マイルほど南にある。十年前は、労働者階級が暮らす静かな地区で、住民のほとんどがポーランド系とメキシコ系だったが、やがて、不吉な現象がおきた。安いスタジオを探し求める若い芸術家たちが越してくるようになったのだ。いまや、芸術家たちは賃貸料が払えなくなってさらに西のほうへ移動しつつあり、昔からの住民はとっくに姿を消して、サウス・サイドの端の貧困にあえぐ地区へ移っている。

わたしは車のトランクから食料品をとりだし、隣人と一緒に歩道を歩いていった。ウォーショースキーという名の従妹だとすれば、ピーター叔父の子供の一人にちがいない。叔父はわたしの父よりずっと年下で、家庭を持ったのも遅く、シカゴからカンザス・シティへ引っ越したあとのことだったので、わたしは叔父のことも、従妹たちのことも、まったく知らない。何年かにわたって、女の子が生まれるたびに、誕生の知らせだけは届いていた。ペトラ、キンバリー、そのあと、記憶がぼやけているが、たしか、ステファニー、アリスン、ジョーダンとつづいたように思う。

正面のドアまで行くと、若い女性がミッチのように元気よくステップを駆けおりてきた。背が高くて金髪。胸が大きくあいた露出度の高いペザント・ブラウス、ベスト、レギンス、かかとの高いブーツは、彼女がミレニアム世代のファッション大好き人間であることを示していたが、にこやかな微笑は心からのものだった。その笑顔から、うちの父にそっくりな元気のいい女の子という印象を受けたので、わたしは食料品を下に置き、両腕をさしだした。

「ペトラ?」と尋ねた。

「そうよ、そうよ」ペトラはわたしの抱擁に応えて、五フィート八インチのわたしに向かって身をかがめ、強く抱きついた。「勝手に押しかけてごめんね。けど、今日の午後やっと引っ越しが終わったとこで、あなたがここに、あたしの近くに住んでるってダディからきいてて、今日は何も予定がなかったから、急いで会いにきたの。サルおじちゃんが――すてきな人だと思わない？　そう呼んでくれっていうのよ！――庭で紅茶を飲ませてくれて、あなたと一緒に解決した事件のことをひとつ残らず話してくれたわ。あなたって、すっごくかっこいいのね、トリ！」

トリ。身内のあいだでの愛称。十二年前に従兄のブーム＝ブームが死んで以来、この愛称を使った者は誰もいなかった。見知らぬ相手からそう呼ばれるのはギョッとすることだった。そして、いまや、ミスタ・コントレーラスは〝サルおじちゃん〟になっている。そして、ミッチは彼女にベタベタ甘えている。わたしたちは幸福な大家族。

ミスタ・コントレーラスが、〝あんたらギャル〟には積もる話があるだろうから、ひとまずあんたの部屋へ行ったらどうだね、よかったら、あとでスパゲティをこしらえてやるよ、といった。犬たちが先に立って駆けていき、踊り場ごとにふり向いて、わたしたちがついてきているかどうか確認するなかで、わたしはペトラを三階へ案内した。

「この街にくることを連絡してくれればよかったのに」わたしはいった。「住むところが決まるまで、喜んでうちに泊めてあげたわよ」

「急に決まったものだから、ここにくるなんて、あたし自身も一週間前まで知らなかったの。えっとね、五月に大学を卒業したでしょ。で、ルームメイトと二人で四週間ほどアフリカへ旅行したの。中古のランドローバーを買って、あちこち車で走りまわって、それからケープタウンでローバーを売って、オーストラリアへ飛んだの。とにかく、カンザス・シティで飛行機をおりたら、ダディにきかれたの、就職決まったのかって。で、ううん、もちろん決まってないって答えたの。そしたら、ダディがね、ハーヴィ・クルーマスの息子が上院議員に立候補するっていうのよ。ダディとハーヴィは石器時代に一緒に育った仲で、もちろん、いまも大親友。だから、ハーヴィの子供に手助けが必要なときは、ピーターの子供が協力するってわけ。そこで、こっちにきたの。あたしの哀れな身体は、自分がどこの時間帯にいるのか、まだ理解できずにいるのよ」ペトラはふたたび笑った。ハスキーでにぎやかな笑い声。

「ハーヴィ・クルーマス？　あなたのお父さんと友達だなんて知らなかった」

「ハーヴィのこと、知ってるの？」ペトラの携帯が鳴りだした。ペトラは画面に目をやって、ポケットにしまいこんだ。

「ううん、わたし、そういうセレブな世界には縁がないから」

クルーマス。この名前は、シカゴでは、ブタの脇腹肉から年金基金まであらゆるものを意味している。この街で、もしくは、世界中のその他一ダースほどの大都会で、新たな高層ビルの建設が始まれば、出資者のなかに〈クルーマス・キャピタル・マネージメント〉の名前が入っていることはまちがいない。

「ダディとハーヴィおじちゃまは大親友だから、あたし、あなたのパパも当然、ハーヴィを知ってると思ってた」

「あなたのお父さんが生まれたとき、うちの父はもう二十歳だったのよ」わたしは説明した。

「バック・オブ・ザ・ヤーズにあったテラスハウスを、お父さんが覚えてるかどうかもわからないわね。お父さんが学校に入るころにはすでに、ウォーショースキーのおばあちゃんがゲイジ・パークに家を買ってたから。おばあちゃんはそのあと、ノースウェスト・サイドのほうにあるノーウッドへ越したの。わたしが十代のころは、そこがおばあちゃんの住まいだった。あなたのお父さんは家のなかにトイレがあるのを当然と思って育ったけど、うちの父とバーニー叔父さんが——長男と次男になるわけね——子供のころは、毎朝、バケツに入った汚物を捨てにいくのが二人の役目だったのよ。大恐慌の時代には、ウォーショースキーのおじいちゃんとおばあちゃんの収入を合わせても、週に十五ドルにもならなかったわ」

「そのおじいちゃんたちが辛い生活を送ってたのは、べつにダディの責任じゃないわ」ペトラが文句をいった。

「あら、そんなことというつもりはなかったのよ。兄弟であっても、わたしたちの父親がどんなにちがう境遇で育ったかを、説明しようとしただけ。うちの父が警察に入ったのは、安定した給料がもらえるからだったの」

「でも、ダディも一生けんめい働いたわ！」ペトラは叫んだ。「まじめに働いてコツコツお金をためたのよ。処理場にいたころから！」

「それは知ってるわ。ほかにいい仕事がいっぱいあったのに、ピーターがどうして食肉処理場で働くことにしたのか、うちのおばあちゃんにはどうしても理解できなかった。でも、ハーヴィ・クルーマスと仲良しだったから、ハーヴィのお父さんが仕事を世話してくれて、ピーターはそのチャンスを最大限に活かしたんだわ」

叔父はたとえ大金持ちにならなくとも、成功を収めていたことだろう——うちの一族の血をひくほかの誰よりも大きな成功を。六〇年代に食肉処理場がシカゴから移転すると、ピーターはアシュランド・ミートとともにカンザス・シティへ引っ越した。一九八二年にわたしの父が亡くなったころには、アシュランドは資本金五億ドルの企業に成長し、ピーターは上級執行役員になっていた。トニーが死の床にあったときに、叔父が医療費の支払いを助けてくれなかったことを、わたしはいささか恨みつづけてきたが、さきほど自分自身でペトラに説明したように、叔父にとって、トニーは基本的に赤の他人だったのだ。

この二十何歳かの女の子を見て、わたしと同じ祖母を持っているのだと気づいたが、なんだか信じられない気がした。「クルーマスの息子が立候補を予定してるなんて知らなかったわ。予備選挙は十カ月も先だけど、クルーマスのためにどんな仕事をしてるの?」

またしてもペトラの携帯が鳴りだした。今度はペトラも電話に出て、「忙しいんだってば。従姉の家にきてるの。あとで電話する!」と早口にいった。

わたしに視線を戻した。

「ごめん、あたしがどんな様子だか、ルームメイトが知りたがってるの。ケルシーって子よ。大学時代のルームメイト。こっちの新しい住まいでは、あたし、一人暮らしだから、すごーく変な感じ。だって、寮の部屋とか、テントとかで、ケルシーと四年間ずっと一緒だったしね。あの子、ノース・カロライナのローリーに帰ったんだけど、アフリカとオーストラリアをあちこち旅行したあとだから、いまは死ぬほど退屈してるの。

なんの話してたんだっけ？　そうだ、あたしが選挙運動で何やってるかって質問だったわね。よく知らない。事務所の人たちも知らないのよ。きのう、初めて事務所に顔出したら、何が得意かってきかれたの。で、エネルギッシュに動きまわることだって答えといた。ほんとだもん。それから、あたし、コミュニケーション学とスペイン語が専攻だったから、プレスルームで何かやってもらおうっていわれた。でも、いまんとこ、あちこちうろついて、誰がどこにいるか見てまわったり、角の店まで走っておしゃれなコーヒーを買ってきたりしてるだけ。事務所でカプチーノ・マシンを買えば、すっごく節約できると思うけど、あたしは外に出る口実ができて助かってる」

「クルーマスはどういう主義主張なの？」わたしはきいた。

「知らない」ペトラは目を大きくひらいて、ふざけ半分に困惑の表情をしてみせた。「たぶん、環境保護論者ね――すくなくとも、あたしはそう願ってる――それから、たぶん、イラク戦争には反対……そして、イリノイ州のために貢献する！」

「人気者になりそうね」わたしはペトラに笑顔を向けた。

「そうなの、そうなの、テニスの短パン姿のときはとくに。うちのママと同年代のオバサンたちなんか、ブライアンに会うとメロメロよ。たとえば、去年、彼がカンザス・シティにきたとき、うちの家族がディナーに誘ったんだけど、カントリークラブにいたオバサン連中、気どって近づいてきて、いまにも彼にスリスリしそうだったわ」

わたしもテレビや新聞で何度も写真を見ている。ブライアン・クルーマスはジョン・ジョン（J・F・ケネディの息子）やバラク・オバマと同じく、写真うつりがいい。四十一歳でいまだ独身のため、ゴシップ新聞や雑誌を何度もにぎわしている。ゲイなのかストレートなのか。誰と交際しているのか――これらが長年にわたって推測の的になっている。

犬たちがクンクン鳴いて、前足でわたしをひっかきはじめた。運動が必要だといっているのだ。わたしは従妹に、一緒にランニングをしてそのあと夕食にしないかと尋ねてみたが、ペトラは選挙事務所の若い女性二人と約束があると答えた。新たな故郷で友達作りを始めるチャンスというわけだ。

わたしが着替えをするために寝室に入ったとき、またしてもペトラの携帯が鳴った。短パンとランニング・シューズをはくのに使った五分のあいだに、さらに三回もペトラに電話が入った。おお、若者と携帯よ――病めるときも、健やかなるときも、離れることなし。

わたしが自分のアパートメントのドアをロックするあいだに、ペトラは犬と一緒に下まで駆けおりていった。わたしが正面ドアまで行ったときには、ペトラはミスタ・コントレーラスに別れのキスをして、紅茶をごちそうさま、会えてめちゃめちゃうれしかったわ、といっていた。

「今度は日曜日においで」ミスタ・コントレーラスがいった。「裏庭であばら肉のバーベキューをするからな。それとも、あんた、ベジタリアンの一人かね？」

ペトラはふたたび笑い声をあげた。「うちの父親はお肉の仕事をしてるのよ。あたしと妹たちの誰かがお肉を食べるのをやめたら、親子の縁を切られてしまうわ」

そういって、歩道を飛ぶように駆けていった。ペトラの車はピカピカのニッサン・パスファインダーで、わたしがその前方に強引に自分の車を割りこませていた。ペトラは歩道の縁から離れようとして、わたしのリア・フェンダーに二回も車をぶつけた。

たじろいだわたしに、隣人がいった。「塗料がはがれただけだろ、クッキーちゃん。家族は家族なんだし、あの子は行儀のいい子だ。おまけに、美人だ」

「ドキッとするほどゴージャスって意味?」

「あの子がハエ叩きで男どもを払いのけようとするときは、わしも手伝いに駆けつけるとしよう」ミスタ・コントレーラスは大笑いして、その拍子にむせてしまった。

犬たちとわたしは、歩道の真ん中で咳きこんでいる老人を残して、散歩に出かけた。ペトラの若々しいエネルギーに触れたおかげで、わたしの心も軽くなっていた。

6 〈フィット・フォー・ユア・フーフ〉

翌朝は五時に目がさめた。時差ボケからは脱したはずなのに、帰国して以来、どうも通常の睡眠がとれない。エスプレッソをいれて、ゆうべはわたしのそばで寝たペピーと一緒に、小さな裏のポーチに出た。真夏の日の出を迎えて、空は明るかった。十日前には、ウンブリアの丘陵地帯にのぼる朝日をモレルと一緒に見ていたのに、いまでは彼もイタリアもひどく遠くなり、わたしの人生の一部だったなんて思えなくなってしまった。

となりの住まいの裏口のドアがひらいて、新しい隣人が姿を見せた。ここは数カ月前から空室になっていた。ミスタ・コントレーラスの話によると、わたしの旅行中に、バンドで演奏している男性がここを購入し、一階に住む病院勤務のレジデントは、うるさい演奏でみんなが夜通し眠れないのではないかと心配しているという。

その男性は典型的なアーティストの装いだった。色あせた黒のTシャツにジーンズ。彼は手すりのところへ行って、狭い庭を見渡した。二階の韓国人一家とミスタ・コントレーラスがこの庭で野菜を育てている。その他の住人は庭仕事をする時間も根気も持ちあわせていない。

ペピーが男性に挨拶しにいこうとしたので、わたしは立ちあがって犬をひき戻した。ペピーは人に会うことに熱心だが、みんながみんな、同じぐらい熱心にペピーに会いたがるとはかぎらない。

「大丈夫だよ」男性がペピーの耳をなでた。「ぼくはジェイク・ティボー。ぼくが越してきたときは、きみ、ここにいなかったね」

「V・I・ウォーショースキーよ。ヨーロッパへ行ってたの。まだ時差に適応できてないみたい。いつもはこんな早起きじゃないんだけど」

「ぼくもこんな早起きじゃない。深夜の便でポートランドから戻ってきたとこ」

そちらでバンドの演奏があったのかと尋ねると、向こうは妙な顔をした。「室内楽団だけど、ま、バンドと呼んでもいいかな。ツアーで西海岸をまわってたんだ」

わたしは笑いだし、ミスタ・コントレーラスからきいた話を彼に伝えた。

「気の毒なドクター・ダンキン。ぼくが立てる騒音をひどく気に病んでるから、ときどき、あそこの玄関先にぼくのコントラバスを持ってって、セレナーデを奏でてあげたくなってしまう。もちろん、あの女医さんがいちばん気に病んでるのは、おたくの犬と、きみの知り合いの犯罪者たちだけど」

「わたしの知り合いのなかで最悪の犯罪者は、このギャルの息子よ」ペピーをなでながら、わたしはいった。近くで彼を見ると、最初の印象より年上らしいことがわかった。たぶん、四十代だろう。

エスプレッソを勧めてみたが、彼は首を横にふった。「五時間したら生徒たちがくることになってる。眠っておかないと」

わたしはミスタ・コントレーラスの台所に勝手に入って、ミッチを外に出し、ペピーも一緒に連れて湖まで走った。戻ってくると、ミスタ・コントレーラスが台所でせかせか動きまわっていたが、わたしは朝食の誘いをことわった。ラモント・ガズデンの調査に朝イチでとりかかりたかったのだ。今日の午後は予定がびっしりだ。もっとも大切な依頼人のための仕事も含まれている。そこからもらう料金で、例のラリオのブーツや、その他何点かの必要もない贅沢品の代金を支払うことができる。

四十年も前の事件となれば手がかりは薄れているし、ミス・エラはパン屑ほどの小さな手がかりすら与えてくれなかった。わたしは事務所へ行き、データベースの検索にとりかかった。データベースのおかげで、現代の探偵の人生はとても楽になっている。ラモント・ガズデンは改名していなかった。すくなくとも、その記録が自動化されてからあとは。五十の州のいずれにおいても、ラモント・ガズデンという名前で所有されている車はなかった。子供の養育費や離婚手当のことで訴訟をおこされてもいなかった。矯正施設のどこにも収監された記録はなかった。

べつの仕事に切り換えて、べつの依頼人への報告書を作成していたとき、カレン・レノンから電話があった。午前中にミス・エラを訪ねたそうだ。

「しばらく話をしたら、ようやく、息子さんとつきあいがあった何人かの名前を思いだしてくれたわ」

乏しいリストではあったが、何もないよりましだった。わたしはミス・エラからすでに、ラモントの高校時代の物理教師の名前と、彼女が通っていた教会のエベールという牧師の名前を教わっている。カレン・レノンはミス・エラをうまく説得して、青年時代の友達三人の名前をききだしてくれた。尋問というのは要するに、どう質問すれば向こうが答えてくれるかを工夫することなのだ。カレン・レノンは明らかに、ミス・エラを扱うコツを心得ている。わたしにはできない芸当だ。

「わたしがミス・クローディアと話をする件についてはどうなの？」

カレンは口ごもった。「いい考えだと思うわ。容態がもうすこし落ち着いたらね。この二、三週間、ひどく衰弱してたから、知らない人間に会うのは負担だと思うの。それから、ミス・クローディアのことに関してはミス・エラが代理権を持ってるから、それも障害になるかもしれない」

電話を切ってから、ラモントとつきあいがあった人々のことを検索してみた。五人のうち四人が存命。楽天的な探偵が必要とするほど大きな助けにはならない。若いころの友達の一人は三十七歳のときに膵臓癌で亡くなった。もう一人の友達はラモント自身と同じく、所在がわからない。物理の教師は十五年前に退職してミシシッピ州へ越してしまったし、エベール牧師はすでに九十三だから、全盛期のような敏腕ぶりは望めそうもない。「ああ、エベール牧師さまね、残念なことです」わたしが教会の留守電に残したメッセージをきいて電話をくれた女性がいった。「聖霊があの方のお身体に宿られたのです」

亡くなったという意味かと尋ねてみた。

「いえ、いえ、いまもわたしたちとともにおられますが、ともにおられるとはいいがたい状態でして……おわかりになりますでしょ。牧師さまがわたしをイエスのもとに導いてくださいました。わたしと、二人の息子と、わたしの妹たちを。わたしたちには、いま、あの聖者のような方の救済の声が必要なのです。でも、主はその御心のままに御業をおこなわれるのですから、わたしたちはイエスに祈り、エベール牧師さまの快癒を祈り、預言者がわたしたちを荒野から連れだしてくださるよう祈らねばなりません」

「はあ……」わたしは弱々しくいった。

物理の教師に電話をすると、ラモントのことを覚えていたが、高校卒業以来一度も会っていないとのことだった。「頭のいい子でね、優等生だった。大学へ行ってほしかったが、怒れる若者になってしまったため、白人男性の世界のことはいっさい話題にできなくなってしまった。ハワードか、もしくは、グランブリングへの進学を勧めたんだが、ラモントは耳を貸そうとしなかった。失踪したことも、わたしは知らなかった」

教師は何か耳に入ったら連絡すると約束してくれたが、それはカブスがワールドシリーズに進出するのと同じぐらい、ありえないことだった。残るはカーティス・リヴァーズだけだ。いまもウェスト・エングルウッドに住んでいる。彼とラモント・ガズデンが育った場所からわずか二、三ブロックのところだ。ミス・エラのリストに出ているほかの人々と同じく、リヴァーズもネットで調べのつくようなことはほとんどしていなかった。投票もせず、前科もなく、選挙に立候補したこともなく、結婚歴があるのかどうかも不明。しかし、〈フィット・フォー・ユア・フーフ〉、つまり〝あなたの足にぴったり〟という意味の靴の修理屋をやっていた。場所は、アシュランド・アヴェニューの西側にあるセブンティース・プレース。リヴァーズの店へ出かける時間がとれたのは、午後の半ばになってからだった。一日の大半は、ダロウ・グレアムから頼まれた仕事を片づけるのにとられてしまった。ダロウが航空宇宙セクションのチーフにと考えている女性がいて、彼女のエンジニアとしての経歴を調べるために、ノースウェスタン大学の工学部まで出かけることになったのだ。

調査を終えたとき——残念ながら、ダロウの候補者は胡散臭いぐらい優秀だったため、話がうますぎて信用できないという結論に達したのだが——現実から遊離したようなわたしの感覚がさらに強まっていた。最近は平気で嘘をつく求職者がどんどんふえているようだ。たぶん、政治家やテレビ局がエンターテインメントと真実の境界線をぼやけさせてしまったため、一般の人々も、巧妙な作り話と本物の体験とのちがいなど誰にもわからないし、どうでもいいことだと思いこむようになったのだろう。

夏の一日、背後に湖が広がり、ゴシック様式を模した建物の周囲では、木々が緑がかった金色に輝いていて、キャンパス自体も現実のものとは思えなかった。わたしは水辺まで歩き、工学部の建物の裏の砂浜でくつろぐ学生たちの仲間入りをして、夢の世界でのんびりしたくなった。

携帯が鳴った。ダロウの個人秘書からだった。ためいきをついて現実の世界に戻り、秘書のキャロラインに、ダロウは新たな候補者探しにとりかかる必要がある、くわしいことは地上回線の電話で報告する、と告げた。電話のおかげで、気分がこわれてしまった。ここらでそろそろ、ミス・エラとその息子のことに注意を向けなくては。四十年間の陰気な過去を背負った嫌みで不愉快な女性なので、彼女の問題には首をつっこみたくなかった。しかし、調査をひきうけた以上、わたしの胸の内がどうであれ、彼女に最大の努力を捧げなくてはならない。

母の声がきこえるような気がした。ピアノの練習のあいだ、母はわたしのうしろに立っていたものだった。「ええ、あなたがむくれてることは知ってるわ、ヴィクトリア。でも、全力で努力するのを拒めば、レッスンがなおさら辛くなるのよ。音楽を大切になさい。あなたが音楽を必要だと思わなくても、音楽はあなたを必要としてるのよ」

ふたたびレイク・ショア・ドライヴに出て、湖には目もくれずに、カーブの多い道路を猛スピードで走りつづけた。ダウンタウンでレイク・ショア・ドライヴから離れ、ループを横断し、ダン・ライアン高速の南行き車線に入った。わたしはこの高速が大嫌い。交通量のせいだけではない。もっとも、十四車線全部がトラックと乗用車で埋まっていないことは、夜も昼も一時間たりともないけれど。この道路の環境が気に食わないし、建設されるに至った経緯のすべてが気に食わない。

地中深く掘られたような道路である。走行中に目にするのは、コンクリートの高い防音壁だけ。ブタクサやメヒシバの侵入のせいで、ひび割れが目立つ。上に目をやれば、発育の悪い木々が見え、ときおり、荒廃したタイヤ倉庫やアパートメントの建物が見える。高速道路の建設費が民主党のえこひいきから出ているため、一九六〇年に建設費の増額を実現させたクック郡委員会の委員長にちなんで、この道路はダン・ライアンと命名された。

七十一丁目でライアン高速を離れたわたしは、さらに気の滅入る現実と向かいあうことになった。ウェスト・エングルウッドには、土台のところから酔っぱらいみたいに傾いた家が多すぎる。割れた窓をシーツや段ボールで補修しただけの家も多すぎるし、どこの玄関ドアも、蹴飛ばせばこわれてしまうだろう。都会の漂流物が散乱した雑草茂り放題の空地も、家々と同じく、あちこちに見受けられる。食料品店は都会の貧乏人を食いものにするところばかりで、酒とチップスの棚の奥に、値段の高い、腐りかけた農産物がすこしばかり並んでいる。

通りに出ている人間はほとんどいなかった。やけに発育のいい幼児を小脇にかかえ、反対の手にスーパーのレジ袋をさげた女性とすれちがった。アシュランド・アヴェニューの角で歩道の縁にすわりこんでいる男二人が、紙袋をやりとりしていた。わたしが信号待ちをするあいだ、二人の背後の歩道に置かれたラジオから、わたしのマスタングを振動させるぐらい大きな音が流れてきた。

〈フィット・フォー・ユア・フーフ〉と通りをはさんで向かいに車を停めたわたしは、しばらくすわったまま、道路を走っているあいだにたまった憂鬱を追い払おうとした。男性が一人、大声で何やらつぶやきながら歩道を掃いていた。わたしが店をみつめているのに気づくと、男はわたしに向かって箒をふりまわし、意味不明のことをわめいてから、あとずさりでカニのようにこそこそと店に入っていった。くたびれた白いナースシューズのかかとを持って店を出ようとしていた女性と危うくぶつかりかけたが、男は間一髪でそれをかわした。

わたしは足を止めてウィンドーをのぞいてみた。〝コンクリートに足がぶつかったときに/足を助けてくれる品/快適に歩くための品〟が、あれこれディスプレイされていた。足指パッド、アーチ形成インソール、ジェルインソール。その上に渡した物干しロープには、犬のリードと首輪がびっしりかかっていて、ウィンドーの奥の棚には、色あざやかなヘアバンド、サッシュベルト、ハンドバッグ、それから、わずかなおもちゃまでのっていた。陽気な色彩にあふれたこぎれいなウィンドーは、苛酷な世界を変えるのに貢献していた。

ドアをあけると、そこは革の密生する茂みだった。天井からぶら下がったロープに、さらに多くの財布、ブリーフケース、ハーネス、ベレー帽、さらには、ワークブーツやカウボーイブーツなどがディスプレイしてあった。ロープの向こうに置かれたラジオは、〈トーク・オブ・ザ・ネイション〉に周波数が合わせてあり、ベルト式研磨機のうなりもきこえた。ロープをかき分けると、汽笛が鳴り響き、「シカゴにようこそ」という叫び声がした。

わたしはびっくり仰天して足を止めた。二人の向こうにカウンターがあった。部屋に背を向けがわたしのほうを向き、笑いだした。チェスボードをはさんで向かい合った二人の男性て靴の修理をしている男がいたが、ふり向きもせず、新しいかかとの端にサンドペーパーをかけつづけていた。わたしに箒をふりまわした男の姿はどこにもなかった。

「みんな、何も知らずに入ってきて、汽笛の音で飛びあがるんだ」チェスをやっていた片方がいった。頭のハゲかかった男で、機械工組合のロゴがついた古いTシャツの下から腹がせりだしていた。

「道に迷ったのかい?」彼の相棒は痩せ型で、年上で、肌はくすんだ黒檀の色だった。

「よく迷うの。カーティス・リヴァーズを捜してるんだけど」

カウンターの奥の男が、わたしから視線をそらしたまま、もう一方の靴を手にとった。

「国税庁の人? それとも、父親の認知訴訟?」チェスをやっていた男がいった。冗談半分のコメントの奥にひそんだ獰猛な口調は、ベルト式研磨機の前にいる男ではなく、わたしに向けられたものだった。〝なんの用があって押しかけてきたんだ?〟

「父はもう亡くなったけど、わたしの父親であることはたしかよ」わたしはいった。「わたしの子供たちの父親についても同じ。わたしがカーティス・リヴァーズを捜してるのは、ミス・エラ・ガズデンのためなの」

研磨機の音が不意にやんだ。店内にきこえる音は、自分の買う服が労働者を尊重する工場で作られたものであることを消費者がどうやって確信できるのか、と問いかけるラジオの女子アナの声だけになった。

チェスをやっていた男たちはミス・エラの名前を知らない様子だったが、カウンターの奥の男がようやくこちらを向いた。修理していた靴——フローシャイム社製の古い茶色の靴——

ーをカウンターの真ん中に置き、わたしを見ようとして身を乗りだした。

「その名前をきくのは久しぶりだ。だが、あんたの名前をまだきいてなかったね」

「V・I・ウォーショースキーよ。私立探偵。ミス・エラに頼まれて、ラモント・ガズデンを捜すことになったの。カーティス・リヴァーズが友達の一人だったって、ミス・エラからきいたわ」

ふたたび長い沈黙。やがて、カウンターの奥の男はいった。「おれたちゃ、知り合いだった。ずっと昔にな。やれやれ、ミス・エラが何年もたってから悲しみに見舞われたってのかい？　ラモントが消えた五ヵ月後には、息子の部屋を人に貸してたのにさ。息子が戻ってくるのを待ってたとは思えなかったね」

「ミス・エラの妹さんのこともご存じ？　ミス・クローディアっていうんだけど。わたしはまだ会ってないの。ひどく具合が悪いらしくて。じつをいうと、ラモントを見つけたがってるのはミス・クローディアなの」

「身分証明書のようなものは持ってるかい、探偵さん」カーティス・リヴァーズがきいた。

わたしはラミネート加工した探偵許可証のコピーを見せた。

「ウォーショースキー。ウォーショースキー。あれっ、なんでこの名前に聞き覚えがあるんだろ」

「ホッケー？」わたしはいってみた。「従兄のブーム＝ブームのことを覚えてる人はたくさんいるわ」

それをきいて、三人とも笑いだした。わたしが冗談でホッケーのことを持ちだしたかのように。

『ちがう』って答えてくれればすむことなのに」わたしはムッとしていった。ブーム＝ブームはわたしにとって、従兄を超えた存在だった。大の仲良しとして一緒に大きくなり、サウス・シカゴでいちばんの悪ガキという自分たちの評判を誇りにしていた。死後十年以上になるが、ブーム＝ブームはいまも、あの名選手ボビー・ハルと同じように語り継がれている。ワシントン通りにあるあの霊廟みたいな競技場で。

「ミス・エラは息子さんとつきあいがあった人たちの名前を、ほんのすこししか思いだせなかったの。一人はあなたよ、ミスタ・リヴァーズ。友達があと二人。一人は死亡、もう一人のスティーヴ・ソーヤーは行方不明」わたしは言葉を切ったが、リヴァーズは沈黙を埋めてくれなかった。「それから、物理の先生。ミス・エラが通ってる教会のエベール牧師」

「牧師さんは亡くなったって噂だが」チェスをやっていた一人がいった。

「ううん、プルマンに住んでるわ。娘さんと一緒に」わたしはいった。「ただ、教会の人の話だと、精神的にあまりいい状態にないみたいで、どんな話がきけるかわからないの」

「で、おれはどんな話をすればいいんだね？」カーティス・リヴァーズがきいた。

「ラモント・ガズデンに関して覚えてることがあればなんでも。ほかに誰とつきあってたのか。どこかへ行くといっていなかったか。最後に彼の姿を見たのはいつか。彼の機嫌はどうだったか。そういうようなことを。スティーヴ・ソーヤーの居所をご存じなら、わたし、ここから退散して、そっちでいまの質問をすることにするわ」

「で、おれが質問に答えたら、あんた、どうする気だ？」

「さらに多くの人と話をする。ラモントが姿を消してからどこへ行ったのか、手がかりをくれそうな人を見つける。最後にラモントの姿を見たのがいつだったか、覚えてます？」

リヴァーズはふたたび靴を手にした。「ずいぶん前のことだからなあ、ミズ・ウォーショースキー」

「ミス・エラがいうには、ラモントが家を出たのは六七年の大雪の前日だったそうよ。ミス・エラも、ミス・クローディアも、それっきり彼の姿を見てないそうだけど、あなたはどう？」

「日付、時間、分――ミス・エラがいうんなら、まちがいない。おれの記憶はそんなふうに整理されてないんでね。けど、何か思いだしたら、あんたに電話するよ」リヴァーズは向きを変え、ふたたび研磨機のスイッチを入れた。

わたしは名刺の一枚をカウンターに置き、さらに二枚をチェスボードの横に置いた。「ご参考までにいっとくけど、昔のギャングとの関係を耳にしても、わたしは気絶することも、州検事局に駆けつけることもないわ。国選弁護士会に所属してたとき、〈アナコンダ〉や〈ライオンズ〉の連中の代理人をけっこうやったから」

ベルト式研磨機の音に負けまいとして、わたしは声をはりあげたが、きいてくれる者はいなかった。ディスプレイ用のロープをかき分けて正面ドアに向かい、汽笛の響きと録音されたアナウンスにすくみあがった。「セントラル・ステーション、シカゴ。ニューオーリンズ行きの〈シティ・オブ・ニューオーリンズ〉号が発車します。途中駅のすべてに停車します」

7　反逆児ラモント？

わたしはダッシュボードをにらみつけた。カーティス・リヴァーズはラモントに関して、わたしに話したくないことを何か知っているのだろうか。それとも、わたしの魅力的な笑みから輝きが失せてしまったのだろうか。わたしはロースクールを出て国選弁護士会に入った当時でさえ、胸の谷間を見せ、セクシーな笑みで判事や警官に気に入られるようにと、上役から遠まわしとはいえない表現で命じられても、〝自分の資産を活用する〟ことができなかった。だが、いましがたリヴァーズと話をしたときは、思いやりと気遣いを示し、自分の言葉に責任を持ち、ガールスカウト精神を充分に発揮したつもりだった。リヴァーズからあんな邪険な扱いを受けるいわれはない。

この調査を始めたときから、大きな期待は抱いていなかったが、こんなに早く、こんなに多くの袋小路に入ることになろうとは、思いもしなかった。〈フィット・フォー・ユア・フーフ〉からライアン高速を五マイル走った先にあるプルマン地区で娘と一緒に暮らしているというエベール牧師が、わたしのリストに出ている最後の人物だった。精神状態が思わしくないとのことなので、めざましい成果は期待していなかったが、牧師に会えば、この方面の調査はとりあえず完了する。明日になったら、ミス・エラを訪ねて、わたしにもっとくわしい事情を話すか、調査を終わらせるか、どちらかを選ぶようにいえばいい。

イグニッションをまわしたが、車を出す前に、エベール牧師の娘に電話を入れた。こちらが誰なのかを説明しようとしたが、向こうはすでに知っていた。午前中にわたしが電話で話をした〈セイヴィング・ワード福音教会〉の誰かが、数秒もしないうちにローズ・エベールに電話したのだろう。ローズは、訪ねてきてくれるのはかまわないが、いまさら何を話せばいいのか想像がつかない、といった。

「さあ、どうでしょうね」わたしは無理に明るい口調でいった。

車をスタートさせたとき、〈フィット・フォー・ユア・フーフ〉のウィンドーに飾られていた犬のリードが揺れた。誰かがわたしを見張っていたのだ。でも、それで何が証明されるというの？　リヴァーズがラモントのことで何かを知っている？　それとも、黒人の住むサウス・サイドにやってきた白人女なんか信用できない？　ま、そんなところだろう。マスタングをいきなり加速したため、ガクンと揺れて道路の穴ぼこにつっこんでしまった。こんな場所でアクセルペダルをこわしたり、タイヤをパンクさせたりしたら、泣きっ面に蜂だ。

どっちみち、スピードは出せなかった。五時半、夕方のラッシュの真っ最中だ。ライアン高速の入口ランプの列に並んで、高速に入るまでに六回も信号待ちをさせられた。百十一丁目でふたたびのろのろと高速をおりるまで、バンパーどうしがくっつきそうな渋滞だった。

高速道路を離れたとたん、シカゴの市内とは思えないほど閑静な世界に入った。プルマン地区の静かな並木道には、緑や赤に塗られた連邦様式のテラスハウスが建ち並び、すぐ北と南にあるおんぼろの安アパート群と鮮明な対比をなしている。

大都会から離れた雰囲気が感じられるのは、プルマンがここを企業城下町として造りあげたからだ。鉄道王ジョージ・プルマンの自尊心の記念碑。寝台車の開発をおこなったこの男はあらゆるものを建設した——店舗、管理職用の住宅、労働者用のアパートメント。労働者たちはプルマンの店で売られる商品の値段に不満を持ち、住宅の値段が労働者にはとうてい手の出ない額であるという事実がそこに加わって、血みどろのストライキへと発展した。プルマンはやがて、彼の町を手放さざるをえなくなったが、住宅の大部分はそのまま残された。それらの住宅には、耐久性にすぐれたカリュメット湖の粘土で作られたレンガが使われていて、高値で売れるため、住む者がいなくなると、泥棒がガレージを丸ごと解体して、市内のどこかほかの場所で転売するために運び去ったものだった。

西へ走りつづけると、右側にホテル・フロレンスが見えてきた。ホテルの小塔や尖塔を見て、幼いころのわたしはお伽話のお城みたいだと思っていた。何十年も前につぶれてしまったが、うちの両親は特別な機会によくあそこへ食事に出かけたものだった。わたしは車を停めて、虚ろな窓々をみつめ、わたしの十歳の誕生日に一族が集まってランチを食べたときのことを思いだした。暴動が相次いで市内が大騒ぎになるすこし前のことだった。母が陽気なパーティの雰囲気作りに努めたが、いくら魅力をふりまいても、会話を盛りあげようとしても、マリー叔母の辛辣な人種差別発言を止めることはできなかった。

わたしはマリー叔母なんか呼びたくなかったのに、ガブリエラが、両親を無視してブーム＝ブームだけを呼ぶわけにはいかないといった。ランチのあと、サウス・シカゴのわが家の狭い居間に戻ってから、マリー叔母にパーティを台無しにされていい気味だと、わたしは母にわめき散らした。テレビでカブスの試合を見ていた父があわてて立ちあがり、わたしの腕をつかんで、急いで裏庭へ連れだした。

「ヴィクトリア、父さんは毎日、街の通りに出て、ほかの人間の感情や要求よりも自分の怒りのほうが重要だと思ってる連中と、顔をつきあわせなきゃならんのだぞ。おまえの顔にそんな怒りを見たり、おまえの声に怒りをきいたりするなんて、父さんはまっぴらだ。おまえが母さんに何かいうときには、とくに」

父はけっしてわたしを叱ったことがない。なのに、わたしの誕生日にそんなことするなんて……わたしはワッと泣きだして、思いきり駄々をこねたが、父は腕組みをしてそばに立っているだけだった。特別扱いはしてくれなかった。わたしは自分で泣きやんで、母に謝らなくてはならなかった。

誕生日に父にひどく叱られたという思い出が、いまもわたしの心のなかで疼いていた。四十年も前の感情の持つ力に困惑した。ホテルをぼんやりながめるうちに、初めて気がついた──父の立腹の原因はわたしだけにあるのではなく、その先に待ち受けているものに父が恐怖を抱いていたせいもあったのかもしれない。カトリック教会の信徒たちは慈善と平和を求める枢機卿の訴えを拒絶し、あらゆる種類の手製のミサイルを持って通りに出るようになっていた――マリー叔母の教会の司祭であるグリバック神父なども、信徒を煽って暴動に走らせようとしていた――父はたぶん、ガブリエラとわたしの身の安全を心配していたのだろう。十歳の誕生日を最後に、父はそれから二ヵ月のあいだ、日中に自宅にいたことが一度もなかった。

背後でクラクションが大きく鳴った。わたしは車をスタートさせ、パッチワークのような短い袋小路のあいだを縫いながら、ローズ・エベールが住んでいるラングリー・アヴェニューまで行った。鉄道の駅から通勤者の群れが徒歩で帰宅するところで、ほとんどが携帯で話をしていた。狭い庭の芝生を刈っている男性がいるかと思えば、通りに面した窓を拭いている女性もいた。アヴェニューは百十四丁目で終わっていて、少女たちが縄跳びのダブルダッチをやっていた。その向こうでは、砂利敷きの空地で少年たちが野球をやっていた。少女たちがわたしのほうにこっそり視線をよこした――変な白人女がきたとでも思っているのだろう――しかし、ロープのリズムが崩れることはなかった。

エベール一家はオリジナルのプルマン住宅の一軒に住んでいた。フラットな正面部分が通りに面していて、赤レンガ造りで、窓の上に黒いアーチがついているのが、驚いた人間の眉みたいに見える。わたしが呼鈴を鳴らすのとほぼ同時に、ローズ・エベールが玄関に出てきた。疲れた顔の女性で、わたしより十歳ぐらい上のようだ。短くカットした髪にはかなり白髪が出ていて、ラベンダーの花模様の薄地のワンピースのなかで、がっしりした肩が丸くなっていた。

「あなたがいらっしゃることを父に話しておきましたが、理解してくれたかどうか……」挨拶代わりに彼女はいった。「シスター・エラがようやくラモントを捜す決心をしたというのが、どうにも信じられなかったので、〈ライオンズゲート・マナー〉に電話して、本当かどうか尋ねたんです。最近は年寄りをだまそうとする人間がふえてますから。用心を怠らないようにしなくては」

それは敵意のこもった意見ではなく、つねに心がけていることのようだった。

「わたしは正規の免許を持った私立探偵です」わたしは身分証明書をとりだしたが、ミズ・エベールは見ようともしなかった。「ミス・エラは、〈ライオンズゲート〉で牧師をしているカレン・レノンを通じて、わたしの名前を知ったんです。ミス・エラ自身の希望というより、妹さんのために、わたしにラモント捜しを依頼するんだといってました」

「シスター・クローディアもお気の毒に」ローズ・エベールはつぶやいた。「いまのような彼女を見るのは辛くって。若いときは、とても生き生きした優雅な人だったんですよ。うちの父がいつも、クリスチャンらしい慎み深い立ち居振る舞いというものを、あの人に注意しなきゃいけなかったけど、わたしの友達も、わたしも、あの人の着こなしや歩き方をこっそりまねたものでした」

「ミス・エラはわたしが妹さんを訪ねるのを渋ってるんですが、いまのお話だと、あなたはミス・クローディアが発作をおこしたあともお会いになってるようですね」

「ええ、そうよ。わたし、日曜ごとにバンを運転して、歩行困難になった人たちを教会まで乗せていくことにしてるので、〈ライオンズゲート〉からも、ミス・エラや、その他何人かの人が乗ってくるんです。シスター・クローディアのお見舞いにも行くようにしてますけど、ひどく弱ってきてて、わたしのことがわからない日もあるみたい。だから、初めての人に会うのはかなり負担になるでしょうね」ミズ・エベールは玄関口をふさぐようにして立っていた。暗い廊下の向こうから大きな声がきこえてきた。「お父さんですか。わたしが話をうかがっても、お身体にさしさわりはないかしら」

わたしは彼女の背後をのぞこうとした。

「ええ。大丈夫よ、そのためにいらしたんでしょ……でも、父は、あの、気むずかしくて……気になさらないでね……日によっては……」ミズ・エベールはおろおろとつぶやきながら、玄関ドアからあとずさり、わたしを家に入れてくれた。

玄関ホールのテーブルに紙が積み重なっていた。そばを通りすぎたとき、請求書や雑誌にまじって教会の会報も置かれているのが見えた。会報をべつにすれば、わが家の玄関ホールとよく似ている。わたしたちは大声を追って居間に入った。声はテレビから流れていて、一人の聖職者が、人間の罪深さを教えた謝礼として彼に金を送るよう、視聴者に呼びかけていた。画面の光が、車椅子にすわった男性のハゲた頭に反射していた。わたしたちが部屋に入っていっても、ふり向こうとせず、娘が彼の手からリモコンをとってミュートボタンを押しても、身じろぎもしなかった。

「ダディ、さっき話した人よ。シスター・エラとシスター・クローディアに頼まれて、訪ねてらしたの。ラモントを見つけるよう頼まれたんですって」

わたしは車椅子のそばに膝をついて、肘掛けにのっている彼の手のそばにわたしの手を置いた。「V・I・ウォーショースキーといいます、エベール牧師さま。ラモントを知ってた人たち、彼の身に何があったかを知ってるかもしれない人たちを、捜しているところなんです」

エベール牧師の口の端から、ひと筋のよだれが垂れた。「ラモント。問題」

「ラモントは問題のある若者だったという意味です」ローズが低い声でいった。

「おこした」牧師は苦労しつつ、その言葉を口にした。

「ダディ、ラモントが問題をおこしたわけじゃないわ」ローズは叫んだ。「彼には腹を立てる立派な理由があったのよ。わたしたちが受けている恐ろしく不当な仕打ちを考えてみて」

エベール牧師はしゃべろうとしたが、うがいをするような声しか出なかった。ようやく、言葉をひとつ絞りだした。「蛇」

「蛇？」ラモントは草むらに潜んだ蛇だった、という意味だろうかと思いつつ、わたしは疑いの声でくりかえした。

「〈アナコンダ〉のメンバーじゃなかったのよ、ダディ！　キング牧師を守るのを手伝っただけよ！」

父と娘は明らかに、この口論を何度もくりかえしてきたようだ。父親の顔は動かなかったが、ローズの唇は震えていて、まるで、六十歳ではなく、六歳の娘に戻ってしまい、きびしい親に刃向かうのは無理だと思っているかのようだった。

わたしはしゃがみこんだ。〈アナコンダ〉のメンバーとつきあっていたラモント・ガズデン——ミス・エラが息子の友達をよく思っていなかったのも当然だ。あのころの〈アナコンダ〉は〈エル・ルークンズ〉に劣らず悪名が高かった。銃、殺人、麻薬、売春。サウス・サイドの広い区域で犯罪がおきれば、連中がからんでいることは確実だった。わたしが国選弁護士会に所属していた三年のあいだ、依頼人の三割ほどが〈アナコンダ〉の関係者だったと思う。〈アナコンダ〉のボスの弁護をやらされたことさえある。ある週末、ボスのジョニー・マートンが現金を用意できなくて、金のかかる顧問弁護士を頼めなかったのだ。

経験不足の国選弁護士に頼るしかないとわかって、マートンは激怒した。わたしに脅しをかけて、彼の前で泣き崩れさせようとした。「あんたが新しい蛇使いかい、ねえちゃん。ジョニー・マートンを踊らせる才能は、あんたにはないね」

わたしが顔色ひとつ変えずにいると、マートンの侮辱の言葉はさらにひどくなった。わたしは新米ではあったが、製鋼工場地帯で育った人間だ。胸の谷間で判事を魅了する気はなかったかもしれないが、侮辱と脅しのことなら熟知していた。リーガルパッドを前に置いて、マートンの言葉をひとつ残らず書きとり、彼が息継ぎのために言葉を切ったときにこう告げた。「いまのコメントを読みあげますので、ミスタ・マートン、これをわたしからマクマナス判事に提出してもいいかどうか、指示してください」

ラモント・ガズデンが〈アナコンダ〉の一員だったのなら、彼の身に何があったとしても不思議はない。メンバーが抜けることを、組織は許さない。抜けるなら、耳を置き土産にせねばならない。いまの世の中、通りで助けを求めても、誰の耳にも届かない。

わたしはまばたきもしないエベールの目を見あげた。「牧師さま、ぜひとも、何人かの名前を教えていただきたいんです。ラモントを知っていた人々の名前を。一九六七年にラモントがミス・エラの家を出ていったあとで、彼と接触があったかもしれない人なら、誰でもいいんです。あなたのほうは誰かご存じないでしょうか、ミズ・エベール。カーティス・リヴァーズに会いにいったんですが、話すことは何もないようでした」

ふたたび、うがいのような声がして、やがて、苦しげに言葉が絞りだされた。「死者はそっとしとけ」

「ラモントが死んだことをご存じなんですか。それとも、過去はほじくり返さないでほしいとおっしゃってるんですか」わたしはきいた。

牧師は何も答えなかった。

「ラモント・ガズデンの姿を最後にごらんになったのはいつでした、牧師さま?」

牧師はあえぎ、空気を吸いこんだ。あいかわらず頭を動かさないままでいった。「教会をやめた。地獄行きだといってやった。知らん顔。洗礼してやったのに、耳も貸さん」

「なるほど、ラモントに洗礼を施されたんですね。それによって、ラモントはキリストの御身体の一部になったわけですね。なのに、どうしてラモントに地獄行きだなんておっしゃったんです? そういうきびしい言葉しか返ってこないとわかっていれば、ラモントがあなたに相談するはずはないでしょうね」

「麻薬。わしにも、娘にも、耳を貸さん。麻薬。見た。知っとる。あんた、女、ズボンはいかん」

彼は苦労してテレビのリモコンに手を伸ばし、音声を戻した。ガラスの箱のなかで、説教師がパウロからローマの信徒にあてて書かれた手紙の真の意味を解説していた。

「ズボンはいかん？」わたしはローズにききながら、立ちあがった。しゃがんでいたため、腿が痛くなってきた。

「父は——というより、教会は——女が男の服を着ることを認めていないのです」ローズが無気力な声で答えた。

聖書を題材にした絵では、男性はかならずローブをまとっている。そうすると、教会の女性信徒はバスローブを着るのも禁止だろうかと思ったが、そんな質問をしても、わたしの調査には役立たないと判断した。代わりに、ローズのあとから狭い廊下を玄関までひき返した。

紙片に覆われたテーブルのそばで足を止めた。「お父さんはラモントのことで何か知っていて、わたしがワンピースを着ていればそれを話してくれたと思われます？」

ローズは廊下の奥へ目をやった。テレビ説教師の話の途中で、父親がわたしたちの声を耳にするのではないかというように。「父はラモントが〈アナコンダ〉の手先となって麻薬を売っていると思いこんでました。そんなこと、わたしは考えもしなかったけど」

「ラモントは人生の不当な仕打ちに腹を立てていたって、さきほどいわれましたね。それにどう立ち向かったんでしょう？　あるいは、自分の怒りをどのような形で示したんでしょう？」

「キング牧師の身辺警護をするグループに入ってました。ほら、あの夏のデモ行進のときに」ローズはわたしに疑いの視線をよこした。わたしのことを、警備の必要性をもたらしたサウス・サイドの白人家庭の出ではないかと、疑っている様子だった。

わたしは目を細め、あの夏の歴史について自分が知っていることを思いだそうとした。「ギャングのあいだで休戦協定が結ばれたんじゃなかった？　ギャング同士の抗争は一時的に停止しようって」

ローズはまだ警戒の目でこちらを見ていたが、うなずいた。「〈アナコンダ〉のジョニー・マートンや、〈ブラック・パンサー〉のフレッド・ハンプトンなんかが集まって、作戦を立てるために、キング牧師とアル・レイビーに会ったんです。うちの父は、教会はそういう活動をする場ではないと考えていました。ラモントと友達何人かがそれに参加したのを、こころよく思っていませんでした」

「カーティス・リヴァーズ」わたしはふとその名前を口にした。今日の午後、彼の店へ行ったときにぶつけられた敵意が思いだされた。

「カーティスもいました。近所の男の子たちも何人か。それから、ラモントも。みんな、〈セイヴィング・ワード福音教会〉の信徒でしたけど、父はその子たちが牧師の権威をないがしろにしているといって、説教壇から非難を浴びせました」

「でも、ラモントが姿を消したのは、その半年後よ。キング牧師のデモ行進と関係があるとは思えないけど」ローズの顔に浮かんだ表情を見て、わたしはつけくわえた。「あなた自身がラモントと最後に会ったのはいつでした？」

ローズはふたたび、廊下の向こうへ目をやった。テレビの聖歌隊が元気いっぱいに歌っていた。「彼と会うことをダディに禁じられてて……。ダディはラモントを非難したあとで、もしわたしが彼と出かけたりしたら、わたしの魂が危険にさらされるといったんです」

「でも、彼に会ったのね」

ローズの唇がゆがんで、つらそうな笑みを浮かべた。「勇気がなかったわ。学校から帰ろうとしたときに、ラモントに呼び止められたの。当時のわたしは、ケネディ・キングで——あのころはまだウッドロー・ウィルスンって名前だったけど——看護師になる勉強をしてて、放課後、ラモントがわたしを待ってたんです。〈パンサーズ〉や〈ブラック・プライド〉の話をしてくれました。わたしったら、愚かにも、ダディに説明してわかってもらおうとしました」

ローズは自分の手を見おろした。「もしかしたら、わたしの人生はちがうものになってたかもしれない——そうなる可能性もあったのにね。看護師の資格をとったけど、準看護師の仕事しかさせてもらえなかった。正看護師として勤務できるようになったのは、何年もあとのことでした。白人女性がわたしより先に雇われるのを見るたびに、べつの生き方があったかもしれないと思ったものでした。白人とまったく同じ教育を受けて、勤務成績も優秀だったのに、あいかわらず、おまるの中身を捨てるのが仕事だったんですもの。よく、ラモントのことを考えたわ。彼の話をちゃんときけばよかったって。でも――」

ベルが鳴った。テレビの聖歌隊の歌声を圧して、明瞭に響き渡る音。

「ダディだわ。呼んでる。行かなきゃ」

「いまも看護師の仕事を？」

「ええ、そうよ。腫瘍科勤務だったんだけど、ダディが弱ってきたので、そちらはあきらめるしかなかった。現在はERで夜勤の仕事。出かける前にダディを寝かしつけて、朝はわたしがベッドに入る前におこすの」

「で、ラモントの話をちゃんときいてたら、どのようなべつの人生を歩むことになったのかしら。あるいは、ラモントの人生はどう変わったかしら。家を出たりせずに、あなたのそばにいたかしら」

照明の薄暗い玄関ホールで、彼女の頬が困惑に黒ずむのを見たように思ったが、わたしの気のせいだったかもしれない。ふたたびベルが鳴りだして、今度はさっきより長くつづき、ローズは玄関ドアをあけてわたしを押しだした。わたしはバッグから名刺をとりだし、ドアを支えている手にそれを押しこんだ。

「あなたは一人前の大人でしょ、ローズ・エベール。四十年前はラモントと話をすることができなかった。だからって、いまもわたしに話すことができないって意味にはならないわ」

彼女の唇が声もなく動いた。わたしから視線をそらして、居間のほうを向いた。身についた習慣は消えないものだ。ローズは肩を落として、廊下を父親のほうへ戻っていった。

8 深夜の電話

その夜、わたしはロティのところで食事をしながら、ストレスの連続だった今日一日のことを話した。ロティは、わたしが語るエベール牧師の様子に耳を傾けたあとで、パーキンソン病のような気がするといった。「仮面のような視線、言語障害――この病気が進んだときに見られる症状よ。もう九十歳ぐらいになってるはずね。どんな方法で治療すればいいのか、まだ充分にはわかってないし、こういう症状を抑えるのはむずかしいわ。老齢の人の場合はとくに」

「もしかしたら、ほかにも問題があるかもしれない。でなきゃ、娘があんなにビクビクするわけないもの」わたしはいった。「娘はもう六十代で、父親は娘に頼りきりなのに、まるでロボットみたいに父親のために動きまわってるの」

「なるほど、洗脳というのも、治療しにくい症状を残すものだわ」ロティは苦い笑みを浮かべた。「今日の午後、スタッフ・ミーティングでカレン・レノンに会ったわよ。自分の担当患者に――あ、〝クライアント〟っていわなきゃいけないのね――あなたを紹介したのは間違いだったかもしれないって悩んでた」

「カレンがいまさら後悔しても、いささか手遅れね。今日一日、わたしがあちこちに探りを入れて、エベール牧師の教会に通う女性たちの電話連絡網を揺すぶったあとだもの」ロティは笑った。「たぶん、それでオロオロしてるんでしょう。カレンはすごく若い。閉鎖的な社会に探偵がどれだけの興奮をもたらすものか、わかってないのよ」

「わたしに電話をくれればいいのに。あなたの口からいわせるんじゃなくて。でも、明日の朝、カレンと話してみる」わたしはブスッといった。

「わたしにも、カレンにも、嚙みつくのはやめなさい」ロティはいった。「あなただって、洞穴に一人でこもる代わりに一日じゅう他人と仕事をしていれば、ミーティングのときにわたしに話をするのがカレンにとってどんなに自然なことか、わかるはずだわ」

「わたしが近づくのを見ただけで顔をひきつらせる連中と一日をすごしたあとだから、洞穴に一人でこもってたほうがずっと幸せだったような気がする。カプチーノ・マシンさえあれば」

「そうね、飾り立てて、快適《ゲミュートリク》な洞穴にしましょう。わたし、毎日、新鮮なミルクと、果物とチーズの籠を使いの者に届けさせるわ」ロティはわたしの手を握りしめた。「モレルのことでまだ悲嘆に暮れてるの？」

「悲嘆じゃないわ、厳密にいうと」わたしはずっしりと重い銀器をいじった。「むしろ、自分に疑問を抱いてるの。いい大人なのに、安定した関係を維持することができない。心の奥ではいつも、子供がほしい、家族がほしいって思ってた。こんな年齢になってもね」

ロティは眉を吊りあげた。「あなたを批判するつもりはないわよ、ヴィクトリア――わたしにそんな権利はないもの――でも、あなたの生き方を見てると、子供をほしがってるとは思えなかったわ」

「そうね。父がつけた〝胡椒挽き〟ってあだ名にふさわしい生き方をしてきたもの。近づいてくる男がいれば、鼻先に胡椒をふりまいてしまう……そういいたいんでしょ？」

「ううん、ちがう。たしかに、あなたは癇癪持ちよ。まあ、わたしもそうだし、世の中には癇癪持ちがたくさんいるわ。でも、あなたは自分のことより社会のことを優先させる。それも女性がかかる病気のひとつね。ローズ・エベールのそんな生き方を、あなた、さっき嘆いたばかりでしょ。依頼人があなたを必要としている、シェルターの女性たちがあなたを必要としている、わたしまでがあなたを必要としている。男たちは社会を優先させて、家に帰れば家庭生活を満喫できるけど、わたしたち女のほうは、いまだに修道女みたいなものね。強い使命感を持っていると、私生活を充実させるのがむずかしくなる」

ロティにそういわれて、わたしは耐えがたい孤独を感じた。「じゃ、わたしって、独身主義者じゃない修道女ね」冗談に紛らそうとしたが、声が震えた。「でも、あなたはマックスがいなくても立派にやってきたじゃない」

ロティは悲しげな笑みを浮かべた。「あなたと同じく孤独な歳月を送ったあとでね」

カーブを描く窓に、ダイニング・ルームのテーブルのキャンドルが反射していた。わたしはガラスが作りだすいくつもの炎をみつめた。肩にのしかかっていた一日の緊張がいくらか軽くなった。

もっと軽い話題に替えた。デニス・グレイヴズの歌を聴くために二人で計画しているラヴィニアへのピクニック。ロティの周産期科の新任医師で、ジェイン・オースティンが大好きだと叫んだ女性。「オースティンって、猿の研究をしにアフリカへ出かけた人でしょ?」といったそうだ。九時ごろ、ロティが明日の朝も早いからといって、わたしを帰らせた。いまでは手術を執刀することもすくなくなったが、医師たちの仕事ぶりをチェックするため、あいかわらず早い時間に出勤している。

わたしは帰り道でメッセージをチェックした。カレン・レノンから電話が入っていた。退役軍人省に寄って、ホームレスになった帰還兵に部屋を提供しているワンルーム・アパートメントの名前と住所を、エルトン・グレインジャーに伝えてきたという。カレンは誠実な若き牧師、それだけはまちがいない。

家に着くと、ミスタ・コントレーラスが彼のアパートメントから飛びだしてきた。「帰ってきたか、嬢ちゃん。あんたの携帯番号が思いだせんでな。おまけに、あんた、従妹に番号を教えてなかっただろ。だもんで、二人でここにじっとすわって、あんたが真夜中までに帰ってくるよう祈っとったんだ」

「ヴィク!」彼のうしろからペトラが飛んで出てきた。ミッチが彼女の脚に寄り添っている。

「あたしってば、すっごいドジなんだけど、鍵をなくしちゃって、どうすればいいのかわからなかったの。でね、ひと晩泊めてもらえないかなって思ったわけ。でも、サルおじちゃんにいわれたのよ。ヴィクに頼めば、たぶん、建物に入れるだろうって。電子式でないものなら、なんだってあけられる人だって。だから、こうやって待ってたの！」

ペトラが心から楽しそうに笑っている最中に、彼女の携帯が鳴った。ペトラは画面を見てから電話に出て、これまでの人生を息もつかずに語りはじめた。というか、とりあえずは、なくした鍵、サルおじちゃんとヴィクを訪ねたこと、そして、自分の部屋に戻ってからみんなと落ちあう予定になっている場所のことを。

「錠前屋ってものをきいたことはないの、二人とも？」わたしは身をかがめ、注意をひきたくてクンクン鳴いているペピーをなでてやった。

「あるけど、営業時間外だと、ほら、何百ドルも請求されるし、あたし、何百ドルなんて持ってないし。選挙運動を手伝っても、お金なんてほとんどもらえないのよ」ペトラの携帯がふたたび鳴りだし、彼女は同じ話をくりかえした。

「お金なら、お父さんのとこにどっさりあるでしょ」ペトラが電話を切ったところで、わたしは文句をいった。「ま、あなたが今夜うちのカウチで寝るのを歓迎しないわけじゃないけどね」

「こんなドジやったのをダディに知られたら、あたしみたいな世間知らずが大都会で一人でやってくのは無理だって、延々とお説教されるに決まってる」

「ブライアン・クルーマスの選挙事務所の仕事は、ピーターが見つけてきたんじゃなかったっけ？」

「うん、そうなの。そうなの。けど、ダディはね、あたしが修道院みたいな生活をするか、せめて、アパートメントを誰かとシェアするのを期待してたの。勝手に部屋を借りたのがばれたときは、大目玉だったわ」

ペトラはまたしてもつぎの電話に出た。わたしはその時点で、ひと晩じゅうペトラの通話に耳を傾けるより、彼女自身の住まいに連れていくほうが楽だと判断した。ミスタ・コントレーラスも、ミッチも、ペピーも、ペトラが住んでいるところを見てみたいと宣言した。わたしは犬たちをマスタングに押しこんだ。老人のほうは、パスファインダーで一緒に行こうというペトラの誘いを喜んで受け入れた。

ペトラの住まいはバックタウンの高級地区に建つロフトビルのなかにあった。わたしの事務所から十ブロックほどの距離だ。駐車場所がなかなか見つからないため、消火栓の黄色いラインを部分的にふさぐ形で車を停め、あとは運を天にまかせることにした。

ペトラがわたしのために正面ドアを懐中電灯で照らしてくれた。わたしが歩道に膝をつき、万能鍵を錠にさしこんで小刻みに動かしているあいだに、ペトラはまたしても電話に出ていた。「あたしの従姉がね、えっと、例の私立探偵なんだけど、いま、あたしのビルに忍びこむとこなの」ウォルコット・アヴェニューで誰が聞き耳を立てているかわからないのに、ペトラは大声でしゃべっている。「ううん、〈NCIS〉とか、〈セービング・グレイス〉とか、そういう感じ。殺人事件を解決して、銃を持ってて……なんでもあり!」

わたしはペトラの携帯をとりあげて、尻ポケットに押しこんだ。「ペトラ、わたしがここでものすごく違法なことをやってるあいだ、電話は禁止よ。パトロール中の警官に会話を傍受されるかもしれない。それに、ともかく、そんな大きな声で電話してたら、この界隈の人みんなにきかれてしまうわ」

ペトラはプッとふくれた。面白半分に泣き虫のふりをしてみせたが、タンブラーがカチリと戻るまで、懐中電灯でしっかり照らしてくれた。三階分の階段をのぼってペトラの部屋まで行き、そこでまたわたしが同じ操作をくりかえした。玄関ドアがひらくまでに、わたしの尻ポケットで電話がさらに二回鳴った。ペトラの鍵束はドアのすぐ内側に落ちていた。

ペトラはふたたびハスキーな笑い声をあげた。「これ見て！　出てくときに落としたんだわ。遅刻しそうだったから、たぶん、コーヒーと携帯と一緒に鍵束をつかんで、それで、出てくときに鍵が手のなかにないのに気づかなかったのね。ああ、ヴィクって天才。ありがと、ありがと、ありがと。お礼に何をすればいい？　ネイヴィ・ピアの資金集めパーティに無料招待っていうのはどう？　一人二千五百ドルなの。ブライアンがくるのよ。会ってみたくない？　大統領も顔を出すかも。ま、あてにするなっていわれてるけどね。ピアの東側ぜーんぶ貸切りよ。すっごいクールでしょ。そうだ、サルおじちゃんも一緒にきてね」

わたし自身は資金集めパーティにいやというほど出ているから、誘われても心臓の鼓動が一拍飛ぶようなことはなかったが、ミスタ・コントレーラスは大喜びだった。セレブのイベントに関係者として出席。毎週出かけているロッジで、彼の名声がぐんと高まることだろう。週に一度、昔の組合時代の仲間が集まって、噂話に花を咲かせながらビリヤードを楽しんでいるのだ。

「タキシードか何か必要かね?」帰ろうとしたとき、老人が心配そうにきいた。

「オーバーオールを着て、組合のバッジをつけてけばいいのよ。クルーマスもたぶん、民衆の候補者ってふうに見られたいだろうし」わたしはアドバイスをした。

「ヴィク! そういう皮肉はやめてよね」ペトラが文句をいった。「でも、組合のバッジ持ってるの、サルおじちゃん?」

「いいや。だが、青銅星章ならある。ほら、アンツィオの戦いで名誉の負傷をしたからな」

ペトラの目が輝いた。「わ、その勲章つけてきて。ぜったいかっこいい。あたしがサルおじちゃんちに寄って、髪をカットしてあげる。ケルシーとあたしね、ハサミがけっこう上手に使えるのよ。アフリカ旅行のあいだ、おたがいの髪をカットしてたから」

家に戻る車のなかで、ミスタ・コントレーラスがクックッと笑った。「たいしたギャルだ、あんたの従妹は。どんな朴念仁でもうっとりさせちまう。あの子からひとつふたつ学んだほうがいいんじゃないかね」

「朴念仁をうっとりさせる方法を?」今日の午後のことと、かつての指導担当者から〝胸の谷間を見せる〟ようにいわれたことが思いだされた。「わたしって、愛想がなさすぎる?」

「人にもっと笑顔を見せても損はないだろが。こんな諺を知っとるかね、嬢ちゃん。蜜を使えばハエがたくさんとれる」

「家のなかをハエだらけにしたいんだったらね」わたしは老人が正面ドアをあけるまで待ち、

それから犬二匹を一日の終わりの散歩に連れだして、ブロックをひとまわりした。ペトラだったら、カーティス・リヴァーズをうっとりさせて、ラモント・ガズデンに関して彼が知っていることを洗いざらい白状させただろうか。喉の奥から陽気な笑い声を響かせて、スキップで〈フィット・フォー・ユア・フーフ〉に入っていく自分の姿を想像しようとした。ハイヒールでタップダンスをしながら、うしろ向きに歩く姿を想像するほうが簡単だった。

グラスにウィスキーをついで、カブスとサンフランシスコの試合を二、三イニング見た。カブスの永遠の弱点である投手陣が、またしても災いをもたらしていた。五回に入って、スリーランを浴びたところで、わたしはベッドに入った。

ハエの大群がわたしの胸の谷間を這いおりるのを見てペトラが大笑いしているという、とんでもない夢にうなされていたとき、電話が鳴りだして、わたしを救ってくれた。ぞっとするイメージに心臓をドキドキさせながら、わたしは電話をつかんだ。

「探偵さん？」

かけてきたのは女性で、深みのある柔らかな声だったが、寝ぼけているわたしには、誰だかわからなかった。時計を見た。午前三時。

「おこしてしまったのなら、ごめんなさい。でも、ラモントのことをずっと考えてたんです。朝まで待ったら、たぶん、電話をかける勇気がなくなると思って」

「ローズ・エベールね」相手が誰だかわかって、わたしはその名前をつぶやいた。「なるほど。で、ラモントがどうしたの？」

沈黙。息を吸いこむ音。高飛び込みの準備をしているのだ。「あの晩、彼を見たんです」

「あの晩って、いつのこと？」わたしはベッドのヘッドボードにもたれて、膝を顎にひき寄せ、目をさまそうとした。

「彼が家を出た晩。一月二十五日」

「じゃ、家を出たあと、あなたのところにきたの？」

「うちにきたんじゃなくて」ローズは早口で答えた。彼女の背後から病院の物音がきこえてきた。ひっきりなしの呼び出し、救急車のサイレン。「わたし……礼拝がすんでから外に出たんです。水曜の夜、つまり、週半ばの礼拝。ダディは執事の人たちと会合があったから、わたし、教会を出たときは一人でした。散歩することにしたわ。すごく暖かい夜だったから。覚えてます？」

大吹雪になる前の、一月にしては記録的な暖かさだった。あの日を経験した人々はみな、いまだに驚嘆している。

「ラモントを捜しに出かけたの。ひどく動揺してて、彼に会いたかったんです。でも、教会の用事で会うんだというふりをして。心のなかで自分にいいきかせたわ。よくあることでしょ。教会の青年部にきてもらって、キング牧師の近くで活動するのがどういう感じなのかを、みんなに話してもらいたいって。もっとも、教会が社会活動に参加することを、ダディは認めていなかったけど」

ローズは半分すすり泣くようにして息を吸いこみ、それから小声でいった。「ほんとは、どうしても彼に会いたかっただけなの。もう一度さわってほしかったの。あの夏に彼がしてくれたように。でも、いまもいったように、自分にはもっと偉大で純粋な理由があるようなふりをしてたの」

恥ずべき思い出を口にしてしまうと、ローズの息遣いが安定し、声に深みが戻ってきた。「彼を見つけたわ。というか、姿を見かけたの。六十三丁目とモーガン通りの角で。ジョニー・マートンと一緒に〈ワルツ・ライト・イン〉に入ってくとこだった。知ってます？　昔あそこにあったブルースのお店。二十年前につぶれてしまったけど、あのころは、あそこがあの界隈の娯楽の中心だったわ。わたしは出入りしてなかったけど。エベール牧師の娘ですもの。でも、高校時代の友達はみんな――」

「で、ジョニーとラモントは何をしてたの？」ローズの言葉がとぎれたところで、わたしはきいた。

「あら、わたしがお店に入れるわけないでしょ！　そんなことしたら、たちまちダディに筒抜けだわ！　通りの向かい側にすわりこんで、お店のドアをみつめ、小さいときから知ってる子たちが出入りするのをながめてたの。水曜日は教会で夜の礼拝だけど、同時に、ジャムセッションの夜でもあった。ときどき、アルバータ・ハンターがきてたし、タンパ・レッドとか、そのほかの大物もたくさんきてたわ。新人も。教会の代わりに、わたしがどんなにあそこへ行きたかったか、あなたには想像できないでしょうね」ローズの声の熱っぽさに、電話が震えた。

「二人が出てくるとこは見た？　ジョニー・マートンとラモントが」

「それがね、ラモントが出てくる前に、ダディに見つかってしまったの。わたしはコートを着て通りの向かい側にすわりこんでた。まだまだ暖かかったのに。一月に冬のコートなしで外へ出ることは禁じられてたのよ、うちの家では。気温が十五度ぐらいあるのに、分厚いウールのコートを着るなんてバカみたいって思ったのを覚えてるわ。でね、そこにダディがやってきたの。わたしを殴りつけて、街の女みたいにバーの外をうろつくとは、なんと下品な子だ、なんという罪人だ、イエスと父親の顔に泥を塗る気か、っていったわ」

これらの言葉が消火栓から噴出する水のように飛びだし、すさまじいしぶきとなってわたしに降りかかった。

「翌日は大雪だった。わたしは朝のうちに学校へ出かけたわ。ダディに殴られたとこが紫色に腫れあがってたけど。吹雪になったのがすごくありがたかった。学校に二晩足止めされて、ほかの女の子たちと床でゴロ寝することになったの。わたしがみんなの仲間になれたのは、生涯であのとき一度だけだった。白人の子も、黒人の子も、みんなが暗闇でゴロ寝して、家族やボーイフレンドの話をしたの。わたし、ラモントとつきあってるふりをしてしまった……でも、とにかく、雪がやんで家に帰ったときには、ラモントはいなくなってた。それ以来、彼の姿を見た者は一人もいないわ。わたしの知るかぎりでは。ジョニー・マートンにききにいきたかったけど、できなかった。誰かがダディに告げ口するでしょうから。そんなことになったら、また――」

〝また殴られてしまう〟――ローズが語尾を濁したので、わたしは心ひそかにあとを埋めた。

「ラモントの友達の誰かに、彼のことをきいてみた？　ラモントがどうしてマートンと話をしていたのか、その理由を知ってそうな誰かに」

「きいてみたわ。でも、ずっとあとになってからだった。最初は、ラモントの姿を見かけなくなったので、わたしを避けてるんだと思ったの。神さまがわたしを罰してるんだと思った。頭が混乱してしまって、前の年の九月に彼の誘いをことわったから罰を受けてるのか、それとも、ラモントに身体をさわらせたことで罰を受けてるのか、わからなくなってしまった」

ローズは照れくさそうに鼻で笑った。

「最後にやっと、カーティス・リヴァーズにきいてみたけど、それはたしか、一ヵ月か一ヵ月半ほどあとのことで、カーティスもわたしと同じように首をひねってたわ」

「カーティス・リヴァーズも〈アナコンダ〉のメンバーだったの？」

「誰がメンバーで、誰がそうじゃないのか、わたしには正確なことはわからなかったわ。牧師の娘で、お高くとまった子だと思われてたから、男の子たちも近所のほかの女の子とは気軽にしゃべるのに、わたしには声もかけてくれなかった。カーティスはたぶん、メンバーじゃなかったと思う――とにかく、六七年の五月ごろにはベトナムへ送られたしね――みんなから頼りにされる男の子だった。不良からも、まじめな子からも……カーティスって、そうね、えこひいきをしない子だった。わたしもどうせ失恋するなら、カーティスにすればよかった。ラモントみたいなワルのチンピラじゃなくて」ローズはふたたび笑った。苦々しさが薄れていた。

「じゃ、ミス・エラの勘は当たってたの？　ラモントはクスリを売ってたの？」

「シスター・エラの言葉どおりではなかったけど。だって、ミス・エラったら、ラモント・ガズデンがサウス・サイドでヘロイン売買に大忙しのような言い方をするんですもの。うちの父と似てるわね。品行方正な生き方からほんのわずかでもはみだしたら、サタンの申し子にされてしまう。ラモントが姿を消したあと、シスター・エラは何事もなかったように暮しつづけたわ。背筋を前以上にピンと伸ばして。鋳鉄製ではない背中を、あそこまでまっすぐにできるとすればね。でも、シスター・クローディアのほうは、ラモントのことで嘆き悲しんでたわ」

「ミス・エラの話だと、ミス・クローディアと一緒に警察へ行ったそうだけど、そのことで何かきいてない？」

「そうそう、行ったのよ。でも、警官の応対がひどかったの。前の年——つまり、一九六六年——の夏に、キング牧師の警護という気に食わない仕事をやらされたものだから、警察の人たち、黒人があらわれたら誰でもいいから八つ当たりしてやろうと待ち構えてたんでしょうね。わたし、シスター・エラとクローディアに付き添って警察署まで行ったんだけど、警官の態度ときたら、まるであの二人が大統領を射殺した犯人かと思いたくなるほどだった。ブタ？　ええ、そうよ、あいつらはブタだった」

この侮辱の言葉が、いつものように、わたしの胸にグサッと突き刺さった。

「ラモントが見つかる見込みが、すこしでもあると思います？」ローズはわたしに胸の奥の感情を嘲笑されるのを恐れているかのように、おずおずと小さな声で尋ねた。

わたしは彼女に、元気が出て、希望が湧いてきて、声に活力が戻ってくるような言葉をかけてあげたかった。彼女のために甘い言葉を並べてあげたかった。しかし、本当のことをいうしかなかった。ラモント・ガズデンはすでに死亡しているか、もしくは、厳重に身を隠しているため、本人が姿をあらわす気にならないかぎり誰にも見つけることはできないと思う、という事実を。

「ジョニー・マートンと話をしてみるわ」わたしは思わず約束していた。「四十年も前のことだけど、どんな話をしたのか、マートンが覚えてるかもしれない」

「わたしの名前は出さないで」ローズが懇願した。「ダディや教会の女の人たちの耳に入ったら……」

「無理にお父さんのところへ帰らなくてもいいんじゃない？」わたしは静かにいった。「いまだって、自分の人生をスタートするのに遅すぎはしないのよ。よかったら、電話番号を——」

「ううん、魂がこわれてしまった者にとっては、夜になってどこで枕に頭をのせようが、べつにたいした問題ではないわ」疲れたのか、ローズの声がふたたび低くなった。「でも、もし何かわかったら、病院のほうへ電話してね。わたしのシフトは十一時から七時までよ。木曜から月曜まで」

9　歴史を発掘

ローズが電話を切ったあと、わたしは眠りに戻ろうとしたが、いまのやりとりですっかり目がさめてしまった。ベッドに横になっても、全身が緊張でこわばり、目を閉じていることができなかった。居間まで行って、アームチェアの上であぐらをかいた。毎晩わたしの部屋で寝ているペピーが、玄関ドアのそばの寝場所で身体をおこして、あとからついてきた。

ローズ・エベールとペトラ、どちらも一人前の女性なのに、父親のことを〝ダディ〟と呼んでいる。あなたの頭のなかにダディがいるならば、彼がいちばん大きな存在だ。彼にはファーストネームがなく、〝わたしの父〟というような控えめなアイデンティティもない。あなたは、ダディが誰なのか、みんなが知っていると思っている。ということは、つまり、ペトラの人生においては、わたしの叔父が暴君的存在ってこと？　それとも、ペトラがまだとても若いというだけのこと？

ローズ・エベールはもちろん、若くない。若い時代なんて一度もなかったのかもしれない。〈ワルツ・ライト・イン〉の外の暗がりにすわりこみ、楽しくはしゃぐグループの仲間になりたいと願い、恋に焦がれている十九歳の彼女の姿が、目に見えるような気がした。そして、残りの人生をダディのそばで送る彼女。娘が罪を犯していると思えば、紫のあざになるほど殴りつける父親なのに。ローズの口から母親の話はひと言も出ていない。エベール牧師の妻はいつから、方程式の一部であることをやめてしまったのだろう？

それ以上に大きな疑問は――すくなくとも、わたしがひきうけた仕事においては――〈ハンマー〉ことジョニー・マートンに関することだ。ラモント・ガズデンの姿が最後に目撃されたのは、一月二十五日の夜、マートンと一緒にブルース・バーへ入っていったときだった。ラモントは麻薬売買でマートンを裏切ったのだろうか。格闘、死――マートンか、もしくは、厳選された〈アナコンダ〉の手下の誰かに殺される――そのあとに猛吹雪。ラモントが射殺もしくは刺殺された現場の痕跡を、雪がきれいに消し去ってくれる。

「カーティス・リヴァーズもそのバーにいたのよ」わたしはペピーにいった。「今日、どうしてわたしを冷たく追い返したのかしら」

ペピーは尻尾を軽くパタパタふった。わたしはペピーの絹のような耳をなでてやった。

「あなた、ジョニー・マートンと会ったことないでしょ。運のいい子ね。あの男だったら、あなたを見たとたん、そのきれいな尻尾を切りとって防寒用の耳当てにしかねないわ。でも、四十年たってもわたしに何も話せないぐらいひどくカーティス・リヴァーズを脅しつけるなんてことが、マートンにできるかしら」

あの一月の夜の〈ワルツ・ライト・イン〉の光景が浮かんできた。客も飛び入りでステージに立てるオープンマイクの夜、この街出身のブルース界の大物たちも出演、一月なのに夏みたいに暖かな夜に浮かれて大騒ぎ、誰もが楽しそうなのに、重いウールのコートを着て汗ばんでいる牧師の娘だけは仲間はずれ。そして、母親との夕食の席から立ち去り、〈ハンマー〉と話をしにきたラモント・ガズデン。

ピアノのそばに立ったアルバータ・ハンターの歌声のなかで、リヴァーズはラモントとマートンの会話を耳にする。その夜遅く、もしくは、週の終わりに、〈ハンマー〉からリヴァーズに電話がかかってくる。〝てめえが知ってることをひと言でもしゃべったら、ラモントのあとを追って、川か、石切場か、とにかく、ラモントの死骸がころがってる場所へ行くことになるぜ〟

そこまでは想像できるが、現実にそうだったかどうかはわからない。それに、何十年たとうともリヴァーズの口をふさいでおけるような力が、果たしてマートンにあっただろうか。わたしの印象では、リヴァーズは亡霊が鎖をじゃらじゃら鳴らしただけで気絶するようなタイプではない。

わたしは顔をしかめた。エベール牧師、〈ハンマー〉のマートン。どちらもウェスト・エングルウッドの法の執行者だ。彼らだけが定めることのできる掟があり、それに逆らう者がいればぶちのめす。

考えてみたら、大雪のあとで身元不明の死体が見つかっていないかどうか、まだ一度もチェックしていなかった。もうじき朝の五時、わたしの母校の図書館がひらくのは三時間後だ。ペピーもついてきて、柔らかな金色の身体をわたしの横で丸くした。ペピーはすぐさま、徳高き者の楽しい夢の世界へ入っていったが、わたしのほうは、六時になってもベッドに横になったまま、寝不足のまぶたをシクシクさせながら、ジョニー・マートンとの過去の出会いを回想していた。

国選弁護士会の時代に、ずいぶん脅しをかけられた。弁護士として彼の側に立っていたというのに。わたしが電話帳に番号をのせないことにしたのは、この男が原因だった。

〝この事件でおれのためにベストを尽くすのをさぼったら、ねえちゃんよ、あんたが川からひきあげられたときに、おふくろさんにも顔の見分けがつかねえようにしてやるぜ〟

〝あなたがラサール通りの弁護士を頼めなくなったのは、そのせいなの、ミスタ・マートン？　みんな、セメントのブーツをはかされてシカゴ川に沈んでるの？〟

あのときは、声を震わせることなくそんな言葉を口にできることに、自分でも驚いたものだったが、手の震えを抑えるためにリーガルパッドを握りしめていなくてはならなかった。いまでも、〈ハンマー〉の毒気を思いだすと、安眠できなくなる。もしかしたら、あの男には、リヴァーズを怖気づかせる力があったのかもしれない。

わたしはベッドに身をおこした。眠れそうにないのなら、活動を始めるとしよう。ペピーを裏のドアから出して、わたしも狭いポーチに立ち、ガス台にのせたエスプレッソ・メーカーが沸騰するのを待つあいだに、膝と肩のストレッチをした。

真夏の空は早くも深いブルーを帯びていた。わたしはエスプレッソを飲んで、ミスタ・コントレーラスの台所からミッチを出してやり――ペピーが遊びに出ているのに、自分は家のなかに閉じこめられたままなのに腹を立てて、ドアの向こうでキュンキュン鳴きつづけていたのだ——二匹を湖まで走らせた。水がまだとても冷たいので、飛びこんだ瞬間、息が止まりかけたが、犬と一緒に最初のブイのところまで泳いだ。血液の流れをうんと速めてやれば、八時間ぐっすり眠ったような気になれるかもしれない。

だが、そううまくはいかなかった。南へ車を走らせるあいだも、目はシクシクするし、気分は晴れなかった。しかし、開館時刻ぴったりにシカゴ大学の図書館に到着した。近所の小さなコーヒーバーのひとつでカプチーノとクロワッサンを調達し、図書館内のマナーをすべて無視して、マイクロフィルム室に持ちこんだ。

シカゴの主要な新聞すべてのリールをひっぱりだした。一九六七年当時は日刊紙が八紙出ていた。四種類の新聞の朝刊と夕刊だ。父が読んでいた《デイリー・ニューズ》から調べることにした。父はマイク・ロイコのコラムが好きだった。

一九六七年一月二十五日、大雪の前日。自分が生きてきた時代の出来事をほとんど覚えていないというのも、不思議なことだ。ページをスクロールしていくと、わたしの知らない国内ニュースがあれこれ出てきたが、さほど意外とも思わなかった。ＬＢＪ（ジョンソン大統領）の戦争予算。カリフォルニア大学バークレー校の学生デモ。州知事だったレーガンはこれを、アメリカに敵対する共産主義者の陰謀だと非難した。それから、上院議員に初当選したチャールズ・パーシーの妻のミニスカート。当時、わたしは小学校の五年生で、こうした出来事はわたしの頭を素通りしていた。

意外に思ったのはローカルニュースだった。大雪の前夜にサウス・サイド一帯を襲った嵐のことを、わたしはすっかり忘れていた。ローズ・エベールの話に出てきた吹雪だ。八十七丁目とストーニー・アイランド・アヴェニューの角で建築中だったビルが、強風に吹き飛ばされた。わたしの子供時代の家から三マイルほど離れたところだった。現場で警官一人が死亡した。わたしは瓦礫の写真を凝視した。シンダーブロックが通りに散乱していて、まるで癇癪をおこした子供が居間の床にレゴを投げ捨てたかのようだった。フォルクスワーゲン・ビートルが窓のところまで瓦礫に埋まっていた。そして、翌日、二十六インチも雪が積もって、瓦礫と工場と道路とシカゴ全体を覆い、死者だけでなく生者までが雪のなかに閉じこめられてしまった。

わたしの記憶に残っているのは、吹雪ではなく、死亡した警官でもなく――いかなる警官の死も母とわたしを不安に陥れたものだったが――学校が終わったときに校門の外でわたしを待っていたガブリエラの姿である。下校のときに母が付き添ってくれたことはそれまで一度もなかったので、母の姿を見てギクッとし、父に何かあったのではという恐怖に襲われた。

母が雪に怯えているのが、わたしの目には滑稽に映った。吹雪で高さ五フィートの、さらには、十フィートの雪だまりができるのは、警戒すべきことではなく、わくわくするゲームだった。しかし、暴動やデモの嵐のなかで、母がくる夜もくる夜も寝ずにトニーの帰りを待ち、わたしもときには屋根裏の階段のてっぺんから母を見守り、ときには台所のテーブルで母と一緒にすごす日々が一年もつづいていたため、母がふだんとちがうことをすると、わたしは真っ先に父の身を案じるようになっていた。

「トゥ・エ・ベルナルド、スーペリコラーティ・エ・テスタルディ・トゥッティ・エ・ドゥイ・ヴォイ！」母はミトンをはめたわたしの手をつかんで、イタリア語でいった。「あなたたち二人とも、無謀で頑固なんだから！　わたしが止めなかったら、この吹雪のなかで迷子になってしまうわよ。とてつもなく危険なことをして、命を落として、わたしを永遠の悲嘆に突き落とすことになるのよ」

「わたし、赤ちゃんじゃないわ！　友達の前で赤ちゃん扱いするのやめてよ」わたしは英語で母にわめき散らし、乱暴に手をひっこめた。

わたしの返事がイタリア語でなかったことに、母はショックを受けた。わたしは腹立ちのあまり、母の心を傷つけてやろうと思ったのだ。じつをいうと、カトリックスクールに通っているブーム＝ブーム――ベルナルド――を捜しにいこうと思っていた。カリュメット川が凍ってスケートができるかどうか、見にいきたかった。それを邪魔されて、わたしはむくれかえった。家に帰ると、ピアノの稽古を一時間もさせられて、よけい頭にきた。

この朝、図書館の椅子に腰かけて、自分の指を見ているうちに、後悔で腸がよじれた。いまさら悔やんでも遅すぎる。音楽をまじめに勉強するようにという母の願いをすなおにきいていれば、いまごろは、そこそこのピアニストになっていただろう。天才的ではなくとも、プロとして充分に通用していただろう。ピアノの稽古をさぼってばかりだったのはなぜだろう？　母はわたしを溺愛していて、わたしも母を熱烈に愛していた。母がとても大切に思っていたことを、なぜわたしはやろうとしなかったのだろう？　ひょっとして、音楽に嫉妬していたとか？　母の愛情をめぐってわたしとライバル関係にあったのはモーツァルトだったが、モーツァルトと張りあえる者がどこにいるだろう？〈ドン・ジョヴァンニ〉のなかでドンナ・エルヴィーラが歌う嫉妬と裏切りのアリア、《あの人でなしは私を裏切り《ミ・トラーディ・クエッツラルマ・イングラータ》》が、ガブリエラの好きな曲のひとつだった。

思い出の世界に浸りきっていたわたしは、最初の部分を口ずさんでしまい、閲覧室の全員が首をまわしてこちらを凝視したので、赤くなった。椅子の上で身を縮め、目の前の画面に視線を据えた。

一月二十六日からスタートして、殺人事件関係の記事を見ていき、二月の末まで調べた。殺人件数がいまより少なかったため、どの事件も大きく扱われていたが、身元不明の死体の記事はひとつもなかった。交通事故の記事にも目を通し、ギャング団の活動の記事も調べた。《デイリー・ニューズ》が〈ブラックストーン・レンジャーズ〉のメンバーをインタビューしていた。サウス・サイドの黒人社会の正当なる代弁者をもって自任していた連中だ。社会のためにさまざまな貢献をするつもりだと、メンバーは記者に語っていた――デイサービス、学校、ヘルスケア。わたしは暗い閲覧室で眉をひそめた。ギャング連中は壮大なプロジェクトをいくつかスタートさせたが、結局は、麻薬売買と、みかじめ料の取立てと、売春で終わってしまった。

つぎは《ヘラルド＝スター》に移って、同じ殺人事件の記事に目を通し、高架鉄道の支柱が雪に埋もれてしまった街の同じ写真を見た。《デイリー・ニューズ》が〈レンジャーズ〉のインタビュー記事をのせた一週間後に、《ヘラルド＝スター》も巻き返しを図り、〈アナコンダ〉の特集を組んだ。

〈ハンマー〉のマートンのことを読むうちに、わたしは疲れを忘れて、シャキッとすわりなおしていた。《ヘラルド＝スター》の記事のなかで、ジョニー・マートンは暴動に明け暮れた六六年の夏のあいだ、〈アナコンダ〉がどのような活動をしたかを述べていた。

わたしは時計に目をやった。ジョニー・マートンの記事を読む時間の料金は、ミス・エラには請求できない。《ヘラルド＝スター》の五回の連載すべてに目を通した。一回は、六十丁目とラシーヌ・アヴェニューの角にある公営団地の内部の取材。一回は、〈アナコンダ〉がスタートさせたとマートンが主張している診療所の取材。生後八ヵ月になる自分の娘に食事をさせている彼の写真。

「警察は〈アナコンダ〉にギャング団というレッテルを貼ってる。その根拠は？　黒人の子供たちのために学校でミルクを配るプロジェクトを始めたから？　五十九丁目とモーガン通りの角に診療所を作ったから？　おれたちが住むあの界隈には、この五十年間、診療所なんてひとつもなかったんだぜ。みんなで投票に行こうってキャンペーンをやって、第十六選挙区でおれたち自身の市会議員候補を立てたから？」

これはわたしがまったく知らなかったマートンの一面だった。二十六丁目とカリフォルニア・アヴェニューの角にあるあの陰気な拘置所で顔を合わせたときには、マートンはすでに、地域社会の活動家という立場から遠く離れてしまっていた。そのころの彼の活動といえば、どこでどうやって零細企業から金を巻きあげるか、敵対する人物から身体の部位を切り離すかを考えることだけだった。

とはいうものの、一九六七年当時、マートンはすでに大きな勢力を誇るストリート・ギャングの親玉になっていた。もしかしたら、記者に大ボラを吹いただけかもしれない。六〇年代には、進歩的な白人の多くがストリート・ギャングを魅力的だ、粋だと思っていたものだ。黒人のチンピラグループの内幕にくわしいことを自慢したがる白人記者がたくさんいた。

「サツの連中はおれたちのことを、この街の法と秩序を乱すものだと思ってるが、マーティン・ルーサー・キングにレンガを投げつけたのは、おれたちじゃなかったんだぜ。そうだろ？　なのに、なんでおれたちの仲間が鉄格子のなかに放りこまれて、車をひっくり返すとか、そういうことをやった白人の坊やたちがお咎めなしなんだよ？　なんの証拠もないし、目撃者もいないし、なんにもないのに、ハーモニー・ニューサム殺しの罪で、スティーヴ・ソーヤーがムショにぶちこまれた。ハーモニーはキング牧師のデモ行進に参加してて、マルケット・パークで殺されたんだ。サツの連中は、なんでおれたちがニタニタ喜んでタップダンスをしないのかと不思議がってる。あの暴動の真っ最中にハーモニーを殺したのが白人の坊やだとしたら、どうしてくれんだよ？　武器を持ってたのはあいつらのほうなのに、ムショに放りこまれたのはやつらじゃなかった！」

《ヘラルド＝スター》には、高校の卒業ダンスパーティのドレスを着たハーモニー・ニューサムの写真が出ていた。縮れを丹念に伸ばして軽やかなボブスタイルにした髪が、むきだしの肩にかかっていた。

閲覧室にこっそり持ちこんだカプチーノを、わたしが驚愕のあまりジーンズにぶちまけてしまったのは、この写真のせいではなかった。そこについているキャプションのせいだった。

〝ハーモニー・ニューサム殺しの容疑で逮捕されたスティーヴ・ソーヤーの裁判、今日から始まる〟

補足記事のところに、亡くなった女性の友人たちと家族による数カ月の抗議行動がようやく実を結び、ソーヤーの裁判の日を迎えるに至った、と書かれていた。前年の八月に彼女が殺されて以来、友人と家族は第一管区の警察署の前で徹夜の祈りを捧げてきた。正月にソーヤーが逮捕された。ということは、弾丸列車のような猛スピードで裁判に漕ぎつけたわけだ。

わたしは椅子にもたれて、これらを整理しようとした。スティーヴ・ソーヤー。ラモント・ガズデンの少年時代の友達で、行方知れずの男にちがいない。いや、すくなくとも、その可能性がある。すべての新聞に丹念に目を通すと、ようやく、《ヘラルド＝スター》に小さな記事が見つかった。一月三十日、スティーヴ・ソーヤーはハーモニー・ニューサム殺しで有罪判決を受けた。その他の詳細はなし。凶器や動機については書かれていないし、もちろん、ラモント・ガズデンのことも出ていない。

身元不明の男性死体の記事がどこかにないかと、ざっと調べてみた。吹雪で死者がかなり出ていたが、すべての新聞を四月末まで調べてみても、身元不明の死体の記事はひとつもなかった。

リールの箱を棚に戻しながら、しきりとミス・エラのことを考えた。ミス・エラは、きのう、カレンにスティーヴ・ソーヤーの名前を教えたとき、彼が殺人で有罪判決を受けたことを知っていたはずだ。なぜそれを教えてくれなかったのだろう？　いったいどういうつもり？　自分から頼んでおきながら、なぜこの捜索を疎んじるのだろう？　しかし、国中の矯正施設のデータベースでラモントとスティーヴ・ソーヤーを調べたときは、どちらの名前も見つからなかった。ということは、ラモントもどこかで服役していた可能性があるのだろうか。

睡眠不足で顔のむくんだ学生や、試験や就職や恋愛に悩んでやつれた顔をした学生と、急ぎ足ですれちがった。図書館の裏の沈床庭園で、半白の髪の女性が飼犬にボールを投げてやっている姿を見かけた。キャンパスで幸せそうな顔をしているのは、このひと組だけのようだ。

わたしが学生だったのは、ベトナム戦争がようやく終わろうとしている時代だった。やつれた顔の学生のなかには、徴兵に不安を抱いている者が多かったが、いまの子たちは、八千マイル彼方の戦争のことなど気にしている様子もない。そんな思いから、ラモント・ガズデンに関してべつのことがひらめいた。徴兵されたことを母親に話さなかったのかもしれない。東南アジアのジャングルのなかで彼の骨が朽ち果てているのかもしれない。

事務所へ行く前に、遠まわりして〈ライオンズゲート・マナー〉に寄った。ミス・エラが防犯チェーンをかけたままドアをあけたが、なかに入れてくれようとはしなかった。わたしはスティーヴ・ソーヤーのことを尋ねた。

「ソーヤーの名前をカレン牧師に教えたとき、刑務所へ送られたことはご存じだったんでしょ？」

「そんな非難がましい言い方はやめてもらいたいね。ラモントの友達の名前を知りたいってあんたがいうから、わたしは、ろくでもない友達ばっかりだったと答えた。これでその理由がわかっただろ」

依頼人にわめき散らさないようにするのがひと苦労だった。「ラモントはどうなんです？やはり刑務所に？」

「あの子がどこにいるのかわかってれば、あんたに捜索を頼むわけないだろ」

わたしたちはさらに数分間、無益な押し問答をくりかえした。スティーヴ・ソーヤーの現在の居所を知らないのか、もしくは、知らぬ存ぜぬで通す気なのか、わたしには判断がつきかねた。ついに退散した。ミス・エラとカレン牧師を呪いながら――ついでに、彼女たちの泥沼に入りこむことを承知した自分自身を呪いながら。

それでも、念のために、事務所に着いてからペンタゴンに電話をかけ、ラモントという人物の記録があるかどうか問い合わせた。情報がもらえるとは思っていなかったので、電話の向こうの女性から、ラモントは召集を受けて一九六七年四月に地元の徴兵委員会に出頭することになっていた、といわれたときには驚いた。公式には、いまも無許可離隊のままだという。

「見つけだそうとはされなかったんですね」わたしはきいた。

「あら、わたしはまだ生まれてもいなかったんですよ」ペンタゴンの広報業務担当の女性がいった。「でも、記録に目を通したかぎりでは、徴兵逃れのために身を隠した一万人ほどの一人だと思われてるようですね。カナダか、あるいは、自宅界隈のどこかにひっそり隠れてるんじゃないでしょうか。車の免許をとるとか、ローンの申請をするとかして、どこかの法システムにひっかからないかぎり、あるいは、誰かが密告しないかぎり、その人たちを見つけだすのは無理でしょう」

これでスタート地点に戻ったわけだ。つまり、情報ゼロ。いや、厳密にいえば、ゼロではない。ゴタゴタのなかに〈ハンマー〉のマートンが加わった。それから、スティーヴ・ソーヤーの消息もわかった――すくなくとも、一九六七年一月三十日までの。

探偵のいない場所で　その二

「今日も女探偵が押しかけてきたんだよ」エラは妹の左手をとり、妹にちゃんときかせようとして、その手を握りしめた。「白人の女。それはもう話したよね」

節くれだった指が、エラの硬いてのひらに押しつけられた。〝うん、ちゃんときいてるよ。うん、白人だってことは、姉さんからきいた〟

「あの女、わたしが払った金をほとんど使っちまっただけで、何も見つけてないんだ」

クローディアの口の左端が震え、涙が頰を伝い落ちた。発作をおこして以来、涙もろくなっている。昔から感情豊かなタイプだった。〝とても温かな人〟というのが、誰もがクローディアに寄せる賞賛の言葉で、それを耳にするたびに、エラの心は冷え、世間に対してさらに苦い思いを抱くようになった。だが、クローディアはけっして泣き虫ではなかった。エラ自身と同じく、涙は赤ちゃんと金持ちの贅沢であることを、幼いころに早くも悟っていた。道端で死んでいるスズメを見れば、胸を痛めるかもしれないが、目を泣き腫らすことはなかった。

ところが、いまは、周囲の者が言葉に気をつけなくてはならない。ときには、エラ自身、昔に戻ったような錯覚に陥ることがある。彼女が五歳で、赤ちゃんのクローディアが近所の人々のアイドルだった時代に。柔らかな縮れ髪、あどけない笑顔、教会へ行けばみんながクローディアをちやほやするものだから、エラは、母親が仕事に出かけ、ジョージェットおばあちゃんが目を離した隙に、人形をとりあげたり、クローディアをひっぱたいたりしたものだった。とにかく意地悪だった。それは自分でわかっていたし、いまもわかっている。だが、つねに責任を持たされる立場でいることには、ときとして疲れてしまうものだ。

「あらあら、大丈夫ですか」

看護助手の一人が駆け寄ってきた。姉妹は外のサンポーチに出ていた。塀に囲まれたルーフガーデンのようなところで、植物が置かれ、小さな噴水もある。どこかの善意の人間が平日に犬を連れてきていて、その犬が噴水の水を飲み、何人かの脳卒中患者を喜ばせていたが、エラだけは、クローディアに犬を近づけることをぜったい許さなかった。犬が大嫌いだった。猫も大嫌いだった。子供たちが空腹でベッドに入るっていうのに、なんで動物に餌やって甘やかさなきゃいけないのよ？

エラは冷たい目で看護助手を見た。「助けが必要なら、こっちから知らせるよ」

看護助手は、彼女自身も黒人だったが、生意気にエラをにらみ返した。「妹さんの目を拭いてあげなきゃ。あたしがここにいるのが気に食わないなら、せめて、それぐらいやってくださいよ、ミス・エラ。でも、ついでだから、やらせてもらいますね」

看護助手は車椅子の横に膝をつき、ティッシュでクローディアの顔を押さえた。

がいない。

「何が悲しいの、ハニー？　何かほしいんだったら、持ってきましょうか」

この惑星に住むすべての者と同じく、クローディアに話しかけたとたん、看護助手も甘く歌うような声になっていた。イエスは愛する聖者たちに試練を与えられた。それだけはまちがいない。

看護助手がようやく立ち去ると、クローディアははっきりしゃべろうと苦闘した。「たんて、だれとはなししたの？」

「探偵にわたしが名前をいくつか教えたことは、前にいっただろ。それを全部調べてくれた。あの探偵のためにひと言いっとくと、骨を惜しまず徹底的に調べるタイプだ。カーマイクル先生を見つけてくれた――ほら、ラモントがリンドブロムに通ってたころの物理の先生――けど、ラモントが卒業してから、連絡は一度もないってさ。カーティス・リヴァーズにも話をききにいってくれたけど、ラモントと最後に会ったのがいつだったか、カーティスは覚えてないそうだ。スティーヴ・ソーヤーは見つからない。ハーモニー・ニューサム殺しで逮捕されたことは、探偵も知ってるけど、その後どうなったのかはまったくわからない。刑務所の記録を全部調べたけど、どこにも出てなかったそうだ」

エラの口がひきつった。あのとき探偵が自分によこした視線に、エラはムッとした。気の毒にといいたげな視線だった。なんの権利もないくせに……わたしに同情をよこす権利はないんだ、白人女！　あんたはたぶん、刑務所の門をくぐって姿を消しちまった黒人の若者はスティーヴ・ソーヤーだけだと思ってんだろうね。

「ティーヴじゃない。ぼえてる、エラ？　ティーヴじゃない。新しい名前。なんて名前？」「どういう意味よ、スティーヴじゃないって？　逮捕されたのはスティーヴに決まってるだろ。裁判のときに、あそこの母親がどんな様子だったか、わたしはよく覚えてる。あんたが覚えてなくてもさ」

クローディアのまともなほうの目が伏せられた。疲れてしまった。ひどく疲れて、議論する元気がなく、記憶ちがいではないことを確認しようという気力もなかった。発作をおこして以来、すぐに記憶が混乱してしまう。

クローディアはふたたび息を吸った。「はくじおんな、ぼっしさんと話した？」

「ああ、話したよ。エベール牧師に会いにいってくれた。もちろん、近ごろじゃ、あの牧師さんもあんたと同じで、うまくしゃべれないけどね」エラは言葉を切った。「探偵の話だと、ローズがラモントを見たそうだよ」

クローディアの顔の左側に活気がみなぎった。昔の笑みがちらっとのぞいた。「いつ？　どこ？」

「あの子が出てったのと同じ夜。教会のあとで、ローズが歩いて家に帰ろうとしたとき、バーに入るラモントを見かけたんだって。ジョニー・マートンが一緒だったそうだ」エラはそれ見たことかといいたげに腕を組んだ。「わたしがいつもあんたにいってただろ。あの子は〈アナコンダ〉の連中とつきあってるって」

「ちがう！」クローディアは叫んだ。「麻薬売ってない。モントちがう！」単語をきちんと発音しようとする努力と、姉への怒りから、荒い息遣いになっていた。「ちがう！　ちがう！　ちがう！」

若い看護助手があわてて戻ってきた。そのうしろにカレン牧師がいた。牧師がサンポーチにきていたことに、エラは気づいていなかった。

「どうしたの、ミス・エラ？」看護助手がクローディアの世話を焼いているあいだに、カレン牧師が尋ねた。

「けさ、あの探偵と話をしたもんでね、そのときの報告を妹にしようとしてたとこ。簡単にはいかないね。あんたが探偵を連れてくる前から、簡単じゃないよって、クローディアにいってきかせてたんだけど」

「ミズ・ウォーショースキーはラモントを見つけたの？」牧師は姉妹のあいだにすわれるように、椅子をひっぱってきた。

「ラモントが姿を消した晩、ギャング団のボスと一緒にブルースバーへ入ってく姿を見た人間を、あの探偵が見つけだした。ラモントが麻薬を売ってたことを、妹は昔から信じようとしなかったけどさ」

「麻薬ちがう！」心配そうな顔で会話に耳を傾けていたクローディアが叫んだ。「ああ！　しゃべれない、せつめできない。コンダ、ギャング、そう！　悪い、ちがう。悪くない、モント悪くない」

クローディアはふたたび泣きだした。思うようにしゃべれないことへの怒りと挫折の涙だった。

10 蹄の轟き

わたしは国選弁護士会を離れたとき、これでジョニー・マートンとも縁が切れたと思った。しかし、ラモント・ガズデンやスティーヴ・ソーヤーのことを話してくれそうな人物が、マートン以外に一人も思いつけなかった。司法関係のデータベースをいくつか検索してみて、マートンが簡単に見つかったことにホッとした。人捜しの方法を忘れてしまったのではないかと、心配になっていたところだったのだ。〈ハンマー〉はステートヴィルで服役中だった。殺人罪、殺人共謀罪、その他、凶悪すぎて一般家庭向けの新聞には出せないような数々の犯罪で、懲役二十五年から終身刑まで、いくつもの有罪宣告を受けているのだった。

わたしはジョニー・マートンの弁護士を捜しだした。マートンと弁護士を説得して、わたしをマートンの弁護団に加えてもらうことが、迅速に面会を実現させるためのいちばんの近道になるだろう。ステートヴィルの面会希望リストに名前を書いても、六週間以上待たなくてはならない。

弁護士の名前はグレッグ・ヨーマン、事務所は五十五丁目だった。すると、マートンはダウンタウンの大手法律事務所と縁を切って、現在のトラブルに関しては、ホームグラウンドに戻ったわけだ。たぶん、彼の政治信条というより、収入の問題なのだろう。

マートンに宛てて手紙を書き、ヨーマン用にコピーをとってから、もっと急を要する（というか、すくなくとも収入になる）調査に戻ることにした。短い夜と長い昼のあとで、クタクタに疲れていたが、たまった書類仕事を片づけるために、七時近くまで仕事をした。

ようやく帰り支度を始めたとき、外側の呼鈴が鳴った。監視カメラのモニターに従妹の姿が映ったので、外まで迎えにいった。エルトン・グレインジャーもそこにいて、ペトラに《ストリートワイズ》を売りつけようとしていた。

「ヴィク、あんたは命の恩人だ」エルトンは気どったお辞儀をして、わたしの指先に口づけをした。物腰は優雅だったが、甘ったるいワインの匂いをさせていた。

「ほんと？」ペトラの顔が輝いた。たぶん、わたしが狙撃手の前に飛びだした姿か、TVドラマ〈バーン・ノーティス〉のスリリングなシーンを思い浮かべているのだろう。

「燃えるビルや、沈む船から、この人をひっぱりだしたわけじゃないわ」わたしはそっけなく答えた。「目の前で倒れたから、病院へ運んだだけ」

「意識を失ったんだ」エルトンがわたしの言葉を訂正した。「心臓さ。病院で手当てを受けなかったら死んでたかもしれないって、医者にいわれた」

「お酒をやめないと死ぬかもしれない、ともいわれたでしょ、エルトン。それから、今日の午後、カレン・レノン牧師に会ったわ。あなたの住まいを見つけてくれたそうよ」

「いや、ねぐらならもう自分で見つけた。秘密の場所でさ、ああいうシェルターなんかよりずっと安全で清潔だ。それに、ベトナムでほかの兵士十五人と一緒に地下トンネルで暮らした経験があるから、一人でいるほうが好きなんだ。暗闇のなかで誰かにしょんべんひっかけられる心配もないしな」

エルトンはペトラのほうを向いた。「シェルターに入ったことあるかい？　んなわけないよな。若い女の子だし、大事に育ててくれる両親がいるもんな。おれも自分の娘をちゃんと育てなきゃいけなかったのに、いろいろ事情があって、娘を裏切ることになっちまった」

エルトンはしばらくのあいだ目をきつく閉じて、酔っぱらいの涙を隠し、一方、ペトラは気詰まりな様子で足踏みをしていた。エルトンはジョギングで通りかかったカップルに《ストリートワイズ》をさしだし、ふたたびペトラに視線を向けた。

「シェルターがいやなのは、すぐにものを盗まれちまうからなんだ。一秒でも眠ったら、はいてた靴を盗まれる。ホームレスにとっちゃあ、靴がいちばんの親友だ。ものすごく歩くから、足の裏には丈夫な靴底が必要だ。わかるだろ、この意味」

「そのねぐらってどこなの、エルトン？」わたしはきいた。

「秘密。世間にそんなこと吹聴したら、秘密じゃなくなっちまう」

「ぜったい誰にもいわないから。あの牧師にも。ただね、何日もあなたの姿を見かけなかったら、どこを捜せばいいのか知りたくなるだろうし、また医者が必要なのかどうか、心配になるでしょ」

エルトンは通りの左右に目をやった。「そう簡単には見つけられないぜ。だから、すごく気に入ってんだけど、川のそばなんだ。オノレ通りから脇に入ると小道がある。その先に小屋があるんだ。鉄道の土手の下になってるから、まったく人目につかない。けど、誰にもいうなよ、ヴィク。あんたの娘にも口止めしとけよ」

ペトラがクスッと笑った。「あたし、この人の娘じゃないわ。従妹なの。でも、名誉にかけて、ぜったいいいません」

わたしはエルトンに一ドル渡して、新聞をもらった。「あなたのサンドイッチを買って、十分したら戻ってくる」

「ライブレッドにハム、マヨネーズとマスタード添え、トマト抜きにしてくれるとありがたい、ヴィク」エルトンは軽い足どりで踊るように通りを渡って、人々が外のテーブルにすわっているコーヒーショップのほうへ行った。

「何しにきたの？」わたしはペトラにきいた。「また鍵を忘れて部屋に入れなくなったの？」

「車で家に帰る途中、ヴィクの車がまだ置いてあるのが見えたんで、ちょっとだけパソコン使わせてもらえないかなと思って。えっと、そうね、三十分でいいから。ヴィクがサンドイッチ買いにいってるあいだだけ」

「クルーマスの選挙事務所ではネットが使えないの？」

「そうじゃないけど、私用でパソコン使いたいのに、事務所でいつも使ってるワイヤレスネットワークに、今日は入れないの」

「他人のネットワークを勝手に使ってるわけ？」

「使っちゃだめなものなら、手の届くとこに置いとくほうが悪いわよ」ペトラはむきになった。

わたしはぐったり疲れていて、口論する気になれなかったし、そもそも、わたしにはどうでもいいことだった。建物に入るための暗証番号をペトラに教えて、デスクに極秘書類を出しっぱなしにしていなかったかどうか、頭のなかで確認した。

「出ていくときに、電気を消すのを忘れないようにね。わかった？　正面入口のドアは、あなたが外に出れば自動ロックされるから、ほっとけばいいわ」

ペトラは最大級のまばゆい笑みを浮かべ、うれしそうに礼をいった。「あのエルトンって男を助けたって、ほんとなの？　ほんとにヴィクが命を救ったの？」

わたしは困惑した。「うーん――どうなんだろ――病院へ運んだけど、あのままでも自然に回復したかもしれない。アルコールがよくないんだわ。エルトンはベトナム帰還兵なの。先週、歩道で彼を助けたときに、わたしも初めて知ったんだけどね。戦争はたしかに人間の心を蝕むものだわ」

「知ってる。ＰＴＳＤ、つまり、心的外傷後ストレス障害ってやつでしょ。心理学で習った」

「そういう帰還兵について、ブライアンは何か政策を考えてるの？」

ペトラは候補者を売りこまなくてはという思いから、真剣な顔でうなずいた。「もちろんよ。ほんとは大統領になるべき人だけど——あ、バラク・オバマが任期を終えてからって意味よ——みんなでブライアンを上院に送りこめば、エルトンみたいな人たちのために、全力を尽くしてくれるわ」

ペトラの若さ、真剣さ、ブライアン・クルーマスへの信頼を目にして、わたし自身の青春時代がなつかしくなった。ペトラを軽く抱きしめて、エルトンのサンドイッチを買いに出かけた。

翌朝、ジョニー・マートンの弁護士との交渉にとりかかった。グレッグ・ヨーマンの応対からすると、交渉はけっこう難航しそうだった。下手に出ることにした。〈アナコンダ〉のボスに会うための切り札だもの。サウス・サイドにあるヨーマンの事務所まで会いにいくと、向こうは、自分はギャングの世界の裏表を知り尽くしているから、謝礼と引き換えに仲介の労をとってもいい、という態度をとった。

「お金を払うからマートンと話をさせてくださいって頼んでるわけじゃありません。彼がわたしと話をしてくれるかどうかを知りたいだけです。ステートヴィルの警戒の厳重さを考えると、マートンの弁護団の一員として会いにいくほうが簡単だと思います。そうすれば、スムーズに面会できるし、話をするさいにも一応のプライバシーが確保できるから」

「たしかにね、探偵さん、だが、そうするには金がかかる。急いでマートンに会いたいのなら、あなたとわたしが友達になったほうが、話が早い」

ああ、なるほど、友達になるわけか。〝賄賂〟を意味するシカゴ流の婉曲表現。

「なんといっても、〈アナコンダ〉はまだまだこの街で勢力を持ってますからね、あなたがマートンを脅してるなんて噂が広まったら、そちらも困るはずだ」ヨーマンはつけくわえた。「でも、噂が広まった場合はどこへ助けを求めればいいのか、わたしに教えておいてくださるわけね?」わたしは甘い微笑を見せた。

ヨーマンは、弱い女が自分の無力さを悟る姿を目にした男の、いかにも満足げな笑みを浮かべた。「われわれが友達であることをマートンが知れば、そういう事態にはならないと思いますよ。だが、わたしも、見返りなしであなたを守ることはできないのでね」

「じゃ、そういう事態にならないことを祈りましょう。もちろん、遠い昔、キング牧師の警護をしていた時期に、ラモント・ガズデンはマートンと親しくしていました。行方不明の息子を捜しているラモントの母親の力になることを、自分の顧問弁護士に邪魔されたと知ったら、マートンはおもしろくないでしょうね」わたしは席を立って帰ろうとした。「マートンに手紙を書くことにします。わたしを面会者リストに入れてくれるよう頼んでみます。マートンがわたしに法的な権限を与える気になってくれれば、そのほうが話は簡単です。わたしはいまも弁護士の資格を持ってますので。気の進まない仕事をあなたに無理に押しつける気はありませんから、どうぞご心配なく。すべて書面でおこないます」

ヨーマンが浮かべた表情を見て、わたしは自分がドアのそばに立っていたことに思わず感謝したが、彼は、そう杓子定規に考える必要はない、月曜日にステートヴィルを訪ねるから、そのときマートンに話をしておこう、といった。

「だったら、この手紙も、書き直さずに投函できます」わたしはマートン宛てに書いた手紙のコピーをヨーマンに渡した。もちろん、マートンがラモント・ガズデンと一緒のところを目撃された最後の人物であることは伏せておいた。エラ・ガズデンとその妹クローディアの依頼により、調査を進めている。マートンならウェスト・エングルウッドの人間を一人残らず知っているだろうから、話をきけそうな人々の名前をいくつか教えてもらえればと願っている、と書いただけだった。

事務所に戻る途中で、〈フィット・フォー・ユア・フーフ〉に立ち寄った。初めて訪ねたときに見かけた男性が、今日も鼻歌をうたいながら歩道を掃いていたが、わたしに気づいたとたん、恐怖に目をむき、店に逃げこんだ。

わたしがあとを追って店に入ると、男性はカーティス・リヴァーズの革のエプロンにすがりついていた。「あの女がおれを傷つける。おれのモノを切りとる気だ」

「いや、大丈夫だよ、キマチ、そんなことはさせない」リヴァーズは新聞をたたんで小脇にはさむと、修理用の設備の陰になっている店の奥へ怯えた男を連れていった。

戻ってくると、リヴァーズはわたしをにらみつけた。「キマチをあんなに怯えさせるなんて、あんた、何をいったんだ？」

「何も」こっちはキツネにつままれた思いだった。「わたしを見るなり、あわてて逃げだしたの。あの人、何を怖がってるの？」

「あんたが何も知らんのなら、探りだそうなんてお節介はやめときな。本当の狙いは何なんだ、探偵のウォーショースキーさんよ？　誰を守ろうとしてんだ？　あるいは、誰を傷つけようと、あるいは、かばおうとしてんだ？」

店内にはほかに誰もいなかった。わたしは小さなチェステーブルのそばに置かれたスツールのひとつに腰かけた。「それ、どういう意味？　わたしが何を望んでいるのか、その理由は何なのか、ちゃんと話したはずよ。それが嘘だなんて誰がいってるの？」

「たいしたもんだな、無実だといって憤慨してみせる。感心したぜ」

わたしは顎の下に指を当てて、彼をしげしげと見た。「あなた、店のまわりをうろついてるあの男を守ろうとしてるのね。どういえば納得してもらえるのかわからないけど、わたしがここにきたのは、誰かを傷つけるためじゃなくて――」

リヴァーズはわたしとのあいだの小さなスペースに新聞を叩きつけた。「そんなことはさせん」

「でも、何十年も前のあの日、ラモント・ガズデンがどこへ行ったのか、あなたは知ってるんじゃないかって気がしてきた。あなたが頭にきてるのは、ラモントの母親のせい？　たしかに、気むずかしい女性ね。わたしの知らない昔の秘密が何かあるのかしら」

「あんたにいう必要のないことまでしゃべっちまったようだ」リヴァーズは立ちあがり、カウンターの向こうへ行った。

「大雪の前の晩、ラモントがマートンと一緒に〈ワルツ・ライト・イン〉に入ったあとで、あなたも入っていくのをローズ・エベールが見たのよ。ラモントの生きてる姿が目撃された

「へっ、これであんたの嘘がばれた！」リヴァーズは手にした道具をカウンターに叩きつけた。「ローズ・エベールが〈ワルツ・ライト・イン〉に？　あんた、図に乗りすぎたな」

わたしは冷やかに微笑してみせた。「ちゃんと耳を傾けてれば、結論に飛びつかなくてもすむのに。ミズ・エベールがバーのなかにいたなんて、ひと言もいってないわよ。あなたが店に入るところを見たっていったの。その数分前にラモントとマートンが入っていく姿を見たようにね。自分もみんなの楽しいひとときに加わりたいって思いながら」

リヴァーズは大バサミを左右の手に交互に移しながら、わたしをじっと見ていた。すくなくとも、わたしのいったことを検討している様子だった。「おれはレディの言葉には反論しない。ミス・ローズみたいに神聖なるレディの言葉ならとくに。だが、あのころ、おれは〈ワルツ・ライト・イン〉に入り浸ってたし、ラモントの姿もほとんど毎晩目にしてた。大雪の前の晩といわれても、とくに記憶に残ってるわけじゃないんでね、探偵さん」

「ジョニー・マートンのことを怖がってるの？　無理もないわね。わたしだって怖いもの。マートンとエラ・ガズデンを比べた場合、どっちがわたしを神経質にさせるかわからないわ」

「あんたのほうが、おれより怯えやすいのかもな。それには理由があるのかもしれん」

「スティーヴ・ソーヤーはどうなの？　殺人で有罪判決を受けたことは知ってるけど、彼も姿を消してしまった。矯正局にも彼の記録は残っていない。あなた、ソーヤーを守ろうとしてるの？」

「よくもぬけぬけと！　よくもまあ、このクソ女、店に入ってきて、あいつのことをベラベラ話せるもんだ！」

わたしはポカンとした。「わたしが知ってるのは、ソーヤーもラモント・ガズデンと同じく、消え失せてしまったってことだけよ」

「あんたにゃ、そのほうが好都合。だよな？　このハサミで刺される前に、とっとと出ていきな」

リヴァーズの顔に浮かんだ怒りに、わたしの心臓が止まりかけた。自然な歩調にしようと努め、脚の震えを外に出さないように努めながら、ハンドバッグがディスプレイされたロープをかき分けた。汽笛のことを忘れていた。外のドアをあけたとき、ピーッという音で思わずよろめいた。

ドアのところで、すり減ったパンプスを手にした女性とすれちがった。「その音で、わたしもいつもビクッとするのよ」

わたしは微笑しようとしたが、リヴァーズの激怒のせいで唇が震えた。ライアン高速は避けて、のろのろと事務所まで車を走らせた。動揺が消えていないため、轟音を響かせるセミトレイラーに囲まれて走行するのはとうてい無理だった。

11　リラックスタイムにはエシェゾーが最高

　事務所に着くと、ペトラが太いマジックマーカーで〝ありがとう〟と大きく書き、通りの向かいのコーヒーショップで買ってきた巨大なクッキーにテープで留めてあるのが見つかった。無邪気なメッセージにすこしだけ心がなごんだ。もっとも、クッキーのほうは、外にいたエルトンにあげてしまったが。

　また、人材派遣会社からのメッセージも入っていた。司法関係のデータベースを扱い慣れていることも含めて、わたしの要求すべてを満たすことのできるマリリン・クリンプトンという女性を派遣する、とのことだった。明日の午前中からきてくれるそうだ。助かった。

　だが、リヴァーズがなぜわたしに激怒したのか、その理由がわからないかぎり、わたしの気分は晴れそうもなかった。その日の残りは、リヴァーズとソーヤーに関してさらに多くを探りだすための調査に費やした。前回の調査はごく簡単なものだった。今回は、費用はかさむけれど、データベースのさらに奥まで入りこむことにした。この分をミス・エラに請求するのは無理だが、リヴァーズの激怒の陰に何があるのか、どうしても知りたかった。

　二人の男とわたしの接点になりそうなものは何も見つからなかった。リヴァーズは一九六七年五月から一九六九年七月まで兵役についていて、初期のころにベトナムへ送られている。結婚歴あり。妻は三年前に死亡。子供なし。妹一人と弟二人がいて、弟はどちらもシカゴ市内に住んでいる。ケースファイルに彼らの電話番号を記入した。リヴァーズには逮捕歴はないし、妹と弟のほうも、わたしの調査によって逮捕されるに至った連中とはまったくつながりがない。すくなくとも、ここ六年間に関しては。その期間にわたしが関わりを持ったすべての人間を、エイミー・ブラントがデータベースにしておいてくれたので、リヴァーズの名前と住所をわたしの最近の事件と照合していくのは簡単なことだった。

ネットの情報を調べ尽くしたので、今度は、わたしが国選弁護士会に所属していた三年間の書類が入っている箱をいくつもひっぱりだした。もちろん、書類の大部分は、二十六丁目とカリフォルニア・アヴェニューの角にある弁護士会のオフィスに残されているが、大きな作業テーブルに箱の中身をあけると、わたし個人のメモと記録だけでもけっこうな山になった。古い事件をすべてチェックするのはとても無理だが、ジョニー・マートン関係のファイルをひっぱりだした。カーティスの名前はどこにもなかった。スティーヴ・ソーヤーの名前もなかった。

州検事局に勤務する友人に電話して、ソーヤーの裁判の筆記録を見つけてもらえないかと頼んでみた。ええ、コピーを手に入れるのにお金がかかることは知ってるわ。ええ、払いますとも。

書類をすべて箱に戻し、ほかの仕事に注意を向けようとした。今日の仕事をそろそろおしまいにしようとしていたとき、州検事局の友人から電話があった。

「一九六六年も、六七年も、スティーヴ・ソーヤーの記録は見当たらないけど、あのころは管理がけっこう杜撰だったからな。裁判期日を知るためのヒントが何かない？」

わたしは大学の図書館でとったメモに目を通した。「被害者の名前はハーモニー・ニューサムだけど、裁判期日はわからないわ」

友人は明日の朝もう一度調べてみると約束してくれた。電話が切れたすぐあとで、従妹のペトラが電話してきた。

「ヴィク、パソコン使わせてくれて、命の恩人よ！　クッキー、もらってくれた？　来週、サルおじちゃんと二人でブライアンの大々的な資金集めパーティにくること、覚えてる？出席者のリストを作らなきゃいけないの。大統領もくるかもしれないから」

「ええ、大丈夫。あなたのサルおじちゃんは指折り数えて待ってるわよ。ウォーショースキーの綴りは、W……A……」

「はいはい、知ってます。こう覚えるのよ――兵士（*warrior*）が人力車（rick*shaw*）に乗ってスキー（*skiing*）に行く。あたしがどうやって最優秀で卒業できたと思ってるの？　〝人力車〟の意味を知ってた子は、小学校であたしだけだったわ」

両方で笑いだし、電話を切ったときには、なごやかな気分になっていた。ミスタ・コントレーラスのいうとおりかもしれない。従妹をもっと見習って、朴念仁をうっとりさせる方法を身につける必要があるかもしれない。

翌日は、断固として、ガズデンの件を頭から払いのけた。ロティと週に一度の夕食の約束になっていたのだ。少々遅刻した。仕事でデュページ郡の庁舎まで出かけなくてはならず、市内への帰り道が例によってヘドロのような渋滞だったからだ。ロティが彼女のアパートメントに通してくれたとき、奥から人の話し声がきこえてきたのでびっくりした。ほかに客があるなどと、ロティはいっていなかった。

レイク・ショア・ドライヴの向こうに広がるミシガン湖を見渡せるバルコニーに、マックス・ラーヴェンタールの姿があった。彼も、カレン・レノンも、ワイングラスを手にしていた。マックスに何かいわれて、カレンが笑っていた。

「ああ、ヴィクトリア！」マックスが進みでて、わたしにキスをした。わたしがイタリアから戻って以来、まだ一度も会っていなかった。「再会できて、じつにうれしい。旅行でずいぶんリフレッシュしてきたようだね」

いかにもマックスらしい。わたしのリフレッシュ度ときたら、花瓶に入れられて一カ月たったタンポポみたいなのに。マックスがワインをついでくれた。ロティは、薬のつもりでたまにブランディを飲む以外は、お酒を口にしない人だが、マックスは大切なワインコレクションの一部をロティのアパートメントに置いている。わたしたちがエシェゾーを飲みながら雑談しているあいだに、ロティが病院の近くのテイクアウト専門店で買ってきたダックを温めた。

マックスはイタリアにくわしい。食事のあいだ、トルジアーノのワインや、アレッツォにあるピエロ・デッラ・フランチェスカが描いたフレスコ画などが話題になった。わたしの母がレッスンを受け、舞台に立った、シエナの歌劇場の話をすると、ロティとマックスはそこで一九五八年に観た〈ドン・カルロ〉のことで議論を始めた。

コーヒーが出たところでようやく、マックスが本題に入った。「今日の午後、倫理委員会のミーティングでカレンと顔を合わせてね、そしたら、どうしてもきみに会いたいというんで、今夜の食事にカレンも呼んでくれるよう、わしからロティに頼んだんだ」

「文句をいうわけじゃないけど、わたしと連絡をとるのはむずかしいことじゃないわ。それとも、わたしに毒を盛るよう、ミス・エラに頼まれたの？」

カレンは高価なブルゴーニュをかなり飲んだあとだったので、わたしのつまらない冗談に、やたらとはしゃいだ笑い声をあげた。「きのうの朝、あなた、ミス・エラとちょっと口論になったそうね」

「まあ、そうだけど……。ミス・エラはわたしが息子の友達の一人を見つけようとしてることに腹を立ててるし、わたしはわたしで、ミス・エラが調査の邪魔をすることと、妹さんに会わせまいとしてることに腹を立ててるの」

「ミス・クローディアはあなたと話をしたがってると思うわ。あなたにも理解できるぐらい、はっきり言葉を出すことができればね。あなたと話をしたあと、ミス・エラは妹さんとも口論したのよ。ラモントの友達に関することだった。だから、わたし、一刻も早くあなたに会って、ラモントのその友達のことを話したかったの」

「スティーヴ・ソーヤーを見つけたの？」わたしは驚きを隠すことができなかった。

「ううん。わたし、活動の一環として、死刑廃止委員会に入ってて、その委員長をしてるのがドミニカ出身の修道女で、フランキー——正式にはフランシス——ケリガンって人なの。彼女なら何か知ってるかもしれない」

「ソーヤーが死刑を宣告されたとは思わなかったわ。でも、たぶん、死刑になって、その記録が残ってなかったのね」だからカーティスがあんなに怒り狂ったのかもしれない。

カレンは首をふった。「ちがうの、ちがうの。今日は善行を積むためにシカゴ中を走りまわった一日だったの——午前中は死刑廃止委員会、午後は病院の倫理委員会。わたし、ミス・エラのところから戻ったばかりだったので、彼女のことが頭にこびりついてたの。で、ほかのメンバーがくるのを待つあいだに、フランキーにいろいろ話をしたの——あなたに調査を押しつけたことを申しわけなく思ってるとか、ミス・エラが何を考えてるのかさっぱりわからないとか。でね、フランキーが二つ三つ質問してくれたの。相手が悩んでるのに気づけば、誰だって、礼儀上そうするでしょ。ところが、公民権運動の時代に関係したことだとわかったとたん、すごく興味を示しはじめてね、そこでわかったんだけど、若い女性が殺された日——スティーヴ・ソーヤーはその殺しで逮捕されたわけよね——フランキーもマルケット・パークにいたんですって」

「なんですって？」わたしは驚きのあまり、ロティの麻のナプキンにコーヒーをこぼしてしまった。

「そうなの。フランキーはサウス・サイドの流れに敢然と立ち向かった人なのよ。一家はゲイジ・パークに住んでて、フランキーが公民権運動に関心を持ったときは、お父さんが激怒したけど、お母さんがひそかに応援してくれたんですって。修道女こそ自分の天職だってフランキーが悟ったのは、その時期だった。すごく勇敢だったのよ、修道女たちは。もちろん、いまも勇敢だけど。フランキーは〈マイティ・ウォーターズ・フリーダム・センター〉というところに住んで活動してるの」

「ハーモニー・ニューサムのことは?」話題をもとに戻そうとして、わたしは口をはさんだ。

「ごめんなさい、そうね。フランキーはエラ・ベイカーと一緒にセルマで活動したことがあるし、シカゴでは、キング牧師やその他の人々とデモ行進をやっていた。そして、ハーモニー・ニューサムが殺されたとき、横にいたの。信じられないでしょ?」

「衝撃の事実だわ。その人……その人……殺人者を……見たの……?」

「その件に関してフランキーが何を知ってるのか、わたしにはわからないわ。スティーヴ・ソーヤーの逮捕にずっと胸を痛めてきたので、ぜひあなたと話がしたい──そういっただけ」

わたしはカレンを質問攻めにした。どうしてソーヤーの逮捕に修道女が胸を痛めてたの? 殺人現場を目撃したの? ソーヤーとずっと連絡をとってたの?

カレンは両手をあげて異議を申し立てた。「フランキーにきいて。わたしは何も知らないんだから」

マックスが笑った。「ヴィクトリア、きみの仕事中の姿を目にすることはめったにないが、なぜあの大きな犬を溺愛してるのか、いまようやくわかったぞ。ウサギを追い立てようとするレトリヴァーにそっくりだ」

わたしはみんなの笑いに加わり、会話をべつのほうへ向けようとするロティの努力に協力した。マックスがアルマニャックのボトルを出してきて、それにはロティもすこし口をつけた。ロティのテーブルのまわりに広がる温もりから離れる気になれず、そして、カレンとわたしの両方が働いている冷酷さとホームレスと絶望に満ちた世界に戻る気になれないまま、わたしたちは遅くまでぐずぐずと居残った。

エレベーターで下におりるとき、カレンが不意にわたしをその世界に連れ戻した。

「ホームレスのお友達のために、ワンルーム・アパートメントに部屋を見つけておいたでしょ。そこに連絡してみたの。結局、姿を見せなかったっていうから、気になってたの。部屋を見つけるのも楽じゃなかったのよ。低所得層向けの住宅が、熱帯雨林よりすごいスピードで消えつつあるんだから」

「親切に探してもらって感謝してるわ。でも、エルトンは知らない人間に対してすごいアレルギーで、それよりはむしろ、危険な路上生活のほうがいいと思ってるみたい」

カレンの車のところまでやってきた。彼女が車に乗りこむさいに、わたしは、スケジュールがびっしり詰まった人生ね、といった。〈ライオンズゲート〉の仕事、ホームレスの世話、死刑廃止運動。「リラックスしたいときは何をするの？」

「あなたは何をするの?」カレンは生意気にきいた。

「イタリア旅行をべつにすれば、朝昼晩と仕事漬けのようだけど」

わたしは笑ってごまかした。しかし、自分の車のところまでさらに二ブロック歩くあいだに、同意せざるをえなかった。最近のわたしには、人生を楽しむ時間がほとんどない。

12 刑務所で〈ハンマー〉に面会

翌朝いちばんにやったのは、〈マイティ・ウォーターズ・フリーダム・センター〉に電話をして、シスター・フランシスをお願いしますということだった。電話に出た女性が、シスターはセンターを留守にしているといったが、携帯の番号を教えてくれた。

「街を出て、先週アイオワ州で逮捕された移民のうち何組かの家族のために、住宅を探しにいってるんです。あちらでは充分な数の住宅が見つからないので」

シスター・フランシスの携帯にかけてみた。留守電になっていたことには驚かなかった。できるだけ簡潔なメッセージを残した――私立探偵です。スティーヴ・ソーヤーの裁判の件で。何年も前のことですが、細かい点を何か覚えてらしたら、お電話をいただけないでしょうか。

派遣会社からマリリン・クリンプトンがやってきた。この日の残りの大部分は、彼女と一緒にファイルの整理をしたり、重要な依頼人のリストを作ったりするのに費やした。リストのなかの誰かから電話があったら、すぐにわたしを捜しだしてメッセージを伝えるよう、マリリンに指示した。

遅い時間に、シスター・フランシスから電話が入った。いつシカゴに戻れるかわからないが、戻ったら大至急わたしと会う時間を作る、とのことだった。

スティーヴ・ソーヤーのことを話してほしいとわたしが食い下がると、向こうは、自分の知っていることがあなたの役に立つかどうかわからない、といった。「ソーヤーとは知り合いではなかったし、ハーモニーが倒れたときは、わたし、ショックで頭が真っ白になってしまって、まともにものが考えられる状態じゃなかったわ。デモ行進のこまかい点を思いだそうとしたのは、ずっとあとになってからで、ようやく思いだしたのは、とても……とても……些細なことばかり。いまそれをお話ししたところで、あなたの耳を素通りしてしまうでしょう。直接顔を合わせるまで待ってくださいね」

がっかりすると同時に、苛立たしさに包まれた。もっと早く気づくべきだった――ハーモニー・ニューサムを殺した犯人をシスター・フランシスが目撃していたなら、四十年前にそう証言したはずだ。ラモント捜しは、火が消えかかっているレンジの奥のバーナーに移すしかない。裁判記録が手に入るのと、ミス・クローディアに会う機会ができるのを、とにかく待つしかない。腹立たしい皮肉だが、ジョニー・マートンがわたしの最後の希望に思えてきた。

ステートヴィルで物事が迅速に運ぶことはけっしてないので、裁判記録を手にするよりも、シスター・フランシスに会うよりも先に、マートンとの面会が実現したことに、わたしは驚愕した。受刑者宛ての手紙は概して、何週間も、ときには何ヵ月も袋に入れられたまま、誰かが仕分けにとりかかるのを待ちつづけるものだ。わたしがマートンに手紙を送ったわずか十日後に、彼の弁護士グレッグ・ヨーマンから電話があって、ギャング団の年老いたボスがわたしに会うと伝えてきたとき、わたしはマートンがいまだに絶大な影響力を持っていることを知った。

ステートヴィルでの面会日は、ブライアン・クルーマスがネイヴィ・ピアでひらく大パーティの前日に決まった。ジョリエットへ車で出かける前に、勲章をとりにいきたいというミスタ・コントレーラスを、以前の住まいの近くにある銀行の貸金庫まで連れていった。ミスタ・コントレーラスはパーティのことで手がつけられないほど興奮していて、わたしが何を着るべきだとか、マックス・ラーヴェンタールに電話してディナー・ジャケットを借りたほうがいいだろうか、などとしゃべりつづけたが、それでも、ジョニー・マートンと関わりを持つことの危険を、わたしに——またしても——警告することだけは忘れなかった。

「弁護士がついとるんだろ。あんた、自分でそういったじゃないか。その弁護士からマートンにあんたの質問を伝えてもらえばいい。黒人の友達連中があんたに何も話してくれんのなら、マートンだってきっと、何もいわんだろうよ。どっかの黒人探偵がやってきて、あんたの幼なじみのことを質問したら、あんた、そいつを信用するかね？」

この件で口論するのは、これが初めてではなかった。「相手の誠意とスキルを評価できるだけの判断力とスキルが、自分に備わっているよう願うだけだわ。それから、相手が誰であれ、人種をもとにして判断を下すつもりはないわ」

「なるほど。だがね、完璧な料理をこしらえてから食おうなんて思っとったら、飢え死にしちまうぞ、クッキーちゃん。ほんとだよ。わしらがあんたに完璧だと思ってもらうのは、じつにむずかしいことだ」

わたしも完璧な人間とはいいがたいが、「ペトラのくだらないパーティには一人で行けばいいでしょ」と老人にいうことだけは、かろうじて思いとどまった。銀行に着くと、わたしがロビーで待っているあいだに、ミスタ・コントレーラスは貸金庫室へ行った。数々の勲章を手に、誇らしげに顔を輝かせて戻ってきた。青銅星章、名誉負傷章、星のついた善行章、そして、欧州作戦地域章、これも星つき。勲章磨きをするという老人を家に送り届けてから、刑務所に行くために西へ車を走らせた。

マートンに面会したいわけではなかったし、もちろん、ステートヴィルへ行きたいわけでもなかった。わたし自身、あそこに収監された経験がある。危うく命を落とすところだったし、あの二カ月間の無力さと苦痛はいまでもわたしの悪夢に登場する。刑務所というのは、人間のあらゆる尊厳を果てしなく侵害しつづけるところだ——あなたの郵便物、一人の時間、人と一緒にいる時間。これらすべてが侵害される。誰かがあなたの電話を盗み聞きする。トイレとシャワーには好色な看守が勝手に入ってくる。そして、あなたの肉体そのものもつねに侵害される。身体検査と称して頻繁に裸にされても、抗議するすべがない。

インターステートからルート五三に入ったとき、胃が強烈によじれたため、ハンドルの上で身体を二つに折り、車を道路脇へ寄せなくてはならなかった。身体検査をされることはわかっていた。それがいやだった。誰もが受けるのだから、と何度も自分にいいきかせた。民間人も弁護士も看守も含めて、武器や麻薬をこっそり持ちこむ人間が多すぎるため、身体と所持品の徹底検査は誰も免除してもらえない。しかし、検査におとなしく従うことを考えただけで寒気に襲われ、全身に震えが走った。七月の暖かな日だというのに、車のヒーターをつけた。徐々に落ち着いてきて、刑務所のゲートを車で通り抜けることができた。

わたしがジョニー・マートンの弁護団の一員であることを記したグレッグ・ヨーマンからの手紙を、門衛に見せた。今日の午後の面会を許可する刑務所長からの手紙も見せた。門衛は、わたしが犬のためにうしろのシートに置いている古いタオル類まで含めて、徹底的に車を調べた。

レザーワイヤ、電子セキュリティ装置、ボディチェックという三つの関門を通り抜けるあいだ、わたしは自分が小さく縮こまり、苦痛を感じることのない麻痺した場所に身を隠そうとしているのを感じた。身体検査が終わったときには、呼吸が乱れていて、そのあと、弁護士用の接見室へ案内された。

ステートヴィルのすべてのものと同じく、その部屋も古くて、照明が薄暗かった。マートンとの面会に使われる、板のたわんだテーブルは、刑務所がオープンした一九二五年に製造されたものではないかと思われた。ステートヴィルには円形の監房棟がいくつもあり、それぞれの中央に、看守の詰所が置かれている。理論上、看守は受刑者に監視を悟られることなく、すべての監房に目を光らせることができることになっている。

とができない。

だが、現在のステートヴィルは内部の照明が暗すぎるため、みんな、ろくにものを見ることもできない。受刑者の多くは暗がりで日々をすごしている。鳩が窓や壁の隙間から簡単に入りこんで、監房や廊下を飛びまわるが、人間の多くと同じく、出口を見つけることは二度とできない。

スタッフ不足のせいで、受刑者は基本的に、最高警備レベルの棟に収容されていて、外に出られるのは一日一回だけ。何週間も運動場を使わせてもらえないこともしばしばだ。澱粉質の多い食事は鉄格子のあいだから乱暴につっこまれる。マートンがわたしを弁護団に加えることにすぐさま同意した理由は、たぶんそのあたりにあるのだろう。州がジムや図書室の利用を許可しなくとも、弁護士の接見を禁じることはできない。

接見室で一時間以上待たされたあとで、ようやくドアの錠がカチッとひらいた。手錠をかけられたマートンを看守が連れてきて、傷だらけのテーブルの前にすわらせた。わたしたち二人を残してしばらくいなくなり、やがて、発泡スチロールのカップに入ったコーヒーを二つ持って戻ってきた。なるほど、マートンは権力者だ！　看守は部屋の隅にひっこんだ。ここなら何もきこえませんよ、というポーズなのだろう。

「ほう、白人の弁護士ねえちゃんは、二十六丁目とカリフォルニア・アヴェニューの角で仕事をするのに耐えられなかったわけか」マートンは陰険な笑みをよこした。「あとは、サツの犬どもとおんなじ側に立つしかなかった。だろ？」

「何年ぶりかで再会できてうれしいわ、ミスタ・マートン」わたしは彼と向かいあって腰をおろした。

じつをいうと、マートンを見てショックを受けた。頭はほとんどハゲていて、頭皮すれすれにカットされたわずかな髪は白くなっていた。かつては細くしなやかで、〈アナコンダ〉という名前にふさわしいなめらかな動きを誇っていた肉体も、運動不足としつこい食事のせいで鈍重になっていた。充血した目の奥に燃える怒りだけが昔のままだった。それから、腕の上でとぐろを巻いている蛇の刺青も。

「で、おれの弁護団にどういう明るい新たな洞察を持ちこんでくれるんだい、白人のねえちゃんよ」

わたしは目を細めて彼を見た。「裁判官の前であなたをよく見せようという努力を、二度とする必要がなくって、ほんとにうれしいわ」

そういわれて、マートンは黙りこんだ。わたしが彼の弁護人を務めた遠い昔のことを、彼が覚えていてくれるよう願った。顔を合わせるたびに、マートンは彼の第二の皮膚となっている侮辱の言葉をわたしに大量に浴びせ、つぎに、法廷と警察と経済における苛酷な人種差別に怒りをぶつけていた。わたしはやっとのことで、過激な言葉は慎むように、判事と検察官には礼儀正しく口を利くようにと彼を説得し、最終的には、加重暴行罪でなく、ただの暴行罪による判決をかちとることができた。

「週末に、あなたのファイルを読ませてもらったわ。警察は脅迫罪でいつでも好きなときにあなたを逮捕できたでしょうに、無線機を持った男の前であなたが脅し文句を口にするという大ヘマをやらかすまで、じっと待ってたのね」

マートンはテーブルにてのひらを叩きつけた。「てめえの前でおれが何か認めると思ってんなら、クソ女、大きなまちがいだ！」

わたしはブリーフケースからネミロフスキーの『フランス組曲』をとりだして、読みはじめた。マートンは怒りを募らせながらわたしをにらみつけていたが、やがて、急に大笑いした。「わかったよ。〝探偵さん〟と呼ぶべきだった」

「まあね」わたしは小説を閉じたが、ブリーフケースにはしまわなかった。「わたし、あなたの古い友達を捜してるとこなの。ラモント・ガズデンを」

マートンの顔から完全に消えてはいなかった険悪な表情が、すごい勢いでよみがえった。「で、やつになんの罪を着せようってんだ、探偵さん？」

「わたし、そういう仕事には向いてない探偵よ、ミスタ・マートン。とにかく、ガズデンを見つけたいだけなの」

「そうすりゃ、ほかの誰かが、おれのとなりにやつをぶちこめるから？」凶暴な顔つきだったが、刑務所のシステムのことは彼も心得ていた。受刑者特有のヒソヒソ声で話していた。

「ぶちこまれる理由があるわけ？　あなたが逮捕された殺人事件のどれかに、ガズデンが関係してたの？」

「サツがおれを逮捕したが、結局、なんにも立証できずさ。証拠もないのに、綱渡りみたいなことしやがってよ。最近じゃ、そういうアクロバットはあんまりうまくいかんもんだ」

暴力団がらみの殺人三件に関してマートンを密告したのは、〈アナコンダ〉でマートンの副官となっていた男だった。マートンの裁判が始まった日に、男が路地で死体となって発見されたことが、《ヘラルド＝スター》の裁判の記事に書かれていた。警察はこの殺人事件の犯人逮捕に漕ぎつけることができなかったが、男の死体からは両耳が切りとられていた。〈アナコンダ〉のメンバーが仲間によって遺棄されたことを示すサインだ。

「あなたは逮捕され、有罪になった。もちろん、グレッグ・ヨーマンは全力を尽くしたでしょうけど、あなたは弁護士に手の内すべてを見せたわけではなかった」わたしはほんのしばらく言葉を切り、州側へ寝返った副官への怒りがマートンの胸に新たにこみあげてくるのを、黙って見ていた。「ラモント・ガズデン。母親は年老いたし、ラモントを溺愛してた叔母さんは死にかけてる。あの世へ行く前にひと目でもラモントに会いたいと、二人が願ってるの」

「エラ・ガズデンが？　お涙ちょうだいの話はやめてくれ、探偵さん。あの敬虔なるご婦人に負けないぐらい手強い看守は、この刑務所には——いや、どこの刑務所を探したって——一人もいないぜ。あの女に対抗できるのは、あいつが通ってた教会の牧師ぐらいのもんだ」

「ミス・クローディアはどうなの？　いまの彼女は頭をしゃんとあげておくのもひと苦労だし、言葉を口にするのさえ大変なのよ。もう一度ラモントに会いたがってるのよ」

マートンは胸の前で腕を組んだ。軽蔑を示すわざとらしい態度だ。「あの二人の姉妹のことなら覚えてる。ミス・クローディアはいつだって、サウス・モーガン通りの太陽だった。

だが、ラモントなんてやつは、おれは覚えてねえな」

「六四年の〈自由の夏〉のとき、〈アナコンダ〉のメンバーにまじって、公園でキング牧師の警護を手伝ってたそうだけど」

「やつのおふくろにきいたのかい？　エラ・ガズデンのような高潔なる社会の柱をけなすつもりはないんだが、もしかしたら、昔みたいな記憶力はなくなってるかもしれん。もう百歳近いはずだ」

「八十五歳よ。頭だってしっかりしてるわ」

マートンはテーブルに両腕を置き、とぐろを巻いた蛇の姿がわたしの目の前にくるようにした。「おれが〈アナコンダ〉のボスだ。ラモント・ガズデンの姿なんか見なかったと、おれがいえば、ラモントはおれたちと一緒じゃなかったことになる。〈自由の夏〉であろうが、なかろうが」

彼の威嚇は手でさわれるほど強烈だったが、彼がなぜ仲間の一人とのつながりを認めようとしないのか、わたしには理解できなかった。「変ねえ、ほかの人はラモントのことをよく覚えてるのに。じつをいうと、大雪の前の晩、あなたがラモントと一緒に〈ワルツ・ライト・イン〉に入ってくのを見たことを覚えてる人もいるのよ。ラモントの生きてる姿が目撃された最後の晩だった」

この言葉がわたしたちのあいだに長いことたゆたっていたが、やがて、マートンがいった。

「あのドアを出入りしたやつはずいぶんいたから、おれだったら、四十年前に誰の姿を見たかなんて、とうてい思いだせんだろう。世の中には、おれより記憶力のいいやつもいるのかもな」

「じゃ、あなたのほうであちこち問い合わせをするついでに、スティーヴ・ソーヤーのことを覚えてる人がいないかどうか、確認してみてね」

マートンは笑い声をあげた。粗野で耳ざわりな音を笑いと呼べるならの話だが。「あんたがスティーヴ・ソーヤーを捜してることは、おれの耳にも入ってる。笑えるぜ、大笑いだ、探偵のウォーショースキーさんよォ。あのブラザーの行き先を、こともあろうにあんたが知らんとはなあ」

わたしがキツネにつままれたような顔でマートンを見たので、向こうはふたたび笑い声をあげ、看守に合図を送った。「時間切れだ、白人のねえちゃん。そのうちまたきてくれ。昔の思い出話をするチャンスがあれば、いつだって大歓迎だ」

13　ピアのはずれで熱狂の夜

警察がネイヴィ・ピアへの交通を遮断していた。バリケードのところで、ミスタ・コントレーラスと一緒に招待状を見せながら、わたしは思わずステートヴィルのことを考えていた。一万ドルを超えるお金を払った者、もしくは、選挙運動の関係者にしか与えられないVIPのタグがあるおかげで、警官たちの態度はたしかに丁重だったが、バリケードを目にし、どこへ行っても警察の警備から逃れられないのかと思うと、つい緊張してしまう。

「大丈夫かね、嬢ちゃん？　あれに乗ろうか」ミスタ・コントレーラスが心配そうにわたしを見て、パーティの客をピアの東端へ運ぶために待機している路面電車を指さした。

わたしは自分が通りの真ん中で足を止めていたことに気づいた。わたしの妄想から生まれた恐怖でミスタ・コントレーラスの喜びをこわしてはならないと思い、微笑してみせた。穏やかな暖かい夕暮れで、日没の残照が東の空をバラ色がかったグレイに染めていた。彼の腕をとり、歩きたいといった。

埠頭《ピア》は奇妙な騒々しい場所で、まさに観光客のイメージするシカゴがここにある。シカゴのスポーツチームやピアそのものにちなんだ安っぽい土産物が売られ、大きな観覧車があって、それに乗ると、脂肪分たっぷりの食べもの屋の宣伝や、果てしなくビートを刻む大音量の音楽などに耳を傾けながら、ゆっくり上昇していく。十フィートおきに並んだポールに拡声器がとりつけられているので、騒音から逃げだすことはぜったいにできない。〝イリノイ州のためにクルーマスを〟のスローガンが今夜のピアを支配していて、小額の献金をした人々は西端にある観覧車の下にたむろし、VIP連中はそこから四分の一マイル東にいる。クルーマスのスター性を示すものとして、この州のセレブがわたしたちの周囲を動きまわっていた。州議会の議長、州の司法長官、郡の高官、企業経営者、大物弁護士、地元メディアの有名人。

シカゴの社交界に足を踏み入れると、つねに同じような連中と顔を合わせることになる。人混みから多くの人間が出てきて、わたしに挨拶にくるものだから、ミスタ・コントレーラスは大喜びだった。《ヘラルド＝スター》のマリ・ライアスンに会った。バッチリおしゃれをした若い女性と一緒だった。それから、〈グローバル・エンターテインメント〉の夕方のニュース番組でメインキャスターをやっているベス・ブラックシンにも会った。

「ほらな、嬢ちゃん。ドレスアップの必要ありだと、わしがいっただろ。うんうん、その姿、ここで最高に美人のギャルだ。みんながそれを認めとる」

わたしは母のものだった雫形のダイヤのイアリングをつけ、去年の夏に結婚式用に買ったくるぶし丈の真紅のサンドレスを着ていた。ミスタ・コントレーラスを喜ばせるためもあったが、白状すると、みんなに見せびらかしたいからでもあった。この年になってもまだまだセクシーだということを、若い従妹に見せてやりたかった。強烈にセクシーだということを。そう考えたとたん、思わずしかめっ面になった。マートンとの面会がわたしに悪影響を及ぼしていないよう願った。フェミニストが人を魅了したがるなんて、情けないこと。しかも、真紅のドレスを武器にしようだなんて。

それでも、遠い昔にわたしの夫だった男が――彼自身も社交界の大物で、シカゴの国際的法律事務所のひとつでパートナーになっているのだが――挨拶代わりに音のない口笛を吹き、現在の妻が心穏やかでいられなくなるぐらい長い時間、わたしのむきだしの肩に手をかけたときは、けっこういい気分だった。彼と妻のテリーをミスタ・コントレーラスに紹介すると、老人はすぐさま二人の名前に気づいて、楽しげに笑った。

「あんたと別れたのはまちがいだったと、向こうはたぶん、思っとるだろうよ、クッキーちゃん」二人でその場を離れながら、ミスタ・コントレーラスが周囲にきこえるような声でささやいた。

「わたしのせいで、大事な依頼人の何人かがひどい目にあったことを思いだせば、そんな気にはなれないと思うわ」わたしも笑った。だが、かつての夫に注目されたことで心が浮き立っていた。

ミスタ・コントレーラスは一張羅のスーツを着て、なかなかすてきだった。戦争の勲章と綬《じゅ》が、わが短期間の夫のような、〝公共への奉仕はすべて避ける、銃撃される危険のあるものはとくに〟という方針に基づいて慎重に人生設計をおこなってきた男たちの注意を惹きつけた。兵役につくのが無理な年代に入ったいま、自分たちも軍隊時代の英雄行為を自慢できればよかったのに、と残念がっているのだ。

埠頭の東端で、ふたたびVIPのタグを提示すると、大舞踏室へ案内された。星をちりばめた天井がついている広大なスペースは、こうしたイベントを念頭に置いて一九一六年に設計されたものである。楽団がアルコーブのひとつに姿を隠してルンバを演奏していたが、群集のざわめきがひどくて、音楽はほとんどきこえなかった。白いジャケット姿のウェイターたちが軽い料理を配ってまわり、議会のメンバーや知事の取巻き連中がロビイストや弁護士にまじり、協力的に笑みを浮かべる招待客に向かって広報のスタッフやジャーナリストがカメラのストロボを光らせ、各入口では市警察の警官がいかめしい顔で気をつけの姿勢をとっていた。

舞踏室に入ったところで、二十代ぐらいのボランティアからブライアン・クルーマスのピンバッジを渡された。どちらを向いても、テーブルや椅子や支柱にクルーマスの写真が貼られて、わたしたちに微笑みかけていた。とくにすごかったのが、〝イリノイのチェンジのためにクルーマスを〟というスローガンがついた、床から天井まで届くクルーマス候補の写真だった。彼の横には、合衆国大統領、イリノイ州知事、シカゴ市長が写っていた。

人混みをかき分けて飲みもののテーブルへ行こうとしたとき、肩を軽く叩かれた。ふり向くと、アーノルド・コールマンが立っていた。わたしが郡の刑事法廷で仕事をしていた当時の上司。権力を持つ州検事のご機嫌を損じないよう、つねに気をつけていたゴマすり男で、その報奨を手に入れた。州の上訴裁判所の判事という地位を。

「ヴィク！　若きブライアンのためのパーティに出る時間があったようで、何よりだ。法曹界の選挙戦には関心を示さなかったのに」

「コールマン判事、ご当選おめでとうございます」コールマンが判事に立候補したとき（イリノイ州では、判事の地位もほかの商品と同じように扱われている）、わたしは資金集めパーティの招待状に欠席の返事を出した。アーニーはどうやら、敵味方のリストを大事に保管しているようだ。これまたイリノイ州の伝統である。

「鼻を清潔にしてるかね（「品行を慎む」という意味）、ヴィク？」判事がにこやかに質問した。

「日に二回拭いてます、判事。服の袖で。二十六丁目とカリフォルニア・アヴェニューの角でいつもやってたように……コールマン判事、こちらはミスタ・コントレーラスです」

　昔のボスはわざとらしい笑い声をあげると、わが隣人がさしだした手を無視して、自分の仲間のほうへ向きなおった。

「クッキーちゃん、判事にああいう口の利き方はないだろ」ミスタ・コントレーラスに叱られた。

「さあ、どうかしら。昔の弁護士仲間の話だと、コールマンの法廷にいる正義の女神は、目が見えないだけじゃなくて、耳も脚も不自由だそうよ。五感のうちでまともなのは触感だけ。コールマンの手に押しつけられた札束がどれぐらい厚いかを確認するために」

「あんたも、まあ、恐ろしいことをいうもんだ。嘘に決まっとる。そんなもん、誰も信じやせんぞ」

わたしの口がゆがんで、思わず渋い顔になった。「わたしが国選弁護士会にいたころ、民主党のシカゴ支部のために誰がいちばん多くの支援者を確保できるかをめぐって、コールマンと州判事が——当時は、カール・スウィヴェルだったけど——争ってたのよ。わたしたちが誰を弁護するのか、どんな方法で弁護するのかなんて、シカゴ支部の連中のご機嫌とりを《リック・ジ・》する《アス》ことに比べれば、二の次、三の次だった。あのころは誰もそれを疑問に思ってなかったし、いまだって、誰もたいして気にしてないみたい」

隣人が真剣に憤慨しはじめたことに気づいて——わたしのいっていることだけでなく、〝ケツをなめる《リック・ジ・アス》〟などという言葉を選んだことにも、腹を立てているのだろう——わたしはなだめるように彼の腕を軽く叩いた。「あの子を見つけましょ。ちゃんと顔を出したとこを、あの子に見せなきゃ」

人波をかき分けて進んでいくと、ようやく、飲みものコーナーの近くでペトラに出会った。ペトラはロビイストや議員の一団と話をしているところで、彼らはみな、長年にわたって利権を食いものにしてきた連中に特有の、丸々と肥ったつやつやの顔をしていた。

ペトラが甲高い歓声をあげて、ミスタ・コントレーラスに抱きついた。「サルおじちゃん、きてくれたのね！ すっごい勲章！ わあ、ヴィク、めちゃめちゃすてき！ サルおじちゃんが連れてるゴージャスなお相手は誰だろうって、あたし、首をかしげてたのよ」

ペトラははしゃいだ笑い声をあげ、彼女と話をしていた一団も、パーティなんか飽き飽きといった様子ではあったが、一緒になって笑った。たちまち、ミスタ・コントレーラスの顔が輝いた。ペトラ自身は、ヒッピーっぽいシフォンのドレスにラメがきらめくタイツという装いだった。スパイクヒールをはいているので、わたしも含めて周囲の誰よりも背が高かった。

「上院議員を見つけなきゃ。あ、ミスタ・クルーマスのことよ──その前に投票の必要があるってことを、つい忘れてしまう！──サルおじちゃんと一緒に写真を撮りたいっていうわよ、きっと」ペトラは一団の人々に説明してから、ミスタ・コントレーラスに向かってつけくわえた。「ハーヴィおじちゃまのテーブルへ案内するわね。そうすれば、サルおじちゃんを捜すときに楽だから」

ペトラはミスタ・コントレーラスの腕に手を通し、人混みを縫って歩きはじめた。わたしは二人のあとをおとなしくついていった。二十三歳にして、ペトラは早くも選挙のプロになっていて、人々の肩を叩いたり、笑ったりし、補聴器をつけた老婦人のそばを通りかかったときは、身をかがめて、相手が何をわめいているのかききとろうとした。

楽団とステージの近くに、赤と白と青の風船が飾られて〝予約席〟と大きな字で書かれた、番号つきのテーブルが一ダース用意されていた。もうじき、魂を揺り動かす巧みな弁説をしこたまきかされることになるのだろう。これらのテーブルは、クルーマスの強力な支援者のために特別に用意されたものだった。プログラムによると、テーブルひとつの料金が十五万ドル、椅子ひとつにつき一万五千ドルだ。〝不動産価格を決めるのはロケーション〟という格言をみごとに立証している。椅子は金属製で、どこの教会の不用品バザーでも買えるような品だった。

スピーチが始まれば、満席になるのだろう。いまのところは、ひと握りの人々がすわっているだけだった。ペトラはステージの真ん前の一番テーブルにミスタ・コントレーラスを連れていった。われ先にとしゃべりつづけている少人数の年配婦人たちと一緒に、候補者の母親ジョレンタ・クルーマスがすわっていた。向かいの席には、もっと若い女性が二人。ジョレンタの顔には、新聞に出ていたブライアンと家族の写真で見覚えがあった。二人の若い女性はたぶん、ブライアンの妹と、弟の奥さんだろうが、ジョレンタみたいな強烈な個性はなかった。ジョレンタの豊かな黒髪にはところどころ白髪がまじっていて、うしろへ梳かし、ダイヤがついたバタフライの髪飾り二個で留めてあった。すでに六十代なのに、姿勢はいまも完璧だ。左側の女性の言葉に一心に耳を傾けていたが、ペトラが身をかがめると、気さくな笑顔で彼女を見あげた。

「ジョレンタおばちゃま！　この人、サルヴァトーレ・コントレーラスさんよ。えっと、あたしのいちばん新しい親戚のおじさんてとこかしら。この人を紹介して、一緒に写真を撮ってもらえば、未来の上院議員がきっと喜んでくれるわ！」

ジョレンタ・クルーマスは、ペトラからミスタ・コントレーラスのスーツにならんだピカピカの勲章に視線を移して、苦笑した。「大活躍ね、ダーリン。ハーヴィが今度あなたのパパと話をするときに、かならず伝えてもらうわ。ところで、サルヴァトーレさん、ペトラのせいでクタクタにお疲れになったのでは？　さ、すわって、どうぞお楽に！　もうじき、ブライアンがまいりますの。ハーヴィのお友達何人かと、奥のほうへ行ってますの。あの子が立候補を決めて以来、日曜の朝のミサで会えれば幸運なほうですのよ。今夜のパーティのおかげで、ようやく何ヵ月ぶりかで一緒に食事ができます」

ペトラがまわりに視線を向け、うしろに立っていたわたしに気づいた。顔をゆがめて、後悔のふりをしてみせた。「ねえ、ジョレンタおばちゃま、ごめんなさい、本物の従姉を紹介するのを忘れてた。ヴィクよ。ヴィクトリア。サルおじさんの上の階に住んでるの。探偵さんよ。ヴィク、こちらは上院議員のお母さん」

「未来の上院議員ですよ。未来の上院議員、みんながそう願ってるわ。選挙はずっと先なのよ。縁起の悪いことはやめましょう、いいわね？」

ジョレンタはそういってペトラの手を軽く叩き、ミスタ・コントレーラスに彼女のそばの椅子を勧めた。近くに群がっていた人々はみな老人をみつめ、権力者の近くにすわれるとは何者なのかと推測しようとした。わたしはクルーマスのテーブルからワインのグラスをとった。出口のほうへ行こうとしたとき、一人の女性が連れの男性にこういっているのがきこえた。「ねえ、あの人、ブライアンのおじいさんですって。うしろにいる男の人がいま教えてくれたの」わたしはクスッと笑った。こうして噂に尾ヒレがついていくのだ。

建物を出たわたしはピアの東端まで歩いていった。騒音をまきちらす拡声器と、延々とつづく得意げな会話――見たい、見られたい、見たい、見られたい――から離れて。

暗い水面できらめく小波をじっと見おろした。今夜のピアにはお金があふれていて、誰もがそのおこぼれにあずかろうとしている。あるいは、せめて、魅惑のひとときか、権力の小さな切れ端にありつこうと願っている。

たとえば、昔のボスのように。わたしは長いあいだ、アーノルド・コールマンのことなど思いだしもしなかったが、この男こそ、わたしが刑事法廷を離れた最大の理由だった。あの当時は、注目度の高い事件の裁判を州検事のカール・スウィヴェルが強引に押し進めようとする場合、被告人の弁護を担当することになった者は、警官に質問するときも、被告人の証言を裏づけてくれる証人を見つけるときも、遠慮するのが当然のこととされていた。わたしがかつてこの指示を無視したところ、コールマンから、今度やったら州の弁護士協会の倫理委員会に報告すると脅された。

わたしはその半年前に父を亡くしていた。夫はわたしを捨ててテリー・フェリッティと一緒になったばかりだった。耐えがたい孤独と恐怖に包まれた。弁護士免許を剝奪されるかもしれない。そしたら、どうすればいい？　翌朝、辞職願を出した。個人で事務所を持っている刑事事件専門の弁護士のところをまわって、小さな仕事をもらうようになった。そこからまあ、いろいろあって、結局、私立探偵になった。

背中のあいたドレスのせいで、寒くなってきた。人混みのなかにひき返すと、楽団が軍歌のメドレーをやっていた。候補者と側近グループがすでに姿を見せていた。大きな歓声をあげる群集のなかを、クルーマスがこちらで握手をしたり、あちらで女性にキスしたりして、ゆっくり進んでいくところだった。彼が選ぶのはつねに、グループの端のほうにいる女性で、人垣を通り抜けるさいに、そのなかで一番の美人はぜったい選ばなかった。

ペトラがいっていたように、ずば抜けてハンサムな男だった。あなただって、思わず身をあなただって、思わず身を乗りだして、その豊かな髪をなでたくなるだろう。そして、彼は遠くにいてさえ、笑顔でこういっているかに見えた――きみとぼく、運命のランデブーをしよう。

ミスタ・コントレーラスが一番テーブルから追い払われていないかどうか、たしかめておこうと思い、わたしは首を伸ばした。ようやく姿が見えた。ブライアンの妹（もしくは弟の奥さん）と、がっしりした若い男性にはさまれて、居心地の悪そうな様子だった。男性はミスタ・コントレーラスを無視して、左側にすわったべつの男性と話していた。わたしは人混みを縫って隣人のそばまで行った。救助が必要なら、喜んで助けだすつもりだったし、あるいは、隣人が帰る気になるまでうしろに控えていてもよかった。

人混みのどこかからハーヴィ・クルーマスが姿をあらわし、妻のうしろに立った。少人数の仲間も一緒だった。フォート・ディアボーン信託の社長だけは、わたしにも見分けがついたが、あとは知らない人ばかりだった。がっしりタイプのアジア系男性はたぶん、クルーマスが大株主になっているシンガポールの企業の社長だろう。

候補者の父親ハーヴィは六十代後半で、カールした豊かなグレイの髪と、角ばった顔をしていて、顎がたるみはじめていた。ミスタ・コントレーラスのそばにいるわたしに気づいて、妻のほうへ身を寄せてわたしのことを尋ねた。いかつい顔に笑みが広がり、わたしを手招きした。わたしはテーブルをまわってそちら側へ行き、そこで初めて、彼を囲んだグループのなかにアーノルド・コールマンがいることを知った。

「ペトラがきみの噂をしていたよ――年上の従姉、ヴィク、探偵。トニーのお嬢さんだね？トニー・ウォーショースキーはまじめで堅実な男だった」ハーヴィは友人たちに向かって説明した。「わたしとピーターのために何度も身元引受人になってくれた。われわれがいまの姿からは想像もつかんぐらい、荒くれ者だったころの話だ。昔のゲイジ・パーク界隈のことは知らんだろうな、ヴィク。最近は、探偵を必要とする事件もたいしてないようだし。大量の貧困と、きみみたいなかわいいギャルが手を出すべきではない犯罪があるだけだ」

「ウォーショースキーは国選弁護士会にいた当時、わしの下で働いてたんだ、ハーヴィ」アーニー・コールマンがいった。「自分の手を汚してばかりの女だった」

パーティの雑談をコールマンの手で悪意に満ちたものに変えられて、クルーマスは驚いていた。わたしも愕然とした。長い年月を経てもなお、コールマンがこんなに深い憎悪を抱いているなんて、誰にわかるだろう？

「依頼人がけっこう荒っぽい連中だったんです、ミスタ・クルーマス」わたしはいった。

「たとえば、〈ハンマー〉ことジョニー・マートンのような連中。動乱の六〇年代当時の彼を覚えてらっしゃるかどうか知りませんけど、全盛期には、サウス・サイドでかなりの顔だったと思います」

「マートン？」クルーマスは顔をしかめた。「どこかできいたような名前だが、わたしには

「……」

「ギャング団のボスさ、ハーヴィ」コールマンがいった。「やつがようやく逮捕されて永久に刑務所に放りこまれたときに、あんたもたぶん、新聞で名前を見たんだろう。その前は、ここにいるヴィクが、うんざりするほど長いあいだ、やつを野放しにしてたんだ」

「それって、ヴィクがきのう会いにいった人？」ペトラがいつのまにか、ハーヴィのそばにきていた。「ヴィクは刑務所まで車で面会にいったのよ。でね、その人、えっと、身体じゅう蛇か何かに覆われてたんだって。そういわなかった？」

「刺青のことです」驚いているハーヴィに、わたしは説明した。

「きみ、まさか、またやつの弁護をひきうけたんじゃなかろうな、ヴィク？　やつが服役してるのには理由があるんだぞ。一匹狼の探偵がいくらがんばったところで、有罪判決を覆す証拠など見つかるわけがない」コールマンが断言した。

「あら、ヴィクはその人を刑務所から出そうとしてるんじゃないわ」ペトラがいった。「ハーヴィおじちゃまとダディがゲイジ・パークに住んでたころにおきた事件を調査してるだけ。吹雪か何かのときに、どっかの男の人が行方不明になったとかいう事件。あたし、ヴィクに頼んで、ダディが住んでた家を見に、車で連れてってもらったのよ。信じられなかった！　だって、オーヴァーランド・パークのあたしん家《ち》の地下室にすっぽり入ってしまいそうな家なんだもん」

「吹雪で行方不明になった男？」ハーヴィ・クルーマスは戸惑っていた。

「六七年の大雪です」わたしは脈絡のない話を矢継ぎ早にまくしたてるペトラの才能に驚嘆しつつ説明した。コールマンに目を向けて、嫌がらせのためにつけくわえた。「黒人、ジョニー・マートンの友達。六六年には、マルケット・パークでキング牧師を暴徒から守るため、警護にあたっていました。そのころすでに、国選弁護士会に所属してらしたのかしら、判事？　レンガや何かを投げつけた善良なる若者たちのために、あなたが無罪判決を勝ちとったの？」

「あのときから、この街は地獄へ向かいはじめた」コールマンは不機嫌な声でいった。「きみの父親が警官だったなら、たぶん、きみもその話をきいてると思うが」

「どういう意味でしょう、判事？」わたしは思わず目がぎらつくのを感じた。

「警官隊が隣人たちを攻撃するよう命じられたってことさ。教会に通う敬虔な人々を。家族を守ろうとした人々を」

「キング牧師のことをおっしゃってるの？」わたしはきいた。「わたしの記憶にまちがいがなければ、あの方は教会に通って――」

「いい加減にしてちょうだい！」ジョレンタ・クルーマスがわたしたちのほうを向いた。「今夜はブライアンの大切な夜です。非難中傷で台無しにされては困ります」

「ジョレンタがボスだ」ハーヴィが背後から妻の肩に腕をかけ、前で交差させた。「そして、いつものとおり、ジョレンタが正しい。ヴィク、トニーのお嬢さんに会えてうれしかったよ。きみが長年にわたってサウス・サイドで活躍していたのに、おたがい、一度も顔を合わせたことがなかったなんて信じられん。今後はどうか、仲良くつきあってくれたまえ」

愛想のいい言葉だったが、そろそろ下がるようにという合図でもあった。ミスタ・コントレーラスのそばへ退くわたしに、コールマンが薄笑いをよこした。彼のほうは権力と栄光のとなりにとどまろうというのだ。だが、つぎの瞬間、候補者が姿を見せた。母親にキスをして、父親と抱きあい、それから、ペトラにつかまえられ、ミスタ・コントレーラスを紹介された。ペトラの横には選挙運動の広報スタッフが控えていて、ベス・ブラックシンに率いられた〈グローバル・エンターテインメント〉の取材班が撮影を始めたのは、アーニーのいる側ではなく、わたしが立っているほうの側だった。

14　昔の夢

猛吹雪がつづき、白い雪の壁ができていた。わたしはそのなかを進もうとして、窒息しかけていた。どうしても父を見つけなくてはならなかった。父の無事を確認しなくてはならなかった。誰かが聖チェスワフ教会を爆破した。クリスチャンのくせに、自分たちの教会を爆破したのだ。炎上する教会の前にグリバック神父が立ち、腕をふりまわしながら、枢機卿のせいだと叫んでいた。「枢機卿が教会を黒人どもに与えろというなら、われわれが教会を破壊して、やつらの手に渡らぬようにしてやる」

わたしは神父の横を通り抜けようとしたが、そのたびに、神父に押し戻された。わたしの父は警官で、教会を守ろうとしていた。父まで爆弾にやられてしまったかもしれない。「パパ！」叫ぼうとしたが、夢のなかのことなので、声が出なかった。

汗と涙に濡れて、ベッドに身体をおこした。もう立派な大人なのに、ときどき、無性に父に会いたくなり、父を失った痛みに身体を切り裂かれ、息もできなくなることがある。

こんな夢を見たのはたぶん、ゆうべ、別れた夫に会ったのと、ハーヴィ・クルーマスに紹介されたせいだろう。元夫のディック・ヤーボローはわたしの父のことが大好きだった。わたしたちの結婚生活が短期間だけでもつづいたのは、トニーのおかげだった。葬儀がすむなり、ディックはわたしのもとを去ったが、彼に会うといつも父のことを思いだす。

それから、候補者の父親であるハーヴィ・クルーマスの存在もあった。父はいつも、彼とピーター叔父が品行方正な生き方をするように目を光らせていた——ゆうべ、ハーヴィがそういった。警官だった父が人々の暮らしを監視していた、といわんばかりに。わたしの遊び友達の親が「ヴィクトリアのお父さんはおまわりさんなんだよ。行儀よくしないと、あのお父さんに逮捕されるよ」と、わが子にいってきかせるのが、わたしの子供時代の不幸だった。どうやら、ハーヴィとピーターもトニーのことをそんなふうに見ていたらしい。一人の人間としてではなく、制服を着た警官として。

「でも、アーニー・コールマンみたいな最低男とつきあってるのなら、やっぱり、品行方正な生き方を指導してくれる人間が必要だわね」わたしはつぶやいた。

その声が横の床で寝ていたペピーを驚かせた。ビクッと身を震わせて、哀れな声で鳴いた。

「そうか、あなたも実の父親に何年も会ってないんだ。そうよね、お嬢ちゃん」わたしは身を乗りだして、ペピーの頭をなでてやった。

グリバック神父というのは、叔母のマリーが通っていた聖チェスワフ教会の司祭だった。現実には、聖チェスワフ教会を爆破した者などいなかったが、暴動に明け暮れた六六年の夏のあとで、グリバック神父がシカゴのサウス・サイドに憎悪の火を煽り立てたのは事実だった。マリー叔母も怒り狂った聖チェスワフ教会の信徒の一人で、彼らはみな、キング牧師と彼が連れてきた扇動者たちに、本来の居場所であるミシシッピかジョージアでおとなしくしているべきだったことを思い知らせてやるためなら、どんなことでもすると誓っていた。枢機卿がすべての司祭に命じて、兄弟愛と住宅開放政策に関する書簡を教会で朗読させたことに、叔母は腹を立てていた。

「共産主義の連中がやってきて扇動するまでは、シカゴのニグロ連中はいつだって身の程をわきまえてたもんだ」マリー叔母は息巻いた。

グリバック神父はキリストの軍隊における善き兵士なので、コディ枢機卿の書簡を教会で朗読したが、同時に、雷鳴のごとき説教をおこない、クリスチャンには共産主義と戦い、家族を守る義務がある、と信徒たちに告げた。そのときのことは、わたしの十歳の誕生日の二、三日あとに、母のところに立ち寄ったマリー叔母からくわしくきかされた。

「マルケット・パークで食い止めておかないと、あの連中、つぎはこのサウス・シカゴまで押し寄せてくるよ。グリバック神父さまがおっしゃるには、玉座についた神みたいに自分の屋敷に腰を据えて、この街の白人のことなんか気にかけようともしない枢機卿には、つくづくうんざりだって。この街の教会はどれもわたしたちが建てたものよ。なのに、コディ枢機卿ときたら、それをニグ――」

「わたしの家でその言葉使わないで、マリー」わたしの母がピシッといった。

「フン、好きなだけお高くとまってればいいんだわ、ガブリエラ。けど、わたしたちはどうなるのよ？　勤勉に働いて築いてきたわたしたちの人生はどうなるのよ？」

母は文法的にまちがいだらけの英語で答えた。「ポーランドの人たちがこの街で一九二〇年代に送ったつらい時代のこと、ママ・ウォーショースキーがいつも、わたしに話してくれた。ドイツ人が最初にここにきた。つぎはアイルランド人。みんな、ポーランドの人間が彼らの仕事場で働くのに反対だった。ママ・ウォーショースキーがいってた——パパ・ウォーショースキーが仕事を探しにいくと、みんな、悪口いって、ポーランドの連中はバカだとか、もっとひどいことといったって。それから、トニーは警察でつらい仕事たくさんしなきゃいけない。みんな、アイルランド人だから、ポーランド人を嫌い。いつだってそうなのよ、マリー、悲しいけど、いつだってそうなの。最初にきた人たちが、二番目にきた人たちを締めだそうとする」

わたしはいま、膝を抱きかかえ、汗がひいていくなかで震えていた。ここしばらく、どちらを向いても、暴動に明け暮れた四十年前の暑い日々を思いだすよう強制されているような気がする。あるいは、その翌年一月の猛吹雪を。ジョニー・マートン、ラモント・ガズデン、そして、ゆうべは、遠まわしに人種差別的発言をしたアーニー・コールマン。〝あのときから、この街は地獄へ向かいはじめた……警官隊が隣人たちを攻撃するよう命じられた〟

サウス・サイドはめちゃめちゃにされた。白人の暴徒の手によって。休みなしに四日連続の勤務をこなして帰宅した父は、父と同僚の警官たちに、さらには、キング牧師と一緒に行進していた何人かの修道女にまで人々が憎悪をぶつけたことに、ひどいショックを受けていた。「カトリックの若者が修道女に向かってどんな侮辱の言葉をわめき散らしたか、きみには信じられんだろうな。わたしが子供のころ、一緒にミサに行った連中なのに」ようやく勤務から解放された父が母にこういっているのを、わたしも耳にしたものだった。

スウェットシャツと短パンに着替えた。ペピーがダイニング・ルームまでついてきて、わたしはそこに作りつけになった戸棚の前に膝をつき、両親の写真アルバムがしまってある引出しをあけた。

両親の結婚式の写真に見入った。一九四五年、市庁舎。母はかっちりしたデザインのスーツ姿、〈無防備都市〉のアンナ・マニャーニに似ている。父は礼装用の制服に身を包み、〝これまでに出会ったなかで最高にすばらしい女性〟と結婚することへの驚きと誇りではちきれそうだ。

ペトラの父親のピーターは、祖父母にとっては遅く生まれた予定外の息子だったようで、家族写真には、セーラー服を着た子供の姿が写っている。わたしの幼いころに亡くなった祖父もそこにいる。ウォーショースキー家の人間すべてと同じく、長身で骨太の体型だ。ブーム＝ブームの両親も何枚かの写真に写っている。叔母のマリーはいかにもこの叔母らしく、義理の姉になった移民の女を不機嫌な顔で見ている。マリー叔母の夫のバーナードは、義理の姉と弟には似つかわしくないキスをしている。わたしはその写真を食い入るようにみつめた。もしかしたら、これが多少はマリー叔母の敵意の説明になるのかもしれない。

わたしの写真が出てくるのは、もっとあとになってからだった。ある意味で、わたしも遅く生まれた予定外の子供だった。母はわたしが生まれる前に三度流産していて、そのあともさらに二回流産した。母の体内で大きくなり、無言で母を蝕んでいった癌の、それが前兆だったのか、もしくは、原因だったのかもしれない。

わたしが三歳のときに海岸で写した家族写真が見つかった。母／珍しいことに、くつろいだ表情で、アンナ・マニャーニというより、クラウディア・カルディナーレのようだ。わたし／砂のバケツの上でニコニコしている。父／海水パンツ姿、母とわたしに覆いかぶさるように立っている。二つの胡椒挽き――父はわたしたちをそう呼んでいた。

アルバムのページをめくった。グラント公園でのソフトボール試合。父は警察官のチームのひとつでプレイしていた。わたしはメンバーのほとんどを知っていた。しかめっ面でチームの写真をみつめ、角ばった風変わりな父の字で下のほうに書かれた名前を読んでいった。ボビー・マロリー、警官になって一年目で、守備はショート。この数年間に亡くなった二人の男性は外野を守っていた。

ボビーのとなりの男性を見て、わたしの目が驚きに大きくなった。ジョージ・ドーニック。ゆうべ、ブライアン・クルーマスの側近のなかに、この男も入っていた。ドラムとトランペットがクルーマスのために極上のファンファーレを奏でたあとで、彼の父親のテーブルを囲んでいたわたしたちは候補者とその側近に会った。ドーニックは現在、大手の警備会社を経営している。テロと国土安全保障省関係の事柄に関して候補者にアドバイスするのが彼の役目である。

元警官が個人的に警備会社を経営するのは、べつに不思議なことではない。不思議なのは、ゆうベドーニックに会い、今度は四十年前の彼を目にしたことだった。髪はまだ茶色くて、ふさふさしていて、父やボビーやわたしの知っているほかの男たちと一緒に笑っている。父だって、死なずにいれば、いまごろは警備会社を経営して金持ちになっていたかもしれない。ようやくアルバムを片づけてベッドに戻ったが、リラックスして眠りに戻ることはもうできなかった。戸棚にブルーベリージュースが入っていたので、グラスについで裏のポーチに出た。勝手に中庭におりていたペピーがワンと短く吠えた。身を乗りだすと、裏のゲートがあきはじめるのが見えた。ペピーが脚をこわばらせて立ち、うなっている。呼び寄せようとしたが、ペピーは警戒の姿勢で立ったまま、ゲートからあらわれた白く光るものに向かって、さらに大きくうなりはじめた。

わたしは裸足のまま階段をおりていったが、コントラバスの入った大きな白いケースを持って新しい隣人が帰宅したのだとわかり、二階の踊り場で足を止めた。ペピーは一瞬にして戦士からチアリーダーへ変身し、階段をのぼる彼にまとわりついた。

「いいもんだね、ハードな一日の終わりに誰かが出迎えてくれるっていうのは。いまちょっと憂鬱になってたとこなんだ。空っぽのアパートメントに戻るのかと思って」今夜の彼はブラックタイの正装だったが、タイはポケットに入れ、シャツの襟元をゆるめていた。「こんな遅くに何してんの？」

「消化不良。ゆうべのディナーで政治家たちを食べすぎたの。あなたのほうこそどうしたの？　もう午前三時ぐらいじゃない？」

「ラヴィニアでの演奏が終わって、そのあといろいろ用があったものだから」彼の曖昧な返事をきいて、たぶん恋人と一緒だったのだろうとわたしは推測した。彼はコントラバスをキッチンのドアに立てかけた。「どんな政治家を食べたの？」

「わたしの従妹が——背の高い子がここにきてるのを、あなたも見たかもしれないけど——クルーマスの選挙マシーンの小さな部品になってるの。でね、その子にセレブなイベントにひっぱりだされたわけ。せめてもの慰めは、別れた夫に、最高におしゃれした姿を見せつけてやれたことね。いまから数時間後に依頼人たちと会うときは、そうはいかないけど」

「そうか、別れた相手って厄介だよね。すくなくとも、きみの相手はオーボエの演奏家じゃなかっただろ。演奏家にとってもっとも大切な関係は、楽器との関係なんだ」

「わたしの場合は、弁護士だった夫の労働時間がいちばんの問題だったわ。まあ、わたしのほうも悪かったけど」関係をつづけていけなかったモレルと自分のことをふたたび考えながら、わたしは陰気な声でつけくわえた。

ジェイク・ティボーを三階の踊り場に残して、自分の住まいに戻った。七時半のミーティングに出るためにダウンタウンへ行かなくてはならないので、その前に、二、三時間だけでも眠っておくことにした。翌朝は、ミーティングのプレゼンテーションをスキルより運に頼って終えたあと、派遣会社からきているマリリン・クリンプトンと打ち合わせをするため、事務所へ行った。報告書とメールに集中しようとしたが、睡眠不足でフラフラだった。家に帰ってベッドにもぐりこんだ。

15　昔の裁判……というか、それらしきもの

午後の三時すこし前に、新たなホームドラマに叩きおこされた。ミスタ・コントレーラスの娘のルーシーが二人の息子をお供にローリング・メドウズからやってきて、建物の入口で父親に向かってわめき立てていた。

わたしは通りに面した窓まで行って、下を見た。犬たちが吠えながら尻尾をふり、本気で攻撃するつもりはないことを示していた。ルーシーは入口ドアの前のコンクリートのところに立っていて、十代の息子たちは、こんなところにはいたくないという顔で背後をうろついていた。上から見ると、金色に染めたルーシーの髪の根元が黒くなっているのが、はっきり見てとれた。

「わたしたち、父さんのことをニュースで知るしかないのね。うちに電話をよこして、『そうそう、ところで、わしゃ、超大物連中に会うことになったぞ』と知らせてくれるだけの気配りも、父さんにはないのね。ましてや、わたしと孫たちを同伴しようって気なんか、ぜんぜんないんだから。血肉を分けた身内がいるっていうのに、父さんったら、あの探偵とかい

う女と一緒にテレビに映ったりして」

そこに突然、従妹のペトラがあらわれた。スリムなジーンズにかかとの高いブーツをはき、新聞の束をかかえて、踊るような足どりで歩道をやってきた。犬たちが吠え声を喜びの歓声に変えて、ペトラを迎えに走っていった。

「サルおじちゃん！」ペトラのハスキーな声がルーシーの鼻にかかった不機嫌な声を消し去った。「サルおじちゃん、見て！　バッチリすてきなパーティだったと思わない？　あたしたちみんな、信じられないほどキラキラしてたと思わない？　そして、サルおじちゃんはスターよ。《ヘラルド＝スター》を見た？　《ワシントン・ポスト》にも同じ写真が出てるわよ」

わたしは浴室へ走って、冷たいシャワーの下に一分間立った。けさ、シクシクする目でループとここを往復するあいだは、新聞を読む気にもなれなかったので、《ヘラルド＝スター》はブリーフケースにつっこんだままだった。いまようやく紙面を見た。

〝シカゴランド〟のセクションの一面に、ブライアン・クルーマスと並んだミスタ・コントレーラスの写真が出ていた。クルーマスはボビー・ケネディ風に額にはらりと髪を落として、片手をミスタ・コントレーラスの肩にかけ、反対の手でミスタ・コントレーラスの肘のすぐ下を支えて、わが隣人の勲章にカメラのピントが合うようにしている。青銅星賞が候補者の笑みと同じぐらいキラキラ輝いていた。この写真を演出したおかげで、選挙運動におけるペトラの価値は一夜にして五倍ほど跳ねあがったにちがいない。

わたしはジーンズをはき、Tシャツを着て、パーティだかなんだか知らないが、とにかくそれに加わるために、下までおりた。「サインして、サインして」わたしの新聞をミスタ・コントレーラスにさしだした。老人はうれしそうに笑っていて、耳まで裂けてしまいそうな顔だった。

「ねっ、すてきでしょ？」ペトラがいった。「サルおじちゃん、まさにヒーローよ！　もう誰にも止められない！」

ルーシーが「あんた、どこの穴から這いだしてきたの？　ペトラなんて名前の従妹は記憶にないわ。ここにいるのが本物の家族よ」と叫んだが、そんな露骨な侮辱の言葉には、ペトラは耳も貸さなかった。ルーシーの息子たちはバツが悪そうだったし、老人はムッとしていたが、ペトラはルーシーを無視し、みんなをわたしの部屋に連れていってパソコンを見せてあげるようにと、わたしに要求した。

「サルおじちゃんがユーチューブに出てるのよ。見たいだろうと思って。ぼくたちも見たいでしょ？」

孫二人は足をもぞもぞ動かして、何やらつぶやいた。ペトラのワルキューレみたいなセクシーさにも平然としている若者といったポーズ。みんなで階段をのぼっていく途中、ペトラの携帯が鳴りだした。ペトラは番号を見て、「オフィスからだわ。出なきゃ」といった。

「彼が？　ほんと？……ううん、いま、従姉のとこなの……ええ、従姉のヴィク……そうね、三十分ぐらいで」ペトラは電話を切ると、ミスタ・コントレーラスにすまなそうな顔を向けた。「タニアからだったわ。選挙事務所にいるあたしのボス。これまで何も頼まれたことなかったのに。あ、重要な用事って意味よ。ゆうべはよく働いたから、今日は休みをとっていいって、タニアがいってくれたのに、ミーティングがあるからすぐオフィスに出てこいって。ヴィク、サルおじちゃんにユーチューブの映像、見せたげてくれる？　ゆうべのイベントを検索すれば出てくるから。もう行かなきゃ」

ペトラはかかとの高いブーツで階段をカタカタおりていき、ルーシーをさらに憤慨させる結果となった。「あの子、いったい何さまのつもり？」

「わたしの従妹なんです、ルーシー。だから、ま、そう怒らないで。ね？」わたしは不機嫌な一家をわが住まいに連れていき、ノートパソコンのスイッチを入れた。ユーチューブの検索は、祖父のために孫たちがやってくれるだろうが、みんなが外でわめいていたあいだに、わたし自身にもメールが届いていた。ハーモニー・ニューサム殺しの裁判記録をとりにきてほしい、とのことだった。

高架鉄道でダウンタウンまで出かけた。裁判記録を見つけるのは、むずかしいことではなかった、といわれた――すべてマイクロフィルムに収められて、郡庁舎に保管されていますのでね。それを解読するほうが大変なんです。スティーヴ・ソーヤーの裁判を記録した速記者はとっくに亡くなっています。その速記者の録音機と速記メモもとっくに消えています。記録をわかりやすく書き直してくれる人物を見つけるのは、安い料金では無理でした――二千ドル近く請求された。渋い顔でクレジットカードをさしだした。初期の調査費用として、ミス・エラが千ドル払ってくれることになっている。いまや、それと同じ額の赤字が出てしまった。この先どうやって調査を進めろというのだ？

電車で事務所に戻ったが、ミス・エラに頼まれた調査のおかげでどんどんお金が消えていくのが腹立たしくて、裁判記録に目を通す気になれなかった。派遣スタッフのマリリン・クリンプトンが、わたしがこの二、三日に口述した手紙とメールをタイプしている最中だった。返事の必要な半ダースばかりの電話のリストを渡してくれた。

ダロウ・グレアムが電話口に出てくるのを待つあいだに、ようやく、スティーヴ・ソーヤーの裁判記録をパラパラとめくってみた。殺人事件の裁判にしては、記録はさほど長いものではなく、わずか九百ページほどで、その多くが「はい」か「いいえ」の答えで占められていた。弁護側の発言はあまり見られない。ダロウの個人秘書が電話口に戻ってきて、わたしを待たせたことを詫びたとき、突然、わたし自身の名字が目についた。

逮捕にあたった警官、トニー・ウォーショースキーの証言。スティーヴ・ソーヤーの逮捕に出向いたのはわたしの父だった？　まさか。この信じられない偶然によって、父がわたしの人生に戻ってくるなんて。不意に、ジョニー・マートンの皮肉たっぷりのコメントが思いだされた——ソーヤーの行き先を、こともあろうにあんたが知らんとはなあ。大笑いだ。

「ヴィク？　ヴィク、きいてるの？」

「キャロライン」わたしは弱々しくいった。「あとでかけなおすってダロウに伝えて。緊急の用だったら、今夜、わたしの携帯にかけてもらって」

彼女の返事も待たずに電話を切り、ファイルをカウチへ持っていった。どうにもわけがわからなかった。マートン、ソーヤー、わたしの父。みんながわたしの頭のなかで古いコマみたいにまわりはじめ、やがて頭がくらくらしてきて、何も見えなくなった。「メロドラマはもうたくさん！」思わず大声をあげて、マリリン・クリンプトンを驚かせてしまった。

しゃんとしなきゃ、ウォーショースキー。気をひきしめて！

テッサと共同で使っている小さなキッチンへ行き、ブラックコーヒーをいれた。事務所のカウチの上であぐらを組んで、記録の最初に戻り、すべてに目を通した。裁判は一日半にわたっていた。

一九六六年八月六日、マルケット・パークでハーモニー・ニューサムが死亡した。公民権運動のデモ行進の日。近隣の住民たちにより八時間にわたって暴動がくりひろげられた。最初、警察も消防隊もニューサムが失神したのだと思った。救急車のなかで蘇生を試みてもだめだったため、そのとき初めて、消防隊は彼女が死んでいることに気づいた。公園の混乱と、あとに残された瓦礫のせいで、警察は死亡現場を特定することも、凶器を見つけることもできなかった。

監察医は、尖った物体が目から脳に突き刺さったためにニューサムは死亡したのだと証言した。事件を担当した二人の刑事、ラリー・アリートとジョージ・ドーニックも証言台に立ち、一九六六年のクリスマスの直後に、名前は明かせないが近所のある住民から通報があり、スティーヴ・ソーヤーの逮捕に至ったと述べた。ニューサムが殺されたときに公園に集まっていた大群集のことを考えると、この通報がなかったら、逮捕に漕ぎつけることはおそらくできなかっただろう。

マリリン・クリンプトンがわたしに覆いかぶさるように立っていた。すでに五時半、今日はもう帰ろうとしているのだった。「邪魔してごめんなさい。でも、三回も名前を呼んだのに、きこえてないみたいで。サインの必要な手紙を何通か置いていきます。それから、ダロウ・グレアムに電話するのを忘れないでくださいね」

わたしはできるだけ愛想よく笑ってみせて、今日の作業内容を記した彼女の報告書に目を通した。彼女の背後でドアが閉まったとたん、裁判記録に戻った。逮捕されて三日後に、ソーヤーは犯行を自供した。アリートが法廷で供述書を読みあげた。ソーヤーはニューサムに恋をしていたが、彼女のほうは知らん顔だった。大学に入ってから、〝ヒンクティ〟になった。

ジェリー・デイリー判事　ヒンクティ？　それは有色人種の言葉ですか。

メルローズ州検事補　そうだと思います、裁判長。

デイリー判事　英語にしてもらえますか、弁護人。（法廷に笑い声）

メルローズ州検事補　〝高慢ちきな《スタックアップ》〟という意味だと思います、裁判長。もっとも、わたしは彼らの言語を使っておりませんが。

ソーヤーの供述によると、暴動の最中に彼女を殺せば、公園にきている白人に罪をなすりつけることができると思ったという。デイリー判事がソーヤーに短く質問をした。ソーヤーの担当となった国選弁護士は、供述書の朗読のあいだも、判事の尋問のあいだも、一度も異議を唱えなかった。弁護側の証人は一人も呼んでいなかった。アリートとドーニックに密告をおこなった人物の名をききだそうともしなかった。

判事の質問に対するソーヤーの答えは曖昧で、一貫性がなく、「ルムンバがおれの写真を持ってます。おれの写真を持ってます」といいつづけるだけだった。

陪審は一時間かけて審議したのちに、有罪の評決を出した。

わたしは震えながら父の証言を読んだ。まるで、早朝の悪夢がこの証言の内容を予告していたかのようだった。逮捕状を執行するために出向いた父は、ソーヤーが驚愕して逃走を図ったことを語り、彼に手錠をかけた様子を語り、権利を読みきかせたことを語っていた。ミランダ警告はこの年から運用が始まったのだった。裁判記録には、ソーヤーの権利をめぐってメルローズ州検事とドーニック刑事のあいだでかわされた猥雑なやりとりも含まれていた。

ドーニックとアリート、この二人が事件を担当した刑事だった。ラリー・アリートは一九六六年当時、一年ほど父と組んでパトロールをやっていた。父は彼にあまり好意を持っていなくて、アリートのことで母に愚痴をこぼしていたのを、わたしも覚えている。ある晩、父が落ちこんで帰ってきたことがあった。アリートが昇進して刑事になったのに、その十倍の経験を持つ父のほうは依然として制服組だった。母はこういって父を慰めていた。「すくなくとも、あの横暴な男《プレポテンテ》と組む必要がなくなったじゃない」

カウチにすわったまま虚空をみつめているうちに、高い窓の外の空が暗くなっていった。ようやく明りをつけたとき、すでに八時をまわっていることを知った。何通かの手紙にサインをしてから、最後にもう一度裁判記録に目を通し、ガズデンのファイルに入れた。父のことに気をとられていたため、最初に読んだときは、スティーヴ・ソーヤーの弁護士の名前に気づかなかった。わたしの昔のボスで、いまは判事をしているアーノルド・コールマン。一九六六年当時の彼は若い未熟な国選弁護人だったが、いくら未熟でも、ときおり異議を申し立てるのが当然であることを知らなかったはずはない。たとえば、法廷で人種偏見に満ちた言葉が使われたときなどに。

それから、アリート刑事に密告してきた人物の身元を明かすよう、要求しなかったのはなぜだろう。ひょっとして、ラモント・ガズデンがその密告者だったのでは？

16　アリートを不意打ち

「これはきみの考えたジョークかね、ヴィッキー？」

わたしはボビー・マロリーと話をするのに一時間待たされた。警察のお偉方のところに予告もなく立ち寄るのは、たしかにいい考えとはいえないが、とりあえず、外出中ではないとわかってホッとした。ブロンズヴィルに新しくできたピカピカのビルの入口を警備している巡査部長は、わたしのことを知らなかったが、ボビーの右腕の一人であるテリー・フィンチレーがそばを通りかかった。わたしのファンとはいいがたい男だが、わたしを上の階へやってボビーの手が空くのを待たせても大丈夫だと、無愛想な声で巡査部長にいった。

わたしは仕事をどっさり持ってきていた。待ち時間が長びくあいだに、何件ものメールに返信し、金型製造の零細企業を苦しめている詐欺事件の報告書を書きあげることができ、そのあとでようやく、ボビーがわたしに会いに彼のオフィスから出てきた。

愛情と警戒心の入りまじった挨拶をよこした。頼みごとでもないかぎり、わたしが警察本部に押しかけてくるはずのないことは、向こうも承知している。それでも、わたしに腕をまわし、秘書に電話してコーヒーを持ってくるように命じ、まずは家族の近況を話題にした。

また孫が生まれて、これで七人目だが、初孫のときと同じくうれしそうだった。わたしは適当に相槌を打ち、〝洗礼式のプレゼントを忘れないこと〟と、携帯端末に打ちこんでおいた。

「きみがつきあってたあの坊や、アフガニスタンに戻ったそうだな。まさか、きみから逃げるために地球を半周することにしたんじゃあるまいな？」

「あの坊やはね、五十歳の男なのよ。そして、彼にとってはわたしよりアフガニスタンのほうがずっと刺激的だってことに、おたがいに気がついたの」

わたしの声ににじむ苦々しさに、ボビーだけでなく、わたし自身も驚かされた。ボビーに探りを入れられる前に、あるいは、わたしに家庭的な美徳が欠けているから男が逃げていくのだといわれる前に、急いでこちらの事情の説明にとりかかった。わたしが追っている手がかりについて。エラ・ガズデンに頼まれた調査からハーモニー・ニューサム殺しの裁判にたどり着いたことについて。

ボビーは首をふった。「わしが担当した事件だとしても、とっくに忘れちまったよ」

「当時はすごく騒がれた事件だったのよ。公民権運動の活動家がマルケット・パークで殺されたんだもの。遺族が警察をうるさくせっついて、ようやく逮捕にこぎつけたの」

「そういわれても、思いだせんな」ボビーは陰気な微笑を浮かべた。「遺族はつねに、犯人を早く逮捕しろと警察をせっつくもんだ。この事件では、ちゃんと逮捕に漕ぎつけた。そうだろう？　で、有罪判決となった？　だったら何が不満なんだ？　不当な判決だったといいたいのか？　きみはすべてを見、すべてを知るマダム・ゼルダか」

わたしは唇をキッと結んだ。「判決を覆そうなんて思ってもいないわ。もっとも、やってみるべきかもしれない。裁判記録を読んだけど、まるで、誤審と、違法行為と、義務不履行の入門講座みたいだった。州側は凶器を提示できなかったし、国選弁護人は証人を一人も呼んでいなかった。刑事と州検事と判事はサウス・サイドの黒人社会の言語と慣習を楽しそうに揶揄していた。しかも、きわめて無礼な言葉で」

「そりゃ、一九六七年当時の司法制度には数々の欠陥があったろうよ。わしには過去は変えられん。いまの時代にうちの警官の誰かが下劣な言葉を使っているというのなら、わしの手でなんとかできるが」

「逮捕にあたったのがうちの父だったの」わたしはつらい思いでその言葉を口にした。「そこで何があったのかを知りたいの。トニーに逸脱行為があったとほのめかしてる連中がいるの」

「わしゃ、信じんぞ！」ボビーがどなった。「きみが図々しくもここにきて、トニーの名前を汚してることからして、信じられん。トニーには大事なものが二つあった。ガブリエラときみだ……なんできみなんぞが大事だったのか、わしにはどうしても理解できなかったが。最高の警官で、このうえなく親切な男で、わしの大親友だったのに、きみは……きみは……図々しくも――」

「ボビー！」わたしは立ちあがり、デスクに身を乗りだして、激怒している彼と顔をつきあわせた。「黙って、とにかくきいて！　父のことを悪く考えようなんてつもりはないわ。ぜったいに。父がどんな人間だったかは、あなたよりわたしのほうがよく知ってる。父は厖大な数の警官を訓練した。その多くは、あなたと同じく、すごい出世をしたけど、父自身は出世には興味を示さなかった。父には父なりの名誉の規範があって、妥協するのを潔しとしなかったから。父がスティーヴ・ソーヤーを逮捕したあとで、何かあったみたい。ソーヤーを知ってる男たちにきいても、何も話してくれないけど、遠まわしにほのめかしてる感じだから、わたし、どうしても知りたいの」

「たとえ、わしが知ってるとしても——じっさいには何も知らんが——きみに話すつもりはない。きみのことだから、《デイリー・ワーカー》か、ほかの左翼系のクズ新聞にそれを流して、トニーの顔に泥を——」

「もうたくさん！」わたしはぐったりして椅子にすわった。「親が警官、恋人が警官、友達も警官っていうのは、楽なことじゃないわね。あのバッジをかざして何をするのか、いやというほど知ってるんだもの。でも、トニーがソーヤーの逮捕のことをあなたに話さなかったというなら、きっと話さなかったのね。たぶん、規則どおりに逮捕がおこなわれたのね。ジョージ・ドーニックが何か教えてくれないかどうか、きにいってみるわ。あるいは、ラリー・アリートでもいいけど」

「ドーニック？　アリート？」ボビーは椅子にもたれ、急に黙りこんだ。警戒の表情まで浮かべていた。「なぜまた……あ、事件を担当した刑事だったのか。なるほど、なるほど。ドーニックは現在、民間で派手にやってるクソ野郎だ。できることなら、わしはハエになって壁にとまり、きみがあの男からどうやって話をひきだすのか、きいてみたいものだ」

「じゃ、アリートは?」

「最後にきいた噂によると、チェイン・オブ・レイクスでリタイア生活を送ってるそうだ。アリートとドーニックに会った結果を、わしに知らせてくれ。きみが鼻をへし折られた場合には、わしゃ、署の便箋で個人的に賞賛の手紙を送ることにする」

わたしは帰ろうとして席を立った。ドアのところでふり向いて、依然として荒い呼吸をしているボビーを見た。

「スティーヴ・ソーヤーを担当した国選弁護人が誰だったか当ててみて、ボビー。アーニー・コールマンよ!」

「それで?」

「つまりね、わたしが国選弁護士会に所属してあの男の下で働いてたとき、あいつは州検事局とずいぶん取引してて、まるで州検事のチーフ・アシスタントみたいだった。そのご褒美を手にしたわけよね。州の上訴裁判所の判事という地位を。ゆうべ、ネイヴィ・ピアで大きなパーティがあって、そのとき、コールマン判事がハーヴィ・クルーマスにくっついてたわ」ボビーが返事をしないので、わたしはさらにつけくわえた。「それから、ジョージ・ドーニックは国土安全保障省とテロリズムの分野で、クルーマスの息子のアドバイザーになってるし」

「何がいいたいんだ、ヴィッキー? クルーマスには知り合いが多いってことかね?」ボビーは自分の額をぴしゃっと叩き、理解に至ったまねをしてみせた。「そうか、わかったぞ。四十年前にハーヴィ・クルーマスがスティーヴ・ソーヤーの裁判で八百長を仕組んだというんだな？　サウス・サイド出身の二十代の若造で、なんの力もなかったやつが？」

「父親がアシュランド・ミートのオーナーだったわ」

「なるほど。だが、ハーヴィが跡を継いで、いまみたいな大企業にする前は、ちっぽけな会社にすぎなかったぞ。わしが警察に入った当時は、ドーニックのやつ、ハーヴィをよくいじめてたものだった。おまえんとこの牛はみんなキンタマが小さいとかいって……い、いや、忘れてくれ。ところが――」

「ドーニックがハーヴィをいじめてた？　ハーヴィは警察勤めなんかしたことないでしょ？　それとも、してたの？」

「ちがう、ちがう。ハーヴィとドーニックはゲイジ・パークで一緒に育った仲なんだ。トニーの弟、つまり、きみの叔父さんのピーターともよく遊んでた。きみはつまり、こういいたいのかね？――アーニー・コールマンが依頼人を裏切ったのも、ドーニックがソーヤーに偽の自白を強要したのも、ハーヴィの画策によるもので、現在、ハーヴィがその褒美として二人にあの息子のケツをなめさせてる、と。あ、下品な言い方でごめんよ。トニーがいまも生きてれば、連中の仲間になってただろうと、きみは想像してるのかね？　クルーマスに頼まれてソーヤーを拷問したから？」

今度はわたしが当惑する番だった。それ以上何もいわずにボビーのもとを去ったが、事務所に戻ってから、ドーニックとアリートのことを調べてみた。ボビーとのやりとりのあいだ守勢に立たされていたわたしだが、二人の名前を初めて口にしたとき、ボビーは黙りこんだ。シカゴ警察には全部で一万三千人ほどの警官がいる。ボビーは長年警察勤めをしてきて、多くの警官を知っている。だが、一万三千人すべてを知っているわけではない。だが、あの二つの名前はとくに印象に残っていたのだ。

もちろん、ボビーは父を通じて、ハーヴィ・クルーマスとわたしの叔父ピーターに会ったことがあるはずだ。ピーターとハーヴィがジョージ・ドーニックの幼なじみであれば、ボビーがドーニックにも会っていたとしても、驚くにはあたらない。また、アリートとドーニックが一緒に働いていた関係から、ボビーはアリートのことも知っていただろう。

もしかしたら、二人の名前が出たときのボビーの反応を、わたしが深読みしすぎているのかもしれない。だが、そう思っても、ネット検索をやめる気にはなれなかった。

ジョージ・ドーニックを検索すると、何百件もヒットした。ドーニックは警察をやめてから、〈マウンテン・ホーク警備会社〉を始めた。ここのサイトを見てみると、世界中の警官の訓練が専門で、テロリストを見分ける方法や戦う方法から、麻薬密造所を見つけだす方法まで、ありとあらゆる訓練を実施していると書いてあった。助けを必要とする警官のために、〈マウンテン・ホーク〉では、接近戦、テーザーガンやその他の〝拘束具〟の使用法、砂漠や山岳地帯に駐屯する部隊が荒野で用いるサバイバル法、都会で車を攻撃用の武器として使用する方法などについて、実践的な訓練をおこなっている。

〝当社では、クライアントからの秘密厳守のご要望により、世界レベルの訓練を実施するとともに秘密厳守を徹底しておりますため、残念ながら、クライアントのリストをお見せすることはできません。南北アメリカ、大都市、ジャングル、そして、メキシコ中部の苛酷なソノラ砂漠において、警察に協力して活動をつづけてきました。また、米軍を支援するために、経験豊かなスタッフを交戦地帯へ派遣してきました。戦略的に重要な世界各地の九カ所にオフィスと装備をそろえていて、あなたのつぎの訓練現場へ数時間以内に出向くことができます〟

ドーニックの画像がいくつも出ていた。眼光鋭く、戦闘準備オーケイという顔をして、シカゴ市長からコロンビア大統領まで、あらゆる人物と一緒に写っている。家庭内暴力の被害者救済シェルターで、ドーニックがテーザーガンの使用法を実演してみせている画像もあった。サンディエゴ、ウェイコー、フェニックスからの依頼で彼が請け負った国境警備隊の特別訓練に関する記事も出ていた。警官時代の情報はどこにも見つからなかったが、十五年ほど前に警察をやめていた。

アリートのほうが平均的な警官という感じだった。四十年の警察勤めののちに退職し、イリノイ州北部の小さな湖のある土地でリタイア生活を送っている。彼のことが書かれたわずかな新聞記事から、相反するイメージが浮かびあがってきた。ローズヴェルト・ロードのショッピングモールで武装強盗事件がおきて人質が危険にさらされたさいの、彼の勇敢な行動が、記事になっていた。そして、その半年後、同じ事件における職権濫用によって告発された。強盗二名を射殺したのだが、そのときの状況が不透明だった。人質の一人を負傷させ、そのせいで譴責を受けたのだが、アリートのつぎのような発言を同僚が匿名で暴いている。

「人質の女は命が助かっただけで幸運だし、強盗どもは死んだほうが世のためだ。なのに、何が不満なんだ？」

強盗が射殺されて、市にとっては裁判費用の節約になった、という意見に多くの市民が賛成だったため、新聞社の編集部への投書は、予想されたとおり、アリート擁護に傾いていて、そこからさらに、すべてのアメリカ人がつねに完全武装すべきだという意見へ発展していった。

わたしは二、三分のあいだ、パソコンをぼんやりみつめ、それからアリートの自宅周辺の地図を画面に呼びだした。その家はウィスコンシンとの州境のわずか一マイル南に位置していて、近くには、シカゴの北西に広がった丘陵地帯に点在する小さな湖のひとつがあった。多くのシカゴっ子がそのあたりに週末用の別荘を持っている。アリートのように、リタイア後の生活をそこで送る者もいる。

マップクエストで調べてみると、ウェスタン・アヴェニューとノース・アヴェニューの交差点からキャサリン湖までは一時間二十分となっていたが、それは、ケネディ高速とイーデンズ高速の両方が珍しくも工事中ではない期間中の午前三時に車を走らせれば、という条件のもとにはじきだした数字である。事務所を出たわたしがキャサリン湖の北岸に着いたのは、二時間半後のことだった。

小鳥がさえずり、太陽が輝き、ミルウォーキー・アヴェニューよりも空気がきれいなのは事実だったが、わたしはひどく機嫌が悪く、おまけにトイレへ行きたくてじりじりしていた。そこで、近くのガソリンスタンドまであと戻りして、わがマスタングにガソリンを入れるためにすこしばかり散財し、幸いにも清潔なトイレを使い、わたしのエネルギー補給のためにチリドッグを買った。ネット検索に夢中になるあまり、ランチを忘れていた。〝食事を抜くな〟というウォーショースキー家の家訓に対する重大違反だ。

ようやく、坂になったクイーン・アンズ・レース・レインの上のほうで道路脇に車を寄せ、アリートの家まで歩きはじめたとき、時刻は五時近くになっていた。その家は狭い敷地に建てられたスキップフロア式住宅で、シカゴのサウス・サイドと同じく隣家との距離が近かった。だが、こちらは、すぐ先に湖がある。

有料道路を走るあいだに、アリートにしゃべらせるための戦術を立てようとした。以前に私立探偵訓練セミナーを受講したとき、〝尋問を成功させるテクニック〟の講座があった。尋問する相手に、こちらが味方であると思いこませる。対決姿勢をとらない。相手の同意が確実に得られる共通基盤を確立する。「さてと、ラリー、あなたがスティーヴ・ソーヤーを拷問したの?」は、尋問を始めるときの好例とはいえない。代わりに、「さてと、ラリー、スティーヴ・ソーヤーを拷問したのは、たしかに必要なことだし、いいことだったわね」といってみよう。

アリートの妻が玄関に出てきた。年は夫と同じぐらい、たぶん六十代のどこかだろう。カーキ色のカーゴパンツをはき、色褪せた赤毛がカールしているところは、年老いたグウェン・ヴァードンといった感じだ。温かみのある微笑や挨拶はよこさなかったが、わたしの鼻先でドアをピシャッと閉めもしなかった。「ご主人が警察にいらしたころの同僚の娘です、アリート刑事とお話ができればと思いまして」と、わたしが説明すると、彼女の表情がほんのすこし明るくなった。

「ラリーはゴルフから戻ったばかりなの。いまシャワーを浴びてるわ。一分か二分したら、出てきます。わたし、夕食の支度の最中で……」

語尾があいまいに濁された。まるで、ごちそうしてほしいとわたしにせがまれるのを恐れているかのようだった。わたしは、自分には食事は必要ないし、時間もあまり必要ないといって、彼女を安心させた。車のなかで待ってましょうか？　そう尋ねると、向こうは思わず、裏庭へまわるようにいってくれた。バーガーをグリルにのせる準備をそこでしているのだという。

狭苦しいファミリー・ルームを見て、ミス・エラのことを思いだした。あそこの家と同じく、ここも陶製の小さな像でぎっしりだった。ミズ・アリートはアフリカのジャングルに住む動物より、天使や子猫のほうを好んで集めているようだが、どれも埃ひとつなく、子猫たちの前に置かれたミルクの小皿に至るまでバランスよく配置されていた。わたしは頭皮がムズムズするのを感じた。こうして並べられた飾りには、絶望感が漂っていた。それでも、彼女のあとからファミリー・ルームを通ってキッチンへ向かいながら、魅力的だとかなんとか、適当な感想を述べておいた。

「狭い家ですけどね、もちろん。でも、夫婦二人だけの暮らしだし。息子が一人いるんだけど、ミシガンのほうに住んでるの。息子が泊まりにきたら、孫たちはサンポーチの二段ベッドで寝かせてやればいいのよ。このデッキですわってらして。あなたがいらしたことをラリーに伝えてきますから」

わたしは手すりのところまで歩き、あたりを見まわした。道路のつきあたりにキャサリン湖が見える。アリートの家から三十ヤードほど南へ行ったところだ。湖岸に茂るヤナギと灌木のあいだから、水に反射する太陽の光をちらっととらえることができる。北側の隣家でバーベキューをやっていた。敷地がとても狭いため、ハンバーガーも鶏の腿肉も、わたしの鼻先にあるようなものだった。チリドッグを食べたにもかかわらず、わたしはまだ空腹だった。フェンスを飛び越えて腿肉をかっぱらいたくなった。

わたしの頭上にあるひらいた窓から、男の声がはっきりときこえてきた。「名前をききもしなかった？　ったくもう、ヘイゼル、おまえは考えるってことをしないのか？」

「ちょっと、いい加減にしてよ、ラリー。あなたときたら、誰に会っても、相手のことを詐欺師扱いなんだから」

「で、その女の用件もきいてないのか」

「秘書の仕事をやらせたいのなら、その分のお手当てを払ってね、ミスタ・アリート」ヘイゼルの声は皮肉っぽくもあり、誘惑の響きも感じられた。この声から、夫婦の関係が、見たくもないのに見えてしまう。

アリートがブツブツいったが、会話はとぎれ、ほどなく、デッキで待つわたしのところに彼がやってきた。シャワーを浴びたばかりで、薄くなりかけた髪がまだ濡れて黒ずんでいたが、目は日焼けした鼻に負けないぐらい赤くなっていた。ビールの缶を手にしていた。近づいてきた彼の息の臭いからすると、午後からすでに五本か六本は飲んでいるようだ。

「アリート刑事、わたしはV・I・ウォーショースキー。トニー・ウォーショースキーの娘です」

「本当かい？」うれしくもなさそうな顔で、アリートがわたしを見た。

「本当よ」わたしは明るく答えた。「先日の夜、昔のソフトボール・チームの写真を見つけたんです。父はたしか一塁だったはず……合ってます？」

「なんでおれが覚えてなきゃいかん？　トニー・ウォーショースキーが一塁なら、二塁はナニヲ・シトルスキーだったとか？」

わたしはお義理で笑っておいた。「何年も前に父が亡くなったことはご存じですね」

「ああ、花を送るのを忘れて悪かったな。だが、ずっと連絡をとりあってたわけじゃないし」

「そして、わたしは探偵《ディテクティヴ》になりました。あ、私立探偵です。警察の刑事《ディテクティヴ》じゃなくて」

「私立探偵か、クソ迷惑な連中だ」アリートはビールをグイッと飲んで、デッキの手すりに缶を置いた。

「わたしは目下、父とあなたの両方が関わった古い事件を調査しています」

アリートは無言だったが、首筋の血管がピクピクしはじめた。

「スティーヴ・ソーヤー」

「思いだせんな」アリートの口調は無関心だったが、ビールの缶をつかんで、ふたたび長々と飲んだ。「ヘイゼル！　もう一本持ってこい！」

彼の妻はさきほどから、生肉をのせた皿を持ってグリルのところに立っていた。わたしの話が終わったら夕食にしようと待っているのだ。グリルの横のクーラーボックスに手を伸ばして、新しい缶をとりだした。彼女にとって、なんと楽しい夕方だろう。

「六六年に、あなたはトニーと組んでパトロール勤務をしていた。その後、あなたは刑事部へ異動になって――」

「おれの経歴なら、死亡記事を読めばわかるさ。あんた、何がいいたいんだ？」アリートは妻のさしだした缶をつかんで、プルタブをひっぱった。

「あれは当時、世間の注目を浴びた事件でした。若き公民権運動家がマルケット・パークのデモ行進のときに殺されて、犯人がわからないまま何カ月かがすぎた。やがて、あなたがスティーヴ・ソーヤーを逮捕した」

「逮捕したのはトニーだ」アリートがわたしの言葉を訂正した。

「ソーヤーのことは記憶になかったのでは？」

「公園のデモのとき、黒人がうようよしてた。あんたにそういわれて、何もかも思いだしたよ」アリートは薄笑いを浮かべた。

「そんなことといってません」わたしは鋭く答えた。「公民権運動のデモ行進といっただけです」

「そうとも、黒人だらけのデモだった」彼は笑い声をあげ、うしろのほうにいるヘイゼルもキンキンした声で笑った。

わたしは歯をギリッと食いしばったが、こういった。「何もかも思いだしたのなら、密告者は誰だったんです？」

「密告者？　なんの密告だ？」

「あなたは裁判のときに、密告者からソーヤーの名前をきいたと証言した。その密告者の名前を尋ねた者は一人もいなかった。だから、いまここでお尋ねします」

「おやまあ、なんともくだらん質問だ！　クスリほしさに友達を売るような汚ねえヤク中どもの名前なんか、いちいち覚えてるわけないだろ」

「ラモント・ガズデンはどう？　あなたのかつてのパトロール担当地区に住んでたラモントのことは、どれぐらい覚えてます？」

この質問はアリートにとって不意打ちだったようで、ホワイトソックスのTシャツの胸にビールをこぼしてしまった。タオルを持ってこいとヘイゼルにわめいた。妻にTシャツを拭かせてから、アリートはいった。「なんの話をしてたっけ？」

「ラモント・ガズデン」

「そいつもあんたの黒人のお友達かい？　名前をきいてもピンとこないな。そのためにわざわざ出かけてきたのなら、あんた、ガソリンを無駄にしちまったな」言葉遣いも口調もまともだったが、額には玉の汗が浮いていた。

わたしはアリートをじっと見据えた。「法廷に入ってきたときのソーヤーは、意識がひどく混乱していて、自分が誰なのか、どこにいるのかもわからない様子で、裁判のシナリオに従っているだけだった。その点に関して何か覚えていることはありません？」

「あいつは監房でころんで、鉄格子に頭をぶつけたんだ。トニーがくたばってなきゃ、あんた、親父さんに質問できたのにな。やっぱり同じ返事が返ってきただろうよ。さて、おれの家からとっとと出てってくれ」

「どういう意味？　トニーも同じ返事をしただろうって？」わたしはみぞおちを殴りつけられたような気がした。

「いったとおりの意味さ。誰もがいってるように、あんたの父親は善人すぎて、かえって胡散臭かった。真っ正直なおまわり、民間から苦情が舞いこむことも、パンツをはく前に内務監査部に臭いを嗅がれることもなかったおまわり？　フン、聖アントニーに関して、あんたにひとつかふたつ、話をしてやろうか」

「あなたがサウス・サイド全体から嫌われてたのは当然だったかもしれないけど、トニー・ウォーショースキーはシカゴで最高の警官《ヒンクティ》だったのよ。トニーと組むチャンスを与えられて、あなた、ラッキーだったわ。でも、高慢ちきになってしまって――あ、この表現は、スティーヴ・ソーヤーが使ったものだと、あなたが法廷で証言したんだったわね——不正な手段で出世を……」

彼のこぶしが飛んでくるのに気づいたときは、半秒遅かった。とっさに身をかわしたので、顎への直撃は免れたが、右肩にパンチを食らった。アリートの向こう脛を蹴飛ばしてやって、つぎにみぞおちを狙ったが、突然、頭と目と口に水がふりそそぎ、むせてしまった。ヘイゼルがわたしたちにホースを向けて、わたしだけでなく、夫にまで徹底的に水を浴びせていた。アリートもわたしも荒い呼吸をしながら、おたがいにあとずさった。わたしはしばらく彼をにらみつけてから、さっと向きを変えて、キッチンのドアをあけた。

「家のなかを通られちゃ困るわ。ずぶ濡れだもの」鼻にかかった感情のない声でヘイゼルがいった。

わたしは夫のほうへは二度と目を向けずに、彼女のあとについてデッキをおりた。隣家との境界線になっている狭い小道のほうを、ヘイゼルが指さした。小道を歩いて車に戻る途中、あちこちの窓でカーテンの揺らぐのが見えた。わたしがラリー・アリートと暮らさなくてはならなかったら、陶製の子猫で家のなかを満たすことはないだろう。斧を大量にコレクションするだろう。

17 〈マウンテン・ホーク〉の愛想のいい男

帰り道は、東に向かって延々と走りつづけ、広大な湖まで行ってから南へ向きを変えた。一般道ばかり選んで走った。途中の小さな町々で赤信号にひっかかるため、時間がよぶんにかかったが、ミシガン湖から吹いてくる風が爽やかだし、有料道路の混雑と苛立ちがないおかげで、考えごとがしやすかった。

湖岸の道路の途中で車を停めて、湖まで歩いた。夏の黄昏のなかで、水が紫っぽい灰色に染まっていた。湖岸から沖へ向かう航海灯が見えたが、岸辺にいるのはわたし一人だった。まわりでコオロギとカエルが鳴いていた。

わたしに会っても、アリートは驚いていなかった。誰が彼に警告を送ったのだろう？　ボビー・マロリーだとは思いたくなかった。確認するのも耐えられない醜悪な可能性へのドアをひらいてしまうことになる。父の親友が腐った酔っぱらい警官とグルだなんて。

もしかしたら、アーニー・コールマンがクルーマスの資金集めパーティでわたしと会ったあと、アリートに電話したのかもしれない。クルーマスのテーブルで口論になったとき、自分が何をいったのか、思いだそうとした。わたしがゲイジ・パークで六〇年代におきた事件を調査していることを暴露したのは、ペトラだった。そして、わたしはその前に、ジョニー・マートンの名前を出していた。ソーヤーの裁判がコールマンの良心に重くのしかかっていたなら、点と点をつなぐことができただろう。もっとも、かつてのボスの良心に何かが重くのしかかるなんて、わたしには想像もつかないけれど。

いまの会見でもうひとつわかったのは、アリートがラモント・ガズデンの名前を知っていることだった。やはり、ラモントがアリートに使われていた密告屋だったのだろうか。ソーヤーを密告した彼を、マートンが報復のために殺したのだろうか。マートンならなんだってできる。殺人なんか朝メシ前だ。

〝トニーも同じことをいっただろう〟――アリートはそう主張した。被告人が勾留中に鼻血を出し、目に黒あざを作ったのは、監房でつまずいてころび、鉄格子にぶつかったためだ、と。「父がそんなことというわけないわ、嘘つきで最低の蛆虫アリート。トニーが死んじゃったから、汚名を着せられると思ってんでしょうけど、そうはさせるもんですか」

わたしの心臓がドクドク打っていた。このまま窒息死しそうな気がした。ミシガン湖の岸辺で。不意に、クリスマス・イブのことがよみがえった。クリスマス・イブ。わたしはすでにベッドのなか。両親は台所にいて、二人の楽しげな笑い声が階段の下からきこえてきた。ボビーもその場にいたのだろうか。誰かが――友人が――ワインのグラスを手にしていて、そこにアリートが立ち寄った。わたしの父と口論になった。

「きみは昇進した。めでたしめでたしだ。そうだろ？」父がいうと、アリートが答えた。

「あんた、あいつを刑務所に入れたいのか」

わたしは不安になって階段をこっそりおりていった。すると、母にきびしい声で名前を呼ばれた。あわてて階段をひきかえして、屋根裏の床に伏せ、必死に耳をすませたが、父もアリートも声を低くしてしまった。

誰が刑務所へ入れられそうになったの？　父たちの口論の原因はなんだったの？

ヘイゼルに水をかけられたため、シャツがまだ濡れていて、湖から吹いてくる夕暮れのそよ風に思わず身震いした。あのおぼろな記憶のなかからすこしでも断片を拾い集めようとしながら、ゆっくり歩いて車に戻った。

夕食をとるため、ハイウッドで車を停めた。この小さな町はわが家とアリートの家の中間点にあって、十九世紀にノース・ショアの大邸宅の建設にあたったイタリアの職人たちが住みついたところである。いまではグルメ天国のような町になっているが、わたしが選んだのは、シンプルなパスタを出してくれて、シェフがコックと呼ばれている、昔からのイタリアンの一軒だった。店のオーナーとイタリア語で会話をしたら、向こうは大喜びで、アマローネをグラスでサービスしてくれた。

二人で一時間ほど食べものを話題にし、わたしがオルヴィエートで食べた忘れられない料理——広場をはさんで大聖堂の向かいにある店で出してくれた料理で、鳩のローストにイチジクのテリーヌが添えてあった——の話をしているあいだは、心配ごとを忘れていられた。

しかし、家に向かって車をスタートさせると、父と、ラリー・アリートと、スティーヴ・ソーヤーのことが気になりだした。虫歯が気になるようなものだ。

カーティス・リヴァーズも、ジョニー・マートンも、わたしの父がソーヤーをぶちのめしたと思いこんでいる。わたしの名前と質問に対してあの二人が見せた反応を説明するには、それしかない。しかし、トニーがそんなことをするはずはない。ソーヤーに飛びかかられて、彼をおとなしくさせる必要があったのでないかぎり。しかし、裁判のときのソーヤーは意識朦朧としていたし、ろくでもない弁護しか受けられなかった。もし――。

「くよくよ考えちゃだめ！」わたしはつぶやいた。「トニーは被疑者をぶちのめすような人じゃなかった。ぜったいに」

ハーモニー・ニューサム事件のときは、ジョージ・ドーニックが捜査の指揮をとっていた。明日の朝イチで彼に電話をして、わたしの心の不安が静まるかどうか、たしかめてみよう。

ボビーに嘲笑されたにもかかわらず、ドーニックのアポイントをとるのは簡単だった。ウォーショースキーの名前を出しても、世界の多くの扉がひらくわけではないが、父と仕事をしたことのある男たちはたいてい、喜んでわたしに会ってくれる。すくなくとも一度だけは。犬の散歩から帰ってすぐ、朝の八時に電話をすると、ドーニックの秘書が、午前九時半と十時のミーティングのあいだに時間を作れるといってくれた。わたしは服装に気を遣って、琥珀色のジャケットにベージュのパンツという、女らしさを感じさせると同時に優秀なプロフェッショナルにふさわしい装いを選び、高架鉄道でループへ出かけた。

〈マウンテン・ホーク〉の本社はシカゴ川沿いのワッカー・ドライヴに建つガラスの高層ビ

ルのフロア四つを占めていて、受付エリアからは、川を見渡すことができた。念のため、九時半にビルに着いたが、結局は一時間以上待たされた。〈マウンテン・ホーク〉の社員がエレベーターとオフィスへ通じるロックされたガラスドアのあいだを行き来するなかで、わたしはしばらくのあいだ、はしけや観光船をながめて楽しんだ。社員たちは緊迫した口調で話していた。自分たちの仕事の重大さを強調したいのだろう。クライアントが何人か到着し、すぐさま奥へ案内された。

退屈になってきたが、待合室には読むものもたいしてなかった。《ウォール・ストリート・ジャーナル》、《SWATダイジェスト》、そして、会社のパンフレット。派遣スタッフのマリリンと電話で十五分話し、メールを二、三通送信したが、ドーニックがわたしに会いにきたときには、いらいらしはじめていた。

ドーニックは六十代の活力あふれる男性だった。ソフトボール・チームの写真で見た茶色の髪は、〝気品がある〟と形容できそうな銀髪に変わっていた。淡い色のウーステッドのサマースーツを着た彼を見ても、グラント公園のソフトボール試合で泥まみれになっていた男と同じ人物だとは、とうてい信じられなかった。

ドーニックは片手をさしだして、わたしと力強い握手をした。「そうか、きみがトニーの娘さんか。先日の夜の資金集めパーティで会ったときに気づくべきだった。目のあたりがトニーにそっくりだ。惜しい人を亡くしたものだ。まことに残念だ。最高の警官の一人と一緒に仕事ができたことを、わたしは光栄に思っている」

これ以上ありえないというほど、アリートと対照的だった。ドーニックはわたしの肩に腕をまわし、〃ニーナ〃に「コーヒーを二人分頼む。電話はとりつがないでくれ」と命じた。不穏な民衆を支配・弾圧するためのすぐれた戦術を必要とするクライアントを迎えるのにぴったりのオフィスに、わたしを通してくれた。あらゆるものが光沢のある木と石でできていて、その多くが黒光りしていた。書類はどこにも見当たらなかったが、ずらっと並んだパソコン端末がドーニックと社員を結びつけていた。壁面には、〈マウンテン・ホーク〉のサイトで見たドーニックの写真がいくつかかかっていた。

「すばらしい会社ですね」わたしはいった。「どうやってここまでにされたんですか」

「シカゴ警察に二十年勤めたおかげで、法執行のノウハウを身につけることができたから、つぎの問題は金をかき集めることだった。何人かの幼なじみが小額ずつ出しあってくれた。スタート早々、思いがけない幸運に恵まれて、ペルーとコロンビアの国境地帯にあったハマスの訓練キャンプを壊滅させることができた。まぐれだったんだがね。警察の仕事でもよくあることだ。麻薬を見つけようとしただけなのに、武器弾薬がどっさり見つかって、目をむいたりする」ドーニックは笑った。「きみなど、シカゴの通りで長年仕事をしてきた人だから、何があっても驚きはしないと思ってるだろうが、ラテンアメリカのジャングルの前哨地へ行けば、そうもいってられなくなるぞ」

ニーナがコーヒーを運んできた――口当たりのいい極上コーヒー――たぶん、ジャングルにあるその前哨地のひとつで手摘みされた豆を使っているのだろう。

「ニーナからきいたんだが、きみ、個人的に探偵の仕事をしてて、女一人でがんばってるんだって？　大手に移る気はないかね？　トニーの娘さんをうちの組織に迎えることができれば、わたしはうれしい――いやいや、光栄だ。二年間のパトロール勤務でトニーから学んだことは、それ以後に身につけたことよりもずっと多かった」

「ええ、父はすばらしい人でした。いまだに父の死が惜しまれます。でも、わたしは一人でやっていくほうが気楽です。長いあいだ、〝わたしのボスはわたし〟という方針でやってきたので、大組織にはなじめないでしょうね。それに、たぶん、ご存じと思いますが、最初は大組織にいたんですよ。郡の国選弁護士会に」

ドーニックはうなずいた。「クルーマスのイベントのとき、きみの昔のボスに会った。きみがアーニー・コールマンのようなクソ野郎と衝突したのも無理はない。しかも、当時のきみは若かったからな。しかしね、大組織というのは、きみの翼を切るのではなく、むしろ大きく広げるチャンスを与えてくれるところなんだよ。今度、雨のなかで張りこみをしたり、失踪人の報告書をファイルするために急いで事務所に戻る必要に迫られたりしたときは、〈マウンテン・ホーク〉のことを思いだしてくれたまえ」

わたしは愕然とした。まるで、一週間かけてわたしの仕事ぶりを観察したかのような口ぶりだ。そうにちがいない。コーヒーに負けないぐらい口当たりのいい男だ。わたしはしどろもどろで礼をいった。

ドーニックは彼の腕時計にさりげなく目をやった。「ところで、今日はどんな用件で、ヴィク?」

「じつは、古い事件を追ってるんです」わたしはいった。「四十年以上も前に失踪した人物を見つけるために。有望な手がかりになりそうな男性がいるんですが、そちらもやはり行方知れず。その男性が殺人容疑で逮捕されたとき、捜査を担当した刑事さんがあなたでした。男性の名はスティーヴ・ソーヤー、ハーモニー・ニューサム裁判」

ドーニックはコーヒーカップを置き、音を立てずに口笛を吹いた。「たしかに古い事件だ。だが、その事件のことなら、よく覚えているとも。殺人事件の捜査を担当したのはあれが初めてだった。ラリー・アリートと組んだんだ。やつとは話をしたかね? たしか、いまはウィスコンシンのほうに住んでるはずだ」

「きのう、会いにいってきました。チェイン・オブ・レイクスのキャサリン湖のそばに住んでいます。こまかいことは何も覚えていないと本人はいってましたが、わたしの受けた印象では、ビールの缶の陰に多くのものを隠してるようです」

ドーニックは笑った。「缶の陰? ケースの陰といったほうがいいな……わたしが警察をやめようと思った理由のひとつがそれだ。ラリー・アリートは仕事のパートナーにしたい男ではなかった。いや、ここだけの話だがね。ニューサム事件のことを忘れられるやつはどこにもいないだろう。世間の注目を浴びた事件で、市長からわたしに直接、電話がかかってきた。殺された娘は公民権運動のきわめて重要な人物だった。われわれとしては、市の評判を落とすわけにいかなかった。前の年の夏に、シカゴの暴動が全国ネットのテレビで流れたばかりだったし」

「誤認逮捕ではないかと疑ったことはなかったですか」

ドーニックは首をふった。「信用のおける密告屋がいた。服役中の密告屋ではなく、〈アナコンダ〉にもぐりこんで警察のために情報収集をしていた人物だ」

「ひょっとして、ラモント・ガズデンだったのでは？　わたし、じつはそのガズデンを見つけようとしてるんです」

ドーニックの顔を奇妙な表情がよぎった。ブーム＝ブームがわたしを何か無謀なこと――たとえば、防波堤からカリュメット湖に飛びこむとか――に誘いこもうかどうしようか迷ったときによく、こんな表情を見せたものだった。

「ま、いいか。ずいぶん昔のことだし。そう、結局、ガズデンがソーヤーを売ったんだ。警察がガズデンに圧力をかけて、名前をききだした。〈アナコンダ〉で、やつとソーヤーは親しくしていたようだ。きみ、まさか、ソーヤーは犯人じゃなかった、なんていうつもりではなかろうな」

「わたしは母親に頼まれてラモント・ガズデンを見つけようとしてるだけです。彼の身に何があったか、ご存じありません？　大雪の前の晩に姿を消したんですが」

ドーニックは首をふった。「われわれも不思議に思っていた。ガズデンの裏切りを〈ハンマー〉のマートンが知って、やつを始末したんじゃないだろうか。〈ハンマー〉に問いただしてみたが、やつから話をひきだすのがどんなに大変かは、きみ自身もよく知っているはず。

ソーヤーになんの用があるんだね？」

「ラモントのことで何か話がきけないかと思って。でも、〈マイティ・ウォーターズ・フリーダム・センター〉の修道女と会う約束になっています。ハーモニー・ニューサムが殺されたときに、そばにいた人なんですが、ソーヤーが本当に犯人だったのかどうか、その人は疑問に思ってるみたい」

ドーニックは笑った。「やれやれ、修道女か。学校で生徒たちのタマを蹴飛ばす修道女もいるが、そうでないタイプは、バラ色の眼鏡を透して世界を見るものだ。あるいは、自分は第二のシスター・ヘレン・プレジーンになれると思いこみ、わたしみたいな頑固者までも死刑反対運動にひきずりこもうとする」

ニーナが入ってきた。会見はここまで。ドーニックが「トニーの娘さんならいつでも〈マウンテン・ホーク〉で歓迎するよ」と、あらためて約束して、外まで送ってくれた。「それから、その修道女に伝えてくれ——真犯人をポンティアックへ送ったことを、わたしは確信している、と」

「矯正局の記録を調べてみたけど、スティーヴ・ソーヤーの記録はどこにもありませんでした」オフィスに戻ろうとするドーニックに、わたしはいった。「ポンティアックにまちがいありません？」

ドーニックはドアのところで足を止めた。「もしかしたら、ステートヴィルだったかもしれない。こまかい点までいちいち覚えてはおれん。遠い昔の裁判だからな。きみのお父さんだって、ボビーだって、たぶん、こういうだろう——いったん判決がおりたら、われわれ警官が犯人のその後を追うことはない」

わたしは時間をとってもらったことに、然るべき感謝の言葉を述べた。「最後にもうひとつだけ、ジョージ。とてもいいにくいことなんですが……。わたしの捜索がなぜ難航してるかというと、ガズデンやソーヤーと一緒に育った男たちが、勾留中にソーヤーがひどく痛めつけられたと思ってるからなんです」

ドーニックがふたたびふり向いた。手を腰に当て、怒りで目がぎらついていた。「それが連中の口癖さ、ヴィク。国選弁護士会にいたころの経験から、きみにもわかってるはずだが、連中はいつだって、警察の横暴だのなんだのと文句をつけたがる。こっちは規則どおりにやってるのに。こまかい点にいたるまですべて。逮捕にあたっては慎重のうえにも慎重を期した。いいかね、この件でトニーの顔に泥を塗るようなまねはしないでほしい。トニー・ウォーショースキーは最高の警官だった。トニーに逮捕されたことを、蛆虫連中は幸運に思うべきだ」

会見はそれで終わりだったが、「いつでも大歓迎だ」というドーニックの言葉が一日中わたしの頭を離れず、郡の記録保管所で書類捜しをするあいだも、南西郊外のモケナにある倉庫の張り込みを仕事仲間のフリーランサーと一緒にやるあいだも、わたしに大きな自信を与えてくれた。市内に戻る途中、〈マウンテン・ホーク警備〉に入ろうかと考えた。大組織の一部になるのは、きっとすてきなことだろう。モケナへも誰かが代わりに行ってくれるはずだ。

ドーニックはもっともな意見を数多く口にした。とくにすばらしかったのが父への賞賛だった。わたしはドーニックに好意を持った。だったらなぜ、暇《いとま》を告げたあとでこんな落ち着かない気分になったのだろう？　まるで、ドーニックのいった何かが、警報とまではいかないが（この言葉は強すぎる）、警告となったかのようだ。

〈マウンテン・ホーク警備〉の仕事のやり方からすれば、すべての会見がひそかに記録されているのはまちがいない。ニーナが作成したわたしの会話のディスクのコピーさえ手に入れば、何がこんなに気になるのかを解明できるかもしれない。緑色のガラスの塔をよじのぼって、四十八階の窓のひとつに四角い穴をあけ、〈マウンテン・ホーク〉の警報装置を停止させる自分の姿を想像して、笑ってしまった。

映画のヒーローたちはとても簡単にやってのける。クリント・イーストウッドなら、マグナム銃をとりだして、人々を吹き飛ばすだろう。「楽しませてくれ《メイク・マイ・デイ》」といって誰かの脳ミソを吹き飛ばし、観客は拍手喝采する。生き残った連中は震えあがり、やがて、洗いざらい白状する。現実の人生でも、恐怖に駆られれば、あるいは拷問を受ければ、人はテロリストの望むことをなんでもしゃべるようになる。

スティーヴ・ソーヤーもそうだった。朦朧とした状態で法廷に入ってきたソーヤー。ハーモニー・ニューサム殺しを自白したソーヤー。あれこれ考えているうちに、アクセルペダルから足が離れ、無意識のうちに車のスピードが落ちて、背後のバンから大きな警笛を鳴らされた。わたしは相手をなだめるために片手をあげ、つぎの出口で高速を離れた。ランプの端まで行って、歩道の縁に腰をおろし、考えをまとめようとした。ラモントがソーヤーを密告した――ドーニックがそういっていた――そこでマートンが激怒してラモントを殺した。もしくは、マートンに命じられてカーティスがラモントを殺し、二人で死体を捨てた。

楽しませてよ《メイク・マイ・デイ》、誰でもいいから、楽しませてよ。何があったか教えてよ。どんな脅しをかければ、あるいは、どんな賄賂を贈れば、ドーニックやアリートが秘密の日記をひらいて見せてくれるのか、わたしにはわからなかった。州検事とはなんのコネもないから、免責特権や刑期短縮というエサをちらつかせてマートンから話をひきだすこともできない。それに、たとえコネがあったとしても、マートンはわたしに話をするのを拒むかもしれない。

コールマン判事なら、四十年前にソーヤーの代理人を務めたとき――というより、代理人の務めを果たさなかったとき――に、なぜ弁護側の証人を一人も呼ばなかったのか、説明してくれるかもしれない。裁判のときに彼が提出しなかった重大な証拠があるかもしれない。

クック郡の判事たちの電話番号を調べて、コールマンのところにかけた。

もちろん、判事がわたしの電話をとるはずはなかった。「喜んでご伝言を承ります」と、女性の事務官がいった。二度と電話を使わずにすめばうれしいのに、といいたげな声だった。わたしは自分の名前と電話番号だけ伝えておくつもりだったが、用件をくわしく説明しないことには伝言を受けとってもらえなかった。かつて判事の下で働いていた者だと告げた。古い裁判に関して調べたいことがあるんです。判事さんがまだ若くて、国選弁護士会に所属してらした当時の事件です。連絡をもらえるとは期待しないまま、こちらの電話番号を伝えた。

さきほど道路脇に車を寄せたのは、百三丁目のところだった。プルマン地区はここから東へ二、三マイルの距離だ。ローズ・エベールに尋ねれば、さまざまな登場人物のことがすこしはわかるかもしれない。

18　胡散臭い判事、怯えた女

玄関に出てきたローズは、今日もまた地味なワンピース姿だった。薄地の綿モスリンで、色は濃紺。わたしを見たその顔に、熱意がちらっとよぎった。

「ラモントのことで、何かわかりました？」

ノーと答え、彼女の顔がふたたび沈んだ重苦しい表情に覆われるのを見るのは、つらいことだった。「アドバイスというか、洞察というか――そういうものがほしいんです――ジョニー・マートンやカーティス・リヴァーズに関して」

ローズは自嘲するような笑い声をあげた。「わたし、人生のことも、あの二人の男のこともほとんど知らないのに。二人の心理を洞察しろといわれても無理だわ」

「ずいぶん卑下なさるのね、ミズ・エベール」わたしはやさしくいった。「ニュースは持ってこられなかったけど、あの二人には会ってきたし、スティーヴ・ソーヤーの知り合いだった人たちとも話をしてきたわ。ラモントがスティーヴを密告したんじゃないかって意見もありました。ラモントが警察にスティーヴ・ソーヤーのことを教えたのかもしれない。ハーモニー・ニューサムを殺したのはソーヤーだといったのかもしれない」

「そんな、嘘だわ！　わたし……ああ――」

背後で呼鈴が鳴りだしたので、ローズはギクッとした様子で向きを変えた。「誰がきたのか、ダディが知りたがってる。どうしてわたしが手間どってるのかって」

わたしは彼女の手首をつかんで、ゆるやかな石段の下までひっぱっていった。「お父さんは九十三歳かもしれないけど、いくら年をとってても、イライラに対処する方法を学ぶことはできるはずよ。どこかすわれる場所はないかしら。あなたが落ち着けそうな場所」

ローズは家のほうをふり向いたが、ようやく、ラングレー・アヴェニューに、病院から帰る途中でときどき朝食を食べに寄るコーヒーショップがある、とつぶやいた。わたしのマスタングでその〈プルマン・ワーカーズ・ダイナー〉まで行くと、ウェイトレスたちがローズの名前を呼んで挨拶し、好奇心もあらわにわたしを見た。ローズはコーヒーとブルーベリーパイを注文した。わたしもそれにつきあって、ルバーブパイをひと切れ頼んだ。

「何から話せばいいのかわからないけど」注文の品が運ばれてきたところで、ローズがボソッといった。「何もかもまちがってるわ。スティーヴ、ハーモニー、そんなの信じない。でも、万が一、スティーヴが彼女を殺したんだとしても、ラモントは――スティーヴとは小さなころから大の仲良しだったのよ――ラモントがスティーヴを警察に密告するなんて、ありえないわ」

「ハーモニーはあなたの近所に住んでたの？」

「ハーモニーの一家は通りのすこし先に住んでたけど、通ってる教会はバプテスト派だったの。ダディにいわせると、真の教会じゃないんですって。そして、お金持ちの一家だったわ。ミスタ・ニューサムは弁護士だった。それから、ハーモニーのお兄さんはロースクールへ行って、どこか東のほうで大学教授になった。ハーモニーはアトランタの大学へ行っていた。そちらで公民権運動と関わるようになって、夏休みに帰省したとき、彼女が通ってた教会の青年部で演説をしたの。近隣の多くの教会をまわって演説してたけど、ダディの教会にはこなかった。女性は教会のなかで発言してはならないと、ダディが思っているからなの。聖パウロの手紙に書いてあるように。ダディはまた、教会に通う者は通りのデモ行進に参加してはならない、信者席にいるべきだ、とも思っているの」

ローズはコーヒーの上にかがみこみ、猛烈な勢いでかきまわした。まるで、父親か自分自身の人生を攻撃しているかのようだった。「こんなことといっちゃいけないんでしょうけど、わたし、ハーモニーが妬ましくてならなかった。すごい美人だったの。彼女は一流大学のスペルマンに入ったのに、わたしは看護学校へ行くためのお金をコツコツ貯めなきゃならなかった。おまけに、男の子たちはみんな、ハーモニーに夢中だった。彼女が死んだってきいた瞬間、わたし、うれしかったわ」

わたしはテーブル越しに手を伸ばして、ローズのあいたほうの手を押さえた。「あなたが妬んだせいでハーモニーが死んだわけじゃないのよ」

ローズがちらっと目をあげた。苦悩で顔がゆがんでいた。「男の子はみんな、ハーモニーに憧れてた。うちの教会にきてる子までが。だから、ラモントがわたしのことを本気で思ってるなんて、どうしても信じられなかった。たぶん、落としやすい相手だったんでしょうね。誰にもふり向いてもらえない大柄でブスな女の子だもの。ハーモニーは高嶺の花だから、わたしで我慢しようってわけね。でも、男の子の誰かがハーモニーを殺したとは思えないわ。嫉妬に狂ったスティーヴの犯行だっていわれてたけど、ありえない。ハーモニーはスティーヴとつきあったことなんかないんだもの。地元の男の子の誰ともつきあったことはなかった。わたしの知るかぎりでは、彼女が恋していたのは公民権運動であって、男の子ではなかった。たとえ、似たような環境で育ったアトランタの大学生であろうとも」

「スティーヴとラモントもマルケット・パークのデモ行進に参加したの？」

「うちの教会の信徒すべてに、行進に参加しないようダディが命じたけど、ラモントとスティーヴは耳も貸さなかった。ギャング連中がキング牧師と取引して、あの夏は抗争を中断するって約束したんだけど、そこにジョニー・マートンも加わってて、みんなでデモ行進のルートの警備をすることになったんですって」

ローズは息を吸いながら当時のことを思いだし、やがて、とても低い声でつづけた。「ダディはもうカンカンだった。自分の権威を傷つけられるのが大嫌いな人なの。スティーヴとラモントが牧師の言葉を無視して、ジョニーの命令に従ったものだから、ダディは二人を破門することにした。ほんとに恐ろしい日曜日だった。ミサのあとで、ダディから、ラモント・ガズデンとは二度と口をきくな、そんなことをしたらおまえの魂が危険にさらされる、っていわれたわ。それでも、わたし、お店やどこかへ行く用があるたびに遠まわりして、彼の家の前や、彼と〈アナコンダ〉のメンバーがビリヤードをやってる〈カーヴァーズ・ラウンジ〉の前を通ったものだった……」ローズの声が細くなって消えた。

けさのジョニー・ドーニックの話では、スティーヴ・ソーヤーを彼とアリートに密告したのはラモントだということだった。わたしがその質問をしたときにドーニックが見せた奇妙な表情が、いま思いだされた。じつをいうと密告者はエベール牧師だったのでは？　二人の信徒に激怒して、二人を警察にひき渡そうとしたのでは？

「お父さんはスティーヴとラモントにどれぐらい腹を立ててたの？」わたしはいきなりローズに尋ねた。「二人を警察につきだそうとするぐらい？」

「なんてひどいことを！　よくもそんなことが考えられるわね！」ローズが椅子をうしろへ押した。「ダディはサウス・サイドで最高の聖人君子なのよ！」

トニーがサウス・サイドで最高に優秀な警官だったように？　娘というのはつねにこうなの？　たとえ証拠があったところで、つねに父親の弁護にまわろうとするものなの？

わたしは紅潮した彼女の顔をのぞきこんだ。「ミズ・エベール、失礼なことをいってしまってお詫びします。心に浮かんだことをつい口にしたのがまちがいでした。ラモントが警察の情報屋だったなんて信じないとあなたはいう。もちろん、あなたのお父さんでもない。じゃ、誰かしら」

ローズは指をねじりあわせた。「二人のどっちかでなきゃいけないの？」

「いいえ。わたしが名前をきいたこともない誰かかもしれない。〈アナコンダ〉の下っ端かも。でも、わたしがマートンに面会するためステートヴィルへ行ったとき、あの男はラモントの名前なんかきいたこともないってふりをした。そこで、わたしは考えたの。わたしの頭に浮かんだことを、修正も加えずにまたまた露骨にぶつけたりして申しわけないんだけど、でも——」

「マートンがラモントを殺したと思ってるの？ それはわたしも考えたわ。ラモントが姿を消したときに……でも、理由がわからない……ラモントがスティーヴを警察に売ったのでないかぎり……そうね、それが理由かもしれない……でも……」彼女の言葉は指と同じく、興奮でねじれていた。

「ああ、ジョニー・マートンのことなんか、何ひとつ信用できない。でも、あの男、わたしたちの住む地区に診療所を造ったのよ。市に働きかけて、白人の学校で配られてるのと同じミルクを黒人の子供たちが飲めるようにしてくれた。自分の幼い娘を王冠の宝石みたいに大事にしてた。ダヨ——ジョニーは娘をそう呼んでた。おかげでダディはまたしてもカンカン。だって、アフリカの名前だから。〝喜びがやってくる〟って意味なの」

ローズはおもしろくもなさそうに笑った。「ダディなら、わたしを見て〝喜びが去っていく〟といったでしょうね。なのに、わたしったらどうしてダディの弁護をするのかしら」

「あなたの成長期に、お母さんはどこにいらしたの？」わたしはきいた。

「わたしが八つのときに亡くなったわ。祖母がしばらくわたしを預かってくれたけど、心臓の悪い人だった。それに、とにかくダディがわたしを家に置いておきたがったの。そうすればしっかり監視できるでしょ」

わたしはパイとコーヒーのお金を払い、ローズを車に乗せて家まで送った。車で走る短い時間のあいだに、ローズはティッシュで顔の汚れを拭きとろうとした。打ちひしがれた顔で父親に会うことはできないのだ。

「セックスのせいだって、ダディに思われてしまう。わたしはもうこんな年で、こんな暮らしを送ってるのに、ダディったらいまでも、わたしが知らない男とセックスするために出かけてくって思いこんでるのよ」

「やればいいじゃない」彼女の家の前で車を停めながら、わたしはいたずらっぽくいった。

「まだまだ遅くないわ」

ローズは驚いてわたしを見た。怯えているといってもよかった。「変なことという人ね。ふり向いてわたしを見てくれる男が、どこへ行けば見つかるというの？」

ローズが車からおりようとしたとき、わたしは最後の質問を思いだした。「スティーヴ・ソーヤーがいまどこにいるか知らない？　カーティス・リヴァーズもマートンも知ってるみたいなのに、教えてくれないの」

ローズはゆっくりと首をふった。「長いこと刑務所に入ってたわ。カーティスがスティーヴに面会に行ってたことも知ってる。でも、刑務所で死んだって噂もきいてるし。カーティスがわたしに話してくれるとは思えないわ。わたしのことをよく思ってないもの。ま、あなたに対してもそうみたいだけど。高校時代にわたしがいつもダディにあれこれ告げ口してたって、カーティスは思いこんでるの。それが許せないんでしょうね」

ローズはそこでためらい、やがて車のなかに身体を戻した。「あなたって聞き上手ね。うれしかったわ。感謝してる」

「よかった。わたしもうれしい」わたしが聞き上手だったのは、ローズから話をひきだす必要があったからで、なんだか申しわけない気になり、もうひと言つけくわえた。「いつでも電話して。話があればきくわよ」

ローズは肩を落とし、重い足どりで家の前の石段をのぼっていった。そんなに背中を丸めてたんじゃ、恋する視線を向ける男なんか出てこないわよ。あるいは、好色な視線を向ける男だって。しかし、わたしから彼女にそれを指摘する必要はなかった。

車をターンさせて、高速めざしてひき返した。すでに午後のラッシュの最高潮を迎えていて、ライアンは高速道路のはずなのに、うおのめのできたカメ並みのノロノロ運転しかできなかった。サニタリー運河にかかった交差路で立ち往生していたそのとき、携帯が鳴りだした。運転しながらの通話の危険性は、停車中の通話にまでは適用されないと解釈したが、電話の向こうの女性がコールマン判事の秘書と名乗り、判事と電話を代わるので待ってほしいといった瞬間、前の車にぶつかりそうになった。

「判事！　折り返しお電話いただいて恐縮です。そちらにお寄りして、以前担当された依頼人の一人に関して質問させてほしいんですが」

「電話ですむことだろう。先日の晩、ジョニー・マートンのことはそっとしておけと、きみにいったはずだぞ」

わたしは歯ぎしりをした。「〈ハンマー〉のことじゃありません。あなたが新人弁護士だったころに担当された、最初の依頼人の一人です。スティーヴ・ソーヤーの裁判をご記憶でしょうか」

判事は無言だった。

「ハーモニー・ニューサム殺し。彼女のことはご記憶ですか」

向こうがあまりに静かなので、最初、電話が切れてしまったのかと思った。背後で誰かが警笛を鳴らした。わたしの車の前に四フィートの隙間ができていた。わたしは油を流したような運河の水面にちらちら目をやりながら、あわてて車を前進させた。蒸し暑い日で、運河の状態ときたら、この一世紀のあいだにクック郡で殺された人々が一人残らず水中で腐っているかのようだった。

突然、判事がふたたび口を利いた。「なぜ昔の事件にそれほど興味を持つんだね、ウォーショースキー？」

わたしはどう答えるべきかを慎重に考えた。もし、裁判記録を手にして、コールマンとじかに顔を合わせているのであれば、記録に見られる不備な点すべてについて――なぜ密告者の名前をききだそうとしなかったのか、警官と州検事が結託しているのは明らかなのに、なぜその点を咎めようとしなかったのか、といった点について――問い詰めることができただろうが、電話では、彼にプレッシャーをかける方法がなかった。

「現在おこなっている失踪人の捜索のなかで、スティーヴ・ソーヤーの名前が何度も出てくるんですが、ソーヤーも行方がわかりません。じつをいうと、裁判後の彼の記録がどこにもないんです。そちらに古い記録が残ってるんじゃないかと思いまして。ソーヤーがどこの刑務所へ送られたかを知りたいんです」

「その裁判は四十年前のことだった、ウォーショースキー。覚えているとも。わたしが初めて弁護を担当した話題の事件だったからな」コールマンは電話の向こうでかすかな笑い声をあげた。「あの裁判はずいぶん勉強になったが、国選弁護士会にいたあいだに担当したクズどもの動静をすべて把握しておくなど、どだい無理なことだ」

わたしはようやく運河の反対端にたどり着いた。「もちろんですとも、判事。ただ、裁判記録に目を通すと、興味深い手続き上の疑問がいくつも出てくるんです」

「きみはなぜ記録を読んだんだ？」コールマンがきいた。

彼がよこしそうな質問をいくつか予測していたが、なんとも奇妙な質問がきたものだ。

「スティーヴ・ソーヤーの消息を知りたいと思ったからです、判事。あなたの名前を見つけてびっくりしました。それから、わたしの苗字も。逮捕のために派遣された警官が、うちの父だったんです」

携帯というのは受信状態がよくないものだが、ハッと息を呑む音がきこえたような気がした。あえぎ声といってもよかった。「裁判に関して質問があるなら、父親にきくがいい」

「父は何年も前に亡くなりました、判事。わたし、交霊会というものをあまり信じておりません」

「法廷で弁護をしていたころのきみは、利口ぶったクソ生意気な女だった、ウォーショースキー。いまもあまり変わってないようだな。わたしはきみになんの借りもないが、きみのためにひとつ忠告しておこう。過去の歴史は記録保管所にしまっておきたまえ。マートン、ニューサム、彼女を殺した男——よけいな手出しはやめたまえ」

わたしが礼をいう暇もないうちに、向こうで電話を切ってしまった。ま、いいか。凶暴な声にならないよう我慢していたが、そろそろ限界にきていたから。

19　元気いっぱいの従妹

百年戦争に従軍して四方八方からガンガン攻撃されたような気分で家に帰り着き、傷を癒すために十年ほどバスタブに浸かっていたいと切に願っているようなとき、ぜったいに見たくないのは、元気潑剌たる従妹の光り輝くパスファインダーが表に停まっている光景だ。わたしは隣人の住まいの前をこっそり通りすぎようとしたが、犬たちが鼻を鳴らし、彼のところの玄関ドアをひっかいて、わたしの存在をばらしてしまった。一瞬ののちに、全員が外廊下に飛びだしてきた。犬二匹、従妹、そして、ミスタ・コントレーラス。

「サルおじちゃんの写真のおかげで、あたし、ちょっと昇進したのよ」ペトラが叫んだ。

「みんなでお祝いしてるとこ！　さ、入って」

わたしは疲れているといって、弱々しく抵抗したが、誰も耳を貸してくれなかった。ミスタ・コントレーラスがスプマンテのグラスをとりにあわただしく家に入り、犬たちはわたしの周囲をまわって、わたしが一世紀ほど留守にしていたかのようにギャンギャン吠え立てた。この騒ぎで、廊下の向かいの住人が部屋から出てきた。この女性は形成外科のレジデントで、犬のことでつねに気分を害している。アパートメントの管理組合に働きかけて、この建物をペット禁止にさせようとがんばっているが、二階の韓国人一家が猫を三匹飼っていて、これまでのところ、ミスタ・コントレーラスとわたしの側に立って戦っている。

「大丈夫よ、この子たち、咬みついたりしないから。すっごく人なつっこいの！」ペトラがレジデントに向かって叫んだ。「ミッチを見て。あたしの口からじかに食べものをとるのよ。そうね、ボクちゃん」

ペトラはタコスチップを唇にはさんで、犬にジャンプを命じた。レジデントが発作をおこすか、警察を呼ぶかする前に、わたしはみんなをかき集めてミスタ・コントレーラスのところの居間に押しこんだ。

「炭火の準備がちょうどできるころだ」老人がにっこりした。「あんたを待つにしても、せいぜいあと五分と思っとったが、やっと、ステーキを火にのせることができる」

わたしはスプマンテがあまり好きではない。ミスタ・コントレーラスがステーキ肉（ピーター叔父からのプレゼント）を外のグリルへ運んでいった隙に、グラスの中身を流しにあけ、ウィスキーをとりに上の階へ行った。バスタブに憧れの目を向けたが、急いでシャワーを浴びるだけにしておいた。清潔な髪と服とグラス一杯のジョニー・ウォーカーとで、生き返ったとまではいえないが、とりあえずは一階の社交的な面々を相手にするだけの気力が湧いてきた。

みんな、すでに裏庭に出ていて、犬たちはステーキの一枚が地面に落ちたときに備えて、グリルのそばでおすわりをしていた。ペトラの楽しげな笑い声が裏階段からわたしのところまで響いてきた。となりからは、ジェイク・ティボーの弾くコントラバスの音色がきこえてきた。階段に腰をおろして、ウィスキーを飲みながら音楽に耳を傾けていられたら、きっとすてきだろう。しかし、義務を優先させて、下の庭におりた。

　昇進のことをペトラに尋ねた。「それって、つまり、ブライアン・クルーマスのために直接仕事をするようになったって意味？」

「それなら最高！　うーん、でも、ほんとは最高じゃないかも。選挙運動の上層部の人たちって、責任重大で、事実関係に誤りがないか、演説原稿が完璧かどうか、いちいちチェックしなきゃいけないし、ブライアンに関して誰が何をいってるか、ブライアン側は何を考える必要があるかを、彼に伝えなきゃいけないもん。あたし、働き蜂のままで満足だわ。ただね、ミスタ・ストラングウェルに――あ、その人、ブライアン陣営でいちばん大物のアドバイザーなんだけど――個人的に呼びつけられたの。あたしがほんとのボスに報告するのと同じことを、そっちにも報告するようにっていわれた」

「一足飛びに昇進ってわけね」わたしはいった。「ほんとのボスはどう思ってるかしら」

「ああ、タニアなら、スタッフがあちこち入れ替わるのに慣れっこよ。すっごいクールな人。資金集めパーティのときに紹介できればよかったんだけど、タニアはあの晩、全国的なメディアの人たちとずっと一緒だったの」

「ストラングウェルってどんな人？」彼とは一度も会ったことがないが、シカゴの政界においては、たとえ端っこにいる者であろうと、彼のことを知らないまま活動をつづけるわけにはいかない。その彼が個人的にブライアン・クルーマスのアドバイザーを務めているとなると、政党がバラク・オバマのあとの大統領選にブライアンを出すつもりでいる可能性が大きいのかもしれない。

ペトラはおおげさに身を震わせた。「ストラングウェルって、なんか不気味な感じ。やたら真剣なのよね。選挙事務所のほかのスタッフはみんな若くて、冗談ばっかいって、そんな感じで仕事してるのに、彼だけすっごい真剣。あたしの部署では、みんな、〝シカゴの絞殺《ストラン》魔《グラー》〟って呼んでるわ。彼に視線を向けられて、何かやるようにいわれたら、ジャーン、何もかも放りだして、いますぐやらなきゃって気にさせられる。しかも、それでもまだ充分じゃないようで不安になるの」

「で、あなたには何をさせようっていうの？」

「それがね、これまでやってきたことをつづけるだけ。ネットに何が出てるか監視して、ブライアンへの誹謗中傷がないか目を光らせるの。ただし、もっと集中的にやらなきゃいけないの。わかるでしょ？」ペトラはスプマンテをゴクンと飲んだ。「退屈な選挙運動の話はこれでおしまい。ヴィクのほうは、今日、蛇使いたちに会いにいったの？」

「蛇？　ああ、〈アナコンダ〉のこと！　冴えてるわね、小さな従妹。今度ジョニー・マートンに面会に行ったとき、そう呼んで、どんな反応があるか見てみるわ。今日は過去を掘り返してまわっただけ。選挙運動よりさらに退屈よ。それは保証する」

「ヴィクはどうしてそんなことしてるの？　もしかして〈アメリカズ・モスト・ウォンテッ

ド〉に出演したいとか？　だから、四十年も逃げまわってる犯罪者を見つけようと必死になってるの？」

「ヴィクが昔の犯罪のひとつを追っかけてるとすれば、それはだな、FBIか、警察か、誰かが、無実の人間を逮捕しちまったことを証明しようとしてるだけのことさ。ヴィクが乗りださなきゃ、世の中、不正だらけになっちまう」隣人の口調からすると、褒め言葉とは思えなかった。

「じゃ、殺人か何かで無実の人間が刑務所に入れられたの？」ペトラがきいた。目を真ん丸にしたため、マスカラをたっぷりつけた睫毛が眉に届きそうだった。

「わたしの捜してる男が有罪なのか無実なのか、わたしにはわからない。姿を消してしまったの」

「なら、ほっとけばいい」ミスタ・コントレーラスがぶっきらぼうにいった。

「できればそうしたいわ」わたしはゆっくり答えた。「ただ……裁判記録に目を通したら……そしたら、その男を逮捕したのがうちの父だった。だから……だから、わたしとしては、父が逮捕したときに何があったかを知りたいの」

だったら、なおさらよけいな手出しは控えるべきだ、とミスタ・コントレーラスが強くいった。「あんたのおやじさんが勤務中に何に直面したか、誰にわかるというんだ？　あんた、ものの見方が偏ってるから、最悪の解釈をすることだろうな」

「無力な男を父が殴りつけたとしたら？　その場合、どんな善意の解釈ができるというの？」わたしは叫んだ。

「殴りつけたからどうだというんだ？　法廷では、無力で身を守るすべもない人間に見えたとしても、ほんとのことはわからんぞ。銃を抜いたか、あんたのおやじさんに飛びかかったか、もしかしたら、殺そうとしたかもしれん。結果だけで判断しちゃいかん、クッキーちゃん。最初と真ん中も知る必要がある」

「サルおじちゃんのいうとおりだわ」ペトラが口をはさんだ。「あたし、トニー伯父さんのことはぜんぜん知らないけど、ダディからずいぶん話をきいてる。善人だったそうよ、ヴィク。それを否定する話をでっちあげるなんて、ひどいじゃない」

「そんなことしてないわ。父がどれだけ善人だったかは、あなたたちより、わたしのほうがよく知ってる。父に育ててもらったんだもの」わたしは疲れて目をこすった。「一九六七年に、ピーターはまだこっちにいたかしら、ペトラ。いつカンザス・シティへ越したのか、思いだせないんだけど」

ペトラが輝くような笑みを浮かべ、わたしの父によく似た顔になった。「あたし、まだ生まれてなかったから、たしかなことは知らないけど、アシュランド・ミートが移転したのは一九七〇年だったと思うわ。いえ、七一年だったかも。ダディがようやくママと結婚したのは一九八二年よ。ママは地元の社交界にデビューしたお嬢さまか何かだったの。アメリカン・ロイヤルのクイーンに選ばれたりして。ほら、大規模な家畜ショー。〝お肉のキングとクイーン〟――両親の結婚写真を、あたし、そう呼んでるのよ」

わたしはお義理で笑ったが、こういった。「六六年の夏に関して、ピーターが何か覚えてないかしら。当時はまだ、五十七丁目とフェアフィールド・アヴェニューの角にあったウォーショースキーおばあちゃんの家に住んでたわけね。マルケット・パークのあの暴動のことを覚えてるはずだわ」

「ダディがいつもいってる――あれがサウス・サイドを破滅させたんだ、あの界隈が変わりはじめたんだ、って。ウォーショースキーおばあちゃんは犯罪から逃れるために、北のほうへ越さなきゃいけなかった」わたしの表情に気づいて、ペトラは芝生の上で居心地が悪そうに身体をもぞもぞさせた。

この街に存在する人種の断層線――それがサウス・サイドのさまざまなものとともに、わが一族に伝えられてきた。北へ越したとき、祖母は泣いた。子供だったわたしは、年老いた女が泣くのを見て、うろたえてしまった。

ウォーショースキーおばあちゃんは、人種について、変わりゆく近隣地区について、混乱と矛盾に満ちた自分の感情をわたしに説明しようとした。「知らない土地へ行くのがどんなに大変なことかはわかってるよ、おまえ《ハニー》。けど、このあたりの黒人とはつきあいがないしね。おじいちゃんは死んでしまった。ピーターはそのうち結婚相手を見つけるだろう。友達はみんな越してしまった。ここに一人で残るなんてできないよ。この通りでたった一人の白人女になってしまったら、怖くてたまらない」

わたしは当時十一歳だった。祖母と口論した。そのころからすでに口論好きで、一人よがりだった。人と同居するのがむずかしいのは、そのせいだろうか。ミスタ・コントレーラスはわたしのそんな点を非難したのだろうか。ものの道理がわかっているのは自分だけだと、つねに思いこんでいるから？

「父がピーターに打ち明け話をしたとは思えないし、ずいぶん昔のことだから、ピーターが覚えているとも思えない。お肉の仕事で忙しかったでしょうから。もちろん、子育てもね。子育てって、フルタイムの仕事にちがいないもの。でも、ピーターに電話して、きいてみようかしら」

「あたしにまかせて、ヴィク。ほとんど毎日、ダディかママと電話してるから。でも、トニー伯父さんが何か記録を残してるかも。伯父さんが住んでた家、いまもそのまま残ってるの？　秘密のクロゼットか何かを探検しにいきましょうよ」ペトラの目が興奮に輝いた。

「あなたまで探偵になりたがってるような口ぶりね」わたしはいった。『ペトラ・ウォーショースキーと古いクロゼットの秘密』とか。残念ながら、サウス・サイドの住宅は壁の厚みがほとんどないの。秘密の隠し場所を作るスペースなんてとれないわ。それに、父が亡くなったあと、家を売ってしまったし。買手が見つかっただけでもラッキーだったのよ。あの界隈はすごく寂れてたから」

「トニー伯父さんの荷物はどうしたの？　伯父さん、日記とかつけてなかった？」

わたしは笑った。「あなた、ミステリに登場するアダム・ダルグリッシュやジョン・リーバスみたいな、とっても内省的な警官のことを考えてるんでしょ。でもね、トニーがリラックスしたいときは、カブスの試合を見るか、自分がソフトボールをやるか、あなたの伯父さんのバーニーとビールを飲むかだったわ。くよくよ考えこむことも、詩を書くこともなかった」

「でも、何か残ってるものがあるんじゃない？」ペトラはきいた。「たとえば、よくわかんないけど、大切なボウリングの球とか何か」

「ボウリングの球も、ポルカを弾くためのアコーディオンもありません。どこからそういう紋切り型の考えを仕入れてくるの？」

「まあまあ、落ち着いて、嬢ちゃん」ミスタ・コントレーラスがわたしをたしなめた。「ボウリングをやる男はたくさんおる。わしゃ、そんなに好きじゃなかったが。なんたってビリヤードだな。それと、競馬。もっとも、そんなことしとったら落ちこぼれの酔っ払いになっちまうと、おふくろは思っとった」

父はたいしたものは残さなかった。多くの警官とちがって、銃のコレクターでもなかった。父が所持していたのは署から支給されたリボルバーだけで、それも、父の死後、わたしが署のほうへ返却した。唯一の予備として持っていたスミス&ウェッスンの九ミリは、わたしが使うために残しておいた。父の盾形バッジはボビー・マロリーにあげた。

わたしの手元に残っているのは、先日の夜にめくった写真アルバムと、ソフトボールの思い出の品がいくつかと、父がウルフ湖で釣った八ポンドの銀鮭の魚拓。昔住んでいた家の台所の裏に父の小さな作業場があったが、そこに置いてあった大工道具はいまも残してある。

流しの防臭弁がこわれたのを修理するときや、簡単な棚をつけるとき、わたしはたまにその大工道具を使う。それ以外に、手元に残したことを覚えているのは、父の礼装用の制服だけで、それは母の楽譜と、焦げてしまったベルベットのコンサート用ドレスと一緒に、トランクにしまってある。

ペトラはこの場ですぐにでも、思い出の品探しにとりかかりたいという顔だった。もう何年もトランクをあけていない、とわたしがいうと、わたしの記憶から消えてしまった品がトランクに入っていて、それがすべてを説明してくれるにちがいない、といいはった。ミスタ・コントレーラスもペトラに賛成した。「よくある話だ、嬢ちゃん、品物をしまいこんだあとは、何をしまったのか忘れちまう。クララの持ちものだってそうだった。ルーシーに装身具を渡してやろうと思って見てみたら、ありとあらゆる品が箱にしまいこんであった。クララの入れ歯まで！」

「はいはい、わかりました」わたしはげんなりしてうなずいた。「もしかしたら、ガソリンなしで走る車の秘密の設計図を、父が持ってたかも。でも、今夜それを捜す気はありませんからね。疲れてクタクタなの。ベッドに入ることにするわ」

ペトラはすでにかなりの量のスプマンテを飲んでいたため、議論を吹っかけてきて、いますぐ三階へ行こうといって譲らなかった。わたしのほうは、ペトラが突っかかってくるずっと前から口論にうんざりしていたので、ベッドに入ると宣言した。今夜は泊まっていくよう、ペトラに勧めた。こんな状態で運転されては困る。ミスタ・コントレーラスもわたしの味方をしてくれたので、ペトラは十一時ごろにようやく、おとなしくタクシーに押しこめられた。

わたしはミスタ・コントレーラスの後片づけを手伝い、滝のごとく襲いかかってくる老人の言葉はきき流すことにした。うん、ペトラはいい子だ。昇進できてめでたいことだ。うん、あんた、あの子にちょっと邪険なんじゃないかね？　自分が若くてひたむきだったころのことを覚えてないのかい？　つぎに、彼の若かりしころの武勇伝があれこれと始まった。わたしは老人をグラス一杯のグラッパとともにテレビの前に残し、ペピーを連れて上の階へあがった。

ところが、夢のなかで、剣歯トラがわたしに向かって突進してきた。なすすべもなく、トラを前にして地面に倒れた瞬間、トラの姿がわたしの父に変わった。

20 新作発表展示会《トランク・ショー》

翌朝、わたしが犬を連れて湖から戻る同時に、ペトラが姿を見せた。パスファインダーをとりにきたのだが、わたしに気づくと、車からおりて小走りでやってきた。犬たちがペトラに駆け寄って、じゃれついたり、吠えたりし、ペトラの真っ白なカーゴパンツを水と砂で汚してしまった。ペトラはいつものように元気いっぱいで、スプマンテの夜の後遺症はいっさいなかった。

「ねえ、あたしが仕事に行く前に、例のトランク、見てみようよ」ミッチの耳をいじりながら、ペトラがいった。

「どうしてトランクにそんなに興味があるの？」わたしはきいた。「入れ歯かルビーでも出てくると思ってるの？」

ペトラはニコッとした。「知らない。あたし、シカゴにきてから、うちの家族の歴史に興味が湧いてきたみたい。つまりね、ママの一族は何世紀も前からカンザス・シティのあたりに住みついてたの。先祖の一人は南軍の大佐だったし、一八五〇年代に奴隷制反対の開拓者たちと一緒にカンザスにやってきた人もいるから、あたし、ママからそういう話をいろいろきかされて大きくなったの。でね、ママの一族って、えっと、ワスプの典型みたいなものだから、ダディのほうの話はいつも、なんていうか、ちょっと低く見られてたのね。だって、ポーランド系の生肉業者だったし。あたし、ウォーショースキー家のことをもっと知りたくなってきた。出身地であるこの街にやってきて、ヴィクに会ったりなんかして、けっこう興味が湧いてきたのよね」

祖父母がバック・オブ・ザ・ヤーズをひき払ってから移り住んだフェアフィールド・アヴェニューのバンガローは、すでにペトラを連れていって見せてやった。今度は、六六年の暴動のあとでウォーショースキーおばあちゃんが越した、街の北西部にある家と、わたしの父が育ち盛りをすごし、ペトラ自身の父親が生まれた、家畜置場があった地区の共同住宅を見たいと、ペトラがいいだした。

ペトラはわたしのあとから階段をのぼりながら、今日の仕事を終えたあとの外出の予定を元気いっぱいに立てはじめた。バック・オブ・ザ・ヤーズ、わたしが子供時代をすごしたサウス・サイドの家、そして、祖母が晩年を送ったノリッジ・パークの家。

「ペトラ、ダーリン、落ち着いて。一度に一軒にしない？　ノリッジ・パークからサウス・サイドまで行こうと思ったら、二時間ぐらいかかるわよ」

ペトラは冗談半分にプッとふくれてみせた。「ごめん！　ママにいつもいわれてるの——ほかのみんなが馬車に乗ってるあいだに、あたしはロケット式宇宙船みたいに飛びだしちゃうって。今日はバック・オブ・ザ・ヤーズとヴィクの家を見にいきましょ。ノリッジ・パークは明日ね」

「あるいは週末とか、小さなサターン・ブースターちゃん。わたし、明日の晩は予定が入ってるの」

直火式のエスプレッソ・マシンを火にかけたあと、髪と肌についた砂を洗い落としてくるからマシンの圧力が高まったら火を消してほしい、と従妹に頼んだ。台所に戻ると、ガスレンジと床にコーヒーが飛び散っていて、従妹の姿はどこにもなかった。わたしは大声で悪態をつきながら火を消し、コーヒーを拭きとりはじめた。

「わ！　ごめん！」突然、ドアのところにペトラが姿を見せた。「どれぐらい時間がかかるかわからなかったから、トランクを捜してみようかなって思ったの」

「ふざけないで、ペトラ。ガスの火を消すまでの時間ぐらい、どうしてじっとしてられないの？」

「ごめんっていったじゃない！」

「謝ってすむことじゃないわ。勝手に押しかけてこられて迷惑だわ。こういう爆発がおきるのを防ぐという、きわめて簡単な仕事もできないような人はとくに！」

「ヴィクが着替えをするあいだに、あたし、掃除しておく」ペトラはボソッといった。

わたしがいちばんひどい汚れを拭きとるのに使ったタオルは、シャワーのあとで身体を拭いたときのものだった。湿ったコーヒーかすのついたタオルをペトラの腕に押しこみ、手についたコーヒーを洗い流すために、プリプリしながら浴室にひきかえした。仕事用の服に着替えて台所に戻ると、ペトラがガスレンジの前に立ち、小さなエスプレッソ・マシンを心配そうに監視していた。床はきれいになり、わたしがペトラに押しつけたバスタオルは、裏口の外にあるポーチの手すりにかかっていた。

ペトラがこちらを見たが、その表情が、裏庭で穴を掘っているのを見つかったときのミッチにそっくりだったので、吹きださずにはいられなかった。

ペトラ自身の表情もゆるんで笑顔になった。「もうっ、ヴィクったら、ブチ切れたときにどんな怖い顔になるか、自分でわかってる？　コーヒーがちゃんとできてればいいけど」

ポットがゴボゴボいいはじめたので、わたしは火を消し、ペトラにわたしの服を貸そうと申しでた。ペトラの服は、タオルと、台所の掃除にとりかかったときの熱意のせいで、コーヒーのしみがついていた。ペトラはTシャツをとり、わたしのあとから居間に入ってきた。

彼女がわが家の大きなウォークインクロゼットをかきまわしていたことを知って、またもや怒りがこみあげてきた。ペトラはトランクのところへ行こうとして、わたしの冬のブーツと自転車をひきずりだし、そのトランクは蓋をあけたまま置いてあった。母のベルベットのコンサート用ドレスを包んでいた薄葉紙が、ペトラの手でひきちぎられていた。ドレス自体はわたしのアームチェアにかけてあり、袖とスカートが床に垂れていた。父の礼装用の制服はピアノのベンチに投げだされていた。

「妹たちやルームメイトとの暮らしに慣れっこになってるから、自分のものを他人に使われたくない人がいるってことを、あたし、つい忘れちゃうの」わたしの顔をちらっと見てから、ペトラが消え入りそうな声でいった。

「人のものを使っていいかどうかって問題じゃないわ。思慮深さとか、人を思いやる心とか、そういう問題よ」わたしはイブニングドレスをとり、震える手でたたんで薄葉紙に包みはじめた。

「このドレスを買うために、母が何時間ぐらい生徒たちにレッスンしたか、夕食のときにソースなしのパスタをわたしたちが何回ぐらい食べなきゃいけなかったか、あなたにわかる？　すごい貧乏暮らしだから、ひとつひとつの持ちものをきちんと手入れして、大切にしなきゃいけないのが、どういうことか、あなたにわかる？　わたしの母はこのドレスで、オペラ歌手として再出発したのよ。舞台が終わるたびに、母がドレスをハンガーにかけるのをわたしも手伝って、防虫剤として、乾燥させたリンゴとクローブを添えたものだった。小さなほころびなら母が自分で繕えたけど、ひどく破れてしまったら、新しいドレスなんてもう買えなかったのよ。母はわたしが十六のときに亡くなったわ。母が手を触れた品は、わたしの手元にあまり残されていないのよ。このトランクにも、母の衣装にも、近づかないでちょうだい」

「ごめん、ヴィク。あたし、ヴィクのお父さんのことで頭がいっぱいだったの。お父さんが一九六六年に何してたかを示すものを、ヴィクが見つけたがってたでしょ。ヴィクがこれを見てどう思うかなんて、考えもしなかった」

わたしは息を吸って、声の震えを止めようとした。「いますぐ帰ってもらったほうがよさ

「あら、お父さんの持ちものを調べるつもりじゃなかったの？」父のジャケットをたたみはじめたわたしに、ペトラがきいた。

「わたし一人でね。その元気が出たときに。これじゃ、依頼人とのミーティングに遅刻してしまう」口調を軽くしようとした。「あなたが顔を出すのを、〈シカゴ絞殺魔〉が待ってるんじゃない？　きのうのヒーローも今日の犠牲者になる危険性ありなのよ。選挙事務所というのは、寛大な場所じゃないんだから」

ペトラは事務所の雰囲気がどんなに和気藹々としているかを説明しはじめた。「……それに、どっちみち、ブライアンのお父さんとうちのダディが、えっと、幼なじみなんだし、家族が第一ってことはブライアンもわかってるわよ」

「ブライアンのお父さんとピーターが一緒に育った仲だから、うちの父の礼装用の制服を見てくるようにって、ブライアンに命じられたの？」

ペトラは赤くなった。「やだ、そんなわけないでしょ。あたしはただ……ううん、いいの。今夜会いましょ。ねっ？　バック・オブ・ザ・ヤーズを見にいかなきゃ！」

わたしは疲れた目をペトラに向けた。「今日はもう、家族の用事にはうんざりよ、ペトラ。あなたと夜をすごす元気が出たときに、こっちから電話するわ」

「あたし、台所を掃除したのよ。ヴィクのママのドレスを勝手にひきずりだしたことを謝ったのよ。すこしは感謝の言葉がもらえると思ってた」

「あら、そう？」わたしは母のドレスをしまうために、トランクのそばに膝をついていたが、ふり向いてペトラを見た。「わたしがあげる言葉はこうよ――あなたはエネルギーと善意に満ちあふれた、すてきな若い女性だけど、これまでずっと恵まれた環境で暮らしてきたでしょ。もし、あなたのお母さんが亡くなって、ただひとつの形見の品が、まるで……まるで、コーヒーを拭くのに使ったタオルみたいに扱われたら、どういう気がするものか、じっくり考えたうえで、あらためてわたしに会いにいらっしゃい」

ペトラは上からわたしをみつめた。驚きと怒りの入りまじった表情だった。彼女の携帯が鳴りだした。ペトラはシャツのポケットから携帯をとりだして、画面に目をやり、わたしをみつめ、そして、居間から飛びだしていった。重い靴で階段をカタカタ駆けおりる音がきこえた。その音のせいで、電話に出た彼女の声が消えてしまった。

わたしは母のドレスを膝にのせたまま、しばらく床にすわりこんでいた。薄葉紙をなでながら、喉をこわばらせ、昔のアセニーアム劇場の舞台に立ったガブリエラの姿を思いだしていた。衰弱して歌えなくなる前に母がひらいた、ただ一度のリサイタルだった。母はこのドレスをまとって光り輝き、その声で劇場を満たした。

腕時計に目をやった。ダウンタウンへ出かけるまでに、あと一時間ある。母のドレスと、父の礼装用の制服の上着をしまう代わりに、わたし自身がトランクのなかをひっかきまわしはじめた。母の楽譜、わたしの学校時代の成績表が入った箱、わたしの出生証明書、両親の結婚許可証、母の帰化関係の書類。

浅い箱にテープレコーダーのテープが入っていた。母が本格的なレッスンを再開したときに、自分の歌声を録音していたのだ。プロのコーチについていたが、経済状態からして、月に一度のレッスンを受けるのがやっとだった。楽器作りをしていたミスタ・フォルティエーリが、パイオニアのレコーダーを持っていて、その美しい機器を母に貸してくれたのだった。ものすごく重くて、電車で家に持ち帰る母の手伝いをしたことを覚えている。

ミスタ・フォルティエーリはシカゴの北西部に住んでいて、わが家とそこを往復するのは一日がかりの仕事だった。イリノイ・セントラル鉄道でダウンタウンへ。高架鉄道のレイヴンズウッド線でフォスター・アヴェニューまで。そのあと、バスに長時間揺られてフォスター・アヴェニューを走り、ハーレム・アヴェニューに到着。そこにある昔ながらのイタリア人地区に、ミスタ・フォルティエーリが住んでいた。彼と母がイタリア語で音楽の話をするあいだ、わたしは二十五セントもらって、角にある〈ウンブリアの店〉へジェラートかクッキーを買いにいったものだった。

母にテープレコーダーを貸そうとミスタ・フォルティエーリが決心した日、母は一応の礼儀として二回辞退したが、わたしは母が数カ月前からテープレコーダーの必要性をさりげなく口にしていたのを知っていた。厚い布でそれを包む母を、わたしも手伝った。二人で両側からそれを持ち、バスから高架鉄道へ、そして、鉄道へと乗り換えた。家に着くと、母はわたしと遊び友達の一人に、わたしたちが書いた学校劇の脚本を吹きこむのを許してくれたが、ブーム＝ブームには、そばへ寄る許可も与えなかった。一度か二度、父がレコーダーを使っていたのを覚えているが、わたしと同じで、父も遊び半分にやっていただけだった。母にとっては、仕事のための大切な道具だった。

テープを脇に置いた。これをCDにしてくれる店が見つかれば、もう一度母の歌を聴くことができる。トランクをあけるきっかけを作ってくれたペトラに、すこしは感謝しなければ。テープがあることを忘れたまま、今後四十年をすごしていたかもしれないのだから。

トランクから出てきた父の手書きのものは、母に宛てたラブレター二、三通と、わたしが大学を卒業したときにくれた手紙が一通だけだった。わたしはかかとをつけてしゃがみ、その手紙を読んだ。

父さんがおまえをどれだけ誇りに思っているか、おまえもわかっているね。なにしろ、わが一族のなかで大学へ行った初めての子だ。母さんがここにいてくれればよかったのに。毎日そう思っているが、今日はとくにその思いが強い。母さんはおまえを大学へ行かせるために、ピアノのレッスンで稼いだ金をこつこつ貯金し、おまえはみごとに期待に応えた。父さんも、母さんも、とても誇りに思っているよ。

トリ、おまえが何をするのを見ていても、父さんはおまえの父親であることが自慢でならない。だが、すぐカッとなるところは、気をつけなきゃいけないよ。街なかで、あるいは、家のなかでさえ、おまえの癇癪を何度も見てきた。人はつい癇癪に負けてしまい、一瞬の過ちによって、望みもしない方向へ人生が永遠に変わってしまったりするものだ。父さんだって、自分の人生に後悔すべきことは何もないといえればいいが、一生背負っていかなくてはならない選択をいくつかしてきた。おまえはいま、すべてが清潔で、輝きを放って、おまえを待っている世界へ、足を踏みだそうとしている。おまえにとって、世界がつねにそうでありますように。

愛しているよ、父さんより

手紙のことなんて、すっかり忘れていた。何回か読み返して、父をなつかしく思い、父と母がわたしを包んでくれた愛情をなつかしく思った。また、癇癪に負けて、困難な状況を絶望的なものにしてしまったことが何度もあったのを、後悔とともに思いだした。きのうだって、アーニー・コールマンと話をしたときに。あるいは、さっきペトラと話をしたときにも。こちらから先に噛みつくのをやめれば、もっとましな反応があっただろうに。ミスタ・コントレーラスのいうとおりかもしれない。ペトラをお手本にする必要があるかもしれない。じっくり考えた。そうかもしれない。しかし、高潔な気持ちにはなれなかった。トランクを勝手にあけられたことで、まだ頭にきていた。

手紙をブリーフケースに入れることにした。ダウンタウンまで持っていき、どこかの店で額を買おう。手紙をしまいながら、後悔のあまりわざわざここに書き記すようなどんなことを、善良で温和だった父がやったのだろう、と首をひねった。スティーヴ・ソーヤーに関係したことだなんて、考えるだけでも耐えられない。

父の思い出の品々が入っている段ボール箱を手早く調べた。一九六二年に武装強盗を逮捕したときの表彰状、結婚指輪、その他さまざまな品が入っていた。野球のボールもあった。しばらくそれを手にとった。ミスタ・コントレーラスがいっていた奥さんの入れ歯と同じく、わたしもボールをここにしまった記憶がなかった。それにしても、変だ。父がやっていたのはスローピッチのソフトボールだった。硬式野球をやったことはないはずだ。両手で持ってまわしていたら、ネリー・フォックスのサインが入っていることに気づいた。ますます変だ。フォックスはソックスの選手だし、父はカブスのファンだったのだから。

サウス・サイドはいまも、ホワイトソックス一色だ。父の若かったころは、マディスン通りから南でカブスのグッズを見せただけで袋叩きにあったという。ホワイトソックスの本拠地だったコミスキー・パークは、父が育った家畜置場の地区から数ブロックのところにあった。父の高校時代の友達は全員ソックスのファンだった。トニー・ウォーショースキーと、血の臭いや肉の焼ける臭いにうんざりしていた弟のバーニーだけが、命の危険を覚悟のうえで、高架鉄道でリグレー球場まで出かける決心をしたのだった。

だったら、父はなぜ、ソックスのボールをとっておいたのだろう？　ひどく古びたボールで、表面にポツポツと穴があいている。父が射撃練習に使ったのかもしれない。いや、弾丸にしては穴が小さすぎる。

玄関に足音がきこえて、思わず飛びあがった。「誰かいませんか」と呼びかける男性の声がした。ペトラが出ていくときに、玄関ドアをあけっぱなしにしていき、郵便物をとりにいったジェイク・ティボーがそれに気づいたのだった。わたしは立ちあがり、腕時計を見て、まずいと思った。家族の思い出の品を前にして、ずいぶん長い時間をぼんやりすごしてしまった。

「その古いオープンリールのテープ、なんなの？」床に置いてある色褪せたスコッチの箱を、ティボーが指さした。

「母の古いテープよ。母はオペラ歌手で、鉄の粉を吸いながら二十年暮らしたのちに、昔の声をとりもどそうとしたの。わたし、これをCDにしてくれる店を見つけようと思ってたのよ。でも、そうね、迷ってるとこ。母は死んでしまったし。わたしの記憶にあるようなすばらしい声じゃないかもしれない。このまま寝かせておいたほうがいいかもしれない」

「鉄の粉？」ティボーが不思議そうにきいた。

「わたしは昔の製鋼工場のそばで大きくなったのよ」ふたたび腕時計に目をやり、身をかがめて、テープとネリー・フォックスのボールをとった。

「そのテープ、あずからせてよ。スタジオを持ってる友達がいるんだ。きみがお母さんの声を美化してるとしても、もう一度聴きたいと思わない？」

そりゃ、聴きたいに決まっている。彼にテープを渡し、野球のボールは仕事の書類やトニーの手紙と一緒にブリーフケースに押しこんだ。デジタル機器よりも昔の8トラックを使ったほうが音質がいいという話をしながら、ジェイクがのんびりと玄関ホールへ向かうあいだ、わたしは苛立ちを抑えようと努力した。ジェイクはわたしの力になろうとしてくれている。

何分か遅れるぐらいのことで、喧嘩腰になる必要はない。三分間だけ、ピットブルのような性格を抑えることができた。

ペトラふうの感謝の笑みを浮かべようと心がけ、急いで出かける必要があることを詫び、それから、階段を駆けおりて、タクシーをつかまえるためにロスコー通りへ走った。

21　さらに詮索好きになった従妹

その夜、家に帰ると、ドアの前に芍薬とヒマワリの巨大なブーケが置かれていた。手作りのカードに、スヌーピーの犬小屋から顔を出したペトラが描かれていた。こんな謝罪をされたら、笑いださずにはいられない。ペトラに電話して、もうぜんぜん怒ってないと告げた。

「じゃ、明日、ダディたちが昔住んでた家を一緒に見にいける？」

「ええ、ま、いいけど」

がっかりした。花を贈ってくれたのは、わたしに街の案内をさせようという下心があったからで、純粋に仲直りを望んだからではないような気がした。電話を切り、ワインのグラスと今日の新聞を持って、裏の小さなポーチに出た。

今日もまた、長い疲れる一日だった。ダウンタウンで午前中のミーティングを終えてから、ジョニー・マートンの娘のダヨを捜すことにした。簡単に見つかった。ダウンタウンにある大手の法律事務所のひとつで資料係として働いていた。

電話をすると、向こうは当然、警戒の声になったが、法律事務所が入っているビルの一階のロビーで一緒にコーヒーを飲むことを承知してくれた。父親のことで私立探偵と話をするのだから、温かで友好的な応対ではなかったが、かなり正直に話をしてくれたように思う。

「両親が昔住んでいた界隈の人々に関して、わたしにお話しできることは何もありません」ラモント・ガズデンかスティーヴ・ソーヤーについて話をしてくれそうな人を探しているのだと、わたしが説明すると、向こうはそういった。「母はわたしが小さかったときに、父を捨てて家を出たの。わたしが覚えてるのは、父がわたしたちをアパートメントから締めだしたあとで、両親が大喧嘩をしたってことだけ。すごい吹雪だったのに、父はわたしたちをどうしてもなかに入れてくれなかったの。ほかの女たちがきてて、なかでドラッグをやってたからで、もう我慢できなかったって、母がいってたわ。わたしはタルサへ連れていかれて、祖母や叔母たちと暮らすことになった。みんなが父のことをサタンみたいにいうものだから、つくづくうんざりしたわ。こちらに戻ってきたのは二、三年前よ。今後の生き方を自分で決めようと思って」

それはマートンが裁判を受けてステートヴィル送りになる直前のことだった。ダヨは自分の特技を生かして、父親の弁護士を頼むためのリサーチをした。グレッグ・ヨーマンをとくに優秀な弁護士と見込んだわけではないが、昔の家の近くで事務所をやっていたし、父親にはもう、ダウンタウンの弁護士を雇うだけの財力がなかった。

「父が聖人だとは思わないけど、悪魔でもないわ。みんな、わたしにそう信じこませようとしたけどね。六〇年代には、地域社会のためにすばらしいことをたくさんやったし、警察とＦＢＩに刑務所へ放りこまれたりしなければ、ギャングのボスなんかにならずに、コミュニティ・オーガナイザーとして活躍してたかもしれない。そしたら、わたしだって、オクラホマで母や叔母たちと窒息しそうな日々を送る代わりに、ふつうの家庭生活を味わえたかもしれない」ダヨはつらそうな笑みを浮かべた。「父が現在の大統領になってたかもしれない。コミュニティ・オーガナイザーから出発して」

父親にはどれぐらいの頻度で面会に行くのかと彼女に尋ねたとき、わたしは、彼女が父親に望んでいた姿と、現在の父親の姿に落差がありすぎて、そのギャップを埋めるのは容易ではないのだろうという印象を受けた。「ステートヴィルへ面会にいくのは、クリスマスとイースター。たまに感謝祭にも」と、低い声で返事があった。

わたしはラモントとスティーヴ・ソーヤーのことに話を戻し、二人に関して彼女が父親に話をしてくれる気があるかどうか、探りを入れてみた。「二人とも、四十年前から行方不明なんです。二人の身に何があったかを知っているのは、たぶんお父さんだけだと思うんですが、わたしでは信用してもらえなくて」

ダヨは首をふった。「警察に協力するのはおことわり。そりゃ、父は道にはずれたことをあれこれやってきたでしょうけど、もう六十七なのよ。刑期を二十五年ひきのばすのにわたしが手を貸したばっかりに、父が刑務所で死を迎えるなんてことになったら、耐えられないわ」

「昔のその仲間は死んでないかもしれません。あるいは、死んでるとしても、お父さんが殺したわけではなくて、死体がどこにあるのかご存じかもしれません」

ダヨの決意は固かった。「"かもしれない《メイビー》"がそんなにたくさんあったら、ミツバチ《ビー》の巣が作れるわね。それに参加するのはごめんだわ」

会見はそこで終わりだった。わたしは沈んだ気持ちで家に帰った。今日わたしに届いた有益な知らせは、カレン・レノンの友達――ハーモニー・ニューサムが死亡したとき一緒にいたという修道女――からの携帯メールだけだった。日曜の夜シカゴに戻るので、月曜の夕食後、ウェスト・ローレンス・アヴェニューにあるアパートメントまで会いにきてほしい、という内容だった。

土曜日、ペトラの執拗なおねだりに負けて、早起きし、彼女を連れて、わが一族のサウス・サイドの歴史ツアーに出かけた。まずバック・オブ・ザ・ヤーズからスタート。現在、二マイルに及ぶ区域を埋め尽くしていた精肉業者の大型店はすべて姿を消してしまい、中西部のイスラム教徒とユダヤ系の肉屋に清浄《コーシェル》なラム肉を供給する小さな店舗が一軒残っているだけである。

ペトラとわたしはホールステッド通りに車を置いて、家畜商人たちが運んできた牛を登録した場所だという、巨大なゲートを歩いてくぐった。何万頭もの牛が毎日のように処分され、排水溝に血と臓物が流れていた日々を想像するのは、わたしたちのどちらにとっても耐えがたいことだった。

「父からよくきかされたけど、大恐慌の時代は父の成長期にあたってて、当時、ヤードが市内でいちばん人気の高い観光スポットだったんですって」わたしはペトラに説明した。「一九三四年に湖畔で万博が開催されたときなんか、多くの人がここにならんで牛が殺されるのを見物して、それから万博を見にいったそうよ」

「オエッ！　想像できない。血とか、いろいろ見たりしたら、あたし、ベジタリアンになっちゃうかも。そしたら、ダディは六回ぐらい心臓発作をおこして、ひっくり返る前にあたしを勘当するわね」その場面を想像して、ペトラは楽しげに笑った。

わたしたちはエクスチェンジ・プレースを渡り、インターナショナル・アンフィシアターがあった場所を通りすぎ、アシュランド・アヴェニューまで行った。マルケット・パークの暴動のわずか数日後に、そこでビートルズの公演があった。群集整理のために父が駆りだされた。わたしは父と母がどれだけ愕然としたかを覚えている。暴動のせいで、父はまる一週間家に帰れなかったのに、今度は、母の辛辣な表現を借りるなら〝ヒステリックなティーンエイジャー〟が原因で、またしても任務に逆戻りしなくてはならなかったのだ。

「一緒に連れてってって、父にねだったのよ。本格的なビートルマニアになるには、年代がちょっと下だったけど、でも、やっぱり熱をあげてたの。サウス・サイドでようやく楽しいことに出会えるとわかって、すごくホッとしたわ。父はわたしと女友達の一人をパトカーのうしろにすわらせてくれた。劇場に入っていく四人組を、すぐ近くで見ることができたのよ」

ペトラはわたしの額をなでた。「あたし、リンゴを見た目にさわった！」

わたしたちは笑ったり、冗談をいったりしながら、古めかしい地区をのんびり歩きつづけた。街のどこへ行っても、土曜日はにぎやかだ。買物、洗濯、子供のスポーツ、庭仕事、車の修理——そうした用事で、人々が通りに出ている。アシュランド・アヴェニューは子供と食料品をかかえた女たちで混みあっていた。シカゴの歩道の必需品ともいうべき石蹴り遊びや縄跳びをやっている少女たちのおかげで、通行人の流れがさらに堰き止められていた。通りを歩くあいだじゅう、人々の顔がわたしたちに向けられた。群集の上にぬっとそびえ立ち、金色のスパイクヘアを古代ローマの兜みたいにきらめかせたペトラは、目立つことこのうえなしで、見世物がこの界隈を練り歩いているようなものだった。

「わたしが小さかったとき、ウォーショースキーおばあちゃんはすでにゲイジ・パークのほうで暮らしてたわ。父が一度だけ、昔の家を見せようとして、ここに連れてきてくれたの。どれが父の育った家か、見分けがつくといいんだけど」

アシュランド・アヴェニューのこのあたりは、いまも活気にあふれていた。ストックヤードの跡地のいくつかを、町工場が埋めていた。人々は小さな庭をきちんと手入れしていた。共同住宅はペンキを塗り替えたばかりだが、ペンキの下には、断熱材なしの壁板が残っている。これら木造のテラスハウスは一世紀以上も前に建てられたものである。アプトン・シンクレアが『ジャングル』を書いた時代だ。

父がここに住んでいた当時は、水道も、セントラルヒーティングもなかった。冬の朝は、父が暖房炉に火を入れなくてはならなかった。水道がようやくついたのは五〇年代に入ってからだった。家々の裏側に水道管がとりつけられた。わたしが子供時代をすごしたサウス・

ヒニーストン・アヴェニューの家もそうだった。水道管は台所までしか延びていなかったため、台所の流し台の近くに間仕切りを作り、その奥に、手持ちシャワーつきの小さな浴室がこしらえてあった。大学時代にオーク・パークの友達の家を初めて訪ねたときのことを、わたしはいまも覚えている。浴室が二つもあって、身体を伸ばせる大きな浴槽がついているのが、すごい贅沢に思われた。

よちよち歩きの幼児を連れ、ショッピング・カートをひっぱって、一人の女性が歩道をやってきた。ペトラが元気いっぱいの顔でそちらを向き、なかを見せてもらえないかと、流暢なスペイン語で尋ねた。「祖母が昔、このアパートメントに住んでたんです《ミ・アブエリータ・ビビア・アンテス・エン・エステ・アパルトメント》」

女性は胡散臭そうにわたしたちを見たが、肩をすくめ、ついてくるようにと身ぶりで示した。ペトラとわたしは重いカートを急な木造のステップの上まで運ぶのを手伝った。炭酸飲料の瓶とミルクがどっさり入っていて、きちんとたたんだ清潔なタオルが上にのっていた。自転車とベビーカーでぎっしりの狭い玄関ホールに入ると、ペトラの元気が萎えた。

「ウォーショースキーおばあちゃんはどこに住んでたの？」と、わたしにきいた。

「二階の表側」わたしは答えた。

「ベラスケスの一家」われらが案内役の女性が英語でいった。「家にいない。けど、父さんの母親が赤ちゃんと一緒に家にいる。たぶん、家を見せてくれるよ」

女性は目を丸くしてペトラを見ていた幼児を呼んだ。母親と子供は廊下を遠ざかっていったが、子供は肩越しに何度もこちらを見ていた。わたしたちは二階にあがり、ベラスケス家のドアをノックした。赤ちゃんの泣きわめく声と、テレビから流れる大音量のスペイン語がきこえてきた。しばらく待ってから、もう一度ノックすると、「誰?」とスペイン語で尋ねる声がした。

従妹が、これも同じくスペイン語で返事をして、こちらの用件を説明した。祖母が昔住んでた家なんです。ちょっとだけ見せてもらえません? わたしたちがドアののぞき穴から点検を受けるあいだ、ドアの奥では疑わしげな沈黙がつづき、やがて、数多くの錠をはずす音がして、ぐらぐらのドアがひらかれた。

一歩入ると、そこはもうアパートメントのなかだった。玄関ホールというような形式張ったものは省略で、いきなり、ソファベッドが置かれた居間になっていた。生後十ヵ月ぐらいの赤ちゃんがそこにころがって、あいかわらず泣きわめいていた。テレビの前にいた年上の子供がふり向いてこちらを見た。悲鳴をあげて、祖母の背後へ逃げこんだ。

従妹が身をかがめ、その子に向かって、いないいないバアを始めた。一分ほどすると、その子は笑いだし、ペトラの金色のスパイクヘアをつかもうとした。赤ちゃんはお兄ちゃんの笑い声に驚いて、泣きわめくのをやめ、身体をおこしておすわりをした。一秒後には、ソファベッドの端まで這ってきた。赤ちゃんがころがり落ちる前に、わたしが抱きあげて、床にすわらせた。大騒ぎのなかで、祖母はどうやら、わたしたちに家のなかをざっと見せるのがいちばん楽だと判断したようだった。

何が見つかるとペトラが思っていたのか、わたしにはわからない。六十年もたっている。

わたしたちの祖父母と現在の借家人のあいだに、何組の家族がいたのか、誰にわかるだろう？

　わが従妹は四つの部屋を手早くのぞいて、子供五人と大人三人が寝起きするための家具の配置を目にした。ソファベッド、二段ベッド、ダイニング・ルームのテーブルの下にエアマットレス、おむつと服がかかった物干しロープ、ベッドの下に押しこめられたおもちゃ。

　ペトラは困惑で額にしわを刻みながら、ほかの荷物はどこにしまってあるのかと尋ねた。そのときまで、年老いた女性はけっこう好意的だった。ところがここで眉をひそめ、わたしの初歩的な知識ではとうていついていけない複雑なスペイン語を連発した。理解できたのは、〝スパイ《エスピアス》〟、〝麻薬《ナルコティコス》〟、〝移民《エミグラシオン》〟だけで、それが何度もくりかえされた。従妹はしどろもどろになりながら、二言三言返した。しかし、つぎの瞬間、二人ともドアの外へ押しだされていた。

「何よ、いまの？」ペトラが文句をいった。「残りの荷物がしまってある場所を見せてほしいっていっただけなのに」

「ダーリン、荷物はあれで全部なのよ。あなたが荷物の保管場所を見たがったものだから、向こうはあなたのことを、入国帰化局の人間じゃないか、あるいは、ドラッグ摘発を担当している覆面警官じゃないかって疑ったんだわ」

「うちの家は地下室に物置が造ってあって、大きな品物はそこに保管できるようになってるのよ。あたし、この家の人たちのも見てみたかったの」

「どうして？　あなたには関係ないことでしょ？」わたしは驚いてペトラを見た。「選挙運動のために、ヒスパニックの家庭におけるドラッグについてリサーチでもやってるの？」

「んなわけないでしょ！　あたし……ちょっと思ったの……あの、もし――」ペトラはしどろもどろで、頬を真っ赤に染めていた。

「もし、なんなの？」ペトラが黙りこんだので、わたしは問い詰めた。

ペトラは廊下を見まわし、三輪車やスケートボードに目を向けた。「もし物置があれば、廊下がすっきり片づくんじゃないかしら」早口でいっきにいった。

「なるほど」わたしはペトラを階段のほうへ軽く押しやりながら、そっけなくいった。「ずいぶん思いやりがあるのね。こういう建物には、地下室はついてないわ。すくなくとも、あなたが想像してるような地下室はね。台所の端の下に、暖房炉を置く穴が作ってあるだけ」

「竜巻に襲われたらどうするの？」

「幸いにも、シカゴでは、カンザスみたいに頻繁に竜巻が発生することはないけど、緊急のときは、建物の下にもぐりこむしかないわね」

外に出てから、暖房炉置場に通じる外側の入口と、裏階段の下にあるスペースを指さして教えた。必要に迫られた場合は、そのスペースに身体を押しこめばいい。

車に戻り、サウス・サイドへ行くためにライアン高速に向かって走りながら、わたしはいった。「あなたの本当の狙いがどこにあったのか、わたしにはわからないけど、サウス・ヒューストンでは、あんなこと二度としないで。わたしが昔住んでた家は、ギャングの縄張りのど真ん中にあるのよ。こっちの言葉を侮辱ととられたら、二人とも射殺されてしまう。白人女があの界隈を嗅ぎまわってるというだけで、面倒なことになりかねないのよ。わかった？」

「わかった」ジーンズのほつれた糸をつまみながら、ペトラはボソッと答えた。

22　不気味な歩道

わたしたちは黙りこんだまま、高速道路で南へ向かった。ペトラは窓のほうへ何度も熱心に顔を向けて、古い鉱滓の山や、いまにも倒れそうな何軒ものバンガローを、無言で見ていた。

昔からここは荒廃した地区だった。しかし、工場から吐きだされる有毒な煤煙があたりに充満していた時代には、ほとんどの住民がまともな仕事に就いていた。いまでは、ストックヤードに流れこんできた牛と同じく、それらの工場も死に絶えてしまった。サウス・サイドで運よく仕事にありつけた者の大部分は、ファストフード店や、百三丁目にある〈バイ＝スマート〉の大型倉庫で、最低賃金で働いている。

この地区の失業率は二十年以上にわたって二十五パーセントを超えているし、路上の犯罪にはたいてい、複数の銃が使われている。平台型トラックを呑みこんでしまいそうな大きな穴ぼこをよけて走り、わたしが育ったヒューストン・アヴェニューの家の前に車を停めた。

「ここよ」快活な声を出そうとした。

うまくいかなかった。玄関ドアの上にはめこまれた鉛ガラスの明り取り窓はそのまま残っていたが、ガラスで作った菱形の小さなプリズムのうち二つが失われていた。このプリズムのおかげで、ガブリエラは、自分が住んでいるのはよそと同じ粗末なバンガローではなく、個性のある家なんだ、と思うことができた。母とわたしは月に一度ずつガラスを拭き、それを縁どるフレームにこびりついた鉄粉をこすり落としたものだった。

屋根裏ののぞき窓を指さした。「あれがわたしの部屋だったのよ。あそこからよく通りをながめたわ。それ以外のときは、外で無茶なことをやって、母をカンカンに怒らせたものだった」

ペトラが疑わしげな目でわたしを見た。「どんなことやったの？」

「従兄のブーム＝ブームが……そうだわ、あなたの従兄でもあるわね。ブーム＝ブームのこと、お父さんからきいてない？　ホッケーのスター選手だったけど、十年以上前に殺されてしまったの。わたしと一緒に、夏は柵を乗り越えてカリュメット湖に飛びこんで泳いだり、冬になるとスケートをしたりしたものだった。ブーム＝ブームはそこでスラップショットの練習をしたのよ。ある年の冬、わたしが氷の割れ目に落ちたことがあったけど、二人がいちばん心配したのは、ガブリエラにばれたらどうしようってことだった。リグレー球場まで行く電車賃がないときは、高架鉄道の梁をよじのぼって、電車に乗ったわね。つぎに、観覧席のうしろの壁を覆ったツタをつかんで這いあがり、無料《ただ》で球場にもぐりこむの」

「すごい！　ダディがヴィクのことをいつも、手に負えない女だといってたけど、それって、バリバリのフェミニストだからだと思ってた。ダディはリブの活動家が大嫌いなの。ヴィクが子供のときにそんな腕白だったなんて知らなかった」

わたしはペトラに笑顔を向けた。「なぜわたしが私立探偵になったと思ってるの？　国選弁護士会の規則や規律を受け入れるのが、大の苦手だったからよ。向こうもわたしを受け入れるのがいやだったみたい。わたしがあの会に所属してた当時は、アーニー・コールマンが、ほら、資金集めパーティのときハーヴィ・クルーマスにくっついてた判事ね、あの男が刑事事件ユニットのチーフだった。わたしに対して、つぎからつぎへと悪い勤務評定ばっかり。その主な理由は、わたしが郡の方針に従わなかったから」

ペトラは車のドアをあけようとしていたが、わたしの言葉をきいて手を止めた。「郡の方針って、どういうの？」

「二十六丁目とカリフォルニア・アヴェニューの角では、とにかく政治優先だったの。正義を貫くとか、依頼人にとって最高の結果をかちとるべく努力するっていう問題ではなかったの。依頼人がそこらのチンピラ犯罪者だった場合はね。事件に政治の息がかかったとたん――警察の暴力が問題になったり、逮捕されたのが政界関係者の子供だったり、出世の梯子をのぼるのに必死の人間が関わったりすると――キャリアアップに役立つ事件だと判断される。その汚水だめで泳ぐのがいちばん上手だったのが、わたしの見たなかでは、たぶんアーニーね。その報奨もちゃんと手にしたし。いまじゃ、上訴裁判所の判事になって、あなたの候補者のパパと仲良くしてる。ブライアンが上院議員に当選すれば、アーニーは連邦裁判所の判事になるわね」

「ヴィク!」ペトラの顔が真っ赤になった。「ブライアンはそんな人じゃないわ! どうしてそう否定的で皮肉っぽいの?」

「ちがうわ」わたしはいった。「アーニーと、その抜け目のないやり方を思いだすと……あ、気をつけて。お友達があらわれたみたい」

わたしは先ほど、バックミラーに映った若者の一団に警戒の目を向けていた。連中はブロックの北の端をうろうろして、錆だらけのダッジの小型トラックを修理するふりをしながら、通りがかりの女性たちに侮辱の言葉を投げつけたり、誘いの口笛を吹いたりしていた。ラップをがなりたてているラジカセが歩道に置いてあった。長いあいだ思い出に浸っていたわたしがバカだった。子供時代のことを思いだしてぼんやりしているあいだに、連中がそばまできていた。

チンピラ連中はマスタングの窓をのぞきこみ、こちらが二人とも女で、ペトラが若いことを見てとると、車を揺さぶりはじめた。「何してんだよ、ここで?」わたしのいちばん近くにいる男がどなった。

わたしは全体重を身体の右側にかけてから、勢いをつけて、運転席側のドアをひらき、男の顎にぶつけてやった。すばやく車をおりた。男の下唇に血がにじんでいた。

「クソ女!」男がわめいた。「なんのまねだ?」

わたしは知らん顔で、男の仲間のほうを見た。「こんにちは、坊やたち。自分の車に戻ったらどう? あっちで、チビちゃんたちがみなさんのラジカセをいじってるみたいよ」

彼らが通りの先を見ると、少年二人がチンピラの一団とラジカセのあいだに視線を往復させていた。チンピラのうち二人が少年を追い払うためにそちらへ向かったが、わたしが怪我させた男と、あと二人の友達は、わたしのそばに残った。ペトラはまだマスタングのなかにいたが、ドアの外に誰もいなくなると、助手席から出て歩道におり立った。男たちがふり向いて彼女を見た。唇に血をにじませた男までが。

「坊やたちの誰か、セニョーラ・アンダーラを知らない？」わたしはゆうべ、〈レクシス〉のデータベースを使って、現在の居住者の名前を調べておいた。

「そういうあんたは誰だよ？」〈ラテン・キングズ〉というギャング団のタトゥーを自慢そうに入れている男がきいた。

「その人と話がしたいの。家族の誰かが真っ昼間から通りでごろつきのまねをしてたなんて、告げ口しなきゃいけないのが残念ね」

連中は仲間内でひそひそと話を始め、ようやく、わたしたちから二、三歩あとずさった。

「てめえらを見張っててやる。ばあちゃんを困らせたら、おれたちが黙っちゃいねえ」またしても〈ラテン・キングズ〉のタトゥー男。

「お孫さん？　よかった。若い子が見守ってくれてると思うと、わたしたちおばあちゃん世代はホッとするわ」わたしはペトラの肩に腕をまわして、歩道のほうへ押しやり、玄関ドアまでの短い距離を歩いた。

二十六年ものあいだ自由に出入りしていた家の呼鈴を鳴らすというのは、奇妙な感覚だった。呼鈴の音が家のなかで消えるのに耳を傾けた。しばらく時間がたち、〈ラテン・キングズ〉のタトゥー男がわたしたちの背後に近づいてくるあいだに、玄関ドアが短い頑丈な防犯チェーンの幅だけひらいて、その隙間から、小柄な老女が顔をのぞかせた。

「はい、出番よ」わたしはペトラにいった。

従妹がこちらの用件をスペイン語で説明したが、セニョーラ・アンダーラはきく耳を持たなかった。入りたい？　おことわりだ。あんたたち、いい人かもしれないけど、なんであたしにわかる？　しかも、歩道にはヘラルド一人しかいないんだし……だめだね。うちの息子が家にいれば、入れてやってもいいけどさ。とにかく、人の金とろうとして、悲しい身の上話をする連中が多すぎる。ペトラは学校で習ったスペイン語を必死に駆使して、口説き落とそうとしたが、老女を譲歩させることはできなかった。

わたしたちは向きを変えた。

「頭をしゃんとあげて、自信たっぷりの態度をとって。この歩道はあなたのものよ」

「あいつらが襲いかかってきたらどうするの？」ペトラが小声できいた。

「お祈りしましょ」わたしは答え、それから声をはりあげた。「ヘラルド！　おばあちゃん《アブリエータ》があなたのこと心配してるわよ。のらくら怠けて、時間を無駄にしてばかりいる姿なんて、見たくないそうよ。ちゃんとした仕事に就いてほしい、仲間の子みたいにモルグで最期を迎えるようなことはしないでほしいって」

ヘラルドは家からわたしたちのほうへ視線を移した。こいつら、ばあちゃんと話をしてた。

おれの名前を知ってる。もちろん、祖母のいいそうなことをわたしが勝手に推測しただけだが、こういう孫のことで祖母がどんな愚痴をこぼすかを想像するのは、むずかしいことではなかった。ヘラルドは唇を噛んであとずさった。わたしたちは不良どもからそれ以上嫌がらせを受けることなく、マスタングに乗りこんだ。もっとも、車が通りの角を曲がって視界から消えるまで、連中は挑戦的なポーズを崩さなかったが。

「フーッ、ヴィク！　あたし、すっごい怖くて、あの場でチビっちゃいそうだった。ヴィクが一人に怪我させたとき、てっきり、あとの連中が襲いかかってくると思った」

「ええ、それはわたしも考えたわ。でも、真っ昼間だもの……それに、弱い者いじめをする連中って、自分がガツンとやられると、とたんに自信をなくしてしまうものなの。これが夜で、街灯のない路地だったら、わたしはいまごろ、ネズミの餌にされてたでしょうね」

「向こうが飛びかかってきたら、ヴィク一人でやっつけられた？」

「無理よ。けっこう痛めつけてやれたとは思うけど、こっちは一人で、向こうは若い男が五人。分が悪いわ——あなた自身もストリート・ファイターだったら、話はちがってくるけど」

「ご冗談でしょ。ビーチバレーで肘を使うことはできるけど、あたしにやれるのはそこまで。動きをいくつか教えてくれる？　もう一度あんな騒ぎになったら、ヴィクがおいしいとこを全部とるあいだ、何もできない乙女でいるのはいやだもん」

わたしは少々沈んだ声で笑った。「〝おいしいとこをとった〟あとで病院に担ぎこまれたことが何度もあるけど、動きを教えてほしいというなら喜んで。窮地に陥ったときの対処法を、一人一人の女性が知っておくべきだわ。その八十パーセントは、腕力を駆使するのではなく、心理作戦なのよ。ちょうどいまのように。ヘラルドは祖母のことを恐れてるから、家の真ん前でわたしたちに襲いかかるのを躊躇するだろうと、わたしは読んだの」

心地よい沈黙のなかで、わたしたちは北へ車を走らせた。突然、従妹の携帯が鳴る音を朝から一度も耳にしなかったことに気づいた。

「切っといたの。あたしが電話でしゃべってばかりだと迷惑だろうと思って。でも、ヴィクが運転してるあいだに、あたし、メールを送信してたのよ」ペトラはそこで黙りこみ、やがてこういった。「ヴィクをうんざりさせるつもりはないんだけど、お父さんの持ちもの、調べてみた？」

「見つかったのは、ルビーと、父の入れ歯と、カナダ侵攻の秘密計画書だけだったわ」

「カナダ？　なんでカナダに侵攻したがるの？　メキシコのほうがいいのに。冬もあったかいし。冗談はともかくとして、ヴィク、日記とか、そういうの、出てこなかった？」

「いいえ、ダーリン。古いソフトボールが何個かと、ホワイトソックスの野球ボールが一個だけ。このボールなら値打ちものかも。ネリー・フォックスのサインが入ってるから」

「ネリー？　ホワイトソックスに女性の選手がいたの？　ダディはそんなこと一度も――」

「あらら、可愛いPちゃん、ネリーは〝ネルスン〟の愛称よ。〝エリナー〟じゃなくて。ホワイトソックスの二塁手で、ゴールドグラブ賞を受けた選手。それはともかく、ボールはおんぼろで、穴だらけなの。トニーがなぜそんなものをとっておいたのか、さっぱりわからない。あなたのお父さんにあげるつもりで拾って、渡すのを忘れてしまったのかも。あなたのお父さん、ホワイトソックスのファンでしょ？」

「あたしたち、カンザス・シティに住んでるから、うちはみんなロイヤルズ・ファン。でも、ダディはソックスへの愛情が消えてないわね」

北へ向かうあいだ、野球の話で盛りあがった。ペトラを車からおろそうとすると、彼女は、わたしが育ったサウス・サイドの家の外でおきたチンピラ連中とのひと幕に話を戻した。

「このこと、ダディに内緒にしといて。いいでしょ？　ダディったら、あたしのこと、えっと、六つの子供みたいに思ってるの。危ないことを避ける知恵もない子だって。でね、ヴィクのことは、超フェミニストのトラブルメーカーだと思ってる。あたしがヴィクにくっついてって危ない目にあったことがばれたら、ダディは夕食用にヴィクの皮をはいで、あたしを修道院へ入れてしまうわ」

「その前に、お父さんがわたしをつかまえる必要があるわね。修道院に入れられる心配なんてしなくていいのよ。お父さんとわたしが話をすることはありえないから」

23　依頼人を訪ね……そして、話をする

日曜の午後は、ミス・クローディアに会うために、車で〈ライオンズゲート・マナー〉へ出かけた。いつまで待てばミス・クローディアの体調がよくなってわたしと話ができるようになるのかと尋ねても、彼女の姉に、さらには、カレン・レノンにまでもはぐらかされてばかりで、うんざりしてしまったのだ。

受付係から特別看護棟のフロアへ行くように指示され、そちらへまわると、ミス・クローディアはスタッフが屋上庭園へ連れていった、と看護師長にいわれた。目に見えて衰弱し、意識も朦朧としているそうだ。けさは教会へも行けなかったし、朝からほとんど眠っていたという。

「日曜日はセラピーがないので、脳卒中の患者さんや、痴呆の患者さんに、外ですごしてもらうようにしてるんです。ミス・クローディアがあなたの言葉に反応する様子を見せなくても、どんどん話をなされば、たぶん、こちらの想像以上に理解してくれると思います。社会福祉事務所からいらした方ですか」

「いえ。ミス・クローディアのために、甥御さんのラモントを見つけようとしてるんです」

看護師長はわたしの手を軽く叩いた。「親切な方ね。とっても親切。ミス・クローディアはいつも、その子の話をしてるのよ……すくなくとも、ミス・クローディアの言葉から、わたしはそう推測してます」

〝庭園〟というのは、鉢植えの木を十本あまり置いて、周囲を低い木のフェンスで囲んだ場所だった。限られた予算でできるだけのことがしてあった。フェンスには花や野菜を植えたプランターがいくつもかけてあるし、大きなパラソルのおかげで、とても陽気な雰囲気になっていた。飲みものを楽しむ場所。そして、片隅の日除けの下にテレビが置かれ、ホワイトソックスの試合にチャンネルが合わせてあった。

プランターのひとつで、女性二人がトマトとピーマンの世話をしていた。子猫のまわりに集まった人々もいて、みんながそれぞれ、子猫を自分のところに呼び寄せようとしていた。わたしをミス・クローディアのもとに案内してくれる看護助手が、この病院ではセラピー用にいろんな動物を連れてくるのだと説明してくれた。

「あの子猫はここで暮らしていくでしょうけど、病院側が気をつけなきゃいけないんですよ。みなさん、年をとってて、とても孤独だから、夜になって子猫ちゃんを部屋に連れていく順番をめぐって、大喧嘩になってしまうの。だから、子猫はカレン牧師のものだってことにしてあるんです。セラピー犬を連れてくるときはもっと楽なんですけど。犬は外で飼うものだと、みなさん、納得してるから」

ミス・クローディアは日陰になった隅のほうにいて、車椅子でうたた寝をしていた。その横で彼女の姉が編物をしていた。クローディアが病身であることをさしひいても、こんなに似ていない姉妹がいるのかというぐらい、外見が異なっていた。ミス・エラは背が高くて、細くて、ぴしっとアイロンをかけたようなタイプ。それに対して、妹のほうは、もっと丸みを帯びていて、柔らかな感じだ。病気でやつれてはいるが、白髪混じりのアフロヘアの下の顔はいまもふっくらしていて、麻痺していない左の目尻には、笑いじわが見てとれる。

「妹はね、今日はひどく調子が悪いんだよ。いきなり押しかけてきて妹を悩ませる前に、電話ぐらいほしかったね」

「調子が悪いことは知っています」カッとなりやすい性格を抑えようと自分にいいきかせつつ、わたしは答えた。「でも、妹さんと話をするチャンスを逃したくなかったんです」

看護助手が幼児におやつをさしだすような調子で、ミス・クローディアに明るい大きな声をかけ、「お客さまですよ。すてきなお昼寝から目をさましましょうね」といっていた。ミス・クローディアの膝から、長年の使用で赤い革表紙の端のほうが朽葉色に変わってしまった大判の聖書が地面に落ちた。聖書の語句を記した厚紙のしおりが椅子のまわりに散らばった。

「せしょ」ミス・クローディアが叫んだ。「落ちた……だめ」

わたしは身をかがめて聖書を拾い、表紙のところにしおりをはさんだ。表紙は分厚くて、でこぼこしていた。湿気のせいだろうか。

「あんたったら、しょっちゅう、その大きな聖書を落とすんだから」ミス・エラが乱暴にいった。「アパートメントに置いといて、扱いやすい小型のを持ってくればいいのに」

「だめ」ミス・クローディアの左目に涙がにじんだ。「いつもそばに置く」

わたしは彼女の左側に椅子をひっぱり寄せて、その膝に聖書をのせた。ここに置けば、彼女が手を触れることができる。「ミス・クローディア、わたしはV・I・ウォーショースキー……ヴィクです。私立探偵で、ラモントを見つけようとしています」

「たんて？」彼女がわたしのほうに顔を向け、その音節を苦労して口に出した。

「そう、探偵」ミス・エラが大声でいった。「わたしらの金をとりあげといて、まだラモントを見つけてくれない女。なんで見つからないのか、この女があんたに説明してくれたら、あんたもラモント捜しをあきらめるだろうよ」

わたしはミス・クローディアの左手をとって、両方の手で軽く握った。できるだけゆっくりと、明瞭に、彼女の甥に関してわたしが誰と話をしたか、どんなことがわかったかを説明した。彼女もわたしの話を――すくなくともその一部を――理解している様子で、話の合間にときおり、わたしが述べている名前に似た音節を口にした。

「わたし、スティーヴ・ソーヤーを見つけようとしたんです」わたしはいった。「ラモントの友達だったから。ラモントが家を出ていった夜、二人は一緒にいたそうです」

ミス・クローディアは顔をしかめた。「ティーヴちがう」

「探偵《ディテクティヴ》はいや？　捜索をやめたほうがいいですか」

ミス・クローディアは首を横にふった。「いえ、いえ！　捜して。モント見つけて。うまくいえない。ティーヴ……ス、ス、ス、トゥ、イーヴ……名前ちがう」

混乱しているわたしに、ミス・エラが冷酷な笑みをよこした。「スティーヴって名前じゃないと思いこんでる。やれやれ、スティーヴに決まってるのに」

「なんですか」わたしはミス・クローディアにきいた。

「メンバーちがう。ティーヴちがう」

看護助手がグラスについだリンゴジュースを持ってきたので、わたしはグラスを手で支え、ミス・クローディアが飲むのを介助した。「ローズなら、彼の名前を知ってるでしょうか」

ミス・クローディアは顔の左半分でうれしそうに微笑した。「きいて、オーズに。恋、モント」

なるほど、ローズ・エベールはラモントに恋をしていた。「ラモントの友達をほかに誰かご存じですか」

ミス・クローディアはゆっくりと首を横にふった。

わたしは一分か二分ほど彼女に休息してもらい、それから、ハーモニー・ニューサムを覚えているかどうかきいてみた。クローディアはいいほうの目を輝かせ、ハーモニーのことと、彼女が住んでいた界隈のことを、必死になってわたしに伝えようとした。不明瞭な発音のため、ハーモニーの父親が弁護士だったということ以外、ほとんど理解できなかった。たぶん、父親が金持ちだったので、ハーモニーが大学に進学できたといっていたのだろう。確信はないけれど。

ハーモニーの死と、スティーヴ・ソーヤーが殺人で有罪になったところまで話を進めて、ジョージ・ドーニックがいっていたことを持ちだした。「スティーヴ・ソーヤーがハーモニー・ニューサムを殺したことを、ラモントが警察に話したと思われます？」

「ちがう、モント、ちがう。ティーヴの友達、赤ちゃん、学校、友達。モント、いい子。地獄ちがう、いい子」いいほうの目からふたたび涙がこぼれた。

「あんた、自分が何やったか見てごらん」ミス・エラが陰気な満足をこめていった。「妹はあんたの力になれない。そろそろ帰ってよ、探偵さん。わたしたちを悩ませるのはやめとくれ」

わたしが怒りの言葉（そっちがわたしを雇ったのよ。ここ二、三週間、ステートヴィルまで車で出かけたり、カーティス・リヴァーズに侮辱されたりしたのは、わたしが望んだことじゃないわ）を口にする前に、ミス・クローディアがいった。「だめ、エラ。モント見つけて、あなた」いいほうの手でわたしの手を軽く叩いた。「モント、コンダちがう。ジョニー友達、そう、コンダちがう。行く、くれる――」言葉が出なくて口ごもり、ようやく聖書を手にとって、わたしに見せた。ふたたび、しおりが落ちた。

「モント……エラ、モントにせしょあげる、モントわたしにくれる。行く、ジョニーに会う、いう、『とっといて、大事にとっといて、大事にとっといて』」クローディアは目をきつく閉じ、話をつづけようとあがいた。「わたし、大事にとっておく。モント帰る、わたし返す」

「ラモントは家を出ていった夜、ジョニーに会いにいくと、あなたにいったんですね」

「そう」クローディアは必死に答えた。

「それから、この聖書をあなたに渡して、大事にとっておいてほしい、今度帰ってきたら、聖書を返してほしい――そういったんですね」わたしは通訳した。

わたしに理解してもらえて、クローディアは安堵の笑みを浮かべたが、それ以上話そうとはしなかった。わたしはしおりを拾い集めて、聖書にはさんだ。彼女に返す前に、すりきれたページをめくって、ラモントが何か残していかなかったかどうか確認した。

「できるだけやってみます、ミス・クローディア」と約束した。

クローディアは力のない左手で、ふたたびわたしの指を握った。彼女が笑顔になった瞬間、発作をおこす前はどんなに美しい女性だったかが想像できた。ミス・エラは一段と渋いしかめっ面になっていたが、わたしは事件へのファイトを新たに燃やしながら辞去した。いい考えが浮かんだからではなく、甥を見つけることがミス・クローディアにとっていかに重要かを、わたし自身がようやく理解したからだった。

その夜、ローズ・エベールと話をしたあとで、楽観的な気分がいささか薄れた。〝スティーヴ・ソーヤーというのは、ラモントの友達の名前ではない〟というミス・クローディアの言葉の意味が、ローズにはわからなかった。「もちろん、彼の名前はスティーヴだったわ。ひょっとすると、正式にはスティーヴンだったのかもしれないけど、ミス・クローディアが何をいおうとしたのか、さっぱりわからないわ」

24　女子修道院の火事

月曜の夕方六時に、わたしはアップタウンのはずれにあるシスター・フランシスのアパートメントの呼鈴を鳴らした。彼女が住んでいるのは四角い箱のような建物だった。六〇年代に建てられた個性のないビルで、アルミサッシの窓と褐色のレンガ壁がひとつづきの平らな面を作っているため、窓用プランターを置くための窓敷居もない。一階が〈マイティ・ウォーターズ・フリーダム・センター〉のオフィスになっていた。あとの部分は個人向けのアパートメントのようで、そのいくつかが修道女の住まいだった。たとえば、聖ドミニコ修道会のF・ケリガン、聖マリア修道女会のC・ザビンスカなど。ほかの名前や、入口ホールにころがっていたおもちゃからすると、家族でここに住んでいる者も多いようだ。

ビルは歩道と接していて、入口の前には申しわけ程度の芝生すらなかった。レンガ壁のひび割れや、ひらいた窓の奥で扇風機が夕方のそよ風をよみがえらせようと苦闘している光景を見たなら、修道女たちが清貧の誓いに背いていると非難する者は、誰もいないだろう。

一分ほどしてから、もう一度呼鈴を鳴らした。クレジットカードを使えば、錠は簡単にはずれそうだが、わたしはドアにもたれて通りをながめながら待った。遠くの角の給水栓を誰かがひらいていて、子供たち——大部分は男の子——が水の噴流のなかを駆けまわっていた。バス停で、あるいは、建物のくぼんだ場所で、恋人たちが抱きあっていた。バス停のベンチに、細長い脚をラガディ・アン（アメリカの国民的キャラクターとなっている布製の抱き人形）みたいに前につきだして、女性がすわり、震えるこぶしで腿を叩きながら、「そんなこといわないで、そんなこといわないで」とつぶやいていた。路地では子供たちが爆竹に火をつけていた。独立記念日まであと一週間足らず。

今日は忙しい一日だった。四十年前のマルケット・パークのことでシスター・フランシスが何を覚えているかを一刻も早く知りたい、という思いがなかったら、わたしは家に帰って早めの夕食をとり、ベッドに入っていただろう。

正午ごろ、カレン・レノンから電話があって、ミス・クローディアを訪ねたことに礼をいわれた。「ミス・エラは怒ってるけど、わたしからのゴーサインを待たずにあなたが出かけてくれて、ほんとによかった。ミス・クローディアがとってもおだやかな表情になってるの。あなたが甥捜しに奔走してくれてるとわかって、あの世へ行く心の準備ができたんでしょうね」

その言葉に、わたしは愕然とした。ミス・クローディアと会ったとき、衰弱していることはわかったが、死期が迫っているとは思いもしなかった。

カレンはわたしを安心させようとした。「ドクターがいうには、いまのところ落ち着いてるけど、脳卒中の発作がおきると、急変することもあるそうなの。でも、あなたに会って、あなたが真剣に甥を捜してくれてるのがわかって、ストレスが軽減されたでしょうから、元気になれるかもしれないわ」

電話を切ったとき、ラモント捜しを急がなくてはという新たな焦りに包まれたが、自分に何ができるのかわからなかった。ワラにもすがる思いで、ステートヴィルのジョニー・マートンに面会するための二度目の申込みをした。面会日がくるまでに、〈アナコンダ〉のリーダーから話をひきだすための交換条件を、何か思いつけるかもしれない。「パーセルタング、わたしに必要なのはそれだわ」歯をみがきながら、つぶやいた。ハリー・ポッターが蛇としゃべるための言語。

突然、背後のドアがあいた。「探偵さん？　フランシス・ケリガンです。お待たせしてごめんなさい。アイオワからの避難民のことで、ちょっとミーティングをしてたものだから」

フランシス・ケリガンは細くて筋ばった女性で、年齢は七十ぐらい、かつては赤かったと思われるグレイのカーリーヘアをしていた。顔と腕は日に焼け、そばかすが散っていた。身につけているのはTシャツとジーンズ。修道女であることを示すものは、細いチェーンに通したシンプルな木の十字架だけだった。

修道女らしさを示すものをわたしが探していることに、向こうも気づいたようで、にこやかな笑顔になって、こういった。「判事と話をしなきゃいけないときは、ベールをつけて、スカートをはきますけど、こうして家にいるときは、ほとんどジーンズよ。上へどうぞ、探偵《ディテクティヴ》さん」

わたしは彼女のあとから入口ホールに入った。「わたしが警官じゃなくて、私立探偵だってことはご存じですね？」

「ええ、覚えてるわ。どうお呼びすればいいのか、わからなかったの」

「ほとんどの人はヴィクと呼びます」

廊下には、都会の建物ならどこもそうであるように、ベビーカーと自転車が乱雑に置かれていた。だが、ほとんどの建物とちがって、廊下も階段も掃除が行き届いていた。彼女のあとから階段を小走りでのぼっていくと、消毒剤の匂いがした。踊り場の角の窪みにグアダルーペの聖母像が置かれていた。最初の階段のてっぺんでは、一フィートの高さの十字架から、涙を流すキリストがこちらを見ていた。

「アイオワのほうはどうでした？」シスター・フランシスが自分の住まいの玄関ドアのロックをはずすあいだに、わたしは尋ねた。

「ひどいものよ。あのばかげた手入れで五百もの家族がバラバラにされて、女性と子供たちがホームレスになり、彼らを雇っていた企業は労働者を失ってつぶれてしまった。目下、こちらで必死に対策を練ってるところなの。でも、最近の司法界は懲罰的な色合いが濃くなってるから、わたしたちの必死の努力もむなしいわね」

シスター・フランシスは、簡素ではあるが温かな感じの家具が置かれた居間にわたしを通してくれた。ソファベッドと二つの椅子にはあざやかな布がかけられ、軽い木材で作った本棚が床から天井までを埋めていた。ひらいた窓のところに小さな扇風機が置かれ、べつの窓辺には棚が作られて、赤とオレンジ色の花でいっぱいのプランターが置いてあった。

彼女が紅茶を運んできた。「暑いときは熱い紅茶を飲むにかぎる——わたしは昔からそう信じてるのよ」しかし、それ以外の前置きで時間を無駄にするようなことはしなかった。

「ハーモニーが殺された事件を再調査してくれる人がいて、わたしがどんなに喜んでるか、口ではいえないぐらいよ。とても印象的な若い女性だったわ。わたしが彼女と出会ったのは、エラ・ベイカーのもとで活動するためにアトランタへ行ったときで、ハーモニーはSNCC（学生非暴力調整委員会）のボランティアをやっていた。当時はスペルマンの学生だった。でも、出身はシカゴで、春の学期が終わると、運動を組織するために帰省したわ。シットインや黒人有権者登録運動に参加して、南部ですでに三回も逮捕されていた。そのせいか、実家の近所に住む若い人たちの憧れと信頼の的になってたわね」

シスター・フランシスは小さなデスクから写真をとった。「先週、お電話をいただいたあとで、これを捜しだしたの。お葬式のあとで、ハーモニーのお母さんにもらったのよ。だから、フリーダム・センターを始めたときに、ハーモニーを偲んで、彼女が大好きだった〝恐るべき水《マイティ・ウォーターズ》〟という聖書の語句をセンターの名前に使うことにしたの」

八×十インチの古い写真には、わたしが《ヘラルド＝スター》の記事でその顔を見た若い女性が写っていたが、昔の新聞記事の写真より生き生きしていて、ずっと魅力的だった。SNCCの生みの親であるエラ・ベイカーとならんで立っていた。二人とも微笑しているが、基本的には生真面目な表情なので、こちらにも二人の使命の重さが伝わってくる。写真には、

〝正義を洪水のように流れさせよ（アモス書五章二十四節）〟という文字が入っていた。わたしは写真を返した。「ご理解いただきたいんですが、わたしはこの人の死を再調査しているのではなく、殺人で有罪になった男性、スティーヴ・ソーヤーを見つけようとしているだけなんです。あの判決は納得できなかったと、電話でいわれましたね」

「ええ、納得できなかったわ。わたし、逮捕のことを知ったときに、警察へ行こうとしたのよ」ティーカップの上で、シスター・フランシスは顔をしかめた。「ハーモニーとわたしが並んで行進してたとき、不意にハーモニーが倒れたの。最初は暑さのせいだと思ったわ。わかってちょうだい――すごい騒音、暑さ、憎悪……おたがいの声もきこえないぐらい。群集一人一人の声をきくなんて、とても無理。でも、近所から集まった若い子たちが、ギャング団の連中なんだけど、その子たちがデモ行進の先頭近くに陣どって、キング牧師やアル・レイビーといった指導者の周囲を固めてたわ」

シスター・フランシスは苦い微笑を浮かべた。

「わたしたち女性はうしろのほうだった……公の場で行動するときや、責任者を決めるときは、女子供が最後にまわされるのよ……横から何かがハーモニーにぶつかった。その瞬間、わたしはショックのあまり何も考えられなかったし、ましてや、何がおきたかを分析したり、犯人を捜そうと考えたりする余裕なんて、あるはずもなかった。

でも、あとになって、お葬式がすみ、デモ行進とハーモニーの死の恐怖がすこし薄れたころに、じっくり考えはじめたの。ハーモニーにぶつかった品は、群集のなかから飛んできたにちがいない。わたしたちの周囲に押し寄せてた群集のなかから。ギャング団のメンバーはみんな前のほうにいて、キング牧師とアル・レイビーを囲んでた。ハーモニーを殺した犯人は横のほうにいた。つまり、黒人ではありえない。黒人が群集に交じってれば、殺されてたでしょうから」

わたしは落胆した。何か具体的なことに、犯人を示すはっきりした証拠に、期待をかけていたのに。「じゃ、ハーモニーに何かをぶつけた犯人を、あなたはごらんになってないんですね」

シスター・フランシスは首をふった。「裁判で証言するって、こちらから申しでたのに、スティーヴ・ソーヤーの弁護士は証人リストにわたしをのせようとしなかった。強引に頼みこもうとしたけど、司教に呼ばれて、規律を乱していると非難されたわ。枢機卿が街の興奮を静めようとしてるのに、わたしが逆に煽り立ててるって」悲しげな笑顔になった。「いまなら、そんなことでくじけはしないのに。でも、あのころはまだ二十六で、上からストップをかけられる前に自分がどこまで突き進めるか、自信がなかった」

「何を証言しようと思われたんですか。あなたとハーモニーに対して、ギャング団のメンバーがどの位置にいたかということを?」

「いいえ。べつのことよ。男の子の一人がカメラを持ってたの。わたしたちの写真を撮ってたから、もしかしたら、その写真のなかに——」

大音響があがり、彼女の言葉をさえぎった。ライフルの銃声……M80? ガラスがガシャーンと割れて、花が置かれた窓にヒトデの形をした大きな穴があいた。シスター・フランシスがあわてて立ちあがったそのとき、液体の詰まった瓶が窓の穴から飛びこんできた。口に押しこまれた布、火炎瓶だ。

「伏せて！　伏せて！」わたしは絶叫した。

シスター・フランシスが瓶を拾おうとして身をかがめたそのとき、二本目が飛びこんできた。シスターの頭に命中し、いっきに炎があがった。わたしはソファベッドにかかった布をつかむなり、その布ごと飛びついて、彼女の身体をくるみ、床に押し倒した。三本目の瓶が投げこまれる音、つぎに、通りの悲鳴、車のタイヤのきしむ音。そして、これらすべての音を圧して、火のうなり、火の粉のはぜる音が轟き、本や、本棚や、わたし自身のジャケットに炎が移りはじめた。わたしは煙と有毒ガスにむせながら、シスター・フランシスに覆いかぶさって、わたしのジャケットの袖をなめている火を消そうとした。修道女と掛け布と探偵が不恰好な束になって、ドアのほうへころがった。わたしは急速に水ぶくれができはじめた腕をつきだして、ドアのノブを探り、廊下にころがりでた。

25 アルファベットの訪問者たち——FBI、OEM、HS、CPD

時刻は真夜中、父はまだパトロールの最中で、真夜中の都会のどこかでいまも暴徒とにらみ合っていた。人々が父に火炎瓶を投げつけていた。瓶が父の頭をめがけて飛んでいくのが見えたので、わたしは大声でわめき、父に警告しようとした。無駄なことだ。父は何マイルも遠くにいて、こっちの声などきこえないのだから。怯えていることを母に知られてはならなかった。わたしをなだめ、同時に自分自身をなだめようとしている母を、よけい不安にさせるだけだ。

わたしの家が真の闇に包まれることはけっしてなかった。工場からあがる炎が夜中の二時でも亡霊のような光を放ち、硫黄の煙霧でつねに黄色く濁った空は、夜通し鈍く輝いていた。光がカーテンから入りこみ、わたしの目を疼かせた。腕がズキズキし、喉がヒリヒリしていた。インフルエンザだ。そして、背後のどこかで、母がしゃべっていた。医者が往診にきて、気分はどうかとわたしにきいていた。

「大丈夫よ」吐きそうなんて泣き言はいえない。パパが外で暴徒と戦ってるんだもん。

「あなたの名前は？」医者が知りたがっていた。

「ヴィクトリア」かすれた声ですなおに答えた。

「大統領は誰ですか」医者が尋ねた。

　誰が大統領なのか思いだせなくて、パニックをおこしかけた。「ここは学校なの？　これ、テスト？」

「あなたは病院にいるのよ、ヴィクトリア。病院に運ばれたのを覚えてない？」

　女性の声だった。母ではないが、わたしの知っている誰か。名前を思いだそうとあがいた。

「ロティ？」

「そうよ、お嬢さん《リープヒェン》」女性の声に安堵があふれた。「ロティよ。ここはわたしの病院」

「ベス・イスラエルね」わたしはつぶやいた。「目が見えない」

「包帯が巻いてあるの。目を光から保護するために、二、三日だけ。軽い火傷を負ったから」

　火。火炎瓶はわたしの父ではなく、シスター・フランシスを狙ったものだった。

「修道女……あの人……どうなったの？」

「いまは集中治療室。あなたが命を救ったのよ」ロティの声が震えた。

「腕が痛い」

「火傷のせいね。でも、病院の処置が迅速だったから、火傷が真皮まで達した箇所にガーゼがあててあるだけ。二、三日もすれば大丈夫よ。いまはとにかく、休んでちょうだい」

背後で男がしゃべっていた。質問に答えるようにと、わたしに大声で要求している。ロティが返事をした。マックスなら、ロティのその声をきいたとたん、お辞儀をして、ドイツ語で「殿下《オイレ・ホーハイト》」と呼びかけることだろう。オーストリア皇女のごときロティは、「この人がショック状態を脱したことをこちらで確認するまで、公式な質問に答えさせるわけにはいきません」と、男にいっていた。

ロティが守っててくれる、休息できる、のんびりと安心していられる。わたしは夢の世界へ漂っていき、スミレの咲く野原を馬で走っていた。剣歯トラがスミレのなかを歩いてきた。わたしは低くしゃがんだが、トラに匂いを嗅ぎつけられた。わたしの肉が焼けている。ミスタ・コントレーラスのグリルにのったステーキみたいな匂いがする。叫ぼうとしたが、喉が腫れあがり、声がまったく出なかった。

もがいて現実の世界に戻り、闇のなかで横たわったまま荒い呼吸をくりかえした。手の感触をたしかめた。ガーゼに包まれていて、腫れがひいていないため、ガーゼの圧迫だけでも苦痛だった。水ぶくれのできたまぶたに、こわごわさわってみた。やはりガーゼに覆われていた。

看護師が入ってきて、痛みの程度を一から十までで示すとしたら、どのあたりかと尋ねた。「前はもっとひどかったけど」わたしは小さな声で答えた。「いまは九ぐらいかしら。昼間なの？　夜なの？」

「午後ですよ。五時間ほど眠ったから、そろそろつぎの鎮痛剤をあげましょう」

「どんな様子かしら、修道女は？　シスター・フランシスは？」

看護師が近づいてくるのが感じられた。「わからないわ。わたしは勤務についたばかりなの。ドクターにきけばわかるんじゃないかしら」

「ドクター・ハーシェル？」わたしはきいた。しかし、ふたたび、きれぎれの線と色彩が織りなすモルヒネの眠りのなかへ漂いはじめていた。

台所のテーブルに野球ボールがのっていて、家をガタガタ振動させて通りすぎる貨物列車のせいで、前後に揺れていた。その日はクリスマスで、パパがわたしに内緒で球場へ行ってしまった。パパとママと知らない男の人が夜中に口喧嘩をしていて、その大きな声で、わたしは目がさめた。

「わたしにはできん！」パパがどなった。

そのあと、階段にわたしの足音がしたのにママが気づいて、ベッドに戻りなさいとイタリア語でわたしに叫んだ。パパと男の人の声がボソボソと低くなったが、やがて、男の人がわめいた。「あんたに説教されるのはもうたくさんだ、ウォーショースキー！　枢機卿でもないくせに。ましてや、聖人でもないくせに。そのプラスチックの十字架からおりてくれ」

玄関ドアが乱暴に閉まり、野球ボールがころがってテーブルから落ちた。それが今度は砲弾になり、信管から火花を散らしながらころがってきたので、わたしはふたたび汗びっしょりになって、闇のなかで目をさました。水がほしくてベッド脇のテーブルを手で探った。水差しとカップがあった。水をつぐとき、自分の身体にこぼしてしまったが、いい気持ちだった。

誰かがコンソメスープのカップを持って入ってきた。目に包帯をしたままで自分の口を見つけるのが意外とむずかしくて、まるで、視力を失うと同時にバランスや感覚まで失ってしまったかのようだった。熱を測り、痛みのレベルを尋ねるために、看護師がやってきた。

「ひどい気分」わたしはかすれた声でいった。「でも、モルヒネはもういや。悪夢にうなされるのが耐えられない」

髪を洗いたかったが、包帯がとれるまで、シャンプーなど問題外だった。身体を拭く人を看護師がよこしてくれて、そのあとでうとうとしていたら、ロティがやってきた。

「警察があなたに質問したがってるわ、ヴィクトリア。モルヒネを止めてくれるよう手配しておきましたからね。痛みはどの程度？」

「火に焼かれたことがわかる程度には痛むけど、悲鳴をあげるところまではいかないわ。シスター・フランシスの容態はどう？」

ロティはわたしの肩に手を置いた。「警察はそのことであなたと話をしたがってるのよ、ヴィク。シスターは残念ながら……」

「うそ！」わたしは小声でいった。「うそ！」

シスター・フランシスはセルマでエラ・ベイカーと一緒にデモ行進をした。マルケット・パークでキング牧師と行動を共にした。死刑囚監房の男たちの傍らにいた。グアテマラの亡命者たちに住まいを見つけ、移民のために証言した。だが、わたしと話をするまで、危害を加えられたことは一度もなかった。

事情聴取を乗り切るためにヴァイコディンかパーコセットを呑むようにと、ロティが勧めてくれたが、わたしは腕の痛みと、むなしい涙に濡れた目の焼けつくような感触のほうを歓迎した。わたしも死んで当然だったのに、運命の気まぐれによって助かった。V・I・ウォーショースキー、死の使い。わたしにできるせめてもの償いは、小さな痛みを感じることぐらいだ。

部屋が多くの人で埋まりはじめた。爆弾・放火班からやってきた男性二人が名前を名乗ったが、ほかにも何人かいるのが気配でわかったので、わたしはその人々の名前を知りたいと要求した。歩きまわる音と低い話し声がきこえ、やがて、それらの声が室内を一巡して、各自の名前を告げた。

きいたことのない名前ばかりだった。危機管理局（国土安全保障省のシカゴ支部）から男性一人、女性一人がきていた。FBIからは捜査官が一人。

わたしがすわった姿勢になれるように、ロティがベッドをおこしてくれた。両腕は前へ伸ばしてシーツの上に置いた。抗生物質を投与している輸液バッグにつながった点滴チューブが、わたしの肩にぶつかって揺れた。プラスチックでできたこの小さな友達とロティ。わがチームはこれだけ。敵チームは警察とFBIと国土安全保障省。

爆弾・放火班の男性たちが、このやりとりは録音されていると告げた。供述の準備はできたかと、片方がわたしに尋ねた。

「質問には答えるけど、正式な供述をする準備はできてません。わたしの視力が戻って、あなたたちから書類にサインを求められたときに、その書類が読めるようになるまではだめ」

押しかけてきた連中の一人――OEM（危機管理局）の男性ではないかと思われる――が、麝香系のアフターシェーブをつけていたため、わたしは吐き気を催した。捜査の指揮をとっているのはCPD（シカゴ警察）の爆弾・放火班。記録に残すために名前を述べるよう、わたしにいったのは、そのなかの一人だった。

「V・I・ウォーショースキー」ウォーショースキーの綴りを説明するときに、〝兵士（*warrior*）が人力車（*rickshaw*）に乗ってスキー（*skiing*）に行く〟というペトラの言葉を思いだし、悲しみと恐怖のなかで人がよく経験する、あの厄介な笑いの発作に襲われそうになった。

「シスター・フランシスのアパートメントで何をしてたんです？」爆弾・放火班の一人が尋ねた。

「四十年前の殺人事件について話をするために会ってました」

室内にざわめきが流れ、OEMの女性が誰の殺人事件かときいた。

「ハーモニー・ニューサム。ミズ・ニューサムが死亡したとき、シスター・フランシスがそばにいたんです」

「なぜそんな昔の殺人に関心を……ヴィッキー、でしたっけ？」

「ヴィッキーじゃないわ」わたしはいった。「ミズ・ウォーショースキーと呼んでちょうだい」

もぞもぞと動く気配、さらなるざわめき。そして、室温が二、三度あがった。いいことだ。どうしてわたしだけが火傷でヒリヒリしてなきゃいけないの？

「そんな昔の殺人に関心を持ったのはなぜですか」FBIのライル・トージスンが質問した。

「関心はないわ……それほどは」ラモント・ガズデン捜しのことを説明しはじめたが、急にひどい疲労に襲われ、途中で寝てしまいそうだった。一生涯のあいだ、ラモント・ガズデンとスティーヴ・ソーヤーを捜しつづけてきたような気がした。

「なぜシスター・フランシスのアパートメントへ行ったんです？」ふたたびトージスン。

「会いにきてほしいと、シスターに頼まれたから」わたしは答えた。「話があるといわれたの。スティーヴ・ソーヤーが有罪判決を受けたことで、シスターはこの四十年間、心を痛めていたんですって」

「どういうことです？」刑事の一人が攻撃的な口調でいった。〝われわれシカゴ警察の者が無実の人間を法廷へ送りこむことはありえない〟

「知りません。二言三言話をしたところで、火炎瓶が飛んできたから」

「シスターはどんな話を？」トージスンがきいた。

「アイオワがひどい状況だと」

「あなたが冗談好きだということは警告されていたが」OEMの男性がいった。「いまは冗談をいってる場合でも場所でもない」

「わたしが冗談をいいたがってる人間に見えます？」わたしはいった。「痛みがひどくて、ショック状態にあって、仕事熱心な現場係のチームに〈フリーダム・センター〉とシスターたちの住まいを一インチ刻みで調べてもらいたいと思ってるのよ。それから、OEMとFBIの人たちがここにきてる理由についても、ちょっと興味があるわね。テロリストがシスター・フランシスを狙ってたとか？」

尋問にきた一団のあいだに、ハッと息を呑む声と、新たなざわめきが広がった。「誰かが爆弾を投げれば、そのたびに、われわれは関心を持ちます」ようやくトージスンがいった。「あなたには、一市民として、われわれの捜査に協力する義務があります」

「わたしは一人の人間として、シスター・フランシスが亡くなったことと、自分がそれを阻止できなかったことを、深く悲しんでいます」

「ならば、一人の人間として、われわれに話してください。シスター・フランシスから何をきいたかを」トージスンの声には皮肉がたっぷりこめられていた。

「アイオワがひどい状況だといっていました。精肉加工工場で働いていたという罪で、移民帰化局にいるあなたのお仲間が一斉検挙した人々の家族を救済するために、シスターはアイオワへ出かけていて、帰ってきたばかりだったの。シスター・フランシスの話だと……あっ、わかった」わたしは卵のケースみたいに薄い病院のマットレスにもたれた。「シスター・フランシスはこの国に不法滞在してる人たちを助けていた。だから、みなさん、ここにいらしたのね。訓練成績の悪かったブラッドハウンド犬みたいにゼイゼイいいながら」

ロティの指がわたしの肩をつかんだ。落ち着いて、ヴィク。癇癪は抑えなさい。

「シスターの死はアイオワでの活動に関係してるのかしら」わたしはいった。

「この午後は、こちらが質問してるんです、ウォーショースキー」これはOEMの女性の発言。周囲の男たちに劣らずタフな態度を示そうとしている。

わたしはこわばった笑みを浮かべた。「じゃ、やっぱり、彼女の死とアイオワでの活動に関連があると思ってるわけね」

「わかりません」トージスンがいった。「狙われたのがシスター・フランシスだったのか、それとも、〈フリーダム・センター〉のべつのメンバーだったのか、われわれにはわかりません。あなただった可能性もある。この街に住む一部の人々から、ずいぶん嫌われてるようだから」

思わずムッとさせられる露骨な非難だったため、OEMの女性の発言を危うくききのがすところだった。「あのビルに住んでいた家族のひとつが狙われた可能性もあると思いました。不法滞在者もいれば、麻薬の密売人もいます」

「ビルの住人のことをよくご存じね」わたしはいった。「迅速な仕事ぶりだわ」

視力をなくすというのはすごいことだ。目が見えるときよりも、人間の感情が鋭敏に伝わってくる。トージスンが自分の殻のなかへ退却するのが感じられた。彼と部屋のあいだにガラスの壁がおりてきたような印象だった。

「住人のことをくわしく知ってるのは、〈フリーダム・センター〉の女性たちを監視してたからでしょ」わたしはいった。「監視の目を光らせ、電話を盗聴していた。アメリカが国際テロの脅威にさらされてるときに、あなたたちは修道女の一団を監視している」

「こちらの職務内容についてお話しするわけにはいきません。そのように強制されるいわれもありません」ＯＥＭの女性がピシッといった。

無視してやった。「シスターたちにつきまとってたくせに、火炎瓶攻撃を防ぐことはできなかったのね」

「こっちも精一杯迅速に行動しました」トージスンが反論した。「隠密捜査だったので。最初は本気で攻撃してきたとは思えなかった。窓から火が出るのを見るまでは」

「だったら、なんだと思ったのよ？」わたしは叫んだ。

部屋がしーんと静まり返った。病院のざわめき、呼びだしのアナウンス、すりきれたリノリウムの床をゴム底の靴がこするキュッキュッという音がきこえた。

爆弾・放火班の一人が咳払いをした。「アパートメントのなかで何があったのか、きかせてください」

わたしは首を横にふった。疲れ果てていた。「窓の割れる音がきこえました。五秒ほどのあいだ、通りの騒音だろうと思ってました。子供たちが路地で爆竹を鳴らしてました。Ｍ80の誤射ではないかとも思いました」

包帯の下で目を閉じて、シスター・フランキーとすごした数分間のことを思いだそうとした。「つぎに、窓から瓶が飛びこんでくるのが見えました。布切れを見て、火炎瓶だと気づきました。シスター・フランシスに『伏せて』と叫んだけど、シスターはそれを拾いにいって、そして、二本目の瓶が飛びこんできて……そして……」

シスター・フランシスは火に包まれた。目を閉じたままでも、炎が彼女の針金のような髪を包み、黄色い炎の下で皮膚が白く変わっていくのが見えた。わたしがガタガタ震え、肩で息をしていると、ロティが全員に帰るよう命じてくれた。

「ハーモニー・ニューサムに関して、シスター・フランシスがここにいるウォーショースキーに何を話したのか、どうしても知る必要があるんです」

「あなたがたがここにいるのは、わたしの許可によるものですよ」ロティが冷たく答えた。

「帰っていただく時間がきたと申しあげた以上は、どうかおひきとりください」

「先生、善意のお言葉とは思いますが」ＯＥＭの女性がいった。「わたしたちは国土安全保障省から権限を与えられています。つまり、こちらが帰る気になるまで、ウォーショースキーと話ができるという意味です」

ロティの激怒が嗅ぎとれた。プラスチックの点滴チューブが動くのを感じたと思ったら、わたしは不意に部屋から飛びだして、わたしの名前を叫んでいるブーム＝ブームと一緒に、ウルフ湖でウォータースライダーをすべりおりていた。ブーム＝ブームがわたしを湖に沈めようとしたが、ガブリエラが追い払ってくれたので、ふたたび息ができるようになった。

26　そして今度はマリ

ロティがわたしの静脈に何を入れたのか知らないが、とにかくそのおかげで二十四時間眠りつづけた。目がさめたときは、腕と目の痛みが薄れ、どうにか我慢できる程度の疼きになっていた。ボランティアの人が、摂取許可のおりた流動食を運んできたので、わたしはついでに、電話をかけるのを手伝ってほしいと彼女に頼んだ。

まず、ミスタ・コントレーラスにかけた。ニュースで事件を知ったが、病院に電話しても、「おつなぎできません」とことわられたそうだ。そこでロティに電話し、彼女の話をきいてようやく安心できたが、それでも、じかにわたしと話すことができたのは、老人にとって大きな安堵だった。

「犬のことはなんにも心配せんでいいぞ、嬢ちゃん、あんたがイタリア旅行のときに利用しとった散歩サービスを、ひきつづき頼むことにしたからな。それから、ピーウィー（これは彼がわたしの従妹につけたあだ名）もせっせと通ってきておる。けさはミッチを連れて仕事に行ったし、ゆうべは、あんたの部屋まで行ってシーツの交換や何かやっとった。あんたの食べるヨーグルトまで買ってきたから、退院の許可がおりたら、あんたは快適に暮らせる」

心強いこと。すこしだけ……。トランクの一件以来、従妹がわたしのアパートメントのなかをうろついているのかと思うと、つい警戒心が先に立つ。もしかしたら、ネリー・フォックスのボールをネコババして、いつもの楽天的性格から、ボールの紛失にわたしが気づかないよう願っているかもしれない。

「それから、引っ越してきたばかりの感じのいい男がいるだろ。ミュージシャンの。あの男も犬の世話を手伝ってくれておる」ミスタ・コントレーラスはつけくわえた。「だが、マリ・ライアスンがうろついとるぞ。ほかの記者どもも。恥を知れといってやった。ライオンのあとをついてまわるハイエナみたいなことをしおって。ライオンが仕留めた餌の残りをちょうだいしようって魂胆だ」

わたしの人生に登場する男たちにミスタ・コントレーラスがいい顔をしたことは一度もないが、どういうわけか、マリにはとくべついやな顔をする。わたしは老人の愚痴をできるだけよそへそらして、質問に忍耐強く答えた。粗野な慰めの言葉も黙ってきき流した――自分を責めることはない。テロリストどものために活動しとる尼さんたちは、危険を承知でやっとることだ。あんたがたまたま訪ねた夜に誰かが火炎瓶を投げこんだからって、何もあんたの責任ではない。

老人との電話を終えてから、派遣スタッフのマリリンと話をするために、ボランティアに頼んで事務所の番号をダイヤルしてもらった。マリリンはじゃんじゃんかかってくる電話に閉口していた。いままで考えもしなかったが、いわれてみれば、わたしはメディアの注目の的になっているのだ。

〝血まみれ《ブリード》なら大きく扱う〟——これが報道の世界における古くからのお約束だ。そして、修道女が血まみれ《ブリード》になれば、何日間か大きな扱いになる。ジュリアン・ボンドから電話があった。ウィリー・バロウからも。その他何人かの有名な公民権運動家からも。移民の権利を守ろうとする活動家たちは病院の外で徹夜の祈りを捧げ、シスター・フランシスが死刑囚監房から救いだして自由にした男性二人が、〝シスターを殺した犯人を見つけろ〟と要求を掲げて、警察本部の外でハンガーストライキに入っていた。火炎瓶が投げこまれたとき、シスターと一緒にいたわたしは、当然ながら、テレビ取材班の興味の的になっている。

「しつこく電話してくるんです。ここに押しかけてきた人もいます。あなたが隠れてると思って。どう対処すればいいですか」

「回復して話ができるようになるまで一週間ほどかかる、といっておいて。そうすれば、みんな、退散して、どこかよそへ血を見つけに行くだろうから」

　かかってきた電話のうち、比較的簡単なものから二人で処理していった。モケナでわたしに代わって張り込みをしてくれているフリーランサーからの電話。まだ作成していなかった依頼人への報告書数通。これはわたしがマリリンにどうにか口述した。それから、ほかの依頼人たちへのメッセージ。一週間以内に仕事に復帰するので、そこであらためて話をさせてほしい、という内容。

　午後は、車椅子で眼科に連れていかれ、目の包帯がはずされた。医者の手で窓のブラインドがおろされ、天井の照明も消してあったが、薄暗いグレイの光でさえ、わたしをたじろがせた。最初は、火花でいっぱいの渦巻き以外に何も見えなかった。しかし、何分かすると、いろいろなものがおぼろげに形をなしはじめた。

医者が丹念にわたしを診察した。「じつに運がよかったですね、ミズ・ウォーショースキー。まぶたの火傷は軽症で、すでに治りはじめています。今後二、三週間、外へ出るときは太陽が出ていてもいなくても、また、照明の強い部屋にいるときも、かならず偏光レンズの入ったサングラスをかけてください。眼鏡をかけておられるなら、パソコン用のサングラスを病院で処方してもらって、一、二カ月のあいだそれを使用してください。それから、あと二日間、テレビとパソコンに近寄らないように。絶対厳守ですよ。いいですね」

医者は上まぶたと下まぶたに日に二回ずつ塗るための抗生剤入り軟膏をくれて、シャンプーしてもう大丈夫だといってくれた。

白内障手術のあとで病院が患者に使用させるプラスチックの特大サングラスをかけて、もとの病室に運ばれると、身体の残りの部分を診察するためにレジデントがやってきた。腕がざらつき、赤くなっていた。人と会うためにプロフェッショナルな装いを心がけ、麻のジャケットを着ていったので、生地は焼け焦げたが、そのおかげで皮膚が重度の火傷を負わずにすんだのだった。

もっとも被害のひどかったのが両手だった。来週包帯がとれたら、外に出るときはかならずコットンの手袋をはめるようにといわれた。

ようやく、這うようにしてバスルームへ行き、鏡をのぞいてみると、日焼けしたような顔ではあったが、髪の生え際に水ぶくれが少々できただけですんでいた。たぶん、シスター・フランキーを部屋から押しだすさいに、椅子の掛け布に自分の顔を埋めていて、それが重度の火傷からわたしを守ってくれたのだろう。ひどくみっともなく見えるのは、てかてかの赤い頬のせいではなく、頭の毛がゴソッと抜けてしまったせいだった。まるで疥癬にかかった犬みたいだ。

それでも、火の猛威から逃れられたのは、驚くほど幸運なことだった。シスター・フランシスに向かってわめく代わりに、この手で彼女を床に押さえつけていたら……目を閉じるたびに、火炎瓶が彼女の頭にぶつかる光景がくりかえし浮かんできた。

このまま容態が安定していれば明日には退院できる、とレジデントがいってくれた。診察のあいだに点滴をはずしてくれた。経口抗生物質と本物の食事に切り換えられることになった。

「あなたのために病院でメディアの報道合戦がおきてたのを知ってます?」レジデントは若い男性で、メディアの報道合戦は彼にとっていい気分転換になったようだ。

この朝、わたしがまだ眠っていたとき、病室に一人の記者が忍びこもうとしたのを、病院の警備員が見つけたという。また、ナースステーションのパソコンでシスター・フランシスとわたしのカルテを呼びだそうとしていた男がいたので、シカゴ警察に通報して逮捕してもらったそうだ。

「あなたの病室への電話はいっさいつなぎませんでした。交換台の話だと、かかってきた電話の数は百十七だったそうです」

入院にはプラス面などあるはずがないと思っていたが、メディアからの百十七の電話に出ずにすんだことで、その考えが誤りだったことが証明された。

ほかの患者の回診もしなくてはならないことをレジデントがようやく思いだしたところで、わたしは手を保護するためにプラスチックのミトンをはめ、小さなバスルームへシャワーを浴びにいった。ようやく人心地がついたが、疲労と投薬と憂鬱のせいで麻痺したような無気力状態に陥り、ベッドに戻った。

特大サングラスをかけて、うとうとと横になっていた。誰かがランチらしきものを運んできた。カフェインを摂取すれば脳の霧が多少晴れるのではないかと思い、コーヒーがほしいと頼んだ。わたしの食事メニューにコーヒーは含まれていないといわれたので、トレイにのったブヨブヨの赤いジェローを食べて吐き気を催しながら、ふたたび横になった。

徐々に、わたしの服のことに考えが向きはじめた。財布はハンドバッグに入れておいたので、たぶん、シスター・フランシスの住まいの残骸のなかで溶けてしまっただろうが、服のポケットにバラ銭をつっこんでおくことがよくある。煙にいぶされた服のポケットを探ると、十一ドル十三セントが見つかった。携帯もそこに入っていたが、電池が切れていた。

ラリオのブーツに素足をつっこんでひっぱりあげ、破れて焦げた麻のジャケットをはおった。バスルームの小さな鏡を見てみた。ジャケットと、不恰好な髪と、特大サングラスのおかげで、病院の外の通りで吸殻拾いをしながら暮らしている人間みたいに見えた。震える脚でどうにか廊下を歩いていった。何も食べず、ひどいショック状態に陥り、まる二日間ベッドで寝たきりだったため、筋肉が衰えていた。ナースステーションにいた病院の警備員が不思議そうな顔でこちらを見たが、呼び止めようとはしなかった。エレベーターで一階ロビーにおりた。

最近はどこの病院も、エスプレッソ・マシンを据えつければレジのチーンという音が大きくなることに気づいている。ストレスをかかえた患者はどんなものでも飲むだろうと思って、おいしいエスプレッソをいれようという努力はしていない。わたしもえり好みできる立場ではなかった。エスプレッソのトリプルを注文すると、向こうはわたしの服と汚らしい髪を見て、先に金を払うようにいった。

コーヒーがはいるあいだに、ロビーの向こうの正面ドアのほうへ目をやった。報道合戦の連中はほとんどひきあげたようで、カメラを積んだトラックが一台残っているだけだった。サングラスの奥で目を細めると、ピケのプラカードを持った人物二人の姿がかろうじて見分けられた――たぶん、移民の権利を守ろうとする活動家だろう。もしくは、ストをやっている地元の連中か。いや、中絶反対派ということもありうる。サングラスのレンズが不透明なため、プラカードの文句を読むことができなかった。

両手が分厚い包帯に覆われているので、指先でカップを支えなくてはならず、砂糖のパックをあけるのもひと苦労だった。ついに歯で嚙みちぎって、砂糖を自分の身体と床にまき散らし、すこしだけエスプレッソに入れることができた。エレベーターに向かおうとしたとき、受付デスクに《ヘラルド＝スター》のわが旧友、マリ・ライアスンの姿を見つけた。面会者用のパスをもらっているところで、受付係に向かって満足そうな笑みを見せていた。メディア撃退の原則もついに消滅。

わたしは粗末な病院のガウンの下に何も着ておらず、煙を吸ったジャケットで胸とお尻が人目にさらされるのを防いでいるだけなので、無力で無防備な気がした。鉢植え植物の陰に置かれた椅子に退却して、マリがエレベーターに姿を消すまで見守った。

じっと待っていると、今度は〈グローバル・エンターテインメント〉のベス・ブラックシンが受付デスクに近づき、身ぶりをまじえて怒りの表情で話しはじめ、エレベーターのほうを指さした。すると、マリは受付係をだまして入りこんだわけだ。病院の警備員がベスのところにやってきた。

病院というところは、出入口と階段が無数にある。わたしは反対端からコーヒーショップを出て、最初に見つけた階段をのぼった。一階分のぼっただけで、サンドバッグがわりに殴られたような気がしてきて、脚がガクガク震え、頭がふらついた。壁にもたれてエスプレッソをすこし飲んだ。苦味が強かった――マシンのヘッド部分の掃除をここしばらくさぼっているのだろう――しかし、カフェインのおかげで落ち着いた。

医者が階段を駆けおりてきたが、わたしに気づいて足を止めた。「入院中の患者さん？」

わたしは手首をつきだした。手を包んだガーゼの上に、プラスチックの患者用のタグがはめてある。「コーヒーを飲もうと思って一階におりたら、迷ってしまったの」

医者がわたしのタグの文字を読んだ。「あなたの病室は五階ですよ。エレベーターを使ったほうがいい。ベッドを出て歩きまわってもいいのかどうか、わたしにはわからないが……五階まで階段をのぼるなんてとんでもない」

医者が二階に通じるドアをあけて、わたしが彼の横を通り抜けるあいだ、ドアを支えてくれた。「車椅子を頼んであげましょう」

「いいえ、看護師さんから歩く練習を始めるようにいわれたの。大丈夫よ」

医者は急いでいたので、その場に残ってわたしと口論したりはしなかった。わたしはタグを見た。予想どおり、病室の番号が書いてあった。よかった。病室を出るとき、番号を確認しなかったのだ。

べつのエレベーター乗場が見つかり、病院の図書室の表示が目についた。指先でコーヒーを持って、整形外科外来と呼吸器科を通りすぎ、図書室まで行った。ホッとしたことに、そこは寄贈された本がたくさん置かれた部屋にすぎなかった。本の大部分は未読の書評用献本で、出版社の宣伝チラシが表紙の内側にはさまったままだった。特大サングラスをかけた下着なしの人間がここに入っていいかどうかを問題にするスタッフは、一人もいなかった。

天井の照明を消して、アームチェアに丸くなった。自分を哀れむのも、シスター・フランシスのことで罪悪感に包まれるのも、そろそろやめなくては。頭を働かせ、行動に出なくては。

FBIはシスター・フランシスのアパートメントを監視していたのに、彼女への攻撃を阻止しようとしなかった。つまり、FBIが彼女の死を望んでいたということ？　それとも、ピッツァを買うために持ち場を離れていて、火炎瓶が投げつけられたのに気づかなかったとか？

コーヒーが助けにはなったが、ぼやけた頭を完全に機能させるには至らなかった。アームチェアで丸めていた身体を伸ばし、何冊かの本から宣伝チラシを抜きだした。小さなデスクの引出しを探ると、短くなった古い鉛筆が見つかった。これで我慢するしかない。字を書くのに充分な視力はまだ戻っていないし、ちびた鉛筆でさらさら書くのはとうてい無理なので、金釘流の文字になってしまった。

1　FBIがフランシスを監視。なぜ？

2　ラモント・ガズデン＝密告者。本当？

3　火炎瓶のなかには何が？——プロ級の燃焼促進剤？　それとも、素人程度？

こうした質問に誰が答えてくれるだろう？　頭の隅にひっかかっていることが——重要な疑問が——ほかにもまだあった。ブーツを脱ぎ、身体の下に足を折りこんで、心を自由にさまよわせた。うとうとし、目をさまし、うとうとしたが、そのたびに心に浮かんでくるのはロティの怒りだった。だが、頭にひっかかっているのは、ロティのことではなかった。ロティがきのう追い払った法執行機関の連中のことだ。連中が何か妙な質問をしたのだ。

メモした紙をジャケットのポケットにつっこみ、身をかがめてブーツをはいた。立ちあがるとき、転倒しないための用心に、椅子につかまらなくてはならなかった。こんなに弱ってしまったのが腹立たしかった。通りに出て、いろんな人から話をきかなくてはならないのに。病院の廊下を歩いただけでぐったり疲れてしまうような情けない状態ではなしに。ふらつく足で病室に戻った。

卵のケースみたいに薄いマットレスに身を沈めたそのとき、看護師が顔をのぞかせた。

「どこへ行ってたんです？　病院じゅう捜してたんですよ！　呼びだしのアナウンスがきこえませんでした？」

「ごめんなさい。脚の調子をたしかめてたら、すごく疲れて、椅子で寝てしまったの。何もきこえなかったわ」

看護師はわたしの熱と脈を測ってから、わたしが戻ってきたという喜ばしいニュースを広めるために姿を消した。看護師がいなくなったとたん、バスルームのドアがあいて、マリが出てきた。

「これは、これは、ウォーショースキー。みんな、ほんとのことをいってたんだ。きみはまだ死んでなかった」

「ライアスン、わたしの病室からとっとと出てって」わたしは驚きのあまりカッとなった。

「おお、甘きお言葉」マリはニヤッとして、わたしをみつめた。「あのさ、こういっちゃなんだけど、その恰好、かなり変だぜ」

「じゃ、いわなきゃいいでしょ。わたしは炎のなかを生き延びたのよ。不愉快きわまりない経験だったわ。さ、出てって」

「きみの話をきいてからな、喧嘩っ早い探偵さん《ファイア・イーティング》」

「わたしのために何かやってくれたら、話をきかせてあげる」

マリは持参したテープレコーダーの上に身をかがめた。「仰せのままに、女王さま、やらせていただきましょう」

「服が必要なの。こんなの着てられない。ところが、財布も、クレジットカードも、その他のものも、全部シスターのアパートメントのなかなの」

マリはすわりなおした。「きみんちへ行くのはおことわりだ。ご承知のように、じいさんがおれを嫌ってる。あの地獄の猟犬どもをおれにけしかけて、おれはきみのクロゼットをかきまわす理由を説明する前に、魚の餌にされちまうだろう」

「じゃ、何か買ってきて。ジーンズ、白い長袖シャツ、それから、ブラ。それだけあれば充分よ」

「ブラ？　それってつまり、ブラジャーのこと？　やだよ」

「マリ、クルーマスの資金集めパーティのとき、二十代のブロンドとベタベタしてたでしょ。ランジェリーのお店に入ったらドギマギして赤くなる、なんていわせないわよ。サイズ36C。それから、シャツはサイズ12、ロング丈のジーンズは31。後学のためにメモしておく？」

「はいはい」マリはしかめっ面になった。「わかりましたよ。さて、シスター・フランシス・ケリガンが殺されてしまうなんて、きみ、彼女の家で何やってたんだい？」

わたしはベッドに身体をおこして、自分の腕を見た。「どういうわけか、わたし、シャツを着てないみたい」

「話をする前に、シャツを買えっての？　ここに入りこむのにおれがどれだけ苦労したか、わかってる？　患者の一人の名前を見つけて、その女の見舞いにきたふりをしなきゃいけなかった。つぎに、使えるパソコンはないかと、こそこそ探しまわって、きみの病室番号をつきとめるためにハッキングまでしたんだぜ。今後は二度と入れてもらえんだろう。きみの話をきくまで帰らないからな」

「そうね、あなたのことだから約束を破るだろうと思ってた。でも、そのみごとに手入れの行き届いた頭を悩ませるのはおやめなさい。ミスタ・コントレーラスに頼めば、わたしの服ぐらい、喜んで持ってきてくれるわ。わたしが故障者リストに入ると、いそいそと面倒をみてくれる人なの」わたしは黒っぽいレンズの奥で目を閉じて、枕にもたれた。

「フン、くそったれ、人使いの荒い女だな、ウォーショースキー！」

「十秒したら看護師を呼ぶわよ、ライアスン。わたし、病院のコンピュータシステムに入りこむような最低人間じゃないわ」

「修道女がフライにされる原因を作った最低人間だ」

わたしはすわりなおして、サングラスをはずした。「あなた、どこかにそんなこと書いたら――活字だろうと、ブログだろうと、携帯メールだろうと――残りの生涯は、名誉毀損の訴訟と戦いながら送ることになるわよ。わかった？」

二人のあいだに気まずい沈黙が流れ、やがて、マリがいった。「シスター・フランシスが襲われたとき、きみもその場にいたじゃないか」

わたしはマリの質問を無視した。「シスター・フランシスの死をそんなふうに表現するなんてひどい……生涯をかけて、社会正義と市民的自由のために戦った人なのに。あなたったら、彼女の死をクリス・マシューズ（ニュースキャスター&政治コメンテーター）のギャグみたいに茶化してもいいと思ってる！　頭に火がついた人を抱きかかえるのがどんな感じなのか、あなたにわかる？身体の上でロウソクの芯みたいに頭が燃えてるのよ。出てって！」

「悪かった、ヴィク、許してくれる？　おれたちみんな、つぎはどんな気の利いた皮肉なコメントを口にしようかと考えるのに、時間を使いすぎてるんだ。無神経で思いやりのないことだった。謝るよ」携帯禁止のサインがあちこちに出ているのを無視して、マリは携帯をとりだし、誰かに電話して、わたしの服を買うように頼んだ。さらには、クレジットカードの番号まで伝え、服を病院に届けるよう指示した。

わたしはサングラスをかけなおした。病室の薄暗い明りでも目が痛くなる。おまけに涙がじわっと出てきたので、それをマリに見られたくなかった。

「あなたのほうの情報源はなんていってるの？」しばらくしてから、わたしはきいた。「移民関係の活動が理由で襲われたという意見？」

「それに関する情報は何も入ってきてない」マリは正直に答えた。「〈フリーダム・センター〉を主宰しているキャロリン・ザビンスカとかいうシスターの話だと、イラク戦争が始まったころ、修道女たちが戦争反対を叫んで、週に一度ずつ徹夜の祈禱集会をひらいていたため、殺してやるという脅迫を受けたことはあるが、刑務所や移民援助関係の活動が理由で脅されたことは一度もないそうだ」

マリは言葉を切った。「よりによって、なぜきみが訪ねてった晩にシスターが襲われたのかと、人々が首をかしげてる」

わたしは目を閉じたまま、ベッドにじっと横たわっていた。「人々って誰のこと？　あなたは入ってないわね、もちろん」

「そういう噂が入ってきただけだよ」

「〈グローバル〉が《ヘラルド＝スター》を買収して以来、あなたは犯罪を追っかけるよりも、エンターテインメントのほうに重きを置くようになっている」わたしは腹立ちが治まらず、お返しにこっちからもチクチクいってやりたくなった。「おかげで、どこから情報を仕入れたかも、昔みたいに大きな意味を持たなくなったようね」

「おれがいつ取材を手抜きした、ウォーショースキー？」いまはマリも激怒していた。「きみは自分の玉座にすわってんだから、探偵としてソロ活動をするのは簡単だけど、おれのほうは、新聞に記事を書こうと思ったら、会社の意向に沿って動かなきゃならんのだぞ。それに、情報源の連中はおれを信頼してくれてるし」

わたしは包帯に覆われた両手をみつめ、大企業で働いていれば、故障者リストにのったときには誰かが残りの仕事をひきついでくれるのにと思った。「じゃ、あなたの情報源は襲撃犯に関してどんな情報をよこしたの？　わたしがシスター・フランシスの建物の呼鈴を押したとき、ローレンス・アヴェニューは多くの人で活気づいてたわ。全員が証人になるのを恐れて健忘症にかかってしまったの？」

部屋は暗いし、サングラスのレンズ越しなので、マリの顔はよく見えなかったが、彼の荒い息遣いは静まっていなかった。長いあいだ無言だったが、わたしに嫌みったらしく非難されても、やはり根っからの新聞記者だった。わたしのコメントをとりたがっていて、口をひらかせるためには、自分のほうも質問に答える必要があるのを承知していた。

「犯人を目撃した者は山ほどいる。フォード・エクスペディションが警笛を鳴らしながら、猛スピードで走ってきた。誰もがあわてて飛びのくと、エクスペディションは歩道に乗りあげて停まった。男が一人——いや、女かもしれんが、みんなはたぶん男だろうといってる——ストッキングをかぶった姿で出てくると、火炎瓶を投げ、車に飛び乗り、何がおきたのか誰も理解できずにいるうちに走り去った」

「車のナンバーは？」

「誰も見てない。あるいは、知ってても話す気がないか。おれは両方の説を耳にした。情報源の一人がいうには、路地にいたガキどもがＳＵＶ車を見てるんだが、つぎの標的にされるのを恐れて口をつぐんでるそうだ。修道女に火炎瓶を投げつけるやつだったら、何をしでかすかわかったもんじゃない」

わたしはしばらく黙りこみ、じっくり考えた。「FBIとOEMがあそこを監視していた。そちらに関して何かニュースは？」

「そうだな、憲法修正第一条が死んじまったってニュースがある。記事にする内容についてはすべて、政府の了解を得なきゃならん。下司どもめ！　うちの女編集長もおんなじさ。あのクソ女、うなずいて、まばたきして、ルールが変わったから、人々にニュースを伝えるためにはそれに従う必要があるっていいやがんの」

マリの言葉から、わたし自身が受けた尋問が思いだされた。わたしの心にひっかかっていた質問。シスター・フランシスがハーモニー・ニューサムに関してわたしに何を話したかを、危機管理局の女性が知りたがっていた。わたしはふたたび吐き気に襲われて、マットレスに横になった。わたしの話をききにきたとき、OEMはすでにハーモニー・ニューサムのことを知っていたわけだ。

わたしは言葉につっかえながら、〈フリーダム・センター〉を訪ねた理由を説明した。昔の殺人事件、ラモント捜し。そして、尋問に押しかけてくる前からすでに、わたしがハーモニー・ニューサム事件に関心を持っていることを、OEMの連中が知っていたという事実。

「シスター・フランシスの電話を盗聴してたから？」わたしは話の最後を締めくくった。「それとも、わたしの電話を？　それとも、両方を？　マリ、わたしが訪ねていったせいで、シスターが死んだのなら――」

「おい、おい、ワンダー・ウーマン、お涙ちょうだいの話はやめてくれ」マリが文句をいった。

涙をこらえきれなくなった。夏のあいだずっとわたしを悩ませていた、自分の性格についての疑問。わたしはどうして人間関係を持続できないの？　わたしは周囲の者すべてに破滅をもたらす人間なの？

27

火に焼かれた家のなかで

ちょうどそのとき、ロティがレジデント二人と医学部の学生一人を従えて、すべるような足どりで病室に入ってきた。ロティは鞭のひと振りみたいに辛辣なコメントを添えて、マリを部屋から追いだした。

わたしはティッシュをとろうとして、傍らのカートを手で探った。ロティがティッシュの箱を見つけてくれたが、目をこすらないようにと警告した。

「ライアスンったら、どうやって入りこんだの？」ロティはきつい調子できいた。「この病院もどうなってるのかしら。特別な指示を出しておいたのに、守ってくれないなんて。記者や警察があなたを悩ますことのないように、わざわざ、面会謝絶だと念を押しておいたのよ。まさか、あなたがマリを呼んだんじゃないでしょうね」

ロティはわたしの首に指を二本あてて脈をとった。「これだから面会謝絶にしておいたのに。あなたは衰弱してるのよ。泣いたりしちゃだめ。それから、今日の午後、わたしが手術室に入ってたとき、あなた、姿を消したそうね。このランデブーを設定するためだったの？」

「エスプレッソがほしくて一階のコーヒーショップへ行ったら、それだけで疲れてクタクタ。椅子にすわったまま寝てしまって、呼びだしのアナウンスにも気づかなかったの」

ロティに嘘をつくのは気がひけたが、これはある程度まで事実だった。だが、ロティが正しいのではないかと思った。わたしにもマリに会いたい気持ちがあったのでは？　ロビーで彼を見かけたとき、病院の警備員に通報すればすむことだったのに、そうしなかった。脳の無意識の部分で、彼が押しかけてくることを望んでいたのかもしれない。

ロティはぶつぶついいながら、わたしの回復状況を報告するようにとレジデントに命じた。医学部の学生が礼儀正しく脇へどいているあいだに、レジデント二人がわたしの角膜と視神経の損傷を調べた。わたしは苛立ちに包まれたが、そのあと、さらに大きな罪悪感に胸をえぐられた。わたしは生きている、いずれ回復する。故障者リストに入っているあいだに、睡眠は昼間にとり、夜中に仕事をするよう身体を慣らすこともできる。

「明日、退院の許可が出たら、わたしの家に連れて帰ろうと思ってるのよ」ロティの言い方ときたら、人を咬んで何度も収容所に送られた犬をもらい受ける話をしているかのようだった。「あなたの健康が心配なの。それと、あなたの身の安全も」

「わたしの身の安全？　そういえば、マリのやつ、火炎瓶はシスター・フランシスじゃなくてわたしを狙ったものだって噂を、ある情報源からきいたっていってたわ。あなたも同じ噂を耳にしたの？」

ロティはレジデントと学生を立ち去らせ、むずかしい顔でベッドの端に腰かけた。「わたしが心配してるのは、あなたの無謀さよ。マリのその説には何か証拠でも？」

「知らない。わたしが白状させる前に、あなたがマリを追いだしてしまったから。ニューサム事件に関してシスター・フランシスがわたしに何を話したのかって、国土安全保障省の女性にしつこく尋ねられなかったら、わたしもべつに気にしなかったと思うけど」わたしはロティのおぼろげな輪郭を見た。「ロティ、もしわたしが火炎瓶の標的だったのなら、あなたの家へ行くことはできないわ。あなたを怪我させる危険は冒せない」

「自分の家に帰るより、うちにきたほうが安全よ。ドアマンがいるし、警備員もいる。あなたのとこは、まるっきり無防備だわ。それに、また火炎瓶を投げこまれたら、二階に住む子供たちが怪我をするだろうし」

「ああ、もどかしい！」わたしは絶叫した。「目と皮膚を保護するために、暗いなかにすわってなきゃいけない。外に出ていろんな人の話をきく必要があるのに。パソコンの前にすわってデータを調べる必要があるのに。どうすればいいの？」

ロティは片腕をわたしにまわした。「何もかも今日のうちに片づけなきゃいけないの？二、三日後には、太陽に気をつけさえすれば、外を歩きまわれるようになるわ。病院に入ってるとどんな気分になるか、あなたもわかるでしょ。退院したあとより、入院中のほうが無力に感じるものよ」

ロティは夕食のトレイが六時に運ばれてくるまで病室にいて、かつては鶏肉だったかもしれない何かを食べるよう、わたしに強制した。ロティが帰ったあと、読書もテレビも禁止なので、眠ろうとした。だが、シスター・フランシスの死に自分がどんな役割を果たしたかが気になって、狭いベッドで寝返りばかり打ちつづけた。

夜の八時すこし前に、受付デスクにあずけられていたショッピングバッグを持って、ボランティアが入ってきた。マリの部下がわたしの服を買いそろえてくれたのだ。ブラはわたしだったらぜったい選ばないような白のシンプルなものだったが、それでもかまわなかった。どっちみち、包帯を巻いた手では、ホックがかけられない。やっとのことでシャツのボタンをはめ、ジーンズをひっぱりあげた。マリの部下は指示されたとおり、サイズ31のジーンズを買っていた。点滴だけで二日間すごしたので、いまでは30でも大丈夫そうだった。

服を着ただけで気分がシャキッとした。ふたたび、やわらかな茶色のブーツをはいて、バスルームの鏡をのぞいた。髪をどうにかしなくては。これじゃまるで、フリーク・ショーだ。

入院生活の副産物はプラスチックだ。袋、トレイ、検査用のカップ、嘔吐するときに使うバナナ形の容器まで、病室にはプラスチックがあふれている。袋にカップを詰めこみ、つぎに、睡眠中のV・Iに似せたふくらみをベッドのなかにこしらえ、明りを消してから、廊下の様子をうかがった。

午後八時。見舞い客がひきあげ、看護師が薬を配ってまわる時刻。人混みに紛れこめばいい。幸先がいい。

ハンフリー・ボガートがぶちのめされ、麻薬をたっぷり打たれ、頭をクラクラさせながら、それでもおきあがって極悪人どもを追いかける、という古い映画をご存じだろうか。わたしはつねづね、じつにくだらない、非現実的だと思っていた。

わたしが正しかった。異様な髪とプラスチックの大きなサングラス姿で自信たっぷりに歩こうとしたが、〈ロング・グッドバイ〉のボギーと同じく、周囲で廊下が揺れるのが見えた。倒れないよう壁にすがりつかなくてはならなかった。幸先がいいとはいえない。

正面ロビーにたどり着いたときには、じっとり汗をかき、頭がふらついていた。病院からシスター・フランシスの住まいまでは二マイルちょっと。ふだんのわたしなら歩ける距離だが、ふだんの状態にはほど遠い。所持金がまだ八ドル残っていた。タクシー代には足りないが、バスで往復すればいい。

ふらつく足で北へ二ブロック歩いて、ローレンス・アヴェニューのバス停まで行った。マリのおかげで動揺していた。何度も足を止めた。足もとが不安定だからではなく、つけてくる者が（警官にしろ、泥棒にしろ）いないかどうか確認するためだった。本当にわたしが火炎瓶の標的だったのなら、敵は厳重な監視をつづけていて、いまは入院中だと思いこんでいることだろう。誰にも知られずに〈フリーダム・センター〉のアパートメントに忍びこもうとするなら、今夜が唯一のチャンスかもしれない。

アップタウンの界隈には長所がひとつある。異様な髪形をして、まっすぐ立つのもひと苦労という女が、掃いて捨てるほどいることだ。バスを待っていると、わたしと似たような恰好の女性が二人、すさまじいどなりあいの最中に身をかがめて煙草の吸殻を拾おうとしながら、目の前を通りすぎていった。ふり向いてわたしたちを見る者は誰もいなかった。

バスがのろのろやってきて停まった。わたしは手に巻かれたガーゼの包帯のせいで苦労しながら、しわくちゃの紙幣二枚を料金投入口につっこみ、身体の不自由な人や老人用の優先席のひとつにぐったりすわりこんだ。周囲の世界から切り離されてしまったような感覚に包まれていたため、ケッジー・アヴェニューのバス停に着いたときは、ステップをおりる方法を自分に教えなくてはならなかった。

わたしの車はケッジー・アヴェニューに置いたままだが、鍵束はシスター・フランシスのアパートメントに落としてきたハンドバッグのなかだ。グローブボックスに万能鍵が入れてあるので、マスタングにもぐりこめるかどうか見てみるために、ケッジー・アヴェニューを歩いて車のところまで行ったが、もちろん、車のドアはわたしの手ですべてロックしてあった。だが、市当局はわたしを忘れていなかった。パーキングメーターの時間オーバーによる駐車違反チケットが、ワイパーに三枚もはさんであった。歯ぎしりをしたが、チケットはそのまま残しておいた。チケットに関しては、今夜は何もできない。

通りからシスター・フランシスのアパートメントを見つけるのは簡単だった。窓が板でふさがれ、窓枠の周囲のレンガとコンクリートが黒く焦げている。だが、そこから上のフロアのいくつかでは、窓の奥に明りが見えた。つまり、消火作業が迅速だったおかげで、ビルの配線と配管設備が使用不能にならずにすんだということだ。火災で怪我をした者や、住むところをなくした者が、ほかに一人もいなかったと知って、胸をなでおろした。ビルを監視していたＦＢＩのバカどもも、消防隊の消火作業の邪魔だけはしなかったわけだ。

三日前の夜と同じく、子供、買物客、恋人、酔っぱらいで、通りはにぎわっていた。人々がわたしを凝視した。このビルは舞台、そして、わたしは登場したばかりの俳優。ま、じろじろ見られても仕方がない。

プラスチックのサングラスをはずした。すでに日が沈み、街灯がついていて、街は真夏の黄昏の靄に包まれていた。これなら目が痛くなることもないだろう。右手の包帯を押しあげて、親指と人差し指を出し、サングラスの端を使って入口ドアの錠をこじあけた。この前の夜に思ったとおり、簡単にはずれるタイプの錠だった。OEMが監視しているとしても、追いかけてこないよう願った。

階段の吹き抜けはラボのシンクみたいな臭いがした。焦げた木材の臭いや、湿っぽい臭いに、化学薬品のカビくさい饐えた臭いがまざりあっている。懐中電灯があればいいのにと思った。二つ上のフロアでたった一個の電球が光を放っているだけだ。階段を踏みはずしたり、瓦礫につまずいたりしないか、不安だったが、懐中電灯も車のグローブボックスに入ったままだ。お金さえあれば、簡単に解決することなのに。近くのドラッグストアまで歩いていって懐中電灯を買う。タクシーに飛び乗って新しい服を買いにいく。わたしみたいな恰好をした女たちが通りを歩きながら大声でわめき散らしている気持ちが、わかるような気がした。

グアダルーペの聖母像が置かれた踊り場で足を止めた。薄暗い明りのなかで、かろうじてその姿が見えた。荒削りな聖母の頰をなでた。聖母がわたしを守ってくれると思うことができれば、シスター・フランシスはいま聖母の胸に抱かれていると信じることができれば、どんなに心が安らぐだろう。忍び足で二階にあがり、右に曲がって、シスター・フランシスの住まいに向かった。

通りに面した窓に板が打ちつけてあるため、二階の廊下はさらに暗かった。闇のなかで岩だらけのビーチを歩くようなもので、一歩ずつがギャンブルだった。何かに蹴つまずいても、その正体がわからなかった。壁材、ワイヤ、照明器具のパーツ。身体を支えるために、壁に指先を這わせていたが、壁が急に消えたため、足をすべらせてしまった。無の空間をつかもうとし、気がついたら、瓦礫のなかで膝をついていた。

痛めつけられたわたしの目にも、シスター・フランシスのドアに貼られた黄色い現場保存用テープが鈍い光を放っているのが見えた。ノブを見つけてまわしてみた。錠をこじあけた。ドアはテープで封印されていたが、肩で強く押すとひらいた。

アパートメントに入ると、空気が刺激臭に満ちていて、涙がじわっとにじんできた。目を保護するためにサングラスをかけたが、ふたたびはずした。分厚いレンズをかけたままでは何も見えない。

被害の中心部から猫のようにあとずさった。シスター・フランシスは台所から紅茶を運んできた。もしかすると、そちらに懐中電灯があるかもしれない。闇のなかだと、距離やスペースの感覚がなくなってしまう。何度も家具にぶつかって、ようやく壁面が見つかったので、それに沿って慎重に進むことにした。

ようやく、台所に通じるスイングドアが見つかった。正常な世界と地獄を隔てる門のように見えた。片側は焼け焦げてびしょ濡れになったシスター・フランシスの人生の残骸、反対側は〈オジーとハリエット〉のセットのようで、すべてが清潔できちんとしている。窓は板でふさがれていなくて、裏階段の明りと路地の街灯に照らされて、ガスレンジ、冷蔵庫、戸棚の輪郭が浮かびあがっている。カウンターには、シスターの朝食用のカップとボウル、そばにコーンフレークの箱。ついに食べることのなかった朝食の準備がしてあったのだ。明りのスイッチを入れてみたが、ビルのこの部分の電気は切られていた。

懐中電灯は見つからなかったが、ガスレンジの横の広口瓶からフライ返しとおたまをとった。マッチとロウソクが目についたが、そこへ手を伸ばした瞬間、火はもうたくさんだという思いで全身が震えた。

慎重な足どりで居間にひき返すと、台所の入口からさしこむ亡霊のような光に照らされて室内が見えるようになっていたので、瓦礫のあいだを縫って進むことができた。わたしのハンドバッグを見つけたかった。しかし、本当にほしかったのは、火炎瓶のガラスの破片だった。

火炎瓶が投げこまれたとき、わたしはドア近くの椅子にすわっていた。バッグは横の床に置いてあった。しゃがみこんで、そろそろと前に進んだ。湿ったぐしゃぐしゃのかたまりに指が触れた。腐ったレタスみたいな感触だったが、我慢してさらに指をつっこんでみたら、本だとわかった。床には命を失った本が散乱していて、わたしは疲労に加えて悲しみに震える脚でそれらをよけながら進んだ。

椅子のクッションだったのではないかと思われる、じっとり濡れた気持ちの悪い発泡スチロールのかたまりや、椅子のフレームの破片が見つかったが、わたしのバッグはどこにもなかった。しかし、部屋の中央で、不自由な手の片方がガラスの破片に触れた。床の破片をフライ返しですくっておたまに移し、それから、袋に詰めて持ってきたプラスチックのカップのひとつに入れるまでに、数回挑戦しなくてはならなかった。その付近を手で探ってみると、さらに大きな破片がいくつか見つかった。瓶の首にあたる部分。そして、底の部分だったのではないかと思われる分厚い破片。これらも即製の容器に入れた。

この証拠品を見つけた場所を写真に撮る方法も、証拠品袋にラベルを貼る方法もなかったが、どっちみち、証拠品が汚染されていないという証明ができない。また、この証拠品を法廷で使うのは不可能だが、これを調べてみれば、襲撃者に関して何か参考になることが判明するかもしれない。

苦労して立ちあがった。疲労で全身が痙攣していた。このまま、ぐしょ濡れの本の山の上で横になり、疲労に身を委ねてしまいたかった。身体を支えるために壁を手探りした。母の顔が浮かんできた。医者の診察から帰ってきて、希望も、治療法も、助かる見込みもないと告げた日の母。死を前にして透明な輝きを帯びはじめていた肌に、黒っぽい目が大きく見えた。

〝ヴィクトリア、わたしの大切な子。悲しみと喪失と死、それはこの世における人生の一部なのよ。誰もが死者のために嘆くけど、その嘆きを宗教に変えてしまうのは利己的なことだわ。人生を大切にすると約束してちょうだい。自分一人の悲しみゆえに世界に背を向けるようなことはけっしてしない、と〟

まだ思春期だったわたしは、悲しみのあまりワッと泣きくずれ、つぎに、呆然としているだけの無力な父にわめき散らした。

〝パパはあなたやわたしみたいに強い人じゃないのよ、かわいい子《カリッシマ》。パパにはあなたの助けが必要なのよ。あなたの怒りじゃなくて。パパに食ってかかるのはやめなさい〟

この言葉はそのときはなんの慰めにもならなかったし、いまも慰めにはならなかった。重荷だった。身近でもっとも強い人よりさらに強くなるよう求められるのは、わたしが背負わなくてはならない荷物だった。シスター・フランシスは死んだ。わたしは強くなって、死んだ彼女を守らなくてはならない。生前の彼女を守れなかったのだから。

そろそろひき返すことにして、北極点に到達できなかった探検家のごとく、本と板材とクッションのあいだを縫いながら、のろい足どりで進んでいった。ドアの手前まできたとき、下のほうで光がちらつき、遠ざかるのが見えた。息を呑んだ。疲労が生んだ幻覚？　ふたたび光が見えた。ドアの脇柱を照らしている。ＯＥＭ？　ＦＢＩ？　身を守りたくとも、台所から持ってきたフライ返ししかないし、それをふりまわす力もない。

ドアがあいた。背の高い人影がためらいがちにそこに立って、室内に懐中電灯の光を走らせ、つぎに、ふり向いてうしろを見た。その拍子に光が上を向いて、人影にあたり、スパイクヘアを照らしだした。

「ペトラ・ウォーショースキー！」わたしはいった。「こんなとこで何してるの？」

28 そして、昔の家でも火事が

懐中電灯が床にカタンところがって、従妹が悲鳴をあげた。わたしは身をかがめて懐中電灯を拾い、その瞬間、走り去る足音をきいたような気がした。ペトラを押しのけて階下のホールを見たが、人の姿はなかった。

「いまのは誰？」わたしはきいた。

「ヴィク……あなただったの！」ペトラは息を切らし、怯えていた。「入院中だと思ってた」

「そうよ。あなた、ここで何してるの？　それから、誰が一緒だったの？」

「誰も。あたし、一人で――」

「嘘をつくのが上手じゃないわね、ペトラ。火事にあった建物に一人で入るだけの度胸も、経験も、あなたにはない。誰が一緒だったの？」

「選挙運動を一緒にやってる男性の一人」ペトラはボソッと答えた。「あたしが悲鳴をあげたんで、彼、逃げちゃった。トラブルに巻きこみたくないから、彼の名前はきかないでね。あたし、ぜったいいわない。それはそうと、あたしにどなるのやめてよ。ここにきたのはヴィクのためなんだから」

「あら、そう？」わたしはぐったり疲れていて、焼け焦げた壁にもたれなくてはならなかった。「わたしのために、どんな高貴なことをやってくれるつもりだったの？」

「財布も何もかもここに置いたままだって、サルおじちゃんからきいたの。だから、見つけてあげようと思って。近所の不良どもが忍びこんで、釘で固定してないものならなんだって盗んでいくっていうから」

「けっこう本当らしくきこえるわね」わたしは賞賛の言葉を贈った。「まさにミスタ・コントレーラスが使いそうな言葉だわ。嘘が上手になってきたじゃない」

「なんでそう嫌みったらしい態度をとるの？」ペトラがきつい調子できいた。「なんであたしを信じてくれないの？」

わたしはペトラの懐中電灯を拾って、室内に光を走らせた。「信じるわ。わたしのハンドバッグを捜してちょうだい。クタクタに疲れてもう動けないけど、懐中電灯で照らしてあげる」

ペトラはわたしをにらみつけたが、用心深く部屋に入っていった。ヒールの高いブーツをはいているので、でこぼこした床の上でよろめいた。わたしは自分がすわっていたと思われる場所のほうへ懐中電灯を向けた。

「もしここに残ってるとしたら、きっとあのあたりよ。足に体重をかける前に、一歩ずつ安全を確認してね。焼けた床板を踏み抜くなんていやでしょ」

ペトラは椅子の残骸のところまで爪先立ちで歩いて、さきほどのわたしと同じく膝をつき、周囲に手を這わせた。「オエッてなりそう。なんか、ゴミ容器に飛びこんじゃったみたいな感じ」

「ここで何をしてるんです？」べつの懐中電灯に照らされて、不意に室内が明るくなった。

わたしは疲れはて、ペトラに注意を奪われていたため、廊下に新たな人物があらわれたことに気づいていなかった。心臓がドクドクいっていた。わたしの耳にそれが海の轟きのごとく響いた。こんなことをしていたら、こんなに隙だらけだったら、いまに早死にしてしまう。

「あなたは誰？　このアパートメントで何をしてるの？　さっさと答えなさい。でないと警察を呼びますよ」

「V・I・ウォーショースキーといいます」わたしは静かに答えた。「シスター・フランシスの部屋に火炎瓶が投げこまれたとき、わたしもその場にいたんです。で、あなたは……？」

「シスター・キャロリン・ザビンスカ」

きき覚えのある名前だったが、頭のふらつきがひどくて、まともにものが考えられなかった。マリがいっていた……本当の標的はわたしだったといっていた。まばたきして、頭をはっきりさせようとした。シスター・キャロリンのほうへ顔を向けた。彼女の懐中電灯に目がくらんだ。膝の力が抜けて、床にバタッと倒れてしまい、役立たずのわたしの手からペトラの懐中電灯が落ちた。

完全に意識をなくしたわけではなかったが、声を出す気力がなかった。修道女がペトラに「あなたは誰なの？」と尋ねるのがきこえた。「この人、病院にいなきゃいけないのに、アパートメントにくるといってきかなかったの。理由はわからないけど、ハンドバッグがここに残ってることを期待してたみたい」というペトラの返事もきこえた。

わたしは話をしようとあがいた。従妹の嘘に困惑していた。ペトラったら、本能的に自分だけ窮地を逃れようとしてるの？　さらに多くの足音が響いた。「警察はだめ」息も絶え絶えに、ようやくわたしはいった。しかし、それは警察ではなく、二人の修道女だった。そして、わたしは彼女たちと従妹の手で、半ば抱きかかえられ、半ばひきずられるようにして、四階までの階段をのぼった。

「配線設備のチェックがすむまで、エレベーターは使えないんです」修道女の一人が申しわけなさそうにいった。

本、鮮やかな色をした椅子の掛け布、そして、聖母像のある、シスター・フランシスの部屋とそっくりの掃除の行き届いた居間に入り、わたしはアームチェアにすわらされた。熱くて甘い紅茶を誰かに無理やり飲まされ、月曜の夜に戻ったのかもしれないと思った。ここはシスター・フランシスの部屋で、火事も、わたしの目も、わたしの手も、すべてが悪夢だったのだ。いまこそ……ハッとすわりなおした……いまこそ、気をたしかに持たなくては。悲劇の女王を演じるのはもうやめなくては。

「袋《バッグ》がない」わたしはいった。

「あなたのバッグなら、火事のあとでわたしが拾っておいたわ」それはシスター・キャロリンの声だった。冷たい声だった――自分勝手な人ね。大惨事のさなかに自分の持ち物のことを気にかけるなんて。

「ハンドバッグじゃなくて、証拠品袋」わたしは立とうとしたが、シスターたちに止められた。

シスター・キャロリンが身をかがめ、わたしに彼女の顔が見えるようにしてくれた。「証拠品?」

わたしは紅茶の残りを飲みほした。わずかに気分がよくなったが、筋の通った話をするのはまだまだ無理だった。「火事の証拠。説明しにくいけど。瓶の破片、警察が押収したはず。検査……燃焼そ……促進……」言葉が出てこないもどかしさに、泣きたくなり、シスター・クローディアのことと、彼女の涙と、その不明瞭な発音を思いだした。

「瓶には何が入ってました?」ようやく、それだけ質問できた。

「それがなんだというの? ガソリンだろうと、スコッチだろうと、フランキーが死んだことに変わりはないわ」ほかの修道女の一人が叫んだ。

「いいえ、大切なこと。ありきたりな燃料。誰でも。だけど、たぶんプロ」

一瞬、周囲が静まり返った。やがて、シスター・キャロリンがいった。「あなたが疲労困憊なのはわかるけど、何がいいたいのか、ちゃんと説明してくれなくては。プロの放火犯のしわざだったといいたいの?」

べつのシスターが紅茶のお代わりを渡してくれた。今度はブランディが入れてあった。アルコールを飲んだとたん、むせてしまったが、効果てきめんで、一時的に頭がすっきりしたように思えた。「燃焼促進剤。ジェット燃料のようなものだったんじゃないかと思うんです。燃えるスピードが速くて、とても高温になるもの。でなければ、本があんなに速く燃えたはずはありません。それに――」わたしは一瞬黙りこんだ。「シスター・フランシスの頭も……わたし、シスターを抱えこんで、布で包もうとしました。でも、頭が――」

四方八方から手が伸びて、わたしを支えてくれ、わたしは紅茶をさらにひと口飲んでから、ようやく先をつづけることができた。「わたしが知りたかったことは二つあります。警察は瓶の破片を分析のために持ち去ったのか。どうもそうは思えません。だって、あんな大きな破片が残ってたんですもの。持ち去っていないとすれば、わたしが利用している民間のラボに分析を頼み、何が使われたのか、調べてもらおうと思ってます」

シスター・キャロリン・ザビンスカは理解をこめてうなずき、襲撃のときの様子をきかせてほしい、何があったのかを知りたい、とつけくわえた。「あなたに電話するつもりだったんです。さっきも申しあげたように、あなたのハンドバッグを見つけたから。病院へ会いにいったんだけど、面会謝絶になっていて、修道女でもだめでした。でも、退院なさったのなら――」

「まだよ!」ペトラがいった。「この人、今夜ここにくるために、病院を抜けだしてきたの」

「安心しました」ほかの修道女の一人がいった。「失礼かもしれませんけど、いまにも死にそうなお顔なので、これもまたわが国の嘆かわしい医療システムの一例で、元気になる前に退院させられたのではないかと、心配してたんです」

「そうね、ベッドに戻る必要があるわ」シスター・キャロリンがいった。「フランキーの部屋から、あなたの証拠品袋をとってきましょう。どこへ持っていけばいいのか教えてくだされば、あなたが利用なさってるそのラボへ、かならず届けておきます。でも、そろそろ姪御さんに――あら、従妹さん？――病院まで送ってもらったほうがいいですよ」

「もちろん、送ってくわ」ペトラがいった。「でも、受付デスクの前を通って病室まで連れていくには、どうすればいいの？」

「どこの病院ですか」シスターの一人が尋ねた。

「ベス・イスラエル」わたしが答えた。

「わたし、入館パスを持っています」そのシスターはいった。「あの病院で、ＨＩＶに感染した母親たちの世話をしてるんです」

彼女があとの二人にひそひそ声で何かをいうと、二人は笑い声をあげた。わたしはうとうとしはじめ、やがて、頭にスカーフをかぶせられるのを感じて、ビクッと目をさました。

「オーケイ、シスター・Ｖ・Ｉ」シスター・キャロリンがいった。「立ってください。病気で寝たきりの人々に、ささやかな慰めを与えにいきましょう」

三人の修道女は笑っていた。みんな、すでに修道衣姿だ。判事の前に出るときはかならず修道衣を着ける、といっていたシスター・フランシスを思いだした。修道女たちがわたしに手を貸して椅子から立たせ、バスルームの鏡でわたしの顔を見せてくれた。ベールをかぶせてピンで留めてあるので、部分的にハゲた髪が隠れていた。

すっかり修道女らしくなった顔からのぞく目を見て、わたしは驚愕した。まるで一枚の布がわたしという人間を変えてしまったかのようだ。〈尼僧物語〉のオードリー・ヘプバーンにしては、目のぎらつきとやつれ方がひどすぎる。〈黒水仙〉のキャスリーン・バイロンあたりだろうか。

シスター・キャロリンと、HIVの母親たちの世話をしているシスターが、左右からわたしの腕をとって部屋から連れだし、階段をおり、ペトラと三人目のシスターがあとにつづいた。わたしへの気遣いから、みんなの歩みは遅く、ようやく三階の階段のてっぺんまでおりたときに、下の階からドサッという音がきこえた。

シスター・キャロリンがわたしの腕を放した。「フランキーの部屋だわ」

下の廊下を走っていく足音がした。シスター・キャロリンが階段を駆けおりた。HIV患者担当のシスターはわたしのそばに残ったが、もう一人のシスターはシスター・キャロリンにつづいて駆けだし、従妹もそのあとを追った。わたしは突撃の先頭に立ちたかったが、階段の手すりにつかまって一段ずつゆっくりおりていくしかなかった。

ようやく踊り場にたどり着いたそのとき、男が階段を駆けおりていくのが見えた。そのあとをシスター二人とペトラが追っていく。シスター・キャロリンが男に「止まりなさい」というのがきこえ、つぎに、入口のドアがひらく音と、タイヤのキキーッという音がした。しばらくすると、ペトラと修道女たちが戻ってきた。

「誰かがアパートメントに忍びこんで、あなたの証拠品袋を盗んでいったわ」シスター・キャロリンがいった。「あそこにあるって、なぜわかったのかしら」

「さあ……」わたしはぐったり疲れて首をふった。考えるのがつらかった。「FBIが以前からこのビルを監視してます。ご存じでした？　たぶん、連中でしょう。覚えておくべきだった。病院からつけてきたのかも……尾行はついてないと思ったけど、このところ、頭の働きが鈍くなってて」

「FBIがわたしたちを監視？」HIV患者担当の修道女がオウム返しにいった。「どうしてご存じなんです？」

「病院で……その話を……」わたしは居眠りしそうになっていた。

「あと一歩のとこだったのに」シスター・キャロリンがいった。「男はストッキングをかぶってて、わたし、肩じゃなくて、それをつかんでしまったの。そのあと、男がすごい勢いでドアをあけたものだから、それがメアリ・ルーの鼻にぶつかって、みんなでもつれあって転倒。もしあれがFBIの捜査官だったのなら、徹底的に説明してもらわなきゃ。自宅にいる修道女に暴力をふるうなんて」

メアリ・ルーは鼻血を出していた。HIV患者担当の修道女が彼女を階段にすわらせ、頭をうしろへ傾けさせて、自分のベールで血を止めようとしていた。ほかの居住者たちも階段の吹き抜けに出てきた。さらに多くの修道女、小さな子供のいる家族。ざわめきが高まって、いまのわたしにはとうてい耐えられない喧騒になってきた。プラスチックのサングラスをかけなおし、階段のメアリ・ルーの横にくずれるようにすわりこんだ。

「横になりたい」わたしは肩で息をしていた。「シスターのみなさん……シスター・フランシスの部屋へ行って……瓶の破片を捜して……懐中電灯を持ってって……カメラを持ってって、清潔な袋を持ってって……発見場所を写真に撮って……拾うときは手袋をはめて……清潔なのを……袋に入れて……封印……ラベル……いますぐ！」

ふたたび、修道女たちが仲間内で声をひそめて話し合っていた。HIV患者担当で病院のパスを持っている修道女が、わたしと一緒にベス・イスラエルへ行くことになった。シスター・キャロリンとシスター・メアリ・ルーはガラスの破片捜しを担当することになった。シスター・ペトラがパスファインダーをとりに先に走っていき、そのあいだに、三人の修道女が階段の下までわたしを連れていった。SUV車のうしろのシートにわたしを乗せるとき、シスター・キャロリンがハンドバッグを渡してくれた。

「財布をのぞいて探偵さんだとわかったときにわたしが想像したイメージとは、あなた、ずいぶんちがってたわ」

「いいんですよ。あなたとお仲間の人たちも、わたしが想像してた修道女のイメージとはかけ離れてましたもの」

シスター・キャロリンは微笑して、わたしの額を両手で包んだ。祝福のしぐさだ。「一刻も早い回復を祈っています」

翌朝の回診のとき、わたしの容態が悪化していたために、レジデントは困惑した。もう一日入院するよう、わたしに命じた。腕と脚に火事で負ったとは思えない新しいすり傷があることに、ロティが気づいたが、何も質問しなかったし、わたしも黙っていた。

わたしは十回ほど廊下を往復して、スタミナをつけようとしたが、そのあとでベッドに戻らなくてはならず、それが腹立たしかった。基本的にそうやって、つまり、歩くのと眠るのに一日を費やした。午後の半ばごろ、またエスプレッソを飲もうと思って一階におりた。病室に戻ると、見舞い客用の椅子にコンラッド・ローリングズがすわっていた。コンラッドは警官だ。わたしたちは十年以上にわたって断続的に、友達になり、敵になり、恋人になり、協力者になってきた。

彼の顔を見て、二、三日前のわたしだったらありえないぐらい、うれしくなった。「こっちに異動になったの？」

「ちがう。いまも、あんたが昔住んでた界隈を担当してる。あんたと火災。切っても切れん仲のようだな」言葉はきびしかったが、その口調には同情があふれていて、言葉のトゲを抜き去るのに充分だった。「目、大丈夫なのかい？」

「医者は大丈夫だっていってるわ」わたしはぶっきらぼうに答えた。

「報告書を読んだ。悪質な火災だ。修道女が焼死なんてさ」

「燃焼促進剤について何か書かれてなかった？」わたしはきいた。「ロケット燃料かジェット燃料って感じだった。火の勢いがすごくて、あっというまに燃え広がったの」

コンラッドは首を横にふった。「鑑識の検査結果が出るには、まだ早すぎる。だが、火災ってのは予測がつかん。犯人の運がよければ、ガソリンだけでも充分だ。それはあんたも知ってるだろ。だから、OEMからきた女があんたの神経を逆なでしたというだけの理由で、陰謀説を打ち立てて警官やFBIを目の敵にしようとするのは、やめたほうがいい」

「そのために訪ねてきたの？　FBIに責任をなすりつけるのはやめろって、わたしにいうため？　ふざけないで、コンラッド、連中は前々から〈フリーダム・センター〉を監視してたのよ。目の前で大惨事がおきてるのを黙って見てる以外にも、何かやれたはずでしょ——」

「まあまあ、落ち着いて、ミズ・W！　おれがここにきたのは誰に頼まれたからでもない、あんたに用があったからだ」

わたしは当惑して彼を見た。最近のわたしの仕事のうち、サウス・サイドに関わりのあるものはひとつもないが、コンラッドが話を始めるのを待った。〝向こうが尋問してくるのを待つ。自分から飛びこんでいってはならない〟——わたしが国選弁護士だったころ、依頼人にいつも与えていたアドバイスだ。これを守るのはむずかしい。

「あんたと火災、ミズ・W」コンラッドはふたたびいった。「火災があんたについてまわるのか、あんたが招き寄せるのか、おれにはわからん」

コンラッドはしばらく待った。しかし、わたしがなんの反応も示さないので、さらにつづけた。「先週の土曜日、あんた、サウス・サイドへ出かけただろ」

ここ二、三日の騒ぎと外傷のせいで、従妹を連れてサウス・サイドをまわったことを忘れていた。「そんなことをいうために、わざわざ面会にきてくれたなんて、ずいぶん親切ね」

コンラッドはちらっと微笑した。温かな微笑ではなかった。「あんたは九十二丁目とヒューストン・アヴェニューの角にある家に立ち寄った。その家に入ろうとした」

わたしはサングラスの奥からコンラッドをみつめた。

「何か特別な理由でも？」コンラッドがきいた。

「わたしがとった行動の理由をいちいち説明するよう、警察やFBIから求められるのには、つくづくうんざりだわ。ここはイランなの？　それとも、アメリカ？　どっちも似たようなものかしら」

「日曜の夜、火災がおきたんだ。おれたちが駆けつけると、セニョーラ・アンダーラって婆さんがこういった——女が二人やってきて、子供のころその家に住んでたんで、なかを見せてほしい、と頼みこんだ。孫が入ってる不良グループと敵対する連中だったんじゃないかと、セニョーラは心配してた。二人を家に入れなかったんで、仕返しに火をつけられたんじゃないかってね」

「わたしのやりそうなことだわ、たしかに。老女の家に火をつけるごろつき」

コンラッドは身を乗りだした。「前に一度、おれに家を見せてくれたことがあったな。あんたが育った家も、おふくろさんが植えた木も、何もかも」

それは事実だ。イタリアへ旅立つ前の春に、わたしはかつて学んだ高校のバスケットチームのコーチをやっていて、試合がすむとときたま、コンラッドと二人で飲むようになっていた。ある晩、ふと郷愁に駆られて、昔の家へ彼を連れていった。それに加えて、ブーム＝ブームとわたしがカリュメット湖によく飛びこんでいた防波堤の上の場所や、わたしの子供時代のハイライトともいうべきほかのさまざまな場所へも案内した。

わたしはベッドで身体をおこした。「わたしにはずっと年下の従妹がいて、この夏、シカゴにきているの。でね、その子がウォーショースキー一族の史跡めぐりをしたがったわけ。あなたがバック・オブ・ザ・ヤーズとゲイジ・パークへ出向けば、わたしたちがそこへも行ったことがわかるわよ。その二つの場所も放火されたのなら、あなたの質問に本気で関心を向けることにするわ。ヒューストン・アヴェニューの火事で怪我人は出たの？」

「いいや。婆さんが自分の娘と孫たちを連れて外へ逃げた。それだけじゃない。消防署の対応が珍しくも迅速でね、火が燃え広がって手に負えなくなる前に、消防車が到着した。まあ、ボヤ程度ですんだんで、建物は無事だった」

「そうきいてホッとしたわ」わたしはふたたび横になった。

「火事の原因を尋ねる気はないのかい？」

「配線の故障とか？　ヘラルドがベッドでマリワナを吸ったとか？」

「発煙弾だ。誰かが窓を割って、一家の夕飯の最中に居間に投げこんだ。家の者は全員、裏口から逃げだしたが、消防車がくるのを待つあいだに、割れた窓からクズ野郎二人が入りこんで、家のなかを荒らしてったそうだ」

「最低」わたしは同意した。「ひどい災難にあったものね、まったく。てっぺんにプリズムのついてる窓のひとつが割られたのなら、とくに残念だわ。あのプリズムのおかげで、母はサウス・シカゴの暮らしにどうにか耐えていくことができたのよ」

「この件に関して、何も知らないんだな、ミズ・W？」

自分が激怒していることはわかっていたが、疲れがひどく、体内に残ったモルヒネの影響で無気力になっていたため、怒りが実感できなかった。「コンラッド、わたしはクタクタに疲れてて、痛みがひどいの。数日前の晩、火に包まれた女性をこの腕に抱いたけど、命を救うことができなかった。〈二十の扉〉ごっこなんかやらせないで。それから、わたしの責任じゃないことがあなたにもわかってるのなら、わたしを非難するのはやめて。あとひと言でもあてこすりをいったら、そして、わたしの昔の家に住んでる人たちへの襲撃にわたしも関与してたんじゃないかなんていったら、もう二度と口を利きませんからね。ワールドシリーズのチケットをわたしのために買いたくなったときも、招待は弁護士経由でお願い」

コンラッドは息を吸いこんだ。「婆さんがいうには、あんたの姿を見たんだってよ。警察と消防車を待つために、家の表にまわったら、あんたが通りの向こう側に立ってじっと見てたそうだ」

わたしはいやな顔をした。「いい加減にしてよ。あたりは暗かったんでしょ？　おまけに、あの人がわたしを見たのは一度きりで、それも、防犯チェーンのわずか一インチの隙間からだったのよ。誰かほかの人間を見て、勘ちがいしたんだわ。もしくは、それが誰なのかわかってて、でも、相手のことが怖くてたまらないので、無関係な人間に罪をなすりつけようとしてるのかもしれない」

コンラッドは立ちあがって、わたしを見おろした。「あんたを信じるよ、ヴィク。心から信じる。あんたがあの家で育ったことを知ってる人間は、第四管区ではおれ一人だ。このまま伏せておく。当分のあいだ。だが、セニョーラ・アンダーラの面通しに参加してもらいたい……おれ自身が安心したいから。それだけのためだ」

29 友好的な政府の捜査官がどっさり

それから数日は、目が回復して仕事に復帰できる日がくるのを待ちながら、活動できない苛立ちのなかですごした。ロティの自宅に連れていかれたので、ロティが診療所や病院へ出かけている日中は、建物の地下にあるジムを利用して体力作りに励んだり、電話で用を片づけたりした。

ロティの家ですごす一日目の朝、ロティが仕事に出かける前に、ミスタ・コントレーラスがやってきた。服が入った小さなスーツケースを持ってきた。ペトラが詰めてくれたという。わたしの下着が入った引出しを老人が自分でかきまわしたなら、きっと赤面していたことだろう。老人はまた、犬も一緒に連れてきて、ロティをあわてさせた。なにしろ、ロティのアパートメントにはガラスのテーブルと美術館級の芸術品があふれている。そのなかには、祖父母のアートコレクションの残骸のなかから救いだされたアンドロマケの小さな像もある。ミッチの旺盛なエネルギーにロティはひどく緊張し、わたしのスタミナ不足を口実にして、老人と犬に早めにおひきとり願うことにした。

「あなたのスタミナが不足してるんでしょ」と、わたしはいった。しかし、台所の裏にある廊下へ犬たちを連れて出て、そこで業務用エレベーターを待った。

「ピーウィーもここにきたがっとる」ミスタ・コントレーラスがいった。「あんたのほうも会いたいに決まっとると、わしからあの子にいっといた」

「もちろんよ。早ければ早いほうがいいわ。わたしの部屋へ行って、携帯の充電器をとってきてくれない？　ペトラに届けてもらえばいいから」ロティの電話を勝手に使うわけにはいかないが、生きている者たちの世界と連絡をとりはじめる必要があった。「それから、これが車のキー。ペトラの車に乗せてもらって、ケッジー・アヴェニューまでわたしの車をとりにいってほしいの。駐車違反チケットを百枚切られて、車輪止めを二十個つけられる前に」

古いハンドバッグは二度と使う気になれなかった。鍵束をとろうと思って手をつっこんだら、手が灰だらけになってしまった。わたしが私立探偵であることをシスター・キャロリンが知ったのは、わたしの財布を見たときに、探偵許可証がいちばん上にあったおかげだった。その下にあった何枚かのクレジットカードは溶けて、運転免許証とくっついていた。カード会社に電話して再発行を頼んだ。だが、探偵許可証を再発行してもらうには、州務省へ直接出向かなくてはならない。

ミスタ・コントレーラスが帰ったあとで、ロティはデイメン・アヴェニューの診療所へ出かけた。わたしはベッドに戻りたい衝動を抑えこみ、代わりに、シスター・キャロリンに電話をした。シスター・フランシスの部屋で火炎瓶の破片が見つかったかどうかを知りたかった。

「あなたが出ていくのとほぼ同時に、警察がやってきたわ。フランキーのところのドアに貼ってあったテープを破ったのは誰かって質問されたので、わたしたちが階段の下まで追いかけた侵入者にちがいない、って答えておいたわ。警察がドアに南京錠をつけてったから、わたしたちはもう入れない」

「ボルトカッター」わたしはうわの空でつぶやき、ガーゼに包まれた指を曲げて、南京錠をこじあけるところを想像した。

「考えておくわ」修道女はそっけなくいった。「ところで、誰がうちのビルを監視してたのか教えてほしいの。あなた、ここにきたときに、連邦政府だっていったわね」

「政府の連中が病院に押しかけてきたんです。国土安全保障省の人間、FBIの人間、それから、シカゴ警察の爆弾・放火班の連中。火事の翌日だったから、記憶があやふやですけど。あの連中、おたくのビルに誰が住んでるかを知ってました。すべての家族のことを。考えてみたら、この会話もたぶん盗聴されてるでしょうから、ボルトカッターのことは忘れてください」

「盗聴！」シスター・キャロリンは怒りで言葉を失いかけていた。

わたしはシスターに、ロティの家まで会いにきてほしい、そうすれば、誰にも邪魔されずに話ができるから、と提案した。とにかく、彼女と話がしたかった。頭のほうもかなりはっきりしてきたので、スティーヴ・ソーヤーがハーモニー・ニューサム殺しにどう関係しているかについて、シスター・フランシスが彼女に何か話していないかどうか、きいてみたかった。

ロティは出かける前に、家でおとなしくしているよう、わたしに約束させた。しかし、わたしは動きたくてうずうずしていた。やれるかぎりのワークアウトをし、事務所に出ているマリリン・クリンプトンと電話で打ち合わせをしたあと、ロティのアパートメントのなかをうろつきまわった。テレビ（禁止）と本棚に入りきらない本（禁止）が置いてある部屋で、ハサミの入ったソーイング・バスケットを見つけた。バスルームに入って、髪をジョキジョキ切りはじめた。

五歳のクリスマスのとき、黒っぽい髪が光輪のように広がった人形を父がプレゼントしてくれた。JFKが大統領に就任した年で、人形はどれもみな、ジャッキーふうの髪形だった。ブーム＝ブームとわたしはその人形の髪にハサミを入れ、カットを終えたときは、いまのわたしとそっくりな髪形になっていた。歯科医は自分の歯を削るべきではないし、探偵は自分の髪をカットすべきではない。すくなくとも、プロボクサーのテープみたいな包帯を両手に巻いているときは。

一時をすぎ、無為な時間のおかげで気が狂いそうだと思っていたところに、警官たちがやってきた。わたしが退院したことを知っていた。ロティが留守であることも、たぶん知っているのだろう。話があるといわれた。

わたしはまだ健康体ではないことを強調するために、特大のサングラスをかけた。念には念を入れて、彼らが泥棒ではなく本物の警官であることを確認するため、エレベーターでロビーにおりた。病院では連中の顔をいっさい見なかったが、声をきいただけで、先週わたしを尋問したのと同じ顔ぶれであることがわかった。

ＦＢＩからふたたびライル・トージスンが派遣されていたが、連邦はその存在を強調するために、国土安全保障省の人間も送りこんできた。市のほうからは、病室に押しかけてきた危機管理局の二人組の代わりに、女性だけがやってきた。シカゴ警察は前と同じ爆弾・放火班の二人を送りこんできた。早くも腹が出はじめているクルーカットの若い白人男性と、頭が薄くなりかけていて目の下に大きなくまのできた、わたしと同年代のラテンアメリカ系男性。

「知らない人をこんなにたくさん家に入れる許可は、ドクター・ハーシェルからもらってないのよ」わたしはドアマンにいった。「使わせてもらえそうな会議室はないかしら」

「ビル管理人のオフィスに部屋があります」気の進まない様子で、ドアマンがいった。「ただ、ちょっと狭いです」

「三十五丁目とミシガン・アヴェニューの角まできてもらってもいいんですがね」爆弾・放火班からきたラテン系の男がいった。

「令状はありますか？……じゃ、話はここですませましょう。結局、全部で六人だけなんだし」

ドアマンはビルの管理人に電話を入れて、部屋があいているかどうかを確認し、そこまで案内するための人間を誰かよこしてほしい、自分は入口の持ち場を離れるわけにいかないので、といった。

たしかに狭い部屋で、丸テーブルのまわりに椅子を六つ置くと、全員が膝を行儀よくそろえておかなくてはならなかった。ロティの住まいに彼らを通さなかったことを、いささか申しわけなく思ったが、この部屋でおたがいの臭い息を吸って居心地が悪くなれば——OEMの女性はとくにそうだろう——長居はしないはずだ。

主として嫌がらせのために、わたしはプラスチックの大きなサングラスをかけたままにしておいた。向こうは、わたしの顔がひきつる様子や、目の動きなどを見て、心を読むつもりでいただろうが、それができなくなったわけだ。

「喧嘩に負けた猫みたいな恰好ですね」トージスンがいった。「修道女の住まいを再訪したとき、洗濯機の脱水機に髪をはさまれたんですか」

「みなさん、これを録音してらっしゃる？　じゃ、FBIも、OEMも、CPDも、同一の有益な筆記録を手に入れるわけね。ここで本当に問題にすべきは——」わたしは長い沈黙をおき、貴重な胸の内がきけるのではないかと期待して全員が身を乗りだすのを待った。「——女が激論を戦わせると、なぜいつも猫の喧嘩になぞらえられるのかってことだわ。みなさん、わたしのことは綿密に調べてらっしゃるはずだから、犬を二匹飼ってることもご存じね。だから、〝犬の喧嘩〟って比喩のほうに反応する可能性のほうが大きいんだけど。なのに、みなさんの心の奥には性差別の観念がひそんでいるため——」

「いいかげんにしてくれ」トージスンがわめいた。「わたしがなんの話をしてるのか、よくわかってるくせに」

わたしは首をふった。「読心術はわたしの特技に入ってないの。それから、電話の盗聴はやってないから、みなさんの会話をきいて、何を考えてるのか、なんの話をしてるのかを探ることもできないのよ」

「ミズ・ウォーショースキー、あなたが四日前の晩にベス・イスラエルを抜けだし、あらためて修道女のアパートメントに出向いたことは、わかってるんですよ」こういったのは、爆弾・放火班からきた白人男性だった。

わたしが何も答えないので、男性は「どうなんです？」といった。

「それ、質問？」わたしはきいた。

「四日前の晩、修道女のアパートメントで何をしてたんです？」癇癪をおこすまいとする努力で、男性の声はこわばっていた。

「四日前の晩なら、病院にいたわ」

ＨＩＶ患者担当の修道女がわたしを連れて病院に戻ったとき、彼女は警備員に入館パスを提示して、看護師の一人とほんのしばらく話をした。わたしには誰も目を向けなかった。ＨＩＶ／ＡＩＤＳ患者への奉仕に新たに加わることになり、うつむいて立っている新米修道女。わたしが病室にこっそり戻ったときも、つぎの朝も、わたしの姿がなかったというコメントは五階の誰からも出なかったので、ばれたとは思えなかった。

「〈フリーダム・センター〉のビルに入るあなたの姿が目撃されてるんですよ」ＯＥＭの女

性がいった。「あそこで何をしてたんです？」

「目撃された？」わたしはオウム返しにいった。「使い古された手だわね。その程度のことじゃ、病院のベッドじゃなくて、ケッジー・アヴェニューとローレンス・アヴェニューの角にいただろうといわれても、わたしは納得できないわ」

ＯＥＭの女性はブリーフケースから何枚かの写真をとりだし、部屋の中央の小さな丸テーブルに並べた。全員で順番にそれを見ていった。時刻が入っていて、黒っぽい髪に白いものがちらほらまじったジーンズと白いシャツ姿の女性が写っていた。背後から撮ったものなので、こめかみのあたりの髪が抜け落ちているのは見えない。プラスチックのレンズの端を使って、入口ドアの錠をこじあけているのも見えない。

「わからないわ」わたしはいった。「この人物は〝Ｖ・Ｉ・ウォーショースキー〟って書かれたジャケットを着てるわけじゃないもの。それに、わたしがここに行ったのなら、自分で覚えてるはずよ。わたしが建物から出ていく写真は撮ってあるの？　顔がわかる写真。背後からじゃ、自分かどうか見分けがつかないわ」

一瞬、沈黙が広がった。わたしは修道女のベールをかぶり、顔を伏せ、あと二人の修道女と従妹がそばでわたしを支えていた。たぶん、写真は撮ったものの、それをどう解釈すればいいのか、彼らにはわからないのだろう。

「なあ、ウォーショースキー、こっちは何も角つきあわせて対決しようってつもりはないんだ」爆弾・放火班からきたラテン系の男がいった。「あんたも同じチームの人間だと、おれたちは思ってる」

「で、それはどんなチームなの、刑事さん」

「あんた、シスター・フランシスを殺した犯人をつかまえたいだろ」

「ええ、心からそう願ってるわ」わたしは同意した。

「だったら、あのアパートメントで何をしてたか、話してくれたらどうなんだ？」こういったのは、ＦＢＩのライル・トージスン。

わたしはあくびをした。「アパートメントへは行ってません」

「四日前のことは忘れよう」トージスンがいった。「火災がおきた晩だが……あの晩、あそこにいたことは認めるね？……理由をいってほしい」

「いいわ。スティーヴ・ソーヤーに関してシスター・フランシスから話をきくために出かけたの」

「それはわかっている」国土安全保障省の男がいった。

「彼女の部屋に盗聴器を仕掛けてたの？」わたしはきいた。「すごい性能のようね。火事にあっても無事なままで、あなたたちのほうで回収できたのなら。中国から買ってアフガニスタンに売りつけてるポンコツ武器とは大ちがいね」

「あんたたち、あの部屋を盗聴してたのか」爆弾・放火班の白人刑事が、連邦から派遣されてきた連中のほうを向いた。「どういう理由でそんなことを？」

「国家の安全に関わることだ」国土安全保障省の男がいった。「それ以上はいえない」

「すてきな言い逃れだこと」わたしはつぶやいた。「わたしも今後、とてつもなく不届きなことをするときは、『国家の安全に関わること!』と叫んで、それ以上のコメントは拒否することにするわ」

「いい加減にしろ」トージスンがどなった。「シスター・フランシスのアパートメントで何をしてた?」

「国家の安全に関わることよ」わたしはいった。

爆弾・放火班の刑事二人が微笑を嚙み殺した。同じ法執行機関の人間といっても、連邦の連中と、この街の連中のあいだでは、調和が最優先ではないようだ。それから数分、彼らに勝手に口論させておいた。

「質問があるんだけど」わたしはいった。「わたしがシスター・フランシスに会いにいった理由はご存じね。四十年前にマルケット・パークでおきたハーモニー・ニューサム殺しで有罪になった男性について、話をするためだった。暑かったあの夏の日、シスター・フランシスはミズ・ニューサムと一緒にデモ行進をしていた。スティーヴ・ソーヤーがミズ・ニューサムを殺したとは思えないといってたわ。再捜査してもらえない?」

「ソーヤーは裁判にかけられ、有罪判決を受け、刑期を勤めた。われわれには関心はない」ラテン系の警官がいった。

「だったら、OEMの人が病院で最後にした質問は、どういうことなの? シスター・フランシスが昔の殺人に関して何を話してくれたのか、という質問だったわね」

「きみのききまちがいだと思う。きみは薬で意識朦朧とし、激痛に苦しんでいた」トージスンがいった。

「テープレコーダーを持ってたのは、あなたたちのほうよね」わたしは自分の指先を見た。「録音ずみの会話をきいてみて。それ以外に、わたしから申しあげることはありません」

混みあった部屋が一瞬静まり返った。つぎに、爆弾・放火班の男たちが、わたしに答えられる質問をしはじめ、わたしがシスター・フランシスと一緒にいた短い時間のことをひとつずつ確認していった。意味もなければ、役にも立たないことだったが、目撃者はわたししかいないのだ。

投げこまれた火炎瓶のことをくわしく語れば語るほど、現実味が薄れていった。生死にかかわる出来事ではなく、スリラー小説のプロットみたいな感じで、適当に話を進めていくのは簡単なことだった。

話を終えたところで、瓶に残っていたのは何だったのかと尋ねた。ガソリン？　ロケット燃料？　ゼリー状の起爆薬？

「そのような質問には答えられない」国土安全保障省の男がいった。「国家の安全につながる捜査と関係しているので」

今度は、わたしが、癇癪を抑える必要のあることを思いだす番だった。「犯人はどうなの？　犯人の写真も撮ったんでしょ？　時刻やなんかがちゃんと入ってるやつ。身元をつきとめるために、通りで見せてまわれるような写真はないの？」

「コメントできない。国家の安全にかかわる捜査なので」

「じゃ、この写真は国家の安全と無関係なのね？」わたしは〈フリーダム・センター〉のビルの入口に立つわたし自身の写真を手にとった。「よかった。シスター・キャロリンに見せて、この人物の正体を知らないかどうかきいてみるわ。あの晩、誰かがシスター・フランシスの部屋に忍びこんだのなら、シスター・キャロリンに見せればわかるかもしれない」

「きみがその場にいなかったのなら、死んだ修道女の部屋に誰かがいたなどと、どうしてわかる？」トージスンがすかさずきいた。

「あなたにきいたばかりだから」わたしは写真を手にして立ちあがった。ＯＥＭの女性が身を乗りだし、わたしにひどい口臭を吐きかけながら、写真をつかんだ。

「これは政府の所有物で、機密扱いです」

「知ってるわ」わたしはいった。「国家の安全に関わる捜査なんでしょ」

女性がわたしをにらみつけた。「警察が立入禁止にした部屋をボルトカッターでこじあけることを修道女に勧めるのはやめるよう、あなたに強くアドバイスしておきます」

わたしは彼女に笑顔を見せた。わたしたちは癇癪をおこすのをいちばん長く我慢した者が勝ち、というゲームをやっているのだ。「ねえ、わたしたちが住んでるこの国では、ろくに仕事もしない政界のフィクサー連中が十万ドルの年収を得ているのよ。だから、あなたがわたしの税金でまかなわれる給料分の働きをしてるのを見るのは、とってもうれしいことだわ。ほんとに仕事熱心なのね。あなたの勤務評定ファイルに、その旨を記したメモをはさんでおくことにしましょう」

30　ほら吹き

この小競り合いからは意気揚々とひきあげたものの、法律を相手にもっと大きな戦いをすることになった場合は、わたしが勝てる見込みはまったくなかった。疲れた脳を任務に戻すことができるなら、真剣に考えるべき問題は、なぜ連中がこうまで気にするのかということだった。彼らの質問と、全体的な態度からすると、シスター・フランシスが殺された件を捜査するよりも、シスターとわたしの会話を探りたがっているように思われる。

事件の二日後に現場に舞い戻ったことが捜査対象になるというのは、わたしも正直に認めなくてはならなかった。しかし、そもそも連中はなぜあのビルを厳重に監視していたのだろう？

尋問のおかげでクタクタだった。フェルトペンを使って金釘流の大きな字でメモをとろうとしたが、その努力で疲れて寝てしまった。目をさましたのは、ドアマンが電話してきたからだった。シスター・キャロリン・ザビンスカが訪ねてくれたのだった。

「具合が悪そうね。話をする元気はあります？」挨拶代わりに彼女はいった。

彼女自身の顔も悲しみでやつれ、青ざめていた。背が高く、がっしりした体型だが、苦悩で肩を落としていた。

「髪のせいよ」自己憐憫から自分をひき離して、わたしはいった。

「裁縫用のハサミでカットしようとしたけど、とんでもなく不器用だったんです。FBIの言い方なんて、もっと無礼だったわ。喧嘩に負けた猫みたいだって」

「なるほど、FBIね。じつはそのことでお話が……とにかく、それが今日の用件のひとつなんです」

シスター・キャロリンはわたしのあとについて、居間の外にあるバルコニーに出た。夏のあいだ、ロティがここに小さなテーブルと椅子を置いている。わたしはお茶でもどうぞと勧め、ミシガン湖をながめている彼女をバルコニーに残して、ロティのキッチンにもぐりこんだ。ロティはウィーンコーヒーだけで生き延びているが、引出しの奥のほうにドイツ製のハーブティーのティーバッグが見つかった。包帯をした手で危なっかしくバランスをとりながら、わたしがトレイを持ってバルコニーに戻ると、シスター・キャロリンは腰をおろし、FBIが〈フリーダム・センター〉のビルを監視していることをどうやって知ったのかと、わたしに質問した。

「FBIが関係してるかどうかは知りません。国土安全保障省が写真を撮ってました」わたしは今日の事情聴取でわかったことをシスターに伝えた。ビルに出入りするすべての者の写真が撮影されているというニュースも含めて。

「言語道断だわ。なぜまたそんなことを？」

「わかりません。病院へ尋問に押しかけてきたとき、連中は自分たちの魂胆を隠そうとして必死だったけど、まるでサイみたいに不器用でした。ビルのテナントの人が狙われた可能性もあると、ほのめかしてました。あなたたちが連中の感情を害してるかどうかは、あなたがご存じのはずです」

「感情を害する？ わたしたちはたしかに、ザ・スクール・オブ・ジ・アメリカズ（パナマに設立され、中南米エリート軍人に反政府派の鎮圧や弾圧について教育した）に対して抗議運動をくりひろげてるわ。それから、貧しい移民や、難民や、死刑を宣告された人々の力になろうとしている。手ごろな価格の住宅供給を求める運動をしている。そして、平和運動も。でも、違法なことや、倫理に反することは、何もしてません。ドラッグや武器を売ることも、スパイ行為もしていない」

「いまいわれた活動によって、あなたたちがアメリカという空母全体を揺らしていることは、ご自分でもよくおわかりのはずです。アメリカはいまや武装キャンプ地、というのが現状です。平和運動、移民受け入れ、拷問廃止、死刑廃止。政府があなたたちを脅威とみなすのも無理のないことです。ポトマック河畔に建つあのビルのワンフロア全部が、あなたたちの〈フリーダム・センター〉に捧げられているにちがいありません」

「でも、それだと、わたしたちのせいで、ほかのテナントまで危険にさらされてることになるわね」シスター・キャロリンは心配そうにいった。「ビルを所有してるのはわたしたちではないけど、所有者である管理会社がとても寛大なの。一階に〈フリーダム・センター〉の事務所を置かせてくれてるし。センターをやってるわたしたち五人のシスターはあそこに部屋を借りて、ほかの多くのテナントと一緒に活動するようになったわ。だって、テナントの多くが難民か、もしくは、保健医療や住宅手当を受けるにはどうすればいいかを模索してる人々なんですもの。強制送還される危険のいちばん大きな人たちを、よそへ移したほうがいいかもしれないわね。火炎瓶のせいで、みんな、ひどく怯えてるの」

「そういう話をするときは、場所と方法にくれぐれも気をつけてください」わたしはシスターに警告した。「たぶん、電話だけじゃなくて、あなたたちの会話のすべてが盗聴されてるでしょうから」

当然ながら、シスター・キャロリンは激怒した。高性能の盗聴器を発見もしくは無力化するのがいかにむずかしいかを、わたしが説明すると、怒りはますます高まった。連邦政府の盗聴器なら、高性能に決まっている。どう対処すべきかを話し合った。テクノロジーによる解決法は、彼女の予算では手が出ないし、暗号を使ったり、よそでミーティングをひらいたりという、スパイごっこのようなやり方は、時間の浪費だ。

「それに、秘密主義みたいなやり方をつづけてたら、こちらの頭が変になってしまうわ。わたしたちの誓いと使命に反することですもの。でも、こっそり行動したいときは、路地を通って出ていくようにしたほうがいいかもしれないわね」

わたしは渋い顔をした。「路地の街灯に小型の監視カメラを設置するぐらい、連中にとっては簡単なことですよ。あなたたちのことをどれだけ気にかけてるかによって、設置するかしないかが決まるでしょうけど」

シスター・キャロリンはてのひらの付け根を目に押しつけた。「重大問題だというのはわかるけど、いまのところ、そこにはどうしても注意を向けられない。みんな、フランキーを失ったショックで呆然としてるから。襲撃のすさまじさ。それだけでも耐えられないのに、フランキーを失ってしまって……こんなことになるなんて考えてもいなかったわ。〈フリーダム・センター〉の代表は一応わたしだけど、フランキーが実質的なリーダーだった。精神的にも、心理的にも、とにかく、あらゆる重要な点において。なぜ彼女が殺されたのかを、わたしは知る必要があるの」

わたしは下唇を噛んだ。「わたしにわかればいいんですが、でも、わかりません」

「あなたの財布をのぞいて、私立探偵の許可証を目にしたとき、フランキーをスパイしにきた人かもしれないと思ったわ。政府がすでにわたしたちを監視してたなんて、そのときは知らなかった。移民を敵視する団体があなたを雇ったんだろうと思ったの」

わたしはラモント・ガズデンとスティーヴ・ソーヤーを捜しているという、飽き飽きしてしまった説明をくりかえした。カレン・レノンの名前を出したとき、深刻だったシスター・キャロリンの表情が一瞬明るくなった。

「カレン……もちろん、知ってるわ。死刑廃止委員会のメンバーで、手ごろな価格で保険医療を受けるための活動も一緒にやってるのよ。カレンがあなたを知ったきっかけは？」

「偶然なんです。彼女が病院のＥＲにいたとき、わたしが事務所の前の歩道で倒れたホームレスを運びこんだんです」

「それから、ドクター・ハーシェル——ここはあの先生のアパートメントなのね——あなたがドクター・ハーシェルのところに泊まっていると知って、びっくりしたわ」

わたしがロティを知ってから、すでに人生の半分がすぎている。わたしが大学生で、ロティが中絶のための地下活動に助言をおこなっていたころからのつきあいだ。シスター・キャロリンはまばたきひとつせずに、その話に耳を傾けてくれた。彼女が世話をしている移民の何人かは、通りに面したロティの診療所で診てもらっていて、腹部を撃たれた妊婦の命をロティが救ったこともあるという。わたしがロティと友人で、カレン・レノンに頼まれて調査をおこなっていることを知り、わたしに対するシスター・キャロリンの評価はぐんと高まったようだ。

わたしは最後に、自分自身の調査に話を持っていった。「スティーヴ・ソーヤーの裁判について、もしくは、ハーモニー・ニューサムが死亡したマルケット・パークのデモ行進について、シスター・フランシスから何かきいてらっしゃいません？」

「あの事件がおきたとき、わたしはまだ子供だったわ。聖ユスティノス校の中等部に通ってたの。枢機卿のアウトリーチ・プログラムの一環として、フランキーが学校に話をしにきたわ。生徒の多くは野次を飛ばし、罵倒したけど、わたしは彼女のおかげで世界を見る目が変わった。修道女の道を選んだのもフランキーの影響だった」

シスター・キャロリンは首をふり、涙を払いのけようとした。「当時、わたしは子供だったから、フランキーが殺人の話をしたとは思えないわ。そして、わたしが修練期間を終え、シカゴに戻ってフランキーとともに活動するようになったときには、すでに十二年がすぎていた。格闘しなきゃいけない問題がほかにたくさんあったから——たとえば、スクール・オブ・ジ・アメリカズや、グアテマラの政治亡命者、それから、失業問題、保険医療問題——過去をふり返ってる余裕はなかったわ。フランキーはそのスティーヴ・ソーヤーって人が不当な判決を受けたと思ってたの？」

「もしかしたらね……。わたしが多少なりとも自信を持っていえるのは、あの裁判は茶番劇で、ついた弁護士が最低だったってことです。すくなくとも、裁判記録に目を通したかぎりでは。シスター・フランシスの話では、裁判で証言したかったのに、弁護士が承知しなかったそうです」

わたしはひと息入れた。喉がカラカラで、つぎの言葉が出てこなかった。「ある新聞記者が、火炎瓶の標的はじつはわたしだったっていうんですが、どこでそんな噂を耳にしたかは、どうしても教えてくれません」

「修道女があなたに話をするのを阻止しようとして、その修道女を殺す。もしくは、あなたが修道女に話をするのを阻止しようとして、あなたを殺す——ニカラグアやリベリアなら、そういうことも考えられるけど、でも、この国で？　わたしたちはこの国にいれば安全だと思ってる。でも、わたしの国の政府がわたしを監視してるなんて……。政府の人間なら、フランキーがあなたに話をすることを知ってたでしょうね」シスター・キャロリンは恐怖に目を大きくして、呟きこむようにいった。「まさか、政府が……まさか……」

わたしは顔をしかめた。「なんです？　ニカラグアのコントラなら修道女を殺すかもしれないけど、国土安全保障省がそんなことをするはずはない？　わたしも彼らのしわざだとは思いたくありません。でも、いまは何も断言できないんです。自分がひどく無力だということ以外」

シスター・キャロリンはロティの麻のナプキンを指で何度も折りたたんでいた。「カレンのために、〈ライオンズゲート・マナー〉に住む二人の老女のために、あなたがなさってる調査だけど、料金はいかほどかしら」

「標準的な料金は一時間百五十ドルと必要経費です」

「そこまでは出せないわ。交渉の余地はないかしら。フランキーが殺された原因をつきとめてもらいたいの。原因がわかれば、わたしたちも心が安らぐでしょうから」

調査を依頼されることは、それが彼女の口から出る前に予測できたが、わたしは逆らわなかった。シスター・フランシスへのお詫びとして、せめて調査ぐらいしなくては。

「はい」わたしは静かに答えた。「わたしの心も安らぐと思います」

わたしたちは〈フリーダム・センター〉の活動のうち、誰かを激怒させた可能性のあるものを検討していった。シスター・フランシスに個人的な恨みを持っている可能性のある人々について話しあった。聖人だって敵を作る。だから殉教者になるのだ。

最後に、わたしはいった。「ぜひともお願いしたいのは、立入禁止になってるあのアパートメントにもう一度忍びこんで、瓶の破片を持ってきてもらうことです」

「ボルトカッターを提案なさったわね」シスター・キャロリンは疑わしげにいった。「ハンマーでもいいですよ。あのドア、そんなに頑丈じゃなさそうだから。ドアを二、三回ガンガン叩けば、それでオーケイ。自分でやりたいとこだけど、いまはちょっと行動できる状態じゃないので」あと二日ほどすれば、手の包帯もとれるだろう。傷が充分に癒えていれば、ロティがわたしを家に帰してくれるだろう。

シスター・キャロリンは帰ろうとして立ちあがったが、帰る前にまず、お茶のカップをキッチンに運び、わたしの代わりに洗ってくれた。廊下でエレベーターを待つあいだにこういった。「ねえ、あのドアにハンマーを叩きつけたら、さぞスカッとするでしょうね。たまには、荒々しい行動もいいものだわ。瓶の破片が見つかったら、明日、シスターの一人に届けてもらうわね」

その夜遅く、ペトラが訪ねてきた。エネルギッシュな善意にあふれ、つぎからつぎへとしゃべりまくる子なので、彼女がエレベーターをおりた瞬間から、わたしはぐったり疲れてしまった。ロティがペトラをなかに通すと、廊下を飛び跳ねながら、わたしがマリリンに送るメモを書いていたゲストルームにやってきた。

感心なことに、ペトラはわたしの携帯の充電器を忘れずに持ってきたし、郵便物も持参して、それをデスクにバサッと置いてから、窓辺のウィングチェアにすわった。「封を切って読んであげようか。百通はあるわよ！」

「いらない。請求書がほとんどだから。あと一日ぐらい延ばしたって平気よ。犬はどうしてる？　選挙運動のほうはどう？　あなた、あいかわらず注目の的？」

ペトラは笑った。「何があっても、あたし、真剣に受けとらない人なの。だから、みんなに受けがいいんだわ。ほかの人たちって、えっと、すっごく野心的で、ブライアンが上院議員に当選したら、大きな仕事をしたいと思ってんのよね。彼が大統領になったときには、もっともっと大きな仕事ができるわけだし」

「じゃ、あなたの望みはなんなの？」わたしはぼんやりと質問した。

「ほかのみんなをトラブルに巻きこむようなミスをせずに、この夏を乗り切ることだけ」

ペトラの口調が珍しくも真面目だったので、わたしはうっとうしいサングラスをはずして彼女を見た。「どうしたの、ペトラ。誰かから、あなたが不都合なことをしたという指摘でも受けたの？」

「ちがう、ちがう。今夜はそんなこと考えたくない。ねえ、トニー伯父さんのトランクに入ってたっていう、あの野球のボールだけど。ホワイトソックスの誰かのサインがついてるやつ」

「ネリー・フォックスのこと？　ええ、それがどうしたの？」

「ダディに話したら、どうしてもそのボールがほしいんだって。まだ持ってる？　だって、ほら、イーベイのオークションに出したらけっこうお金になるかも、ってヴィクもいってたでしょ」

ペトラはしどろもどろだった。わたしはさらに驚いて彼女をみつめた。「ペトラ、今夜はどうしちゃったの？　野球のボールは残してあるけど、どう処分するかなんて考えてないわ。たぶん、父にとって大切なものだったんでしょうね。でなければ、警察の表彰状と一緒にしまっておくわけがないもの。考えてみるわ」

「どこにあるの？」ペトラはしつこかった。「写真を撮ってダディに送ってもいい？」

ペトラは赤くなり、何本もはめているラバー・ブレスレットをいじった。「あのね、ダディが来年七十になるから、ママとあたしで、何かすっごい特別なプレゼントを考えようとしてたの。あたし、野球のボールのことを思いだして、それで――」

「お父さんに話したら、すごくほしがってたって、さっきいったばかりじゃない」

「なんであたしに嚙みつくのよ。ステーキの骨だとでも思ってんの？　あたしは雑談してるだけなのに！」ペトラは興奮のあまり、ウィングチェアを倒しそうになった。

「じゃ、もうすこし雑談しましょう。この前の晩、シスター・フランシスのアパートメントにきたほんとの理由はなんだったの？　それから、誰と一緒にきたの？」

「だから、いったでしょ――」

「ベイビー、わたしは六つのときから、ほら吹き連中の言葉を耳にして育ったのよ。あなたにはメジャーリーグは無理ね。マイナーのAAも無理だわ」

ペトラはわたしをにらみつけた。「ここで正直に話したら、もっとバカにされるに決まってる」

「とにかく話してみて」

「ほら、ヴィクのとこには、アシスタントとかそういうのがいないみたいな感じでしょ。それと、サウス・シカゴへ出かけたとき、あのチンピラ連中を相手にするヴィクを見て、目がハートになっちゃったの。シスターのアパートメントに忍びこんで、何か——手がかりとか何か——見つけたら、選挙運動がすんでから、ヴィクのとこで見習いをやらせてもらえるかもって思ったわけ。けど、ヴィクったらあたしをバカにして笑うだけ……」

ペトラの顔は真っ赤になっていて、ゲストルームのやわらかな照明のなかで燃え立つようだった。わたしはベッドを抜けだすと、ペトラの横に膝をつき、その肩を軽く叩いた。

「探偵になりたいの？ あなた、ヒューストン・アヴェニューでわたしがあのチンピラ連中と揉めるのを見てたんだから、前にいってた〝ワクワクする探偵仕事〟がじっさいはどういうものかわかったでしょ？ あなたがわたしの仕事を手伝って、目に火傷でもしようものなら、わたし、あなたの家の人のランチにされてしまうわ。下手をすれば、あのアパートメントの床を踏み抜いて転落してたかもしれないのよ」

ソファベッドにふたたび腰をおろしたとき、フッとべつの考えが浮かんだ。「ペトラ、先週の日曜日に、ヒューストン・アヴェニューにあるわたしの昔の家に誰かが発煙弾を投げこんだんですって。セニョーラ・アンダーラの証言によると、わたしたちのどちらかが通りの向かいからそれをじっと見てたそうなの。まさか、あなたじゃないでしょうね」

「ヴィクったら！ あんなとこに一人で行っちゃやだめだって、あたしにいったくせに」

「それはノーって意味？」わたしはきいた。「探偵ごっこをやって、あの家に入りこもうとしたんじゃないでしょうね」

「ヴィクの昔の家で探偵ごっこなんかしてません。わかった？」興奮のあまり、ペトラの顔がふたたび赤くなっていた。「あーあ、こんな話、しなきゃよかった。ヴィクはお母さんに甘やかされてダメな子になってしまったってダディがいってる。だから、ほかの人間に主役の座を譲ろうって気がないのよね」

「それって事実なの？　この前の晩、〈フリーダム・センター〉に入りこんだのは、そういうわけだったの？　あなたに主役の座を譲ることを、わたしに教えようと思って？」

「やだ、ヴィクったら、あたしの言葉をいちいちねじ曲げちゃうのね」ペトラは腕にはめたラバー・ブレスレットを上下に弾ませながら、大股で部屋を出ていった。

その退場がいささか拍子抜けしたものになった。ペトラがロティの住まいの玄関ドアまで行ったとき、ブレスレットのひとつがはずれて飛んだ。わたしは身をかがめてそれを拾った。白いブレスレットで、〝ONE〟と書かれていた。みんなで団結してひとつの惑星になり、エイズや貧困問題を解決しよう、という意味だ。

わたしは目を閉じた。こういう場では、わたしが大人としてふるまわなくては。ブレスレットをさしだして、ペトラにいった。「主役の座を分けあうことをわたしが学ぼうとしたら、あなたは人の指示に耳を傾けることを学んでくれる？」

ペトラの頬の紅潮がすこし薄れた。「探偵になる勉強をさせてくれるの？」

「わたしの仕事の大部分は、すごく退屈なのよ。たとえば、そこのデスクにのってる大量の請求書とか」わたしはペトラに警告した。「でも、半年ほどわたしのとこで仕事をして、好きになれるかどうか試してみたいなら……いいわよ、ブライアンの選挙運動が終わってから、やってみましょう」

ペトラはわたしに両腕で飛びついてきて、わたしの胸の赤い新たな皮膚に身体を押しつけ、それから、待っていたエレベーターに駆けこんだ。わたしはロティにおやすみをいおうと思って居間に寄った。ペトラの言葉と行動について、ロティと一緒に首をひねっていたとき——探偵見習いになりたいってペトラがいうんだけど、本気かしら。先週の日曜日にサウス・シカゴにいたのかどうか、ペトラが嘘をついてるのかしら——ロティの電話が鳴りだした。キャロリン・ザビンスカからわたしへの電話だった。「ヴィク、今夜、みんなが戻ってからすぐに、フランキーの部屋へ行ってみたのよ」彼女は前置きもなしにいった。「どこの業者か知らないけど、すでに解体業者が入りこんで、部屋をからっぽにしていったあとだったわ。ビルの管理人の話では、教会のために奉仕したがってる匿名の後援者がやったことで、明日は建設業者がくることになってるんですって」

31　ズタズタの家

数日後、ロティのところを出て自宅に戻った。包帯がとれて、しわしわの赤い皮膚がのぞいていた。昼も夜も特別製の手袋をはめることになっている。レースのミットみたいな感じの手袋。しばらくは水泳禁止、そして、今後数ヵ月のあいだ太陽を避けること。プラスチックのレンズが入った特殊なサングラスを卒業して、ふつうのサングラスになった。テレビとパソコン画面を見る許可と、車を運転する許可がおりた。

ロティのところに泊まっていたあいだ、ドアマンと何回か話をした。あたりに潜んで、負傷した私立探偵があらわれるのを待っている人物は、一度も見かけなかったという。最初の日に法執行機関の連中が押しかけてきたのをのぞけば、知らない人間がわたしを訪ねてくることはなかった。シスター・フランシスへの襲撃は〈フリーダム・センター〉の活動が原因だったのだと、わたしは信じはじめていた。シスターを殺した犯人を見つけたい思いが消えることはなかったが、悪夢は薄らいでいった。わたしがシスターを殺したのではない。わたしは彼女の死を目撃した無力な人間にすぎない。

ロティのところで静養していたあいだ、無為にすごしたわけではなかった。山のようにたまっていたメディアからの電話のすべてに返事をした。探偵として成功する秘訣のひとつは、ウェブで多くの人に名前を見てもらうことにある——悲しいけれど、これが真実なのだ。

自分でメディアに電話しておいたのは賢明だった。なぜなら、わたしの利用している人材派遣会社から電話があり、マリリン・クリンプトンがやめることにした、といってきたからだ。

「腹を立てた依頼人や新聞記者などがあなたと連絡をとろうとするなかで、一人で事務所を守ることになろうとは、クリンプトンも予想していなかったものですから。また、あなたが火炎瓶攻撃を受けたため、あなたの事務所に一人でいると、自分の身の安全が脅かされるように感じるそうなんです。いまのところ、クリンプトンの代わりの者を派遣するのは無理かと思います」

「じゃ、今後、おたくに仕事をお願いすることはないでしょう」わたしはもったいぶって答えた。

よくやった！　おかげで、この派遣会社が使えなくなっただけでなく、未処理の仕事がたまり、ふたたびヒマラヤ山脈の高さになっていることだろう。応答サービスに電話をして、通常の営業時間中にかかってきた電話をすべて受けてくれるように頼み、つぎに、下請けに出せるのはどの件か、わたしが個人的に担当できるようになるまで二、三日待ってもらえそうなのはどの件かを調べるため、依頼人たちへの電話にとりかかった。

多数の探偵を抱えた大手の事務所へすでに依頼を移した人もいた。賢明だ。雇っていた探偵が火傷をしたら、代わりの者がいるところへ行くべし。請求書のことが頭に浮かんだが、パニックに陥らないよう努力した。ジョージ・ドーニックがやっている〈マウンテン・ホーク警備会社〉と、〝トニーの娘〟を雇おうという彼の申し出について考えた。そんなことにならないよう祈った。

それに、従妹のことも心配だった。わたしが〈フリーダム・センター〉に舞い戻った夜、ペトラがあそこにいた理由だが、本人の説明ではどうにも納得できない。わたしのまねをしたかったといわれて、自尊心をくすぐられたが、信じる気にはなれなかった。それから、わたしが昔住んでいたヒューストン・アヴェニューの家に投げこまれた発煙弾……セニョーラ・アンダーラは、この家で育った女が通りの向かいから見守っているのを目にした、と警官たちに語った。コンラッドはわたしのことだと思いこんだ。〝この家で育った女〟といわれて彼が思い浮かべるのは、わたしだけだからだ。しかし、セニョーラ・アンダーラはたぶん、ペトラとわたしを家族だと思ったのだろう。スペイン語でセニョーラに話しかけたのはペトラだった。

サウス・シカゴで探偵ごっこなんかやった覚えはない、とペトラはムッとした口調で断言したが、先週日曜の夜にそこへ行ったことをきっぱり否定したわけではなかった。だが、ペトラがあそこに出かける理由がどこにある？　何も思い浮かばない。

ついにその件を脇へどけて、〈フリーダム・センター〉のビル管理会社に電話をした。そちらに尋ねれば、誰が解体業者を差し向けて、シスター・フランシスのアパートメントを空っぽにし、建設作業にとりかかるための準備をさせたのかを、教えてもらえるだろうと思ったのだ。知らないといわれた。もしくは、答える気がないのかもしれない。シスター・キャロリンの携帯にかけて、業者のほうから何か情報がとれないかやってみてほしいとメッセージを残した。彼女は移民帰化局の弁護士とミーティング中だったが、数時間後に電話をくれた。解体業者と建設業者の両方と話をしたそうだ。どちらの業者も、誰に雇われたのか知らなくて、ほかの仕事をすべて中断してこのビルの作業にかかってくれれば通常料金の二倍近くを現金で支払う、と約束してもらったらしい。

「あの人たち、それだけ話すのも渋々だったのよ。たぶん、移民帰化局に通報されるのを恐れたんでしょうね。でも、わたしはコスチュームを着けていって、ほしいのは情報だけだといって安心させたの」

コスチューム？　ああ、修道女のベールのことね、なるほど。誰が現金を支払ったのかとシスターに尋ねたが、「中年の白人男性で、一度も見たことのない相手だった」と、業者がいいはったそうだ。

わたしは皮肉っぽくいった。「その男性の服装はトレンチコートにフェルトの中折れ帽、なんていわないでくださいね」

「さあ、知らないわ」シスター・キャロリンはいった。「それが重要なことなの？」

「ええ。嘘をついてる可能性があるのではなく、嘘をついてる証拠になります」

「あなたの推測だと、誰に雇われたのか、じつは業者も承知しているとか？」

わたしはロティのキッチンのテーブルにすわっていて、行動できないことへの苛立ちが沸騰点に達しかけていた。「知りませんよ、そんなこと。わたしに推測できるのは、せいぜい、業者がどこかの重要人物の恩を受けてるか、もしくは、重要人物の使い走りをやってるんだろうってことぐらい。たぶん、小規模な下請け業者なんでしょうね。断定はできないけど。でも、ほかの仕事をすべて中断したとなると、誰の依頼なのか、ちゃんと承知してたにちがいありません。また、おたくのビルは監視下に置かれているし、シスター・フランシスのところのドアは警察が立入禁止にしているのに、業者は一瞬たりとも躊躇しなかったわけでしょ」

受話器を置いてから、先日尋問にやってきた爆弾・放火班の刑事たちに電話した。ラテン系の刑事がいた。

「あなたの犯罪現場がもはや存在してないってこと、ご存じ?」わたしはいった。

「なんの話だ?」

「あのビルに住んでる修道女の一人と、いま電話で話したばかりなの。解体業者がやってきて——修道女たちが雇ったんじゃないわよ——ドアをこじあけて、部屋を空っぽにしていったんですって。そちらで採取したサンプル、ちゃんと保管してあればいいけど。あの火災の調査を阻止するために、何者かが大変な労力をつぎこんでるようよ」

刑事から感謝の言葉はなかった。うなり声があがり、シスター・キャロリンの電話番号を尋ねられ、証拠湮滅に関わらないほうがいいぞ、と警告を受けただけだった。

エイミー・ブラントを失ったことがつくづく悔やまれた。エイミーがいれば、彼女を解体業者にけしかけることも、その所有権者について調べてもらうこともできるのに。従妹にやらせてみてはどうだろうと、ふと思った。法人組織の記録に目を通すという基本的な調査を、ペトラがちゃんとやれるかどうか見てみよう。うまくできなかったとしても、わたしのほうは、スタート時に比べて条件が悪化するわけではない。

ペトラの携帯に電話をした。ペトラは選挙事務所にいて、彼女に用のある人々がやってくるため、通話が何回か中断された。そのたびに、ペトラは「いま電話中なの。あたしの従姉よ。ほら、先週、あの火事で火傷した人。あとですぐ連絡するね。でも、従姉があたしの助けを求めてるの」

ようやく、ペトラの注意をこちらに向けさせると、彼女は大乗り気で、いくつも質問をよこした。わたしは自分が登録しているサイトのURLをいくつか教え、パスワードはメールで送るといった。そうすれば、ペトラのほうも、電話しながらメモをとろうとせずにすむ。

「下請け業者がデータベースに入っていない場合は、登記簿をチェックするためにイリノイ州ビルまで出向かなきゃいけないわよ」

「でも、どこかよその州で登記してたら？　デラウェア州で登記する場合が多いんじゃない？」

「デラウェア州で登記するぐらい大手の企業だったら、ネットで見つかるはずよ。でも、鋭い意見ね。業者が見つかったとしても、お願いだから、一人で調べに出かけたりしないでね。建設業者はカッとなりやすいし、大きなハンマーを持ってるから」

「あら、ヴィク、精肉業者もおんなじよ。あたし、そういうなかで育ったのよ。カッカさせずに話をひきだすコツぐらい、ちゃんと心得てますって。まあ、見てて」

見てみることにしよう。わたしは電話に渋い顔を向け、ペトラが本当は何を考えているのかわかればいいのにと思い、彼女の手に余るかもしれない探索を押しつけたりしなければよかったと後悔した。

ロティが午後から休みをとって、車であちこちまわってくれた。まずは病院。ロティのおかげで順番待ちをしなくてすんだ。

病院のつぎは銀行。カードが再発行されないと、現金をひきだす手段がないので、パスポートを持参して、千ドルの小切手を現金にした。ATMの新しいカードが届くまで、これでなんとかしのげるよう願いつつ。

最後に訪れたのは美容院。ジョキジョキに切った不恰好な髪を均一の長さにカットしてもらった。最終的には、スキンヘッドと海兵隊のバズカットの中間みたいな感じになったが、もちろん、これまで披露していた〝皮膚病の野良犬ふうカット〟に比べれば、はるかに魅力的だ。

心地よい一日で、火傷の傷に苦しみながら十日間をすごしたあとの短いバカンスという感じだった。最後に、デイメン・アヴェニューの小さなビストロで、マックスも交えて夕食をとった。彼とロティがわたしのアパートメントまで車で送ってくれると、ミスタ・コントレーラスと犬たちが迎えに飛びだしてきた。犬が喜んで大騒ぎをしたため、廊下の向かいに住む病院のレジデントから、ミスタ・コントレーラスとわたしがいますぐ犬を静かにさせないと警察を呼ぶと脅された。ロティがわたしを長く抱きしめてから、ミスタ・コントレーラスにひき渡した。ミスタ・コントレーラスは階段の上までわたしのカバンを運ぶといってきかなかった。

わが家の玄関ドアをあけたとたん、帰宅の喜びが消え失せた。ショックで呆然としてしまい、最初はその光景を受け入れることができなかった。家のなかがめちゃめちゃに荒らされていた。本が床に散らばり、オーディオ装置が分解され、ピアノの内部を調べるために楽譜が投げ捨てられ、トランクが居間にひきずりだされて、母のイブニングドレスがその横の床に丸めて置いてあった。

最初に感じたのは一種の絶望だった。ミラノ行きの飛行機に乗って、残りの生涯を母が育った小さな丘の町で送りたいという願いだった。つぎにこみあげてきたのは、従妹への怒りだった。

「まあまあ、ヴィク」隣人がたしなめた。「頭から疑ってかかるもんじゃない。あの子がこんなことするわけないだろが」

「無理やり押し入った形跡がないのよ」わたしはいった。「あなた、わたしの鍵でペトラを入れてやったでしょ？　父の所持品のなかから出てきた野球のボールを、あの子がすごくほしがってたの。この荒らしようからすると、ほしいものをほしいときに手に入れようとする、わがままな子供のしわざとしか思えない」

「あの子を入れてやったよ、たしかに。だが、それは二日前で、あの子があんたの携帯の充電器をとりにきたときのことだ。それほど長居はしてないから、こんなに荒らしまわれるはずがない。とにかく、あんたの誤解に決まっとる。あんたがなんでそうカリカリしとるのか知らんが、クッキーちゃん、若くて美人で元気いっぱいのあの子に嫉妬してるんじゃないかね。あんたはそんなバカな人間じゃないと思っとったが。なあ、嬢ちゃん、ほんとにそう思っとったんだよ」

「わたしの部屋が荒らされたというのに、よくもそんなことといってられるわね！　これ見てよ！」わたしは母のドレスを拾いあげた。「わたしにとってどんなに大切なものか、あの子も知ってるのよ。なのに、古い雑巾みたいに丸めて投げ捨てるなんて」

「わしがいいたいのはな、あんたがどう考えようと、ペトラにこんなことができるはずはないってことだ。そして、わしはペトラ以外の誰もここに入れとらんから、こりゃきっとプロのしわざだ。錠やゲートやなんかを全部通り抜けて、勝手に入りこむことのできるやつ。深夜に忍びこんだにちがいない。わしも、犬も、ぐっすり眠っとる時間に。あんたの従妹が夜の夜中にここまでくるわけがない」

ペトラの携帯にかけてみたが、応答がなかった。留守電メッセージをきいたらすぐこっちに電話して、と伝言を残した。犬とミスタ・コントレーラスをお供に、自分のアパートメントのなかを歩き、被害の程度を見てまわった。老人のいうとおりだった。ペトラがこんな無茶な荒らし方をするとは思えない。しかし、プロもこんな荒らし方はしない。プロが故意にわたしを震えあがらせようとしているなら、話はべつだが。だとしたら、効果絶大だったことになる。

「でも、何を捜してたのかしら」わたしはミスタ・コントレーラスに尋ねた。「あのネリー・フォックスのボール以外、人がほしがるようなものなんて、ここには何もないのよ。しかも、さっきもいったように、無理やり押し入った形跡はないし」

「ペトラが出てくときに、ロックするのを忘れたのかもしれん」隣人が意見を出した。

「だったら、さっき階段をのぼってきたときは、どうしてドアがロックされてたの?」わたしの心は崩壊寸前で、思わずヒステリックな声になりかけるのを、意志の力だけで押し止めていた。

ミスタ・コントレーラスが警察を呼ぶようにいったが、警察に煩わされるのはもううんざりだった。荒らされた住まいを目にすればするほど、従妹のしわざだという考えは薄れていったが、ペトラがここに忍びこんだ証拠を警察の現場係に見つけられるようなことは避けたかった。もしもペトラのしわざなら、わたしがじかに対決しよう。

その夜の残りは、掃除に費やした。ミスタ・コントレーラスが居残って手伝ってくれ、本を拾い集めたり、服をたたんだり、台所の掃除を一緒にしてくれたりした。ダイニング・ルームへ行くと、ほかのあらゆる場所と同じく、棚から食器が乱雑にひきずりだされていた。老人が膝をつき、ぶつぶついいながらカップや皿を拾い集め、きれいに拭いて棚に戻していった。

母がイタリアから逃亡したとき、下着にくるみ、たった一個の小さなスーツケースに入れて運んできた赤いヴェネシャン・グラスが、床に放りだされていた。それらを拾い集めたが、手がひどく震えていたため、割ってしまうのではないかと心配になった。一個ずつ明りにかざしてみた。何年かのあいだに、二個が失われ、一個はひびが入った。今日は四個目の底の部分がすこし欠けてしまった。

四個目のグラスを抱いたまま、こらえきれずに泣きだした。ボビー・マロリーとアイリーンに最初の赤ちゃんが生まれたとき、洗礼式のあとでガブリエラがこれらのグラスを出してきて、乾杯に使った。わたしがグラスを見たのはそのときが初めてで、母がグラスの歴史を話してくれた。一八九四年、祖母の婚礼の日に贈られたものだった。かさだかくて割れやすい荷物ではあったが、祖母の思い出の品として、母の手で隠れ家へ運ばれた。母はそれをピティリアーノからシエナへ運んで、音楽教師の家の屋根裏に身をひそめて暮らし、やがて、ファシストがやってくる数時間前にグラスを持って丘陵地帯へ逃げ、そこで父親と潜伏生活を送ったのちに、賄賂と幸運によってキューバ行きの船に乗ることができた。グラスはただの一個も割れなかった。なのに、このわたしは？　すでに半分をだめにしてしまった。雄牛みたいにがさつなヴィクトリア・イフィゲネイア。

ミスタ・コントレーラスが同情の面持ちでそっと歩きまわって本や書類を片づけていたあいだ、自分がどれぐらいの時間じっとすわりこんでいたのか、よく覚えていない。ペピーがやってきて、わたしの膝に頭をのせた。わたしはグラスを置いてペピーをなでてやり、ようやく、グラスを戸棚に戻しにいこうと思って膝をついた。

立ちあがったそのとき、アルバムがテーブルの下に投げだされているのが見えた。ふたたび膝をついて、そこまで這っていった。

酷使しすぎた目が痛かったし、手が疼いていたが、なくなった写真がないかどうか見てみようと思い、ページをめくった。小さなフォトコーナーからはずれた写真がたくさんあった。根気強くページをめくりながら、はずれた写真をもとに戻していったが、そのなかに、ヴェネシャン・グラスで乾杯している両親の写真があった。思わずすくみあがり、さらにページをめくった。ソフトボール・チームと一緒に写っている父の写真がなくなっていた。

テーブルの下をのぞき、それからもう一度アルバムを見直したが、写真はどこにもなかった。

32　消えた従妹

　午前一時をすこしまわったころ、わたしたちは片づけを終えた。用心のために、ミスタ・コントレーラスが犬二匹をわたしのところに置いていき、わたしはドアと窓が内側からしっかり施錠されていることを確認したが、それでも、よく眠れなかった。ミッチが床をひっかいたり、車の警笛が大きく鳴ったりするたびに、ハッと飛びおき、心臓をドキドキさせながら、いまに誰かが侵入してくる、窓から火炎瓶が投げこまれる、と思いこんだ。五時ごろ、空が白みはじめてからようやく、安心して眠りに落ちた。

　九時に、犬たちが裏庭へ出たくて鼻を鳴らしながら、わたしをおこした。わたしも犬のあとからよろよろと外に出て、裏のポーチにすわりこみ、膝に頭をのせた。やがて、熱い太陽に首筋を焼かれて、無防備な姿で外に出てはならないことを思いだした。

　部屋に戻って、もう一度従妹に電話してみた。またしても留守電に切り替わるのかと思ったそのとき、ペトラが電話に出た。

「あ、ヴィク、あのう、頼まれた件だけど、あたし無理だわ」

「ペトラ！　声がほとんどきこえない。どうしたの？」

「いまは話せない」

ペトラの声は依然としてささやき声に近かった。わたしはペトラに、わたしのアパートメントで何をしていたのか、いますぐ答えてほしいと、きつい調子でいった。

「行ってないわよ」ペトラはいった。「部屋に入ったのは、ヴィクのベッドメーキングや何かをしにいったときだけ」

「あの野球ボールを捜しにきたんじゃないの？　前からほしがってたでしょ」

「トランクはのぞいたわよ。でも、ぜーんぶ、もとの場所に戻しといたわ。だから、そんな怒んないでよ、ヴィク。いまは話せない。もう行かなきゃ。それから、例の業者の人たち、あたしには見つけられない」

ペトラが小声でいっきにまくしたてて電話を切ってしまったので、わたしは言葉をはさむ余地もなかった。表側の窓まで行って、渋い顔で通りを見おろした。この前の晩、わたしはほら吹きを見つけるエキスパートだと従妹にいったが、その自慢がどこまで本当なのか、わからなくなってきた。狡猾な何者かがわたしをきりきり舞いさせているが、そいつがペトラを利用しているのか、ペトラ自身が進んで協力しているのか、それとも、傍観者にすぎないのか、わたしには判断がつかなかった。

ブラインドのコードをひっぱり、自分が無防備な場所に立っていることに気づいた。銃か火炎瓶でわたしを狙っている者がいれば、通りから楽にこちらの姿をとらえることができる。ペトラが何をしたにせよ、しなかったにせよ、人に火炎瓶を投げつける彼女の姿は想像できない。あるいは、先週末にわたしの子供時代の家から家族を追いだすのに使われた発煙弾を投げる姿も想像できない。ミスタ・コントレーラスのいうとおりだ。ペトラは元気にあふれていて軽率だが、意地悪でも冷酷でもない。わたしがペトラの勤務評定をするとしたら、そのように書くだろう。

犬たちがクンクン鳴いて裏のドアをひっかくのがきこえたので、ドアまで行って入れてやった。膝をついて二匹に話しかけた。「今夜、お日さまが沈んでから、長い散歩に連れてってあげる。でも、いまはこれで終わり」

慎重に服を選んだ。ハイネックのTシャツと、ゆったりした麻のパンツ、そして、腕と胸を覆うためのジャケット。手を保護するのに必要な白いコットンの手袋をはめ、ビーチでときどきかぶるつば広の麦わら帽子を捜しだした。身支度がすむと、繊細な肌を守ろうとするスカーレット・オハラみたいな姿になったが、まあ、仕方がない。

身を守る装備を完璧にするために、寝室のクロゼットの奥に作りつけになっている金庫まで行った。侵入者たちはわたしの衣類をひっかきまわしていたが、靴の棚のうしろに作られた金庫には気がつかなかったようだ。わたしはときたま、夜のあいだ事務所に置いておくのがためらわれる極秘文書をここに保管することにしている。ほかに金庫に入っているのは、母の形見である雫形のダイヤのイアリングとペンダント、そして、スミス&ウェッスンだけだ。

銃がきちんと手入れされているのを確認した——この数カ月、射撃練習場へ行っていない

――クリップを点検した。わが身が誰かの標的にされているのかどうか、しかとはわからないが、ベルトのループにホルスターをつければ、それだけで多少は心強い。

わたしのアパートメントに侵入した犯人を目撃した者がいないかどうか、そして、犯人は錠をこじあけることなくどうやって忍びこんだのかを調べるために、探偵のもっとも強い伝統に従って、聞き込みに出かけた。もちろん、何人かは仕事に出ていて留守だったが、十年前から二階に住んでいる年配のノルウェー人女性は、その時刻に家にいたという。韓国人一家の祖母も在宅していた。二人とも普段とちがうことは見聞きしなかったそうだ。

ジェイク・ティボーは眠そうな目をして、Tシャツと短パン姿でドアのところに出てきた。わたしがおこしてしまったのだが、仕方がなかった。それに、彼が夜何時に寝るのか、どうしてわたしにわかるだろう？　わたしが誰なのか、最初のうち、彼にはわからない様子だった。

「髪だ」ようやく、ジェイクはいった。「カールした髪を切ってしまったんだね」

わたしはバズカットの髪に指をすべらせ、傷口に触れてすくみあがった。鏡を見ないと、髪のことをつい忘れてしまう。

「二日前の晩、わたしのアパートメントで何か物音がしなかった？　誰かがフォークリフトみたいなものを持ってきて、家のなかを荒らしまわっていったんだけど」

「二日前の晩？」ジェイクは目をこすった。「エルジンで演奏があったときだ。帰ってきたのは二時すぎだったけど、そのフォークリフトの連中が出てくとこを見たような気がする。

ぼくが車のうしろからコントラバスを出そうとしてたとき、見慣れない男が二人、歩道をやってくるのが見えたんだ」

わたしは息を吸いこんだ。「黒人？　白人？　若かった？」

ジェイクは首をふった。「きみんとこの依頼人がこっそり訪ねてきたのかもしれないと思ったんで、近づかないようにした。ギャング映画のエドワード・G・ロビンスンみたいな雰囲気だった。そばに寄らないほうがよさそうな感じの連中」

「車だった？　それとも、歩き？」

「通りの先に停めてあった大型の黒っぽいSUV車に乗りこんだのはたしかだけど、車にはあまりくわしくないんでね。車種まではわからない」

「スパイクヘアの背の高い女が一緒じゃなかった？」

ジェイクは笑いだした。「それって、きみを訪ねてきたあの女の子のこと――ええと、きみの従妹だっけ？　いや、きみがいないあいだに、二、三回やってきて、老人のとこに顔を出したりしてたけど、侵入者の仲間ではなかった。あの男たちは図体がでかかった。痩せてもいないし、スパイクヘアでもなかった」

わたしは安堵と不安の両方を抱いて立ち去った。ペトラが家宅侵入の仲間ではなかったことへの安堵と、アパートメントを荒らした連中を送りこんだのは誰なのかという不安。

路地でわたしの車に乗りこんだ。ミスタ・コントレーラスが車を救いだして、ここまで持ってきてくれたのだ。百万年ほど前にシスター・フランシスを訪ねたとき、ブリーフケースを車のトランクに入れたままにしておいた。今日の午後に予定されているいくつかのミーティング用の新たな書類を入れようと思って、ブリーフケースをひらいたとき、最初に目に飛びこんできたのは、ネリー・フォックスのサイン入り野球ボールだった。ここにつっこんだことをすっかり忘れていた。

一人でクスッと笑った。気の毒なペトラ。車のトランクをのぞいてみようという気になりさえすれば、わたしに内緒でボールをくすねることができたのに。太陽にボールをかざして、サングラスの奥から目を細めてながめた。誰かがこれで野球をしたのだ。たぶん、ウォーショースキーおじいちゃんが。祖父はわたしの小さいときに亡くなったが、ソックスのファンだった。

ボールにはポツポツと穴があいていて、それが不可解だった。ボールを貫通している穴が二つあったので、父とバーニー叔父がそこに釣糸を通してぶら下げ、バッティングの練習に使ったのではないかと思った。ボールをふたたびブリーフケースにつっこんで、車で事務所へ出かけた。

メディアの電話攻勢に音をあげるまでは、マリリン・クリンプトンがファイルと書類の整理を効率的にやってくれていた。留守電メッセージがたまり、郵便で届いた書類のなかには整理の必要なものがいくつかあったが、事務所のなかはきちんと片づいていた。イタリアから戻ったときに書類が山をなしていたことを思えば、雲泥の差だ。

パソコンの電源を入れて、応答サービスから届いたメッセージのページを見た。メディアの迷惑な電話のあいだに、証拠品を勝手にいじらないようにという危機管理局の女性からの無意味な脅しや、何人かの依頼人からの問い合わせがまじっていた。ジョニー・マートンの弁護士をしているグレッグ・ヨーマンからのメッセージもあった。明日の午後のステートヴィルの面会者リストにわたしが入っているので、確認の電話をもらえないか、という内容だった。

急にひどい疲れを感じて、奥の部屋の簡易ベッドまで行き、横になった。ヨーマンに電話したことをすっかり忘れていた。ミス・クローディアに会いに〈ライオンズゲート・マナー〉へ行ったあとで彼に電話したことを、いま思いだした。シスター・フランシスが殺され、わたし自身が火傷を負い、アパートメントが荒らされたため、エラ・ガズデンとその妹のことが頭から抜け落ちていた。暗いなかで一時間近く横になっていた。ようやくおきあがり、グレッグ・ヨーマンに電話して、明日の午後ステートヴィルまで車で出かけることを約束した。

シスター・フランシスのことを考えたのがきっかけで、彼女のアパートメントの作業を担当した解体業者と建設業者の素性を調べるつもりだったことを思いだした。ペトラに調査を頼んでおいたが、できないといってきた。それほどむずかしい仕事ではないのに。

業者の名前はシスター・キャロリンからきいていた。〈リトル・ビッグ＝マン・レッカーズ〉と〈リバウンド・コンストラクション〉。どちらも、アーニー・ロデンコという男性の所有。住所はウェスト・ロスコー通り三〇〇〇番地。中程度の規模の会社で、年商約一千万ドル、火災と洪水の被害を受けた建物の修復が専門。住所からすると、ロスコー通りとレイク・ショア・ドライヴが交差するあたりだ。商業区域ではないので、自宅の一部をオフィスにしているにちがいない。つまり、夕方訪ねても大丈夫。軟膏や帽子なしで外出できる時間帯だ。

携帯端末に住所を入力してから、メッセージの処理をつづけた。午後はアポイントがあって、ループの東側にあるビルへ出かけた。大きな広場をはさんで、〈イリノイ州のためにクルーマスを〉の選挙事務所が置かれている高層ビルが見えた。ミーティングのあとで、ペトラのところに寄ろうかと考えた。じかに顔を合わせれば、電話でいえなかったことを何か話してくれるかもしれない。

もちろん、私用電話が多すぎてペトラがボスに大目玉を食らった可能性もある。これまでのボスは職場の規律にあまりうるさくなかったかもしれないが、ペトラは現在、レス・ストラングウェルの下で仕事をしている。わたしがストラングウェルについて知っていることからすると、部下たる者、彼に全身全霊を捧げなくてはならない。ブライアン・クルーマスを上院へ送りこまなくてはならないときに、従姉の用事に時間を使うなど、もってのほかだ。ストラングウェルがペトラをきびしく監視しているといけないので、ペトラに会いにいくのはやめにした。

暑い夏の午後の戸外へふたたび出ていく前に、依頼人のビルのロビーにあるコーヒーバーに寄って、アイス・カプチーノを飲むことにした。コーヒーができるのを待つあいだ、誰もがよくやるようにあたりをぼんやりながめていたら、バーの隅に置かれたひょろ長いテーブルのひとつに、見覚えのある顔を見つけた。薄くなりつつある黒っぽい髪が二重顎の赤ら顔からうしろのほうへなでつけてあるその姿は、二週間前にキャサリン湖で見たものだった。七月の暑い日に、ラリー・アリートはいったいなんの用でシカゴのダウンタウンに出かけてきて、ビヤガーデンではなく、コーヒーバーなんかに入ったのだろう。わたしはそっとあとずさって暗がりに身を隠そうとしたが、そのとき、つば広の帽子とサングラスと手袋が巧みな変装になっていることに気づいた。コーヒーを受けとると、アリートのテーブルの近くまで行き、窓ぎわの高いスツールのひとつに腰をおろした。

アリートが話をしている相手は、どこにでもいそうな、おなか《ミドルズ》の出っぱりはじめた中年《ミドルエイジ》の中間管理職《ミドル・マネジャー》タイプだった。砂色の髪がかなりハゲあがっているが、賢明にも、乏しい髪を頭頂部に渡す代わりに短くカットしていた。先端が上向き加減の鼻と、すぼめた唇のおかげで、きょとんとした赤ちゃんみたいな表情になっている。冷酷で抜け目のなさそうなグレイの目だけが、このミーティングの主導者はアリートではなく、そっちの男であることを示していた。

コーヒーバーには音楽が流れ、ベースの音が大きく響いているため、二人の会話はひと言もききとれなかった。二人はマニラ・フォルダーにはさんだ書類に目を通しているところで、ミーティングの主導者である男が親指で書類を軽く叩いていた。アリートがさしだしたその書類が気に入らない様子だった。わたしは携帯をとりだし、メールを打つふりをして、二人の写真を撮った。二人が立ちあがると、わたしは彼らがビルのロビーに出るまで待って、それからあとをつけた。

二人はロビーに出ると、おたがいの顔も見ず、言葉もかわさずに別れた。ミーティングの主導者は出口へ向かい、いっぽう、アリートはコーヒーバーの近くにあるフェデックスのドアをじっと見ていた。わたしは片膝をついてソックスを直した。アリートは悪徳警官だったかもしれないが、指名手配犯のポスターを見ながら三十年を送ってきた男だ。こちらがいくら変装していても、至近距離で見れば、わたしに気づくかもしれない。床に膝をついた姿勢のまま、広場のほうへ目をやると、クルーマスの選挙事務所のあるビルへ、いまの男が入っていくのが見えた。

アリートの携帯が鳴ったので、わたしは立ちあがり、彼の背後にまわって新聞の売店へ行き、ガムをひと箱とった。「ああ」アリートが電話に向かっていっていた。「話はすでにレスからきいてる。何をすりゃいいのか、ちゃんとわかってるよ。おれのこと、ボケナスだと思ってんのか？ こっちのやることをいちいちチェックせんと気がすまんのか？……フン、偉そうな態度はやめろってんだ！」

アリートは携帯をパチッと閉じると、荒々しい足どりで回転ドアから出ていった。話は〝レス〟からきいた？ 砂色の髪と冷酷な目をしたあの男。レス・ストラングウェルだったのだ。

コーヒーを持って広場に出て、木陰にすわった。ストラングウェルとアリートはどういう関係？　もちろん、元警官がフリーで仕事をひき受けるのはよくあることだが、クルーマスの選挙運動でセキュリティ関係の仕事を担当しているのは……ジョージ・ドーニックだ。テロリズムと国土安全保障省関係の事柄に関して、ドーニックがブライアンに助言をおこなっている。ドーニックは警官時代にアリートのパートナーだった。パン屑をすこしばかり投げてやっているのかもしれない。

でも、どんなパン屑を？　わたしのアパートメントのことを考えた。あそこに侵入したのは、精巧なやり方で錠前をあける方法を知っていた人物だ。警官なら、ありとあらゆるツールに近づけるはずだ。また、ジョージ・ドーニックは特殊な警備を提供するのが仕事だから、さらに多くのツールに近づけるだろう。しかし、ドーニックの、さらにはレス・ストラングウェルのほしがりそうなものが、わが家に何かあるだろうか。父のソフトボール・チームの写真？　あの写真のなかに、ラリー・アリートがいた。ドーニックも。ボビー・マロリーも。ほかに多数の男も。

アリートは警官という経歴を誇りにしている。それが彼の人生の支えになっている。その彼がなぜ写真を盗もうとするのか、わたしにはわからない。わたしへの嫌がらせのためででもないかぎり。しかし、彼がわたしに嫌がらせをする理由もない。

納得できる筋書きを考えだすにはデータが足りなかった。あきらめて、高架鉄道で事務所に戻った。事務所の表にエルトン・グレインジャーがいて、《ストリートワイズ》を売っていた。最初、わたしのことがわからない様子だった。だが、火事にあったことを話すと、心の底から同情してくれた。

「で、修道女が殺されたってのかい？　ああ、ヴィク、おれ、テレビ持ってないから、ニュースを見てないんだ。大変だったな。どうりで、しばらく姿を見なかったわけだ。あのキュートな従妹はどうしてる？」

「あいかわらずキュートよ」わたしは歯ぎしりしないように努めた。「ここを閉めてたあいだ、誰かがわたしに会いにこなかった？」

「べつに見てなかったからなあ。けど、今後はゲストブックを用意しとくよ。誰かがドアに近づいたら、かならずそれにサインさせる」

エルトンがホテルのドアマンのまねをしたので、わたしは思わず吹きだした。もちろん、わたしの事務所を偵察にきた人間にエルトンが注意を向けるのを期待したことが、そもそも愚かだった。わたしはドアのロックに暗証番号を打ちこみ、ホルスターの拳銃の柄に手をかけたまま、なかに入った。

なかに入ると、簡易ベッドから、この建物を一緒に借りている彫刻家と共有のバスルームに至るまで、事務所内を徹底的に調べたが、誰も潜んでいなかった。何通かのメールに返信した。しかし、スタミナが切れかけていたので、家に帰ることにした。

家に着くと、犬たちと一緒に裏庭にいるペトラの姿が見えた。ミスタ・コントレーラスが肉や野菜を焼いている最中だった。ペトラはミッチに両腕をまわして芝生にすわっていた。ミッチは首をあげてわたしのほうに目を向け、「お帰り」の挨拶代わりにした。ペピーだけは、とりあえず、出迎えにきてくれた。

「ピーウィーはかわいそうに、疲れてクタクタだ。人使いが荒いんだな、あの事務所は」ミスタ・コントレーラスがいった。「バーガーとトウモロコシを焼いとるとこだ。一緒にどうだね？」

わたしはありがたく招待を受けて、ワインとサラダをとりに上の階へ行き、帽子と手袋を置いてきた。庭へおりるときに、クッションをいくつか持っていき、芝生に寝そべった。そこから従妹の顔をながめることができた。ひきつった暗い表情だった。しかし、わたしに見られているのに気づくと、ペトラはいつもの快活な笑みを浮かべようとした。

「わたしも疲れてクタクタなのよ。仕事復帰の初日だもの。午後からプルーデンシャル・プラザへ出かける用があって、ついに、レス・ストラングウェルにお目にかかったわよ」

「まさか、話なんてしてないわよね？」ペトラがハッと息を呑んで尋ねた。

「あなたの話も、それ以外のどんな話もしてないわ。あの人、薄気味悪い目をしてると思わない？」

ペトラは身を震わせたが、何もいわなかった。

「ペトラ、仕事で何かトラブルでも？」

ミスタ・コントレーラスが顔をしかめ、わたしに文句をいいかけたが、わたしが軽く首をふるのを見て黙りこんだ。

「やだ、まさか！　なんであたしがトラブルにあわなきゃなんないの？　いわれた仕事をやってるだけなのよ。ビュッと飛んでく弾丸よりもすごいスピードで」

「今日の電話のとき、ビクビクしてる感じだったから。それに、今夜はいつもみたいなハイテンションじゃないし」

ペトラは手首に何本もはめているラバー・ブレスレットをいじった。「サルおじちゃんがいったでしょ。あの事務所、人使いが荒いの。今夜だって、サルおじちゃんの家庭料理をかきこんだら、すぐまた事務所に戻らなきゃいけないのよ。ダウンタウンへはなんの用で出かけたの？ まだあの消えたチンピラを追ってるの？ プルーデンシャル・プラザへ行けば見つかると思ったの？」

「そうよ。五十階のオフィスで債券を売ってるんですって。ま、冗談はやめて、明日の午後また、ステートヴィルへ行くことになったわ。蛇使いの親分のジョニー・マートンが、もう一度会ってくれるそうなの。シスター・フランシスが殺されたことを知れば、ショックを受けて、何か話す気になるかもしれない」

「明日、刑務所へ行くの？」ペトラは心配そうにわたしを見て、くりかえした。

「そうよ。いけない？」

ペトラは唇を嚙んだ。「だって……あの……どういえばいいのかな……まだ怪我も治ってないのに」

「わたし、再生可能な資源なの」ミスタ・コントレーラスからハンバーガーを受けとって、ペピーに奪われないように身体をおこした。「ヘラクレスに似てるかも。ちがうのは、わたしの脾臓も皮膚も脳も毎朝再生するってことね」

ペトラはうわの空で無理に笑ってみせて、話題を変えた。それでもまだうわの空で、無理をしている感じだった。ハンバーガーをほとんどミッチに食べさせてから、帰ろうと立ちあがった。

わたしは横の門までペトラを送っていった。「ペトラ！　何を悩んでるの？」

ペトラは大きな目に涙をためて、長いあいだわたしをみつめていたが、やがていった。「ほっといてよ、もうっ！　ヴィクって、誰にでもお節介焼かなきゃ気がすまないの？」

「いいえ」わたしはゆっくりと答えた。「もちろん、そんなことないわ。でも、あなたのやることを見てると――」

「自分が何やってるかぐらいわかってる。ほっといて！」ペトラは乱暴に門を閉めた。

「あんたのアパートメントが荒らされた件で、まさか、あの子を責めとったんじゃなかろうな？」ミスタ・コントレーラスと犬たちが駆けつけてきた。

わたしは首をふった。「今日、選挙事務所に寄ってくればよかった。明日、マートンの面会をすませてから、行ってみようかしら」

しかし、翌日、ステートヴィルから戻ってくると、わたしの事務所に何者かが侵入し、F5スケールの竜巻並みの破壊の爪跡を残していった。裏口ドアの外のコンクリート部分に、〝ONE〟という文字の入ったペトラの白いラバー・ブレスレットが落ちていた。その夜はボビー・マロリーやFBIの連中とすごし、従妹の行方を示す手がかりを見つけようと必死になった。

眠れぬ一夜をすごした翌日、叔父のピーターと叔母のレイチェルが到着した。叔父もまた、F5スケールの竜巻のごとくわたしに襲いかかり、ペトラに万一のことがあったらすべてわたしの責任だと、声をかぎりにわめき立てた。わたしは反撃せずに嵐をやりすごそうとした。生の怒りをぶつけることが、叔父にとっては、不安を表明するただひとつの手段なのだ。わたしも不安だったし、叔母も同じだった。数時間にわたって叔父がむなしくわめきつづけたあとで、ようやく、叔母がピーターを連れて、FBIの特別捜査官と会うためにダウンタウンへ出かけていった。

33

尾行をまく

ピーターとレイチェルが出かけたあとで、わたしはミスタ・コントレーラスと長時間にわたって話をした。そこには、ペトラを救いだすのに必要な作戦にはかならず彼も参加させる、という約束も含まれていた。従妹に関してわたしがこの二、三週間疑問に思っていた点をすべてリストにして、ミスタ・コントレーラスにもそれを渡した。ネリー・フォックスの野球ボール、わたしのトランクの中身にペトラが執拗な興味を示したこと、サウス・シカゴにあるわたしの子供時代の家を見にいきたいとせがんだこと、先週、火災にあったシスター・フランシスのアパートメントにペトラがあらわれたこと、シスター・フランシスが殺される前の晩、アンダーラ家に発煙弾が投げこまれて、家の人が外へ逃げだしたこと。

ミスタ・コントレーラスは最初のうち、ペトラの若さと衝動のせいだと猛烈な弁護をくりひろげたが、夜遅く〈フリーダム・センター〉にペトラが入りこんだことを話すと、さすがの老人も不安な表情になった。「だがな、嬢ちゃん、あの子がやってはならんことをしたのなら、そりゃ、無理やりやらされたに決まっとる。わしのいうことに耳を貸してくれ。ピーウィーはほんとにいい子だ。悪い子だなんて思っちゃいかんぞ。この件が解決したときには、ジョニー・マートンが陰で糸をひいとったことがわかるだろう。よく覚えとくがいい」

「まずペトラを見つけだすのが先よ。誰がペトラに無謀なことをさせたかの議論はあとまわし。いいわね？」

ミスタ・コントレーラスはぶっきらぼうに同意し、わたしが携帯で撮ったペトラの写真を二枚プリントアウトするのを見守った。わたしはまた、ネットから適当に選んだ金髪女性の写真もプリントした。セレブの写真を数枚、個人のブログに出ている写真を数枚、そして、最後にわたし自身の写真を二、三枚。

きのうプルーデンシャル・プラザで撮ったアリートとストラングウェルの写真をアップロードした。鮮明なスナップではないが、わたしが手に入れられるアリートの写真はこれしかなかった。ストラングウェルの写真はいくらでもあった。イリノイ州の政治家連中、合衆国大統領、最高裁判事、マイケル・ジョーダンのようなエンターテイナーと一緒に撮った写真が、彼のサイトに出ている。あなたが助けを求めてストラングウェルのところへ行けば、一時間千ドルの料金で彼がどんなコネを駆使できるかを、これらの写真が教えてくれるわけだ。わたしはそのなかから二枚を選んでプリントアウトし、〈マウンテン・ホーク警備〉のウェブサイトからもドーニックの写真を一枚選んだ。

わたしが外で一日をすごす身支度を整えるために浴室に入ると、老人はようやく帰っていった。皮膚を保護するクリームを顔と腕に塗りながら、従妹の命が危険にさらされているかもしれないときに、自分の身体に気を配るのはまちがっているような気がした。帽子をかぶり、手袋をはめ、拳銃のクリップを点検してからホルスターに入れ、裏口から外に出た。

ジェイク・ティボーがコーヒーカップを手にして、彼のところの狭いポーチに出ていた。

「魅惑的なコスチュームだ。南北戦争時代の大農園へ覆面捜査に出かけるの?」

わたしは笑みを浮かべようとしたが、代わりに、こわばった声になってしまった。「火事のせいなの。それと……ごめんなさい、従妹が姿を消してしまって、わたし、ひどいパニックなの。出かけなきゃ。とにかく、やれる範囲で調べてみるわ」

ジェイクは階段を五段おりて、わが家と共有の踊り場まできた。「ぼくの助けは必要ない? 拳銃や肉体的英雄行為を含まないことなら、なんだって協力するよ」

わたしはことわろうとしたが、そのとき、わたしのアパートメントに押し入った連中が火曜の早朝に出ていくのを、ジェイクが目撃していたことを思いだした。写真の入ったフォルダーをブリーフケースからとりだして、彼に見せた。

「まだ暗い時刻だったことは知ってるし、どれも鮮明な写真ではないけど、あなたが目撃した男性がこのなかにいないかしら」

「無理だなあ」ジェイクはアリートとストラングウェルの写真を軽く叩いた。「どっちも椅子にすわった写真だから、背の高さがわからない。こっちの男は――」アリートに指を触れた。「がっしり体型だけど……やっぱり、歩く姿を見てみないと。ぼくは人の背丈をベシーと比べて推測するんだ。あ、ぼくのコントラバスのことだよ」わたしのきょとんとした顔を見て、ジェイクはつけくわえた。

わたしは写真をフォルダーに戻した。階段をおりかけたとき、ジェイクがいった。「物騒な顔つきだった。それを覚えといて」

わたしはまじめな顔でうなずいた。あの連中の行動を表現するには、〝物騒〟ではとうてい足りない。

裏の門から出て、路地に置いてあった車に乗った。ゆうべからの狂乱状態のなかで、ペトラが自宅にいるのかどうか、クスリでラリっていたり……死んだりしていないかどうか、たしかめにいこうと提案した者は、一人もいなかった。今日はまずペトラのロフトへ行き、つぎにサウス・シカゴへ向かうことにした。

バッグのなかで溶けていたプラスチックのかたまりを新しい運転免許証と交換しにいく時間がまだ作れないので、ペトラのロフトまでの二、三マイルを走るあいだ、時速三十マイルの制限速度を守り、赤信号ではかならず停止し、黄色に変わったときには、感心にもブレーキを踏んだ。

グローブボックスに万能鍵が入ったままだった。ペトラのところの呼鈴を鳴らしたが、三十秒ものあいだ押しつづけても応答はなかった。昼日中に万能鍵を使うところを目撃されたくなかったので、建物のなかの呼鈴を片っ端から鳴らしてみるという、有効性が立証ずみの方法を使ってなかに入った。開錠ブザーを押して入れてくれる不注意な人間が、どこの建物にもかならずいるもので、今回は三度目に押した呼鈴で幸運に恵まれた。

一度に二段ずつ階段を駆けのぼって四階まで行った。ペトラの部屋のドアにたどり着いたときには、拳銃が食いこんで脇腹が痛くなっていた。ブザーを押してわたしをなかに入れた女性が、階段の下からわめいていた。わたしは声を冷静に保とうと努めつつ、呼鈴を押すときに部屋番号をまちがえたのだと、下に向かって謝罪の言葉を叫んだ。教養のありそうな白人女性の声に、向こうも安心したのか、わかったという返事がきた。わたしはそちらのドアが閉まる音をきいてから、膝をついて、ペトラの部屋の錠をいじりはじめた。

両手が震えていた。うんざりするほど時間がかかり、コットンの手袋が万能鍵の上で何度もすべった。邪魔な手袋をはずしたが、それでも、指で糖蜜をかきまわしているような気がした。

ようやくなかに入ると、ペトラの住まいは教会のように静かだった。どこかで水の垂れる音がしていた。きこえるのは、琺瑯《ほうろう》に水が落ちるそのポタッという音だけだった。わたしは無意識のうちに忍び足になって、ロフトの大部分を占める広い部屋をまわり、従妹の残したものが何かないか、どこへ消えたかを知る手がかりになりそうなものはないかと、捜しまわった。

ペトラはインテリアにはあまり凝っていなかった。ふかふかのソファがひとつ置いてあった。袋みたいな感じの大きなソファで、灰褐色のデニムのような布地で覆われていた。真ん中に特大のテディベアがすわり、悲しげな笑みを浮かべて窓をみつめていた。プラスチックの大きな目がどこか不気味だった。わたしはついにテディベアをうつぶせにした。

キャスターつきの台にのったテレビ、キャスターつきのパソコンデスク、ソファとおそろいのアームチェアがあった。ずらっと並んだ縦長の窓にはカーテンはかかっておらず、最初からついていたブラインドがあるだけだった。

ペトラの頼みでドアの錠をあけにきた夜をのぞいて、ここにきたことは一度もないので、ペトラが自分から出ていったとしても、何がなくなっているのか、わたしには知りようがなかった。バスルームには、ドラッグのたぐいはいっさいなし、電動歯ブラシとウォーターピック（口腔洗浄器）が置いてあるだけだった。〈トムズ・オブ・メイン〉の歯磨きチューブが底のほうから丁寧に巻きあげてあった。

睡眠用のコーナーには、フトンとドレッサーが置いてあった。着替えた服がフトンの上にぞんざいに放りだされ、床に垂れていた。ハンガーにだらしなくひっかけた服や、クロゼットの床に落ちている服もあった。

フトンの横に積み重ねられた柳細工のバスケットには、本や雑誌やコンドームの箱が入っていた。ペトラが誰とつきあっているのか、箱は万一のときの用意に置いてあるだけなのかどうか、わたしにもわかればいいのだが。『ドン・ジュアンの失われた日記』をパラパラめくり、ペトラ・ウォーショースキーの失われた日記が落ちてこないかと期待したが、ペトラの手書きのものは何ひとつ見つからなかった。小切手帳すらなかった。ミレニアム世代の子の場合は、小切手帳を持って逃亡したという意味なのか、それとも、銀行関係のことはすべてオンラインで処理しているという意味なのか、判断がつけがたい。

どうしても見つけたかったのは、ペトラのノートパソコンだった。それがあれば、ペトラが誰にどんなメールを出していたかがわかる。人と連絡をとるときは、ほとんど携帯メールを使っていたようだが、パソコンにもっと長いメールが残っているかもしれない。ペトラが何をやっていたかを知る手がかりになる。最低限でも、ペトラが最近どのサイトを閲覧していたかがわかるだろう。

広い部屋の向こうにキッチンがあり、タイル張りのアイランドカウンターと大型ガスレンジ、グリル調理器、レストランサイズの換気扇がついていた。高級なキッチン設備は、わたしの従妹の場合、猫に小判だった。冷蔵庫にはワインとブルーベリー・ヨーグルトが入っているだけで、それ以外の食品はほとんどなかった。朝はヨーグルトのパックをつかんで飛びだし、バスのなかで食べるのだろう。昼になると、サンドイッチを買ってきてデスクで食べる。そして、夜はこちらでできた友人たちとタイ料理かメキシコ料理を食べにいく。ま、わたしの想像ではあるけれど。

冷蔵庫の横のドアが小さなデッキと裏階段に通じていた。ドアをひいてあけようとしたとたん、蝶番のところで危なっかしく揺れて倒れてきた。あわてて飛びのいたおかげで、ドアと頭の激突をかろうじて免れた。

すごい音、目の前でドアが倒れてきたショック……わたしは震えながらアイランドカウンターに寄りかかった。心臓の鼓動がどうにか正常に戻ったとき、右手で拳銃を握っているのに気づいた。無意識のうちに銃を抜いたのだ。

誰が裏口から侵入したか知らないが、そいつは精巧な錠前破りの技を持った人間ではなかった。蝶番にバールを叩きつけてこわし、出ていくときに、ドアを立てかけていっただけだ。

何を盗んでいったのだろう？　パソコン？　従妹に銃をつきつけて？　ドアをどけてから、裏階段をおりた。踊り場に煙草の吸殻がいくつか落ちていたが、古いもののようだった。最近になってここを監視していた人物ではなく、煙草をすうために外へ追いだされた喫煙者が残していったものだ。階段の下はアスファルトの一角になっていて、高いフェンスと門によって路地と隔てられていた。門をあけてみた。錠がちゃんとついていた。しかし、門の向こうは駐車スペースだ。侵入者は誰かがここに駐車するまでじっと待ち、その人物にくっついて門から入ればいい。

門をあけてつっかい棒をしておき、路地の端まで歩いてみた。ピカピカに輝く従妹のパスファインダーが路地に停まっていた。しっかりロックされていた。ドアをひらいて、レシートと、飲みものの空容器を調べた。膝をついて、シートの下と、グローブボックスと、スペアタイヤを置くスペースと、ボンネットの下と、フェンダーの下を調べた。その結果わかったのは、ペトラが飲んでいるのはスムージーとボトル入りの水で、ソフトドリンクは好みではなく、食事は〈エル・ガト・ロコ〉でとり、クレジットカードのレシートの保管は杜撰、ということだった。路地を調べてみて、ほかにわかったのは、夜間に何かを飲んだあと、空缶を入れるゴミ箱を見つけようという努力をしない人間がたくさんいる、ということだけだった。

裏口からペトラの住まいに戻った。破壊されたキッチンのドアをなんとかしなくては。正面玄関から出ようとしたとき、表示板にビル管理会社の名前が書かれているのが目に入った。そこに電話して、こわれたドアのことを知らせておいた。つぎに、何者かがペトラのロフトに侵入したことを報告するために、ボビー・マロリーにも電話をした。

「その〝誰か〟ってのは、きみじゃなかろうな、ヴィッキー」

「そいつら、裏口のドアをこわして入りこんだのよ。わたしはついさっきここにきたばかり。なくなったものがないかどうか、確認するために。パソコンが盗まれたんじゃないかと思うの。もしくは、犯人がペトラに銃をつきつけて、わたしの事務所へ案内させたのかもしれない」

ボビーはわたしの叔父夫婦がどうしているかを、わたしにきびしく問いただした。けさはFBIの人間と会っている、とわたしが答えると、ボビーは懐疑的な口調になった。FBIはテロ警備に忙殺されているから、たとえペトラが誘拐されたとしても、FBIに見つけてもらうのは無理だろう、とのことだった。

ボビーの意見をきいて、わたし自身の恐怖がさらに高まった。いまからサウス・シカゴへ向かうつもりだったが、それが時間の無駄かどうかがわかればいいのにと思った。恐怖は人を麻痺させて、積極的な行動に出るのを困難にする。

尾行されていることに気づいたのは、車で三ブロックほど走ってからだった。火炎瓶を投げこまれ、自宅と事務所を荒らされ、ペトラが姿を消したあとだけに、いつもの三倍ぐらい用心して、車に乗りこむときには、盗聴器も爆弾も仕掛けられていないことをあらかじめ確認し、目的地へ向かって走りだす前にあたりを二、三周して、尾行がついていないことをたしかめるべきだった。ペトラのところへ行く途中で横を走っていたのと同じバイク便の男が、またしてもサイドミラーに映っていることに気づいたのは、長年にわたる探偵稼業で培われた第六感のおかげだった。

市内で誰かを尾行する場合、バイクはまことに便利な手段だ。こちらがどんな策略を使っても、向こうは車より迅速に対応できる。もちろん、レイク・ショア・ドライヴまでついてくることはできない。しかし、バイク便を尾行に使うほど頭のいい人間なら、予備として、車の一台や二台は用意しているだろう。

わたしはバイクに気づいていないふりをして、レイク・ショア・ドライヴに入った。尾行の有無を確認する手間は省いた。向こうが尾行を見せつける気なら、姿をあらわすだろう。その気がないなら、わたしにとれる最上の作戦は、向こうを挑発するのをいましばらく控えておくことだ。

最初にさしかかったダウンタウンの出口でレイク・ショア・ドライヴを離れ、二軒目のホテルで車を停めた。車を駐車場係に預けて、宿泊客ではないがミーティングがあるのでと説明してから、ホテルに入った。

ループの東側には、ホテル群と高層ビル群をつなぐ地下通路が網の目のように広がっている。ロビーのエスカレーターで下におりて、柱の陰にすべりこみ、膝をついた。誰にも尾行されていなかったが、それでも、スカーレット・オハラふうの帽子を脱いで鉢植えの椰子のうしろに押しこんだ。こんな帽子をかぶっていたら、尾行してくださいといわんばかりだ。

女性の一団が笑いさざめきながらエスカレーターでおりてくるのを待ち、そのすぐ前に出て、地下の通路を一緒に歩いているように見せかけた。彼女たちは地下のテイクアウト店のひとつに入っていった。

わたしはすぐそばのギフトショップに飛びこんで、カブスの帽子を買った。エスカレーターをのぼりおりするあいだも、フローズンヨーグルトを買ったときも、同じ顔に二回出会うことはなかった。べつのギフトショップで〝シカゴ〟と書かれた赤いスウェットシャツを買い、麻のジャケットの上から着た。暑い日に分厚いスウェットシャツを着たため、イスラム女性が着るブルカに包まれたような気分だったが、すぐに見つかる心配だけはなくなった。

地下を移動しながら、ようやく、最初に考えていた目的地へ向かった。イリノイ・セントラル駅。サウス・シカゴ行きのつぎの電車が出るまで二十分あった。切符を買って、ホームに出るドアの近くに立った。わたしが乗る電車のアナウンスがあったので、発車ぎりぎりまで待ってから、ドアを猛スピードで走り抜けて階段を駆けおりた。尾行はついていないと思ったが、本当のことは誰にもわからない。

電車に揺られてのろのろとサウス・シカゴに向かうのは、人生の旅路を逆にたどるのに似ていた。子供のころ、母と一緒に何度も乗った電車だ。シカゴ大学を通りすぎた。母がわたしを行かせたがった大学。「最高の学校よ、ヴィクトリア。あなたには最高のものが必要なのよ」電車がそこで停まって学生たちを吐きだすとき、母はいつもそういったものだった。

九十一丁目。終点。車掌のアナウンスにも、なんとなくわびしい響きがあった。〝人生の終着点です〟わたしは駅から昔の家までの四ブロックを歩いた。すくなくとも、この午前中は、セニョーラ・アンダーラの孫と友達連中の姿はなかったが、歩道の縁石のところに、頼りない表情の男が二人、茶色の紙袋に入れた酒のボトルを手にしてすわりこんでいた。どこかでカーステレオからベースの演奏が大きく響いていて、それに合わせて空気までが振動していた。

わたしの昔の家までくると、発煙弾の投げこまれた割れた窓に板が打ちつけてあるのが見えた。てっぺんのプリズムも割れていた。わたしは代わりに、玄関ドアの上の装飾的な明り取り窓に注意を向けた。こちらは無事だった。

呼鈴を押した。二、三分がすぎ、留守かと思ったとき、セニョーラ・アンダーラが頑丈なチェーンの幅だけドアをひらいた。「あの窓《エスタ・ベンターナ》」わたしは明り取り窓を指さして、下手くそなスペイン語でつっかえながらいった。「うちの母もあの窓を愛してました《ミ・マードレ・アモ・エスタ・ベンターナ・タンビエン》」

わたしの母もあの窓を愛していたという事実によって、セニョーラ・アンダーラから笑顔をひきだすことはできなかったが、鼻先でドアをピシャッと閉められることだけは避けられた。わたしはたどたどしいスペイン語に英語とイタリア語を織りまぜながら、自分が探偵であることと、写真を持ってきたことを説明しようとした。その写真を見てもらえません？爆弾が窓から飛びこんできたとき、このなかの誰かが家のそばにいたかどうか、教えてもらえません？

わたしがしゃべりつづけるあいだ、ナッツ色の顔をした彼女は黒っぽい目に不機嫌な色を浮かべて、ドアの隙間からこっちをじっと見ていた。わたしのしどろもどろの話がようやく終わったところで、フォルダーを受けとってくれた。わたしが恐れていたとおり、苦もなくペトラの写真を選びだした。

「娘さん《ス・ィハ》?」彼女がきいた。

誰からもペトラのことを娘だと思われて、わたしはうんざりしていたので、わざわざ、従妹だと説明した。「わたしの従妹《ミ・プリマ》よ。じゃ、男性《イ・ロス・オンブレス》のほうは?」

アリートがストラングウェルと一緒に写っているスナップのところで、彼女が躊躇したように思えたが、定かではなかった。最後に、セニョーラ・アンダーラは首をふり、誰一人知らない、誰一人見たことがない、といった。わたしは駅まで歩いて戻り、北行きの電車を待った。文明世界だかなんだか知らないが、とにかく、そこにわたしを連れ戻してくれる電車を。

34 舞台裏の男たち

北へ帰る電車のなかから、第四管区のコンラッド・ローリングズに電話をした。もちろん、セニョーラ・アンダーラを訪ねる前に彼に会って了解をとるべきだったが、従妹の失踪に関して聞き込みをしにいくのに、警察の許可がおりるのを待つ暇などないと判断したのだ。

予想どおり、コンラッドは渋い声になったが、ペトラのことはニュースですでに知っていた。彼への連絡を最優先にしなかったわたしにわめき散らすよりも、ペトラがなぜ彼の管区の犯罪現場にいたかをつきとめるほうに、関心があるようだった。

「犯罪現場にいた可能性のある人間が、ほかにも誰かいるなら、教えてもらえないかな。もっとも、おれたち警官が証言を強要することはできんのだが。法律によって、犯罪解決の助けになりそうな質問の答えをひきだすことを、おれたちは禁じられてるんでね。だが、あんたがしゃべる気になってくれれば……」

わたしは彼の口調に含まれたトゲを無視した。「ラリー・アリートとレス・ストラングウェルが一緒に写ってる写真をミズ・アンダーラに見せたけど、見覚えのない顔だったようよ」

「名前の綴りをいってくれ」

パソコンのキーを叩く音がきこえてきた。

「警官と政治屋が――それも、グーグルの情報によると、かなりの大物政治屋らしいが――つまらん家宅侵入にかかわってると、あんたが考えるのには、何か特別な理由でも?」

「アリートは元警官で、今回の事件をどこかで、なんらかの方法で嗅ぎまわってる。ストラングウェルはクルーマスの選挙運動のスタッフで、従妹の上司なの」

「それだけの理由で悪党だと決めつけるのかい? ウォーショースキー家の女たちをこき使おうとする人間は犯罪者に決まってるから?」

「そんな話、いまはできないわ。あなたは敵意のかたまりだし、わたしは心配で気も狂わんばかりだもの」ボタンを押して電話を切った。

心配で気も狂わんばかりの探偵なんて、なんの役にも立たない。靴を脱ぎ、足をあげて、シートの上であぐらをかいた。ゆっくり深呼吸をして、恐怖を追いだし、実用的な〝用件リスト〟で頭のなかを満たそうとした。

警察とFBIの両方が、わたしの事務所界隈で聞き込みをおこない、ペトラと一緒にいた男たちの人相を説明できる者がいないか、あるいは、連中が車できたのなら、せめてどんな車だったかを説明できる者がいないか、調べてまわったそうだ。当然ながら、わたしにはその結果を教えてくれないだろう。わたし一人で同じことをやるなんてまっぴらだ。ミルウォーキー・アヴェニューのあのあたりは、会社やアパートメントがたくさんあるから、数百人に話をきいてまわらなくてはならない。しかし、エルトン・グレインジャーに話をきくという手がある。きのう、彼の姿を見たかどうか、わたしには思いだせなかった。昼のあいだ、エルトンはたいてい、向かいのコーヒーショップの付近にいる。泥酔状態でなかったなら、誰かと一緒にいるペトラを見たことを覚えているかもしれない。

ペトラの大学時代のルームメイト、ケルシー・インガルス。叔母は彼女の電話番号をぜったい教えてくれないが、ペトラもケルシーには何か打ち明けているかもしれない。わたしが登録しているデータベースのひとつを使えば、ケルシーを見つけることができるはずだ。

その二つの用を片づけるためには、事務所に出なくてはならないが、電車がランドルフ通りの駅にすべりこんだとき、クルーマスの選挙事務所のあるビルがこの上に建っていることに気づいた。もしかしたら、ペトラが仕事仲間の一人に話をしているかもしれない。ペトラがどういう仕事をしていたかを、レス・ストラングウェルが教えてくれるかもしれない。ジョニー・マートンの娘はなんていってたっけ? 〃かもしれない《メイビー》〃がそんなにたくさんあったら、ミツバチ《ビー》の巣が作れるわね。

迷路のような地下通路を進んでいくと、置き去りにした帽子が見つかった。鉢植えの椰子のうしろにそのまま残っていた。清掃業者の評価としてはマイナス点だが、わたしにとっては好都合だった。カブスの帽子と〃シカゴ〃とプリントされたスウェットシャツをブリーフケースに押しこんだ。ネリー・フォックスの野球ボールのことをすぐに忘れてしまう。まだそこに入ったままだった。脱いだ衣類でブリーフケースがバンバンに膨らみ、ファスナーが閉まらないほどだった。

ビルのロビーで女性警備員に用件を話すと、選挙事務所へ電話を入れてくれた。わたしの名前を正確に発音したので感心した。たぶん、ペトラが発音のコツを伝授したのだろう。警備員はわたしのパスポートを見てから、来客用のパスを作成し、四十一階へ行くエレベーターの場所を教えてくれた。

エレベーターをおりたわたしは、赤と白と青の特大ポスターからこちらを見ているブライアンの、明るい微笑ときらめく瞳にみとれる時間もなかった。カールした豊かな赤い髪を揺らしながら、三十代の女性が急ぎ足でダブルドアを通り抜け、駆け寄ってきたのだ。服装がだらしなくて、黄色いシャツの裾が花柄スカートから部分的にはみでていたが、ドアを通り抜ける前からしゃべりはじめていた。

「いったいどこへ……あらっ！　どなた？」焦った様子でふりまわされていた両手が、左右に力なく垂れた。

「V・I・ウォーショースキーよ……あなたは？」

「ああ！　ペトラの従姉の探偵さんね。週に一回はIDパスを忘れる子で、そのたびに受付デスクから電話が入って、ペトラをビルに入れる許可を求めてくるの。てっきり、あの子が姿を見せたんだと思った。ペトラはいまどこに？」

「それがわかればいいんですけど。あの子がどこへ行ったかを探るヒントになればと思って、どのような仕事をしていたのか、教えてもらいにきたんです」

女性はガラスのダブルドアのほうを、自信のなさそうな目でちらっと見た。「ミスタ・ストラングウェルにきいたほうがいいかもしれないわ。最近は、わたしより彼の下で仕事をするほうが多かったから」

「じゃ、あなたは……」わたしは目をきつく閉じて、ペトラが彼女のボスの名前を口にしたことがあったかどうか、思いだそうとした。

「タニア・クランドンよ。ネット班の責任者。ペトラは最初、こっちにまわされてきたの。そのあとで急に偉くなって、ミスタ・ストラングウェルの指示しか受けなくなってしまったけど」やけに恨みがましい口調になったことに気づいて、色白の人間によく見られるように、喉と胸のあたりの肌が赤くまだらに染まった。

タニアはIDパスを首にかけていて、それをドアのパッドに通した。カチッと音がしてドアがひらき、わたしは彼女のあとから騒々しい選挙事務所に入った。彼女の携帯が鳴って、メッセージが入っていることを告げた。タニアは選挙運動のスタッフの横を通りながら、それらに目を通し、親指で返事を打ちこんだ。パソコン画面の前に集まったグループがいくつかあり、ほかに、隅で議論をしたり、携帯や固定電話をかけたり、小部屋のパーティションの上からニュースをわめきあったりしている連中もいた。

ここでは、ミズ・クランドンがまるで高齢者のように見える。スタッフの大部分がペトラの年代だ。人種や性別に関係なく、みんながわたしの従妹と同じく、エネルギーに満ちあふれていた。もしかしたら、クルーマスは本当に、イリノイ州の政治にチェンジをもたらすのかもしれない。

さまざまな若者が質問を持ってタニアのところに飛んできた。一人はペトラのことを尋ねた。ショーニー国有林で石油の試掘を実施中という噂があるが、その件をリサーチしていたペトラから情報をもらわないことには対処できない、と訴えていた。

「ランチのあとにして」タニアはいった。「それまでに資料を用意しておくから」

わたしたちが向かった先はフロアの南西の隅だった。このあたりは比較的静かで、南側の壁に沿ってオフィスが一列に並んでいた。続き部屋になった角のオフィスには秘書がいて、指揮台に立ったショルティのごとく貫禄たっぷりに、電話の応対をしていた。タニアが身をかがめて秘書の耳に何かをささやいた。秘書は驚きの目でわたしを見て、どこかへ電話をかけ、デスクのパソコンのキーを叩いてから、奥のオフィスに通じるドアのロックをはずした。

タニアがそのすぐあとにつづいた。あっというまにドアが閉まったので、奥をのぞくことはできなかったが、叔父の声が高まって耳障りなわめき声になるのが辛うじてきこえた。なるほど、ピーター叔父も、ストラングウェルが娘にどんな仕事をさせていたかを知りたがっているのだ。これは助かる。政治の世界の連中も、探偵稼業の従姉より、実の父親を相手にしたときのほうが、より多くを語ってくれるだろう。

ここにはアームチェアがいくつか置かれて、訪問客が〝ビーン〟をながめられるようになっていた。〝ビーン〟というのはミレニアム・パークにある巨大な彫刻で、カーブしたステンレス面に空と街と自分の姿が映っているのをながめることができる。わたしは窓辺にしばらく立って、観光客が自分たちの写真を撮るのを見ていたが、太陽があまりにまぶしいので、サングラスをかけるしかなかった。そうすると、視界が悪くなった。

何分かたってから、窓辺を離れた。奥のオフィスのドアをあけようとしてみたが、ロックされていた。ドアにしかめっ面を向けてから、その場を離れ、ネット班の部屋を捜しに出かけた。ペトラの仕事仲間をいま見つけておかないと、彼らと話をする前にこのフロアから追い払われてしまいそうな予感があった。

選挙運動のスタッフは、会議や携帯メールや携帯の通話に没頭していた。ようやくこちらに反応を示した若者が、ネット班はセクター8にあると教えてくれた。

「セクター8って、どっちの方向？」

「うちの事務所はいくつものポッドに分かれてるんだ。ポッド1は広報で、エレベーターのすぐ近く。ポッド2は研究開発。ネット班のあるセクター8はその二つのあいだ」若者はわたしへの説明を終えてパソコン操作に戻った。

ポッド、セクター。明らかに、モバイルパソコンのネットゲームに熱中しながら大きくなった世代だ。若いスタッフのエネルギーと、パソコンや携帯への熱中ぶりが、最初のうちはおもしろかったが、やがて、わたしの神経にさわりはじめた。

やっとのことでセクター8を見つけると、ショーニー国有林の石油試掘に関してペトラの情報をほしがっていた若い女性の姿があった。五人ぐらいの若い子がそれぞれパソコンに向かっていた。みんな、片時もじっとしていないので、正確な人数をつかむのが困難だった。

誰かがしばらくのあいだ猛烈な勢いでキーを打ち、「これ送るからね、ネットに流れる前に読んどいて」と叫んで飛びだしていったかと思うと、ほかのスタッフが二、三人、べつのポッドからあらわれて、画面に目を向け、腰をおろしてコメントを打ちこみ、それからまた出ていく。

わたしはようやく、豊かな黒髪が目に垂れ下がっている若い男の子をつかまえて、こちらに注意を向けさせることができた。「ペトラ・ウォーショースキー」

「ペトラ？　ここにはいないよ。消えてしまった。誘拐されたんじゃないかって、みんな、心配してる」

その魔法の言葉で、ポッドの全員が彼のデスクに集まり、ペトラは誘拐されたのか、それとも、ストラングウェルから秘密任務を命じられて姿を消したのか、という議論が始まった。

「〈シカゴ絞殺魔〉に頼まれてスパイ活動をしてるのかも」いくつもピアスをしている若い女の子がいった。「〈絞殺魔《ストラングラー》〉にどんな仕事をさせられてるのか、あの子、ひと言もいわないんだもん」

「暗殺チームを指揮してるとか」グループでただ一人のアフリカ系アメリカ人の若者がいった。

「〈絞殺魔〉だったら、昼間でも遠慮なしに、マシンガンで敵を皆殺しだわ」ピアスの女の子がいった。「そんなことで秘密任務につく必要ないわよ」

「むずかしい問題を解決しなきゃいけないとき、ペトラは誰に相談するかしら」わたしは尋ねた。

そうきかれて、全員がしばらく黙りこんだが、やがて、ジーンズとレイヤードのタンクトップの女の子がいった。「あたしたち、そういうやり方はしないのよね。それよか、むしろ、えっと、自分がどんなふうに仕事を進めるかを話して、みんなで、えっと、ブレインストーミングをやって、いろんなアイディアを出しあうの。ブライアンの選挙運動ではね、大事なのは変化なの。個人の栄光じゃないわ。だから、あたしたち、えっと、みんなでひとつになって働くのよ」

「ペトラが個人的な悩みをかかえてたとしたら？」わたしはきいた。

アフリカ系アメリカ人の子がいった。「ぼくの見たかぎりじゃ、個人的な悩みなんてなかったみたいだよ……〈絞殺魔〉にここのチームからひき抜かれる前の話だけどね。そのあと、あいつの下で仕事するようになって急に偉そうになったのか、それとも、いやな仕事をやらされてるせいなのか知らないけど、仕事のあとでぼくらとメシ食いに出かけるのをやめてしまった。ペトラが何をやってるのか、誰と話をしてるのか、ぼくらにはわからない」

「あの男、選挙運動の指揮をとる天才だからなあ」わたしが最初に声をかけた男の子がいった。

「それは認める」アフリカ系アメリカ人の子がいった。「けど、あいつと〈エル・ガト・ロコ〉へ行く気になるかい？」

ピアスの女の子が笑った。べつの女の子がやってきて、誰がどこへランチにいくのかと尋ねた。みんなが出ていく前に、わたしは名刺を配った。

「わたし、ペトラの従姉なの。あの子が急に姿を消してしまったので、心配でならないの。シカゴ警察とFBIも捜査を始めてるのに、まだここに話をききにきてないなんて驚きだわ。ペトラが打ち明け話をしそうな相手でも、姿を消した理由を知る手がかりになりそうなペトラの言葉でもいいから、何か思いだしたら、わたしに電話してね。お願い」

わたしがポッドを去る前からすでに、みんなが興奮の面持ちでメールを送っていた。警察、FBI。めちゃめちゃクール、自分だけの胸にしまっとくのは無理。わたしはストラングウェル――〈絞殺魔《ストラングラー》〉――のオフィスがあるコーナーへゆっくりひき返した。若い子たちは彼を尊敬しているが、恐れてもいる。その一方で、一人だけ選ばれて彼の下で働くことになったペトラに嫉妬している。

今度はストラングウェルのオフィスのドアがあいていた。ドアの横にタニア・クランドンがいて、携帯を使っていた。秘書がデスクの横に立ち、固定電話で話をしていた。ドアのところから、ストラングウェルがむずかしい顔で見守っていた。

「あなたがどこへ消えてしまったのか、わからなくて困ってたのよ！」タニアが携帯をポケットにしまった。

「ごめんなさい。すごく広いから、迷子になりやすいわね」わたしは愛想よく微笑した。「ペトラの仕事仲間と話がしたかったの。ペトラが誰かに連絡してきたんじゃないかと思って」

「で、連絡はきてたかね？」ストラングウェルがきいた。

「なかったみたい。みんなの話だと、あなたの下で働くようになってから、ペトラはよそよそしくなったとか。それがあなたの出した条件のひとつだったんですか」

ストラングウェルの冷酷な目がまたすこし冷たさを増した。「わたしはすべての部下に対して、クライアントの秘密を守るよう求めている。ネット班の連中が許可なくきみに話をしたという事実からすると、そのルールがまだまだ徹底していなかったようだ」

タニア・クランドンがふたたび赤くなった。彼女のチームの面々がわたしとしゃべったことで、明らかに彼女が非難されているのだ。彼女が謝罪の言葉を口にしかけた。だが、わたしはそれをさえぎった。

「あなたは若いエネルギッシュなチームを指揮している。あの元気を抑えつけたら、あの子たちの仕事から最上の資質を奪ってしまうことになるでしょう。わたしはV・I・ウォー——」

「きみが誰なのかは知っている。叔父さんがきてるぞ。みんな、きみと話をしたがっている。ペトラを捜しだそうとするわれわれの努力を危険にさらすようなことを、きみがしでかさないよう、確認しておくためだ」

ストラングウェルがこういう嫌みな態度をとるのは、わたしがネット班の子たちと話をしたせいなのか、それとも、わたしがペトラの従姉で、彼女が勝手に姿を消してしまったせいなのか、それとも、本来そういう男なのか、わたしにはわからなかったが、彼のあとについてオフィスに入った。ピーター叔父がきていることはわかっていたし、ジョージ・ドーニックの姿を見ても、選挙運動のセキュリティ面のアドバイザーなのだから、意外だとは思わなかったが、ハーヴィ・クルーマスまできているのを見てびっくりした。

四人の男のうち、落ち着いて見えるのはストラングウェルだけで、わたしが連中を見てどう反応するかを冷酷かつ狡猾な目で探っていた。ハーヴィとピーターはどちらも顔を真っ赤にしていた——怒りからか、恐怖からか、それとも、何かほかの感情からか——わたしには二人の感情が読めなかった。パールグレイのシャンタンのスーツとピンクのシャツでピシッと決めたドーニックまでが、落ち着かない様子だった。

この顔合わせの主導権をストラングウェルに完全に握られる前に、わたしは進みでた。

「ミスタ・クルーマス、ネイヴィ・ピアでひらかれた息子さんの資金集めパーティのときにお目にかかりましたね。ジョージ、ペトラを見つけようとする警察の努力を補強するために、ここにいらしたの？ ミスタ・ストラングウェル、ペトラがこの十日ほどどんな仕事をしていたのか、教えてもらえません？ あの子、あちこちと妙な場所へ出かけてたんです。あなたたちに指示されてやったことか、それとも、ペトラ自身の意思でやったことかがわかれば、参考になるんですが」

「妙な場所？」ドーニックがいった。「たとえば？」

「たとえば、火炎瓶が投げこまれた数日後の夜、〈マイティ・ウォーターズ・フリーダム・センター〉へ」わたしは無意識に自分の顔に触れた。「それから、わたしの子供時代の家に誰かが窓から発煙弾を投げこんだ夜、そこへも出かけています」

「ペトラがサウス・シカゴなんか行くわけがない。おまえが連れていかんかぎり。くそっ、ヴィク、おまえがあの子をチンピラグループの前に連れてったのなら――」叔父の怒りの爆発は説得力に欠けていて、本人もそう思ったらしく、ドーニックが途中で口をはさむと、そのまま黙りこんだ。

「レスからきいたんだが、ペトラはきみのために探偵ごっこをしてたそうだね、ヴィッキー」ドーニックがいった。

「ヴィクよ」わたしは訂正した。

ストラングウェルはそれを無視した。「選挙運動をやるべき時間に、ここにいるヴィッキーのためにペトラが情報集めをしているのを知って、わたしはペトラをきびしく叱責しなくてはならなかった。申しわけない、ピーター。いまになってみると、わたしがペトラのプライドを傷つけたせいで、あの子が逃げだしたとしか思えない」

「ペトラはそれほど感受性の強い子ではない」叔父はいった。「だが、きみは情け知らずだからな、ストラングウェル、自分では気づいてなくても、ずいぶんきびしかったのかもしれん」

「なんとも風変わりなコーラスだこと」わたしは癇癪をおこすまいと必死に自分を抑えた。カッとなれば、判断力をなくしてしまう。「わたしを待たせといて、そんなことしてたの？どの曲を選んで、どんな和音にするか、みんなで相談してたの？ペトラが逃げだしたのは、大きくて意地悪なレスにひどく叱られたから？　わたしの個人的な持ちものをペトラが勝手にいじったとき、わたし、ガンガン文句をいってやったけど、あの子はピルズベリー社のマスコットのドウボーイみたいにすぐ立ち直ったわよ。でも、いまのあなたたちは、レスに感情を傷つけられたからペトラが逃げだしたのかもしれないって、わたしに思いこませたいわけ？」

「ジョージはわれわれのために捜索チームを用意しようといってくれている」ハーヴィ・クルーマスがいった。「きみが従妹を可愛がってることは、われわれにもわかっているが、きみのような人は、助けよりも、むしろ害になる」

「わたしのような人って？」

「出来の悪い一匹オオカミの探偵」ストラングウェルが歯切れよく答えた。「一ヵ月以上も前に人捜しを頼まれたのに、まだ見つけられずにいる。ところが、すばらしい修道女をみすみす死なせてしまった」

わたしは彼の狙いどおり、横隔膜のすぐ下に衝撃を受けた。自分が犯した恐ろしいミスのあれこれを考えるとき、ちょうどその辺ではらわたがよじれるものだ。

「そこまで手間暇かけてわたしの仕事の内容を調べてくださったなんて、感激だわ」わたしは声を冷静に保とうと努力した。「でも、わたしに何ができるかに関しては、過小評価なさらないほうがいいと思います」

「何もしてほしくない」叔父はいまにも泣きだしそうだった。「レイチェルは娘たちの世話

がある からシカゴを離れたし、おれはすべてをジョージにまかせることにした。今後はジョージが指揮をとる」

「FBIと会ったとき、デレク・ハットフィールドはなんていってたの？」わたしは叔父にきいた。「ジョージのチームに捜索を一任することに、彼も賛成した？」

「FBIは働きすぎなんだ、ヴィッキー」ドーニックがいった。「もちろん、捜査官を何人か投入するだろう。だが、ハットフィールドはわたしに何ができるかを知っているし、身代金や人質という状況がからんだ場合、わが社の人間なら分別ある行動をとるだろうと信頼してくれている」

わたしは叔父を見た。「ペトラはふつう、すくなくとも日に一回はレイチェルに電話してるでしょ。まったく連絡がないの？」

叔父は荒々しい無意味なしぐさを見せた。「こっちから何度も電話してるんだが、ずっと留守電だ。なんで電話に出られないのか――」

「電池が切れてるようだ」ドーニックがいった。

わたしは両方の眉をあげた。「じゃ、GPSモニターを使ってペトラを追跡してたのね。電波を最後にとらえたのはどこ？」

ドーニックは唇をキッと結んだ。ペトラを追跡していたことを話すつもりはなかったのだが、それを否定して失態をよけい大きくするようなまねはしなかった。「追跡にとりかかったのは今日の早朝だから、ペトラがきみの事務所の裏口から逃げだしたあとどこへ行ったかはわからない」

「民間の警備会社が捜索を担当することを、ハットフィールドに黙認させておいて、今後はどのように捜索を進める予定？」

ドーニックが薄笑いを浮かべた。「最初にやるのは、もちろん、マートンを締めあげることだ」

わたしは愕然とした。「〈アナコンダ〉がこれに関係してると、本気で思ってるの、ジョージー？」

あだ名で呼ばれて、ドーニックは顔を赤くした。「世間知らずなことをいうもんじゃない、ヴィッキー……ヴィク。ステートヴィルで終身刑に服してたって、マートンはこの街の南と西の区域の広い部分を牛耳ってるんだぞ。ドラッグ、売春、ＩＤの盗難。痛いところをきびしく責めてやる」

「痛いところって、どこでしょう？」わたしは丁重に尋ねた。「服役期間の延長なんて、もう無理よ」

「やつは娘を自慢にしている。娘にプレッシャーをかければいい」

「仲のいい親子とは思えないけど」わたしは反論した。

「それでも、勤務先の法律事務所が娘のことを危険人物とみなせば、父親は狼狽するさ」ドーニックがいった。

「で、マートンがペトラの失踪と無関係だったとわかったときは、ダヨ・マートンの評判をもとに戻して、いまと同じぐらいいい仕事につけるよう配慮してくださるの?」わたしはそう尋ね、叔父に向かってつけくわえた。「叔父さん、ペトラがそんな目にあわされても平気?」

「マートンが失踪の黒幕なら、すでにペトラをひどい目にあわせてることになる――」

「わかった。じゃ、まずは〈ハンマー〉のマートンを調べるわけね。そして、同時に、念のため……」

「〈アナコンダ〉のメンバーを何人かしょっぴく。恨みを抱いてる連中を……たとえば、きみの父親に対する恨みとか。きみが捜しつづけているスティーヴ・ソーヤーのような連中だ」

「ソーヤーがどこにいるかご存じなの?」

かすかな笑みがドーニックの口元に浮かんだ。優越感のかたまりみたいな笑み。「居所をつきとめられる自信はある」

「さてと、きみに話をききたいんだが、ヴィク」ストラングウェルがいった。「ペトラがきみのために何をしていたのか、ぜひとも教えてもらいたい」

ピーターが奇妙な、まるで懇願するような表情で、ハーヴィ・クルーマスを見ていた。わたしには、二人が固唾を呑んでわたしの返事を待っているように思われた。

「たいしたことじゃないのよ」わたしは二人の顔を見守りながら、ゆっくりと答え、二人が何をききたがっているのかを推測しようとした。「シスター・フランシスの命を奪った火事で、わたしも火傷をして、目に損傷を受けたでしょ。二、三日はパソコンを見ないようにと病院でいわれたため、わたしのデータベースのひとつに入ってる住所を、ペトラが調べておくっていってくれたの。ところが、そのあとで、ここにいるレスに叱られたからもう調べられない、といってきたの」

「本当のことかね?」ハーヴィ・クルーマスが詰問した。

「無駄な質問だわ、ミスタ・クルーマス。わたしがイエスと答えたら、そのまま信じます? だいたい、ノーと答えるわけがないでしょ。ところで、どうして気になさるの? 一般の人が自由に閲覧できるデータなのよ。ペトラがそれを見るか見ないかで、どんなちがいがあるというの?」

男たちの誰一人返事ができずにいるうちに、ドアの外でくぐもった叫びがきこえた。カチャッと音がして、ロックがはずされた。ドアがひらき、候補者本人が入ってきた。

35 タイタンの穴で

ハーヴィ・クルーマスが呆然と息子をみつめた。ドーニックが立ちあがったが、珍しくも狼狽していて、ピーターからハーヴィへ視線を移し、つぎにレス・ストラングウェルのほうを見た。ストラングウェルがその合図を受けて、最初に口をひらいた。

「ブライアン、今日はLAで献金者を相手に、予定がびっしりだったはずだ。なぜキャンセルしたんだね？　今後、あちらで本格的なダメージ・コントロールの必要に迫られることになるぞ」

「いい加減にしてくれ、レス、ぼくとB級映画の若手女優のスキャンダルがどうのって問題じゃないだろ。ペトラ・ウォーショースキーを見つけることが最優先だ。ぼくがここにいる必要がある」ブライアンのネクタイはゆるめてあり、黒っぽい髪はかなり前から櫛を通していない様子だった。

「ちゃんと手は打ってある」ストラングウェルがいった。「ジョージが警備会社の腕利き連中をペトラ捜しに当たらせている」

「一度でいいから、レス、父さん、ジョージ――それと、どなたか知りませんが、あなたたち二人も――」ブライアンは前に会っていることに気づかないまま、叔父とわたしを見た。「一度でいいから、これはぼくの選挙運動、ぼくの人生、ぼくのスタッフであって、あなたたちの大々的なパワーゲームの駒ではない、というふりをしてくれないかな。ペトラに関して警察がどういったか、彼女の失踪に関してわれわれに何がわかっているかを、ぼくは知りたい。それから、ジョージはなぜここに、ダメージ・コントロールの中枢部にきてるんだ？社の腕利き連中と会って捜索の指示を出すべきなのに」

「われわれはペトラの失踪がメディアの注目を浴びるのを、最小限に抑えようとしてるんだ」ストラングウェルがいった。「きみがこんなふうに戻ってくるのは、この件をわれわれが必要以上に深刻にとらえていることを、世間に吹聴するようなものだぞ」

ブライアンの顔が蒼白になった。「選挙運動のスタッフとして働いてる若い女性が忽然と姿を消しても、深刻な問題じゃないというのか。ＦＢＩが誘拐の可能性も考えてるって、ネットで噂が広まってる。死んだ牛にハエがたかるみたいに、早くもメディアが飛びついてきてるのに、そんなことも気づいてないなんて、みんな、どうかしてるよ。けさ、ロサンゼルスの空港に到着したとたん、ぼくはマイクを十本以上つきつけられた。女の子が失踪したとき、ぼくはどこにいたのか、この件をどう考えているのか、などなど、うんざりするほど質問が飛んできた。何があったか教えてくれ。メディア向けのコメントをぼくに叩きこんでおきたいだろうけど、そんなんじゃなくて、警察とＦＢＩがどういってたか、何をやったかを」

「わかった」ドーニックがいった。「FBIがつかんだことをブライアンにすべて説明するよう、わたしからデレク・ハットフィールドに頼んでおこう。さて、これから社に出て、捜索チームを組織することにする。ウォーショースキー、一緒にくるかね？」

わたしはその誘いに驚きつつ、席を立とうとしたが、ドーニックが声をかけた相手は叔父だったことに気づいた。ウォーショースキーという名前を耳にしたとたん、ブライアンは誰のことかを悟り、部屋を横切って叔父のところへ行った。

「すみません、ピート。あたふたしていて、あなただとは気づかなかった。ペトラのことは、ほんとに申しわけなく思っています。選挙事務所でペトラがやってた仕事が今回の失踪と関係してるなんて、ぼくには信じられない。でも、どんな仕事をしていたにせよ、ジョージがかならずペトラを見つけだしてくれます。レイチェルもここに？　何か必要なものはありませんか。泊まる場所とか。なんでもいってください」

「それがいい」ハーヴィ・クルーマスが横からいった。「うちにきてくれ、ピート。ジョレンタが大喜びで世話を焼いてくれるだろう。みんな、困惑してるからね、ジョレンタには何かやることが必要なんだ」

「困惑？　あんたはちがうだろうが、ハーヴ」叔父が苦い笑みを浮かべた。「それに、おれはFBIの連中に――あるいは、ほかの誰かに――すぐ会いにいける場所にいたい。〈ザ・ドレイク〉で充分だよ」

「だったら、ロスコー通りのアパートメントはどうです？」ブライアンが強く勧めた。「ぼくがバリントン・ヒルズの父の家へ移ればいいんだから。高いホテル代を払う必要がどこにあります?」

「いや、きみには市内にいてもらいたい。われわれがすぐ会える場所に」ストラングウェルがブライアンにいった。「まあ、せっかく戻ってきたことだし、イベントと記者会見をいくつか設定しよう。女性票獲得のいい機会だ。女性のニーズに対してきみがどれだけ敏感かを示す……女性への暴力とか、そういったことにな。アートとメラニーがスタンバイして、どんなコメントがいいかを考えて――」

「レス、あなたは冷酷な集票マシンだ! 姿を消した女の子についてどうコメントするかなんて、考えないでもらいたい。ペトラを見つけるためにどんな手段をとってるのか、ぼくに説明してもらいたい。それから、ピート、あなたとレイチェルが必要な支援をすべて受けられるよう、こちらで手配させてください。アパートメントはほんとに必要ないですか」

「ありがとう、ブライアン、気持ちだけ受けとっておこう。ヴィク、〈ザ・ドレイク〉まで一緒にきてくれ」

それはミーティングの終了を告げる言葉であり、命令であった。ハーヴィ・クルーマスとジョージ・ドーニックはストラングウェルと話をするためにあとに残ったが、ブライアンはピーターとわたしについてオフィスを出た。

「あなたがペトラの従姉? このあいだの夜、ぼくが話をした人? ペトラはゆうべあなたの事務所にいた、最後に姿を目撃されたのがそこだった、というのは本当ですか」

「ヴィクはペトラのことなど何ひとつ知らん」ピーターが険悪な声でいった。「ペトラが事務所にいたと思ってるようだが、証拠がない」

「裏口を出たところに落ちてたブレスレットが、その証拠よ」わたしはブライアンにいった。

「あれと同じラバー・ブレスレットをはめてる子など、ごまんといる」ピーターがいった。

「それから、レイチェルがビデオ映像でペトラの姿を確認したわ。わたし、今日、ペトラのアパートメントへ行ってみたの。何者かが裏口から侵入した形跡があったわ。ペトラが誰かのほしがってる何かを持ってたか、あるいは、何かを知ってたのね。ストラングウェルがペトラを自分の個人チームにひき抜いて以来、あの子、様子が変だったわ。ストラングウェルはあの子に何をやらせてたんでしょう、ミスタ・クルーマス」

「おまえがそこまで知る必要はない」すかさず叔父がいった。「ペトラを見つける役には立たん」

「ペトラは何かとんでもないことに巻きこまれてたんだわ。ノートパソコンが消えてるから、どんなサイトを閲覧してたのか、調べようがない。でも、自分の意思で危険な連中とつきあってたか、選挙事務所の仕事が原因でトラブルに巻きこまれたかの、どちらかね。ドラッグの習慣があって、わたしがそれに気づいてなかっただけかしら」

「うるさい、黙れ！」

「ギャンブルは？」

「おまえが住んでるドブのことは忘れろ。うちの娘たちはまっとうな人生を送るように育ててやった。トニーがおまえのわがままをほっといたのが、おれには我慢できん。もしペトラが誘拐されたのなら、それはおまえが〈アナコンダ〉のくそったれ連中にあの子を近づけたせいだ！」

叔父のわめき声に、みんなが小部屋から飛びだしてきて、こちらを凝視した。ブライアンの姿を見てギョッとした顔になり、携帯の上で親指を忙しく動かしはじめた。あっというまに小さな人だかりができた。サインをねだる者、候補者に声援を送る者など、さまざまだった。

「二言三言しゃべったほうがよさそうだ」ブライアンが小声でわたしたちにいった。

彼は選挙運動のスタッフに向かって、ボビー・ケネディに似た微笑を浮かべ、謙虚なメジャー・リーガーがホームランの喝采に応えるような感じで、片手をあげてみんなの声援に応えた。スタッフの熱心な仕事ぶりに短い感謝の言葉を贈り、ペトラが姿を消したことを告げ、みんながどんなに心配しているか自分にもよくわかると述べ、一羽の雀が地に落ちればブライアン・クルーマスが助けてみせると断言した。

「以上だ、諸君。ここにいる二人は、ペトラ捜しに協力してくれる人たちだ」ブライアンはピーターとわたしを近くの会議室に連れて入った。「もちろん、FBIと話をするつもりだが――ええと、ヴィクだったね？――あなたの知ってることを話してもらえないかな」

「ペトラはたぶん、わたしの事務所があるビルの裏口から逃げたんだと思うわ」わたしはいった。「一緒にいた二人の人間から無事に逃げてくれてればいいけど、どこへ行ったのか、さっぱりわからないの。大学時代のルームメイトに話をきく必要が――」

「いや、だめだ！」ピーターがわめいた。「この件から離れてろ――思いきり遠くに離れてろ――捜索はジョージにまかせるんだ」

「ピーター、誰もが動転してるけど、でも――」

「おまえは役立たずなだけじゃない。危険だ！」ピーターが叫んだ。「こういうことにかけては、おれの知ってるどんな捜査員よりも、ジョージのほうがくわしい。民間の者だろうと、FBIも含めた公的機関の者だろうとな。泥沼の騒ぎになる前に、ジョージがペトラを見つけだしてくれるだろう。おまえがペトラを捜してまわれば、おまえの目の前で焼き殺されるのがオチだ」

全身が冷たくなったが、わたしは冷静に答えた。「この二、三週間、ペトラは何かを捜しつづけてたわ。叔父さんが昔住んでたバック・オブ・ザ・ヤーズの界隈を見てまわろうといいだした。十日前、ヒューストン・アヴェニューにあるわたしの子供時代の家に誰かが発煙弾を投げこんで、そこの家族が外へ避難するはめになったときは、ペトラがその場にきていた。シスター・フランシスが亡くなった三日後に、〈フリーダム・センター〉に忍びこんでいる。ペトラは何を捜してたの？　あなたのためかしら、ミスタ・クルーマス。それとも、叔父さんのため？　ペトラは叔父さんのために、ウォーショースキー家の過去に興味があっていいだしたのかしら」

叔父は隅に追い詰められた牛のように首をふっていた。「うちの娘は家族のルーツを見たがってただけなのに、おまえがそれを〈アナコンダ〉がらみの薄汚い話か、おまえがころげまわってる泥沼に変えようとしてるんだ」

わたしはペトラがネリー・フォックスの野球ボールにこだわっていたことを思いだした。ブリーフケースに入っていた赤いスウェットシャツとスカーレット・オハラふうの帽子を会議室のテーブルに放り投げ、ボールをひっぱりだした。

「ペトラはどうしてこんなものをほしがったのかしら、ピーター」

ピーターとブライアンの両方がわたしの手の上へ身を乗りだし、同じ困惑の表情でボールを見たが、つぎの瞬間、叔父の顔がパテのごとく蒼白になった。いきなり汗が噴きだして、水たまりに浸かったような顔になった。

「これ、何？」ブライアンがきいた。

「なんでもない。古い野球ボールだ」ピーターがつぶやいた。しかし、椅子の背にすがりついていた。

わたしは叔父の心臓が心配になったが、「水を持ってくるわね。レイチェルに電話しなきゃ」というと、向こうはわたしの手を乱暴に払いのけた。「レイチェルには何もいうな」

「ペトラが姿を消す二日前に、わたしのアパートメントが荒らされたのよ。このボールを捜してたのかしら」

「なんでおれにわかる？」叔父がいった。声から敵意が消えていた。「この街の黒人どもと親しくしてるのはおまえだ。おれじゃない」

「アパートメントに侵入したのは黒人じゃなかったわ。目撃者がいるのよ」もちろん、わが目撃者の話によると、顔はよくわからなかったそうだが、わたしの忍耐心はすり減ってきていた。「ペトラが毎日家にかけてくる電話のときに、ボールの話は出なかった？　わたしの家に行ってボールをとってこいって、叔父さんが命じたんじゃない？」

「ネリー・フォックスか。おれがネリー・フォックスのファンなのは、ペトラも知ってたから、それで――」

「ピーター、誰をかばってるの？　ペトラはフォックスの名前なんかきいたこともなかったわよ。わたしが名前を口にしたとき、あの子、ソックスに女性の選手がいたんだと思ったぐらいだもの。このボールにどんな曰《いわ》くがあるのか、教えてくれない？」

「曰くなんかない。話すことは何もない」

わたしは手のなかでボールをころがした。それを、叔父が落ち着かない様子で見守っていた。ドアがあいて、ストラングウェルとドーニックが入ってきた。ハーヴィ・クルーマスも一緒で、叔父とわたしを見て驚きの表情になった。だが、今度もまた、最初に口をひらいたのはストラングウェルだった。

「ブライアン、きみがこの部屋に入ったと、若い連中からきいたのでね。シチュエーション・ルームで〈グローバル・エンターテインメント〉の取材班が待っている。きみのメークのためにジーナがきてるぞ」

ブライアンはストラングウェルに導かれるままに部屋を出ていったが、ハーヴィ・クルーマスとドーニックはあとに残り、なぜ〈ザ・ドレイク〉に戻って横になっていないのかと、ピーターに問いただした。「ひどい顔だぞ、ピート。ここで何してたんだ？」

「ブライアンがわたしと話をしたいといったの」わたしはいった。「叔父はわたしのそばについていようとしたのよ。わたしが子供時代を送った家でペトラが何を捜してたのかという話を、三人でしてたんです。あなたのほうに何か心当たりは？」

ドーニックがいった。「わたしはペトラのことをよく知らないから、何があの子の想像力を掻き立てたのかわからない。あの年ごろの女の子は、ときとして、家族の歴史にロマンチックな思いを抱くものだ。ウォーショースキー家に先祖伝来の家宝があると思ったのかもしれない」

「ミスタ・クルーマス？　ペトラのことは、わたしよりよくご存じですよね。あの子の〝ハーヴィおじちゃま〟ですもの。ピーターにいわせると、ペトラは野球のボールなんか捜してなかったそうですが」

「ばかばかしくて話にならん」ハーヴィは息巻いた。「ピートは心痛で倒れかけている――われわれ全員がそうだ――なのに、きみはこの件をビデオゲームみたいに扱っている」

わたしは野球ボールを宙に投げ、受け止め、ブリーフケースにしまった。「おっしゃるとおりね。これをラボに持ちこんで、どんなことがわかるか調べてもらって、ペトラ捜しにとりかかることにするわ」

「だめだ！」ピーターがいった。「何回いわせる気だ？　よけいなお節介はやめろ！」

ドーニックがいった。「好奇心から尋ねるんだが、ヴィッキー――いや、ヴィク――ペトラを捜すとしたら、まずどこから始める？」

「最初にアパートメントへ行ってみたけど、誰かに先を越されてたわ。ピーターにお節介はやめろといわれてるから、そのほかの場所を捜すつもりはありません。でも、ラリー・アリートと話をしてみようかと思ってます」

「アリート？」クルーマスとドーニックがその名前を同時に口にした。つぎに、ドーニックがいった。「ラリーみたいなアル中のいうことは、わたしだったら、あまり信用しないね」

「彼、二日ほど前に、レス・ストラングウェルと会ってます。だから、きいてみたいの。ストラングウェルが何を――」

「どうして知ってる？」クルーマスが詰め寄った。

「わたしは探偵よ、ミスタ・クルーマス。あれこれ探りだすのが仕事です。そのときの会話について、あるいは、アリートが知ってるその他のことについて、どんな方法をとればしゃべってくれるのかわかりませんけど、でも――」

「あいつはビールの六缶パックとひきかえに、自分のかみさんを売るやつだ。樽ごともらえば、わが子だってさしだすだろうよ。あんな男に近づくんじゃない、ヴィク。災いのもとだ」ドーニックは鷹揚な微笑を浮かべていた。まるで、わたしのことを世話の焼けるよちよち歩きの子供だと思っているかのように。

「癇癪持ちで酒飲みだけど、経験を積んだ警官よ。そして、ペトラが姿を消す前日、ストラングウェルが彼に会って、緊急の極秘任務を依頼してるわ」

ドーニックが笑った。「ラリーがペトラの失踪に関係してるとでも思ってるのかね？　この分野できみがこんなに長くやってこられたのが驚きだ、ヴィク。きみのような想像力はテレビの世界のものだよ。ついでにきくが、あのネリー・フォックスの野球ボールについては、どんな想像をしてるんだね？」

「あら、どういうわけで、ネリー・フォックスのボールだってことをご存じなのかしら……」

その言葉が宙に漂った。一瞬、ハーヴィがマントルピースに置かれたテディベアみたいな表情になった。やがて、ドーニックが笑いながらいった。「まぐれ当たりさ。きみのおじいさんの家では、フォックスが一家の神さまだった。反逆者のきみのお父さんだけはべつだったがね。ピート、〈ザ・ドレイク〉まで車で送ろう。ヴィク、叔父さんのいうことをきいて、ペトラ捜しに首をつっこむのはやめたまえ」

36

いったい何がおきてるの？

わたしはミシガン・アヴェニューでタクシーをつかまえようとする男たちと別れた。自分の車をとりにいくのは三人が視界から消えたあとにしたかったし、そのあとも遠まわりのルートをとることにして、ミシガン・アヴェニューを走るバスに乗ってグラント公園の南端まで行った。ここまでくれば、芝生に寝そべるホームレスの男たちのそばをわずかな観光客が通りすぎるだけなので、尾行がついていれば、見つけるのは簡単だろうと計算したのだ。

いま終えたばかりのミーティングのすべてが警鐘を鳴らしていた。ピーター叔父は本来ならば、奥さんのそばにいるか、警察に話をするか、もしくは、わたしに話をすべきなのに、なぜまた、シカゴでもっとも恐れられている政界の顔役のオフィスに閉じこもって、ハーヴィ・クルーマス、ジョージ・ドーニックと会っていたのだろう？それから、ペトラ捜しにはは首をつっこむなという命令が、わたしに向かって何度も出された。まるで、叔父たちがペトラの居所を知っているか、あるいは、脅迫状もしくは身代金請求の手紙を受けとったかのようだ。

ゆるやかなステップの上に立つ像の足もとにすわりこんだとき、初めて、自分がひどく疲れていることに気づいた。ブリーフケースから赤いスウェットシャツを出して枕代わりにし、崩れかけたコンクリートのステップにもたれて目を閉じた。

ネリー・フォックスの野球ボールは、ピーターにとって何か重大なことを、衝撃ともいえる何かを意味しているのだ。ハーヴィ・クルーマスも、ドーニックも、ボールのことを知っていた。二人の反応を見れば、それは明らかだ。ボールを盗んでくるよう、ペトラが命じられていたのだ。だから、ペトラはあんな妙な行動に出たのだ。父親へのサプライズ・プレゼントとしてボールがほしいなどと、見え透いた嘘をついたりして。わたしがボールを持っていることを、ドーニックやクルーマスが、さらには、レス・ストラングウェルまでが知っているのは、たぶん、ペトラが選挙事務所でボールのことをしゃべりまくったからだろう。

ネット班のポッドの仲間に話をしているペトラのにぎやかな笑い声が、きこえてくるようだった。「信じられる？——あたし、ホワイトソックスの二塁を女の人が守ってたって思いこんだのよ。ネリー・フォックスのことも知らなかったなんて、ダディにばれたら、勘当されちゃう！　従姉にきいたんだけど、フォックスって、えっと、百年前はビッグスターだったんだって」

ミレニアム世代の実習生たちは、つねに携帯メールやツイッターをやっている。ジェンダーの壁を破った野球選手、ネリー・フォックスのことは、その日のツイッターの一部になるだろう。そこまではたやすく想像できる。噂が流れていく……誰のところへ？　上院議員候補者？　〈シカゴ絞殺魔〉？　候補者の父親？　野球ボールを盗んでくるよう、このなかの誰かがペトラに命じた。

そこまでは信じられるが、わたしの住まいと事務所を荒らした悪党どもの狙いがそのボールだったのかどうかとなると、確信が持てない。ボールが目当てだったのなら、どうしてソフトボール・チームの写真なんか奪っていったのだろう?

「わけがわからないわね」考えごとに夢中だったため、思わず声に出してしまった。

「おれもいつもそういってんだ。わけがわからん。ロケット打ちあげてさ、天気を変えるんだぜ。それから、携帯使ってあんたを監視するんだ。やつらが何企んでるか、あんたも知ってるだろ」

その男は像の台座の向こう側にいた。そちらにも短いステップがあって、そこをのぼってきたのだ。わたしが耳を傾けているのに気づくと、食べるものを買いたいから金をめぐんでくれといった。わたしは見るともなく男をみつめた。〝携帯使ってあんたを監視するんだ〟

連中がわたしを監視している。けさもわたしを尾行してきた。ペトラのことも監視してるんだろうか。〝まったくもうっ、小さな従妹、誰に頼まれて動いてるの?〟ドーニックではない。だったら、ドーニックがペトラの居所を知っているはずだ。いや、ひょっとすると、じつは知っているのかもしれない。だから、わたしにペトラ捜しをさせたくないのかも。コインを投げて決めようかと思った。表/ドーニックはペトラの居所を知らない。裏/知っている。

連中はストラングウェルのオフィスでそういう相談をしてたんだろうか——ペトラをさし

だすのと、隠したままにしておくのとでは、ブライアン・クルーマスの選挙運動への影響がどう変わってくる？　叔母がオーヴァーランド・パークに帰ったのも、それが理由だろうか。「ペトラの居所はわかっている、いずれ無事に連れ戻す」と、ドーニックが保証したから？いや、それでは筋が通らない。わたしの事務所に侵入する悪党どもの手引きをペトラにさせておいて、つぎに、ペトラをどこかに隠してしまうなんて。いやいや、もしかしたら、こういうことかも――侵入の実行犯の身元が割れるのを恐れて、ペトラが警察に接触できないようにしてあるとか。

衝動に駆られて、レイチェル叔母の携帯に電話してみた。留守番電話に切り替わった。オーヴァーランド・パークの自宅の電話にかけてみた。男性が出たが、名前を名乗るのも、レイチェルの居所を告げるのも拒み、レイチェルへの伝言があるならきいておくといっただけだった。

ペトラが身を隠している場所をドーニックが知っているのかどうか、レイチェルに尋ねてほしいなどと、見ず知らずの他人に伝言できるわけがない。電話に出た男は、世界のどこかでレイチェルとピーターの通話を傍受しているのかもしれない。誰のために働いているやら、わかったものではない。

わたしは男にこちらの名前と電話番号だけ伝えて、ほかのことにはいっさい触れず、「ところで、あなたはどなた？」ときいてみた。

「電話番をしている者です」男は電話を切った。

わたしは膝を胸にひき寄せた。ネイヴィ・ピアの資金集めパーティのあとで、ストラングウェルがペトラを彼の個人スタッフとしてひき抜いた。ペトラはそのころ突然、わたしの子供時代の家とバック・オブ・ザ・ヤーズの家に興味を示しはじめた。そして、トランクにしまってあるわたしの父の所持品にも。わたしが野球ボールを持っていることは、ペトラも知っていた。すると、ストラングウェルが彼女に見つけさせようとしたのは、何かほかの品だったのだ。写真とか？　そういえば、わたしの家に侵入した連中は父のソフトボール・チームの写真を盗んでいった。レス・ストラングウェルとジョージ・ドーニックにとって重要な品が、わたしのところに何かあるのだろうか。何もない。何ひとつ。ネリー・フォックスのボールぐらいのものだ。そこでまたスタート地点に逆もどり。地球みたいに一回転。いやいや、地球などという壮大なものではない。排水管をくるくる落ちていく水という程度。ピーターとジョージ・ドーニックがブライアンの選挙運動を気にかけているとは思えない。選挙運動を最優先させるのは、レス・ストラングウェルと候補者の父親だけだろう。しかし、わたしが予告なしに押しかけたとき、彼らは閉じたドアの向こうで半時間も話しこんでいた。わたしをどう扱えばいいかを相談していたのだ。しかし、ペトラのことはどうする気だろう？　そして、叔母はなぜカンザスに帰ってしまったのだろう？

「あなたにとってはゲームだったの、小さな従妹？　それとも、〝国家の安全〟という謎めいた魔法の言葉をささやかれて、それを信じたの？　何があろうとわたしにはいっさい話すなっていわれたの？　サルおじちゃんには？」

「サルおじちゃん《アンクル・サル》じゃなくて、アンクル・サムだよ、アンクル・サムがあんたを監視してるんだ。あんたがいつ寝るか知ってる。あんたがいつおきるか知ってる。すべては国家の安全のためだという」

像の台座の向こう側にいるわがパートナーは、彼を監視しているという連中のことを、あいかわらずエンジン全開でしゃべっていた。わたし自身、大声でひとり言をいっていたので、自分たちが橋桁だと仮定した場合、この男よりわたしのほうが頑丈だといえる自信はなかった。どれが妄想で、どれが本物の監視なのだろう？

わたしは立ちあがり、わがパートナーのためにポケットから五ドル札をひっぱりだした。ブツブツつぶやくことには利点がひとつある。ほかの連中を遠ざけておける。もっとも、最近は宙に向かって自分の秘密をベラベラしゃべる連中がふえているので、誰が現実の友達を持ち、誰が目に見えない友達を持っているのか、見きわめるのがむずかしい。

ローズヴェルト・ロードのところでレイク・ショア・ドライヴを渡り、自然史博物館のバス停で北行きのバスを待った。わたしの従妹は携帯メールの女王だった。サウス・シカゴから車で一緒に帰ったとき、ペトラが携帯でしゃべるのをその日は一度もきいていないとわたしがいうと、メールを送っていたのだとペトラは答えた。ストラングウェルにメールを送って、ヒューストン・アヴェニューの家に入れなかったことを報告したのだろうか。そこで、ストラングウェルがチームを派遣してあの家に発煙弾を投げこませ、見つけだそうとしたのだろうか……何を？

携帯メールを送るペトラ。〈フリーダム・センター〉でも、ペトラはメールを送っていた。キャロリン・ザビンスカのアパートメントのドアにもたれて、胸の前でせわしなく手を動かしていた。わたしは意識朦朧状態だったから、ペトラのほうでは、わたしに気づかれたとは思っていなかっただろうが、ひょっとすると、誰かを呼んでいたのかもしれない。わたしが集めた証拠品——どんな燃焼促進剤が使われたのかを調べてもらうために、チェヴィオット研究所へ送ろうと思っていた、火炎瓶の破片——の入った袋を、その誰かが持ち去ったのだ。FBIと国土安全保障省の両方が〈フリーダム・センター〉のビルを監視していたが、どちらも、わたしの証拠品袋を奪うために押し入った人物の記録はいっさいないと主張している。つまり、誰が建物に入ったかはわかっているが、気にかけてはいないわけだ。もしくは、絶大な権力を持つ誰かがFBIを説得して、見て見ぬふりをさせたのだろう。あの晩、ビルに入るわたしの姿は写真に撮られたが、ペトラは撮られていない。証拠品袋を盗んだ人物も同じく。そして、その翌日、どこかの建設会社の手でアパートメントが解体された。費用を出したのは、〈フリーダム・センター〉の修道女たちの力になりたいというどこかの男。なんとも心温まるお話。

さっきのミーティングのとき、ブライアン・クルーマスが何か批判的なことを口にしたような気がする。その瞬間は、なんとなく変だと思っただけだが、あのときの会話をできるかぎり頭のなかで再生してみても、具体的な答えは出なかった。彼とわたしの叔父の関係についての何か、叔父とシスター・フランシスを結びつける何かだったが、考えれば考えるほど、頭から遠のいていった。

ペトラはドラッグをやっていたのかと叔父に質問したが、わたし自身は彼女が常用者でないことを確信していた。ギャンブルや、その他の金がかかる悪習については、想像がつかなかった。しかし、ペトラがわたしの事務所に侵入する姿も、以前なら想像がつかなかっただろう。

わたしの頭のなかは、冷えたスパゲティみたいにからまりあっていた。病的な考えにとらわれるのを防ぐために、とりあえずこう仮定しよう——ペトラは何も知らないまま、もしくは、いやいやながら、ストラングウェルの陰謀に加担させられた。子犬がそのまま大きくなったような子で、陰険な策士ではない。窮地に陥っているのなら、わたしが助けださなくては。この邪悪な大都会で身を隠そうとしても、ヒッチハイクで友達のケルシーのところへ行こうとしても、国土安全保障省なら、いやいや、ジョージ・ドーニックの〈マウンテン・ホーク警備〉の連中ですら、簡単にペトラを追跡できるだろう。ペトラに警告しておかなくては。こっちがいつ寝るか、いつおきるか、連中は知っている。ペトラが携帯メールを送信しているなら、連中がすぐさま見つけだし、不意に襲いかかるだろう。

わたしは携帯をとりだした。二十歳の子のように敏捷な親指ではないけれど、とにかく、文字を打った。

ペトラ、どこにいるか知らないけど、メールも通話もやめなさい。電池をはずす。電源を切る。GPSで追跡される危険あり。わたしから警報解除の連絡がいくまで隠れてて。わたしを信じて。ヴィク。

〝わたしを信じて、小さな従妹〟――心のなかで懇願した。〝悪人どもにつかまってるのなら、あなたの安全を脅かすようなことはしないと約束する。でも、どこかに隠れて怯えてるのなら、わたしが助けてあげる。全力で〟

もちろん、わたしも携帯を通じて追跡されている可能性がある。ハイテク機器をそろえたチームなら、たやすいことだ。留守番電話サービスに電話して、しばらくのあいだ携帯の電源をオフにしておくというメッセージを残し、電話をしたい人々のために応答サービスの番号を告げた。電池をはずしてブリーフケースにつっこんだ。

自分が何を知っているのか、何を知らないのかについて、あれこれ考えているあいだに、バスが五台通りすぎた。そのつぎにきた六系統のバスに乗ると、バスはミシガン・アヴェニューに向かってガタガタ走りだし、わたしがけさ車を置いてきたホテルまでゆっくり連れていってくれた。会計の窓口でチケットを渡すと、わたしの駐車代金はすでに支払いずみだといわれた。何かのまちがいだと思って、レシートを見せてほしいと頼んだが、係員がレシートを捜しだしたところ、現金支払いになっていた。代金を払ったのがどんな男だったか、誰も覚えていなかったが、その男は車種とチケットナンバーを告げ、チケット紛失の追加料金まで払ったという。

ストラングウェルか、もしくは、国土安全保障省が、いつでも好きなときにわたしを見つけて対処できることを、わたしに思い知らせようとしたのだろう。わたしは脇道ばかり選んで、家までゆっくりと車を走らせた。尾行の有無を確認したかったからではなく――尾行しているに決まっている――疲れてスピードを出す元気がなかったからだ。向こうはわたしを見つけて踏みつぶすことができる。いまだに実行していないのはなぜ？　たぶん、向こうの捜し求める品がわたしのところにあると思っているからだ。わたしがそれをさしだせば、向こうはすぐさまわたしを始末するに決まっている。炎に包まれたシスター・フランシスの頭が目の前に浮かんできて、激しい震えに襲われ、歩道の縁に車を寄せて震えが治まるのを待たなくてはならなかった。

狩猟。傷めた脚をひきずるキツネと、元気いっぱいで無知な子ギツネに、猟犬の群れが忍び寄る。それが現在のわたしと従妹だ。わたしは巣穴に戻った。ほかにどこへ行けばいいのかわからないから。しかし、家に着いても、安心感は得られなかった。

盗聴器が仕掛けられているかもしれないので、隣人と犬たちを裏庭へ連れだし、自分でもまだよく理解できないいまま、いまの状況を精一杯がんばって説明した。

「ピーウィーのおやじさんが関係しとるなんて、あんた、まさか、本気で思っとるわけじゃなかろうな！」ミスタ・コントレーラスは仰天した。

「叔父は自分の仲間が何を捜してるのか知ってて、すごく怯えてるみたいだけど、わが子を故意に危険な目にあわせるような人だとは思えないわ」

「なら、あの子はどこにいる？」老人はじりじりしていた。

わたしは首をふった。「すごく疲れてて、いまは頭が働かない。無事に逃げてくれてればいいけど。あの連中に居場所がばれてなきゃいいけど。もしペトラから電話があったら、じっと隠れてるようにいってね。追跡される前に、急いで電話を切るようにいってね。あの連中のおかげで、わたしもひどく混乱してるの。向こうが何をほしがってるのか、すこしでも見当がつくといいんだけど」

37 コントラバスに乗って……それともヴィオラ？

わたしのアパートメントに侵入や爆弾の形跡がないかどうか調べるのを、ミスタ・コントレーラスと犬たちが手伝ってくれた。食事においでと老人が誘ってくれたが、わたしは疲れて食べる元気もなかった。みんなが帰ったあと、すぐさまベッドにもぐりこんで深い眠りに落ちた。クタクタに疲れていたので、数々の心配ごとにも眠りを妨げる力はなかった。しかし、午前一時に電話が鳴ったときは、瞬時に目をさました。

「ミズ・ウォーショースキー？　そうですよね？」電話の向こうの声は遠慮がちだった。

「どなた？」わたしは寝ぼけた声できいた。

「またおこしてしまったのね。ごめんなさい。わたしって、夜中にならないと、あなたに話をする勇気が出ないみたい」

ペトラからの電話か、もしくは、身代金請求の電話だと思いこんでいたため、それ以外の相手も、それ以外の状況も頭に浮かばなかった。ベッドに倒れこみ、ドキドキする心臓が静まって考えごとができるようになるのを待った。

「あなたの従妹のニュースを見たわ。心配でたまらないでしょうね。愛する人が消えてしまうなんて」遠慮がちなその声は生気に欠けていた。

電話の向こうから病院の呼び出しアナウンスがきこえた。ローズ・エベールだ！　皮膚がむずむずした。彼女がペトラを誘拐したのね。ラモント・ガズデンを失ってどんなに辛かったかを、わたしに思い知らせるために。

「どんなに心配だろうと思って、だから、あなたに対して百パーセント正直じゃなかったことがうしろめたくなったの」夜中に電話をよこした前回のときと同じように、ローズは息を吸った。彼女はあのとき、ラモント・ガズデンを愛していたことを、苦悩のなかで告白したのだった。

「スティーヴ・ソーヤーはべつの名前を使ってたかもしれない、心当たりはないか、ってあなたに尋ねられたとき、わたし、知らないって答えたでしょ。でも、六〇年代には、〈アナコンダ〉のメンバーは自分たちにアフリカ系の名前をつけてたの。ラモントは仲間内のコード名がルムンバだった」

長い沈黙がつづき、わたしはその沈黙のなかで、自分がヒステリックに笑いだしてしまうのではないかと思った。ペトラが姿を消し、誘拐が懸念されているというのに、ローズの頭のなかにあるのは遠い昔に消えた恋人のことだけだ。返事を考えるのがむずかしかったが、結局、スティーヴ・ソーヤーは〈アナコンダ〉でどんな名前を使っていたのかと尋ねた。

「知らない。でも、たぶんアフリカ系の名前でしょうね。前にいったように、ジョニー・マートンも自分の娘にアフリカ系の名前をつけてるし。マートンはアフリカの独立運動に夢中だったの。コンゴの初代大統領になったルムンバのことをラモントに勉強させて、ラモントはその夏、わたしにルムンバとコンゴの話をしてくれた。姿を消す前の夏、二人で解放をめざそうって、彼がわたしを説得して……」

ローズの声が細くなってとぎれ、青春時代の混沌たる思い出のなかへ漂っていった。あのころは、〝解放〟という言葉が政治的な意味だけでなく、性的な意味も帯びていた。なぜもっと前に話してくれなかったのかと、わたしは首をかしげた。わたしの何が原因で、アフリカの民族主義に不快感を示すだろうなどと、ローズに思わせてしまったのか？

ローズはその問いに、ひどく疲れた声で答えた。「ラモントがルムンバって名乗ってたことをあなたに話したら、あなたも一部の人と同じで——ダディもそうなんだけど——アフリカの国民的英雄の名前を自分につけるなんて、共産主義者とほとんど変わらない、って思うんじゃないかと心配だったの。そうなれば、あなたはラモント捜しをやめてしまうかもしれない」

わたしはどうにかローズに礼をいって、「心配しないで。偽名でラモントを見つけることができるかどうかやってみるから」といった。「知っておいたほうがよさそうなことが、ほかに何かないかしら。今夜のうちに話しあっておけそうなこととか。これから一週間ほど、わたし、連絡がとりにくくなると思うので」

ローズは真剣に考えこんだが、すくなくともこの時点では、明かすべき秘密はほかに何もないと判断した。彼女が電話を切ったあと、わたしは横になったが、眠りには戻れなかった。きのうの午後に浮かんださまざまな混沌たる考えのあいだで、脳みそがふたたび跳ねまわりはじめた。ルムンバ。コンゴ独立の指導者だったパトリス・ルムンバのことを考えようとしたが、瞑想には向かなかった。代わりに、彼の拷問と死の姿が浮かんできて、それが、シスター・フランシスの死のイメージや、ペトラの身を案じる気持ちや、わたし自身の安全への懸念とまざりあった。

身体をおこした。最近、ルムンバの名前を耳にしたことがある。わたしの頭のなかではそれが父と結びついているのだが、なんだかピンとこない。国際政治に関心を持っていたのは父ではなく、母のほうだった。ルムンバが暗殺されたときも、母がその話をしてくれたはずだ。しかし、わたしはまだ幼すぎたので、名前を記憶に刻みつけるには至らなかったのだろう。

居間へ行って、ノートパソコンの電源を入れた。カウチにあぐらをかいてすわり、ルムンバのことを調べた。死亡したのは一九六一年。わたしが子供だった遠い昔の話だから、ルムンバをめぐる会話など、覚えているわけがない。すっかり目が冴えてしまったので、経歴チェックのときに使っているいくつかのデータベースでルムンバという名の人物を検索してみた。歌手が一人と、ニューヨークの医師が一人見つかったが、さらにくわしく調べたところ、両方とも若すぎて、偽名のルムンバではありえないことが判明した。

時刻は午前二時、闇がもっとも濃くなる時刻、深い孤独に陥る時刻だった。マザーリシャリーフにいるはずのモレルのことを思い、彼も目をさまして孤独に陥っているのだろうか、それとも、古い友達のマーシナ・ラヴがそばにいるのだろうか、と考えた。あるいは、ひょっとすると、わたし以上に彼と波長の合う誰かが。

わたしたちが生きているのはとても奇妙な時代だ。恐怖の時代。世界のあちこちで果てしなく戦争がつづき、誰を信じればいいのかわからず、わたしたちの銀行口座やメールは、標準レベルのハッカーにさえ好き勝手にのぞかれてしまう。わたしはネットを頻繁に使っているが、根は古風な探偵だ。エーテルを媒体にするよりも、足で歩いて、じかに情報を集めるほうが得意だ。

何者かが古風なやり方でペトラを狙い、彼女のアパートメントに押し入った。そいつがペトラのノートパソコンを持ち去ったのだろうか。それとも、彼女が自分で持って出た？　事務所の監視カメラに映っていた粒子の粗い映像を、あらためて見てみた。自宅のパソコン宛てにメールで送っておいたのだ。事務所に侵入した連中――ペトラと二人の仲間――のなかに、ノートパソコンが入るぐらい大きなバックパックや荷物を持っている者は一人もいなかった。つまり、このあとで誰かがペトラのパソコンを持ち去ったわけだ。目的は……たぶん、ペトラのメール……もしくは、アフリカの国民的英雄のことをペトラが調べていなかったかどうかを確認するため。

スパイソフト。もちろん、ペトラはわたしの事務所のパソコンを使ったことがある。デスクトップ型のマック・プロ。夏の初めの夜だった。あのとき、入口のキーパッドの暗証番号をペトラに教えた。わたしはハイテクの天才ではないが、ペトラがどのサイトを見ていたかを調べるぐらいの知識はある。そこから何かわかるかもしれない。とにかく、闇のなかでじっとすわって、恐怖の時代が忍び寄ってくるのを感じているより、そのほうがましだ。

ふたたび着替えにとりかかったが、ジーンズのファスナーをあげる途中で手を止めた。これから先は、何をしようと、どこへ行こうと、国土安全保障省か、〈マウンテン・ホーク警備〉か、あるいはその両方につきまとわれることを覚悟しなくてはならない。真夜中の通りへ一人で出ていく姿には気づかれないほうがいい。車までこっそりたどり着けたとしても、おそらく――たぶん十中八九――車になんらかの種類のGPS追跡装置が仕掛けられているはずだ。わたしには簡単に見つけられそうもない小型機器。連中がわたしを監視しようとする場合、一緒に通りに出る必要はない。高性能の位置検出ソフトを使って、オンラインで監視すればいい。

裏階段でガタンと音がして、またしてもわたしの心臓が跳ねあがった。スミス&ウェッスンを手にして、そっと台所に入り、忍び足でタイルの上を進んだ。ドアに頭をくっつけて、ガラス越しに目を凝らした。そして、またまたヒステリックな笑いがこみあげてくるのを感じた。音の主はジェイク・ティボーだった。コントラバスをひきずって裏階段をのぼり、三階まで行こうとしていたのだ。

わたしは拳銃をおろして、台所のドアのロックをはずした。上の踊り場にたどり着いたジェイクは、彼の足音をきいたときのわたしと同じぐらいビクッと飛びあがった。

「V・I・ウォーショースキー！　そんな恰好で忍び寄るのはやめてくれ！　探偵に脅されてコントラバスを階段の下まで落としたなんてケースは、保険じゃカバーできないんだぞ」

「ごめん」わたしはいった。「ここ何日か神経がピリピリしてるものだから、あなたの足音をきいて、わが家を荒らした連中が舞い戻ってきたんだと思ったの。あなた、どこで演奏してたの？」

「ラヴィニア。そのあと、一杯飲みに出かけたんだ。きみはこんな時間に何してるの？　従妹のことで何か知らせは？」ジェイクはコントラバスをそばにひき寄せた。

「誰かがわたしの従妹の消息を知ってるとしても、わたしには教えてくれないのよ」わたしは自分の身長をコントラバスのケースと比べてみて、あることを思いついた。「どれぐらい酔ってる？」

「コントラバス奏者は酔わない。それがぼくらの特徴のひとつなんだ。背の高い楽器が演奏者に底なしの胃袋を与えてくれる。なんで？　完璧な四度音程を弾いてほしい？」

「わたしをそのケースに入れて、タクシーをつかまえられる場所まで、誰にも見られずに運んでほしいんだけど」

　ジェイクはしばらく黙りこみ、やがていった。「どれぐらい酔ってるの？」

「酔ってないわ。怯えてるだけ」

　ジェイクはコントラバスを彼のところの裏のドアに立てかけた。「怯えるタイプには見えないな」

「もちろんよ。われわれ私立探偵は死と危険が生き甲斐だもの。ふつうの人みたいな感覚は持ってないわ。わたしは探偵の面汚し。行方不明の従妹や、殺された修道女のような些細なことで、オロオロしてしまう」

わが家の台所から洩れるかすかな明りのなかで、ジェイクがこちらに探るような視線を向けているのが見えた。「ぼくがきみをケースに入れてベルモント・アヴェニューまで運んだ場合、誰かがぼくに銃をぶっぱなしたり、火をつけたりすることもある？」

「なんだってありよ。あなたの楽器を売ればクスリが手に入ると思ってるヤク中に、銃をつきつけられた経験はない？」

ティボーはクスッと笑った。「すごくでかい楽器を演奏するのには、利点がひとつある。それを抱えて通りを逃げてくのは無理だってことが、誰にでもわかる。ベシーを休憩させて、ぼくがきみと一緒に行こう。清潔にしてきてほしいな。汗とか、脂分とか、そういうものをケースの内側につけられると困るんだ」

わたしは自分の住まいに戻って、顔と腕につけていた保護用クリームを丹念に拭きとった。おなかが減っていることに気づいた。前の日に朝食をとって以来、何も食べていなかった。疲労と心配で食事のことを考える余裕もなかったのだが、急に何か食べたくてたまらなくなった。急いでチーズサンドイッチをこしらえていると、ティボーが台所に入ってきた。

「ケースのなかで食べるのは無理だよ」といった。「もしかしたら、呼吸もできないかも。きみが窒息死したら、階下のあのじいさん、ぼくを訴えるかな」

「ううん。犬たちに命じてあなたのコントラバスをかじらせるだけよ」

ジェイクはわたしが食べていたペコリーノチーズのかたまりに勝手に手を出した。「きみを抱えて階段をおりるのは無理だな。ケースがきみの体重を支えられるかどうかは不明だが、ぼくが支えきれないのはたしかだ」

「わたし、表の階段をおりて、地下室のドアから庭に出るわ。あなたが裏階段の下までおりたら、陰に隠れてついていく。ケースにもぐりこむのは、あなたが裏門に着いてからにする。あなたはケースをころがしながら路地を進んで、自分の車まで行ける」

洗面所に行って、街灯に照らされたときに光が肌に反射するのを防ぐため、頬骨にマスカラをこすりつけた。ティボーのケースに汚れがつかないことを願った。濃紺のウィンドブレーカーをはおって、鍵束と、現金とパスポートが入った新しい財布を尻ポケットにつっこんだ。スミス＆ウェッスンの安全装置がかかっていることを確認し、カブスの帽子を目深にかぶってから、なるべく足音を立てないようにして表の階段を駆けおりた。

一度だけヒヤッとしたのは、ミスタ・コントレーラスの部屋の前にさしかかったときだった。ミッチが大きく吠えて、キューンと鼻を鳴らし、一緒に行きたいとせがんだ。その前を通りすぎて地下室におりると、ミッチは静かになった。

地下室の出口のかんぬきをはずすと、ティボーがちょうど、ケースをひきずりながら裏階段の最後の一段をおりたところだった。わたしは彼が歩道にくるまで待ってから、影のなかにすべりこんだ。ティボーの動きはまるでプロのようで、ふり向いてわたしを見ることなく携帯をとりだし、電話の相手にリリーと呼びかけながら文句をいいはじめた。「夜のこんな時間にシュルホフの曲を練習したいだなんて、きみ、酒だけじゃなくて、ヤクもやってんだろ。だけど、ぼくの可愛い小鳥ちゃん、仰せとあらば従いましょう。いまからそっちへ向かう」

裏門のところで、わたしは六フィート八インチの身体を五フィート六インチのケースにどうにかこうにか押しこんだ。ティボーに警告されたとおり、ほとんど息ができなかった。彼がひび割れたコンクリートにケースをガタガタぶつけつつ路地に入り、息を切らしてゼイゼイいいながら、車のリアハッチをひらいてケースをうしろのシートにすべりこませるまでの数分間は、わたしの背骨と首にとって拷問のひとときだった。ケースをシートに置くとすぐに、彼がケースの留金をはずしてくれた。わたしは膝で蓋を二、三インチ押しあげて、背骨を伸ばせるようにした。

ティボーは今度もふり向かないまま、事務所の住所をきいた。わたしはベルモント・アヴェニューでおろしてくれれば、そこでタクシーを拾うからいいと答えた。

「V・I・ウォーショースキー、二千二百ドルもするこのケースを深刻な危険にさらしたのは、きみを車で四ブロックだけ送るためじゃないんだよ。どこへ行けばいいのか教えてくれ」

わたしは本気で反論するのをやめにした。彼の申し出がありがたかった。リグレー球場の横を通るルートを指示して、尾行がついていないことが確認できるまで脇道を走ってもらった。最後に、事務所の一ブロック北東にある交差点まで行った。事務所が監視下に置かれている場合を考えて、ティボーの車がデータベースに入れられるのを防ぐための用心だった。

背骨の曲げ伸ばしをして、首のストレッチを二、三回やってから、運転席の窓に顔をつっこんでティボーに礼をいった。「リリーって誰?」

「子供のとき、家で飼ってたフォックステリア。今回のゴタゴタがすべて片づいたら、きみのためにコンサートをやってあげる。シュルホフのコンチェルティーノを。ぼくがモールバラ・フェスティバルでデビューして以来、もっとも刺激的だった演奏を記念するために」

ひらいた窓にかけたわたしの指を彼が握りしめた。オークリー・アヴェニューに建ち並ぶ建物の影のなかへすべりこんだときも、わたしの指には彼の手の温もりが残っていた。

38

マイスペースでの告白

人目につかないようにして事務所に入る方法が、まったくわからなかった。路地のほうの出入口は内側からでないとあけられないし、窓は地面から十二フィートの高さにある。正面入口から入るしかなさそうだ。

早朝のこんな時刻なので、付近のトレンディなバーやカフェはすべて閉まっていた。あと二、三時間もすれば、通りの向かいにあるコーヒーショップが営業を始めるだろうが、いまのところ、ガラスのフロント部分が街灯を受けて、池のように黒く光っているだけだった。

わたしは銃を手にして、通りを用心深く進んだ。わたしに見える範囲では、人影はどこにもなかった。しかし、プロが監視に当たっているのなら、リモートカメラを使っている可能性ありだ。通りに出る必要はない。

ゴミ容器に近づいたとき、ネズミが一匹飛びだしてきたため、危うく悲鳴をあげそうになった。ネズミが歩道に出てきたので、わたしは足を止め、全身に広がるパニックの波を抑えなくてはならなかった。それでも、小さな叫びは抑えきれなかった。一台の車が通りを走ってきて、コートランド・パークウェイへ左折した。テールライトの片方がこわれていた。ドーニックはロうるさいタイプのようだから、部下の車のライトがこわれていたら、仕事に使わせるはずがない。それとも、わたしを監視しているのはドーニックではないと思わせるために、わざとこんな車を使っているのだろうか。

それとも……ああ、もうやめよう！　恐怖の時代のおかげで、頭が変になりそうだ。息を吸い、通りを渡って、事務所に入るための新しい暗証番号を打ちこんだ。いつものようにゼイゼイいいながらロックが解除され、その音が静かな夜の通りに大きく響きわたったが、わたしは恐怖につくづく嫌気がさしていた。大胆にドアをあけ、しばらく足を止めて、キーパッドのすべての番号に指を触れた。こうしておけば、たとえ誰かが指紋採取スプレーを使ったところで、ロックを解除するのにどの数字を押したかを突き止めることはできない。照明のスイッチを入れた。明りが通りへ洩れて、わたしが事務所にいることを宣伝しようとも、もう気にならなかった。

事務所のドアはいまも、犯罪現場用のテープで封印されていたが、それを破り捨てて、混沌のなかへ足を踏み入れた。一瞬、荒らされた事務所を見て、ふたたび心が萎えた。引出しをデスクにはめこんだり、地図を棚に戻したりして、整理整頓に手をつけてみたが、乱雑すぎて歯が立たなかった。手伝いの人間を誰か雇えるだろうかと心配になった。なにしろ、人材派遣会社はワープ並みのスピードでわたしから遠ざかってしまった。

ペトラが事務所にきてわたしのパソコンを使った日を思いだそうとしたが、おおざっぱな推測しかできなかった。ネイヴィ・ピアでひらかれた資金集めパーティの一週間ほど前だった。この十日間に閲覧されたサイトの履歴を全部呼び出してみようと、プログラムを立ちあげた。

プログラムが閲覧履歴を集めているあいだに、膝をついて床に散らばった書類を拾い、大きな束にまとめて、カウチに置いた。書類のなかに、スティーヴ・ソーヤーの裁判記録がまじっていた。ページをぱらぱらめくって、ふたたび父の名前を捜したが、代わりに〝ルムンバ〟という文字が目に飛びこんできた。

〝ルムンバがおれの写真を持ってます〟――スティーヴ・ソーヤーが証言台でそう述べた。ルムンバ。ラモントが〈アナコンダ〉で使っていた秘密のコード名。ラモントがソーヤーの写真を持っていた。どういう意味？　ラモントに密告されたと訴えるための、暗号めいた表現？　それとも、ラモントが自分のために証言してくれることを期待しているという意味？　つまり、ラモントがおれの写真を持っている＝ラモントが後ろ盾になってくれる、ということ？

カーティス・リヴァーズにきけばわかるのでは？……カーティス・リヴァーズ！　額をピシャッと叩いた。アフリカ系の名前。キマチ――リヴァーズは店の表の歩道を掃いていた男をそう呼んでいた。インターネットの閲覧記録を呼びだしながら、べつのウィンドウをひらいて、キマチを検索してみた。

デダン・キマチ。一九五〇年代のケニア独立運動の指導者。わたしは不安に神経をとがらせながら、その名前をイリノイ州矯正局のデータベースに打ちこんだ。あった！　一九六七年一月、ハーモニー・ニューサム殺しで有罪判決、四十年間服役、去年一月に釈放。模範囚としての刑期短縮はなし。理由は明記されていないが、突然の暴力行為による懲罰房入りがしばしば。釈放後の彼が暮らしているのはセブンティース・プレース。〈フィット・フォー・ユア・フーフ〉と同じ住所だ。

わたしはパソコンの画面を長いあいだみつめたまま、どこへ行けばスティーヴ・ソーヤーに会えるのか、とわたしが尋ねたときのリヴァーズの激怒と、同じ質問をしたときの〈ハンマー〉ことマートンの嘲笑を思いだした。

脳が凍りついた。〈アナコンダ〉の昔のメンバーのことにも、死を前にしたミス・クローディアの願いにも、集中できなかった。ペトラが行方不明になっていなければ、このままカーティス・リヴァーズの店まで車を飛ばし、彼と、キマチ（ソーヤー）があらわれるまで、張り込みをつづけただろう。それから、熱心に二人を説得して、ルムンバ（ラモント）の身に何があったのかをききだしただろう。しかし、ペトラのことがわたしの頭をバラバラにし、エネルギーを吸いとっていた。

ブラウザのウィンドウを閉じた。検索プログラムが終了して、わたしがこの十日間に閲覧した千を超すURLを見つけだしていた。それをスクロールしながら、自分がネットに費やしている時間の多さを知ってびっくりした。ペトラが閲覧したサイトを見つけるのに二十分ほどかかったが、いったん見つかると、そのあとの追跡は簡単だった。ペトラはマイスペースの自分のページを更新していたのだった。ログイン名はペトラ・ウォーショースキーではなかった。代わりに、〈キャンペーン・ガール〉という名前になっていた。

ペトラのページを見るために、わたし自身のページを作成しなくてはならなかった。ペピーの正式な名前、プリンセス・シェヘラザード・オブ・デュペイジを使って登録し、ペピーのためのメールアドレスまでこしらえた。なぜ人々がこのサイトを好んで使うのか、だんだんわかってきた。ペピーの経歴、趣味、好きな音楽（目下のお気に入りは《ハウンド・ドッグ》）をでっちあげていくうちに、災難つづきの暗い事務所からも、従妹の身を案じる気持ちからも遠ざかることができた。それから二十分のあいだ、わたしは自分が創造したお伽の国にいた。

〈キャンペーン・ガール〉はナタリー・ウォーカーの《アーバン・エンジェル》がお気に入りだった。友達を五百人持っていた。友達が彼女に送ったメッセージを読むためには、ペトラのパスワードが必要だった。それをつきとめるには、わたしの持っていない優秀なパソコン追跡スキルか、ペトラについての内部情報が必要だ。そこで、ペトラのプロフィール・ページに書かれた内容に集中することにした。

ペトラはまず、こう説明していた――自分は匿名で投稿しなくてはならない。なぜなら、目下、重要な上院議員選挙のスタッフとして働いていて、本名で、もしくは、候補者の名前を出して発言すれば、どちらもトラブルに見舞われる危険があるから。

〝だから、あたし、いまはただの〈キャンペーン・ガール〉。あたしと仲良しのみんな、お願いだから、ついうっかりあたしの本名を呼んだりしないでね。あたしがクビになるのを、みんなが望んでないかぎりは。あなたにはとくに五倍お願いしたいわ、ハンク・アルブレヒト。暑っ苦しい年寄りのジャノウィックの当選を願ってんでしょ。あたしの候補者だったら、片手を背中に置いたままで、あなたの候補者をノックダウンできるわよ。あたし、ビールを一本賭けてもいい〟

ハンク・アルブレヒトのところを見てみた。ペトラの〝友達〟の一人。大学が一緒、いまはシカゴで現職上院議員のために働いている。

数日後、ペトラはブライアンのためにやっている仕事のことを書いていた。ブライアンのことは、用心して〈あたしの候補者〉という呼び方しかしていない。

ベジタリアンのみなさんから、あたしがこの惑星でいちばん邪悪なやつだと思われてることは知ってるけど、あたし、お肉のクイーンになって、リブやソーセージがどっさりの日曜のバーベキューをひらくのが大好きなの。選挙運動の仲間がほとんど平らげてくれるわ。この仕事がこんなに楽しいなんて、誰が思ったかしら。あたしは、えっとね、ブログを検索して、誰が〈あたしの候補者〉を中傷するコメントを書いてるかを調べるのが仕事なの。中傷コメントなんて誰でも書けるし、それがとんでもないデタラメだってことが世間の人にはわからないもん。でも、〈あたしの候補者〉に会う人はみんな、この人こそ四年後の大統領だって思うから、あたしたちの陣営には、メディアの支援とか、お金とか、いろんなものがたっぷりあるのよ。そして、あたしは、えっと、馬にまたがったジャンヌ・ダルクみたいに出撃して、あたしたちを攻撃しようとするドラゴンを探すの。

この書きこみからすれば、〈キャンペーン・ガール〉が誰なのか、〈あたしの候補者〉が誰なのかを突き止めるのに、腕のいい暗号解読者は必要ないだろう。事実、いくつかのコメントに目を通してみると、候補者がブライアンであることをペトラのマイスペース仲間の多くが知っているのは明らかだった。現職上院議員の陣営で働いている男、ハンク・アルブレヒトから、皮肉なコメントが何度もきていた。ブライアン支持の熱狂的な書きこみもあった。それから、まったく無関係なことを書いてくる者もわずかにいた。犬、服、お気に入りのレストラン。

ペトラはミスタ・コントレーラスとわたしのことを書いていた。わたしのコード名はDC。〝探偵やってる従姉《ディテクティング・カズン》〟の略だ。

あたし、ときどき、サルおじちゃん（血のつながりはないけど）とDC（こっちは本物の従姉）のとこへ遊びにいくの。従姉は、えっと、うちのママぐらいの年。それってキモいと思わない？ サルおじちゃん（探偵やってる従姉は、いつも〝ミスタ・C〟って呼んでる）は、ダディの会社のリブをどれだけ食べても、あたしにどれだけ会っても、ぜーんぜん飽きないのよ。従姉があたしに焼きもち。おもしろいと思わない？ サルおじちゃんはあたしを口説くのが好きなの。これまでは、あたしの従姉がその相手だったんだけどね。あの二人、ときどき、結婚して何年もたつ夫婦がいつもの口喧嘩をしてるみたいに見えることがある。みんなんとこの親もそうでしょ。わあ、やだ、あたしたちみんな、最後は自分の親みたいになるのかも。ぞっとしない？
きのうも遊びにいったのよ。サルおじちゃんがDCにガミガミいってた。殺人か何かで百年ぐらいの懲役になってる年寄りのギャングのボスに、DCが会いにいこうとしてるから。そしたら、DCはね、「みんながわたしにすごく腹を立てて、簡単な質問にも答えてくれないから、もううんざり」っていうの。で、あたしは「もっと大人になりなさいよ。人を怒らせないようにすればいいんだわ」っていってあげた。サルおじちゃんはDCの意見がヒステリックだと思って、大笑い。DCはめちゃめちゃムッとしたけど、顔には出さないようにしてた。あーあ、探偵の仕事って、殺人事件を解決したり、証拠品を集めたりして、もっとドラマチックなものだと思ってた。無知な黒人のギャングに会いに刑務所へ行くとかいうんじゃなくて。

わたしはそのときのことを思いだし、ペトラがこれをネットに書きこんで全世界に読ませていることにムッとした。パソコン画面をにらんでやった。「もっと大人になりなさい、V・I」とつぶやいて、さらに読みつづけた。

ペトラがブライアンのためにやっていた仕事関係に焦点を合わせて、書きこみを読んでいった。彼女が退治に出かけたドラゴンのどれかが反撃してきたのではないかと思ったのだが、なんの害もなさそうなものばかりだった。ラッシュ通りのレザーバーでブライアンの姿が目撃された、という噂を追跡。児童ポルノを売って逮捕された前歴のある誰かからブライアンが金を受けとった、という投稿を調査。

自宅アパートメントの玄関ドアのそばで鍵束を落とした夜、DCに錠をあけてもらったことも書かれていた。そのあとに、ネイヴィ・ピアの資金集めパーティのことが出ていた。

すっごく大規模な資金集めパーティがあって、あたし、えっと、スーパースターみたいなの。だって、〈あたしの候補者〉が一緒に写真を撮る相手として、あたしが招待したゲストの一人を選んだんだもの。そのゲストは第二次大戦のヒーローで、戦争のときのメダルとか、いっぱいつけてて、いろんな新聞の第一面にのったのよ。そのなかには《ワシントン・ポスト》もあって、ダディはいつも〝リベラルなクズ新聞〟っていってるけど、一面にのるなんてすごいよね。とにかく、あたしは、えっと、選挙運動のスターってわけ。偶然そうなっただけなのに、選挙運動の中心になってる人（みんなから〈シカゴ絞殺魔〉って呼ばれてる）がめちゃめちゃ感心したみたいで、あたし、ネット班からひき抜かれて、彼のすぐ下で特別な仕事をすることになったのよ。これまでの仲間のなかには、ムッとしてる子もいる。だって、何人かは〈あたしの候補者〉と最初の日から一緒にやってきたのに、あたしのほうは遅れて入ってきたんだもん。でも、ま、それが人生よね。

この書きこみまでは、ペトラのトーンはしゃべるときの声と同じで、快活で自信に満ちていた。二、三日後、もっとまじめな文章になっている。

あたしがひき抜かれたのは、いい仕事をしたからだと思ってた。でも、ほんとは、おしゃべりな口を閉じておけないからだった。あたしがあることについて何かいったために、〈絞殺魔〉がもっと知りたがってるの。百万年も前に何かがおきて、それが跳ね返って〈あたしの候補者〉の痛手になる危険ありなんだって。ああ、めんどくさい。あたしのいった何かが問題らしいんだけど、何なのか、さっぱりわからない。でも、探ってこいって〈絞殺魔〉にいわれてる。何があったのか、何を探ればいいのか、あたしにはわからないのに。

ネットゲームの〈スパイVSスパイ〉みたいなもので、あたしはDCをスパイしなきゃならない。ある意味、おもしろいけどね。二十年も探偵やってきた人よりあたしのほうが利口かどうか、見てみようってことだもん。でも、ほんとはいやでたまらない。誰も信用しちゃいけないって、〈絞殺魔〉がいうの。あたしが何を捜してるかをひと言でも洩らしたら、人が殺されることになるって。とくに、探偵やってる従姉には話しちゃだめだって。あの女のことだから、よけいなお節介焼いて、あたしの大切な人たちを傷つけるだろうって、〈絞殺魔〉がいうのよ。たしかに、従姉って、ブチ切れるとすごいの。ホームレスの男の命を救ったこともあるけど、あたしが彼女のお母さんのドレスを丁寧に扱わなかったもんだから、従姉にもうすこしで殺されるとこだったのよ。それでは、〈キャンペーン・ガール〉が〈覆面捜査ガール〉に変身するのを見ててね。

一週間がすぎ、ペトラは最後の書きこみをしている。

大きな秘密だっていうのを知らなかったものだから、あなたがあることをしゃべってしまって、大切な人たちを危険な目にあわせることになったとしたら、それって、ほんとにあなたの責任？　それから、誰があなたの友達で、誰があなたの敵なのか、どうやって見分ければいいの？　これ以上何もいえない。シカゴなんかこなきゃよかった。でも、もう手遅れ。あたし、家に帰れない。

わたしは椅子にもたれて、目をこすった。自分が知っていることをいつも陽気にしゃべりまくっていたペトラ。彼女が口にした何かが、周囲の権力者たちに警戒態勢をとらせたのだ。防衛準備状態《デフコン》3、さらに、2、1、ときびしくなっていく。レス・ストラングウェルのオフィスで警報が鳴り響くのがきこえるようだった。

ペトラが選挙事務所で何をしゃべっていたのか、わたしにはわからない。わたしがペトラに頼まれて彼女のアパートメントの錠をこじあけたことから（彼女がネットに書きこんだ話題のなかにも、それが入っている）、ジョニー・マートンに面会に行ったことまで（ネイヴィ・ピアでひらかれた資金集めパーティのときも、ペトラが吹聴していた）、あれこれしゃべっていたにちがいない。もちろん、マイスペースのペトラのページに書かれていることを読めば、彼女が何をやっていたかは一目瞭然だ。〈絞殺魔〉が冷酷な表情でそれを読んでいる姿を、わたしは想像した。五百人の〝友達〟のなかに彼も入っていて、姿を見せず、ペトラの爪先の下をサメのごとく泳いでいるのかもしれない。

わたしのアパートメントでの朝のひと幕が、不快な記憶として残っていた。あのとき、トランクをかきまわした彼女に、わたしは怒りを爆発させた。わたしの怒りがペトラを怯えさせ、二人のあいだに溝を作ってしまった。癇癪が身を滅ぼすもとになりかねない、と父に何度もいわれたことを、ふたたび思いだした。やれやれ、父のいうとおりだ。しかし、わたしが父の言葉を真剣に胸に刻みつけたことは一度もなかった。

ペトラを見つけなくては。どこから捜索を始めればいいのか、それすらもわからない。自分が図体のでかい不器用な何かになったような気がした。たとえば、サイ。下草のなかを突進すればすぐに見つかってしまうし、味方としては、いざというときまったく役に立たないやつ。

わたしの発言や行動のなかで、ペトラが興味を示したものをリストにしてみた。

1 ジョニー・マートンと〈アナコンダ〉
2 サウス・シカゴの家。悪漢が窓から発煙弾を投げこんだとき、ペトラが外に立って見守っていた。
3 ネリー・フォックスの野球ボール。
4 わたしの父が日記を残していないかという、ペトラの執拗な問いかけ。
5 わたしが〈フリーダム・センター〉へ証拠品集めに出かけた夜、ペトラもやってきた。
6 シスター・フランシスのアパートメントに派遣された建設業者を捜しだすのは、自分には無理だという、ペトラのおどおどした小声の訴え。

時刻は午前四時。ローズの電話に叩きおこされる前に、わたしは七時間の睡眠をとっていた。しかし、ストレスから生じた疲労と、まだ回復しきっていない身体と、最近の睡眠不足で、もうフラフラだった。事務所の奥の狭いエリアに入り、簡易ベッドにエアマットレスを敷いた。賊に侵入される危険があるのも忘れて、ふたたび眠りこんだ。

39　べつの車　新たな隠れ家

夢のなかで、ミス・クローディアがわたしにのしかかるように立っていた。「ラモントが帰ってくる」と、明瞭な口調でいった。「わたしの聖書がそういっている」ミス・クローディアがわたしの鼻先で赤い革表紙の聖書をふった。何十枚もの厚紙のしおりが払い落とされ、わたしが両手を伸ばして受け止めようとすると、しおりは写真に変わり、わたしの手が届く前にヒラヒラと床に落ちていった。

その写真を見ることさえできれば、ペトラがどこにいるのか、なぜ逃げだしたかがわかるはずだ。しかし、写真を拾い集めると、写真はわたしの手のなかで燃えあがった。そして、わたしは突然、シスター・フランシスを抱きかかえていて、ロウソクのごとく燃える彼女の髪の下で、シスターの皮膚が黄色味を帯びた白に変わっていた。彼女の背後で、ラリー・アリートとジョージ・ドーニックがハーヴィ・クルーマスやわたしの叔父と一緒に笑っていた。ストラングウェルもそこにいて、叔父に指を向け、「なぜこの女が死ななくてはならなかったか、わかってるな」といっていた。

わたしは汗にまみれ、ベソをかいて目をさました。その瞬間、暗いスペースのなかで、自分がどこにいるのかわからなくなっていた。ベス・イスラエル病院に戻されたんだ、目に包帯を巻かれてるんだ、と思いこみ、ナースコールのボタンを見つけようとして、ベッドのまわりを手で探った。徐々に意識がはっきりしてきた。ベッドから脚をおろして、床に投げ捨てられている引出しにつまずかないようゆっくり動きながら、明りのスイッチのところまで手探りで進んだ。

午前八時になっていた。わたしが活動を始める時刻をとっくにすぎている。この建物を共同で借りている友人が、スタジオの奥にシャワーを備えつけている。鋼鉄の大きなかたまりを溶接し、研磨のときに腐食性物質を使用するため、それを手早く洗い流す必要があるからだ。わたしは冷たい水しぶきの下に立って、身体を目ざめさせようとし、それから、震えながら自分の事務所に戻って服を着た。

夜中に作っておいたリスト——ペトラが関心を持っていたように思われる事柄を並べたもの——を拾いあげ、それを持って通りの向かいのコーヒーショップへ出かけた。エスプレッソを頼もうと思って列に並んでいると、《ストリートワイズ》を売り歩き、いつもの不恰好なお辞儀と大仰なしぐさで代金をもらっている、エルトン・グレインジャーの姿が見えた。わたしはエスプレッソを受けとり、果物とヨーグルトとジュースとパン類も袋に入れてもらって、通りに出た。

「エルトン！　話がしたいと思ってたのよ」わたしは袋をさしだした。「好きなのをとって。

ジュース？　マフィン？」

「やあ、ヴィク」エルトンの充血したブルーの目が、わたしから歩道のほうへそわそわと移動した。「おれは元気だ。今日は食うもんは必要ない」

「あなたにはつねに食べものが必要よ、エルトン。六月に倒れたとき、退役軍人省の病院の医者にどういわれたか、覚えてるでしょ。発作をくりかえさないようにするには、お酒をやめて、ちゃんと食べなきゃだめだって」

「そんなことは自分で決める。あんたにうるさくいわれる必要はない」

「はいはい。もういいません。じつはね、二日前にうちの事務所がめちゃめちゃ荒らされたの。誰かが入ってくのを見なかった？」

「ヴィク、前にもいっただろ。おれはあんたんとこのドアマンじゃないんだ」

わたしは財布から二十ドル札を抜きだした。「ドアマンじゃない人に早めのクリスマスのチップよ。わたしの従妹がその現場にいたの。一緒にいた二人がどこの誰なのかを、あなたが知ってるかどうか、教えてほしいんだけど。三人ともコートを着てたわ。九月の暑い夜だったのに」

エルトンは二十ドル札にちらっと目を向けたが、首をふった。「あんたの従妹なんて知らん。ほんとだってば」

「わたしの従妹よ、エルトン──背が高くてキュートな金髪の子──従妹がわたしと一緒にいたとき、あなたも二回ほど会ったでしょ。病院から出てすぐのときに。ペトラよ」

「すまん、ヴィク。あんたは命の恩人だし、いろいろ世話になってるけどさ、そんな名前、きいたこともない」エルトンはわたしから顔をそむけると、コーヒーショップに向かおうとするカップルを呼び止めた。「《ストリートワイズ》だよ。今日のできたてほやほや。《ストリートワイズ》だよ」

彼の視線をとらえることは二度とできなかった。仕方がないので、ブルーベリー・マフィンと一緒に二十ドル札を彼の手に押しつけ、アーミティジ・アヴェニューに向かって通りを歩きはじめた。

腹が立ってならなかった。何者かがエルトンに近づき、脅して黙らせたのだろう。きのう、サウス・シカゴへ出かける前に事務所に寄って、そのときにエルトンと話をすればよかった。彼の命を救ったうえに、二十ドルをさしだしても（二十ドルあれば、一夜の宿代か、一週間のビール代になる）彼を動かせないとすると、何者かが相当な圧力をかけているわけだ。ストラングウェルが直接ホームレスの男を脅すようなことはないだろう。そんなことをすれば彼の沽券《こけん》にかかわる。だが、脅しの得意な人間を知っているはずだ。たとえば、ラリー・アリートとか。ペトラが姿を消す前日、わたしはアリートがストラングウェルと一緒にいるところを目撃した。ストラングウェルが彼に何か仕事を命じたのだ。「レスの望みはわかってる」――確認の電話をよこした何者かに、アリートは嚙みつくようにいった。あの電話、ドーニックからだったのでは？

向きを変えて事務所に戻り、監視カメラの映像をもう一度見てみた。どれが誰なのかを見分けるのは不可能だった。レイチェル叔母の断言がなかったなら、真ん中の人物がペトラだとは、とうていわからなかっただろう。今日はできるかぎり細部を拡大してみた。すると、左側の男がペトラの腕をつかんでいるように見えた。男は帽子を目深にかぶり、コートの襟を顎のところまで立てているが、全体的な体型からすると、アリートの可能性がある。

アリートがこの現場にいたかどうかについて、真実を吐かせるには、どんな手段が必要なのかを考えようとした。わたしの女っぽい魅力ではありえない。FBIが乗りだしてきたと脅してやったら、ビビるだろうか。いや、わたしが脅しても効き目はない。警察時代からの情報源がたくさんあるはずだから、わたしの遠まわしで曖昧な脅しをアリートが気にする必要はない。アリートの口を割らせるには、ストラングウェルと仲間がアリート一人に罪を押しつける可能性をちらつかせるしかなさそうだ。

彼の電話番号を調べて、キャサリン湖の自宅にかけた。ヘイゼルが出たので、夫に替わってくれるよう頼んだ。

「あなたとは話したくないそうよ」サウス・サイド独特の耳ざわりな発音で、彼女はいった。

「わたしもご主人とは話したくありません」わたしはいった。「でも、ぜひとも知らせておきたいことがあるんです。多少はご主人に義理があるような気がして。だって、うちの父と一緒に仕事をしてらした人ですもの。二日前、わたしの従妹のペトラを脅して、うちの事務所に無理やり侵入した男たちのなかに、ご主人がおられたことが判明しました」

向こうは黙りこんだ。

「ボビー・マロリーに電話をかけるつもりですが、あと四時間だけ待ちましょう。ご主人にかならず伝えてください。いいですね、ミズ・アリート。うちの事務所に侵入した男たちのなかにご主人が――」

「さっききいたわ！」

電話が切れ、わたしは電話機をじっと見た。ボビーに電話するのを四時間延ばすと約束したが、新聞社への電話まで先延ばしにするとはいわなかった。マリ・ライアスンの携帯にかけて、同じことを伝えた。ヘイゼル・アリートとちがって、マリは山ほど質問をよこし、まずは、誰が侵入犯の正体を見破ったのかと尋ねた。

「マリ、わたしがかける電話はすべて、国土安全保障省のシカゴ支局か〈マウンテン・ホーク警備〉に盗聴されてる危険性大だから、携帯電波を使って極秘情報を伝えるつもりはないわ。それに、ぜったい確実とはいえないしね。いまから、クルーマスの選挙事務所にいるレス・ストラングウェルに連絡をとって、再確認しなきゃ――」

「ストラングウェル？」マリのふだんの声はバリトンなのに、それが一オクターブ高くなった。「きみ、いったい、クルーマスの選挙陣営が気にかけるようなどんなネタを握ってんだ？　なんで連中が人を雇って――」

「マリ、ダーリン、わたしは目下、噂を広めてるだけよ。事実は何もつかんでないわ。クルーマスの選挙陣営が気にかけるようなネタを、わたしが握ってるとも思わないし。いま確実にいえるのは、ストラングウェルが先週アリートと会い、そして、何か頼みごとをしたということだけ」

「いまどこだよ？　事務所？　おれ、二十分で――」

「会う時間も場所も設定できないわ。これから数日間、あちこち移動するつもり。じゃ、とりあえずこれで」

質問の嵐のなかで、わたしは電話を切った。財布と鍵と銃を持ったかどうか確認していたとき、ふたたび電話が鳴りだした。カブスの帽子を目深にかぶった。今日は、癒えつつある皮膚を守ってくれるモイスチャライザーも軟膏もない。カブスに、あの弱き葦たちに守ってもらうしかない。

事務所のドアをロックしたときも、電話は鳴りつづけていた。誰かがわたしの通話を盗聴しているとすれば、連中が見張り役をよこす前にこのエリアから逃げだすための時間は、わずか数分。通りを走るのは控えて、速足で歩き、最初の交差点で左に曲がった。

オークリー・アヴェニューを離れると、そこは静かな住宅地の通りだった。ここなら、尾行がついているかどうか簡単に見分けられる。行き当たりばったりに道を選んで北西へ進んでいくと、やがて、アーミティジ・アヴェニューに出た。

足のつく心配のない車を見つける必要があった。レンタカーは使えない。免許証を持っていないから。たとえ持っていたとしても、国土安全保障省に監視されているなら、車を借りるか、飛行機のチケットを買うかした瞬間に、向こうに知られてしまう。マリと電話で話していたとき、わたしは不意に、車だけでなく避難所まで手に入れることのできる唯一の場所を思いついた。誰にも見つからずにそこにたどり着くことさえできれば。

高架鉄道の駅まで歩き、周囲に目を配るのは省略して、電車でループに入った。ワシントン通りでおりてから、地下通路を通ってデイリー・センターの地下まで行った。ここには交通裁判所やその他いくつかの民事裁判所がある。銃を携行しているため、セキュリティを通り抜けて誰があとからやってくるかを監視するという、もっとも安全な策をとることができなかったので、迷路のような通路を歩きつづけていたら、やがて、トレンディなループのレストランの地下入口の前に出た。

ちょうどスタッフが出勤してきたところだった。スープストック作りを担当するヒスパニック系のスタッフと清掃チーム。彼らが胡散臭そうにこちらを見たが、わたしを止めようとはしなかった。ドアを通り抜けて厨房に入ると、駐車場に通じる出口があった。駐車場のランプをのぼって通りに出てから、高架鉄道の駅に戻り、北行きのレッドラインでハワード通りまで行った。

目的地までは長い時間がかかり、乗降客のすべてに目を光らせることができた。エヴァンストンとの境に着くまでに、尾行がついていないことをほぼ確信した。エヴァンストンの電車に乗り換えて、三つ目の駅まで行った。電車をおりたとき、あたりには誰もいなかった。わたしのまわりを走る自転車もなかったし、わたしを追い越し、さらにもう一度追い越していく車もなかった。

モレルとはイタリアで別れたが、彼のコンドミニアムの鍵だけはまだ持っていた。そして、ホンダシビックのスペアキーがどこにしまってあるかも知っていた。モレルの家から知り合いに電話をかけるわけにはいかないが、一夜をすごし、車で街を走り、さらには下着を替えることもできるだろう。家に入ってから、お気に入りのローズ模様のブラが浴室にぶら下がったままなのを見つけた。イタリアでなくしたものと思いこんでいた。

40　靴職人の話

モレルのホンダは一回でエンジンがかかり、わたしは胸をなでおろした。三カ月もガレージに置きっぱなしだったので、バッテリーがあがっているのではないかと心配だったのだ。

モレルの家へ行ったことで、わたしは憂鬱になっていた。どこを見ても、わたしの人生の小さな痕跡が残っていた――浴室には小さな瓶に入ったわたしのモイスチャライザー。ベッドの横には、銃創を負ったモレルが療養に努めていた時期にわたしが声に出して読みあげた〝寝るときの取決め〟というリスト。買ってきたジュースをしまおうとしたら、フリーザーにミスタ・コントレーラスの自家製トマトソースの容器が入っていた。

モレルとわたしは二年間のつきあいだった。わたしが拷問を受け、ケネディ高速に放りだされて死にそうになったときは、彼のおかげで立ち直ることができたし、彼がアフガニスタンで死にそうになったときは、わたしが彼の力になった。わたしたちが助けあえたのは、たぶんあのときだけ、死に瀕したときだけだったのだろう。生と向きあったとき、二人の関係をつづけることができなくなった。

トマトソースを見て、わたしがどこに姿を消したかを、ミスタ・コントレーラスに、それから、ロティとマックスにも知らせておかなくてはと気がついた。いちばん連絡がとりやすいのはマックスだ。ベス・イスラエル病院の横のドアからそっと入りこんで、彼のオフィスまで行けばいい。わたしの行動が追跡されているとしても、監視対象になっているのはディメン・アヴェニューのロティの診療所か、レイク・ショア・ドライヴ沿いにあるコンドミニアムだろう。マックスもエヴァンストンに住んでいるので、わたしの友人たちが連絡をとりたがっている場合は、マックスが自宅に帰る途中でモレルのドアの下にメモをすべりこませてくれればいい。

アパートメントに一人きりでいて、しかも、電話が使えないというのは、奇妙な気がするものだった。独居房に入れられたような感じだった。マックス宛てのメモを手早く書いて、わたしがいまどこにいるのか、このネット時代にどうやってわたしに連絡をとればいいのかを告げ、ロティとミスタ・コントレーラスにも伝えてくれるように頼んだ。

モレルの寝室に置かれたドレッサーのいちばん上の引出しから、車のキーをとった。わたしたちの摩擦の原因だったモレルの極端な几帳面さは――あるいは、ひょっとすると、わたしの極端なだらしなさが彼のストレスになっていたのかも――急いで何かを捜すときに役に立つ。わたしのアパートメントの場合は、熟練の捜索チームが徹底的に捜しまわっても、目当ての品は見つからなかった。

モレルのガレージから車を出したとたん、神経がピリピリし、人目にさらされているような気がした。モレルは夏の初めにわたしの人生から消えてしまった。わたしをつけ狙う人物が彼のことを知っているとは思えないが、わたしがまちがっている可能性もある。今回の騒ぎが片づいて、ペトラを無事に見つけだすことができたら、GPSジャマーにお金をつぎこまなくては。そうすれば、わたしを追跡しようとする者は、電子機器を使った怠惰な方法の代わりに、自分の足で尾行せざるをえなくなる。

いまのような状況に追いこまれたとき、これまでのわたしなら、闘志に火がつくはずだった。何がおきても自力で対処してみせるという自信だけは、いまも失っていなかったが、ひどく不安で、神経がピリピリしていた。シスター・フランシスの死につづいて、ペトラが失踪したことで、すっかり臆病になってしまった。

深呼吸しなさい、V・I——自分を諭した——ヨガ行者やオペラ歌手のような深呼吸。あなたと呼吸がひとつになる。瞑想と車の運転は理想的な組み合わせではないと悟り、臆病な自分に戻ることにした。尾行はついていないと、無理やり自分に信じこませ、《ヘラルド＝スター》の配送バンと危うく衝突しかけたあと、脇道を走るのをやめて、広い通りを走ってベス・イスラエルへ向かった。病院に着くと、あたりをまわって、路上駐車できる場所を見つけた。救急の入口があったので、顔をあげ、自信に満ちた足どりでなかに入った。バッジをつけていないのに、警備員に呼び止められずにすんだ。

マックスの秘書をしているシンシア・ダウリングとは、何年も前からのつきあいだ。先週、わたしが入院していたときには、病室に寄ってくれた。今日は迅速な回復を喜んでくれた。マックスは会議中とのことだった。当然だ。理事長はいつだって会議中だ。

用意してきたメモをシンシアに渡した。「わたしが退院したあと、あなたは一度もわたしに会ってない。いいわね、シンシア」

シンシアは微笑したが、心配そうな目だった。「あなたの名前も知らないわ。だから、今日、あなたに会ったかどうかもわからない。このメモは、マックスが一人のときに渡しておくわ。あなたの従妹のこと、何かわかった？」

わたしは首をふった。「かすかな噂もきこえてこないから、どの方向を調べればいいのか見当がつかないの。でも、何人かに事情を話してあって、その人たちがほかの人に話を広めてくれるから、いずれ、そのなかの一人から本物のニュースが入ってくるかもしれない」

横のドアから外に出て、モレルの車まで小走りで戻った。高速までのいちばん近いルートとして、デイメン・アヴェニューを走った。アディスン通りの交差点で信号が黄色に変わった。運転免許証はないし、ホンダの保険カードはモレルがいつも財布に入れているため車内にはないので、交通法規を厳格に守って走りつづけた。信号ではまじめに停止した。うしろの車が迷惑そうに警笛を鳴らした。

「ロスコー、ベルモント、ウェリントン」ドーニックより先にサウス・サイドに着かなくてはという焦りのなかで、通りの名前を順々につぶやいた。「ロスコー！」思わず叫んだ。うしろの車がまたしても警笛を鳴らした。今度は信号が青に変わったからで、その車はわたしの横を猛スピードでまわり、北へ向かう車の流れに衝突しそうになった。ロスコー。ブライアン・クルーマスが、ロスコー通りのアパートメントを使ってほしい、とピーター叔父に勧めていた。〈フリーダム・センター〉にやってきた建設業者は、ウェスト・ロスコー通りにオフィスを構える男性に雇われた連中だった。わたしは信号がふたたび黄色になるのと同時に、交通信号を完璧に守らなくてはならないことも忘れてUターンし、自分自身も対向車線のバスと衝突しそうになった。バカ、バカ。男の名前はなんだっけ？　正確な住所は？〈フリーダム・センター〉の修道女たちにきけばわかるだろう。

もうじきアーヴィング・パーク・ロードに出るというところで、このまま車で〈フリーダム・センター〉まで行けば、国土安全保障省の監視カメラに映ってしまうことに気づいた。電話かパソコンが必要だ。つまり、ネットカフェを見つける必要がある。アディスン通りを湖のほうへ向かった。リグレー球場のすこし手前で、目当てのものを見つけた。

現金を払って、パソコンの一台にさしこむカードを受けとった。わたしのマック・プロに比べると、このカフェに置いてあるウィンドウズのパソコンはいらいらするほど使いにくかったが、いつも利用している検索エンジンのひとつにログインして、ロスコー通りの建設業者を調べていった。ロデンコというのが見つかった。ウェスト・ロスコー通り三〇〇番地。ハーヴィ・クルーマスの電話番号は電話帳にのっていなかったが、わたしの最強検索エンジンである〈ライフストーリー〉を使って、それも見つけだした。自宅はバリントン・ヒルズ、パーム・スプリングズに家が一軒、ロンドンにフラット。そして、シカゴ市内にアパートメント。ウェスト・ロスコー通り三〇〇番地。

ウェスト・ロスコー通り三〇〇番地？　わたしはその住所を凝視した。ハーヴィ・クルーマスがアーニー・ロデンコ？　それとも、アーニー・ロデンコの雇い主？　どちらにしても、ハーヴィが小規模な建設業者を迅速に雇い入れて、シスター・フランシスのアパートメントを片づけさせ、親会社として、彼が所有するアパートメントの住所を使ったのだ。どんな方法を使ったか知らないが、とにかくペトラが下請け建設業者の名前を調べあげて、そのニュースを陽気な大声で選挙事務所じゅうに触れまわったため、それがレス・ストラングウェルの耳に入った。レスはハーヴィを守ろうとしている。それとも、守ろうとする相手はブライアン？　ま、どっちでもいいけど。

奇妙な感覚に包まれた。寒さと暑さを同時に感じ、吐き気がして、意識が薄れていきそうだった。運転できる状態ではない。カーティス・リヴァーズの店まで十五マイルも車を走らせるなんて、とうてい無理だ。しかし、わたしの頭にはそのことしかなかった。ハーヴィとストラングウェルとジョージ・ドーニックがスティーヴ・ソーヤーにペトラ誘拐の罪をなすりつける前に、わたしがソーヤーを見つけなくては。

ネットカフェを出て自分の車に戻った記憶も、サウス・サイドまで車を走らせた記憶もない。デイメン・アヴェニューを走りつづけたのか、それとも、ダン・ライアン高速を使ったのかも覚えていない。尾行の有無をたしかめることもしなかった。わたしは空間を移動するロボットになっていた。ようやく地上に舞い戻ったのは、車をおりて歩きだしたときだった。

電柱にもたれて、軽く発声練習をしながら、無理に呼吸を整え、この先に待っている苛酷な会見に備えて多少なりとも心を静めようとした。

〈フィット・フォー・ユア・フーフ〉に着いたとき、表の通りにキマチ（ソーヤー）の姿はなかった。店のドアをあけ、ロープを分けて奥に進んだ。汽笛のことも、「シカゴにようこそ」というアナウンスのことも忘れていたので、音が響き渡ったとたん、すくみあがった。チェスボードをはさんで、二人の男がすわっていた。頭のハゲかかったメタボ腹の男は、今日も、機械工組合のロゴがついたTシャツを着ていた。痩せて肌の色がさらに黒いほうの男は、ぶかぶかのランバージャケットを着ていた。カウンターの向こうにカーティス・リヴァーズが立って、チェスの勝負を見ていた。爪楊枝が口から粋な角度でつきでていた。

カウンターに《サン＝タイムズ》が置いてあった。第一面にわたしの従妹の写真が出ていた。〝あたしを見かけなかった？〟と、派手な見出しがついていた。ラジオは今日もNPR（ナショナル・パブリック・ラジオ）に合わせてあった。シカゴでは〈ワールド・ヴュー〉の時間だった。男たちは雑談をしていたが、顔をあげてわたしに気づいたとたん、店内がシーンと静まり返り、あまりの静けさに、ラジオから流れるジェローム・マクドナルドの声までが、ささやき声になったかに思われた。

「あんたはここじゃ歓迎されない人だ」リヴァーズがいった。

「あら、これまであなたの本心を一度も明かしてもらってないから、そんなこと夢にも思わなかったわ。スティーヴ・ソーヤーのことを話してちょうだい」

「前と同じことをいってやろう。ここまで押しかけてきて、あいつのことを尋ねるなんて、図々しい女だ」

「ソーヤーは裁判の前に法的に改名をおこない、キマチと名乗るようになった。ちがう？　でも、ラモントのほうは、そこまではしなかった。〈アナコンダ〉の仲間内だけでルムンバと呼ばれていた」

リヴァーズは爪楊枝を口の端から反対の端へ移したが、沈黙をつづけた。ロープの一本に赤いバッグが下がっているのが見えた。わたしの大好きなタイプの革でできている。柔らかくてしなやかなカーフスキン。

「その裁判のとき、キマチことソーヤーはラモントが写真を持ってあらわれるのを待っていた。そうでしょ？　ところが、ラモントはあらわれなかった」わたしは片手を伸ばして、バッグのクリップをはずした。

「あんたのパパにきけばいいだろ、探偵さん。あ、そうか、パパは死んだんだったね。都合のいいことだ。なあ？」

わたしはバッグのなかをのぞいた。ジッパーつきの仕切りがあるから、ここに財布が入るし、携帯用のポケットもついている。癇癪をおこさないようにしよう。それから、父のことでわめき散らさないようにしよう。

「ジョージ・ドーニックのことは覚えてるでしょ。もちろんよね。トニー・ウォーショースキーのことを覚えてるんですもの」わたしはバッグをのぞきこんだままでいった。

カウンターの向こうの冷たい目は、なんの感情も示さなかった。

「それから、わたしの従妹が行方不明というニュースも見たでしょ」わたしはふたたび言葉を切ったが、依然として返事はなかった。リヴァーズは《サン＝タイムズ》を手にとった。「金髪のキュートな白人の女の子、そりゃ、大ニュースになるさ。今日一日が終わるまでに、犯罪に関与したどっかの黒人を警察が見つけだすだろうよ」

チェスをやっていた二人が、ボード上の複雑な動きを見るような目で、わたしをみつめていた。わたしはバッグから顔をあげてリヴァーズを見た。

「すでに見つけてるわよ」

リヴァーズはラジオを消した。静寂が絶対的なものになった。わたしはバッグの外側の仕切りに値札がはさんであるのを見つけた。五百三十ドル。ダウンタウンの店なら、これと同じようなバッグに三倍の値段がつくだろう。バッグを肩にかけ、自分の姿を見てみるために、ロープの向こうの細長い鏡のところへ行った。

「ジョニー・マートン」わたしは自分のシルエットをチェックしつづけた。

「やつはステートヴィルにいる。どうやって塀の外に出て、白人のあまっ子を通りから誘拐できるのか、理解に苦しむね」

「警察のほうでは、マートンにはいまも、彼の頼みごとに応じる友達が街じゅうにたくさんいると見ているの。実の娘を痛めつけて、マートンにプレッシャーをかけるそうよ」わたしは急激に動かないよう気をつけながら向きを変え、鏡にもたれた。

「マートンの娘？」リヴァーズは眉をひそめた。「サツが娘をどんな目にあわせられるというんだ？　おれのきいた噂じゃ、娘は父親を誇りに思ってないそうだぞ。だが、赤の他人だってふりもしてない」

「警察が何をする気か知らないけど、何ができるかなら、教えてあげられるわ。娘が父親に頼まれてドラッグの密売をやってる、という証拠をでっちあげる。勤務先の法律事務所で彼女がプライベート・ファンドの使いこみをやってることを示すファイルを、パソコンに入れておく」わたしはバッグの開口部をいじってみた。硬い革製のベロがマグネットでパチッと留まるようになっている。

汽笛が鳴って、「シカゴにようこそ」と拡声器からアナウンスが流れたとたん、わたしたち全員が飛びあがった。わたしは片手をホルスターにつっこんだ。リヴァーズはカウンターの下へ手を入れた。女性がロープを分けて入ってきた。底の張替えが必要なハイヒールを持ってきたのだった。リヴァーズは冗談まじりで応対をしたが、わたしから目を離そうとしなかった。

汽笛が鳴って女性が出ていってから、リヴァーズはいった。「警察がダヨを痛い目にあわせれば、ジョニーはなんらかの方法で復讐するだろう。あんたの従妹を誘拐したなんて自白するわけがない」

「わたしの推測はこうよ。わたしの従妹はすでに死んでるか、いまだ逃走中で、警察にもその居所がつかめないかのどちらかね。もし死んでるのなら、警察があの子を殺したのなら、警察はまずジョニー・マートンの娘をいたぶって彼を半狂乱にさせ、つぎに、ステートヴィルのなかにいる密告者を使って、ジョニーがペトラの誘拐を依頼するのを小耳にはさんだと主張させる。なぜなら、ペトラはわたしの従妹だし、ジョニーはいまもさまざまな理由でわたしを恨んでいるから」

ペトラのことを、このように客観的で超然とした口調で無造作に話すのは、つらいことだった。これではまるで、ペトラが映画の脚本の一部みたいだ。つぎに、きわめていいにくいことを口にしなくてはならなかった。

「あの連中、キマチに罪をかぶせるつもりよ。仕返しのためにキマチがペトラを殺した、と主張するでしょうね」リヴァーズか彼の仲間が飛びかかってきたときの用心に、わたしは足を踏んばった。

「まあ、やつが殺したとしても、その権利はあるだろうよ」カーティス・リヴァーズの声はおだやかだが、威嚇を含んでいて、それがわたしの骨を凍らせた。

「なぜ？」

「なぜかって？」リヴァーズがわたしに向かって吐き捨てるようにいった。「フン、やつのことを、イエスを愛する黒んぼの一人にすぎんと思ってるのかね？　拷問されて、それでも『わたしは彼らすべてを許します。なぜなら、憎しみは魂を腐らせるからです』というとでも？　やつはあんたを許しちゃいないぜ。おれもあんたを許さない」

「許してほしいって、あなたに頼むつもりはないけど、それほどの怒りを買うなんて、わたしがいったい何をしたというの？　教えて」わたしは脚の震えを声にも手にも出すまいと努力するあまり、手にしたバッグの柔らかなカーフスキンに指を食いこませていた。

「教えてだと！　まるで、あんた、何も――」

「ミスタ・リヴァーズ、二カ月前にも同じ会話をしたわね。ハーモニー・ニューサムが殺されたとき、わたしは十歳だったのよ。わたしがあの事件に関して知ってるのは、新聞で読んだことと、裁判記録で読んだことと、シスター・フランシスとの短い会話のなかできいたことだけ。その会話も、彼女が殺されたために中断してしまった」

「襲撃を受けたとき、あんた、都合よくシスターの横にいたんだよな」

「髪が炎に包まれたシスターを、この腕に抱きかかえたわ」そういいながら、わたしの声が震えた。「わたしは頭皮と腕と胸に火傷を負い、消えることのない悪夢を抱えこんだ」

「キマチもそういう悪夢を抱えこんでんだ」

「何があったのか教えて、ミスタ・リヴァーズ」

わたしたちのやりとりのあいだ、チェスボードをはさんだ二人は黙りこんだまま、身じろぎもしなかったが、やがて、機械工がいった。「話してやんな、カーティス。あんた、いま、シスター・フランシスのことで言葉がすぎたぜ。ここにいる探偵さんがシスターを死なせたわけじゃない。あんただってわかってるはずだ」

ランバージャケットの男がうなずいて同意を示した。リヴァーズは友人たちにしかめっ面を向けたが、店の奥へ入っていった。低く響く彼の声と、キマチの怯えた叫びがきこえてきた。低く響く声がふえ、叫びが減り、やがて、リヴァーズが彼の腕にしがみついたキマチを連れて戻ってきた。

「ここにいるこの女性だがな、父親がウォーショースキー巡査だったんだ。警察があんたを連れにきたとき何があったのか、この人に話してやれ」

「この女、おれのチンポをもぎとろうとしてる」キマチが小声でいった。

「おれたち三人がここにいる。この女よりおれたちのほうがでかいんだ。おまえを切り刻むことも、傷つけることも、この女にはできん。夜になっても、おまえは安全だ。おれんとこの門を残らず破って入りこむのは無理だからな」

わたしは両手をさしだした。何も持っていない手を。「わたしにはあなたを傷つけることはできないわ、ミスタ・キマチ」

「ハーモニーの死がすべての始まりだったんだ。警察がハーモニーの死をどう扱ったかってことがな」機械工が静かな口調でいった。「市当局にとっては、ハーモニーのことなどどうでもよかった。だが、ハーモニーの弟にしてみれば、そうはいかん。ソールって子で、当時十六だった。姉のことを自慢にしてて、姉の死はソールにとって致命的ともいえる打撃だった。やがて、シスター・フランシスが、公民権運動で得た教訓を生かしてハーモニーの死に正義を要求しよう、とソールを説得した。ソールとシスターは日曜ごとに警察署の外で徹夜の祈りをあげはじめた。テレビの取材を受け、新聞にも載るようになった。警察の連中は、誰かを逮捕しなきゃならん、でないと、サウス・サイドがまたしても暴動の嵐になる、と覚悟した。そこで、ここにいるキマチを逮捕した」

キマチは自分の足もとを見て震えていた。

「何があったか、この女に話してやれ。『ウォーショースキー巡査がやってきて、おれをパトカーに押しこんだ』ってな」リヴァーズが促した。

「おれを逮捕した。署に連れてった」キマチは蚊の鳴くような声でいった。大きな目でわたしのほうをちらっと見た。

わたしは両手をひらいたまま、自分の前に置いていた。心臓が激しい動悸を打っているため、首筋の脈拍で窒息してしまいそうだった。

「おれはびっくりした。おれがハーモニーを殺したなんて知らなかった。すごくやさしくて、すごく可愛くて、すごく特別な子だった。おれにとっては特別すぎた。おまわりにそういったら、向こうは『刑事と弁護士の前に出るまで、その話はとっとくんだ、坊や、わたしはきみの逮捕状を持ってきた男にすぎん』といった。それから、よくやるように『あなたには黙秘する権利があり』とかなんとか、いろいろいいだした」

「そのあとは?」わたしの口のなかはカラカラで、言葉は耳ざわりなかすれ声になっていた。

「刑事たちが入ってきた。笑ってた。おれはパーティの花形……死のパーティの花形、道化者。あいつら、おれがハーモニーを殺したといった。白状しろ、すなおになれといった。けど、おれはハーモニーを殺したことを思いだせなかった。いまもやっぱり思いだせない。悪魔ども、昼も夜もそいつらがきておれに爪を立てる……たぶん、悪魔がハーモニーを殺したんだ。たぶん、悪魔がこういったんだ——キマチ、おまえも悪魔だ。ギャング団に入ってる。

牧師がいつもいってたように、おまえは悪魔の申し子だ、地獄に落ちる運命だ。さあ、われわれ悪魔たちのために、あの可愛い女の子を殺してこい」

「おまえが人を殺したことは、生まれてから一度もない、キマチ」リヴァーズがいった。

「あの刑事どもがおまえの肉体をめちゃめちゃにし、おまえの精神をめちゃめちゃにしたんだ。この白人の女に、おまえがどんな目にあわされたか話してやれ」

「おれを鎖で縛った」あまりに屈辱的な思い出なので、キマチは床をみつめたままだった。目尻から涙がこぼれた。「鎖で縛って、ニガーと呼んだ。歌って踊れといった。やつらのために踊れと。ラジエーターにすわらせられた。火傷で尻の皮がむけて血が出た。やつらが笑った。歌えといった。つぎに、おれのナニに電気をあてた。電流を流した。『このニガー、ダンスがうまいぜ』といった。笑った。つぎはおれのチンポをちょん切るといった。で、おれは向こうがききたがってることをいった。ハーモニーを、イエスに祝福された子を、おれが殺したんだ、と」

わたしは自分の目から涙があふれるのを感じ、話の酷さに耐えきれなくなって身体を二つに折った。

「な、心温まる話だろ、白人のねえちゃんよ」リヴァーズがいった。

「それで、トニー・ウォーショースキーは？」わたしは蚊の鳴くような声できいた。

「部屋に入ってきた。二回。もしかしたら、もっと……痛くて、痛くて、勘定なんかできなかった」

「で、ウォーショースキーは何をしたの？」

「連中にやめろといった。けど、連中がこういった——イエス・キリストみたいなまねはやめろ、ウォーショースキー。あんたの弟のためだぞ」

41　叔父に嫌がらせ

脚の力が抜けて、気がついたら床にへたりこんでいた。カーティス・リヴァーズが同情のかけらもない顔でわたしを見おろしていたが、こっちも同情なんかほしくなかった。〝あんたの弟のためだ〟……〝ピーターのためだ〟。トニーはアリートとドーニックが灼熱のラジエーターに男を縛りつけるのを傍観し、男の生殖器に電流を流すのを黙認したのだ。わたしの父――聡明で、善良で、愛情深かった父……わたしの両手が濡れていた。手に目をやれば、血が見えるだろうと思った。スティーヴ・ソーヤーの血、ドーニックやアリートに拘束され、父がそれを黙認した、あらゆる囚人の血が。しかし、見えたのは涙と鼻水だけだった。

どれぐらいの時間、じっとすわったまま、ひび割れたリノリウムの床の埃をながめ、幅木を這うクモをみつめていたのか、自分でもわからない。床に横になって、残された生涯を眠ってすごしたかった。ペトラが見つかったら、ラモントが見つかったら、そしたら、丸くなって死んでいけるだろう。

〝ピーターのためだ〟アリートに会ったあとで思いだしたクリスマス・イブの会話が、ここでまた頭に浮かんできた。あのとき、父が「きみは昇進した。めでたしめでたしだ。そうだろ?」というと、アリートが「あんた、あいつを刑務所に入れたいのか」と答えたのだった。

わたしはようやく、ふたたび立ちあがった。肩がズキンと疼いた。

暴動に明け暮れたあの夏がすぎると、父は秋のあいだじゅうピリピリしていた。ハーモニーの弟がシスター・フランシスと一緒におこなった抗議行動のことを、わたしは何ひとつ覚えていないが、たぶん、父が勤務する署の管轄外の出来事だったのだろう。市長に圧力をかけられ、迅速な逮捕を要求されていた警察署内の緊張が、目に見えるようだ。

そこで、州検事局はでっちあげをおこなった。〈アナコンダ〉のメンバーの一人を逮捕した。どうせ、叩けば埃の出る連中だ。なぜソーヤーが選ばれたのかはわからない。誰がソーヤーを候補に挙げたのかもわからない。ラリー・アリート? 父だったかもしれないと思っただけで、わたしはたじろいだ。都合のいいことに、アーニー・コールマンがこの事件の担当を命じられ、検察側に有利になるように弁護を進めた。こういう場合に選ばれるのは、出世したくてうずうずしている者、権力側の意向に唯々諾々と従う者なのだ。

クック郡では、国選弁護士会のトップを説得して出来の悪い弁護士をまわしてもらうのに、天才は必要ないし、多額の現金すら必要ない。なにしろ、わたしが国選弁護士会に所属したときには、すでにコールマンがナンバーワンの座にすわっていて、そういうことが何度もくりかえされるのを、わたし自身の目で目撃している。現金が手から手へ渡っていたことは、同僚もわたしも知っていた。ただ、金額はけっしてわからなかった。

わたしは身震いしながら息を吸い、四人の男性を見た。こういう状況のなかでも、プロの探偵としてふるまう必要があった。冷静にならなくては。キマチと話をするチャンスは二度とないかもしれない。

「ミスタ・キマチ……できることなら、ハーモニー・ニューサムを殺した真犯人を、わたしが見つけてみせます。でも、そのためには、申しわけないけど、あと二つ三つ質問させてもらわなくては」

キマチはヒッと息を呑み、カーティスの陰に隠れた。

「ミスタ・キマチ、裁判のときに、ルムンバがあなたの写真を持ってるっていったのは、どういう意味だったの？」

「そのままの意味だ。ルムンバがおれの写真を持ってる」

「でも、どんな写真？」わたしはきいた。

「ルムンバがジョニーに話した。ジョニーが約束した。けど、誰もこなかった。みんな離れてった。悪魔に襲われるのを怖がったんだ。おれは悪魔にとりつかれてる」キマチは突然、わたしの顔の下に頭をつきだして、うつむき、身体をねじり、斜めからわたしを見る姿勢になった。マヤ族の仮面みたいに舌を出していた。「おれの悪魔が見える？　おれの身体を這ってるのが見える？」

わたしはあとずさりしないよう、必死に我慢した。「あなたの悪魔じゃないわ、ミスタ・キマチ。悪魔はね、あなたを拷問にかけた刑事たちのほうよ。『失せろ』って悪魔にいってやりなさい。『自分の家に帰れ』って」

「いや、おれの悪魔だ。長いこと、ずっと一緒に暮らしてきた。エベール牧師もいってた……おれなんか地獄行きだって。教会へ行く代わりに、ジョニーやルムンバとうろつきまわってるから。悪魔ども、牧師がそれをおれに思いださせようとして、毎日送りこんでくる」

彼と話をすることに耐えられなくなってきたが、声だけはどうにか冷静に保つことができた。「写真のことを教えてくれる？　ルムンバはどんな写真を持ってたの？」

キマチは頭をまっすぐに戻し、不安そうに眉間にしわを寄せてリヴァーズを見た。「ハーモニーを殺したやつの写真を持ってるって、ルムンバがいってたけど、おれが殺したのかな。ルムンバのやつ、おれの写真を持ってたのかな」

「おまえは殺してなんかいない、キマチ」機械工がいった。「それから、悪魔のことだが、この白人女のいうとおりだ。悪魔はおまえのもんじゃない。悪魔の持ち主んとこへ送り返してやりな」

キマチの話をきくうちに、わたしは、自宅と事務所を荒らした連中が捜していたのはそれだったのだと気づいた。ハーモニー・ニューサムを殺した犯人が写っている写真。だから、ペトラがわたしの子供時代の家を見たがったのだ。その重大な証拠品を、誰がハーモニーを殺したかを証明する写真を、トニーが持っていたのかどうかを知るために。父の弟が犯人だったのだろうか。家族への忠誠心から、証拠品を盗みだして自宅に隠しておくなどということを、父がやったのだろうか。

「ルムンバはどうなったの？」まるで自分が二つにひきさかれているように感じた。心のなかで荒れ狂う感情と、探偵として質問をつづける冷静な声のあいだで。

リヴァーズが首をふった。「ジョニーが知ってる。猛吹雪のときの出来事だ。おれにはそこまでしかわからない」

「吹雪の前の晩、あなた、〈ワルツ・ライト・イン〉にいたわね」わたしはいった。

リヴァーズはかすかにうなずいた。「ラモントがジョニーと一緒に入ってきた。シスター・ローズのいったとおりだ。奥の部屋へ行って、二人だけで話をしてから、出てきて、みんなとワイワイ騒ぎはじめた。ラモントは午前二時ごろ帰っていった。それがやつの姿を見た最後だった」

「ジョニー・マートンも一緒だったの？」

「いや。それに、二人は喧嘩してたわけではない。いいかい、もしジョニーがラモントをブチ殺そうとしたのなら、おれたち全員にそれがわかったはずだ。けど、みんな、スティーヴが……キマチがどうなるかって不安で頭がいっぱいだった。ジョニーとラモントはたぶん、そのことで相談してたんだと思う。ラモントが持ってるという写真のことを」

「あなたはラモントが死んだと思ってる？」

「死んだに決まってるさ」リヴァーズはいった。「おれたちの知らない隠れ場所なんて、あいつにはなかった。ルイジアナにおふくろさんの実家がある。そこを頼って行ったかもしれん。けど、それなら、おれたちの耳に入っただろう。ラモントの身に何があったかを知ってるやつがいるとすれば、それはジョニーだな。ジョニー自身が悪魔を見たんじゃないかと、おれは思った。吹雪がやんで、みんながふたたび外へ這いだしたときに。あの吹雪以来、まわりの者がラモントの名前を口にするのを、ジョニーはぜったい許そうとしなかった」

わたしは片手で額を押さえた。「ジョニー・マートンにしゃべらせるには、何をさしだせばいいのかしら。イノセント・プロジェクトの助けがほしいっていうんだけど、率直にいって——」

「ムショ送りの原因となった犯罪についちゃ、無実《イノセント》とはいえないが、ラモント・ガズデンを殺したのはやつじゃない」

わたしはティッシュを出そうとして、バッグのなかを探り、そのあとで、これが店の商品であることを思いだした。チェス好きの機械工がポケットからハンカチを出してくれたので、それで顔と手を拭かせてもらった。わたしがジョニー・マートンに何をさしだせばいいのか、わたしたち四人全員が知っていた。ハーモニー殺しの真犯人を示す証拠、ラモントを殺したのは誰なのか、その死体がどこにあるのかを示す証拠。

キマチが一部始終を語り、それをきいたわたしが茫然自失となったことで、この場の人間関係に変化が生じた。リヴァーズも、その仲間も、厳密にいえばわたしの味方になったわけではなかったが、わたしを敵視するのをやめた。保護観察処分というところだろうか。

わたしは汚れたハンカチに目をやった。「これ、そのうち洗って返しにくるわね。でも、その前にやっておくべきことがたくさんある。やることは多いのに、時間が足りない。まず、キマチをここから逃がさなきゃ。ジョージ・ドーニックに居場所を知られてるし、ここに押し入るぐらい、連中にとっては朝飯前だもの。誰も捜そうと思わないような場所へキマチを移す必要があるわ。それから、彼をよそへ移すときは、尾行がついていないことを、二重にも、三重にも、確認してちょうだい。手強い連中よ。しかも、ばらまくお金をたっぷり持ってる」

リヴァーズがいった。「おれにはショットガンがあるし、ベトナムへ行った経験もある。こいつのことは、おれが――」

「いいえ、無理。ドーニックのところに装備されてる武器を見たら、ハンバーガー・ヒルの戦闘もパイ投げコンテストに思えてくるわよ」

「この人のいうことをきけ、カーティス」ランバージャケットの男が静かにいった。「この人はキマチのためを思っていってくれてるんだ。依怙地になってるときじゃないぞ、ブラザー」

機械工もうなずいた。「いますぐ、おれたちがキマチを連れて出る。こいつに用があるときは、探偵さん、カーティスにことづけてくれ。あんたは何も知らんほうがいい」

機械工はキマチのほうを向いて、話を始め、説得しようとした。キマチはリヴァーズと離れて店を出ていくのをいやがった。わたしはわめきたくなった。キマチをここから逃がしたかった――いますぐ！――ドーニックが、もしくは、ほかの誰かがあらわれる前に。

ロープをかき分けて店を出ようとしたとき、赤いハンドバッグを持ったままだったことに気づいた。ひき返して、カウンターにバッグを置いた。「このバッグ、わたしになついてるようよ、ミスタ・リヴァーズ……それに、どっちみち、わたしが汚してしまったし……火事でカード類や何かをすべてなくしてしまったけど、これ、わたしのためにとっといてくれたら、現金ができたときにもらいにくるわ」

リヴァーズは生真面目な目でわたしを上から下までみつめ、それから、バッグを渡してくれた。「あんたに賭けることにしよう、探偵さん。あんたは今日ここで、キマチのために一生けんめいやってくれた。万が一、あんたが金を払いにこなかった場合は、そうだな、あんたの死体をジョージ・ドーニックのオフィスに捨てて、やつが殺したと主張してやる」

おもしろくもない冗談だったが、誰もがひどく緊張していたため、みんな、思わず爆笑した。キマチだけはべつだった。わたしが笑うのを見て、ビクッとあとずさった。〝歌って踊れといった……笑った〟わたしはたちまち真面目な顔になった。

裏口から帰らせてほしいとリヴァーズに頼んだ。そこから路地に出れば、すこしだけ安心できる。外へ出るとき、キマチを連れてできるだけ早く逃げるようにと、チェス愛好家の二人に念を押した。

モレルの車にたどり着いたとたん、不安から生まれた強烈なエネルギーに押されるようにしてあたふたと行動に移り、無意識のうちにアクセルを踏みつけて、ライアン高速の車の流れのなかで恐ろしい危険を冒していた。すくなくとも、運転しながら、携帯メールやチューバ演奏をするのは控えたが。

高速道路の端に車を寄せて、外に出て、何回か深呼吸をくりかえし、多少なりとも落ち着きをとりもどそうとしたが、頭に浮かんでくるのは、父が、わたしが愛し信頼していたその父が、マジックミラーから取調室をのぞきこんでいる光景だけだった。

「大丈夫ですか」知らないうちに、パトカーが背後に停まっていた。

全身の血が脚のほうへ下がるのを感じたが、車のドアをつかんで、どうにか笑みを浮かべた。「あ、どうも。足がつったので、外に出て治まるのを待ったほうがいいと思ったんです」

警官は軽く手をふり、わたしが車に戻ってライアン高速の車の流れにゆっくりと合流するまで待っていた。サイドミラーで車の流れを確認し、スピード制限を守り、車線変更のときはウィンカーを出すわたしのあとから、警官の車がついてきた。わたしはヒステリーの発作に何度も呑みこまれそうになった。〝われわれは奉仕し、保護する〟――これがシカゴ警察のモットーだ。あの警官はわたしを保護してるの？　麻薬取引のために道路脇へ車を寄せたのではないことを、確認しようとしてるの？　退屈してるの？　容疑者を連行したとき、署内でどんなことをしたの？

ダウンタウンへ通じる出口でふたたびライアン高速から離れ、ミレニアム・パークの近くの地下駐車場に車を入れた。赤いバッグはトランクに入れてロックした。走って逃げるはめになったとき、こんなバッグを持っていたらスピードが落ちてしまう。しかも、追っ手の目印になりやすい。

地上の通りに出ると、八月の太陽は焼けつくように暑かったが、わたしが持っている保護手段はカブスの帽子だけだった。肌を保護するためのジャケットも、ローションもない。もっとも、強烈な自己嫌悪に陥っていたため、太陽に焼かれて腕の皮膚がはがれたほうがいいような気もした。

ひどく急いでいたので、公共の交通機関を使う気になれず、タクシーを止めてミシガン・アヴェニューの先まで行ってもらった。叔父が泊まっている〈ザ・ドレイク・ホテル〉の向かいにショッピング・モールがある。そのモールに入って、文房具店を見つけ、便箋と封筒とペンを買った。

モールの六階から〈フォー・シーズンズ・ホテル〉へ行けるようになっている。わたしは連絡通路を通り抜けて、控えめな色彩と富がもたらす静けさのなかに入り、コンシェルジュに笑顔を見せ、手紙を書くことのできるアルコーブを見つけた。キャップをかぶせたペンの端を嚙みながら、自分のいいたいことをまとめようとした。

ピーター叔父さんへ

ずっと昔に、お兄さんのトニーが叔父さんをかばってくれたけど、わたしはいま、叔父さんがハーモニー・ニューサムを殺した犯人であることを知りました。殺人罪に関しては、出訴期限はありません。それに、わたしはトニーとちがって、叔父さんを守ろうという気がないので、力になるつもりはありません。ただ、不思議でならないのは、叔父さんがなぜペトラを犠牲にするのかということです。いくらなんでも、父親としての愛情だけはある人だと思っていました。

わたしと話をする気がおありなら、わたしはこれから十分間、〈ザ・ドレイク〉の向かい側の東屋《あずまや》で待ちます。叔父さんが姿を見せなければ、そのまま帰ります。ボビー・マロリーは叔父さんのために真実を握りつぶしてくれるでしょうか。

V・I

便箋を封筒に入れて封をし、宛名のところに叔父の名前を書いた。通りを渡って、〈ザ・ドレイク〉の一階にあるショッピング・アーケードつきのロビーに入った。メインロビーに通じる階段の近くにベルボーイが立っていた。彼に五ドル札を渡して、封筒をいますぐ届けてくれるよう頼んだ。それから急ぎ足でアーケードを抜け、ホテルの北側入口まで行った。

ベルボーイに封筒を渡したのは一時二十三分だった。ピーターがホテルの部屋にいると仮定しよう。ベルボーイがすぐに封筒を届けてくれたと仮定しよう。ピーターはドーニックに……もしくは、アリートに……もしくは、レス・ストラングウェルに電話するだろう。二十分以内に何か動きがあるはずだ。

〈ザ・ドレイク〉の北側に出ると、通りをはさんで小さな公園がある。三角形の公園で、その通りが底辺、ミシガン・アヴェニューが左の辺、レイク・ショア・ドライヴが斜辺にあたる。レイク・ショア・ドライヴの向こうには、この街でもっとも美しい砂浜が広がっている。この季節になると、観光客と、日光浴や泳ぎやバレーボールを楽しむ人々でオーク・ストリート・ビーチはにぎわっているが、三角形の公園にはほとんど人影がなかった。東屋の外の芝生でホームレスの男が一人寝ているだけだ。

わたしは三角形の南側に駐車中の車の列に沿って歩いた。なかに人がすわっていたのは一台だけだった。コンドミニアムのひとつの前に点検修理業者のバンが停まっていた。監視チームが乗っている可能性もあるが、ドーニックやストラングウェルがピーターを厳重に監視する必要を感じているとは、わたしには思えなかった。

買物客と観光客でごった返すミシガン・アヴェニューまで歩いて戻った。角のところで、黒人の若者三人組が手作りのドラムを叩いていた。

アヴェニューの地下にも通路があるが、わたしは地上の通りを渡った。片手に犬のリードを持ち、反対の手に携帯を持って耳にくっつけている女性と並んで歩いた。背後には、バギーを押しながら、これまた携帯で通話中のナニーがいた。人混みに紛れれば安心できる。夏の終わりを楽しんでいる、野球帽をかぶった一人の人間にすぎなくなる。

向こう側の角のバス停でベンチに腰かけて、公園を見張った。ホテルの近くにあるコンドミニアムのひとつから、トイプードルを連れた年配の男性がのろのろと歩いてきた。犬は遅咲きのオレンジの花の匂いを嗅ぎ、男性のほうは遠くをぼんやりながめていた。鍛えあげた筋肉の女性が東屋のそばをジョギングで通りすぎ、レイク・ショア・ドライヴとビーチへつづくランプをおりていった。自転車の連中が二、三人、ビーチのほうから戻ってきた。

ベルボーイに封筒を渡してから十七分後、叔父が姿をあらわした。髪はくしゃくしゃ、シャツの裾がズボンから半分はみでていた。ここしばらく、ろくに睡眠もとっていないのだろう。叔父が東屋をのぞき、周囲を見まわしているあいだに、わたしは通りの向かいをチェックした。歩道にたたずんでいる者はいなかった。新しい車があたりをうろついていることもなかった。ミシガン・アヴェニューの地下通路への階段をおりて、ビーチへつづく小道に出た。

「ピーター！」大声で呼んだ。「ここよ！」

42 叔父を締めあげる

「いったいなんの真似だ？」近くで見ると、叔父はわたしが思った以上にひどい状態だった。目が充血し、髭も剃っておらず、アルコールの饐《す》えた臭いがした。

「そっちこそなんの真似なの、ピーター、ペトラをひどい目にあわせて。自分が助かりたいばっかりに——」

「うるさい、何もわかってないくせに。おれはな、自分の娘を守ってるんだ」一瞬、叔父がわたしに殴りかかってくるのだと、おたがいに思った。

わたしの口元に意地の悪い笑みが浮かんだ。「トニーが叔父さんのために隠しておいた警察の証拠品を、ペトラに捜しにいかせたのに？　放火と、わたしが昔住んでたサウス・シカゴの家と現在の自宅と事務所への不法侵入を手伝わせたのに？」

「おまえは何もわかってない！」叔父のわめき声に、自転車やジョギングで通りかかった人々があわてて停止した。〝助けが必要？〟

わたしが笑みを浮かべて、心配そうな市民たちに手をふってみせると、向こうは〝勝手に口論してくれ〟といいたげに、喜んで去っていった。わたしは口元に笑みを貼りつけ、会話調の軽い声を崩さないようにした。野次馬を呼び寄せる必要はない。

「あら、いろいろ知ってるわよ――一九六七年にスティーヴ・ソーヤーが残虐な拷問を受けて、やってもいない殺人を白状した。四十年も服役し、きわめて苛酷な歳月を送った。叔父さんの代わりにね。それから、一九六六年の暴動のときに誰がマルケット・パークでハーモニー・ニューサムを殺したかを示す写真が存在する、と、ソーヤーは思っていた。一九六七年のクリスマスのころ、サウス・シカゴにあったわたしたちの家にラリー・アリートが事件の証拠品を持ってきた。父は叔父さんが刑務所へ送られずにすむようにと、その証拠品をもらい受けた」

「じゃ、誰なの？」

「ハーモニー・ニューサムを殺したのはおれじゃない」ピーターがカッとなった。

ピーターは立ち聞きされてはいないかと、周囲に目をやった。「知らん」

「すばらしいわね」わたしはいった。「自分じゃない、自分はそこにいなかった、自分はやってない。どの警官も、どの刑事弁護士も、仕事に就いた最初の一週間に、このセリフを百回は耳にするわよ。叔父さんはマルケット・パークにいなかった、トニーは証拠品を受けとらなかった、ラリー・アリートは――」

「黙れ！　おれはマルケット・パークにいた。それでいいかね？　それが犯罪かね？　うちの近所の公園だ。友達みんなでそこへ出かけた」

「へーえ、みんなで野球をしに出かけて、三イニング目に入ったら突然、あのすごい暴動がおきたっていうの？　で、そのあとは？　人混みで迷子になってしまい、家に帰る道を教えてもらいたくて、レンガや石やなんかを投げはじめたわけ？」

「おまえもあのお堅い母親とそっくりだな。あの母親ときたら、自分は聖母とすべての聖人を合わせた存在だといわんばかりの態度で——」

「わたしのことなら、いくら悪くいってもかまわないけど、ろくでもない威張り屋の叔父さん、ガブリエラを侮辱するのはやめて」手を腰にあてて、叔父にぐっと顔を近づけた。叔父はあとずさった。

わたしたちのあいだに沈黙がつづいた。叔父はそわそわしていた。わたしが何を知っているのか、何をいいだすのかと、不安でならないのだ。しかし、わたしは叔父に、喧嘩することに、自分自身にうんざりしていた。ようやくふたたび口をひらいたとき、叔父を追及しつづけるには努力が必要だった。

「叔父さんは一九六六年にマルケット・パークへ行ったけど、ハーモニー・ニューサムを殺してはいないし、誰が殺したのかも知らない。なのに、災いがふりかかるのを恐れて、ペトラに証拠品を捜させることにした。でも、叔父さんの代わりに、ペトラに災いがふりかかってしまった。そこから話を進めていきましょう……どうやってペトラを守る気なのか、教えてちょうだい」

無精髭を生やした叔父の顔は真っ青だった。「おれに説教するのはやめろ。そもそも、ピーティをトラブルに巻きこんだのはおまえなんだぞ。チンピラ連中に会わせたり、スラム街へ連れてったりして」

「ちがう、ちがう、ちがう」つぎつぎと飛んでくる嘘を止めようとして、わたしは思わず両手で耳をふさいだ。「ペトラがしつこくせがむものだから、叔父さんと、ウォーショースキーおばあちゃんと、トニーが住んでた家をひとつ残らず見せてまわることにしただけ。わたしはあのとき、ペトラの行動を奇妙に思ったのよ。昔の荷物がしまってある場所を見たがるんだもの。理由を問いただしたけど、あの子は何も答えなかった。でも、そうよ、トニーの預かったその写真が残ってないかどうか、たしかめようとしてたんだわ！」

「責任逃れのために、そんなバカ話をでっちあげたりして！」叔父がいった。

「ピーター、ペトラの顔を確認した人がいるのよ。ヒューストン・アヴェニューの家にチンピラが発煙弾を投げこんで、家のなかを捜しまわってるあいだ、ペトラが通りに立ってたことを、その人が証言してるのよ。叔父さん、あの子に何をさせたの？」

「面通しをさせられれば、誰だってしょっちゅうミスをするもんだ。ペトラはそんなとこにはいなかった。おまえ、金を渡してそんな証言をさせたのかもしれんが――」

「自分の従妹を窮地に立たせるために？　それとも、何かほかの理由から？」わたしは叔父の胸ぐらをつかんで、頭上のコンクリート屋根に頭をぶつけてやりたくなった。

「いいか、おれは心配で気が狂いそうなんだ。ペトラに危害が及ばないようにするためなら、なんだっていうし、なんだってやってやる。そのためにおまえを悪者に仕立てなきゃならんのなら――おれはやる」

「連中がペトラを黙って解放するはずないでしょ」わたしはいった。「ペトラを見つけたら、殺して死体を捨てるでしょうね。ジョニー・マートンの手下に罪をなすりつけることのできる場所に。きのう、ドーニックがストラングウェルのオフィスでほのめかしたように、スティーヴ・ソーヤーを犯人にする気だわ。叔父さんの代わりに、すでに一度刑務所にぶちこまれた男だもの。ついでにもう一度、ねっ？」

「あのころドーニックがいってたが、ソーヤーは人殺しだった。ソーヤーも、マートンも」ピーターがわめいた。「ソーヤーはな、じっさいにやった殺しじゃなくて、それとはちがう殺しで刑務所に入れられただけなんだ」

「男の睾丸に電極をつけて電流を流すとこを、見たことある？」わたしはきいた。

叔父はすくみあがり、反射的に股間に手をやった。

「時間がたてば――それも長い時間じゃないと思うけど――電流から逃れたくて、なんだって白状するようになるわ。ラリー・アリートとジョージ・ドーニックがスティーヴ・ソーヤーをそういう目にあわせるのを、トニーが見たのよ。止めようとすると、二人は、叔父さんのためにやってるんだといったそうよ」

「おれは殺してない、クソッ！」ピーターの顔から汗が噴きだした。もちろん、灼熱の太陽のせいだったかもしれないが。わたし自身の顔は、カブスの帽子を透して火傷跡を太陽に直撃され、ヒリヒリ痛んでいた。

「どうしてペトラに写真捜しを命じたの？」

「してない」叔父の声はかすれていた。「あの子が何をやってたのか、おれは知らなかった。レイチェルがピーティのことを心配してた。声がおかしい、沈んだ感じで、あの子らしくない、前は毎日電話してきたのに、それもやめてしまった、といってな。おれは選挙事務所の仕事のせいだろうと思ってた。ストラングウェルはきびしいボスだ。ペトラは規律や責任というものに慣れていない」

「ストラングウェルも一九六六年に、叔父さんと一緒にマルケット・パークにいたの？」

叔父は首を横にふった。「あいつはハーヴィの友達で、ハーヴィの会社のPR面を手伝って、議会の公聴会にどう対処するかとか、そういったことを教えていた。ストラングウェルが政界で仕事をするようになる前は、ハーヴィがいちばん大事なクライアントだった。だから、息子の選挙運動にあいつが手を貸すことになったんだ」

「ドーニックは？」わたしはさらに尋ねた。「あの男もマルケット・パークにいたの？」

「ドーニックは警官だった。公園にいたが、キング牧師の周囲で警護の隊列を組んでいた。そんなあいつを、おれたちは嘲ってやった――」叔父は言葉を切った。いまの時代に、そのような発言は顰蹙《ひんしゅく》ものであることを悟ったのだろう。

「おれたちって？」わたしは食い下がった。

「近所の連中みんなだよ」叔父はつぶやいた。

「ハーヴィ・クルーマスもいた？」

「近所の連中みんなだといっただろ。おれにいえるのはそれだけだ」

「叔父さんがミズ・ニューサムを殺したんじゃないのなら、トニーはどうして、あなたを刑務所送りにするってドーニックとアリートに脅されたときにひきさがって、証拠品だけ手に入れたの？」

「証拠品に手を加えかねない連中だからな。トニーにはそれがわかってたんだ」

「じゃ、ネリー・フォックスのボールだけど……あれは何の証拠品？」

「なんの話だか、さっぱりわからん」叔父は説得力に欠ける声でつぶやいた。

「アリートが父のとこに置いてったのがあのボールだった。そうでしょ？　あの晩、アリートは父に、それを隠しておかないと叔父さんが刑務所へ行くことになるっていったのよ」

「あんな野球ボールなど、なんの証拠にもならん。ジョージのやつ、ずいぶん気の利いたことをやったつもりでいただろうが――」しゃべりすぎたことに気づいて、叔父は急に黙りこみ、やがてまた話をつづけた。「あの黒人女を傷つけちゃいないっておれが誓ったとき、トニーはおれを信じてくれた。なんでおまえも同じようにできんのだ？」

「それはね、大好きな叔父さん、叔父さんがまたしても自分の身を守りたいばっかりに、ジョージ・ドーニックを使って、わたしの頭に弾丸をぶちこませようとしてるからよ。それから、ペトラを守るためならどんなことでもするって叔父さんはいうけど、叔父さんがボビー・マロリーのとこへ行って、洗いざらい白状する姿は想像できないわ。そうしてくれれば、ペトラは隠れ場所から出てきて、死ぬほど怯えてすごさなくてもよくなるのよ！　周囲のみんなを――自分の兄、わたし、でも、とりわけ実の娘を――犠牲にしようとするなんて、いったい、あの連中が叔父さんにどんなすてきなものをくれたのか、ぜひとも知りたいものだわ」

捜索の手がかりになりそうなことを何か——なんでもいいから——いってくれないものかと、わたしはしばらく待った。叔父が黙りこんだままだったので、わたしはミシガン・アヴェニューの地下通路に通じる階段をおりはじめた。背後からピーターが呼んだ。わたしは階段の下で叔父を待った。

「街を離れろ、ヴィク」叔父は財布をとりだし、二十ドル札の分厚い束をわたしに押しつけようとした。「今回のゴタゴタがすべて片づくまで、街を離れててくれ」

「ピーター、片づきはしないわ。ボビー・マロリーがすでに、今回の事件のもつれた糸をほぐそうとしてるのよ。ボビーに圧力をかけて捜査を断念させる力が、あなたのお友達連中にあるなんていわないでね」

叔父はふたたび周囲を見まわした。「国土安全保障省が捜査の中止を命じれば、マロリーだってやめるさ」

シスター・フランシスが亡くなったあとでわたしが受けた尋問——国土安全保障省の人間もその場にいて、シスターが火に包まれる前にわたしに何を話したかを知りたがった——あれはドーニックの差し金だったのだろうか。シカゴ警察の捜査を中断させるだけの力が、ドーニックに、もしくは、ストラングウェルにあるのだろうか。

「じゃ、わたしが写真を渡すまで待って、それから殺す気でいるのね」わたしはゆっくりといった。「写真が手に入って、わたしが死んでしまえば、みなさん、もう安心ね」

叔父はそわそわと身じろぎをした。叔父の前ではっきりと言葉にした者はいないだろうが、ペトラを無事にとりもどしたければ、わたしの身柄と、遠い昔のマルケット・パークのころから存在しつづけている証拠の品をさしだすよう、連中から圧力をかけられているのだろう。

「どこへ行く気だ？　いまからどうするんだ？　おまえがボビーに話したりしたら——」

「わたしがどうするつもりか、叔父さんには教えない。叔父さんの仲良しのジョージからこれまで以上に狙われちゃ、たまらないもの。わたしに何か話したいことがあったら、メールで連絡して。安全な場所を見つけて、こまめにメールチェックしとくから」

叔父はわたしの腕をつかんで、調査を中止するという誓約を強引にとりつけようとしたが、わたしは腹立ちと怯えに包まれていたし、時間がなくて焦っていた。叔父を押しのけ、駆け足で通路を走り抜けて反対側の階段を駆けのぼった。最初に通りかかったタクシーに飛び乗って、南のミレニアム・パークへ向かった。

治りきっていない火傷跡を太陽に焼かれて、腕と頭皮の皮膚がヒリヒリしていた。ミレニアム・パークには巨大な噴水が二つある。直立したガラス板のてっぺんから水が落ちてきて、地面にしぶきをあげ、そのなかで子供たちが踊ったりすべったりしている。わたしは服が濡れるのもかまわず、ヒリヒリする腕と頭に水を受け、身体をすこしだけねじって、お尻とホルスターの拳銃に水がかからないようにした。

水に痛みを癒され、周囲ではしゃぎまわる子供たちのことも忘れて、どれぐらいの時間そこに立っていたのか、自分でもよくわからない。ようやく、鉛のように重い足で駐車場の入口へ向かった。《ストリートワイズ》を売っている男がいた。

「ほらほら、べっぴんさん、そのゴージャスな顔でにっこりしなよ。世の中、捨てたもんじゃないぜ。頭の上に屋根があって、あんたを愛してくれる家族がいれば大丈夫」

「ないわ」わたしは男のそばを通りすぎて駐車場に入った。

モレルのホンダに乗りこみ、シートにもたれると、濡れた服がビニールのシートカバーに触れてビチャッと音を立てた。車内に雫を垂らすわたしを見たときのモレルの表情が、目に見えるようだった。彼はきっと、困惑をすばやく押し隠すだろう。なぜなら、父は本質的に高潔な人だという信頼感にひびが入ってわたしがひどく動揺していることを、彼が見抜くに決まっているから。モレルはとても親切で、そして、道義をわきまえた人なので、秩序を重んじる心よりも、他者への思いやりをつねに優先させようとする。

〝あんたの弟のためだ〟スティーヴ・ソーヤー（キマチ）の話によると、ドーニックとアリートがトニーにそういったという。〝おれたちゃ、あんたの弟のためにキマチを拷問してるんだ〟そこで、トニーは彼らに背を向け、拷問をつづけさせた。

〝世の中、捨てたもんじゃないぜ。頭の上に屋根があって、あんたを愛してくれる家族がいれば大丈夫〟父はわたしにどんな愛をくれたんだろう――賢明な忍耐強いアドバイスの数々――それらはどこから生まれたのだろう？　それから、わたしの母。スティーヴ・ソーヤーと、夫の弟と、夫のことを、母はどこまで知っていたのだろう？

何年かのあいだに知りあった男たちのことを考えてみた。別れた夫、マリ、コンラッド。別れた夫とマリ・ライアスンは、野心を持ったふつうの男だったが、すくなくともモレルだけは人格者で、高潔な男だった。ひょっとすると、わたしには、自分の意識していない汚れが、直視したくない何かがしみついているのかもしれない。おやおや、まるでメロドラマね。厄介なことに、父が汚れた人だなんて、わたしは想像したこともなかった。

不意に、またしても嗚咽がこみあげてきた。嗚咽の激しさに、ハンドルに突っ伏してしまった。号泣しそうになるのを必死に抑えた。まわりの注意をひいてはならないと、わずかに残った理性がわたしに警告していた。

43　善人とはいえない男の死

ようやくモレルの住まいに戻った。感情の嵐に翻弄されて疲れはて、何をする元気もなしに眠りこんだ。目をさましたときは、午後六時をすぎていた。紅茶をいれようと思ってキッチンへ行くと、マックスが帰宅途中に裏のドアからメモをすべりこませてくれていた。

今日の午後、カレン・レノンがきみを捜していた。きみの依頼人であるミス・クローディアが危篤状態に陥っているが、朝から何度かきみの名前を呼んでいるそうだ。マロリー警部が午後からロティの診療所にやってきた。緊急にきみに会う必要があるそうだが、ロティには理由を明かそうとしない。きみが無事でいることを、わたしからミスタ・コントレーラスとロティに伝えておいたが、どこにいるかは、二人には知らせないほうがいいと思う。

マックス

わたしはゆっくりと紅茶を飲んだ。重い病気から回復中の人間になったみたいで、急に動くとまた熱が出て、命を落としてしまいそうな気分だった。

ボビーがわたしに会いたがっている。診療所のほうへも、部下を行かせるのではなく、本人が出向いている。ボビーはロティをよく知っている。警察のバッジを見たとたん、ロティの心に恐怖の記憶が甦り、世界でいちばん善良な警官にすら敵意をぶつけてしまうことがあるのを知っている。しかし、それでも、通常の聞き込みだったら、テリー・フィンチレーを行かせるはずだ。要するに、ボビーはわたしを大いに必要としていて、しかも、二人きりで会う必要があるわけだ。

しかし、ミス・クローディアが危篤状態に陥っている。わたしがミレニアム・パークで泣いていたあいだに、死んでしまったかもしれない。紅茶を飲みおえて、マグをていねいに洗った。アフガニスタンから帰ってきたとき、流しに汚れたマグが置いてあったら、モレルが頭にくるだろう。

残念な思いで電話を見た。恐怖の時代の困った点は、誰に通話を盗聴されているかわからないことだ。しゃべっても安全なのかどうかわからない。カレン・レノンに電話をしても、盗聴されることはたぶんないだろうが、この隠れ家を危険にさらす可能性がある以上、〝たぶん〟という見通しだけで行動することはできない。

もう遅い時刻なので、カレンが〈ライオンズゲート・マナー〉にいることは期待できなかった。シカゴのメキシコ人とパキスタン人とロシア人が住む地区の北端と、もっと静かなエヴァンストンとを隔てる、安酒場の多いハワード通りまで車を走らせて、高架鉄道の駅で公衆電話を見つけた。驚いたことに、電話のコードも受話器もちゃんとついていて、受話器を耳にあてると、一ドル入れるようにと指示があった。ほんの短い時間だけ携帯の電源を入れて、電話帳でカレン・レノンの連絡先を調べ、公衆電話から彼女の携帯にかけた。

「ヴィク、よかった！ ゆうべからずっと連絡をとろうとしてたのよ。けさ、ついにマックスに電話してきいてみたら、あなたはしばらく身を隠してる必要があるんだっていわれたわ。隠れ場所から出てきて電話をくれて、ありがとう。あなたの従妹のこと、わたしも心配だけど、ミス・クローディアがあなたに会いたがってるの。あなたが身を隠してるあいだに息をひきとるんじゃないかと、気が気じゃなかったわ」

「いますぐ〈ライオンズゲート・マナー〉へ行けば、彼女に会えるかしら」

「わたしが一緒なら大丈夫よ。いま家のほうだけど、二十五分で〈ライオンズゲート〉に着けるわ。正面入口で待ち合わせましょう。それでいい？」

「だめ。いつまで身を隠していられるかわからないけど、わたしの居場所を誰にも知られたくないの。ミス・クローディアの病室の外で会いましょう」

カレンはわたしがどうやって建物に入るつもりかを知りたがった。夜間は警備員詰所の前を通らなくてはならない。心配しないで、病室の番号だけ教えて、と彼女にいった。向こうは反論しようとしたが、わたしがさえぎった。

「お願い、やることがいっぱいあるんだけど、時間が足りないの。こんな口論でミス・クローディアの人生の最後の時間を浪費するのはやめましょう」

ハワード通りを車で走っていくと、やがて、ユニホームや作業服を売っている店が見つかった。透明人間になって大きな施設に入りこむ方法はいくつかある。介護ホームの場合、いちばんいいのは、雑用係になることだ。看護師のユニホームで入りこむと、ほかの看護師全員が自分の知っている相手だと思い、顔をじっと見る。ところが、雑用係は食物連鎖の底辺に位置する存在なので、看護師からちらっと視線を向けられるだけですむ。グレイのジャンプスーツがあったので、それをジーンズの上から着て、角ばった帽子を買った。変装の仕上げとして、大きなモップも買った。銃は脇ポケットにつっこんだ——火器を持ち歩くさいの安全な方法とはいえないが、すぐ手の届く場所に置いておきたかった。

〈ライオンズゲート・マナー〉に着くと、いざというときすぐ逃げだせるように、脇道に車を置いた。モップを持ち、帽子を額まで深く下げて、マナーの駐車場につづくランプをおり、そこのエレベーターのひとつを使って建物に入った。一階でおりたあと、メイン・エレベーターまで行くために警備員詰所の前を通らなくてはならなかった。カウンターの向こうに、〈ライオンズゲート〉の警備員のユニホームである水色のブレザーを着た巨大な女性がいて、テレビを見ていた。しかし、わたしが通りすぎようとすると顔をあげ、大声で呼んだ。誰なの？　IDパスはどこ？

わたしのポーランド語は、子供のころにブーム＝ブームの母親から無理やり教えこまれた、たどたどしい少数のフレーズに限定されている。今夜、わたしは足を止める代わりに、「夕食ができたわよ。寒くなってきたわ。早くテーブルにつきなさい」という、マリー叔母から

四、五百回ぐらいきかされたポーランド語を肩越しに叫んだ。警備員は、無知な移民を前にしたときの、信じられないといいたげな迷惑そうな顔で首をふったが、目の前のカウンターに置かれた小型テレビに視線を戻した。
わたしは本物の清掃チームの一人と一緒にエレベーターで上へあがった。その女性は汚れた洗濯物を集める係で、八階に着くとカートを押してエレベーターをおりた。わたしがミス・クローディアの病室に着いたとき、部屋にひとつだけ置かれた椅子にミス・エラがすわっていた。カレンはわたしの到着を待ちわびていた。急いで近づいてきて、低い声で挨拶し、わたしの腕をとってミス・クローディアのベッドまで連れていった。

となりのベッドにべつの女性が寝ていて、浅い苦しげな呼吸をくりかえし、横に置かれた機器がときおりピーッと音を立てていた。わたしは多少なりともプライバシーを作りだすために、二人の女性のあいだにカーテンをひいた。

わが依頼人が渋い顔でこちらを見た。「あんたにとっちゃ、わたしたちの問題なんて、たいして重要じゃないんだろ？　金だけとりあげといて、ラモントは見つけてくれなかった。おまけに、この一カ月、ラモント捜しをやめてしまったみたいじゃないか」

「妹さんがわたしに会いたがってるときききましたが」わたしはできるだけおだやかな口調でいった。「お加減は？」

「すこし持ち直したみたい」カレンがいった。「アイスクリームを食べたって、ミス・エラがいってるわ」

ミス・クローディアも眠っていて、息遣いはとなりのベッドの女性と同じように浅くて不規則だった。わたしはベッドに腰をおろし、依頼人が憤慨して鼻を鳴らすのを無視して、ミス・クローディアの左手——麻痺していないほうの手——をさすった。

「V・I・ウォーショースキーよ、ミス・クローディア」低めのはっきりした声で話しかけた。「わたしは探偵。ラモントを捜しています。わたしに会いたいって、カレン牧師におっしゃったそうね」

ミス・クローディアは身じろぎをしたが、目はさまさなかった。わたしがいまの言葉を数回くりかえすと、しばらくして、彼女のまぶたが震えてひらいた。

「ティヴ」彼女がきいた。

「スティーヴが見つかりましたよ」わたしはいった。

「探偵《ディテクティヴ》さんかって、あんたにきいてんだよ」ミス・エラがわたしの誤解を正した。

「ええ、探偵ですよ、ミス・クローディア。スティーヴ・ソーヤーが見つかったの。とっても具合が悪いんです。四十年も刑務所に入ってたから」

「かわいそう。つらい。モントは？」

わたしは彼女の手をさらに強く握りしめた。「カーティス……カーティス・リヴァーズを覚えてます？　ラモントは亡くなったと、カーティスがいっています。でも、どこで眠っているかはわかりません。ジョニー・マートンなら知っているそうです」

ミス・クローディアの指が弱々しく反応した。ミス・エラがいった。「〈アナコンダ〉

だ！　やっぱりあいつらのしわざだったんだね」

「マートンがラモントを殺したとは思えませんが、ラモントの身に何があったかは知ってるはずです。マートンから話をききだせるよう、最善を尽くします」わたしはこちらの言葉をどこまで理解してもらえるだろうと思いつつ、ミス・クローディアに向かってゆっくりと語りかけた。

ミス・エラが鼻を鳴らした。「いくらがんばったところで、夏じゅうかかって得たのと同じ収穫しかないだろうよ。つまり、ゼロ」

わたしは返事をせず、ミス・エラに目を向けようともせずに、妹のほうに注意を集中させた。ミス・クローディアはしばらく無言で横たわったまま、意識して深い呼吸をくりかえし、大きな努力をする準備を整えていた。「聖書」はっきりと発音した。「ラモントの聖書……持ってって」

彼女が枕の上で首をまわし、自分のいわんとすることをわたしに理解させようとした。枕元のナイトテーブルに赤い革表紙の聖書がのっていた。「モント見つけて。死んでたら、一緒に埋めて。生きてたら、渡して」もう一度深い呼吸。もう一度努力。「約束？」

「約束します、ミス・クローディア」

「ラモントの聖書だって？」ミス・エラが怒り狂った。「それは家族の聖書だよ、クローディア。あんたには――」

「静かに、エリー」しかし、はっきりしゃべろうという努力はミス・クローディアにとって苛酷すぎたようで、半分ほどしか理解できない片言に戻っていた。「はくじん女、はくじん探偵《ティヴ》、あげる」

わたしが聖書を受けとり、彼女の姉には渡さずにオーバーオールの大きな脇ポケットにつっこむまで、ミス・クローディアはじっとわたしを見守っていた。目を閉じ、苦しそうにあえいだ。ミス・エラが妹とわたしの両方に辛辣な言葉をぶつけた。とくに、妹に対して。〝いつだって器量がいいのを鼻にかけて、このわたしがいくら働いたって、尽くしたって、知らん顔。甘やかしたらダメになるってわたしが何回もいったのに、ラモントを甘やかし放題だったしさ〟この言葉がミス・クローディアの耳に届いていたとしても、反応はなかった。わたしと話をしてエネルギーを使い果たしてしまったのだ。眠っていないことはたしかだった。なぜなら、横になったまま、ときおり目をひらいてわたしの顔をみつめ、それから、赤い大きな聖書の端をのぞかせたポケットに視線を移していたからだ。

わたしは彼女の手を握ったまま、蝶々の唄を歌ってあげた。子供のころにきいた子守唄のなかでもお気に入りだった曲。〝こっちにヒラヒラ、あっちへヒラヒラ、お花の上に止まりましょ《ジーラ・クワァ・エ・ジーラ・ラ、ポイ・シィ・レスタ・スープラ・ウン・フィオーレ》。こっちにヒラヒラ、あっちへヒラヒラ、パパのお肩に止まりましょ《ジーラ・クワァ・エ・ジーラ・ラ、ポイ・シィ・レスタ・スープラ・スパッラ・ディ・パパ》〟

ミス・エラが大きくフンッといったが、わたしはミス・クローディアだけでなく自分自身の心も落ち着かせたくて、彼女が深い眠りに落ちるまで何回かくりかえして歌った。帰ろうとしてわたしが立ちあがったとき、ミス・エラは椅子にすわったままだった。たぶん、挨拶などすれば、妹からわたしへの聖書の譲渡を認めることになると思い、反発したのだろう。

しかし、カレン牧師が廊下まで送ってくれた。

「あなたが目下、大変な状況にあることは、わたしも知ってるわ。とくに、従妹のことが心配でたまらないでしょうね。こんなに親切にしてもらって、ほんとに感謝してます。ミス・クローディアに会いにわざわざきてくれたんですもの」カレンはわたしの腕に手をかけた。

「さっきの話に出てきた男性、カーティスだけど……ラモントについての彼の話、真実だと思う？」

「ええ、そう思うわ。ラモントの身に何があったのか、カーティスは知らないけど、ジョニー・マートンが関わってて、あまりに恐ろしい出来事だったため、マートンはショックを受けて沈黙してしまったんですって。あのマートンがねえ……彼という人間を知らないと理解できないかもしれないけど、彼がショックを受けるほどの死だとすると、あなたやわたしなら錯乱してしまうかも……気の毒なスティーヴ・ソーヤーみたいに」

わたしはそっとカレンの手をはずした。「ラモントに関する何か、もしくは、ジョニーとスティーヴ・ソーヤーと〈アナコンダ〉に関する何かが、従妹の失踪と関係してるみたい。クルーマスの選挙運動のセキュリティ面を担当してる男性が――あ、従妹はそこの選挙事務所のスタッフなんだけど――とにかく、その男性が、四十年前にソーヤーの取調べを担当し、拷問にかけて自白させた刑事だったの」

カレンは息を呑んだ。「拷問？　たしかなの？」

ソーヤー（キマチ）の、ズタズタにされ、火傷を負った身体が、わたしの頭に浮かんだ。

〝歌って踊れといった……笑った〟これを忘れることが果たしてできるだろうか。「ええ、たしかよ。まちがいだったら、どんなにいいか。でも……現実にあったことなの。わたしもすべて理解してるわけじゃないけど、うちの叔父と候補者の父親のハーヴィ・クルーマスっていうのが幼なじみで、いまだにおたがいの身を守りあう仲なの。遠い昔にマルケット・パークで殺人事件がおきて、二人ともそれに関係してて、つまり――」

それ以上つづけられなかった。わたし自身の叔父がシスター・フランシス殺しに関わっている、なぜなら、わたしに証拠を見つけられては困るので、それを葬り去ろうとして、幼なじみのハーヴィがシスターの住まいへ大急ぎで解体業者を派遣したのだから、とつけくわえることには耐えられなかった。こめかみに両手を押しつけた。そうやれば、これらの事柄をすべて頭から追いだせるかのように。

「ぞっとする話だわ、ヴィク。どうして警察へ行かないの？」

わたしの微笑はゆがんでいた。「ドーニックが元警官で、警察に友達がたくさんいるからよ。それに、警察の誰を信用していいのか、わたしにはもうわからない」

ラモントとドーニックがどう結びつくのかと、カレンが質問をよこしたが、わたしは自分のいまの言葉から、ボビー・マロリーが連絡をとりたがっていたことを思いだした。カレンの言葉をさえぎって、いくつか電話をかけたいのでオフィスの電話を使わせてもらえないかと頼んだ。

二人とも無言のまま、エレベーターで二階におりた。カレンはわたしの話に出てきた哀れなすべての魂を悼むかのように、首をふりつづけていた。彼女がオフィスのドアのロックをはずすあいだに、わたしはふたたび短時間だけ携帯の電源を入れて、電話帳にのっていないボビーの自宅の番号を調べた。

アイリーン・マロリーが電話に出た。「まあ、ヴィッキー、ペトラのこと、大変ね。今週は最悪の一週間だわ。うちはピーターとそれほど親しいおつきあいではなかったけど、ピーターとレイチェルに伝えてね——わたしたちでお役に立てることがあれば、泊まる場所の手配でも、ボビーのチームの特別な協力でも、どんなことでもいいから、連絡をくださいって」

わたしはしどろもどろでアイリーンに礼をいい、ボビーがわたしと連絡をとりたがっているのだと告げた。ボビーはまだ帰宅していなかった。アイリーンが携帯の番号を教えてくれた。それから、わたしのために個人的なメッセージをくれた。愛情にあふれた温かなメッセージで、わたしは目頭が熱くなった。

ボビーの応答には、そんなやさしさはなかった。「どこにいる？」電話に出るなり、そう詰問した。

「嘆きの亡霊みたいに街をさまよってるの」わたしはいった。「わたしに話がおありだそうね」

「ただちに会いたい」

わたしはカレン・レノンの傷だらけのデスクを見た。「あのね、ボビー、それは無理だわ。

ジョージ・ドーニックから身を隠してるとこなの。彼より先にペトラを見つけなきゃと思って」

「ドーニックもきみを追ってるのなら、やつがきみをつかまえたときに、わしからメダルを贈呈するとしよう」

「じゃ、メダルの授与はわたしのお葬式のときになるわね。そして、わたしと、警察の醜い歴史の多くを葬り去ったことを、お二人で喜び合えばいいんだわ」

どこから電話をかけているかをボビーのハイテクチームに探知されるまでに、どれだけ時間の余裕があるのか、わたしにはわからなかった。あと三分なら通話をつづけても大丈夫だろう。

「ヴィクトリア、きみは許容される線を踏み越えてしまった。きみはつねに、わしや、その他一万三千人の優秀かつ立派な警官の仕事を、わしらよりうまくやれるという幻想を抱いてきた。わしらがきみをどなりつけると、それはわしらのほうが愚かで腐敗してるからだという幻想を、わしらがきみはつねに抱いてきた。だが、いま、わしが許せる範囲を、きみは逸脱してしまった」

「ジョージ・ドーニックを批判したから？」わたしはきいた。

「ラリー・アリートを密告したからだ。殺したのはきみではないとしても」

わたしはカレン・レノンの部屋の壁にかかった味もそっけもない時計の秒針をみつめていたが、この言葉でギクッと我に返った。

「アリートが死んだの？」バカみたいにきき返した。

「ケツから頭を出せ」わたしと話すときにこんな下品な言葉を使うのは、ボビーが激怒している証拠だ。いつものボビーなら、わたしにどれだけ激怒しようと、話をするときは、〝女性と子供には悪態をつかない〟という信条をきちんと守る。「今日の午後、コートランド・パークウェイの近くの川岸で、やつの死体が発見された。ヘイゼルからきいたんだが、きみ、けさ、やつの家に電話して、脅し文句を並べたそうだな」

44　汚染された洗濯物に隠れて逃走

わたしがボビーと電話で話をするあいだ、カレンは窓辺に立ってブラインドの紐を所在なげにいじっていた。わたしが電話を切ると、こちらを向いた。「表に警察の車が何台も停まってるわ。ふだんはこんなことないんだけど。あなた、どう思う――？」

「理由なんか知りたくない」どこかに隠れ場所がないものかと、焦ってあたりを見まわしたが、目に入ったのは持参したモップだけだった。ありふれたジャンプスーツと未使用のモップでは、警察の目はごまかせない。いまごろ、清掃係全員を調べているかもしれない。わたしがエレベーターで一緒になった人物までも。

「リネン類のカート……汚れたリネンをよそへ運ぶやつ。どこにあるの？」

カレンはしばらく考え、つぎに、彼女の電話の短縮ダイヤルボタンを押した。「カレン牧師です。いままで危篤状態の患者の一人に付き添ってたんだけど、汚れたリネンが手元にあるの。いちばん近い収納カートはどこかしら……うっかり、自分のオフィスに持ち帰ってしまって……ううん、自分で行くからいいわ。ここに置いておきたくないし、どっちみち、リネンを扱ったあとは手をきちんと洗わなきゃいけないから……十一番ね、了解」

カレンは唇をキッと結び、ドアをあけてあたりに目を配ってから、わたしを手招きした。

「十一番のエレベーターよ。さ、行きましょ」

わたしは全身の筋肉を緊張させたまま、カレンのあとについて迷路のような廊下を進み、奥にある業務用エレベーターにたどり着いた。警察の無線機のガーッという響きと、野放しになった殺人者が廊下にいるのかどうかを知りたがっている〈ライオンズゲート〉の居住者の怯えた叫びがきこえてきたが、警官の姿はどこにも見えなかった。カレンが十一番エレベーターのボタンを押した。近くに階段室があり、階段に響く足音がきこえた。エレベーターが到着したが、わたしは凍りついたように立ちすくみ、階段室のドアを凝視するだけだった。カレンがわたしをエレベーターに押しこんで、ドアを閉じるボタンを押した。

わたしは大きく息を吐いた。「ありがとう。怖気づいてしまって」

カレンはわたしの口に指をあて、天井の防犯カメラのほうへ頭をひねってから、入院中のエイズ患者の世話を清掃スタッフにもっと分担してもらう必要があるということを、興奮した声でしゃべりはじめた。「いまから手を洗いにいかなきゃいけないのよ。汚染されたリネンと注射器に手を触れたから。清掃スタッフの人たち、もっと働けないの？」

「掃除を外注にすると、どうしたってそうなりますよ」鼻にかかった強烈なサウス・サイドの訛りに切り換えて、わたしはいった。「時給じゃなくて、部屋単位でお金をもらってるから、病院のスタッフがやってくれる仕事には、あたしら、手を出さないことにしてんです」

エレベーターは油圧式で、わたしには、二階から地下二階におりるあいだに、清掃スタッフが〈ライオンズゲート〉の十五のフロアすべてを殺菌消毒してしまったのではないかと思われた。カレンと二人でエイズと清掃を話題にしてしゃべりつづけ、ついには、カラカラに乾いた舌《ぜつ》を真ん中にぶら下げた鐘になったような気がしてきた。

エレベーターのドアがひらくと、目の前がカート置場になっていた。リネンを詰めこんだカートが二ダースほど並んでいた。ランドリー業者が真夜中にこれをとりにくることになっているのだと、カレンが小声で教えてくれた。カート置場の向こうにスタッフ用のシャワー室があり、そのとなりに、ロックされた更衣室があった。カレンはチェーンに通したマスターキーを見つけて、ドアのロックをはずした。なかにユニホームが保管されていた。危険物運搬用の作業着やブーツなど、あれこれそろっていた。帽子、手袋、マスク、白いジャンプスーツをカレンがわたしに投げてよこし、カートに入って身を隠すようにいった。わたしは自分の拳銃とミス・クローディアの聖書をとりだしてから、グレイのジャンプスーツを脱いで、ほかのカートの真ん中に押しこみ、白いほうのスーツを着た。帽子と手袋とマスクを着けて、カートにもぐりこんだ。数分後、カレンがやってきた。リネンの隙間からのぞくと、彼女もジャンプスーツと帽子と手袋とマスクを着けていて、不気味な姿だった。〝危険！強度の感染性〟と書かれた真っ赤なカードをわたしに見せてから、リネンでわたしを覆った。カートのてっぺんにカードを留めておくわ、と小声でいった。あとはうまくいくよう祈るのみ。

カレンがカートを押してエレベーターに乗りこんだ。エレベーターがひとつ上の階までゆっくり上昇して、駐車場の入口に着くまで、わたしはじっとしていた。警察がそこに見張りを置いていた。わたしがリネンのなかで汗をかいているあいだに、その警官がカレンに向かって、誰なのか、何をしているのかと問いただした。

「エイズウィルスに汚染されたこのリネン類を、大急ぎでランドリー業者のところへ持っていこうとしてるの」

「目下、病院のIDをすべてチェックしてるとこでして」警官がいった。短い沈黙。そして、「あなた、牧師さん？　牧師さんがリネン類の処理を？　まさか――」

「おまわりさん、この病院の臨終の場のすべてに立ち会うのがわたしの仕事です。所持品を点検して、近親者のためにリストを作るのもわたしの仕事です。患者さんの一人が亡くなり、清掃スタッフがその日の仕事をすでに終えていた場合は、血に汚れたシーツをベッドからはがしてカートで運ぶのも、わたしの仕事です。汚れた品を朝まで病室に置いておくわけにはいきません。二人部屋なので、同室の女性患者が目をさまして、ほかの誰かが死亡したあとに残された惨状を見たりしたら大変です。でも、わたしの代わりにこれを運ぼうといってくださるのなら、喜んでおまかせします。わたし、けさの六時から働きづめで、もうくたくた。早く家に帰りたくてたまらないの」

わたしは拍手喝采したかった。指名手配中の探偵を病院から逃がす仕事をもう何年もやっているのではないかと思いたくなるほど、訓戒と傲慢さの混ざり合ったその口調は、じつになめらかで、じつに自然だった。警官は謝罪し、あわてて「カートの扱いはおまかせします」といった。

カレンはがたがた揺れるカートを押して駐車場を急ぎ足で進んだ。車のロックを解除するカチッという音と、トランクをあけるガタンという音がきこえた。

「シーツを持ちあげてるとこなの。こうすればエレベーターからの視界をさえぎることができる。そしたらトランクにもぐりこんでね。呼吸はできると思う。すくなくとも、無事に逃げだすまでは」

主導権は彼女にあるので、わたしはおとなしく指示に従った。つぎの瞬間、トランクの蓋が閉まった。カートのガラガラいう音がきこえた。すこし離れた場所までカレンがカートを押していったのだ。そのあと、車は無事に駐車場から外に出た。入口を見張っていたさきほどの警官が、出口に配置された警官隊に連絡を入れていたようで、出口での停止はほんの一瞬ですみ、車はふたたびスタートした。

コントラバスのケースとカローラのトランクのどちらがいいかといわれたら、わたしはカローラを選ぶだろうが、その理由は、シーツで衝撃がやわらげられるのと、膝を立てるスペースがあるというだけのことだった。両方とも空気の供給が不足している。わたしを外に出しても安全だとカレンがようやく判断してくれたときには、ホッとした。車はすでに、イリノイ大学の医学部の校舎が無秩序に広がるキャンパスの横の路地に入っていた。

わたしは車から出ると、汚れた洗濯物のなかに手をつっこんで銃とミス・クローディアの聖書を探った。シーツのあいだにつっこまれ、ガタガタ揺られたために、聖書のしおりが飛びだし、背表紙が傷つき、いくつかのページがくしゃくしゃになっていた。皺の寄ったページを伸ばし、できるかぎり多くのしおりを拾い集めて聖書にはさんだ。

「これからどうするつもり?」カレンがきいた。

「あなたに大きなキスをしたい。つぎはシャワーを浴びたい。あなた、牧師の仕事に飽きたら、いつでも諜報機関をオープンできるわよ」

カレンは笑った。「あんなこと二度としたくないわ。まっぴらよ。カートを押してあの警官のところを通らなきゃいけなかったとき、血圧が急上昇して頭から血が噴きだして、駐車場じゅうに飛び散るんじゃないかと思ったわ……ここからどこへ行くの?」

モレルの車は〈ライオンズゲート・マナー〉の近くに置いたままだ。今夜そこに舞い戻るのは賢明ではないということで、わたしたちの意見が一致した。マリ・ライアスンと話をすることから、ペトラの大学時代のルームメイトを見つけだすことまで、何をするにも電話をかける必要があった。

「電話なら、わたしの家からかければいいわ」と、カレンがいってくれた。「明日、早朝ミーティングが入ってるから、うちに泊まってくれれば、あなたを車でエヴァンストンへ送っていくより楽だわ」

カレンはノースウェスト・サイドにある、かつて職人が住んでいたというコテージの二階を借りていた。川から二、三ブロック離れた静かな通りに、その家はあって、小さなバルコニーがついていた。カレンはそこにすわって朝のコーヒーを飲むそうだ。わたしを浴室に連れていき、タオルと石鹸を出してくれた。カレンよりわたしのほうがたっぷり四インチほど長身だが、彼女のTシャツを着ることができた。寝間着がわりにくれたのだ。

シャワーを浴びて出てくると、カレンがワインの栓を抜き、チーズとクラッカーの皿を用意してくれていた。ベルナルドという名前のオレンジ色の大きな猫があらわれて、カレンの脚に身体をすりつけた。さんざんな一日だったにもかかわらず、盗聴の心配をせずに、腰をおろして自然に話ができ、笑うことさえできて、わたしはけっこう元気になれた。

ワインを一杯飲んだあと、マリに電話してアリート殺しの詳細を問い合わせる気力が湧いてきた。カレンはこちらの番号を非通知にできる電話サービスを利用しているので、マリの電話に番号が表示される心配は無用だった。もちろん、わたしの声をきいたとたん、マリはわたしがどこにいるのかを知りたがった。そして、その他多くの退屈な事柄を。

「マリ、ダーリン、前にもいったように、わたしは目下、あちこち移動中なの。あなたが軽薄な質問で時間を無駄にすればするほど、腹を割った話し合いをする時間が減っていくのよ。わたしはまだニュースをきいてなくて、わかってるのは、アリートの死体が大きな屑鉄置場のそばの川岸に打ちあげられたってことだけ。何があったのか教えて」

「ウォーショースキー、きみっていつも、奪うばっかりで与えないやつだね。おれはきみにシャツを買ってやった。ジーンズを買ってやった。ドクター・ハーシェルにこっぴどく叱られた。で、そのお礼がこれかよ？」

「はいはい、マリ。あのスカイブルーのメルセデス・コンヴァーティブルに乗ってるあなたを見るたびに、わたしは思うの——あ、彼が行く。庶民の味方の新聞記者、自分のことは考えない、つねに与える側にいる。だから、与えてよ」

「ふざけんな、ウォーショースキー！　アリートは至近距離から撃たれた。かなりの至近距離だ。犯人はたぶん、アリートに腕をまわしてたんだろう——仲良しの友達って感じでな——そのあと、橋から投げ捨てた。おれのきいた噂では、アリートを殺した犯人は、死体がそのまま川のほうへ流れてくか、屑鉄に埋もれるかのどちらかだと思ったにちがいないってことだった。ところが、再熔解のために運びだされる予定だった屑鉄の山の上に落ちてしまった。フォークリフトを操作してた男が気絶して、熔かした鉄筋の上に危うく落下するとこだった」

マリはひと呼吸置いてからいった。「信じられんような偶然だと思ってる連中がたくさんいるぜ——けさ、きみがおれに電話をよこして、アリートがきみの事務所に押し入るところを見たといった。午後には、アリートが死体となって発見された」

わたしはさらにいくらかワインを飲んだ。「マリ、最近の《スター》には、事実を大切にしようと思う人間がいなくなってしまったの？　まったくもう、訴訟から新聞社を守ることにしか興味がないのね。わたしはね、アリートの姿を確認できる目撃者が見つかったって、あなたにいったのよ。わたしが事務所でアリートの姿を見るわけないじゃない。その場にいなかったんだから。アリートが事務所に侵入した時間帯には、ステートヴィルで〈ハンマー〉に会ってたのよ」

マリはそれを無視した。「おれは未亡人と話をしてきた……なんて名前だっけ？　ヘイゼル？　そうそう……きみが夫を脅迫したといってたぜ」

「ええ、そのことならすでに耳に入ってるわ。あなたに話したのと同じことをいっただけよ。アリートの姿を確認できる目撃者が見つかった。ピリオド。それでおしまい」わたしはワイングラスを揺らし、明りを受けてワインの表面の色が変わるのをみつめた。わたしもアリートの人生を変えてしまった。彼がグラスに入ったワインでもあるかのように、彼の身辺に揺さぶりをかけて。

「たしかに、脅迫したことになるわね」わたしは苦々しくいった。「わたしの電話が原因でアリートが殺されることになるなんて、思いもしなかった。連中がアリートをせっついて何かやらせて、そこから、彼自身か、彼を操ってる連中の悪事が露見することを、わたしは期待してたの。でも、あの電話によって、アリートと彼を操ってる連中は崖っぷちに追いこまれた」

マロリーかFBIが追ってきているとしたら、アリートには、自分一人が貧乏クジをひくつもりはなかった。そこで、電話をかけた……彼を雇っていた人間に。たとえば、そうね、ジョージ・ドーニックとか。警察時代のパートナーよ。あるいは、ドーニックのクライアントの一人とか……名前が必要だから、とりあえず、レスと呼ぶことにするわね。アリートは酒飲み。年金をもらってて、小さな船を持ってるけど、あとは何もなし。レスとジョージは彼が口を割るんじゃないかとヒヤヒヤしている。荒っぽい仕事をやらせるのにうってつけの男だけど、アリートのせいで、ボビー・マロリーみたいな人物から二人が目をつけられることになるのなら、彼はもう必要ない」

「レス？」マリがわめいた。「レス・ストラングウェルのこと？」

「おやすみ、マリ。いい夢を見てね」

電話を切って、カレンに苦い表情を向けた。「ラリー・アリートを死に追いやったのは、やっぱりわたしなんだわ。わたし……今日はなんだか自分が好きになれない」

「アリートがあなたの事務所に侵入するのを、ほんとに誰かが目撃したの？」

わたしは首をふった。「わたしの勘よ。その勘が的中したようだけど。だって、そういわれて、アリートがドーニックにあわてて連絡したんだもの。あるいは、ストラングウェルに」

わたしはマリからきいた殺しの現場の様子をくりかえした。「ドーニックだったにちがいない……ストラングウェルがアリートに腕をまわす姿は想像できないもの……でも、昔のパートナーが？　船と水辺の小さな退職者用バンガローを維持していけるよう、ときたま、アリートに仕事をまわしてやっていた男が？　そうね、アリートはドーニックを全面的に信頼してたでしょうね」

「たしかに、あなたの調査から事態が動きだして、今日、アリートが殺される結果になったのかもしれない。でも、罪悪感を貪欲に求めるのはおよしなさい。アリートがあなたの事務所に押し入るような人間でなかったなら、あなたが電話をかけたところで、彼の人生にはなんの変化もなかったはずだわ」カレンは若々しい丸顔を赤く染めて、真剣な目でわたしを見た。

「〝罪悪感を貪欲に求める〟か。気に入ったわ。わたし、一日中、罪悪感を貪欲に求めてたの」父のことに関する苦悩がふたたび襲いかかってきた。つらくて思わず目を閉じた。

話題を変えた。ワインのボトルをまるまる空けて、家族の話で笑いころげた。たとえば、カレンの祖母の話も出た。車の運転を習うのを父親がどうしても許してくれなかったので、家族の車を走らせて、馬洗い池につっこみ、それから何食わぬ顔で家に戻ると、スーツケースに荷物を詰め、家出してシカゴへ向かったという。

ようやく、カレンがソファを広げて客用のベッドにするのにわたしも手を貸したときは、真夜中近くになっていた。この一週間で初めて、八時間ぐっすり眠ることができた。無邪気な赤ちゃんのように。

45 聖書《ザ・グッド・ブック》……そして、邪悪《バッド》なボール

目をさましたとき、カレンはすでに早朝ミーティングに出かけたあとだった。コーヒーが用意してあり、そのガラスポットの横に、出かける前に携帯に電話してほしいというメモが置いてあった。〝あなたがどこにいるかを、誰かが知っておく必要があるでしょ。わたしはあなたの専属牧師。わたしに証言を強要することは誰にもできないわ〟

わたしの専属牧師となったカレンを想像して、口元がほころんだ。朝刊の配達は頼んでいないようなので、コーヒーのカップを持ってソファベッドに戻り、テレビのニュースを見ることにした。毎日やっている恐怖の経済ニュースのあとで、アリートの死がモーニングショーを独占した。

〈グローバル・エンターテインメント〉のチャンネル13に出ているベス・ブラックシンだけが、アリート殺しの背後に潜む動機として、陰湿な仲間割れを挙げていた。個人名はいっさい出さなかったものの、イリノイ州の重大な選挙運動にからんでアリートがセキュリティ関係の仕事をフリーランスで請け負っていた、とコメントした。わたしはマリに無言の投げキ

スを送った。マリがベスに話をしたにちがいない。《ヘラルド＝スター》も〈グローバル〉の傘下にあるのだから。

ベスのコメントによって、ドーニックとストラングウェルは善後策を講じるのにエネルギーを使わざるをえなくなるだろう。つまり、わたしとペトラ捜しのほうが多少お留守になるはずだ。その一方で、大手テレビ局二社が〝シカゴの私立探偵〟のことを述べていた。亡くなった男をその探偵が脅迫していたことを知って、警察が探偵に事情をききたがっているという。片方の局は、なんと、わたしの写真を画面に出していた。幸い、新聞からコピーした古い写真だった。カールした髪に頭が覆われていたころに撮ったもので、いまのような海兵隊カットではない。

「あなたにも質問したいわ、ボビー」わたしはつぶやいた。「誰をかばってるの？　一九六七年当時、どこまで知ってたの？　あの暴動のとき、あなたもマルケット・パークにいたの？」

ジーンズとカレンのTシャツに着替えた。下着はゆうべ浴室で水洗いしておいたが、ソックスがけっこう汚れていた。カレンのを借りることにした。ソックスを捜して彼女の整理だんすを勝手にあけることには、良心の咎めを感じたけれど。カレンの下着は実用一点張りだったが、ソックスは派手なのばかりで、子供っぽいといってもよかった。ハローキティや、真っ赤な悪魔と天使のついたソックスはパスして、リサ・シンプソンが縄跳びをしている柄のを選んだ。

わが専属牧師の電話回線が盗聴されていないことを期待するのは、虫がよすぎるような気がした。〈フリーダム・センター〉の活動のいくつかに関わっている以上、カレンも修道女たちと同じく国家から監視されている可能性がある。だが、とにかく応答サービスに電話してみると、またしてもメディアからの電話でパンク状態とのことだった。どのメディアも、警察が事情聴取に躍起になっている探偵へのインタビューを望んでいた。

わたしの依頼人たちのほうは、もっと気むずかしかった。ひきつづき仕事をまわしてくれるよう、法律事務所二社を説得するのに、一時間近くかかってしまった。三社目は折り返しの電話もこなかった。非難するわけにはいかない。隠れ場所から出られるようにならないかぎり、探偵としては失格だ。

オレンジ色の大きな猫のベルナルドが姿をあらわし、遊び相手がいないよりは、わたしのような者でもまだましだと判断した。わたしについてまわり、脚のあいだをすり抜けるので、猫につまずかないよう注意しなくてはならなかった。わたしがソファベッドのシーツをはがして、ベッドをソファに戻すあいだに、猫は横のテーブルに飛び乗って、スミス&ウェッスンの匂いを嗅ぎはじめた。

わたしが猫の手の届かないところへ銃を遠ざけると、猫はつぎに、ミス・クローディアの聖書を調べはじめた。わたしの注意は銃に向いていて、安全装置をチェックしてからホルスターに入れるのに夢中だったため、猫が飛び跳ねるところは見なかった。ミス・クローディアの聖書がテーブルから落ちるのを見ただけだった。

「ベルナルド！」わたしはわめいた。「その本はね、ゆうべ、手荒な扱いを受けたのよ。はたき落とさないでちょうだい！　預かりものなんだから」

洗濯物のあいだで揺さぶられたため、背表紙に裂け目ができていたが、落下の衝撃で完全に裂けてしまった。テープを貼りつけたら脆い革を傷つけてしまいそうなので、やめにした。輪ゴムをはめて、接着剤で修理する時間ができるまで、カレンのところに置いておけばいい。

落ちたときに、背表紙に沿った綴じ目がひらき、表紙の革がはがれていた。それをもとの位置に戻そうとして、表紙の芯地の縁に革を押しつけたとき、見返しの下から写真のネガがのぞいているのに気づいた。ハッと息を呑み、頭に卵のケースをのせてバランスをとっているかのように、ゆっくりと腰をおろした。

慎重な手つきで、見返しを完全にはがした。すると、芯地と見返しのあいだに、半透明のオニオンスキン紙に包まれたネガフィルム二本が押しこんであった。わたしは危険を承知で、カメラを使うあいだだけ携帯の電源を入れて、見返しの下に隠れていたネガを、見つかった状態のままで撮影し、つぎに、指でそれをひっぱりだすところを撮影した。一本のフィルムに写真が十二コマずつ入っていた。オニオンスキンの包み紙を見ると、色褪せた太い字でラモント・ガズデンが書いていた——マルケット・パークで撮影、一九六六年八月六日。

フィルムをテーブルのスタンドにかざしてみたが、何が写っているのかよくわからなかった。ふつうのフォトショップではなく、信頼できる腕と本物の暗室を持った人物を見つける必要がありそうだ。わたしに思いつくことができるのは、いつも利用している民間の法医学研究所の〈チェヴィオット研究所〉だけだった。場所は北西郊外。つまり、車をとりにいくために、〈ライオンズゲート・マナー〉の近くまで行く危険を冒さなくてはならない。配送業者にネガを預けるよりも、敵に見つかる危険を冒すほうがいい。

カレンに電話すると、ちょうどミーティングを終えたところだったので、モレルの車をとりにそちらへ向かうと告げた。「ある品が見つかったので、それをラボへ届けなきゃいけないの。車をとりにいくあいだ、その品はあなたの家に置いておくわ。敵に見つかったとき、身につけてるわけにいかないから。無事に戻れなかった場合のために、その品をどうすればいいのか、メモしておくわね」

「ヴィク、それってラモントに関係したこと？　だったら、今回の調査をあなたに押しつけたのはわたしよ。最後まであなたと行動を共にするわ。十五分で帰る。路地で待ってて」

わたしは形ばかりの反論すらしなかった。専属牧師が主導権をとってくれたのがうれしかった。ネガをオニオンスキン紙に包み直してから、《ハーパーズ・バザー》のページのあいだにはさんだ。

台所の窓からカレンの帰宅を見張り、ターコイズブルーのカローラが姿をあらわすと同時に裏階段を駆けおりた。彼女の運転する車に乗ってから、写真のことを説明した。四十年前の法廷で、その写真が自分の無実を証明してくれると、スティーヴ・ソーヤー（キマチ）は信じていた。

カレンはうなずき、アクセルをさらに踏みこんだ。〈チェヴィオット研究所〉のある工業団地に着いたのは、午前十一時すこし前だった。そちらへ向かう車のなかから、カレンの携帯を借りて、担当者のサンフォード・リーフに連絡しておいた。サンフォードは〈チェヴィオット〉の写真部門のエキスパートをロビーに連れてきていて、「セオだよ」と紹介し、急いで彼自身のミーティングに戻っていった。

セオは監督志望の人間が好んで着るような黒に身を包み、言葉には重々しいスラブ系の訛りがあった。歯並びが悪く、左耳に五芒星のピアスをしていたが、ネガフィルムの扱いは慎重で、ラモントが包装に使った薄いオニオンスキン紙からそっとフィルムをとりだすと、クリアファイルにはさんだ。

「この写真は殺人事件の証拠品になるかもしれないの」わたしはいった。「四十年前におきた殺人。そして、裁判のときに必要になると思うので、扱いにはくれぐれも気をつけてね。証拠品として残ってるのはこれだけだから、どうか――」

「破損しないでほしい？　了解」セオは頼もしい微笑を浮かべた。「インスタマチック・カメラで撮ったものだね。おれが初めて手に入れたカメラだ。オデッサの闇市で見つけた中古品。自分の写真だと思って大切に扱うよ」

セオはわたしが見ている前で、ネガフィルムに関する情報をデータベースに打ちこんだ。フィルムの本数、写真の数、わたしの名前、わたしがこれを持ちこんだ日付と時刻。「これでいい？　うちにはカフェテリアがある。庭園もある。ゆっくりしてて。一時間ぐらいかな。いや、二時間かも」

わたしは落ち着かなくて、カフェテリアにすわっていることなどできなかった。わたしと一緒にカレンも外に出てきたが、ベンチのところで足を止めて電話をかけはじめたので、わたしは小さな湖のほとりを歩いた。アメリカ北部で迷惑がられているカナダ雁が大群で押し寄せてきていて、地面をつついて穴をあけ、食欲減退を招きそうな落としものを残していた。わたしは汚れた小道をはずれて、小さな森に入っていった。腕時計を見ないように心がけたが、〈チェヴィオット〉の建物から遠く離れることには耐えられなかった。

一時をすこしまわったころ、ついにセオがわたしたちを捜しにやってきた。無事な出産を告げようとする産科医のようにニコニコしていた。「さあ、一緒にきて。たくさん写真を作って、トリミングして、濃淡をつけたから。あなた自身の目で確認してほしい」

聖書には二十四点のモノクロのネガがはさんであったが、セオはそこから百枚以上のプリントを作っていた。ひとつのネガにつき、露出を数通りに変化させ、個々人の顔に焦点を合わせたものもあった。大部分は会議用テーブルの周囲のライトテーブルにクリップでとめてあった。一部は引き伸ばして壁にかけてあった。

「これがラモントよ。一緒にいるのがジョニー・マートン」一本目のフィルムの最初の写真からスタートして、わたしはカレンに小声で説明した。そこには黒人の若者が三人写っていて、肩を組み、革命家かぶれの連中がよく見せびらかしていたタイプのベレー帽をかぶっていた。「マートンの刺青が見えるでしょ。三人目がたぶんスティーヴ・ソーヤーね。彼の若いころの写真は見たことがないけど」

彼らの顔は生真面目だが、喜びに満ちていて、大きな冒険に乗りだす準備をしているという雰囲気だった。ラモントが写っているのはこれ一枚だけだった。考えてみたら、彼のカメラだもの。ラモントはデモ行進が始まったときの写真を数枚撮っていて、そのなかに、キング牧師が先頭に立ち、マートンがそばについている写真もあった。

「コレクターの垂涎《すいぜん》の的になりそうね」わたしは小声でカレンにいった。「今回の騒ぎが片づいたあとで、ミス・エラがこれを売れば、多少は慰めになるかもしれない」

つぎの写真に移り、ハーモニー・ニューサムの熱意にあふれた若々しい顔を見た。まじめな目をした修道女と腕を組んでいた。

「フランキーだわ」カレンがつぶやいた。

ラモントはまた、群集の憎悪にゆがんだ表情も撮影していた。公園に散乱する下劣なことこのうえない人種差別のプラカードのひとつ――連中をユダヤ人みたいに燃やせ――を写し、警官の顔の前で炭酸飲料の缶の中身が噴きだす瞬間をとらえていた。見物人たちの顔は鮮明ではないが、はやしたてているようだ。

暴動がエスカレートするにつれて、写真のぶれがひどくなってきた――押し合いへし合いのなかにいるため、小さなコダックを持つ手がよけい不安定になるのだろう――しかし、ほぼすべての写真がデモの様子を生々しくとらえていた。何かを投げている男の写真があった。投げられた品も、男の顔も、ぼやけている。セオはこれを何枚かプリントして、品と男の両方をできるかぎり拡大していた。投げられた品はぼやけたままだったが、男の顔は確認できそうだった。

「これ、きっと〈ハンマー〉のマートンだわ」蛇の刺青に覆われた腕がキング牧師の頭を押し下げているのを見ながら、わたしはいった。「あの日、キング牧師はレンガをぶつけられたの。たぶん、マートンが牧師をかばおうとしたのね」

つぎの写真にハーモニー・ニューサムが写っていた。頭の横を押さえている。手のなかに丸くて白っぽいものがあり、それが頭に貼りついているみたいに見える。つぎの写真では、ハーモニーは地面に倒れ、丸くて白っぽいものは彼女の手から落ちている。セオがそこにピントを合わせて引き伸ばしてくれたので、釘のようなものが何本も刺さったボールであることがわかった。

そのクローズアップ写真を丹念に見ていくと、暴徒鎮圧用の装備に身を固めた警官がしゃがみこみ、釘の刺さったボールを拾おうとしているのが見えた。つぎの写真では、警官は立ちあがってズボンのポケットにボールを押しこんでいる。どちらのショットもぼやけていたが、何をしているかは一目瞭然だった。

そのとなりのライトテーブルで、わたしは思わず叫び声をあげた。叔父のピーターの顔に鮮明にピントが合っていて、誰かに指を向けている――祝福のしぐさ？　非難のしぐさ？――指の先にいるのは、何かを投げつけた男で、頭の上で手を叩き、勝利のダンスを踊っているように見える。顔立ちは不明瞭だが、セオが露出とトリミングをさまざまに変えて、最善を尽くしてくれていた。角ばった顎と、カールした豊かな髪から、若き日のハーヴィ・クルーマスではないかと思われたが、断定はできなかった。

「そのボール」わたしはハーモニー・ニューサムが地面に倒れた写真の置いてあるテーブルに戻った。「できるだけ鮮明に見てみたいの。それから、警官も。顔を確認するのは無理だけど、バッジがカメラのほうを向いてるでしょ。バッジの番号、わかる?」

セオはすでに、さまざまに露出の異なるプリントをすべてパソコンのプログラムにロードしていた。「ネガから始めるのが、つねにベストなんだけど」といった。「たぶん、ここに入ってるデータだけでも、答えは充分出ると思うよ」

セオが画像を操作するあいだ、カレンとわたしは彼のうしろに立っていた。ボールの表面の、釘の下になったあたりに、大きな曲線を描いてFの字が書かれ、そのあとにoがつづいていた。ネリー・フォックスだ。

わたしは息を吸いこんだ。画像がなくても確信してはいたのだが、この目で確認するのはやはりつらいことだった。ボールの穴は、ボールをぶら下げてバッティング練習に使うために、父とバーニー叔父があけたものではないかと思っていたが、じつは釘の跡だったのだ。誰かが野球ボールに釘を打ちこんだのだ。誰かがデモの列に向かってボールを投げ、それがハーモニー・ニューサムのこめかみに当たったのだ。そして、誰かがボールを持ち去り、釘を抜いたのだ。

暴徒鎮圧用の装備をつけた警官の四桁のバッジ番号にセオが焦点を合わせるあいだ、わたしは不安で吐きそうだった。ようやく数字が読めるようになったとき、小さく安堵の息をついた。誰の番号かはわからないが、父の番号なら、いまでもそらでいえる。すくなくとも、殺人現場で凶器をポケットに隠したのは、うちの父ではなかった。

46 発見

何枚か選びだした写真を使って、ストーリーボードを作った。ハーモニー・ニューサムと一緒にいるシスター・フランシス、こめかみを直撃したボールを手で覆っているハーモニー、ハーヴィ・クルーマスらしき人物と一緒にいるピーター、ボールのクローズアップ、ボールをポケットに入れる警官、彼のバッジのクローズアップ。セオが彼のパソコンを使わせてくれたので、写真のキャプションとボビー・マロリーへの手紙を打った。宛名には正式に彼の肩書きをつけた。ヘイゼル・アリートのわたしに対する無茶な非難の言葉をボビーが信じたことに、ムッとしていたせいもあるが、遠い昔にマルケット・パークでボビーが何をしていたかが、わたしにはわからないからでもあった。あのとき、彼は十九歳の新米警官で、ベテラン警官トニー・ウォーショースキーの庇護のもとで火の洗礼を受けたのだ。

マロリー警部殿

これらの写真は、一九六六年八月六日にマルケット・パークでラモント・ガズデンにより撮影されたものです。けさ、このネガが見つかったので、現在は安全な場所に保管してあります。ここ一週間にわたしの自宅ならびに事務所に侵入した者たちは、このネガを捜していたものと思われます。

たぶんご記憶と思いますが、一九六六年のハーモニー・ニューサム殺し（写真4）の容疑で、一九六七年一月にスティーヴ・ソーヤーが逮捕され、有罪判決を受けました。凶器は提出されませんでした。ソーヤーの有罪の決め手となったのは裏づけのない自白だけで、それもジョージ・ドーニックとラリー・アリートの拷問によって無理やりひきだされたものでした。

裁判において、ソーヤー氏は、ラモント・ガズデンが彼の無実を証明する写真を持っていることを主張しようとしました。この手紙に添付された写真は、最低でも、この裁判における証拠保管の連続性に対し、重大な疑問を投げかけるものです。

ラリー・アリート殺しでわたしを起訴するよう、あなたが州検事局に働きかける前に、わたしはつぎのことを提案します――一九六六年の殺人事件と、一九六七年のスティーヴ・ソーヤーの裁判を調べなおすこと。そして、とくに、バッジ番号が八三九六だった警官の氏名を確認すること。

わたしは自分の身を守るために、この手紙のコピーを顧問弁護士に送ることにします。スティーヴ・ソーヤーの裁判で彼の国選弁護士を務めたアーノルド・コールマン判事と、スティーヴ・ソーヤーにも送ることにします。また、ジョニー・マートンの現在の弁護士であるグレッグ・ヨーマンにも送るつもりです。

一九六六年の殺人事件と、ラリー・アリートの死に関してあなたがわたしに向けた根拠のない非難の両方を解明するために、あなたがつぎにどんな手段をとるかが決まったら、わたしの顧問弁護士に伝言をお願いします。

セオがストーリーボードのコピーを一ダース作るあいだに、わたしは弁護士のフリーマン・カーターに電話をかけ、きわめて重大な証拠を手に入れたので金庫に保管してもらいたいと告げた。

「いつ連絡をくれるのかと待ってたんだぞ、ウォーショースキー。警察がすでにうちの事務所にきて、きみの身柄をひき渡せと要求したものだから、弁護士を頼む権利があることをきみが思いだしてくれるのも時間の問題だと思ってたんだ」

「そうならないよう願ってるとこなの、フリーマン。でも、これまでの経緯をざっと説明させてね」

ラモントとスティーヴ（キマチ）とドーニック、クルーマスとわたしの叔父に関して、知っているかぎりのことを説明した。両親の形見が入っているトランクからネリー・フォックスの野球ボールが出てきたことまで報告した。

「で、わたしにどうしてほしいんだね？」フリーマンがきいた。

「写真と野球ボールを預かってちょうだい。警察を撃退してちょうだい。わたしはとにかく、全力でペトラを捜さなきゃ。ほかのことを心配するのは、ペトラが見つかってからにするわ」

電話のやりとりをきいていたセオが、ネガと余分のプリントを〈チェヴィオット〉で預かってもいいといってくれたが、わたしは州が〈チェヴィオット〉に強制的に証拠物件の提出を命じる可能性のあることを説明した。弁護士ならある程度の特権を持っているので、少なくとも二、三日は州政府を食い止めておける。セオには、ボビー、コールマン判事、グレッグ・ヨーマンにストーリーボードを届けるのに、〈チェヴィオット〉の配送サービスを使わせてほしいと頼んだ。尾行なしで動きまわれたら、〈フィット・フォー・ユア・フーフ〉へはわたし自身の手でコピーを届けるつもりだったが、その前にまず、オリジナルのネガフィルムと、セオが作ってくれた百枚ほどのプリントを、フリーマン・カーターが彼の事務所の金庫にしまうところを見届けたかった。

カレンとわたしが有料道路に戻ったときは、シカゴのラッシュアワーの渋滞の真っ最中だった。ラッシュの代わりに、スローアワーと呼ぶべきだ。のろのろ走る車のなかで、〈フリーダム・センター〉にあるシスター・フランシスの部屋の修理のことで、カレンが報告をくれた。

「工事にきた男たちの仕事ときたら、ひどいのなんのって。解体業者のほうは、部屋を解体したあと、鋲を打ちこんでいっただけ。翌日の業者は配線工事を始めたと思ったら、建物全体の回路をだめにしてしまった。シスターたちがビルの管理会社にいくら頼んでも修理してくれないんで、ついには、オーナーの自宅へデモ隊を送るって脅しをかけたそうよ」

「なるほど。たぶん偽の業者だったのね。火炎瓶に関する証拠をひとつ残らず消し去るために、ハーヴィ・クルーマスが送りこんだ連中だわ」それも、ペトラに関してわたしが頭を悩ませている点のひとつだった。ペトラは本当に、ドーニックか、アリートか、ハーヴィ本人に携帯メールを送って、わたしが火災現場で集めて袋に入れた火炎瓶の破片をとりにくるよう指示したのだろうか。

カレンはつぎに、元気の出るニュースをくれた。ミス・クローディアが今日は多少持ち直しているという。牧師見習いにミス・クローディアや、深刻な状態にあるその他何人かの患者の様子を見にいくよう、牧師見習いに頼んでおいたところ、セオの写真の現像が終わるのを待っているあいだに、その見習いから連絡があったそうだ。

「あなたに聖書を渡したことで、魂の重荷がとりのぞかれて、生きる力が湧いてきたみたいよ」カレンはいった。「ひょっとすると、写真があそこにあることを、ずっと知ってたんじゃないかしら」

「ミス・クローディアが写真のことを知ってたのなら、ひっぱりだして、現像してもらったと思わない？」わたしは反論した。

「わたしの想像だけど、ラモントはマートンに相談に行ったんじゃないかな。写真をどうすればいいのか、ソーヤーの裁判で証言する危険を冒すべきかどうか、ってことを。もしかすると、ラモントは現像した写真を持ってて、彼の失踪と一緒にその写真も消えてしまったのかもしれないけど、利口な彼は、自分を心から信用してくれてるただ一人の相手にネガを預けていった。つまり、彼の叔母に。ローズ・エベールのことは信用できなかった。怒れる父親の支配力が強すぎるから。また、ジョニー・マートンのことも信用できなかった。将来、自分が助かりたいばかりに、司法取引で写真のことを持ちださないともかぎらないから。でも、クローディアなら彼を溺愛していて、彼の味方になってくれる。そこで、ラモントは見返しをはがして、ネガフィルムをさしこみ、その聖書をクローディアに渡した。表紙がでこぼこしていることは、ミス・クローディアも気がついてたでしょうね。そして、ラモントがそこに何かを隠したんじゃないかと、ある程度は疑ってたかもしれない。でも、それが何なのかは、たぶん怖くて調べられなかったんだと思う」

「どうして?」カレンはディアフィールドの料金所へ向かってすこしずつ前進していた。わたしはぴったりの小銭を出そうとして財布を探った。

「クローディアは、写真のことは知らなかったけど、ラモントがドラッグを売ってるって、エラにいつもいわれてたでしょ。ヘロインかLSDか何かの包みが隠してあると思ったのかもしれない」

車数台分の距離を進むあいだ、二人とも無言だったが、カレンが唇を嚙みながら、わたしのほうをちらちら見ていた。ついに口をひらいた。「あなたに知らせておかなきゃいけないことがあるんだけど、どんなふうに話せばいいのか、さっきから悩んでたの。牧師見習いの女性に電話したとき、わたしを訪ねてきた男たちがいるっていわれたの。その連中、あなたとわたしがゆうべミス・クローディアの病室へ行ってたことを、看護師長からききだして、わたしにきけばあなたの居所がわかると思ったみたい」

「警官?」わたしはきいた。

カレンは首をふった。「見習い牧師には、そんなことわからないでしょうね。たぶん警官だろうと思っただけで、身分証明書の提示を求めることは思いつかなかったそうよ。あなたから、今日、あれこれ話をきくうちに、ひょっとするとジョージ・ドーニックの警備会社の連中じゃなかったかって気がしてきたの」

わたしは額をさすった。「となると、あなたの家にきてるかもしれない。いまから弁護士を訪ねたあと、わたし、あなたの家まで一緒に行くわ。連中が待伏せしてないか、確認しなきゃ。ドーニックの会社の連中だとすると、あなたの携帯の番号もすでに知られてるかもしれない。つまり、目下、わたしたちに尾行がついてる可能性ありってことね」

わたしは陰気な微笑を浮かべた。「わたしの周囲にいたら、誰も安全ではいられない。ドーニックのおかげで、それを痛感させられたわ。今回のゴタゴタが片づくまで、あなた、ベルナルドを連れて〈ライオンズゲート・マナー〉の空き部屋に移ったほうがいいかもしれない」

「心配しないで、ヴィク。わたしはただの牧師で、あまりにも世間知らずなため、あなたの魂胆を見抜くことができなかったんだと弁明すれば、向こうは信じるわ」カレンがバラの蕾のような唇を、驚いたといいたげに丸くひらいたので、わたしは笑いだした。

「わたしが得意にしてるヴィクトリア朝の顔なの」カレンはつけくわえた。「わたしに邪悪な世間のことが理解できるなんて、誰も思いもしないわ。トラブルと危険に囲まれてるのはあなたのほうよ」

車の流れがわずかに速くなった。わたしは車のサンバイザーについている鏡を使ったり、右のサイドミラーをのぞいたりして、道路の様子をチェックしつづけた。同じ車が周囲をのろのろと走っていた。こちらに特別な注意を向けている車があるかどうかはわからなかった。グレイのＢＭＷが気になりだしたのは、ケネディ高速を離れてループに入ったときだった。アンテナの数がやけに多いのに加えて、高速道路の最後の数マイルを走るあいだに、黒のフォード・エクスペディションと場所を交代したように見えた。カレンが運転しているターコイズブルーのカローラは渋滞のなかでも簡単に目につくので、高速を出るまでは、連中もぴったり張りつく必要はなかったわけだ。だが、ループに入ったとたん、ＢＭＷがタクシー二台とバスの横をまわって、こちらの車の真ん前に割りこんだ。エクスペディションが横から近づいてきた。

「道連れができたわよ」わたしはいった。「身動きがとれなくなる前に、わたしだけ飛びおりるわ。あなたのとこへは、警官を派遣してもらうわね」

カレンが反応する暇も、何かいう暇も、さらには車のスピードを落とす暇もないうちに、わたしはネガフィルムと写真の入った封筒をジーンズのうしろに押しこんで、助手席のドアをあけた。ドアにしっかりつかまって、足と身体を外に出し、車と一緒にしばらく走ってからドアを勢いよく閉め、フリーマンの法律事務所に向かってラサール通りを走りだした。警笛、悲鳴、タイヤのキキーッという音がきこえ、つぎの瞬間、歩道にいたバイク便が急なUターンをし、べつの一台が南から迫ってきた。

わたしは最初に目についた回転ドアを押して通り抜け、アーケードを全力疾走した。うしろから足音がきこえ、追跡者が誰かとぶつかったらしく、怒りの叫びがあがったが、わたしはふり向いて時間を無駄にするようなことはしなかった。

走りはじめると、封筒がお尻に食いこんだが、貴重な荷物を無事に身につけていることをその痛みが教えてくれた。〈チェヴィオット〉に置いてくればよかった。後悔はあとまわしよ——ゼイゼイいいながら自分を戒め、のろのろ歩いている女性三人の横をまわって、ビルの裏の回転ドアまで走った。

ウェルズ通りはバイク便であふれているように見えた。本物のバイク便？　追跡者？　見分けるのは不可能だった。一台のバイクが歩道に飛び乗って、まっすぐわたしに向かってきた。べつの一台が横から近づいていた。最初の男の手に拳銃のきらめきが見えた。男が銃を持ちあげるのと同時に、わたしはカブスの帽子を脱いで歩道にころがった。男が近づいてきて、こちらに銃を向けた瞬間、帽子をバイクのタイヤのスポークに突っこんでやった。バイクがぐらつき、転倒した。銃が暴発した。群集が悲鳴をあげて散り散りになり、わたしは高架鉄道の階段を駆けのぼった。

轟音とともに電車が入ってきた。改札のスロットにカードを通す通勤客の列を押しのけた。怒りの罵声を浴びせられ、駅長からマイクでどなられたが、改札ゲートを飛び越えて、最後の階段を駆けあがった。閉まりかけた電車のドアから強引に乗りこむことができた。

電車は超満員だった。息を切らしながら、ドアにぐったりもたれると、四方八方から通勤客に押された。わたしの銃が脇腹に食いこみ、封筒が背中に食いこんだ。全力疾走と恐怖から、両脚が震えていた。モンロー通りに残してきたカレンのことを考えた。わたしが逃げたのを見て、連中がカレンを放っておいてくれたのならいいが……。わたしのせいで彼女までが怪我をするようなことが、どうか、どうか、ありませんように。

いくつかの駅に停まるあいだ、現在地もわからないまま電車に乗りつづけていた。駅に入るたびに電車のドアから離れ、ドアがふたたび閉じると、またぐったりもたれた。ブラウン・ラインで北へ向かっていることに、ようやく気がついた。どの駅でおりても、見張りの者が待ち構えているにちがいない。ドーニックはわたしのためにどこまで大々的な作戦をくりひろげることができるだろう？　いくつぐらいの高架鉄道の駅に見張りを置くことができるだろう？　わたしはドーニックの力をじっさい以上に大きく見ているのだろうか。

永遠に電車に乗りつづけるわけにはいかない。つぎの駅でおりた。アーミティジ・アヴェニュー。ここはヤッピー地区の心臓部で、乗降客も多く、混雑に紛れて駅を出ることができた。

ヤッピー御用達の地区なので、無数の小さなブティックが軒を連ねていた。大胆に変装するためのカツラか何かがほしかったが、帽子を買うことぐらいしかできなかった。白いゴルフ帽にした。先週ひきだした千ドルが減る一方だが、新しいシャツも買って、カレンの濃紺のTシャツをその白いシャツに着替えた。〝ガール・パワー〟と胸にプリントされていた。もしかしたら、そのパワーがわたしに乗り移ってくれるかも。ここ何日かサングラスをかけていないので、まばゆい太陽光に目が痛くなってきた。ドラッグストアに入って安物のサングラスを買った。それから、口紅も。コーヒーショップで特大Lサイズのハーブティーをもらい、洗面所に入って手を洗いながら、つぎの動きを考えた。

汚れを落とし、水分補給をすると、ほんのすこし気分がよくなった。しかし、どう動けばいいのか、さっぱり思いつけなかった。この界隈から抜けだす方法も、ペトラを見つけるのに役立ちそうな場所も、わたしの写真をフリーマン・カーターに届ける方法も、浮かんでこない。いまごろはもう、ドーニックがモレルのホンダを見つけているかもしれない。車をとりに〈ライオンズゲート・マナー〉まで戻る危険は冒せない。家にも事務所にも帰れない。ここはちょうどその二つの中間点なのに。

コーヒーショップの外でホームレスの男が《ストリートワイズ》を売っていた。〝頭の上に屋根があって、あんたを愛してくれる家族がいれば大丈夫〟――きのう、ミレニアム・パークで、ホームレスが歌うようにいっていた。あなたにはたどり着けない屋根、あなたを撃ち殺そうとする家族。男に一ドル渡した。そして、エルトン・グレインジャーのことを考えた。

エルトンもこの近くにいた。エルトンが質問の返事をはぐらかし、わたしの顔を見ようとしなかったとき、わたしはペトラが事務所から走って出ていくのをエルトンが目撃したのだと確信した。何ヵ月か前に、秘密のねぐらへの行き方を彼が教えてくれた。いまからそれを見つけにいこう。従妹に関してわたしが知りたいことを話してくれるまで、そのねぐらに居すわってやるといって、エルトンを脅してみよう。

買物をしているうちに、駅から徐々に西のほうへ行っていた。バス停で待ち、西行きのバスに乗った。ポケットから小銭を何枚か出して料金を払い、つぎに、ガタガタ走るバスのうしろの窓から外の様子を監視した。バスはうんざりするほどのろかったが、わたしは疲れ果てて歩く元気もなかった。それに、とりあえずこうしていれば、誰かに見つかったとき、すぐに気づくことができる。

ディメン・アヴェニューでバスをおり、歩きはじめた。このあたりは街路が入り組んでいる。市の北西部をシカゴ川が蛇行しているためだ。ケネディ高速の下まで行き、そこからオノレ通りを歩いて川に出る必要がある。鉄道の土手の下にある小屋――エルトンがそういっていた。

ラッシュアワーはすでに終わっていた。通りに並ぶレストランに客があふれはじめていた。笑いながら食事中の客の姿が窓の奥に見えて、羨望の念に打ちのめされそうになった。エルトンもこんな思いを抱いていたのだろう。昼間はわたしの事務所の向かいにあるコーヒーショップの外にいて、夜になると、そこから重い足どりで帰っていく。家庭もなく、ポケットには酒一本かサンドイッチを買う金しかない、ベトナム帰還兵。

わたしは鉛のような足で高速道路の下を歩き、東へ曲がり、ふたたび北へ曲がった。鉄道の土手には有刺鉄線がめぐらされていたが、ケネディ高速の影に隠れるようにして、隙間があいていた。そこをくぐり抜けて、土手をよじのぼった。何十年にもわたってシカゴ市民が車からゴミを投げ捨ててきたため、土手のところどころで、積み重なったゴミがウェストぐらいの高さになっていた。ゴミを掘ってエルトンが作った小道が見えたので、そこをたどって線路までのぼり、反対側をおりていくと、川岸のところで土手が終わっていた。

最初はエルトンの小屋が見つからなかったため、疑心暗鬼になっていた彼がわたしに嘘を教えたのではないかと思った。だが、下草とゴミのなかにかすかな通り道がついていたので、それをたどって川まで行った。このあたりの水は濁っていて、茶色がかった緑色を帯びていた。ペットボトルや木切れと一緒に、鴨の群れが水に浮かんでいた。流れは目に見えず、土手を縁どる茂みから蚊の大群が飛び立っていた。

川岸から背後に目を向けると、ようやく小屋が見えた。下草と捨てられたタイヤのなかにほとんど姿が隠れている。上にシカゴ&ノースウェスタン鉄道のロゴがついていた。たぶん、かつては倉庫として使われていたのだろう。近づくと、屋根の上にエルトンの手で雨水タンクが置かれ、シャワーヘッドがとりつけられているのが見えた。窓はひとつもなく、使われている板材は湿気で黒ずんでいたが、穴のあいたところはすべて、金属や、発泡スチロールや、ビニールシートで覆ってあった。

土手をよじのぼって、ドアのあるほうへまわった。「エルトン？　いる？　V・I・ウォーショースキーよ。話があるの」

ドアを軽く叩くと、小屋のなかで何かが動く気配がして、すすり泣く声がきこえた。ぐらぐらのドアをあけた。寝袋の山のなかから、従妹のペトラがまばたきしてこちらを見ていた。

「V・I！　どうしてわかったの？　誰にきいたの？　誰と一緒なの？」

わたしは口も利けなかった。ペトラを目にした安堵で胸がいっぱいになり、驚きに首をふりながら、そこに立ちつくすだけだった。

47 リバー・ランズ・スルー・イット

わたしが床にすわりこんでペトラを抱きしめると、ペトラはわたしの肩にしがみついて泣きじゃくった。「ヴィク、めちゃめちゃ恐ろしかった。怖いことばっかり。どならないで。あたし、ほんとは……そんなつもりじゃ――」

「どなったりしないわよ、小さな従妹」わたしはペトラの汚れた髪をなでながら、やさしくいった。「わたしが癇癪をおこしたせいで、あなたが怯えてしまって、わたしのことを信用できなくなったんだもの」

「誰かにしゃべったら、ママと妹たちを撃ち殺す、ダディは刑務所行きだって、あいつらにいわれて、どうすればいいのかわからなかった。こうもいわれたわ――ヴィクはダディのことを刑務所に放りこみたがってる、あたしはヴィクに利用されてるだけだ、もしあたしがあいつらに協力しなかったら、あたしが何やってるかをヴィクにしゃべったら、あたしも、ダディも、ママも、ほかのみんなも、ヴィクにひどい目にあわされるだろうって」

「あいつらって誰なの？　レス・ストラングウェル？　ドーニック？」

ペトラはしゃくりあげて、うなずいた。

蚊の大群が小屋に入りこんで、服の上からわたしたちを刺していた。狭いスペースは空気不足だったが、ドアを閉めるしかなかった。ドアが閉まると、湿った川の泥と饐えた汗の臭いが充満した。エルトンが屋根を四角く切り、捨てられていた板ガラスをはめこんで作った間に合わせの天窓二つから、光が入ってくるだけだった。外では太陽が沈みはじめていた。怯えた真っ青な従妹の顔がかろうじて見分けられた。

「ネリー・フォックスのボールがそもそもの始まりだったんでしょ？」わたしはいった。

「トランクに入ってたボールを見つけた日、あなたは選挙事務所でそのことをしゃべった」

「あたしって、ほんと、とんでもないおしゃべり！　ボールはほんの一部だったの。すべてが始まったのは、資金集めパーティのときなの。あの薄気味悪いコールマン判事の前で、あたしがジョニー・マートンの話をしたときだった。判事がハーヴィおじちゃまに、『あの女にハーモニーの件を嗅ぎまわらせんほうがいいぞ』っていってるのがきこえたの。あたし、最初はおもしろい冗談だと思った。ハーモニーっていうから、ヴィクと音楽のことか、お母さんのことか何かだと思ったの。そしたら、ハーヴィおじちゃまはこう答えたわ——あの件で〈アナコンダ〉を叩きつぶしてやった、頭を切り落とされた蛇が息を吹き返すようなことになっては困る、って。でね、資金集めパーティのつぎの日、ミスタ・ストラングウェルに呼ばれて、彼の下で働くことになって、この仕事は極秘にしておくようにっていわれたの。ヴィクがブライアンの選挙運動を妨害しようとしてるからだって」

「なるほど。で、選挙運動をめちゃめちゃにしかねない証拠の品をわたしが握ってるから、それを見つけるように、といわれたのね？」

頭上で電車が轟音を響かせ、小屋を揺らした。その電車が通りすぎるまで、話をつづけるのを待たなくてはならなかった。轟音がようやく遠のいて、夏の宵のいつもどおりのやさしい物音がきこえてきた。小鳥の最後のさえずり、小さな虫たちの鳴く声。

「証拠の品って？」従妹が黙りこんだままだったので、わたしは催促した。

「初めのうちは、ゲーム感覚だったの。ダディとその家族が住んでた場所をあちこちまわって。でも、そのうち、ヤバい感じになってきた。あの修道女が殺されて、ヴィクが病院に入ってたとき、あいつら、修道女のアパートメントに何か残ってるはずだといって、あのすっごく恐ろしい男をよこして、そいつがあたしをアパートメントへひっぱってったの。あたし、そのときからめちゃめちゃ怖くなって、よっぽどヴィクに打ち明けようかと思ったんだけど、あいつらがいってたことを思いだして……ヴィクはジョニー・マートンの昔の愛人だったとか――」

「ええっ！」驚きのあまり、わたしは思わず腰を浮かせた。「ペトラ！　じょ、冗談じゃないわよ！　国選弁護士をやってたころ、あの男を担当したことはあるけど、わたしが出会ったなかで最高に物騒な男の一人だったわ。すくなくとも、レス・ストラングウェルに会うまではそうだった。それから、弁護士が依頼人と寝ることはぜったいにないわ。たとえその気があったとしても。お願い、わたしを信じるといって！」

「あたしにギャーギャー怒らないでよ、ヴィク、耐えらんない！」ペトラの声はいまにもヒステリーをおこしそうだった。一人きりで恐怖と向き合ってきた時間が長すぎたのだ。

「ううん、怒ってなんかいない。ただ、連中がわたしのことでそんな大嘘をつくのかと思って、愕然としてるの。大好きな従妹に、そんなこと信じてもらいたくない。それだけのことなの」

「わかった」ペトラはつぶやいた。

わたしはそれ以上のことを、たとえば、「もちろん、信じないわ」というような言葉を期待して、しばらく待ったが、ペトラが何もいわなかったので、話のつづきを促した。「そこで、あなたはその恐ろしい男と一緒にシスター・フランシスのアパートメントにやってきた……ラリー・アリートだったの？……で、わたしと鉢合わせしたものだから、男に立ち去るよう合図をした。つぎに、男に携帯メールを送って、証拠品が入った袋をとりにくるよう指示した」

「ひどい話ね」ペトラはつぶやいた。「ヴィクにそういわれてみると……。でも、もっと困ったことになっていったの。ヴィクが古い写真を持ってるから、それを見つけたいけど、野球ボールもほしいって、あいつらにいわれたの。それから、ヴィクが何してるのか、何を捜してるのかを、毎朝報告するよう、ミスタ・ストラングウェルにいわれて、ヴィクから小さな仕事を頼まれたことを話したら、彼、すっごい興奮して、頼まれたことはなんでもやって、彼のほうへも報告をよこすようにっていったわ。けど、例の建設業者のことを調べたら、住所がハーヴィおじちゃまのシカゴのアパートメントと同じだったんで、あたし、わけがわからなくなってしまったの。で、ミスタ・ストラングウェルにきいてみたら、そしたら、あの人……あの人……」一瞬、ペトラは話をつづけられなくなったが、気力をふりしぼった。「そのときなのよ、〈絞殺魔〉にいわれたの——あたしが彼の指示どおりにしなかったら、ママと妹たちは死ぬことになるし、ダディは刑務所行きだって」

わたしはペトラの頭をなでて、あやしつづけ、わたしたちの手ですべて解決できる、そうすれば、誰も殺されたりしないし、刑務所へ行くこともない、といって安心させようとした。もっとも、わたし自身にも確信はなかったが。最後に、ペトラの様子がすこし落ち着いたところで、どういうわけでエルトンの小屋にたどり着いたのかと尋ねた。

「ヴィクの事務所に侵入するのを手伝わされたあとのことなの」

「ええ、ベイビー、そこまではわかってるわ。ビデオカメラにあなたが映ってたから」

「ダディを刑務所へ送りこむ写真を、ヴィクが持ってるって、あいつらにいわれたの」ペトラは小声でいった。「ヴィクが昔住んでたサウス・シカゴの家には入れなかったって、あたしが報告したら、どの家か教えろっていわれて、そこまで連れていかれた。それから、あたしがヴィクの部屋のベッドメーキングをしたり、ヨーグルトを届けたりできるようにって、サルおじちゃんがヴィクの鍵を預けてくれたときは——ほら、ヴィクがドクター・ハーシェルのとこに泊まってたあいだに——ミスタ・ストラングウェルから、合鍵を作るからそれをよこせっていわれた。

たぶん、あいつら、そのあとでヴィクのアパートメントを荒らしたのね。あたしは一緒に行かなかったけど。みんなからラリーって呼ばれてる男が古い写真を盗んできたわ。トニー伯父さんとほかのみんなが野球やってる写真。そしたら、〈絞殺魔〉がもうカンカン。こんなものが何かの証拠になるなんて考えるのは、アル中のバカ男だけだっていったわ。でね、ヴィクの事務所を調べる必要があるって結論になったの。

あたしも無理やり連れていかれた。キーパッドに打ちこむ暗証番号を教えるだけじゃだめだっていうの。〈絞殺魔〉にいわせると、ヴィクが事務所にいた場合——ほら、蛇男の面会が中止になった可能性もあるでしょ——あたしだったらすぐ入れてもらえるからって。で、事務所に入ったとたん、すっごい乱暴に荒らしはじめたから、あたし、殺されるんじゃないかって怖くなった。あれこれ見すぎてるもんね。それに、ミスタ・ドーニックが〈絞殺魔〉に何回も電話して、『こんな口の軽い女がヴィクにべらべらしゃべらずにいられるなどと、どうして断言できる？』っていってたし。で、あたし、生理になったふりして、出血してるからトイレへ行かなきゃっていって、廊下の奥へ歩いてったの。

あの物騒な男——ラリーって呼ばれてる男——が銃を手にしてそこに立ってたんで、あたし、裏口のドアを見つけて、飛びだして、すごい勢いで逃げだしたのよ。そしたら、エルトンがいたの。通りに。でね、エルトンが前にねぐらの話をしてたのを思いだしたってわけ。あたし、助けてって頼みこんだ。ちょうどそこにバスがきたから、二人で飛び乗った。で、エルトンがここに連れてきてくれたの。あたし、もう怖くて、怖くて、ここから一歩も出られなかった」

わたしはペトラをやさしく揺すりながら、どこかに隠れ家はないかと考えた。わたしが警察に耳を貸してもらおうとするあいだ、せめてペトラだけでも安全に眠ることのできる場所がほしい。いくつかの案を思い浮かべては捨てていたとき、ペトラが不意に写真のことをきいた。

「何、それ？」

「昔の話なのよ。しかも、ひどい話。一九六六年に、あなたのお父さんがマルケット・パークの暴動現場にいて――」

「人種暴動のことね。黒人があのあたりをめちゃめちゃにしたんでしょ」

「それはもっとあとのことよ。わたしがいってるのは白人の暴動で、あなたのお父さんと、ハーヴィおじさんと、その他八千人ほどの人が、マーティン・ルーサー・キング牧師に向かってわめき散らしたの。この写真を見ると、黒人女性が殺された現場付近に、あなたのお父さんとハーヴィおじさんの姿があるのよ。警官も写ってるわ――ジョージ・ドーニックからリー・アリートのどっちかだと思うけど――凶器をポケットにしまいこんでる写真。のちに、ドーニックとアリートは黒人男性を拷問にかけて、殺人の自白をひきだした」

「ちがう、嘘だわ！　ダディがそんな……ハーヴィおじちゃまがまさか――」

わたしはペトラをさえぎった。「あなたの気持ちはよくわかるわ。だって、うちの父も関係してたから。父は拷問の現場を目にして、止めようとしたんだけど、ピーターを刑務所に送ってやるって、二人に脅されたの。だから、父は――わたしの父、わたしが知っているなかで最高の男性だった父は――ピーターを助けるために、拷問に目をつぶることにした。その後、あなたのお父さんが刑務所へ行かなくてすむようにと、野球ボール――ネリー・フォックスのサインが入ったあのボール、殺人の凶器――を預かることにした」

「嘘！」ペトラは金切り声をあげて立ちあがった。「ヴィクがこしらえた嘘だわ！」

「だったらいいのにね」わたしも立ちあがり、シャツの下に手を入れて写真アルバムをとりだした。薄暗くなっていて、こまかい点まで見るのは無理だったが、ペトラはページをめくってじっくり見ているふりをした。

「デモ行進のとき、殺害された女性のそばにシスター・フランシスがいたの。あの連中、シスターがわたしにその話をするのを阻止しようとして、シスターを殺したのよ。あなたがシスターのアパートメントへ証拠品をとりに行かされたのはなぜだと思う？　わたしのような人間がそれを警察に届けるのを阻止するためよ。修道女たちが移民を援助する活動をしているために、あの建物は国土安全保障省の監視下に置かれてるけど、あなたとラリー・アリートがあそこへ行った夜、あなたたちの写真は撮られなかった。なぜなら、ジョージ・ドーニックが国土安全保障省に強いコネを持ってるから」

「そんなこと、公表されたら困るわ」ペトラはつぶやいた。「だめよ、ぜったいだめ」

「ペトラ、四十年にわたる過ちがわたしたちにのしかかってるのよ。あなたとわたしに。二人の父親がやってきた四十年にわたる過ちが。ドーニックとアリートに拷問された者がほかにどれだけいるのか、わたしには見当もつかない。沈黙を通すことはできないわ。ピーターを救うためでも。たとえトニーを救うためであろうとも」

「もうっ、人でなし」ペトラは声を詰まらせた。「サルおじちゃんのいってるとおりだわ。ヴィクったら、正しいのは自分だけだと思ってる。ヴィクの世界では、あとの人間なんてゴミみたいなものなのね」

「人でなしはそっちだわ、ペトラ・ウォーショースキー。自分の命だけじゃなくて、わたしの命まで危険にさらして。いまの話を一カ月前に打ち明けてくれてたら、シスター・フランシスは死なずにすんだかもしれない。ピーターを守るために、どれだけの人間が死ななきゃいけないの？」

わたしたちは狭苦しいスペースで鼻をくっつけそうにして、怒りと恐怖のあまりゼイゼイ息をしながら、にらみ合ったが、そのとき、土手の斜面を荒々しく近づいてくる足音がきこえた。複数の足音だ。エルトンではない。懐中電灯が土手のあちこちを照らしていた。夏の宵が終わろうとしていて、エルトンの作った天窓からさしこむ淡い光は、わたしたちが口論をしているあいだに紫に変わっていた。わたしはペトラの腕をつかみ、片手で彼女の口をふさいだ。

写真の入った封筒……わたしの身に何があっても、あれだけは無事に残しておかなくては。必死にあたりを見まわして、床に置かれた袋と毛布の山から黒いゴミ袋をつかんだ。封筒を丸めて袋につっこんだ。ゴミ袋を小屋から出す時間も、ペトラを逃がす時間もなかった。袋を隙間に押しこんでから、従妹をドアの横の壁に押しつけた。その前に立った。ドアがひらいても、すぐに姿を見られることはないだろう。

ホルスターからスミス&ウェッスンを抜いて、安全装置をはずし、従妹の耳にささやいた。「わたしが『逃げて』といったら、身をかがめて、走って外に出て、あの川に飛びこむのよ。向こう岸まで泳いで、サルおじちゃんのとこへ行って」

すばらしい案ではなかったが、その程度のことしか思いつけなかった。紫の光のなかでさえ、ペトラの青ざめた顔のなかで目が大きくひらかれ、恐怖を湛えているのがわかった。ペトラの喉の筋肉が動いたが、うなずいただけだった。

「ここがそうか」ジョージ・ドーニックの声だった。

「は、はい、そうです」エルトンの声。震えていて、ほとんどききとれない。

「まるでゴミ溜めだな。おまえは役にも立たんクソだ。わかるな？」軽蔑に満ちた、楽しげなドーニックの声。「ドアをあけろ。この目で娘を見たい」

「あの子を傷つけたりしないって、いったじゃないか」エルトンは不安そうだった。「話がしたいだけだって」

「そのとおりだ、蛆虫野郎。傷つけようなんて思ってないよ。娘を家に帰してやる必要がある。それだけのことさ」三人目の男の声だった。わたしの知らない男。そして、彼が笑うと、ほかの二人が笑いに加わった。ドーニック、そして、部下が二人。いや、たぶん三人。

ペトラの心臓がわたしの肩甲骨の上でドクドク打っていた。わたしはうしろへ手をやってペトラの手を握りしめた。小屋のドアが勢いよくひらいた。懐中電灯が狭いスペースを照らし、わたしの足を見つけた。わたしは身を伏せて、ころがり、光の背後の人影に体当たりして、なぎ倒してやった。

「逃げて！」と叫び、そのままころがって小屋の外へ出た。二つ目の懐中電灯がわたしを追ってきた。背後にペトラの足音がきこえた。ドアから飛びだすペトラを掩護するために、わたしは狙いも定めず発砲した。足音はそのまま川岸へ、一瞬の躊躇、川に飛びこむザブンという音。偉いっ！　わたしもペトラのあとから斜面をおりはじめたが、光がしつこく追ってきて、誰かが銃を撃った。茂みに飛びこむと、大きくて鋭利な何かにぶつかったので、ふたたびころがってそれをよけ、光のほうへやみくもに銃をぶっぱなした。

「ウォーショースキーだ。クソッ、娘はどこだ？」

「誰かが水に飛びこんだぞ」

さっきなぎ倒してやったやつが体勢を立て直していて、懐中電灯の光が水面を照らすのが見えた。川の上に銃声が響き渡り、鴨の群れがグワッグワッ、ギャーッと鳴きはじめた。鴨の翼がバタバタすると、男はふたたび銃を撃った。

わたしは必死に川岸まで行こうとした。古タイヤと茂みにつまずいた。銃を身体の正面に構え、膝と片手を使ってうしろ向きに進んだ。さらに何発かの銃声、そして、ドーニックが部下を扇形に散開させてわたしをとり囲んだ。彼が命令をがなりたてると、右と左からつづけざまに銃声があがった。

ドーニックが指示を出しているあいだに、わたしはじりじりとあとずさったが、わたしを三方から囲んだ男たちが、わたしの飛びこんだ茂みを懐中電灯で照らしていた。わたしはキツネ狩りのキツネだった。向こうは光誘導ミサイルか熱感知ミサイルを用意していて、それでわたしを始末する気だろう。

「ネガはどこだ、ヴィク？」ドーニックが叫んだ。

「わたしの弁護士が持ってるわ、ジョージ」

「きみは弁護士のところへは行っていない。われわれのほうが先に着いていた」

「メッセンジャー・サービスを使って届けてもらったの……ついでに、ボビー・マロリーのほうへもコピーを送っておいたわ」

ボビーの名前をきいて、ドーニックは一瞬躊躇したが、こういっただけだった。「きみがカーターの事務所へ行こうとしてたことはわかってるんだぞ。あの女の携帯を聴かせてもらった」

「女の携帯？　カレン・レノン牧師のこと？　あなたって、小さいころはさぞ楽しい子だったでしょうね、ジョージー。きっと、ジャングルジムの下にもぐりこんで、クラスの女の子のパンティをのぞいてたのね。そこからスタートして、ネズミや猫の虐待へ進んだの？　マロリー警部にかばってもらうことはできないわよ、ジョージー。警部がわたしの報告書を読んだら、もうおしまいよ」

「ネガがなきゃ、きみの報告書にはクソほどの意味もない」ドーニックがいった。「どこにあるか白状しろ。そしたら、この酔いどれは解放してやる」

「いいんだよ、ヴィク」エルトンが震える声でいった。「おれのためだったら、なんにもしなくていい」

「何があったの、エルトン?」わたしは叫んだ。「ここにペトラを匿ってたことが、どうしてばれたの?」

「きみの事務所の向かいにあるコーヒーショップの人間さ」ドーニックがいった。「ホームレスの男が女の子を連れて逃げてったことを、そいつが教えてくれたんで、われわれはバックタウンのアル中や変人どもに片っ端から揺さぶりをかけてやった。まあ、エルトンみたいな男はたいして揺さぶってやらなくても、すぐに木から落ちるものだ。そうだったよな、蛆虫野郎」

「すまん、ヴィク。おれの命やなんか救ってくれたことはわかってるけど、いまじゃ、救ってくれなきゃよかったのにと思ってる。本心からそう思ってんだ。黙って死なせてくれれば、おれの可愛い女の子もこんなひどい目にあわずにすんだのにさ。あ、あんたの可愛い女の子って意味だよ。ありゃ、ほんとにいい子だ、ヴィク。自慢にしていいぜ。だから、おれのことはもう心配しなくていい。なっ? おれの面倒なんか、もうみなくていいんだ。わかったな?」

エルトンが震え声で謝罪するのを、ドーニックは無視した。「ネガを渡してもらいたい、ヴィク」

茂みに入ってわたしをつかまえるよう、部下に命じた。「生きたままでだぞ。身体検査をしたい。死んでもらっちゃ困るんだ……いまはまだ」

男たちが荒々しく土手をおりて茂みに入ってきた。わたしは銃を撃って一人に命中させたが、あとの二人は逃した。つぎの瞬間、腕をつかまれたので、蹴りを入れ、発砲したが、勝負は最初からついていた。男たちがわたしを押さえつけ、ドーニックがわたしの服の下に手を這わせて、乳首をきつくつまんだ。

わたしはドーニックの足の甲を思いきり踏んづけ、背後の男の膝頭を蹴飛ばしてやった。二人とも絶叫した。苦痛を与えられることには不慣れなのだ。男の手をふりほどいたが、走りだす前にドーニックにつかまった。ドーニックはわたしの銃をもぎとるなり、下草のなかへ投げ捨てた。部下にわたしを羽交い絞めにさせておいて、平手打ちをよこした。左頬、右頬、左頬。

「昔のナチ映画の見すぎね、ジョージ」わたしはいった。「エリック・フォン・シュトロハイムがいつもやってるシーンだわ」

ドーニックはまたしてもわたしを殴った。「利口な娘だと、トニーがいつも自慢していたが、そうでもないな。写真はどこだ？」

「フリーマンが持ってるわ」

「いや、持ってない」バシッ。

「アーミティジ・アヴェニューでフェデックスのボックスに入れたの」

「小屋を叩きこわせ」ドーニックが命じた。「〈チェヴィオット〉のメッセンジャー・サービスなど、使うわけがない。ボックスに入れたというのも、もちろん嘘だ」

わたしはさっき、部下の一人を撃った。二人目はわたしを羽交い絞めにしている。ドーニックがエルトンに銃を突きつけているあいだに、残る一人の部下が小屋を解体していった。壁が叩き割られ、ポリ袋が破られ、寝袋を集めて作った寝床がひきちぎられるのを目にして、エルトンは小さい哀れな叫びをあげた。たっぷり二十分かかったが、黒いゴミ袋はどこにもなかった。ピーターを守ろうとして、逃げだすときにペトラがつかんでいったにちがいない。ドーニックはいまや激怒していた。わたしに銃を向けていて、レーザーサイトの赤い三角形が闇のなかでわたしの胸と頭を行き来しているのが見えた。部下に当たらないように撃つには、どこがいちばんいいかを考えているのだ。

わたしは男の腕にぐったりもたれて、息を吸った——ガブリエラがいつも望んでいたように、尾骶骨のところまで深く、深く、息を吸って、目を閉じた。〝呼吸しなさい、何も考えずに。呼吸しなさい、何も考えずに〟——そして、母が得意としていたアリアを歌いはじめた。《おっしゃらないで、いとしい人よ《ノン・ミ・ディル、ベッリドール・ミオ》》。

ドーニックの銃が火を吹き、わたしはすくみあがった。モーツァルトの流れるような旋律を中断して、深呼吸の代わりに考えごとをしてしまったが、それは仕方のないことだった。ドーニックの弾丸がそれた。

「このクソ生意気な女め、この——」

わたしを羽交い絞めにしていた手がゆるんだ。わたしは手をふりほどいた。男の膝頭を思いきり蹴飛ばして、地面にころがった。ドーニックのほうへころがった。エルトンがドーニックの両足をつかんでいた。ドーニックは手足をばたつかせて、自分を撃たずにエルトンだけを狙える角度を見つけようとしていた。ホームレスの男より、彼のほうが体力で勝っているが、いくらじたばたしても、エルトンをひきずりまわすだけのことだった。

わたしは原始の雄叫びをあげて、ドーニックの前腕に手を叩きつけ、銃を奪いとった。一瞬ののち、川の土手が青い光に染まった。

48

壁に向かって立て……全員！

警察の水上ランチが到着していたのだが、わたしたち全員がそれに気づくのに二、三分かかった。ドーニックの部下の悪党二人が逃げようとしたが、水上ランチが川岸にスポットライトを向けていた。ドーニックは地面の上で身体を二つ折りにしていたが、助けを求めてわめいた。「警官、伏せろ！　伏せるんだ！」と叫んだ。「あの女が逃げる前につかまえろ。女がおれの武器を奪った」

「そいつは嘘つきだ」エルトンが甲高い早口でまくしたてた。「ヴィクは女の子とここにいた。この男から身を隠してた。こいつ、異常者だ。ベトナムで似たようなやつをいっぱい見てきた。やくざな兵士どもが味方を撃ちはじめるんだ。おれがタックルかけなかったら、こいつ、ヴィクを殺してたぜ。おまけに、おれの家をバラバラにしちまった。おれに嫌がらせしたいばっかりに」

「女を調べろ」ドーニックがいった。「今週、女はすでに、警官を一人殺している。警察全体に復讐しようとしてるんだ」

防弾チョッキを着けた男たちが川岸に飛び移った。アサルトライフルを構えて、わたしたち全員を水上ランチへ誘導した。わたしはガタガタ震えていて、危うく川に落ちそうになった。警官たちはわたしを抱えてランチに乗り移らせ、見張りをつけてから、ドーニックの負傷した部下を収容しに戻っていった。

警察のグレイの毛布に包まれて、船尾にペトラがすわっていた。ペトラの無事を知って、疲れはてた頭のぼんやりした部分に安堵が広がった。しかし、頭の大部分を占めていたのは、デッキに横になって眠りたいという思いだった。

全員が船に乗ったところで、ドーニックは図々しくも、ひと芝居打とうとした――三人の部下ともども、わたしに人質にされて、強引に川岸まで連れていかれ、撃ち殺されそうになったというのだ。ラリー・アリートがわたしに射殺されたのと同じように。

「そんなの嘘だわ、ミスタ・ドーニック」船尾からペトラが叫んだ。「あたしとヴィクを殺そうとしたくせに。ヴィクがどうやって逃げだしたのか、あたしにはわからないけど、あなたより知恵がまわることだけは想像がつくわ」

それをきいて、わたしの口元がほころんだ。ペトラのほうへ行くことを警官が許してくれないので、投げキスを送った。

だが、そのあいだに、水上警察のほうでわたしのことを調べたところ、ボビーからわたしに対して令状が出ていることが判明した。警官がわたしに手錠をかけて、黙秘する権利があることを告げたが、船で川を下るあいだ、わたしはボビーの携帯番号をくりかえし、わたしが勾留されて、自由の身になったドーニックが彼らの管区から逃れてしまう前に、ボビーに電話してほしいといいつづけた。ドーニックのほうがわたしたちを殺そうとしたのだと、ペトラががんばってくれたおかげで、警察もとりあえずわたしの言葉に耳を貸すことにして、ボビーに電話してくれた。すると、ボビーは全員を連れてくるよう命じた。

グランド・アヴェニュー埠頭署で、わたしたちは水上ランチから護送車に移された。古いガタガタの護送車で、スプリングも、ショックアブソーバーもなかった。ドーニックは怒り狂っていた――このわたしが、〈マウンテン・ホーク警備〉の社長が、勤続二十五年の元警官が、ケチな犯罪者連中と一緒に護送車に乗せられるとは。

「あたし、ケチな犯罪者じゃないわ、ミスタ・ドーニック」ペトラがいった。「ヴィクもよ。それから、もちろん、エルトンも。だから、静かにしてちょうだい」

おおぜいの者と一緒に押しこめられて、エルトンがいちばん苦しい思いをしていた。冷や汗をかき、歯をガチガチ鳴らしていた。そして、路面の穴にぶつかるたびに、手榴弾だと思いこんで、床に伏せようとするのだが、手錠でシートにつながれていて動くことができなかった。「いまのはすぐそばだ。ベトコンが近づいてる。早く逃げろ」とつぶやいていた。

「エルトン。ここはシカゴよ。わたしはヴィク。あなたに命を助けてもらったのよ」わたしは手錠をかけられたまま、できるだけ彼に身を寄せた。「わたしも、ペトラも。あなたの家をちゃんと修理しましょう。あと一時間だけがんばってね。みんなで乗り越えなきゃ」

「そうよ、エルトン。あなたは最高。ペトラよ——あなたのペトラ——覚えてる?」従妹が横からいった。

エルトンはほんのいっとき、一人でつぶやくのをやめて、こういった。「いい子だ、ペトラ。みんなでここから生きて出よう。おれを信じてついてこい」

ドーニックがいった。「おまえを信じろだと? 酔いどれのネズミ野郎を? うるさい! この始末はあとでつけてやる」

「ジョージ、このバンに乗ってるネズミはあなたよ。いずれ、あの大きな古いネズミとり器に入ることになるわ。そこがあなたの居場所なのよ。ジョニー・マートンのとこの連中を拷問にかけたのがあなただとわかったら、ステートヴィルでどれだけ歓待してもらえるかしらね。あなたの遺言書が最新のものになってるといいけど」

ドーニックが向かいのシートからわたしに飛びかかろうとしたが、同乗していた警官に押さえこまれた。

狭いシートでペトラがわたしにくっついていた。警察の毛布に包まれた身体は、いまもまだ川の水で濡れていた。わたしは手錠をかけられた手でペトラの両手を包みこんだ。

「ねえ、いったいどうやってブルーの制服の坊やたちを動かして、間一髪でわたしの命を救うことができたの?」わたしはきいた。

ペトラの話によると、川を泳いで渡ったものの、向こう岸にはすべりやすい丸太がはめこまれていて、どうしてもよじのぼれなかったそうだ。「鉄の輪っかみたいなのがあったから、それにつかまって、思いっきり叫んだの。上のほうにタウンハウスが並んでて、誰かがあたしの声をきいて、外に出てきたの。その女の人、銃声をきいて、すごく不安だったんだって」

ペトラの悲鳴をきいて出てきた女性が警察に連絡した。パトカーが到着すると、ペトラは、川の向こうで強盗がわたしに銃をぶっぱなしているとわめき散らした。パトカーの警官が水上ランチの出動を要請した。

「ああ、ペトラ、小さな従妹、あんなに怯えてたのに、すばらしい勇気と、すばらしい機転を発揮したのね。今回の騒ぎがすべて片づいても、それだけは忘れないで。悪人たちの顔は全部引出しに押しこんで、あなたの勇気だけを居間に飾っておいてね」

ペトラは小さく吐息をついて、わたしに身をすり寄せた。警官たちもペトラをひき離そうとはしなかった。

そこからだらだらと夜がつづいた。警察本部でわたしたちは護送車からおろされた。三十五丁目とミシガン・アヴェニューの交差点にある警察本部の広い取調室に全員が入れられ、一時間ばかりにらみ合ってすごしたころ、ボビーがシャツ一枚で入ってきた。そのあとにスーツとネクタイ姿のテリー・フィンチレーがつづいた。手にしたブリーフケースがマニラフォルダーではち切れそうだった。

「ボビー！　会えてよかった」ドーニックが打ちとけた声に切り替えた。深みのあるバリトン。「昇進おめでとう。あんたなら当然だ」

ボビーはそれを無視した。また、わたしにも目を向けようとしなかった。話を始めたときには、わたしたちの頭上の空間に向かって語りかけた。「ハーヴィ・クルーマスをここに呼ぼうとしているところだ。ピーター・ウォーショースキーは〈ザ・ドレイク〉からこちらに向かっている。始めるのはしばらく待とう」

フィンチレーがブリーフケースの中身を出した。いちばん上のフォルダーのラベルが、わたしたち全員の目に入った。ハーモニー・ニューサム。その時点で、ドーニックが弁護士を呼ぶ許可を求めた。

ボビーが依然として彼から視線をそらしたまま、フィンチレーにうなずいてみせると、彼がドーニックに携帯電話を渡した。

ドーニックがプライバシーを要求したところ、フィンチレーはごくかすかな笑みを浮かべた。「あなたは長年にわたって警官をやってきた人だ、ミスタ・ドーニック。規則はご存じですね」

ドーニックの目が怒りにぎらついた。今夜、彼がなんの咎めも受けずに無事に署から出ていけたら、今後はわたしたちの誰一人として安眠できなくなるだろう。ドーニックは弁護士に電話をした。簡にして要を得た電話だった。つぎに、わたしが電話を借りてフリーマン・カーターの携帯にかけた。

フリーマンは〈トレフォイル〉でディナーの最中だった。まずボビーと話をしてから、わたしとの電話に戻った。「しばらくそこにいるんだろう、ヴィク。愚かな発言は慎んでくれ。

十時までにそっちへ行く」

わたしは時計に目をやり、まだ九時にもなっていないのを知ってびっくりした。一生のあいだ川岸でジョージ・ドーニックと格闘していたような気がする。さらに二十分がのろのろとすぎたころ、警官二人にはさまれてピーターが入ってきた。

「ペトラ！　よかった、無事で、ピーティ……ピーティ……」ペトラのそばへ行き、すがりついたが、ペトラはピーターを押しのけた。

「ダディ、さわらないで、近寄らないで……何をしたのか、ダディの口からちゃんと説明するまでは」

「しゃべるな、ウォーショースキー」ドーニックがどなった。

「そう、しゃべる必要はない、ミスタ・ウォーショースキー」ボビーが同意した。「わたしが代わりにしゃべるとしよう」空いた椅子のどれかにすわってくれ」

ボビーはテーブルに薄いファイルを置いた。がけさ送ったフォトブックだ。「一枚目から始めよう。マルケット・パーク、一九六六年。わたしでも、あれは地獄のような日々だった。同期の新人にラリー・アリートがいた。トニー・ウォーショースキーのパートナーになるという、大きな幸運に恵まれた……トニーはこの制服をかつて身に着けた者のなかで最高の警官だった」

こういったとき、ボビーは初めてわたしに視線を向けた。わたしは唇を嚙んだ。

「アリートのバッジ番号は八九六三だった。ここにその番号が見える。野球ボールを拾いあげる男の胸に。そのボールは、この日、マルケット・パークで黒人の若い女が殺されたときに用いられた凶器だった。ハーモニー・ニューサム、家族の誇りだった娘が修道女と並んでデモ行進をしていた。スティーヴ・ソーヤーという黒人青年が犯行を自白した。そこまでは、われわれ全員が知っている」

「警察の勤勉な捜査」ドーニックがいった。「事件は解決」

「警察の怠慢捜査だ」ボビーは一喝した。「捜査を再開することになった。裁判のとき、法医学上のまともな証拠は何ひとつ提出されなかった。当時、凶器は見つからなかったが、擦過傷と打撲傷などから、何かが飛んできて被害者にぶつかったのであり、誰かが至近距離から刃物で目を刺したのでなかったことは、推測できたはずだった」

ボビーはテーブルの向かいにいるわたしの叔父のほうへフォトブックを投げた。「これらの写真には、あんたとほかの誰かが写っている。ボールを投げたのはその男かね？　それとも、あんた？」

ピーターは唇をなめたが、写真に目を向けた。「ハーヴィだ。ハーヴィからきいた話だが、デモ行進のときに誰かが写真を撮っていたとドーニックがいったそうだ。クソッ、トニーがずっと写真を持ってたのか？」

ペトラが父親をみつめていた。顔がこわばり、泥汚れの下からのぞく肌は蒼白だった。娘の表情に気づいて、ピーターはすくみあがり、目をそむけた。

「ハーヴィ・クルーマス？」ボビーがきいた。

ドーニックがまたしても横から割りこんで、何もしゃべらないようピーターに警告した。

「すべて録音されてるんだぞ、ウォーショースキー。口を閉じておけ」

「ネガはずっと、ラモント・ガズデンが持ってたのよ」わたしは静かにいった。「彼が自分のインスタマチックで写真を撮った。六七年の猛吹雪の夜以来、姿を消してしまった。三カ月前、ラモントの叔母が彼を見つけてほしいといってわたしを雇った。ずっと昔、警察に失踪届を出したのに、ジョージとラリーから、あるいはその同僚から、ゴミみたいな扱いを受けたため、ラモント捜しをあきらめてしまった。いま、その叔母が死を前にしていて、永遠の休息につく前に、ラモントに会いたい、もしくは、ラモントが眠っている場所を知りたい、といってるの」

ドーニックが椅子の上で身じろぎをして、わたしの話をさえぎろうとしたが、テリー・フィンチレーに止められた。「見つかったのかい、ヴィク？」

わたしは首をふった。「ううん。でも、これらの写真が見つかったわ。ラモント・ガズデンは聖書のなかにネガを隠し、姿を目撃された最後の夜にそれを叔母に預けた。その叔母がゆうべ、わたしに聖書を渡してくれたの。ダイナマイトが入ってるなんて知らずに、甥が見つかったら聖書を甥に返してほしいといって。わたしが写真を見つけたのは、ほんとに偶然だったの……じつをいうと、あなたのおかげよ、ジョージ。あなたが小細工をやりすぎなければ――アリート殺しの罪をわたしに着せようとしなければ――わたしは逃亡しなかったでしょうね。聖書を落とすこともなかったと思う。でも、落としたおかげで、背表紙が裂けて、ネガが出てきたの」

ボビーがわたしのほうにちらっと視線をよこした。「警官に見つからずに、どうやって〈ライオンズゲート・マナー〉を抜けだしたのか、いずれゆっくり説明してもらおう」

わたしは陰気な笑みを浮かべた。「魔法を使ったのよ、ボビー。わたしみたいな一匹オオカミの探偵が、ここにいるジョージみたいなハイテクのクソ野郎に対抗するには、それしかないもの」

「そのネガだが」ドーニックが侮蔑の口調でいった。「どこにもないではないか。写真はきみがこしらえたものだ……しかも、魔法を使ったのではない。暴動時の写真のストックを使えば、これぐらい誰だって作りだせる」

「そうだな」ボビーがいった。「ネガはどこにある、ヴィッキー？」

〝ヴィッキー〟。じゃ、友達に戻れたわけだ。わたしは自分の両手を見た。

「ここよ」テーブルの周囲の沈黙に向かって、ペトラがいった。「ネガを持って川に飛びこんだの」ペトラは毛布の下から黒いポリ袋をひっぱりだした。

49　犯罪行為だらけ

ドーニックがポリ袋のほうへ突進したが、制服警官の一人が彼の肩に手をかけて止めた。べつの警官が袋を手にとり、ボビーに渡した。

「記録をお願いします――これらのネガはクローディア・アルデンヌの聖書に隠されていて、わたしがゆうべ所持するに至ったものであり、いま、ロバート・マロリー警部に手渡された。ネガの数は二十四点、一九六六年八月六日にマルケット・パーク でラモント・ガズデンが撮影した二本のフィルムに、十二点ずつ入っている」ペトラがネガを救ってくれたことへの大きな安堵や驚きは、声にはいっさい出さずにすんだ。

ボビーが鑑識の技師を呼びにやった。技師を待つあいだ、黒いポリ袋はテーブルの、彼の席のすぐそばに置かれていた。いやな臭いの水たまりが周囲に広がっていた。ドーニックは水たまりからも、袋からも、目を離すことができなかった。

女性技師がやってくると、ボビーは彼女に、ポリ袋には貴重な証拠品が入っている、保管手続きと記録が終わったら、ネガを見せにきてもらいたい、と告げた。技師はポリ袋をさらに大きな袋に入れて、敬礼し、出ていった。

そのとき、廊下が騒がしくなり、ハーヴィ・クルーマスが尾を広げたクジャクのごとく、弁護士の一団をひき連れて部屋に入ってきた。同時にフリーマンも到着した。ブラックタイで正装し、白くなりかけた金髪は頭皮から一インチ以内にカットして、非の打ちどころのない姿だった。ハーヴィの横にレス・ストラングウェルがいた。

フリーマンはわたしの横に椅子を押しこんだ。「ヴィク、極限状態に陥ったとき、きみはなぜ泥んこレスリングの臭いをさせるんだ？ たまには、シャワーを浴びてあの赤いドレスに着替えてから、わたしに電話してきたらどうなんだ？」

「フリルひらひらの女っぽい衣装を着けなくても、あなたがわたしという人間そのものを愛してくれてることを、確認したいからよ。このテーブルには、助けの必要な迷子が二人いるわ……エルトン・グレインジャー」わたしはエルトンのほうを手で示した。わたしたちが話をしているあいだに、エルトンは自分のなかに深くひきこもってしまっていた。「それから、わたしの従妹のペトラ・ウォーショースキー」

「ペトラにおまえの助けは必要ない！」ピーターがいった。「おれがついてる」

「叔父さんは殺人事件の容疑者なのよ。しかも、叔父さんの欺瞞がペトラの命を危険にさらすことになった。だから、当分はフリーマンにペトラの代理人をやってもらうのが、いちばんいいと思うわ」

「ピーター、ジョージ、ボビー」ハーヴィが口をはさんだ。「とんだ災難だな。早く片づけて、みんなが家に帰ってベッドに入れるようにしよう」大物ハーヴィ、主導権を握った男。

「しばらくお待ちを、ミスタ・クルーマス」ボビーがいった。「まず、この写真の件から片づけていきましょう。あなたにも見覚えがあると思いますが」

ボビーが制服警官にうなずいてみせると、警官がピーターの前のテーブルからフォトブックをとり、勝利のダンスを踊るハーヴィと、彼を指さすピーターの写っている写真のページをひらいた。

「一九六六年のマルケット・パークで撮影されたあなたの写真よ、ミスタ・クルーマス」参考までにと、わたしはいった。「釘を打ちこんだ野球ボールを投げた数秒後の写真。そのせいで、ハーモニー・ニューサムは死亡した」

クルーマスは写真を凝視した。弁護士の一人が彼の肩をしっかりつかんだ。

「あなたがここに着くすこし前に、マロリー警部のほうから、ラリー・アリートが野球ボールを拾いあげたという説明があったわ」わたしはつけくわえた。「アリートはなぜそんなことをしたのかしら」

「ジョージ……」ピーター叔父がしわがれた声でいった。「ジョージの命令だった」

「ふざけるな、ピーター、あとひと言でも何かいったら、名誉毀損で訴えてやる」ドーニックがいった。

「うちの娘を脅し、妻と下の娘たちを脅したくせに、いまになって、おれにかばってもらおうというのか」ピーターはいった。「冗談じゃない！　あれは暴動だった。おれたちは若かった。血の気が多かった。何がおきてるのか見ようと思って、ハーヴィとおれは公園へ出かけた。大騒ぎのもとになってる有名なキング牧師を見てみたかった。ハーヴィはネリー・フォックスのボールを持っていった。おれに見せてくれたら、釘がいっぱい刺してあった。『黒んぼキングに投げつけるチャンスがあったら、やってやるぜ』ハーヴィはそういった」

「ウォーショースキー、きみのためにずいぶん便宜を図ってやったのに、こんなふうに裏切るとは、あまりにもひどすぎる」ハーヴィがいった。怒りよりも悲しみのこもった声だった。

「ああ。あんたのおやじさんが仕事をくれて、そのおかげで、人生を順調にスタートすることができた。だがな、だからといって、うちの娘を殺す権利があんたにあるのかね？」

「そう感情的になるものではない、〝ピート〟」ドーニックがいった。「あんたの娘を殺そうなんて、誰も思っちゃいなかった。ハーヴィの息子の上院議員選挙を手伝ってもらっただけだ」

わたしは唖然としてドーニックをみつめた。こんな途方もない嘘をきかされれば、誰だって唖然とする。フリーマンが警告するように首をふった。〝ここでこいつに飛びかかったりするんじゃないぞ。わたしにまかせておけ〟

「そこで、ハーヴィはキング牧師に狙いをつけた」わたしは話を本筋に戻した。「ボールを投げた。ところが、牧師の横に立ってたジョニー・マートンが牧師の頭を押さえつけて、ボールが当たるのを防いだ」

わたしはフォトブックに手を伸ばし、ページをめくって、マートンの腕がキング牧師の頭を押さえつけている写真を見せた。「あなたのボールはハーモニー・ニューサムに命中して、彼女の命を奪ったのよ、ミスタ・クルーマス。そこでジョージがあなたを助けた……五十六丁目で一緒に大きくなった仲だから」

「ジョージは暴徒鎮圧用の装備に身を固めて、模範警官になり、自分の仲間に敵対しなきゃいけなかったが、どこに忠誠心を向けるべきかはちゃんと心得ていた」ピーターがいった。

「ジョージが忠誠を捧げた相手はおれたちだ。おれたちが必死に守ろうとしていたあの界隈だ。あのあたりへ行ったことはあるかね？　あの連中がおれたちの家をどんなふうにしたか、見たことはあるかね？　おふくろが家の手入れをちゃんとやってたのに――」

「つらい話ですね、ミスタ・ウォーショースキー」フィンチレー刑事が穏やかにいった。

「あの時代を生きたすべての者にとって、とてもつらいことだった」

取調室に黒人警官がいることに、ピーターは気づいていなかった。テリー・フィンチレーだけでなく、ほかに三人の制服警官も黒人だというのに。叔父の顔が困惑のあまり鈍いマホガニー色に染まり、ペトラの青ざめた肌はこびりついた泥の下で真っ赤になった。わたし自身も恥ずかしくてたまらなかった。

「そして、ドーニックは自分の真の忠誠心をどこへ向けるべきかを知っていた」わたしは話を先へ進めた。「市民のための奉仕と保護を誓ったくせに、彼が忠誠心を捧げたのはそちらではなく、自分の仲間だった。アシュランド・ミートのオーナーを父親に持つハーヴィと、あなたよ、ピーター。高校時代の友達。ハーヴィがあの野球ボールを投げたとき、ドーニックはそれほど遠くにはいなかった。何がおきたかを目撃した」

ボビーはあいかわらずわたしの頭上に視線を向けていたが、わたしのいるほうにうなずきを送ってきた。そこで、わたしはさらにつづけた。

「ドーニックはラリー・アリートをデモ参加者の渦のなかに送りこんで、ボールを拾わせた。アリートは興奮ではちきれそうだった。新米警官が大物連中の仲間に入れてもらえたんだもの。指示されたとおりにしたら、ドーニックが後ろ盾になってくれて、たちまち昇進。新米警官から下級刑事へ。うるさい質問は抜き。アリートは水を得た魚のように仕事に励んだ。市長のほうから、ミズ・ニューサム殺しの犯人を早く逮捕するようにと圧力がかかって、〈アナコンダ〉のメンバーの一人をハーヴィの身代わりにしようとドーニックが決めたとき、容疑者の睾丸に電極をつけ、容疑者が錯乱して刑事の要求どおりのことをなんでも白状するようになるまで電流を通しつづける仕事を、アリートは嬉々としてやってのけた」

ペトラが衝撃にあえぎ、首をまわしてピーターをにらみつけた。ピーターは目の前のテーブルを見ていた。フィンチレー刑事は自分を抑えようと努力していた。左のこめかみで血管が脈打っているのが見えた。

「でっちあげだ」ドーニックが沈黙を破った。「なんの証拠もない。何もない。〈アナコンダ〉のクズの一人が刑事法廷で有罪判決を受けただけだ。そいつはほかの事件でその三倍ぐらいの人殺しをしてきたやつだが、おれたちが有罪に持ちこめずにいただけだ。やつは〈ハンマー〉の片腕だった。そして、〈ハンマー〉のほうは悪賢くて、いつもおれたちの手をすり抜けてた。だが、おれたちはニューサム殺しでついに、あのクズ野郎を仕留めてやった」

ボビーがフィンチレーに目を向けると、フィンチレーは前に置いてあった分厚いフォルダーをひらいた。「あなたが取調べをおこなったあとで、ウォーショースキー巡査が抗議書を提出しています、ミスタ・ドーニック。事件ファイルのなかに、ウォーショースキー巡査の抗議書がはさまれていて、容疑者が過激な手段で尋問されている現場を目撃した、有罪判決は正当なものではないと確信する、と書かれています」

「そして、トニーはローンデイルへ異動させられ、ラリーは昇進した」わたしは静かにいった。「そして、ピーターはアシュランド・ミートで大きな仕事をまかされるようになった。それから、猛吹雪の一カ月前に、ラリー・アリートがわたしのうちに野球ボールを持ってきたわ。アリートがなぜ自分のところに置いておかなかったのか、わたしにはわからないけど、とにかく、ボールをトニーに渡した。『これはあんたが持っててくれ。このおれがピーターを刑務所行きから救ってやったんだし』といって」

テーブルのまわりにふたたび沈黙が広がり、やがてボビーが質問した。「野球ボールはどこにあるんだ、ヴィッキー？」

「わたしの車のトランクに入ってるわ。たぶん。ここにいるドーニックがトランクをこじあけて盗みだしてないかぎり」

ドーニックは大きな魚を逃した男のようなしぐさを見せたが、何もいわなかった。

「でも、ラモントはどうなったのかしら」わたしはきいた。「ラモント・ガズデン。写真を持ってたのに、姿を消してしまった」

「マートンが殺したに決まってる」ドーニックがいった。「ラモントも役立たずのチンピラさ。うちの坊やは生まれてから一度も悪いことなんてしてません、といってママが泣いてんだろ。いや、ちがう、叔母さんだっけ？」

「ラモント・ガズデンは一月二十六日の早朝に、ラシーヌ・アヴェニューの署にやってきました」フィンチレー刑事が前に置かれた分厚いファイルの一部を読みあげた。「内勤の巡査部長が勤務日誌にそのことを記入し、〝ニューサム事件の証拠品持参〟というメモをつけています。巡査部長はドーニックとアリートを呼び、二人がガズデンを連れていきました。ガズデンが署を出た記録はありません」

　夜の時間がそこから果てしなくつづいた。誰が何をしたかをめぐって、ピーターとハーヴィとドーニックが口論しているようだった。わたしは醒めた目でそれを見ながら、いいことだ、このなかの一人がじきに何かを認めざるをえなくなるだろう、と思っていた。いまこの瞬間、エルトンはどんな小世界に住んでいるのだろう、この連中とテーブルを囲むのをやめて、エルトンの住むそっちの世界へ行けないものだろうか、と考えた。

　午前二時ごろ、わたしが同席していてもこれ以上役に立てるとは思えない、とフリーマンがいってくれた。ラリー・アリート殺しにわたしが関係しているという考えを、ボビーが捨て去ったことを、フリーマンは見抜いたのだ。

「カレン・レノン……」わたしはいった。「ここを出る前に、彼女が無事かどうか教えてちょうだい。百時間ほど前に、ジョージのチームが迫ってきたのに気づいて、ダウンタウンで彼女の車からおろしてもらったの」

フィンチレーがめったに見せない笑みを浮かべた。「女性牧師の？　あの小さな人？　無事だよ。警部のとこに夜通し電話をかけてきてた」

わたしは安堵に口元をほころばせ、椅子を立つときにドーニックのほうを見た。「一人残らず殺そうとしても無理なのよ、ジョージー。つねに誰かがあとに残って、真実を広めてくれるのよ」

ペトラも立ちあがって、わたしのそばにきた。身長があるにもかかわらず、小さく華奢に見えた。二人でエルトンを立たせた。エルトンは彼にしか理解できないことをブツブツつぶやいていた。そのあと、フリーマンが車でわたしの家まで送ってくれて、わたしたちはミスタ・コントレーラスと犬を叩きおこした。

ミスタ・コントレーラスは大喜びでみんなの世話を焼いてくれた。ペトラとわたしがわが家で身体の汚れを洗い落としているあいだに、なんと、自分のところのシャワーとカミソリをエルトンに使わせてくれた。

ペトラと二人で下の階に戻ると、エルトンはすでに、夜の街へさまよいでていったあとだった。ミスタ・コントレーラスがいった。「カミソリと清潔な服に礼をいったが、しばらく一人になる必要があることを、あんたら二人のギャルに伝えてほしいってさ。あんたならわかってくれるはずだといっとった。さてと、入ってくれ。卵とベーコンを炒めてたとこなんだ。ピーウィー、いまのその姿、まるで歩く骸骨だぞ。それから、V・I・ウォーショースキー、あんたも似たり寄ったりだ」

わたしはミスタ・コントレーラスを手伝って、従妹のためにスペアベッドの用意をした。ペトラは横になったとたん、数秒もしないうちに寝入ってしまった。横でミッチが丸くなっていた。わたしはペピーを連れて三階へあがった。そのあとは、ドアをロックしたことも覚えていない。

50 ネズミは攻撃する……

おたがいを

ミス・クローディアは華麗な儀式のなかでイエスのもとに帰っていった。女性たちは、かつてイースターのときによく見かけたような、小鳥と花とリボンで飾り立てた帽子をかぶっていて、おかげで、歳月を経て古びた教会のなかが華やかな庭園のような雰囲気になった。音楽が垂木を揺らし、小さな教会に入りきれなかった人々がシックスティ・セカンド・プレースまであふれていた。カレン牧師が司式者を務めたため、〝婦人たちは教会では黙っているべきだ〟と思っている参列者のあいだにざわめきが広がったが、シスター・ローズは頑として譲らなかった。これがミス・クローディアの望んだことだった。

カーティス・リヴァーズがチェス好きな友達二人と一緒に葬儀にきてくれた。三人ともスーツ姿だったので、最初のうち、彼らだとはわからなかった。〈フリーダム・センター〉のシスター・キャロリンとその他のシスターたちも参列し、教会のレギュラーメンバーの誰にも負けないぐらいエネルギッシュにゴスペルを歌ってくれた。ロティとマックスまでが、わたしを支える気持ちを示そうとして、参列してくれた。

ミス・クローディアは、ラモントの聖書に隠されていたネガをわたしが見つけてから二週間近く持ちこたえた。わたしは毎日のように見舞いにいき、枕元にすわって、静かに話しかけることにしていた。継続中のラモント捜しについて報告することもあれば、とりとめのない話に終始することもあった。

ハーモニー・ニューサム殺害事件がふたたび新聞の第一面を飾るようになった。シカゴの悪名高き腐敗をネタにして、全国民が喜んでいる様子だった。暗い経済ニュースと、予想どおりのカブスの消滅のなかで、今回の事件が喜ばしい息抜きになったわけだ。

この何週間か、ボビー・マロリーはこのうえなく不機嫌だった。内部監査の特別チームに加わっていて、わたしの耳に入ったすべての噂から判断すると、調査にはいっさい手加減を加えなかったようだ。しかし、共に人生を歩んできた男たちのあいだに腐敗と虐待の歴史があったことを認めざるをえないのは、ボビーにとってつらいことだった。

拷問をおこなっていたのは、ドーニックとアリートだけではなかったはずだ。指揮系統の上下に積極的な共謀関係がなければ、あの二人が容疑者を手荒に扱うことはなかっただろう。ラシーヌ・アヴェニュー署に勤務する残り十六名の警官も、残虐行為の容疑により、連邦警察の調査対象となった。容疑者への拷問がすくなくとも九〇年代までつづいていたことを知って、愕然とさせられた。ここ何年か、司法省によって拷問の風潮が広がっているため、警官のなかには、自分たちだけが〝極端な手段〟をとるのを控えるべき理由はどこにもない、と感じている者もいるようだ。

ボビーはわたしと直接こういう話をすることを頑として拒んでいたが、ある日の午後、アイリーン・マロリーがわたしのアパートメントにコーヒーを飲みにきて、拷問の事実が白日のもとにさらされたあと、ボビーがいかに裏切られた思いでいるかという話をしてくれた。

「警察がボビーの人生のすべてだったでしょ。わが身を捧げた相手が——どういえばいいのかしら——ええと、偽の神だったような気がしてるんでしょうね。しかも、うちの人はいつも、あなたのお父さんを理想としてきたから、お父さんが拷問に対する抗議書を提出したのに、自分自身はドーニックやアリートと一緒に働かなくてすむように異動願いを出しただけだったということを、深く悔やんでたのよ。あの抗議書があなたのお父さんのキャリアを破滅させてしまった。以後、お父さんには昇進のチャンスが与えられなかった」

「でも、父は拷問を止めなかったわ！」わたしは思わず叫んだ。「黙って見てたのよ！　取調室に入って、やめるようにいったけど、アリートから『あんたの弟のためだ。ピーターのためだ』といわれて、そのまま出ていったのよ」

アイリーンはコーヒー・テーブルの向こうから手を伸ばして、わたしの膝に置いた。「ヴィッキー、あなただったら、部屋に入っていって拷問をやめさせたかもしれない。勇気があって、大胆な人だもの。その点では、ほんとにお母さんの子ね。でも、あなたには養うべき家族がいない。お父さんのような男たちにとって、家族は重い足枷なのよ。あなたとガブリエラを養うために、ほかにどんな仕事につけたかしら。どんな仕事につけば、あなたの健康と幸福を守っていけたかしら。お母さんが——どうか魂が安らかな眠りについていますように——身を粉にして少女たちにピアノのレッスンをしても、レッスン料は週にわずか五十セント。それじゃ食べていけないわ。トニーはとても苦しい状況のなかで、精一杯のことをしたのよ。発言したのよ。それがどんなに勇気のいることだったか、あなたにわかる?」

アイリーンが帰ってから、わたしは犬二匹を連れて長い散歩に出かけ、アイリーンの言葉を消化しようと努め、わたしが熱烈に愛していた父の姿と、警察に勤務し、拷問をおこなった男たちが自分の同僚であることを知りつつ仕事をしていた男の姿を、重ね合わせようと努めた。

わたしがシカゴ大学を卒業したときに父がくれた手紙のことを思いだした。手紙はここ何週間かわたしのブリーフケースに入ったまま、フレームに入れてもらうのを待っていた。家に帰ってから、それをひっぱりだして、もう一度読んでみた。

父さんだって、自分の人生に後悔すべきことは何もないといえればいいが、一生背負っていかなくてはならない選択をいくつかしてきた。おまえはいま、すべてが清潔で、輝きを放って、おまえを待っている世界へ、足を踏みだそうとしている。おまえにとって、世界がつねにそうでありますように。

しばらくしてから、アーミティジ・アヴェニューまで歩き、フレームを売っている店を見つけて、この手紙を見せた。周囲に明るい模様のついた緑色——母の好きだった色——のフレームを選んだ。こうしてフレームに入れておけば、手紙を読んで、父の大きな愛情を感じることができる。そして、父が何を後悔していたかを知り、それを悲しむことができる。そして、相手が誰であれ、そのすべてを把握するのは無理で、われわれの大部分が矛盾をかかえて生きる存在であることを、理解しようと努めることができる。わたし自身も数々の欠点を持っている。カッとなりやすくて、父もわたしへの手紙のなかでそのことを注意している。癇癪をおこしたために、従妹を震えあがらせ、彼女の命を危険にさらしてしまった。その恐ろしい過ちを今後の教訓にできるだろうか。

もちろん、欠点のある父親と折り合いをつけようと努力している娘はわたし一人ではない。わたしよりも、従妹のほうが深刻な問題をかかえていた。せめてもの救いは、ペトラには母親と妹たちがいて、この一カ月間に家族全員が体験したショックを乗り越えるために、みんなでペトラの力になってくれたことだった。警察本部でマラソンの一夜をすごした翌日、ペトラは飛行機でカンザス・シティの家族のもとに帰っていった。

叔母のレイチェルは途方に暮れ、自分がどうしたいのか決めかねていた。この先に待ち受けている法的な苦難のなかでピーターを支えるべきか、それとも、娘たちを連れて出ていき、夫のいないところで再出発を計るべきか。ピーターは当分シカゴに滞在することになり、ノースウェスト・サイドでワンルームのアパートメントを借りた。ペトラは父親と口を利くことを頑として拒んでいるし、レイチェルも夫とはあまり話をしていない。

その週の終わりにペトラがシカゴに戻る決心をしたとき、レイチェルもついてきて、ペトラのロフトに数日滞在した。わたしはこの叔母に頼まれて、キマチに会わせるため、カーティス・リヴァーズの店まで連れていった。ハーヴィ・クルーマスの身代わりにされて苦しめられた人物に直接会いたいと、叔母が望んだのだ。わたしたちの前で、キマチが怯えきってしまったため、数分後にはカーティスが彼を店から連れだした。

「心からお詫びします」叔母は小さな声で何度もくりかえした。「心からお詫びします」

リヴァーズはいつもの無愛想な表情でうなずいただけで、何もいわなかった。レイチェルは彼に向かって力なくまばたきをした。最後に、キマチが経済的な援助を必要としていないだろうかと尋ねた……わたしが費用を持ちますので、優秀なセラピストのところに通わせるとか、アパートメントを見つけるというようなことを、していただけないでしょうか。

「やつのことは、おれたちが面倒をみる。あんたの助けは必要ない」

レイチェルは帰ろうとして向きを変えた。前回キマチとリヴァーズに会ったときのわたしがそうだったように、叔母も足が震えていた。わたしは叔母のあとにつづいたが、汽車の汽笛が鳴る寸前にリヴァーズに腕をつかまれてビクッとした。

「その赤いバッグだけどさ、探偵さん。愛用してくれてるようだな」

わたしは用心深くうなずいた。今日はこのバッグで出かけてきて、五百三十ドルの小切手を持参し、リヴァーズがキマチを店の奥へ連れていったときに、カウンターに置いておいた。

「感謝のしるしにとっといてくれ。代金は誰かほかの哀れなやつを助けるのに使ってほしい」リヴァーズは小切手をバッグの外ポケットのひとつにつっこみ、こちらが何をいう暇もないうちに、ロープのあいだからわたしを押しだした。

わたしの車で北へ戻るあいだ、叔母は沈黙していたが、わたしがペトラの住まいの前で車を停めると、こういった。「どうすればいいのか、いくら考えてもわからないわ。ちゃんとした男と結婚したつもりだったのに、出来の悪い映画みたいな展開になってきたんだもの。ほら、ゴールディ・ホーン主演で、自分が結婚したはずの男がまったくの別人だったことがわかるって映画があったでしょ。わたし、人生が……すっかり狂ってしまったから、探偵を雇って、ピーターとわたしの結婚が法的に認められたものであることを確認したほどなのよ。ピーターがずいぶん隠しごとをしてたから、よそに妻子を隠してても不思議はないと思ったの」

「これからどうするつもり?」わたしはきいた。

叔母は首をふった。「わからないわ。世間によくある話だけど、夫に裏切られた女って、夫の肩を持つものでしょ。ニューヨーク知事の奥さんもそうだった。でもね、わたしはピーターに猛烈に腹を立ててるの! 夫の味方をする気なんかないわ。お金のこともあるわね。どんどんお金が入ってきて、いまじゃすごい財産家だけど、それもこれもみんな、一人の男性が拷問を受けたからなのよ。ピーターが褒美をもらったのと引き換えに、あの気の毒な男性が刑務所で長い人生をすごし、ついにはああいう……ああいう哀れな――」叔母は声を詰まらせたが、自制心をとりもどし、必死につづけた。「ペトラ……あの子は昔からずっと、ピーターのお気に入りだった。ピーターは息子がほしくて、ぜったい男の子が生まれると確信してたから、あの子のことをいつもピーティって呼んで、狩猟や何かに連れていってた。あの子はいつだって、四人の妹たちより大胆だったわ。娘たちを女の子として可愛がってやるべきだって、わたしがあの人にいってきかせないと、女の子に男の子と同じ生き方を押しつけるのは無理なんだってことが、ピーターには理解できなかった。そして、ペトラはいま、わたしと同じように苦しみながら、自分は誰なのか、父親のことをどう思っているのかを、考えようとしてるのよ」

叔母はわたしにつらそうな笑みをよこした。「ペトラのために、本当によくやってくれたわね。あなたまでひどく傷ついてしまって。あ、身体の傷のことよ。でも、お父さんのやったことを思って、あなたが心のなかでひどく苦しんでることも、わたしにはわかるわ。ピーターとわたしのお金はすべて汚れたものだと思うけど、あなたの、そのう、あなたの時間と骨折りに対して、お金を払わせてもらえないかしら。わたしたちのせいで、何時間も、何日も無駄にしたのに、報酬は受けとってないんでしょ。わたしがまだピーターの妻であり、共同口座を持ってるあいだに、あなたにその一部を進呈したいの」

叔母が封筒を渡してくれた。あとで封をあけてみると、二万五千ドルの小切手が出てきたので、腰を抜かしそうになった。汚れたお金だわ――わたしはロティにいった。こんなの、受けとれない。

「ヴィクトリア、しょせん、お金なんて汚れたものよ」ロティはかすかな笑みを浮かべた。「償いのためのお金はとくに。もらっておきなさい。請求書の支払いをする。もう一度イタリアへ旅行する。あなた自身のために、または、ミスタ・キマチのために何かをする。あなたが自己破産の手続きをしたところで、彼の人生が変わるわけじゃないわ。それに、小切手を現金にしても、叔父さんへの義理に縛られるわけではない」

わたしは小切手を現金化して、その一部を〈マイティ・ウォーターズ・フリーダム・センター〉に寄付した。しかし、残りは請求書の支払いにありがたく使わせてもらった。レイチェルはカンザス・シティへ、そして、ほかの娘たちのもとへ帰っていったが、ペトラはシカゴに残った。ふたたび選挙運動に身を投じることはできなかった。クルーマス一家に近づきたくないということだけが理由ではなかった。起訴と反撃のすべてが明るみに出た時点で、ブライアン・クルーマスが立候補をとりやめたのだ。

ブライアンはボビー・ケネディふうに髪を目の上に垂らして、カメラの列の前に立ち、自分の家族が公民権運動の活動家の殺害に関与していながら、罪を逃れたいばかりに拷問の共謀者となっていた以上、民衆のための善き議員にはとうていなれそうもない、と語った。もちろん、テレビに映ったその姿は英雄的で、それを見ていたわたしたち皮肉屋は、いずれ近いうちに彼が選挙の世界に復帰することを確信した。とはいえ、わたしは彼にけっこう好感を持った。

一方、ペトラは怠惰に日々をすごしていた。毎日、何時間も犬と走ったり、ミスタ・コントレーラスと一緒にテレビの競馬中継を見たりしていた。ある日の午後、しばらくのあいだわたしの事務所で使ってくれないかという以前の提案を、おずおずと出してきたが、わたしには、おたがいにまだ心の準備ができていないように思われた。わたしは血縁者から離れて、ひと息つきたかった。結局、〈フリーダム・センター〉のシスター・キャロリンのところへペトラを送りこんだ。ペトラがエルトンのために家を修理する約束をしていたので、シスター・キャロリンが〈ハビタット・フォー・ヒューマニティ〉に頼んで何人かにきてもらい、その人たちがペトラに、エルトンの古い小屋が建っていた川のそばの場所に簡単な家を造る方法を教えてくれた。

シスター・キャロリンは、シスター・フランシスのアパートメントの修理が終わったらすぐ、エルトンをそこに住まわせるつもりでいたが、エルトンが一時的にとった英雄的行為も、他人と一緒に暮らす能力を奇跡的によみがえらせてはくれなかった。夜間は他人の物音と匂いから離れて、一人になりたがっていた。それでも、わたしたちは「なんていい人なんでしょう」と思ってもらいたがっているシカゴの公務員すべての願望につけこんで、エルトンの小屋が建っていた川のそばの土地、標準サイズの宅地の四分の一にあたる土地を市から提供させることができた。そして、ペトラと〈ハビタット〉の人々がエルトンの小さな家を完成させたとき、エルトンを説得して市の水道をひかせることもできた。

ペトラは依然として、父親と話をすることに難色を示していた。ただ、父親のほうは、現在進んでいる多数の捜査に関して、州と連邦の両方の捜査当局に全面的な協力をおこなっていた。ハーモニー・ニューサム殺しの隠蔽工作に対する捜査もあれば、ラシーヌ・アヴェニュー署における拷問の申し立てに対する捜査もあった。それから、もちろん、ラリー・アリート殺しの捜査も。それから、シスター・フランシス殺しについても。

晩秋に入り、彼の立場から供述を始めたピーターは、わたしがスティーヴ・ソーヤーを見つけようとしていることをドーニックが知ったときに、すべてが始まったのだと主張した。ネイヴィ・ピアの資金集めパーティでペトラがなんの話をしていたかを悟ったハーヴィは、すぐさまレス・ストラングウェルに相談した。ハーヴィが恐れていたのは、ハーモニー・ニューサムの殺害における自分の役割りが明るみに出ることだったが、ストラングウェルの関心はただひとつ、ブライアンが予備選挙と最終選挙を無事に勝ち抜くまですべてを闇に葬っておくことだけだった。つまり、一年以上にわたってその件を秘密にしておく必要があった。この夏、わたしがラモントとソーヤー捜しで空振りばかりしていると思っていたあいだ、ストラングウェルとハーヴィ・クルーマスはわたしの捜索の手がソーヤーのすぐそばまで伸びていると思いこみ、心中穏やかではなかった。そこで、ジョージ・ドーニックに連絡をとった。

高度なハイテク機器と、ザ・スクール・オブ・ジ・アメリカズであらゆる戦闘・監視・拷問の方法を叩きこまれたスタッフをそろえたドーニックは、ふたたび、喜んでハーヴィの救助に乗りだした。

夏が終わろうとするころ、わたしの自宅と事務所への侵入をペトラに強引に手伝わせるうちに、ドーニックはますます鉄面皮になり、暴力的になっていった。ペトラが姿を消したあとで、ピーターとレイチェルがシカゴにやってくると、ドーニックは、ニューサム殺し、ソーヤーの拷問、シスター・フランシスの死、ペトラへの圧力に関して両親のどちらかが誰かにひと言でも洩らしたら、あと四人の娘の命もないものと思え、と二人を脅した。レイチェルは飛行機でカンザス・シティに戻り、娘たちを連れて身を隠した。

もちろん、これらはゆっくりと明らかになっていったのだが、テリー・フィンチレーが定期的にやってきて、報告してくれた。秋が深まるにつれて、検察側の夢が現実になっていった。ハーヴィとドーニックがおたがいを攻撃しはじめた。ハーヴィの主張によると、シスター・フランシスがわたしに昔のことを話す前に彼女を消してしまうことを、ドーニックが提案したのだという。ドーニックのほうは、その件に自分はまったく関与していない、ハーヴィとストラングウェルがラリー・アリートを雇ったのだと主張した。何をしでかすかわからないアル中を。あんな男は信用できない、と二人に警告したという。それに対して、ストラングウェルのほうは、秘密にしておきたい荒仕事が必要なとき、ドーニックはいつもアリートを使っていた、と供述している。

すったもんだのあげく、州検事局はハーモニー・ニューサムの死に関して、クルーマスを第二級殺人で起訴するに至った。クルーマスの弁護士は過失致死罪と執行猶予を狙っていたが、シカゴの警察が全国的なスポットライトを浴びはじめたため、州検事局のほうでも、軽い処分でクルーマスを放免するのは無理だと悟ったのだった。

ドーニックの状況はもっとややこしかった。ハーモニー・ニューサム殺しに手を貸したわけではないが、そのあとの隠蔽工作を押し進めたのはドーニックだと、ボビーも含めてすべての者が確信していた。それに関しては、ピーターが大声で長々と供述をおこなった。それから、シスター・フランシスの死もあった。火炎瓶を投げた犯人が乗っていたフォード・エクスペディションの持ち主を、フィンチレー刑事のチームが調べたところ、ドーニックが個人的に使っているスタッフの一人のものと判明した。フィンチレーはまた、アリートを射殺したのはドーニックにちがいない、騒ぎが大きくなった場合、この旧友が口を割って州側に寝返るのではないかという不安から、犯行に走ったのだろう、と見ていた。

51　よみがえったガブリエラの歌声

ミス・クローディアが亡くなる前の何週間か、わたしはラモントの身に何があったのかをつきとめようとして、時間と競走していた。叔母を〈フィット・フォー・ユア・フーフ〉へ連れていった日、カーティス・リヴァーズが、わたしにすべてを話すようジョニー・マートンを説得した、といってくれた。

「やつも胸の秘密を明かして、誰かにきいてもらう必要があるから、ミス・クローディアのためにそうすべきだと、おれが説得したんだ。ミス・クローディアにだけは知っといてもらわないと。ラモントを可愛がってたんだから。おれたちの物理の先生が望んでたように、ラモントが進学して、名前のあとに称号のつく大学教授になったとしても、ミス・エラはやっぱり、ラモントを落ちこぼれとしか思わなかっただろう。けど、ミス・クローディアは心の底から純粋にラモントを愛してた。本当のことを知る権利がある。だから、あんたにすべて話すようジョニーを説得したんだ」

わたしはリヴァーズとマートンがどうやって連絡をとりあっているのかを知りたかった。しかし、リヴァーズが〈アナコンダ〉のひそかな幹部メンバーなのかどうかを知りたかった。

彼の顔に浮かんだ何かが、図に乗らないほうがいい、とわたしに告げていた。

グレッグ・ヨーマンに頼んで、緊急にステートヴィルでの面会を設定してもらい、最後にもう一度だけ、薄汚れた接見室でジョニー・マートンに会った。フォトブックのひとつを持参して、わたしたちのあいだにある傷だらけのテーブルにのせた。

「ラモントが撮った写真よ」わたしはいった。「わたしがネガを見つけたことは、リヴァーズがあなたに話したと思うけど」

マートンはうなずいた。

「ラモントは姿を消す前の夜、あなたにこれを見せた。ちがう？」

マートンはふたたびうなずき、目を閉じて、息を吸った。わたしのために、あるいは、すくなくともラモントとミス・クローディアのために、思いきって告白する準備を整えているのだ。

「ローズ・エベールがあんたに話したとおり、やつはおれと一緒に〈ワルツ・ライト・イン〉へ行った。ここにあるのと同じ写真をひとそろい持ってて、スティーヴの弁護をしてたあのクソ野郎のとこへ行くつもりでいた。どっかの白人坊やがハーモニーを殺して、どっかのおまわりが証拠品をポケットに入れてるとこを、弁護士に見せるつもりだったんだ。おれたちゃ、じっくり話し合った。やつとおれとで。ラシーヌ・アヴェニューの署で何がおこなわれてるか、おれたちは承知してた。ラモントがそこに入ってくのは危険だというのも承知してたが、名乗りでたほうがいいってことで二人の意見が一致した。ただ、持ってくのは写真だけにして、ネガは渡さんようにしろと、おれはラモントに警告した。サツがネガを処分しちまったら、何も残らんからな。

で、大雪になった日の朝、ラモントは出かけていった。そして、吹雪がやんで、ようやく外に出られるようになった日、やつが見つかった。うちの裏庭で。死体になって。両耳が切り落とされてたが、殺されたのはそれよりも前だった」

「両耳！」わたしはいった。「ドーニックとアリートが殺したのね。もしくは、署の誰かが。そして、あなたの家に死体を置いていった。もし、あなたが警察に電話すれば、〈アナコンダ〉による殺しだと誰もが考える。ラモントがあなたに不利な証拠を州に提出したため、あなたが制裁を加えたのだと。ドーニックが主張する」

ジョニーは苦い笑みを浮かべた。「あんたもそうバカじゃねえんだな、白人のねえちゃん」

「冴えてるときもあるわ」わたしはそっけなくいった。「で、それからどうしたの？」

「ラモントを家に運びこんで、一日じゅうそばにすわりこんでた——血の汗を流しながら。ほんとだぜ——いまにもサツが玄関をぶち破って入ってくるんじゃないかと、ビクビクしどおしだった。女房と娘が外から戻ってきたときも、家に入れてやらなかった。口から出まかせの大嘘ついて、おかげで、結婚生活がぶっこわれた。女房のやつ、おれがよその女をひきずりこんでると思ったんだ。とっとと実家に帰っちまった。吹雪のせいで、おまわりはみんな、緊急の仕事に追われてたんだろうな。ドーニックのクソ野郎でさえ、それから三日間は、おれとラモントの様子を探りにこれなかった。

吹雪の前日、ストーニー・アイランド・アヴェニューで大きな倉庫が解体された。暗くなるとすぐ、おれはラモントをかかえてドアの外の石段をおりた。娘のそりを出してきて、毛布にくるんだ死体をひっぱってった。三マイルぐらい歩いたかな。大変だったぜ。どっかのクソおまわりに呼び止められるんじゃないかと、五分おきぐらいにビクビクしてよ。

〈ハンマー〉が怯えてたなんて、誰にも二度というんじゃねえぞ、白人のねえちゃん」

マートンは陰気な笑い声をあげた。腕を曲げたので、わたしの鼻先で蛇が身をくねらせた。

「とにかく、雪を掘って、ストーニー・アイランド・アヴェニューの倉庫の土台部分にやつを埋めた。吹雪のあと、そこをのぞいた者は誰もいなかった。おれは毎日三時になると、新聞売場の横にすわるようになった。夕刊の早版が売場に並ぶのがその時間なんだ。けど、ラモントが埋められた場所に新しい倉庫が建ちはじめた。誰も気がつかなくて、死体は見つからねえままだった。三日目に、あのクソったれアリートがやってきた。めちゃめちゃ楽しそうな顔だった。おれんちに麻薬が隠してあるってタレコミがあったといってな。捜索令状を持ってきてて、家んなかを徹底的に調べてまわったが、おれのねぐらはきれいなもんだった。窓から床までゴシゴシ掃除したのさ。しかも、何べんも。ついでに、カーティスを呼んで、やつら連中が何も置いたりせんように監視させた。死体がどうなったか突き止めようとして、やつらが半狂乱になってるのを見て、それだけは胸がスカッとしたね。家んなかがきれいなもんだから、あいつら、めちゃめちゃ頭にきてたが、最後はとうとうひきあげた。それから何カ月ものあいだ、アリートがちょくちょく立ち寄った。ときにはドーニックのこともあった。だが、しばらくすると、静かになった……すべてが静かになった。あんたがやってきて、首をつっこむまでは」

「あの写真を見たとき、わたしには、あなたがキング牧師の命を救ったように思えたんだけど」わたしはフォトブックをひらいて、刺青の腕がキング牧師の頭を押さえこんでいる写真を示した。

マートンの口が苦々しげに結ばれた。「そのおかげで、二年後にどっかの白人野郎が牧師に弾丸をぶちこむことになった。それだけのことさ。その代償はなんだった？ ミス・ハーモニーが死んだ。あの野球ボールが彼女の目にぶつかったとき、サウス・サイドから多くの光が奪われたんだ。スティーヴも――いまじゃ、キマチと名乗ってるが――サツのやつらに、あの部分と脳ミソをめちゃめちゃにされちまった。それから、おれの手下のラモントも殺された。おれの腕がちょっとひと押ししたせいで、仲間の連中が高い代償を払わされたんだ」

「お嬢さんに教えたほうがいいかもしれない」わたしは思いきっていってみた。

彼の目の奥でいつもくすぶっている怒りがわずかに薄れた。「そうだな、ダヨに話してやってくれ。あの子にわからせてやってほしい――あんた、どういう言い方したっけ？――おれだって〝冴えてるときがあった〟ってな」

わたしは刑務所の規則をすべて無視して、テーブル越しに身を乗りだし、蛇の舌が彼の指関節をなめている部分を握りしめた。

市内に戻ってから、その話をボビーのところに持っていった。しかし、ボビーは現在抱えている仕事だけで手一杯だから、ストーニー・アイランド・アヴェニューの建物の土台を掘り返してチンピラの死体をもうひとつ捜している暇はないといった。「たとえラモント・ガズデンがそこに埋められてるとしても、たとえ首尾よく見つかったとしても、その件をわしがどう処理すればいい？　ドーニックにとって不利な材料はマートンの言葉だけだし、わしが四十年の警察勤めのなかでたった一日だけ、警官よりギャングのクズ野郎の言葉を信じる気になったとしても、州検事にそれを納得させるのはまず無理だろう。ドーニックの罪状はすでに山ほどある。放っておけ、ヴィッキー。放っておくんだ」

放っておくことにした。しかし、州にいくらか借りを返してもらった。マートンの刑期を短縮してもらおうとは思わなかったが——なにしろ、充分に立証された複数の重罪によって服役しているのだから——さほど規律のきびしくない棟へ移してもらえるよう交渉した。それから、ダヨに写真を見せて、四十年前のあの八月の炎天下で彼女の父親がマーティン・ルーサー・キングの命を救ったことを伝えた。

ミス・クローディアが亡くなる前に、わたしから彼女とミス・エラに一部始終を話すことができた。ミス・エラはわたしが彼女の息子を見つけたことを残念がっているといってもいい顔になった。楽しみのひとつを奪われてしまったからだ。わたしにお金を払ったのに、なんの成果も得られない、と文句をつける楽しみを。しかし、死を前にしてたまに意識のはっきりすることのあったミス・クローディアが、恥を知るべきだと姉をたしなめた。

「嫌悪と恐怖、いつもまちがってる、エラ。いつもまちがってる。ラモントはイエスのところ。わたしにはわかる、ハートでわかる。白人のお嬢さん、よくやったね。大変だったね、わかるよ。怪我、火傷、殴られて、それでも仕事をつづけた。知ってる、カレン牧師が全部話してくれた。偉い、偉いよ」ミス・クローディアは精一杯の力でわたしの指を握りしめ、それから枕にもたれかかった。

最初、わたしは彼女が眠りに落ちたのだと思った。しかし、力をかき集めていたのだった。葬儀のときはカレン牧師に説教を頼みたい、とわたしたちに伝えるために。そして、ミス・エラが、婦人たちは教会では黙っているべきだと文句をいうと、こう答えた。「男たち、ラモントを殺す。男たち、世界を傷つける、戦争する、拷問する。カレン牧師、説教」

ミス・クローディアがしゃべったのはこれが最後だった。二日後、意識が戻らないまま、永遠の眠りについた。葬儀が終わり、教会の集会室で、みんなの好きなキャセロール料理と、ハムと、ミス・クローディアの大好きだったササゲと豚のモツ煮込みの夕食がすんだあと、マックスとロティが田舎での長い週末にわたしを連れだしてくれた。

戻ってきた翌日、ジェイク・ティボーがうちの玄関ドアをノックした。階段で二、三回すれちがったことがあり、クラリネットのケースか何かでわたしを運ぶ必要はないかと、彼が冗談をいって喜んでいたが、ゆっくり話をする機会はなかった。

今夜の彼はCDを手にしていた。「きみから預かったあのテープ――お母さんの歌が入ってるやつ――専門家に頼んでこのCDにしてもらった。お母さん、すばらしい声をしてたんだね。聴くチャンスを与えてもらって光栄だ」

大混乱のなかで日々を送っていたため、テープのことを忘れていた。CDをステレオにセットした。ガブリエラの歌声が、黄金の鐘の音が部屋を満たすにつれて、この四十年間の悲しみと喪失のすべてが胸にあふれてきて、聴くのがつらくなったほどだった。

〝いつか、たぶん、天がふたたびわたしを哀れと思し召すだろう《フォルセ・ウン・ジョルノ・イル・チェーロ・アンコーラ・センティラ・ピエタ・ディ・メ》〟

何度も何度もCDをかけ、そのあいだ、ジェイクはぎごちなくそばに立っていた。途中で一度姿を消したが、コントラバスを持ってすぐに戻ってきた。母の歌声に合わせて、最初は同じ旋律を弾き、つぎは伴奏として対旋律をつけながら演奏してくれた。それがすむと、ごく自然の成行きとして、わたしが母の赤いワイングラスを出してきて、母の思い出に乾杯し、おたがいの生い立ちを語り、そして最後に、モーツァルトと母の音楽に満ちあふれた居間で、カーペットに二人で横たわった。

訳者あとがき

お帰り、ヴィク！

久しぶりのヴィクとの再会だ。シリーズ前作『ウィンディ・ストリート』から数えると、なんと四年ぶり。ただし、作品の世界のなかでは、時間の流れがもっとゆるやかなので、四年もたってはいないけれど。本書の前に『ブラッディ・カンザス』が出版されているが、これはカンザスの大地に生きる人々を描いた壮大な物語で、シリーズ外の作品だったため、今回のヴィクとの再会がよけいになつかしく感じられる。

『ウィンディ・ストリート』で大怪我を負ったヴィクは、静養のために、そして、恋人モレルと二人だけの親密な時間を持つためにイタリアへ出かけて、十五年ぶりの長い休暇をすごし、シカゴに戻ってきたばかりだった。時差ボケが抜けきらず、そして、イタリアで迎えた思いがけない別れのせいで、少々ブルーになっているヴィクに、失踪人捜しの仕事の依頼が飛びこんできた。やむなく引き受けたヴィクだが、くわしい事情をきいてみてびっくり。行方不明になったのが、なんと、四十年も前だというのだ。手がかりがほとんどない。おまけに、失踪人の母親がきわめて非協力的。どうやって捜せというの？　ヴィクは困りはてる。一方、ヴィクの私生活にも、飛びこんできたものがあった。カンザスからきた従妹のペトラ。大学を出たばかりで、選挙運動の手伝いをするためにシカゴにやってきた。父親どうしの年が離れているため、従妹といっても、ヴィクよりずっと年下だ。同じウォーショースキーという名字なので、「お嬢さん？」「姪御さん？」と人からきかれるたびに、「ちがいます！　従妹です」と、ヴィクはムキになって訂正する。長身、金色のスパイクヘア、裕福な家庭で何不自由なく伸び伸びと育った子で、たちまち、コントレーラス老人の大のお気に入りになる。

ついでながら、ペトラの父親のピーターは『バーニング・シーズン』にちらっと登場している。一家の厄介者だった叔母のエレナが住むところをなくして、ヴィクのアパートメントにころがりこんできたとき、ヴィクはカンザス・シティに住む金持ちのピーター叔父に電話して、力を貸してもらおうとするのだが、冷たく電話を切られてしまう。人情のかけらもない男であることを、鮮明に描きだしたシーンである。

さて、四十年前に失踪した男性の捜索にしぶしぶとりかかったヴィクだったが、わずかな手がかりをもとにして、男性の若いころの友人から当時の話をきこうとするうちに、昔の殺人事件が浮かびあがってくる。一九六六年、キング牧師の提唱によりマルケット・パークでおこなわれたデモ行進のさいに、参加していた黒人女性が頭に何かをぶつけられて死亡した。偶然にも、犯人逮捕にあたった警官がヴィクの父親だった。調査を進めるにつれて、誤認逮捕ではなかったのか、逮捕された男性は無実の罪で服役させられたのではないか、という疑いが大きくなる。ヴィクは自分の調査が父親の過去の過ちを暴く結果になるのではと恐れつつも、失踪した男性の行方を突き止めるために全力を尽くす。

デビュー作の『サマータイム・ブルース』で、ヴィクは事件の依頼に訪れた男性に、「事態が手に負えなくなれば、なんとか切り抜ける方法を考えだすか、最後まで徹底的にやり抜くかのどちらかです」と啖呵を切っている。その姿勢はいまも変わっていない。

物語全体の鍵となるマルケット・パークのデモ行進は、著者のパレツキー自身が十九歳の夏に身近に体験した出来事である。カンザス大学の学生だったパレツキーは、その夏、長老派教会が主催する夏のプログラムを手伝うため、学生ボランティアとしてシカゴにやってきた。デモが暴動に発展することを危惧した教会の牧師から、当日のデモに参加することをきびしく禁止されたが、前の月の七月には、キング牧師の演説をききに出かけ、そのあと、牧師について市庁舎まで行進している。牧師はそのとき、マルティン・ルターが『九十五カ条の論題』を教会の扉に貼ったという故事に倣って、要望事項のリストをデイリー市長の部屋のドアにテープで貼りつけたという。

このあたりのことは、本書と同時発売のパレツキーのエッセイ集『沈黙の時代に書くということ——ポスト9・11を生きる作家の選択』の第二章「キングとわたし」にくわしく書かれているので、興味がおありの方は、そちらもぜひ読んでいただきたい。パレツキーという作家を、そして、ヴィクというキャラクターが生まれたプロセスを知るうえで、きわめて貴重なエッセイ集である。

マルケット・パークのデモそのものには参加していないにしても、キング牧師を中心とした公民権運動の盛り上がりを、パレツキーは身近に見てきたわけで、それが今回の作品の大きなモチーフになっている。

パレツキーのファンにとってうれしいことに、本書につづいて、最新作の *Bodywork* がアメリカでこの八月末に発売される予定である。ひと足先に読ませてもらった。自分の身体をカンバスにして絵を描くアーティストをめぐって話が展開するせいか、シリーズのなかでもっとも強く視覚に訴えかける作品になっている。そして、イラク戦争が暗い影を落とす現在のアメリカの姿が、パレツキーの迫力ある筆致によって鮮やかに伝わってくる。従妹のペトラと、ヴィクのアパートメントに越してきたジェイク・ティボーという音楽家が、次回にもひきつづき登場する。乞うご期待。

二〇一〇年八月

ロング・グッドバイ

レイモンド・チャンドラー

The Long Goodbye

村上春樹訳

私立探偵フィリップ・マーロウは、億万長者の娘シルヴィアの夫テリー・レノックスと知り合う。あり余る富に囲まれていながら、男はどこか暗い蔭を宿していた。何度か会って杯を重ねるうち、互いに友情を覚えはじめた二人。しかし、やがてレノックスは妻殺しの容疑をかけられ自殺を遂げてしまう。その裏には哀しくも奥深い真相が隠されていた。新時代の『長いお別れ』が文庫で登場

さよなら、愛しい人

Farewell, My Lovely

レイモンド・チャンドラー

村上春樹訳

刑務所から出所したばかりの大男、へら鹿マロイは、八年前に別れた恋人ヴェルマを探しに黒人街の酒場にやってきた。しかしそこで激情に駆られ殺人を犯してしまう。偶然、現場に居合わせた私立探偵のマーロウは、行方をくらましたマロイと女を探して夜の酒場をさまよう。狂おしいほど一途な愛を待ち受ける哀しい結末とは？　名作『さらば愛しき女よ』を村上春樹が新訳した話題作。

ハヤカワ文庫

傑作短篇集

心から愛するただひとりの人
ローラ・リップマン／吉澤康子・他訳
現代短篇の名手たち〔6〕女性たちの行く手にひらく突然の陥穽。実力者が放つ初短篇集

やさしい小さな手
ローレンス・ブロック／田口俊樹・他訳
現代短篇の名手たち〔7〕傑作14篇を収録。ハードボイルド魂を抱く巨匠が描く人間絵巻

夜の冒険
エドワード・D・ホック／木村二郎・他訳
現代短篇の名手たち〔8〕怪事件20連発！名手中の名手が贈るサスペンスフルな傑作集

11の物語
パトリシア・ハイスミス／小倉多加志訳
著者のデビュー作「ヒロイン」をはじめ、絶対に忘れることを許されぬ物語十一篇を収録

ミニ・ミステリ100
アイザック・アシモフ他編／山本・田村・佐々田訳
あっという間に読み終わるけど、読み応えはたっぷりのコンパクトなミステリ百篇大集合

話題作

スウェーデン推理作家協会最優秀新人賞受賞作
オーロラの向こう側
オーサ・ラーソン／松下祥子訳

白夜の教会を血に染めあげる無残な牧師殺害事件。その闇に、女性弁護士レベッカが挑む

赤い夏の日
オーサ・ラーソン／松下祥子訳

心の重荷を下ろすため休暇で故郷に戻ったレベッカだが、再び殺人に巻きこまれてしまう

黒い氷
オーサ・ラーソン／松下祥子訳

凍てつく湖上で発見された死体は何を暴くのか？　弁護士を廃業したレベッカが謎に挑む

弔いの炎
デレク・ニキータス／嵯峨静江訳

16歳の誕生日前日、目前で父親を射殺された少女の運命は一変する。超絶心理サスペンス

マカヴィティ最優秀長篇賞受賞作
凍てついた墓碑銘
ナンシー・ピカード／宇佐川晶子訳

十七年前に迷宮入りになった事件が、いままた巻き起こす波紋。実力派が放つサスペンス

レイモンド・チャンドラー

長いお別れ
清水俊二訳

殺害容疑のかかった友を救う私立探偵フィリップ・マーロウの熱き闘い。MWA賞受賞作

さらば愛しき女よ
清水俊二訳

出所した男がまたも犯した殺人。偶然居合わせたマーロウは警察に取り調べられてしまう

プレイバック
清水俊二訳

女を尾行するマーロウは彼女につきまとう男に気づく。二人を追ううち第二の事件が……

湖中の女
清水俊二訳

湖面に浮かぶ灰色の塊と化した女の死体。マーロウはその謎に挑むが……巨匠の異色大作

高い窓
清水俊二訳

消えた家宝の金貨の捜索依頼を受けたマーロウ。調査の先々で発見される死体の謎とは？

シャム猫ココ・シリーズ

猫は糊《のり》をなめる
リリアン・J・ブラウン／羽田詩津子訳

封筒の糊をなめるのがお気に入りのココ。果して名門銀行家殺害事件と関連があるのか？

猫は床下にもぐる
リリアン・J・ブラウン／羽田詩津子訳

キャビンの建て増しを頼んだ大工が失踪をした。ココは詮索好きな鼻で真実をかぎ分ける

猫は幽霊と話す
リリアン・J・ブラウン／羽田詩津子訳

博物館の館長コブ夫人が死んだ。ココは夫人が生前怯えていた窓をしきりに見上げるが。

猫はペントハウスに住む
リリアン・J・ブラウン／羽田詩津子訳

ペントハウスで女性美術ディーラーが殺された。ココの鑑定眼が事件の真実を見極める。

猫は鳥を見つめる
リリアン・J・ブラウン／羽田詩津子訳

クィラランの引っ越し祝いに来た男が殺された。鳥と仲良しのココが示す手がかりとは？

シャム猫ココ・シリーズ

猫は山をも動かす
リリアン・J・ブラウン／羽田詩津子訳
山荘の元所有者は一年前に殺されていた。クィランとココは土地開発絡みの殺人に挑む

猫は留守番をする
リリアン・J・ブラウン／羽田詩津子訳
旅行先でクィランは事件に巻き込まれた。留守番のココは同時刻に謎の行動をとるが。

猫はクロゼットに隠れる
リリアン・J・ブラウン／羽田詩津子訳
クィランが訪れたクロゼットだらけの屋敷の主人が自殺した。ココが名家の秘密を暴く

猫は島へ渡る
リリアン・J・ブラウン／羽田詩津子訳
島の不可解な事件はリゾート化反対派の妨害工作か？ ココが風光明媚な島の秘密を解く

猫は汽笛を鳴らす
リリアン・J・ブラウン／羽田詩津子訳
ムース郡で古い蒸気機関車を走らせる計画に横槍が。汽笛に耳を澄ますココが導いた推理

シャム猫ココ・シリーズ

猫はチーズをねだる
リリアン・J・ブラウン／羽田詩津子訳
〈ピカックス・ホテル〉に泊まる謎の女性客と爆破事件。チーズをねだるココの真意は？

猫は泥棒を追いかける
リリアン・J・ブラウン／羽田詩津子訳
クリスマス間近のピカックスで相次ぐ盗難事件。謎の行動を繰り返すココが導く真相は？

猫は鳥と歌う
リリアン・J・ブラウン／羽田詩津子訳
クィラランの屋敷の近所で起きた絵画盗難と火事。鳥の鳴き真似を覚えたココの意図は？

猫はブラームスを演奏する
リリアン・J・ブラウン／羽田詩津子訳
ココがしきりにスイッチをいじるカセットデッキから、ある日、犯罪の匂いのする会話が

猫は郵便配達をする
リリアン・J・ブラウン／羽田詩津子訳
ココがくわえてきた手紙には、過去と現在の事件をつなぐの意外な真相が記されていた。

訳者略歴　同志社大学文学部英文科卒，英米文学翻訳家　訳書『暴徒裁判』ライス，『殺人作家同盟』ラヴゼイ，『ウィンディ・ストリート』パレツキー（以上早川書房刊）他多数

HM=Hayakawa Mystery
SF=Science Fiction
JA=Japanese Author
NV=Novel
NF=Nonfiction
FT=Fantasy

ミッドナイト・ララバイ

〈HM⑩④-21〉

二〇一〇年 九 月十五日　発行
二〇一一年十二月十五日　二刷
（定価はカバーに表示してあります）

著者　サラ・パレツキー
訳者　山《やま》本《もと》やよい
発行者　早川　浩
発行所　株式会社　早川書房

郵便番号　一〇一 - 〇〇四六
東京都千代田区神田多町二ノ二
電話　〇三 - 三二五二 - 三一一一（大代表）
振替　〇〇一六〇 - 三 - 四七七九九
http://www.hayakawa-online.co.jp

乱丁・落丁本は小社制作部宛お送り下さい。
送料小社負担にてお取りかえいたします。

印刷・三松堂株式会社　製本・株式会社明光社
Printed and bound in Japan
ISBN978-4-15-075371-9 C0197

本書は活字が大きく読みやすい〈トールサイズ〉です。